普通高等教育“十一五”国家级规划教材

高等学校市场营销专业主干课程系列教材

市场营销学原理

SHICHANG YINGXIAOXUE YUANLI

■ 吕一林　主编

高等教育出版社·北京
HIGHER EDUCATION PRESS　BEIJING

内容简介

本书是教育部普通高等教育“十一五”国家级规划教材。本书在系统阐述市场营销学基本原理的基础上，力求结合中国社会现实和企业实际，特别注意从营销管理决策的各个方面展开论述，帮助学生正确掌握市场营销学的基本概念、技术和分析方法，并附有大量国际、国内企业营销的案例。

本书适合普通高等学校市场营销专业、工商管理专业，各类管理专业学生使用，也可作为非管理类专业的市场营销学入门教材，同时也适合企业营销和管理人员自学。

图书在版编目（CIP）数据

市场营销学原理/吕一林主编.—北京:高等教育出版社,2011.5
ISBN 978-7-04-031592-9

Ⅰ.①市… Ⅱ.①吕… Ⅲ.①市场营销学-高等学校-教材
Ⅳ.①F713.50

中国版本图书馆CIP数据核字（2011）第046516号

策划编辑 童 宁　责任编辑 奚 玮　封面设计 于 涛　责任绘图 黄建英
版式设计 王艳红　责任校对 陈旭颖　责任印制 张泽业

出版发行 高等教育出版社　咨询电话 400-810-0598
社 址 北京市西城区德外大街4号　网 址 http://www.hep.edu.cn
邮政编码 100120　http://www.hep.com.cn
印 刷 北京市文林印务有限公司　网上订购 http://www.landraco.com
开 本 787×1092 1/16　http://www.landraco.com.cn
印 张 20.5　版 次 2011年5月第1版
字 数 450 000　印 次 2011年5月第1次印刷
购书热线 010-58581118　定 价 34.00元

本书如有缺页、倒页、脱页等质量问题，请到所购图书销售部门联系调换。

物 料 号 31592-00

前　言

中国改革开放已有32年,第一本市场营销教材出现在国内市场上也有30年的时间了。可以说,市场营销学在中国是伴随着改革开放的步伐一起成长的,其如今在中国的普及程度是20年前完全不可想象的。国内的大学在20世纪90年代初开设了市场营销专业,迄今已经培养了数十万毕业生,他们如今都活跃在企业营销的岗位上,每每想到这点,作为一名营销专业的教师,我心里总会感到些许的满足。

当然,除了市场营销专业的学生以外,工商管理类专业、其他管理专业、各种工科专业的教学计划也都将市场营销学列入了基础课、必修课或选修课。我们特别欣赏这一点,甚至认为今天的大学生,多多少少都应该学习一些市场营销学的知识,以开阔自己的眼界,了解市场,了解社会,了解影响自己生活的方方面面。

作为一本大学本科的市场营销学入门教材,书中的主要理论框架应该是站在前人的肩膀上的。当然,在书的某些章节和内容的表达上,我们贡献了自己的思考和经验。在书的章节内容编排上,考虑到教材需要方便教师和学生的使用,加了许多案例、小结、思考题等。在全书的布局上,考虑到近年企业营销实践发展中,国际营销、网络营销和产品创新日益受到关注,我们特意将它们放在了全书的最后单独讨论。最后,在文字上,我们力求做到简洁、清晰,尽可能减少赘语。

参加本书编写的作者,都是工作在营销教学一线的老师。本书的内容也反映了他们在长期教学中积累的经验。具体分工上,中国人民大学商学院的吕一林教授撰写了第1、6、9、11章;中国人民大学继续教育学院的岳俊芳副教授撰写了2、5两章;北方工业大学的陶晓波博士撰写了3、4、14章;中央财经大学国际商学院的王俊杰副教授撰写了7、8、10、13章;兰州商学院的郭晓云副教授撰写了第12章;中国人民大学商学院的陈智勇副教授撰写了第15和16章。最后由吕一林对全书进行统一调整和修改。另外,中国人民大学商学院的博士研究生贺庆文、宋卓昭帮助做了一些案例收集工作。

这本书的得以出版,首先要感谢高等教育出版社的相关编辑,是他们的耐心和诚意敦促使我们下决心终于在“十一五”规划就要结束时完成了此书。虽然我们为此付出了很多努力,但必须承认,由于各自工作繁忙,时间仍显紧张,以及水平的限制,书中肯定还存在这样那样的问题,欢迎各位读者批评指正,我们将在今后的修订中不断改进。

吕一林

2010年9月28日于北京

目录

第一章
市场与市场营销

学完本章后，你将了解：

1. 什么是市场，什么是市场营销。
2. 市场营销的职能和范畴。
3. 企业市场营销观念的演进。
4. 有关市场营销的一些基本概念。

彼得·德鲁克眼中的市场营销

彼得·德鲁克(Peter Drucker)被誉为“现代管理之父”。他在他的《The Essential Drucker: The Best of Sixty Years of Peter Drucker's Essential Writings on Management》一书中论述了企业的目标及其最重要的功能:“企业的目标是创造客户,因此企业有两个并且只有两个基本功能:市场营销与创新。”“尽管现在我们非常重视市场营销,但是这还远远不够……企业的目标不是销售产品,也不是利润,而是‘满足客户需求’。虽然今天我们强调顾客至上,但企业还没有充分利用市场营销这个功能。”“从某种意义上说,市场营销(Marketing)和销售(Selling)是一个相对的概念,它使销售变得非常肤浅。因为市场营销的目标是了解和理解消费者,使企业提供的产品和服务非常适合消费者,正是消费者所需的,以至于不再需要销售,而是消费者主动来要求购买。”

市场营销是企业的基本职能之一,这一观念由来已久。与企业其他职能相比,市场营销的独特之处就在于它是直接与顾客打交道的,因而也是最容易引起顾客关注、最影响企业形象的职能。在今天消费者至上的世界里,市场营销关系着任何一家企业的命运,尤其是那些成功的企业,它们一定需要卓越的营销。

研究市场营销学,首先要了解什么是市场,什么是市场营销。在明确了市场、市场营销和市场营销观念的基础上,再进一步探讨市场营销学的其他基本范畴和方法。

第一节 市场与市场营销概述

市场属于商品经济的范畴,是商品经济的产物。随着社会分工和商品生产、商品交换的产生和发展,就有了与之相适应的市场。换言之,哪里有商品生产和商品交换,哪里就有市场。市场是联系生产和消费的纽带。

一、市场是什么

市场的概念随着商品经济的不断发展,内容也不断丰富和充实,并有多种表述:

(1) 市场是实现商品交换的场所,是买卖双方购买和出售商品,进行交易活动的地点。显然,这是一个物理的概念。古代中国城市中的“市”,就是这种人们从事买卖交易的地点。而且,时至今日,城市及周边地区仍然存在这一意义上的市场,有综合的农产品市场、装修材料市场,也有更专业的水果市场、海鲜市场。但是,为了效率起见,现代意义上的市场已经越来越不需要多对多的交易模式了,甚至不需要交易双方一定要在某一固定的地点完成交易。

(2) 市场是对某种商品或服务的具有支付能力的需求,如我们常说的手机市场、汽车市场、粮食市场等。这一定义也可以与地理区域结合起来,如北京市场、上海市场、亚洲市场等,它们特指在相应地理区域内存在的对产品或服务的需求。

(3) 市场是指有购买欲望、购买能力,并希望通过交易达到商品交换,使商品或服务发生转移的人或组织,而不是场所。从市场营销的角度看,这一定义对卖方来说非常重要。一个有效的市场是具有现实需求的市场,需要具备人口、购买力和购买欲望三个要素,它们缺一不可,即:

市场 = 人口 + 购买力 + 购买欲望

人口是构成市场的基本因素,哪里有人、有消费者群,哪里就有市场。一个国家或地区的人口多少,是决定市场大小的基本前提。购买力指人们支付货币购买商品或服务的能力。购买力的高低由购买者收入决定。一般说,人们的收入越高,购买力越高,市场和市场需求也越大;反之,市场则越小。购买欲望指消费者购买商品的动机、愿望和要求。它是消费者将潜在的购买愿望变为现实购买行为的重要条件,因而也是构成市场的基本要素。

如果有人口、有购买力,而无购买欲望;或是有人口和购买欲望,而无购买力,对卖主来说,都形成不了现实的有效市场,只能称为潜在市场。

(4) 市场是对某项商品或服务的所有现实和潜在购买者的集合。这一意义上的市场除了包括有购买力和购买欲望的现实购买者外,还包括暂时没有购买力,或是暂时没有购买欲望的潜在购买者。这些潜在购买者一旦条件发生变化,或收入提高有购买力了,或是受宣传介绍的影响,由无购买欲望转变为有购买欲望时,其潜在需求就会转变成现实需求。故有潜在需求的购买者是卖方的潜在市场。对卖方来说,明确自身产品的现实和潜在市场,以及需求量有多少,对其制定适当的生产和营销决策具有重要意义。

(5) 市场是商品交换关系的总和。市场主要指买卖双方、卖方与卖方、买方与买方、买卖双方各自与中间商、中间商与中间商之间,商品在流通领域中进行交换时发生的关系。它还包括商品在流通过程中促进或发挥辅助作用的一切机构、部门(如银行、保险公司、运输部门、海关等)与商品的买卖双方之间的关系。这一概念是经济学从经济关系的角度定义的。

以上概念从各个不同的角度对市场的定义做了阐述,相互之间并不矛盾,但从企业营销的角度看,更强调作为顾客的市场,即在营销者眼中,买方构成"市场",卖方构成"行业",它们一起形成一个简单的市场系统,如图 1-1 所示。

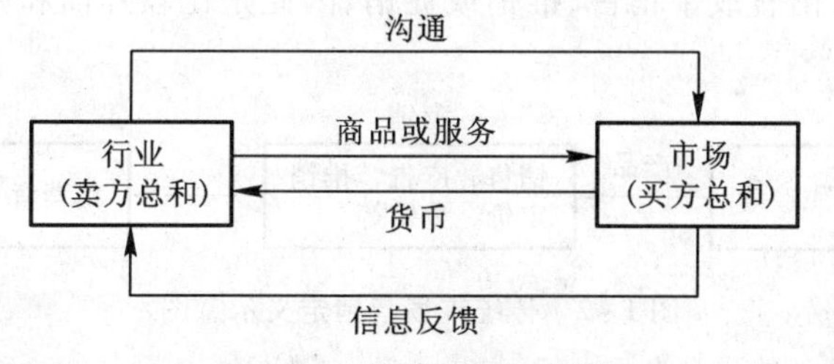

图 1-1 简单的市场系统

既然市场就是顾客,顾客就是市场,所谓市场分析、市场预测、市场选择,就是顾客分析、顾客需求预测和顾客选择。因此,在分析市场时,还要具体回答以下问题:

(1) 他们是谁(Who)?是青年人、老年人、或是哪个行业的用户?

(2) 他们喜爱或打算购买什么商品(Which)?

(3) 他们为什么要购买这些商品,购买目的是什么(Why)?

(4) 他们会在什么时间购买这些商品(When)?

(5) 他们会在什么场所购买这些商品(Where)?

(6) 他们将怎样购买商品,购买行为如何(How)?

总之,企业需要全面理解市场的含义和概念,这对企业经营具有重要的意义。也就是说,企业面向市场,是指企业要面向某一国家、某一地区的顾客,面向目标顾客的需求,研究其购买行为和购买心理,以顾客需求为导向,结合企业实际情况,研究产品销售地区的供求状况以及商品交换中的买卖、协作、竞争等关系,确定企业的经营方向和经营服务对象,制定生产、经营决策和市场营销策略,以达到企业的经营目标,提高经济效益。

二、市场营销是什么

"市场营销"一词源于英语"Marketing",既指企业有关市场营销的活动,也指市场营销学。前者包含企业经营活动中与市场或顾客有关的一切活动,而后者是从属于管理学的一门学科,专门研究与企业市场营销活动有关的问题。

市场营销从诞生到今天,其定义的核心可以简单地表述为"在满足顾客需要的同时使企业获得利润"。在市场营销学的诞生国美国,权威机构美国市场营销协会(AMA)曾多次给市场营销下定义。其中1960年的定义是:"市场营销是引导商品和服务从生产者到达消费者或用户所实施的企业活动。"这个概念认为市场营销活动是从企业的生产活动结束,产品已经生产出来开始,直至产品到达消费者手中为止。也就是产品生产出来后,通过推销、广告、定价、分销等活动,把产品销售出去,到达消费者或用户手中,市场营销活动就算完成一个周期。

就这个定义而言,首先的假设前提是消费者对企业的产品有需求,那么,通过一系列活动,产品将能销售出去。待产品售出后,市场营销活动就结束了,并未提及消费者是否满意。而且,如果产品不符合市场需求,即使已经生产出来,并大力推销,可能也是无济于事。这一传统定义(见图1-2),实质是把市场当作了企业生产和销售的终点而不是起点,把市场营销看成了销售、推销或促销,因此是比较片面和狭隘的。

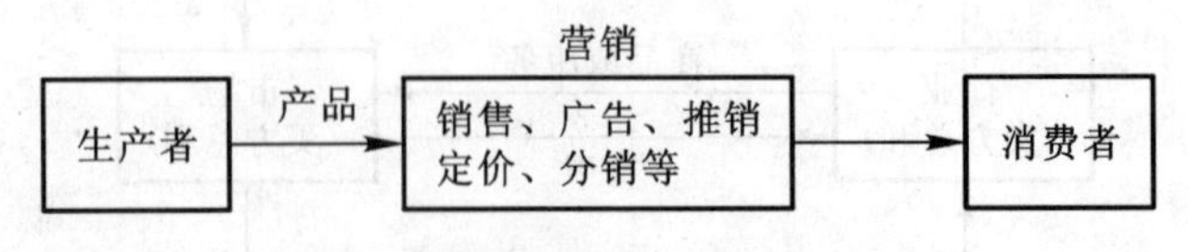

图1-2 传统市场营销定义示意图

然而,市场不仅是企业生产和销售的终点,而且应是企业生产和销售的出发点,企业的一切生产经营活动都应围绕市场展开。为了满足顾客需求,企业必须在生产前就有产前营销活动:调查市场需求,对顾客的需要进行分析研究;根据市场需求,结合企业的优势和实际情况，确定产品方向和企业经营对象，并以此为依据组织产品的开发、研制、设计并生产产品。在产品产出的前后，还要确定产品的商标、品牌、包装，组织试销，制定价格，研究通过什么销售渠道和何种沟通方式，将产品（或服务）提供给顾客。产品售出以后，营销活动并未结束，尚需开展售后活动，为顾客提供服务，满足他们的需求，帮助他们从产品中获得最大效用，并收集和听取顾客使用产品后的反应和意见，将这些信息反馈给企业内部的相关部门，作为下一步市场调查、改进和开发产品的参考。市场营销活动就是如此不断循环、向前发展的。

因此，又有广义的市场营销定义：市场营销是从卖方的立场出发，以买方为对象，在不断变化的市场环境中，以顾客需求为中心，通过交易程序，提供和引导商品或服务到达顾客手中，满足顾客需求与利益，从而获取利润的企业综合活动。

随着企业营销实践和市场营销学研究的发展，AMA 在 1985 年和 2004 年又先后两次给出有关市场营销的定义。1985 年的定义指出："市场营销是计划和执行关于产品、服务和创意的观念、定价、促销和分销的过程，目的是完成交换并实现个人及组织的目标。"这个定义的明显特点是突出了管理，将市场营销视为一个管理的过程。其次，它弥补了以前定义的不足，强调了市场营销的目标是达成交换，实现个人和组织的目标。

2004 年的定义认为："市场营销既是一种组织职能，也是为了组织自身及利益相关者的利益而创造、传播、传递客户价值，管理客户关系的一系列过程。"新定义的特点在于提出了客户价值和客户关系两个新概念，指出市场营销的核心是创造价值、传播价值和传递客户价值，是管理客户关系。这一新定义在表述方式上有很大的变化。首先是用顾客价值归纳了以前定义中的市场需求或顾客需求的内涵，其次是将旧定义中的营销管理过程直接表述为客户关系管理过程，这显然是更本质的表达，尤其在竞争激烈的今天。

早期，我们认为，一个企业，有了好的产品，就不愁没人买，所谓"酒好不怕巷子深"。后来，企业发现，没有广告、宣传、品牌、推销、促销也是不行的。最终，企业感到，通过上述努力，为顾客传递了价值，从而获得并保持顾客的忠诚才是最重要的。显然，忠诚的顾客将成为企业持续获取市场份额和利润的源泉和保障，因此，客户关系管理是企业营销活动围绕的中心和本质。

三、市场营销的基本职能

根据以上定义，市场营销的内涵远不是推销、促销所能包含的，其内容要广泛得多。市场营销的基本职能可以归纳如下：

（1）了解市场需求，收集有关市场营销的各种信息、资料，开展市场营销研究，分析营销环境、竞争对手和顾客需求、购买行为等，为市场营销决策提供依据。

（2）根据企业的经营目标和企业内外环境分析，结合企业的有利和不利因素，确定企业市场营销目标和营销战略，包括市场细分、选择目标市场和市场定位。

（3）制定营销组合策略，包括产品策略、价格策略、分销渠道策略和沟通策略。

（4）编制、执行和控制市场营销计划。

由以上基本职能可知，营销不仅是企业的经营活动，也是管理过程，是组织和指导企业满足顾客和社会的目前及未来需要,从而实现企业预期的利润和目标的管理过程。因此,企业市场营销部门及生产、研究开发、财务、采购、人力资源等各个部门,都应以顾客为核心,分工合作,相互配合,协调一致,形成合力,共同为有效地满足顾客需求、实现企业的市场营销目标而努力。

第二节 营销观念

营销观念是企业从事营销活动的指导思想,其核心是企业如何正确处理社会、顾客和企业三者关系,并以此指导和开展营销活动。

营销观念随着生产力和科学技术的不断发展,市场供求关系的变化,市场竞争的进化和市场营销管理由低级向高级发展的需要,而相应地发生演变。至今,企业市场营销指导思想已经历了两个不同质的发展阶段和6种观念,其中,传统营销观念阶段包括生产导向观念、产品导向观念和推销导向观念,现代市场营销观念阶段包括市场营销导向观念、社会营销导向观念和全方位营销观念。

一、生产导向观念

这种观念从企业本位出发,企业生产什么就卖什么,故称为生产观念或生产导向观念。生产观念是在生产力和科学技术还比较落后,发展比较缓慢时产生的。在整个社会生产力水平较低、市场上产品供应不足的条件下,企业一般只生产单一品种的产品;市场需求是被动的,没有多大选择余地;企业生产的产品不论数量多少,品质优劣,都能销售出去并获得利润;竞争不是在卖方之间展开,而是在买主之间进行,企业生产出产品后根本不愁没有销路。因此,企业的一切经济活动都以生产为中心,“我能生产什么,就卖什么”,经营管理的主要任务是在企业内部的市场管理,关注的重点是如何提高劳动生产效率,增加产品数量,降低成本,达到获取超额利润的目的。

在20世纪20年代前,资本主义国家的企业普遍奉行生产观念。例如美国福特汽车公司的口号是“本公司旨在生产汽车”,“不管顾客需要什么,我们的汽车就是黑色的”。当时汽车供不应求,清一色的黑色汽车也都能卖得出去。我国在经济体制改革前企业界普遍奉行的也是生产观念,就是改革后很长一段时期,由于一些企业仍习惯于计划经济体制的思维方式,仍然遵循生产导向的经营观念。

二、产品导向观念

这种观念认为顾客最喜欢高质量、性能好、有特色的产品,并愿意花较多的钱购买质量上乘的产品。为此,企业应致力于不断改进产品,推出优质产品,则顾客必然会主动上门自愿购买企业的产品。

对于以重视企业内部管理忽视外部环境变化的企业来说,往往容易滋生产品观念。特别是当企业发明一项新产品时,有可能迷恋上自己的产品,把注意力全部集中在产品本身的性能上,以至于没有意识到市场需求的变化,致使企业产品的销售量下降而陷入困境。这种情况被形象地称之为“营销近视症”。例如,美国爱尔琴手表公司自1864

年创建以来,一直生产优质高档名贵手表,并通过珠宝店和百货公司销售,受到消费者的欢迎,享有“美国最佳手表制造商”的声誉。但在1958年以后,消费者对手表的需求已由走时准确、耐用的高贵名牌手表,转向外观造型优美、走时准确、自动、防水、防震、价格适中的手表,且愿意到大众化的零售商店中去购买。爱尔琴手表公司不重视市场需求的变化,仍以产品观念指导生产经营,坚持生产优质名贵的高档手表,致使手表销售量和市场占有率持续下降,公司受到很大损失。我国也曾有不少老字号企业,奉行产品观念,认为“酒好不怕巷子深”,不注意市场需求的变化,迷恋着曾经为企业作出过贡献的老产品,舍不得改变或放弃原有产品,导致产品销量下降,即使政府多方扶持,企业经济效益仍然不佳。

三、推销导向观念

推销导向观念也称销售导向。随着生产力进一步发展,一方面市场上商品的花色品种增多,供应量不断增加,出现供大于求的状况,企业间竞争加剧;另一方面大众的生活水平不断提高,需求向多样化发展,顾客购买的选择性增强。环境的变化迫使企业不得不考虑产品的销售问题。

推销观念认为:顾客只有在销售活动的刺激下才会购买。企业要大力开展推销活动,千方百计使顾客对企业已经生产出的产品产生兴趣进而购买产品。大力推销是企业扩大销售、提高利润的必由之路。

在推销观念指导下,企业设立专门的销售部门,注重产品推销和广告投入,重视运用推销术或广告术,刺激或诱导顾客购买,其口号是“我卖什么,你就买什么”,仍然是努力设法将已生产的产品销售出去,通过增加销量达到获取利润的目的。至于顾客是否满意,则不是企业考虑的问题。

由于推销观念的立足点仍然是对已经生产的产品进行强力推销,它与生产观念的特点相同,都是先有产品,后有顾客,都是“我生产什么,我就卖什么,你就买什么”,所以推销观念仍然属于生产导向观念的范畴。只是从生产观念发展到推销观念,提高了销售工作在企业经营管理中的地位,并促使企业更多地了解市场情况,为进一步转变为市场营销观念创造了条件。

在20世纪20年代至50年代间,西方企业大多奉行推销观念,强化推销,促进销售,为企业争得更多利润。尤其是社会生产力大大提高,市场已开始由卖方市场转向买方市场之时,市场中产品过剩,很多企业为争夺顾客,甚至不顾顾客利益,强行兜售,促成交易,以致最终丧失企业声誉。

实践证明,奉行推销观念,着力推销与广告,对企业的销售工作有积极的促进作用。但是如果生产出的产品或市场需求已饱和,或质次价高,或不适销对路,即使大力推销也是无济于事。这就促使企业必须从旧式商业观念转向现代市场营销观念。

四、市场营销导向观念

随着生产力与科学技术的迅速发展,产品更新换代的周期缩短了,产品日新月异,供应量大大增加;人民生活水平提高,市场需求变化频率加快;产品供大于求,市场由卖方市场变成为买方市场；企业的产品由以往的地区性销售发展到全国，甚至国际性行销，国内外企业的市场竞争更加激烈，不少企业的产品虽然大力推销，销量仍持续下降，逐渐丧失市场份额，影响企业的生存和发展。因此，很多企业在形势逼迫下逐渐领悟到企业的生产必须适应环境的变化，满足顾客需求，增强企业在市场上的竞争力，求得企业的生存和发展。先进的企业改变了过去的营销观念，转而接受市场营销观念。

市场营销导向观念以顾客为中心，采取整体营销活动，在满足顾客需求和利益的基础上，获取企业利润。它引起了企业组织、管理方法和程序上的一系列变革，在市场营销观念指导下的企业应做到以下几点：

（1）不是以生产、而是以顾客为中心，确定企业的经营方向。

（2）企业的宗旨是满足目标顾客的需求和欲望；口号是“以需定产”、“顾客至上”、“顾客第一”。

（3）企业中各部门与营销（或销售）部门的管理活动协调一致，开展整体营销活动——生产适销对路的产品；制定适宜的价格；采用适当的沟通方式和手段；利用合适的分销渠道，达到在满足顾客需求和利益的基础上，获取企业的合理利润的目的。

（4）企业营销部门已不是单纯地在产品制成后从事销售性事务，而是参与到企业经营管理活动的全过程，是企业经营管理的重要组成部分。

如果将营销导向与推销导向做一个简单的比较，我们将得出表1-1所示的不同点，即推销导向的观念是从企业的角度看问题，以生产为出发点，围绕的重点是已经生产出来的产品，侧重的方法是推销与促销，目的在通过扩大销售量获取利润；而营销导向的观念从企业之外的顾客视角看问题，出发点是市场，关注的重点是顾客需要，方法强调整合的营销组合策略，目的在于通过顾客满意扩大企业利润。

表1-1 推销导向与营销导向的比较

	出发点	中心	手段	目的
推销观念	生产	产品	推销和促销	通过扩大销售量获取利润
营销观念	市场	顾客需求	整合营销	通过让顾客满意扩大利润

在现代市场营销观念的指导下，企业将主要精力集中在向顾客提供高价值的产品，追求高顾客满意度。而要实现顾客满意，需要从顾客的立场出发设计和生产产品。消费者在购买商品和服务时考虑的是顾客让渡价值，他们会购买能提供最高顾客让渡价值的产品。

五、社会营销导向观念

市场营销观念摆正了企业与顾客的关系，但在实际执行过程中，企业往往自觉不自觉地在满足顾客需求时，与长远的社会公众利益发生矛盾，导致企业虽满足了某些顾客眼前的需要，却损害了社会整体利益。例如，氟利昂满足了家电行业的需要，但它破坏臭氧层，危害人类健康。又如，饮料行业使用一次性罐式包装代替瓶式包装，满足了顾客对饮料卫生、便于携带和开启的需要,却造成了社会不可再生资源的浪费等。再如,风靡世界的快餐业,在满足人们的口福和对便利、快捷要求的同时,却有可能因为提供的食物属于高脂高盐而不利于人们的健康。因此,在全社会日渐重视环境、生态和可持续发展的今天,营销界也修正了市场营销观念,提出重视社会公共利益的社会营销导向观念。

社会营销导向观念以顾客的长远需求和社会利益为重点,采取整体营销活动,在满足顾客需要的同时,考虑到社会和公众的长远利益,在获取企业利润的同时,达到谋求企业可持续发展的目的。所以,社会营销观念的实质是在市场营销观念的基础上,综合考虑顾客、企业、社会三者利益的协调统一,如图 1-3 所示。

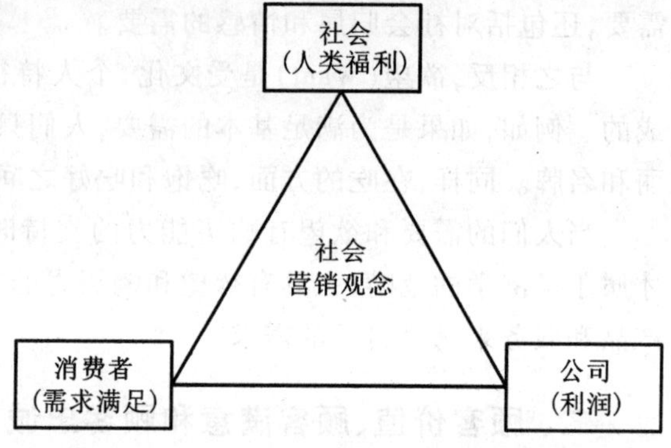

图 1-3　社会营销观念强调的三方面统一

六、全方位营销导向

菲利普·科特勒教授在最新版的《营销管理》中提出了全方位营销导向的概念。他认为,21 世纪出现的新趋势和新力量要求企业在营销过程中考虑到方方面面,即需要一种广泛的、整合的视野,充分理解营销的复杂性,具体又可分为 4 个组成部分:关系营销、整合营销、内部营销和绩效营销。

其中,关系营销要求企业与影响企业成败的 4 个主要团体——顾客、员工、供应商和分销商,以及其他营销伙伴,建立起深入、持久、互惠的关系,目的在于建立一项独特的资产——营销网络。当然,其中最重要的是顾客关系,目的在留住顾客。

整合营销指企业在设计营销活动时,一定要从整体的角度考虑,力图运用多种营销策略和手段,达到整体效果最优。同时,在设计和实施每一项营销活动时,都要考虑到与其他所有活动和策略的相互关联和影响。

内部营销意味着要确保企业内部的每一个成员,尤其是高层管理人员,都赞同、理解,并正确地贯彻公司营销战略与策略,而且,内部营销需先于外部营销。内部营销需要从两个方面实施:纵向的,从高层主管到公司每个成员;横向的,同一层面,不同部门之间,如销售、广告、客服、市场调研、产品管理等部门,必须协同工作。

绩效营销,指企业需要了解通过各种营销活动获取的回报。这之中,除了财务的回报,还需要广泛关注营销对社会、法律、伦理和环境的影响和效应。高层主管不仅要审视销售收入、营销业绩和市场份额,还应该关心顾客流失率、顾客满意度、产品质量及企业社会责任等。

第三节　关于营销的一些基本概念

为了进一步理解市场营销,需要先对营销的一些核心概念做简单的介绍。

一、需要、欲望和需求

满足顾客的需要是营销活动的基本出发点。科特勒认为,人类需要(Need)是与生俱来的,并不是营销创造的,它们是人类生存所必需的,如对食物、衣服、保暖和安全的需要,还包括对社会归属和情感的需要。

与之相反,欲望(Want)是受文化、个人特征、外界环境,包括企业营销活动影响形成的。例如,如果是为满足基本的需要,人们只需朴素的服装即可,而不必追求时尚、华丽和名牌。同样,在吃的方面,吃饱和吃好之间可以有天壤之别。

当人们的需要和欲望有购买能力的支持时,就变成了需求(Demand)。显然,需求才属于经济学的范畴,在具有欲望和购买力的支持下,人们需要企业提供令他们满意的产品和服务来满足自己的需求。

二、顾客价值、顾客满意和顾客忠诚

在营销中,顾客价值有两重含义。从企业的角度看,顾客价值意味着顾客能够为自己带来的价值,或顾客的购买量。从顾客的角度看,顾客价值意味着通过购买,自己获得了多少价值,有时也称之为顾客让渡价值。

顾客让渡价值指总顾客价值与总顾客成本之间的差。总顾客价值是顾客购买某一特定产品与服务所获得的一系列的利益,包括产品价值、服务价值、人员价值、形象价值等。总顾客成本指顾客在评估、获得和使用某一特定产品所花费的成本,包括货币成本、时间成本、体力成本和精力成本等。即:

顾客让渡价值 = 总顾客价值 - 总顾客成本

总顾客价值 = 产品价值 + 服务价值 + 人员价值 + 形象价值

总顾客成本 = 货币成本 + 时间成本 + 体力成本 + 精力成本

因此,企业提高产品的顾客价值可以从两方面着手:一是通过改善产品,增加服务,培训员工和提升品牌形象等工作,提高产品的总顾客价值;二是通过降低售价、方便顾客购买、减少顾客体力和精力的耗费等工作,降低产品的总顾客成本。

顾客满意指顾客对于具体购买的满意程度。显然,顾客满意度是影响顾客再次购买的重要因素。满意的顾客不仅自己会再次购买该产品,或该企业的其他产品、新产品,而且会向其他人宣传自己成功的、或者是愉快的购物经历,从而鼓励他人购买。反之,不满意的顾客不仅自己不会再购买该产品,转向竞争对手的替代产品,而且通过向其他人抱怨,很可能还会影响一大批顾客的购买。

很多情况下,满意的顾客会持续地购买同一公司的产品,对公司及其产品持支持和赞赏的态度,对公司产品的价格敏感度降低,甚至主动向周边的人宣传该公司。显然,获取顾客忠诚正是企业追求顾客满意所希望达到的目的。但是,并非所有的行业顾客忠诚与顾客满意之间的联系都同样紧密。一般说,在竞争激烈而产品差异度较小的行业,二者的紧密程度较差,因为顾客有很多选择;而在垄断性市场上,顾客无论多么不满意,也不得不忠诚,这看上去很不错,但长期来看,这些公司迟早将为此付出代价。

三、顾客资产与建立顾客关系

从最新的关于营销的定义我们可以发现,现代营销越来越重视建立稳固的顾客群,成功的公司不但要善于获取顾客,更要善于通过客户管理,长期拥有他们,形成顾客资产。

顾客资产指公司拥有的所有现实和潜在顾客终生价值的总和。显然,顾客越忠诚,公司拥有的顾客资产价值越高。客户关系管理的目的就是提升公司顾客资产,因为顾客资产比当前的销售额和市场份额更能预示公司的未来。

今天,越来越多的公司都在建立顾客数据库,开展顾客忠诚和顾客保持计划,特别是保险公司、航空公司和银行。它们通过精心管理顾客个人的详细信息和与顾客的"接触点",力图达到顾客忠诚的最大化。这些措施确实行之有效,但仍然只是狭义的顾客关系管理活动。

广义的顾客关系管理,指通过传导优异的顾客价值和顾客满意,建立和维护盈利性的顾客关系管理的全过程。确实,一个企业,不可能与每位潜在的顾客建立关系。实际上,企业的顾客构成多种多样,一些企业拥有数量巨大的低利润的目标顾客;另一些企业的目标顾客数量不多,但单个顾客的利润很高,显然,这两种顾客关系不可能同样密切。

这里并不是赞赏某些企业排斥或歧视小客户的做法。事实上,研究大多数企业的客户可以发现,其最具盈利性的顾客数量往往占比并不大,多数顾客的盈利性很小甚至不盈利。问题出在某些行业内缺少充分的竞争或公平的竞争环境,使得那些对大企业来说没有盈利的小客户无法得到乐于以他们为目标顾客的企业的服务。

现代计算机、互联网、通信技术、交通工具及数据库技术的发展,为企业与顾客建立更紧密的联系提供了可能。现在,公司可以通过网络获得大量的新顾客,通过网络与目标顾客保持一对一的直接联系。总之,今天的公司已不必就近与所有的顾客面对面,它们已经有足够的工具为自己精心挑选目标顾客,并与他们建立长期的、甚至终生的直接联系。

第四节　营销要素与市场营销组合

营销要素是企业为了满足顾客需求,促进市场交易而运用的市场营销手段。这些手段多种多样,且在促进交易和满足顾客需求中发挥着不同的作用。

为了便于分析和运用市场营销要素,美国市场营销学者麦卡锡教授(E. J. McCarthy)将各种市场营销要素归纳为四大类,即产品(Product)、价格(Price)、分销(Place)和促销(Promotion)。这几个词的英文字头都是P,故简称4Ps。市场营销学主要以4P理论为核心,许多基本原理和内容都是围绕着这四个营销要素展开的。其中,促销要素又被营销学者扩展为"沟通",即运用整合的沟通手段,将企业和产品信息有效地传递到顾客那里,通过沟通达到促进销售的目标。所以,市场营销组合中的4P要素被调整为:产品、价格、分销、沟通。本书将在以后章节中分别详细叙述。由于这四个营销要素是企业能自主决定的营销手段,故又称可控制的因素。

在市场营销活动的实践中,企业为了满足顾客需求,促成市场交易,在市场上获得成功,达到预期的经营目标,仅仅运用一种营销手段而无其他营销手段相配合,是难以获得成功的。必须综合利用产品、价格、分销、沟通等可控因素,将这些因素加以组合,使其互相配合,整合地发挥最佳作用。市场营销组合(Marketing Mix)就是指企业为追求预期的营销目标,综合运用企业可以控制的各种要素,并对之进行最佳组合的过程,简称4P组合。

在以上产品、价格、分销、沟通四个营销要素中,每个要素还包含若干特定的子因素(或称变量),从而在4P组合下,又形成每个要素的次级组合。

(1) 产品包括产品的外观、式样、规格、体积、花色、品牌、品种质量、包装、商标、服务、保证等子因素。这些子因素的组合,构成了产品组合要素。

(2) 价格包括基本价格、折扣、津贴、付款时间、信贷条件等,构成了价格组合要素。

(3) 分销包括批发、零售、代理商、运输、存货控制等,构成了分销组合要素。

(4) 沟通包括人员推销、广告、公共关系、营业推广、售后服务等,构成了沟通组合要素。

以上这些子因素中,某些子因素还可以进一步细分。例如,商品质量可分为高、中、低三档;价格也可分为高、中、低三种价格;广告按其所使用媒体的不同,可分为报刊、电视、广播、橱窗广告等多种。所以,市场营销组合有许多种组合形式,数目相当可观。而且,只要其中某一个因素发生变化,就会得出一个新的组合。因此,在选择市场营销要素组合时,营销要素不能选得太多,否则,随着市场营销因素的增多,经过排列组合,市场营销组合的数量会大大增加,不仅浪费时间、精力和资金,也使企业无所适从,既不现实,且毫无意义。

此外,需要指出的是,市场营销组合不是固定不变的静态组合,而是经常变化的动态组合。企业应善于动态地利用可以控制的市场营销因素,制定市场营销组合策略,以适应外部环境不可控因素的变化,在市场上争取主动,从而提高市场竞争能力,使企业能更好地生存和发展。

20世纪90年代,以舒尔茨教授为首的一批营销学者从消费者需求的角度出发研究市场营销理论,提出了现代市场营销的4C要素组合,即消费者的需求和欲望(Consumer's need)、消费者愿意支付的成本(Cost)、消费者购买的便利性(Convenience)和与消费者的沟通(Communication)。他们提出,企业的市场营销活动应该以消费者为中心,发现消费者的需求,以最低的成本、最高的便利性提供产品,满足消费者的需求,同时保持与消费者的充分沟通,通过沟通达到传递信息、刺激销售的目的。

4C要素组合同4P要素组合并没有本质的差别,只是更加突出了企业必须从消费者出发,经营活动的中心必须从企业转向消费者。4C要素组合体现了对企业市场营销活动的要求,而4P要素组合则在实践中更具操作性。

市场营销实践中最引人注目的不是多数公司采用相似的营销组合,而是恰恰相反,每个企业运用的市场营销要素的具体内容千差万别。不但不同行业中企业的营销组合策略及其侧重点有很大不同,即使经营同类产品的竞争性企业也往往采用不同的营销组合。为什么会有这些差异呢? 怎样理解这些差异呢?

首先,营销组合要适合企业特定的目标顾客群。例如,对价格敏感但对品牌不敏感的消费者,较好的组合策略可能是价格促销,而不是代价高昂的广告或包装。反之,对那些对品牌形象敏感的消费者,恰恰需要代价高昂的广告宣传和时尚的包装。

其次,组合方案要适合公司自身特点,即企业组织的人力资源、文化,资金实力和生产能力等。例如,一个具有大量广告经验和专门人才的公司比那些在这方面较弱的公司更有能力实施一项更倚重广告的营销方案。又如,市场占有率高的大公司,可采用全国性广告、设立自有分销机构和大量投入研发的营销组合,因其销售量大,能将固定成本分摊到众多的单位成本上;而一家市场占有率低的小公司,则需突出可变成本的组合方案,如价格促销、付佣金的推销队伍和独立的分销商等。

最后,组合方案还应视竞争对手的特点而不同,要考虑到后者可能的应对方案。比如,竞争对手对价格变化非常敏感,对其他公司的降价行为一定会立即做出反应,跟随降价,那么,企业就不应该采取低价格的营销组合。因为,一旦竞争对手也降价,很容易引起价格战,不但不能扩大销售,还会降低行业平均的利润率。当一家企业能够通过自己的组合策略引导竞争对手的反应,使之不但不会对本公司造成负面影响,还会有帮助时,该公司即可称为在营销组合方案设计上已达到了极致,如同一位超一流棋手在运筹帷幄。

像大多数营销原理一样,营销组合也只是一种抽象的概括。现实中的企业营销组合方案并不总是能恰好地分为产品、价格、促销、分销几部分,有时它们是相互交叉的。例如价格促销的诸多形式:优惠券、买一送一、价格折让等就兼具了价格和促销两要素;而通常被看做是产品策略一部分的品牌,显然也是沟通要素的重要组成部分。

对企业来说,营销活动成败的关键之一是要使营销组合的各要素之间形成相互协调一致的整合关系。例如,高档次的产品形象需要以高端的销售渠道相配合,而廉价商品需要选择杂货店一类的分销渠道。有效营销组合策略的每一个要素都应该能支持和配合整个组合需要达到并影响的目标市场,从而实现 1 + 1 > 2 的效果。

第五节　市场营销面临的新挑战

进入 21 世纪以来,企业面临着一个更加多变的环境。市场和消费的全球化、数字化、网络化的时代到来,以及对可持续发展、道德和社会责任的强调,都给营销带来了新挑战。

一、全球化的时代

今天的世界,由于信息传递的发达,国与国、不同文化之间的相互影响和渗透,达到了过去年代不可想象的程度。今天的企业,都希望能走出国界,在全世界复制它以往在一国内的成功;今天的消费者,同样也希望自己能紧紧跟上世界消费变化的潮流,因此也要走向世界。在这种情况下,世界市场日益全球化,一方面,全球的消费者需求趋同,而不仅仅是差异化;另一方面,企业间的竞争也日趋全球化,即使是就在家门口经营的一家小企业,可能也躲不开来自其他国家企业的竞争。

在国内市场已取得领导者地位的企业面临着持续增长的竞争压力,需以"国际化"或"全球化"作为新的营销主旋律。例如世界零售业之王美国的沃尔玛,最近10年营业额增长最快的是其国际部业务,现在,它不仅是世界零售业老大、美国零售业老大,还是加拿大、墨西哥的零售业老大。

真正的"国际化"有两个标志:一是在全球市场上塑造自有品牌,二是能够驾驭国际市场的分销渠道。例如,在今天的中国市场上,美国的通用电气、德国的大众、芬兰的诺基亚、瑞士的雀巢和韩国的三星可能都比我们本土的同行企业干得更好。同样,中国的联想、华为、海尔也都开始进入国际市场。一些著名的跨国公司,其全球业务早已超过了本土的业务。例如麦当劳在其遍布全世界的30 000余家的快餐店为超过5 000万的顾客提供服务,公司收入的65%来自美国之外;宜家公司的海外分店及销售额也早已超过其本土的。

如何更加准确地定位国际市场上的目标顾客,如何找到不为人所知的隐性顾客群,如何开垦分布于全球市场的细碎市场绿洲,以及如何跨越细窄的市场领域拓展更大的空间,都是企业走向国际化急需解决的问题。而新生代的消费者,其需求特征及消费心理不同于他们的父辈及兄长,企业还不太熟悉,也缺乏足够的经验。

今天的企业经理需要(或不得不)以全球化的视角观察企业所处的行业以及企业的竞争者和顾客,了解全球的竞争者和消费者需求的走向会怎样影响企业的业务和营销战略与策略选择。这方面的内容我们将在第14章具体讨论。

二、数字化、网络化的时代

20世纪90年代以来的科技进步创造了一个网络化和数字化的新时代,计算机、远程通信、信息技术、手机的普及,无线接入技术和各种数字化终端设备(如数码相机)的迅猛发展,极大地影响着企业营销的方方面面。

技术的发展首先提供了了解和跟踪顾客需求和购买行为,并根据顾客需要为之量身定制产品和服务的新手段,并大大地提高了效率。网络技术进一步使与顾客的一对一交流和更大范围的直接沟通成为可能,并使人们完全可以足不出户通过网络购买从书籍、玩具、家具、小吃到矿泉水的各种商品和服务。网络营销已成为时下发展最快的市场营销模式。5年前,很多实体商店还对在网上营销持怀疑态度,恐怕影响实体店的销售。如今,网络商店的步步紧逼,已迫使越来越多的实体商店变成了"鼠标加水泥"或"网络加实体"的公司,例如国内著名的苏宁电器高调推出网上商城。

数字化加网络化的时代为企业营销提供了众多激动人心的新机遇,这方面的内容将在第十五章讨论。

三、对可持续发展、道德和社会责任的强调

我国经过了改革开放30余年的发展，随着成为全球制造业大国和居民消费水平的升级，环境正面临空前的压力，社会对企业也提出越来越高的要求，要求企业对建立可持续发展的社会、遵守道德规范、承担更大的社会责任作出贡献。一些企业想逃避这些责任，投机取巧，而真正有远见的企业从中看到的是新的机会，进而主动承担起相应的责任。例如赞助各种社会慈善、援助活动，开发可再生能源，或清洁能源技术，推出绿色生态食品，设计更省电节能的家电产品，等等。相应的，营销领域也出现了环境营销、绿色营销、生态营销这些新词汇。

本章小结

1. 从市场营销的角度看，市场是指有购买欲望、购买能力，并希望通过交易达到商品交换，使商品或服务发生转移的人或组织，而不是场所。一个有效的市场是具有现实需求的市场，需要具备人口、购买力和购买欲望三个要素，缺一不可。

2. 市场营销既是一种组织职能，也是为了组织自身及利益相关者的利益而创造、传播、传递客户价值，管理客户关系的一系列过程。

3. 营销观念是企业从事营销活动的指导思想，它随着生产力和科学技术的不断发展而相应地发生演变。至今，企业市场营销指导思想已经历了生产导向观念、产品导向观念、推销导向观念、市场营销导向观念、社会营销导向观念和全方位营销阶段。

4. 人类需要是与生俱来的，并不是营销创造的，它们是人类生存所必需的，如对食物、衣服、保暖和安全的需要；欲望则是受文化、个人特征、外界环境，包括企业营销活动影响形成的；当人们的需要和欲望有购买能力的支持时，就变成了需求。

5. 顾客满意指顾客对于具体购买的满意程度，是影响顾客再次购买的重要因素。而获取顾客忠诚正是企业追求顾客满意所希望达到的目的。顾客资产指公司拥有的所有现实和潜在顾客终生价值的总和。顾客关系管理，指通过传导优异的顾客价值和顾客满意，建立和维护盈利性的顾客关系管理的全过程。

6. 进入21世纪以来，企业面临着一个更加多变的环境：市场和消费的全球化、数字化、网络化的时代到来，以及对可持续发展、道德和社会责任的强调，都给营销带来了新挑战。

思考题

1. 什么是市场，怎样理解市场的概念。
2. 阐述市场营销的定义，分析不同时期市场营销定义的异同。
3. 描述市场营销的基本职能。
4. 比较和评述六种营销观念。

5. 什么是顾客让渡价值,企业如何提高产品的顾客让渡价值?

6. 试分析顾客满意与顾客忠诚之间的关系。

宝马公司在亚洲市场的营销

宝马公司位于德国南部的巴伐利亚州,是全球十大交通运输工具生产厂商之一。宝马公司拥有16座制造工厂、10万余名员工。20世纪90年代之后,日本、欧洲等国家的汽车制造业都发展缓慢,全球汽车行业进入了调整阶段。汽车行业需要新的经济增长点。而此时亚洲经济正以惊人的速度发展,被喻为"四小龙"的新加坡、中国香港、中国台湾、韩国的人均收入已接近中等发达国家水平,此外,中国、泰国、印尼等国的具有汽车购买能力的中产阶级的数量正飞速增长。世界汽车巨头都虎视着亚洲,尤其是东亚这块世界汽车业最后争夺的市场。宝马公司也将目标定向了亚洲,并展开了一系列的市场营销工作。

1. 产品策略

宝马公司试图吸引新一代寻求经济和社会地位成功的亚洲商人。宝马的产品定位是:最完美的驾驶工具。宝马要传递给顾客创新、动力、美感的品牌魅力。这个诉求的三大支持是:设计、动力和科技。公司的所有促销活动都以这个定位为主题,并在上述三者中选取至少一项作为支持。每个要素的宣传都要考虑到宝马的顾客群,要使顾客感觉到宝马是"成功的新象征"。要实现这一目标,宝马公司欲采取两种手段,一是区别旧与新,使宝马从其他品牌中脱颖而出;二是明确那些期望宝马成为自己成功和地位象征的车主有哪些需求,并去满足它。宝马汽车种类繁多,分别以不同系列来设定。在亚洲地区,宝马公司根据亚洲顾客的需求,着重推销宝马三系列、宝马五系列、宝马七系列、宝马八系列。这几个车型既具备节能的共同特点,又各有千秋。宝马三系列原为中高级小型车,新三系列包括四门房车、双座跑车、敞篷车和三门小型车,共有七种引擎。车内空间宽敞舒适。宝马五系列备有强力引擎。除了在外形上比三系列大,它们的灵敏度是相似的。拥有两种车体设计的五系列配有从1 800马力到4 000马力的引擎,四个、六个或八个汽缸。五系列提供多样化的车型,足以满足人们对各类大小汽车的所有需求。宝马七系列于1994年9月进军亚洲,无论从外观或内部看都属于宝马大型车等级。七系列房车的特点包括了优良品质、舒适与创新设计,已成为宝马汽车的象征。七系列除了有基本车体以外,还有加长车型可供选择。宝马八系列延续了宝马优质跑车的传统,造型独特、优雅。

2. 定价策略

宝马的目标是追求成功的高价政策,以高于其他大众车的价格出现。宝马公司认为宝马制定高价策略是因为:高价意味着宝马汽车的高品质,高价也意味着宝马品牌的地位和声望,高价表示了宝马品牌与竞争品牌相比具有的专用性和独特性,高价更显示出车主的社会成就。总之,宝马的高价策略是以公司拥有的优于其他厂商品牌的优质产品和完善的服务特性,以及宝马品牌象征的价值为基础的。宝马汽车的价格比同类汽车一般要高出10% ~20%。

3. 渠道策略

宝马公司早在1985年就在新加坡成立了亚太地区事业部,负责新加坡、中国香港、中国台湾、韩国等分支机构的销售事务。在销售方式上,宝马公司采取直销的方式。宝马是独特、个性化且技术领先的品牌,宝马锁定的顾客并非是大众化汽车市场,因此,必须采用细致的、个性化的手段,用直接、有效的方式把信息传递给顾客。直销是最能符合这种需要的销售方式。宝马公司在亚洲共有3 000多名直销人员,由他们直接创造宝马的销售奇迹。宝马在亚洲直销的两个主要目标是:一是要有能力面对不确定的目标市场,二是要能把信息成功地传递给目标顾客。这些目标单靠传统的广告方式难以奏效。直销要实现的其他目标还有:加强宝马与顾客的沟通,使宝马成为和顾客距离最近的一个成功企业;利用与顾客的交谈,和顾客建立长期稳定的关系;公司的财务状况、销售状况、售后服务、零件配备情况都要与顾客及其他企业外部相关者沟通;利用已有的宝马顾客的口碑,传递宝马的信息,树立宝马的品牌形象;利用现有的顾客信息资料,建立起公司内部营销信息系统。宝马还把销售努力重点放在提供良好服务和保证零配件供应上。对新开辟的营销区域,在没开展销售活动之前,便先设立服务机构,以建立起一支可靠的销售支持渠道。

4. 促销策略

宝马公司的促销策略并不急功近利地以销售量的提高为目的,而是考虑到促销活动一定要达到如下目标:成功地把宝马的品位融入潜在顾客中;加强顾客与宝马之间的感情连接;在宝马的整体形象的基础上,完善宝马产品与服务的组合;向顾客提供详尽的产品信息。最终,通过各种促销方式使宝马能够有和顾客直接接触的机会,相互沟通信息,树立起良好的品牌形象。宝马公司考虑到当今的消费者面对着无数的广告和商业信息,为了有效地使信息传递给目标顾客,宝马采用了多种促销方式。所采用的促销方式主要包括广告与公共关系活动。

(1) 广告。宝马公司认为:当今社会越来越多的媒体具备超越国际的影响力,因而要使广告所传达的信息能够一致是绝对必要的。宝马为亚洲地区制定了一套广告计划,保证在亚洲各国通过广告宣传的宝马品牌形象是统一的。同时这套广告计划要通过集团总部的审查,以保证与公司在欧美地区的广告宣传没有冲突。宝马公司借助了中国香港、新加坡等地的电视、报纸、杂志等多种广告媒体开展广告宣传活动。这些活动主要分为两个阶段:第一阶段主要是告知消费者宝马是第一高级豪华车品牌,同时介绍宝马公司的成就和成功经验;第二阶段宝马用第七系列作为主要的宣传产品,强调宝马的设计、安全、舒适和全方位的售后服务。

(2) 公关活动。广告的一大缺陷是不能与目标顾客进行直接的接触,而公关活动能够达到这一目的。宝马公司在亚洲主要举办宝马国际高尔夫金杯赛和宝马汽车鉴赏巡礼两个公关活动。宝马国际高尔夫金杯赛是当时全球业余高尔夫球赛中规模最大的。这项赛事的目的是促使宝马汽车与自己的目标市场进行沟通,这是因为高尔夫球历来被认为是绅士运动,即喜欢高尔夫球的人,尤其是业余爱好者多数是具有较高收入和较高社会地位的人士，而这些人正是宝马汽车的目标市场。宝马汽车鉴赏巡礼活动的目的是在特定的环境里，即在高级的展览中心陈列展示宝马汽车，把宝马汽车的基本特性、动力、创新和美感以及它的高贵、优雅的品牌形象展示给消费者，并强化这种印象。此外，宝马公司还定期举行新闻记者招待会，在电视和电台的节目中与顾客代表和汽车专家共同探讨宝马车的功能，让潜在顾客试开宝马汽车，这些活动也加强了宝马与顾客的沟通。

（资料来源：百度文库．北京大学市场营销学60例案例精选．）

请认真阅读案例，并回答以下问题：

1. 为什么亚洲市场对宝马公司如此重要？

2. 以中国市场为例，请描述宝马三系列、五系列、七系列、八系列各自针对的特定人群。

3. 从本案例看，市场营销在宝马公司的日常运营中处于一个什么样的地位？请详细阐述你的看法。

第二章

制定营销战略规划：建立顾客驱动型战略

学完本章后，你将了解：

1. 企业总部怎样进行战略规划。
2. 企业的营销部门如何制定顾客驱动型的营销战略。
3. 营销计划都包括哪些内容。
4. 企业怎样开展营销管理。

海尔发展战略的演变

整个20世纪80年代,海尔一直致力于电冰箱的生产,一做就是七年,全面践行了其名牌战略。从1992年开始,海尔的家电产品正式由冰箱扩展到了空调器和冷柜。1997年,海尔进入了“扩张之年”,通过合资、控股等方式进入彩电、洗衣机等领域,最后扩展到小家电等领域,充分实现了其多元化战略。

从1998年开始,海尔开始推行国际化战略。2005年年底,海尔进入第四个战略阶段——全球化品牌战略阶段。无论在专业化阶段还是多元化阶段,也无论是推行国际化战略还是全球化品牌战略,它始终奉行“真诚到永远”的价值理念,通过强有力的顾客驱动型营销战略和活动为顾客创造价值。以冰箱生产为例,它既为奢华品位族、别墅豪华族提供适宜的冰箱,也为时尚新潮族提供令人心仪的款式,还为典雅小康族、经济实惠族提供满意的产品,也不忘单身迷你族的需求。再以全球化为例,它既开发了美式冰箱,也提供法式冰箱和意式冰箱,从而满足国际市场不同类型客户的需求。海尔的“小小神童”洗衣机的出炉就更能诠释其以顾客需求为核心的营销思路了。当然,海尔的营销战略和活动必须在企业战略的指导下实施,而企业战略也必须以顾客为核心。

为理解营销扮演的角色,我们首先需要了解组织的整体战略规划过程。企业要想实现基业常青,必须发展满足顾客未来需求的战略,并预测行业环境的变化。

第一节　企业战略规划:确定营销的角色

如前章所述,成功的营销表现为企业能够了解、创造、传递、获取和维持顾客价值;而要实现企业对顾客的动态关注,并不断满足顾客的需求,企业必须优先考虑战略问题。因为任何企业都处于不断变化的环境中,也各有不同的目标和资源条件,因此,它必须在具体的环境、机会、目标和资源条件下,为自身的长期生存和发展进行谋划。这就是战略规划的宗旨——制定或维持企业在组织目标、能力,以及不断变化的营销环境间的战略适应过程。

著名营销学家菲利普·科特勒指出:“战略规划涉及的是公司如何利用其不断变化的环境中的机会的问题。”由此,我们将企业战略规划定义为:企业为实现特定目标从而谋求自身发展而设计的带有全局性和长远性的行动纲领或方案。① 具体而言,企业战略规划是指企业根据市场环境变化所提供的市场机会和出现的威胁因素,最有效地利用自身的资源优势,去满足目标市场的需求,进而实现企业既定的发展目标。

多数大型企业由四个组织层次构成:企业、事业部、业务单位和产品。在企业层面,企业总部通过定义其整体战略意图和使命开始战略规划过程,其后把公司使命转变为

① Kotler P, Armstrong G. 市场营销原理. 9版. 北京:清华大学出版社, 2003:44.

具体的支持性目标，然后总部将确定对企业最有利的业务组合和产品，以及每项业务组合或产品的资源配置。每个事业部都将制定内部各业务单位之间分配资金的计划，每个业务单位也要制定一个指引其如何盈利的战略计划。最后，业务单位内的每个产品（产品线、品牌）又将产生具体的营销计划，以支持公司层面的规划。

可见，战略规划带有全局性、长远性和纲领性，它为企业的年度计划和长期计划奠定了基础。营销计划将分别出现在业务单位层面、产品层面和市场层面，这些针对具体营销机会的具体计划将支持公司层面的战略规划。

所有的企业总部都要从事以下三项战略规划工作。

一、确定市场导向的使命和公司目标

组织的存在就是为了完成某种使命。在初始阶段，公司往往有清晰的意图或使命，但随着时间的推移、企业的发展、新产品和市场的增加，或环境的变化，使命可能会变得模糊不清。此时，公司的管理者必须重新审视其战略意图和使命：我们的业务是什么？我们的客户是谁？我们的顾客重视什么？我们的业务应该是什么？——这就是企业使命要回答的问题。成功的企业不断提出这些问题，并谨慎、全面地回答它们。

许多企业的高层管理者往往会把企业使命通过文字形式陈述出来。企业的使命陈述可以千差万别，但好的使命陈述应当符合一些原则。

（1）市场导向。"本公司旨在提高办公自动化的效率"和"本公司旨在销售复印机"就是两种不同的使命陈述，前者是市场导向，后者则是产品导向。市场导向的使命陈述从满足顾客基本需求的角度定义企业，而产品导向的使命陈述则从技术和产品的角度定义企业。显然，市场导向的使命陈述才能确保企业生存和发展。

（2）切实可行。管理层应避免使命定义得过于狭隘或过于宽泛。一家旅馆宣称自己从事旅游产业就是将自己的使命说得太宽泛了。一家地区旅馆如果将其使命设定为成为世界上最大的饭店集团，恐怕也是天方夜谭了，毕竟这太不现实了。

（3）具体明确。那种陈词滥调、冠冕堂皇的质量和顾客满意的使命陈述，既不能给员工具体的指导，也难以产生有效的激励。

（4）鼓舞人心。企业的使命不应该是产生更多的销售或利润，利润仅是从事一项有效活动的报酬。使命应当是鼓舞人心的，使命陈述应当能让企业的员工意识到其工作的意义和对人们生活的贡献。微软公司的使命是帮助人们"意识到自己的潜力"——"您的潜力，我们的激情"。

此外，企业的使命陈述还应当适应环境的变化，并建立在其差异化优势的基础之上。

企业使命需要转化为各个管理层具体的支持性目标。各级管理者应明确自己的目标，并对目标的实现负责。企业常用的目标有销售额、市场份额、利润和投资收益率、产品质量与成本水平、劳动生产率、产品创新、企业形象等。

企业的目标是多层次的，包括业务目标和营销目标。例如一流家电企业的整体目标是通过开发更好的产品建立盈利性的顾客关系。它通过投资研发达成这一目标，但研发是昂贵的，并需要更高的利润注入新的研究项目。因此，提高利润成了该企业的另一个主要目标。利润可以通过增加销售或降低成本来达成。销售可以通过扩大公司在国际和国内市场上的份额来达成。这些成了该企业当前的营销目标。

企业的目标是具体并可行的。为了达到上述营销目标,该企业必须制定营销战略和规划。例如把国内市场份额提高5%,企业需要开辟新的营销渠道并增加促销;为进入新的全球市场,公司可以在目标国创造新的合作伙伴;而加大产品促销要求有更多的销售人员、广告及公共关系的投入。

二、评估业务投资组合

在企业使命和目标的指导下,公司总部需要进一步设计企业的业务组合,将资源分配到战略业务单位。最好的业务组合应将企业的优势、劣势与环境提供的机会形成最佳搭配。

战略规划的一项主要活动就是业务组合分析,管理者以此评估组成企业的产品和业务。在分析、评估的基础上决定哪些应当发展,哪些应当维持,哪些需要缩减,哪些必须淘汰,并相应做出投资安排。

对业务投资组合进行分析和评估的前提是划分战略业务单位。战略业务单位是企业值得为其专门制定经营战略的最小经营管理单位。它可以是企业组织中的一个部门或一个单位,也可以是企业所经营的一类产品或一种产品,还可以是一个品牌。

最著名的业务组合规划方法有由波士顿咨询公司开发的波士顿矩阵法和由通用电气公司开发的"多因素投资组合矩阵法"。

(一)波士顿矩阵法

它由美国著名咨询公司波士顿咨询公司提出。该模型利用"市场增长率——相对市场占有率矩阵"来分类和评价企业的所有战略业务单位,如图2-1所示。

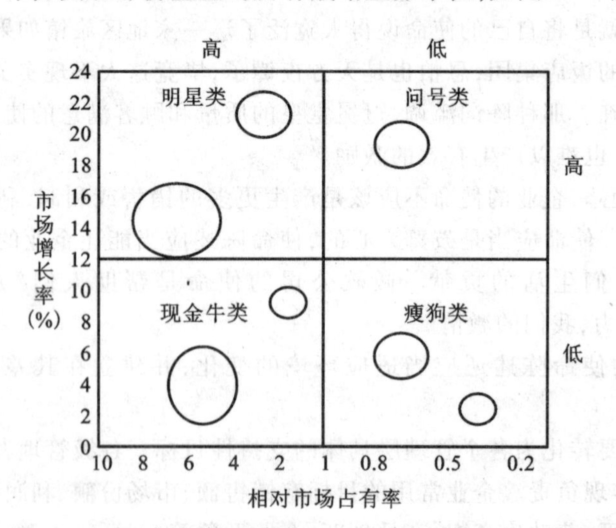

图2-1 波士顿"市场增长率——相对市场占有率矩阵"法

在矩阵中,纵坐标代表市场增长率,即企业一定时期销售业绩增长的百分比,可以年为单位。市场增长率以10%为界,高于10%为高增长率,低于10%为低增长率。横坐标代表相对市场占有率,即各战略业务单位的市场占有率与其最大竞争者的市场占有率之比。如果某战略业务单位的相对市场占有率为0.5,说明其市场占有率为最大竞争者的50%;如果某战略业务单位的相对市场占有率为2,说明其市场占有率为最大竞争者的2倍,是市场上的领导者。相对市场占有率以1为界,高于1为高相对市场占有率,反之则为低相对市场占有率。矩阵中的圆圈代表企业所有的战略业务单位,圆圈的位置表示各单位的市场增长率和相对市场占有率的状况,圆圈的面积表示各业务单位销售额的大小。

波士顿矩阵法把所有业务分成四种类型:

(1) 问号类,即市场增长率高、相对市场占有率低的业务。多数产品最初都属于这种类型。为提高这类产品的市场占有率,需要投入大量现金,扩大生产,加强推销。但这类业务前景并不明朗,企业必须慎重考虑。企业应当支持这类业务中具有可观发展前景的项目,但不能遍地开花,以免分散资金。

(2) 明星类,即市场增长率和相对市场占有率均高的业务。问号类业务如果经营成功,就会发展成为明星类业务。这类业务处于迅速增长阶段,为支持其发展需要投入大量资金。虽然在短期内未必能给企业带来可观的收益,但它们日后有希望成为提供大量现金的第三类业务。

(3) 现金牛类,即市场增长率低、相对市场占有率高的业务。当明星类业务的市场增长速度减缓至10%以下,但仍然占有较高的相对市场占有率时,它便成为现金牛类业务。此时,市场增长率下降,企业不再需要大量投入现金;相对市场占有率高,则又能产生较高收益,从而给企业带来现金流入,用于支援其他需要现金投入的业务。

(4) 瘦狗类,即市场增长率和相对市场占有率均低的业务。这类产品是微利、保本甚至亏损的产品,一般难以再度提供财源。

从产品生命周期来看,一项业务可能依次经历问号、明星、现金牛和瘦狗。但由于企业营销管理的不同,某项业务也可能发生跳转,如放弃的问号类业务就可能转化为瘦狗类业务。

企业对其所有战略业务单位进行分类以后,需要评估自己的业务组合是否恰当。一般说,市场占有率越高,业务单位的盈利能力越强,利润水平也有可能越高;市场增长率越高,业务单位所需的资源也越多。因此,对一个企业来说,现金牛类和明星类的业务不能太少,问号类和瘦狗类的业务不能太多。针对不同的业务类型,企业需要采取不同的投资策略:

(1) 发展。提高业务单位的相对市场占有率,甚至不惜牺牲短期利益。这种策略特别适合问号类业务,结合有效的促销组合,使其尽快转化为明星类业务。

(2) 维持。维持业务单位的相对市场占有率。这种策略特别适合于现金牛类产品,特别是利润丰厚的大现金牛。这类业务大多处于产品生命周期的成熟期,只要经营得当,还是可以维持相当一段时间的,从而为企业提供源源不断的现金流。

(3) 收割。不考虑长期效益,尽可能追求短期利润。这种策略最适合弱小的现金牛类业务,也适合于计划放弃的问号类和瘦狗类业务。企业可以通过减少投资、减少促销费用、提高价格等方式来实现收割。

(4) 放弃。清理、变现产品,将资源转到其他经济效益好的产品上。这种策略最适合那些没有发展前景、或妨碍企业增加盈利的问号类或瘦狗类业务。

(二) 多因素投资组合矩阵法

通用电气公司采用"多因素投资组合矩阵"对企业的战略业务单位加以分类和评价。矩阵中的两个因素分别是市场吸引力和竞争力,这两个指标又分别由多个因素组成。这种方法是对波士顿矩阵法的发展,使分析的因素由两个因素上升为多个因素,从而使分析更全面、可靠(见图 2-2)。

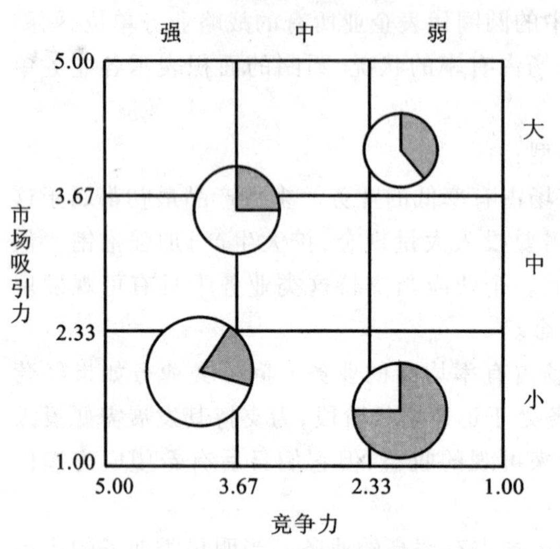

图 2-2 通用电气公司"多因素投资组合矩阵"法

通用电气公司认为,企业在分析其战略业务单位时,不仅要考虑市场增长率和相对市场占有率,还要考虑更多的因素。这些因素可归纳为市场吸引力和竞争力。市场吸引力取决于市场大小、年市场增长率、历史的利润率、竞争强度、技术要求、由通货膨胀引起的脆弱性、能源要求、环境影响及社会、政治、法律的因素等。竞争力则取决于该业务单位的市场占有率、市场占有率增长、产品质量、品牌信誉、商业网、促销能力、生产能力、生产效率、单位成本、原料供应、研发成绩及管理人员素质等因素。企业只有进入那些既有市场吸引力、自己又拥有相对优势的市场,才能取得成功。

矩阵中纵坐标代表市场吸引力,有大中小之分;横轴代表竞争力,有强中弱之别;圆圈代表企业的战略业务单位;圆圈的位置代表战略业务单位的市场吸引力和竞争力的状况,市场吸引力和竞争力数值通过对每个因素分等级打分(最低分 1 分,最高分 5 分),并给出权数计算加权值,加权累计得出的;圆圈大小表示各个战略业务单位所在行业市场大小;圆圈内的阴影部分则表示单位的市场占有率。

依据吸引力的大、中、小,竞争力的强、中、弱,通用电气公司法将市场分为九个区域,三个地带:

(1)"绿色地带",由图 2-2 中左上角大强、大中、中强三个区域组成。这个地带的市场吸引力和战略业务单位的竞争力都比较有利,适合"开绿灯",采取增加投资和发展的战略。

(2)"黄色地带",由图 2-2 中左下角到右上角对角线的三个区域小强、中中、大弱组成。这个地带的市场吸引力和战略业务单位的竞争力总体上处于中等水平。因此,企业对这个地带的战略业务单位应当"亮黄灯",采取维持原投资水平和市场占有率的战略。

(3)"红色地带",由图 2-2 中右下角小弱、小中、中弱三个区域组成。这个地带的市场吸引力偏小,战略业务单位的业务力量偏弱。因此,企业常常"亮红灯",采取收割或放弃战略。

在对企业的战略业务单位进行分类和评价的基础上，企业的最高管理层还要绘制出各个战略业务单位的计划位置图，并据此决定各战略业务单位的目标和资源配置预算。当然，这首先需要对各个战略业务单位今后的发展前景进行预测。

（三）矩阵方式的局限性

波士顿矩阵法和多因素投资组合矩阵法给战略计划的制定带来了革命性的创新，但它们也有局限性。首先，采用这些方法可能难度较大、费时耗资、成本昂贵；其次，管理部门可能发现确定战略业务单位、测量市场份额和市场增长率都很困难；最后，这些方法基本集中在对当前业务的分类和评价上，对未来业务很少能提供参考建议。管理者只能依靠经验为各个业务单位制定目标、配置资源，以及引入新业务。

这种局限性不可避免地会产生一些问题，如可能使企业过于强调市场份额的扩大或是通过进入有吸引力的新市场实现增长。结果，有些企业虽然取得了高速增长，但却由于进入了不相关的业务，缺乏管理经验而最终导致失败；还有些企业则可能过早地放弃了健康成熟的业务，失去继续发展的机遇。

尽管如此，我们仍然肯定这些方法以及战略规划的重要。现在，越来越多的公司正将战略规划的职责从公司的最高管理层转移到接近市场的跨职能团队和基层经理手中，以加快对市场的反应速度。

三、规划增长战略

除了评估当前的业务，设计业务组合还包括发现企业未来应考虑的业务和产品。营销对实现企业的利润增长负有主要责任，营销必须识别、评估并选择市场机会，然后制定实施战略来抓住机会。如果企业存在战略计划缺口时，企业管理者就必须发展或收购新业务予以补充。

企业在寻找市场机会时可以遵循这样一种思路：首先观察在现有业务领域范围内，是否有进一步发展的机会；然后分析与自己的营销活动有关联的上下游，或同业中是否有进一步发展的机会；最后考虑与目前业务无关的领域中是否有较强吸引力的市场机会。这样，就形成了三种可供选择的增长战略。

（一）密集式增长

当一个特定市场还存在发展潜力时，企业可以采用密集式增长战略，即企业仍然在现有的生产、经营范围内开展业务活动。企业首先考虑能否利用现有产品在现有市场上获得更多的份额；其次考虑能否为现有产品找到或开发新市场；最后考虑能否为现有市场开发具有潜在利益的新产品（见图2－3）。

	现有市场	新市场
现有产品	市场渗透	市场开发
新产品	产品开发	多角化增长

图2－3　产品/市场矩阵

（1）市场渗透。管理层考虑公司是否可以不对产品做任何变动，在现有顾客身上实现更大销售。这样，公司就需要在现有市场上扩展渠道、增加网点，或者通过价格、促销等其他手段增加顾客的购买量。

（2）市场开发。管理层还可以考虑是否存在为现有产品开发新的细分市场的可能性。比如，扩大现有产品的销售区域，把产品销售给新的人群。

（3）产品开发。管理层也可以考虑向当前市场提供更新的或全新的产品。比如，增加新的花色品种、增添规格档次、改进包装、增加服务等。

（二）一体化增长

如果企业所在行业仍有发展前景，重新整合供应链可以提高效益，企业不妨采用一体化增长战略。即企业通过实行不同程度的一体化经营，或整合供应环节，或整合销售环节，或同业整合，以增强自身生产和销售的整体能力，从而扩展业务，提高效率，增加盈利。一体化增长也有三种基本形式：

（1）后向一体化。即收购、兼并上游的供应商，拥有或控制自己的供应系统，如钢铁企业收购矿山，自行开采。如果供应系统利润丰厚或发展前景良好，后向一体化可以为企业带来可观的利润。同时，企业还可以避免原材料短缺、供应商控制价格的不利状况。

（2）前向一体化。即收购、兼并下游的分销商，拥有或控制自己的分销系统；或将产品线向前延伸，从事原有用户经营的业务。例如服装生产企业开设专卖店、批发商开办零售商店等。

（3）水平一体化。企业通过收购、兼并原有的竞争对手，或者与同类企业联合经营，从而扩大经营规模和实力，实现业务增长。

（三）多元化增长

当企业面临现有业务扩张受限，可以考虑经营或获得企业现有产品和市场之外的业务。它可以选择三种策略：

（1）同心多元化。即企业选择利用原有技术、特长开发新产品，如原来只生产电冰箱的企业开始涉足空调业务，就意味着实施了同心多元化。对企业而言，这样做有利于发挥原有技术、设备等优势，风险相对较小。

（2）水平多元化。即企业针对现有渠道或顾客利用新技术开发新产品，如原来经营儿童图书的企业开始销售儿童服装，就步入了水平多元化阶段。这种做法一方面会利用企业原有的渠道资源，另一方面也面临技术和生产上的风险。

（3）集团多元化。当企业进入与现有技术、产品和市场无关的经营领域，就意味着选择了集团多元化策略。例如一些著名的烟草企业进入了机械、房地产、文化等产业。这种策略的风险最大，可能会导致企业的业务过度宽泛。

企业不仅应制定发展业务组合战略，还应制定精简化的战略。当企业面临的市场环境发生改变，从而导致一些产品或市场的盈利性下降；当企业可能发展得太快或进入了太多的市场却并未获得预期的收益；当企业推出顾客并不买账的新产品或老产品不再为顾客青睐时，企业都有必要对这些业务品种进行修正、收割或放弃。管理者应该关注有希望的发展机会，而不是在努力拯救羸弱的产品和在业务上浪费精力。

格力电器的发展战略

珠海格力电器股份有限公司成立于1991年,2009年销售收入达到426亿元。从成立之日起,公司就将空调作为主要经营业务。当国内各家著名家电企业出于分散风险、迅速扩张等动因,纷纷开展多元化经营之时,格力集团仍然坚持专业化经营,通过密集型增长和一体化增长方式实现专业化经营。

为实现市场渗透,格力多管齐下。一是通过扩大生产规模降低成本,最终通过降低售价扩大市场份额;二是开展广告宣传,“好空调、格力造”的广告使顾客了解到了格力空调的优良质量和服务;三是通过建立专卖店的方式广铺通路,形成销售、安装、维修的一条龙服务活动,并与经销商互惠互利,长期合作。

在市场开发方面,格力在成立之初,集中开发“春兰”、“华宝”等著名企业影响较弱的地区,在皖、浙、赣、湘、桂、豫、冀等省建立起巩固的市场阵地。20世纪90年代中期,格力进一步向国内影响较大的城市如北京、广州、南京等地发展,同时逐步进入海外市场。

在产品开发上,格力电器一贯以市场为导向,不仅适应市场需要,还根据未来发展潮流创造市场,先后开发出了“空调王”、“冷静王”、三匹窗机(最便宜的空调器)。

第二节　营销计划:通过合作建立顾客关系

战略规划确定了企业的使命、目标及资源配置的原则。然后,企业还要对每个业务单位进行更具体的规划。每个业务单位内的营销、财务、会计、采购、运营、信息系统、人力资源等各个职能部门需要共同合作,编制战略计划。

每个业务单位在编制战略计划时,一般要经历业务使命、SWOT分析、目标制定、战略制定、计划(方案)制定、执行、反馈和控制等步骤。有关内容在上一节和下两节中都有具体陈述,此处只阐述战略制定这一环节。目标为业务单位指明了发展方向,战略则是实现目标的行动计划。每个业务单位都要设计战略,它包括营销战略及相应的技术战略和采购战略。

一、企业竞争战略

美国战略学家迈克尔·波特通过对行业竞争力的分析,提出了三种通用战略,它为企业进行战略思考提供了指导。这些战略是:总成本领先战略、差异化战略和聚焦战略。

(一) 总成本领先战略

总成本领先战略即企业通过追求行业中总成本最低的方式来构建竞争优势。企业要想采用这种战略,必须具有良好的融资渠道,从而保证资本持续不断的投入;企业的产品还要便于制造,工艺过程简化,生产效率高;生产成本和分销成本低;劳动管理高效，等等。该战略的问题在于，其他企业通常会以更低的价格参与竞争，从而对那些完全依靠成本获得发展的企业造成损害。

（二）差异化战略

差异化战略即企业通过追求其产品在质量、设计、工艺、特征、款式、品牌、价格和服务等方面与竞争对手的差异来构建竞争优势。由于产品差异化的存在，顾客对产品的价格敏感程度有所淡化，企业通过提供更高价值的产品也能获得可观的经济效益。企业要想获得差异化战略的成功，必须在技术、研发、营销、服务等方面具有强大的实力。

（三）聚焦战略

聚焦战略即企业通过把目标聚焦在某个特定、相对狭小的领域，在局部市场或者通过成本领先或者通过差异化方式来建立竞争优势。这往往是众多小企业的战略选择方案。

以美国计算机行业为例，戴尔采用的是总成本领先战略，IBM采用的是差异化战略，而苹果采用的则是聚焦战略。

在每个业务单位内，营销在帮助实现战略规划方面起着重要的作用。营销在企业的战略规划中扮演着关键角色。首先，营销提供了指导性的理念，它指出企业战略应围绕着满足关键顾客群的需要展开；其次，营销通过识别有吸引力的市场机会以及企业利用这种机会的潜力，为企业的高层管理者提供制定战略的思考依据；最后，在单个业务单元中，营销为实现业务单元的目标设计策略。此外，营销还起着整合的作用，它确保各个部门为提供顾客价值、实现顾客满意这一目标通力合作。

二、与企业其他部门合作

企业的每一个部门都在价值链中发挥作用，它们在设计、生产、销售、配送和支持企业产品的活动中都会创造价值。企业的成功不仅取决于单个部门的工作绩效，还取决于各个部门之间工作的配合情况。

以沃尔玛为例，其营销部门通过了解需求、以良好的服务、天天平价的产品来创造顾客价值和满意。然而，营销部门需要其他部门的协助。其低价供应产品的能力，取决于采购部门发展适宜供应商和低成本采购的技能；也取决于信息技术部门快速、准确提供信息的能力；还取决于运营部门高效、低成本地处理商品的能力。

企业价值链的强度取决于每个部门完成其增加顾客价值的工作质量，及各部门的配合情况，其强度与它最薄弱的环节有关。最理想的情况是企业的不同职能协调配合，通力为顾客创造价值。但现实中，部门之间充满冲突和误解。当营销部门力图实现顾客满意时，可能导致其他部门业绩下降，如增加采购成本、打乱生产计划、增加库存，引起预算上的麻烦。因此，其他部门也许会抵制营销部门的努力。

因此，营销人员必须找到让所有部门来奉行顾客导向、并形成一条顺畅运作的价值链的方法。营销经理需要与其他职能经理密切配合，制定一个职能规划体系，以确保不同部门团结协作完成企业的整体战略目标。

三、与营销系统中其他组织合作

在创造顾客价值的努力中，企业还需要将供应商、分销商及最终顾客的价值链一并考虑进来。麦当劳在全球毫无二致地传递着 QSCV(即质量、服务、洁净和价值)的高标准,这一标准的实施在于它成功地与加盟商、供应商和其他组织的密切合作。

与加盟商、供应商合作,不是通过欺压它们来降低成本,而是帮助它们满足自己设定的高标准。通过了解加盟商、供应商的业务,通过联合改良活动,帮助它们培训员工,提供绩效反馈,并积极研究它们所关心的问题,提供解决问题的方案。

马狮百货与供应商的合作

马狮百货集团(Marks&Spencer)是英国最大且盈利能力最高的跨国零售集团,它在世界各地有2 400多家连锁店,以“圣米高”品牌在30多个国家出售货品。马狮百货不仅令顾客满意,也让供应商及竞争对手心悦诚服。

长期以来,马狮以“为目标顾客提供他们有能力购买的高品质商品”来定位自己。为了以满意的产品赢得顾客,它建立起自己的设计队伍,与供应商密切配合,一起设计或重新设计各种产品。在与供应商的关系上,马狮尽可能地为其提供帮助。如果马狮从某个供应商处采购的货品比批发商处更便宜,它就会把节约的资金转让给供应商,作为改善货品品质的投入。如此,在货品价格不变的情况下,供应商就会提高产品品质来达到零售商提高产品标准的要求,最终形成顾客获得“物超所值”的货品,增加了顾客满意度和企业货品对顾客的吸引力。同时,马狮与其供应商保持长期的合作关系,如今与马狮保持超过50年以上供应关系的供应商就有60家以上,超过30年的则不少于100家。

第三节 营销管理过程:制定营销战略与营销组合

战略规划确定后,营销的角色和活动就是按照企业战略规划中已经确定的使命和目标、产品投资组合规划,对各种产品业务增长的市场机会进行评估,在综合考虑企业资源状况后,制定营销战略,设计营销组合,这便是营销过程。

在实际工作中,企业战略性管理与市场营销管理密不可分,它们都要评价外部环境变化所带来的市场机会,但两者的任务又不相同,所分析、评价的问题范围也有差异(见图2-4)。

在营销过程中,目标顾客是核心。营销的目标是为顾客创造价值并建立盈利性的顾客关系。为此,企业就要制定营销战略,也就是要决定它将服务于哪些顾客(市场细分和目标市场),如何服务这些顾客(差异化和定位)。企业首先要界定整个市场,然后对市场进行细分,并选择最有发展潜力的部分,集中精力为这些市场服务,使顾客满意。

在营销战略的指导下,企业需要设计出相应的由产品、价格、分销和促销所构成的营销组合,这个营销组合是企业可以控制的。为了保证选择出适宜的营销组合并付诸实践,企业还需要进行营销分析、计划、实施和控制。通过这些活动,企业与环境保持动态适应。

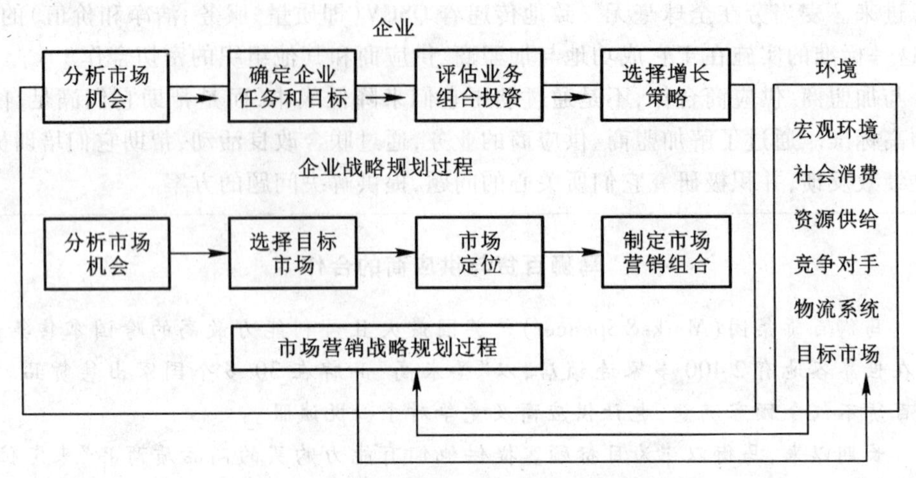

图 2-4 企业总体战略与市场营销战略

一、制定顾客驱动型的营销战略

企业要在竞争激烈的市场上取胜,首先要以顾客为中心。它们必须从竞争对手处赢得顾客,然后通过传递更大的价值来保留并发展顾客。而顾客人数众多,需求也千差万别。显然,任何企业都不可能为所有的顾客服务,它们必须首先把市场进行细分,从中选择出最适合自己的细分市场,然后再针对这个市场的需求设计营销组合策略,从而在比竞争对手更有效地为目标市场服务的同时获取收益,这就是营销战略,包括市场细分(Segment)、目标市场选择(Target)和市场定位(Position),又称为“STP 营销”,详见第七章的有关内容。

二、制定营销策略组合

企业在确定市场定位之后,就要考虑形成市场营销组合了。市场营销组合就是企业针对选定的目标市场而整合的一系列可控的市场营销手段。美国的尼尔·鲍敦在 20 世纪 60 年代首次提出营销组合概念。不久后,麦卡锡把它们归纳为“4Ps”,即产品(Product)、价格(Price)、地点(Place)和促销(Promotion)。企业的营销优势在很大程度上取决于其营销手段整合的良好效果,而非单个策略的优劣。企业在目标市场上的经营特色和竞争地位,也是通过其营销组合的特点体现的。

产品指企业向目标市场提供的物品和服务的组合。它不仅包括产品的特性、质量、外观、品牌、包装和规格,还包括服务和保证等因素。对汽车购买者而言,他既可以获得完整汽车品质的全面保障,又可享受汽车生产和经销商提供的全面服务。价格是消费者获得产品所需支付的货币数量。它包含基本价格、折扣、折让、支付方式、支付期限和信用条件等。我们经常发现,汽车的经销商很少向终端顾客收取全额的建议零售价,而是根据具体情况提供折扣、折让、信贷条款,并会根据当前的竞争环境对价格进行调整,并使它与顾客对汽车价值的认知一致。渠道(地点)指企业为使产品到达目标顾客而采取的各种活动。它涉及分销渠道、区域分布、中间商类型、营业场所、物流等要素。消费者购买汽车时,基本上不会到厂家购买,而是到其经销商处去看车、购车甚至保养汽车。促销是传达产品价值并说服目标顾客购买的各种活动,包括广告、人员推销、销售促进、公共关系、直销等。汽车公司每年不仅要投入巨资在电视、杂志、广播、互联网、户外等媒体上大做广告,经销商的销售员也千方百计向潜在顾客提供支持,劝说他们购买。汽车生产商和它的经销商还会时不时地向顾客提供特别促销,如现金返还、零息贷款、送加油票等,用以刺激顾客来买车。

此后,学术界不断增加市场营销可控要素,提出了"6Ps"、"7Ps"甚至"10Ps"的观点。实际上,这里面的许多营销活动其实都囊括在了4P之中。关键不在于是4P、6P还是10P,而是哪一个的结构在设计综合的营销方案中最有效。

营销组合不仅是可控制的,还是复合的、动态的,并且受企业市场营销战略的制约。营销组合构成了企业的策略工具库,用以在目标市场上确立自己强有力的定位。

营销理论发展至今,已有一种更新的观念诞生并受到业界的追崇,即"4Cs"理论。这种观点认为,"4Ps"的概念是站在卖方而不是买方的角度来看市场的,如果从买方的角度看,"4Cs"比"4Ps"更有竞争力(见表2-1)。

表2-1　市场营销的"4Ps"与"4Cs"

4Ps	4Cs
产品	顾客解决方案(Customer Solution)
价格	顾客的成本(Customer Cost)
分销	便利(Convenience)
促销	沟通(Communication)

宝马汽车的营销组合

宝马汽车享誉全球。随着中国、泰国、印尼等国中产阶级数量的飞速增长,宝马公司也将目光从欧美扩展到了亚洲。在进入亚洲市场之初,宝马公司在其汽车营销中采用了如表2-2所示的营销策略。

表2-2　宝马公司初入亚洲市场的市场营销组合

营销手段	特　点
产品	以不同系列来设定,着重推销宝马三系列、宝马五系列、宝马七系列、宝马八系列
价格	高价政策,比同类汽车一般要高出10%~20%
渠道	直销
促销	为亚洲地区制定了一套广告计划,保证在亚洲各国通过广告宣传的宝马品牌形象是统一的; 主要举办宝马国际高尔夫金杯赛和宝马汽车鉴赏巡礼两个公关活动; 定期举行新闻记者招待会

第四节 营销管理过程:通过管理实现营销效果

所有的营销战略和策略必须付诸实践,这就涉及营销管理了。营销管理由计划、组织和控制等职能组成。企业首先制定自身的整体战略,然后将其具体到每个部门、产品、品牌的营销和其他计划。通过执行,企业将计划转化为行动。无论是计划的制定还是实施,都离不开有效的市场营销组织。最后,对营销活动进行测量和评价,必要时采取纠偏措施,即控制。

一、营销计划

通过战略计划,企业确定了各个业务单位的业务活动。营销计划涉及的是制定有助于企业实现整体战略目标的营销战略。每个业务、产品或品牌都需要具体的营销计划。营销计划是一份简述营销人员对市场情况的了解,说明企业如何达到营销目标的书面文件。它是营销过程最重要的产出之一。多数营销计划的服务期限是一年。营销计划一般包含 8 个方面的内容,如图 2-5 所示。

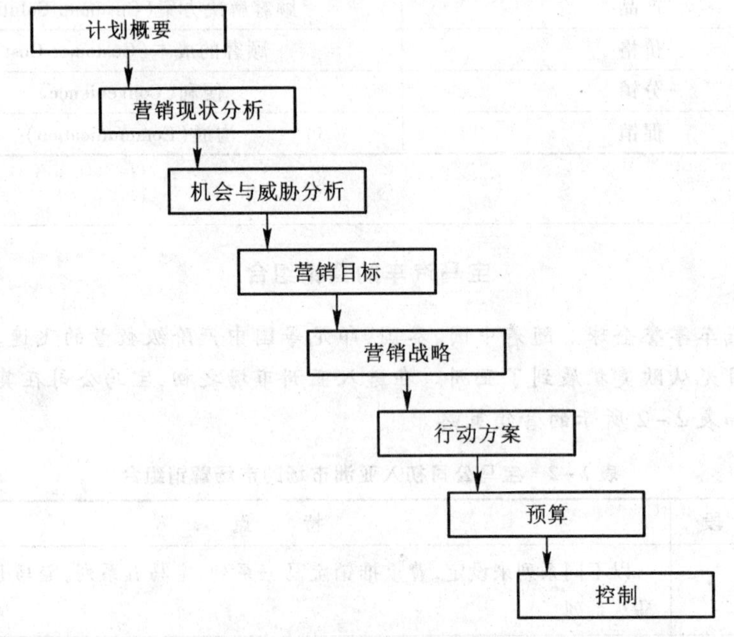

图 2-5 营销计划内容

(1) 计划概要。它简要概括了主要的评估、目标和建议。这个内容能够使管理者对计划一目了然。例如,企业本年度的销售额和利润要较去年大幅增长,销售额达 1.5 亿元,增幅 15%;利润达 1 200 万,增幅达 12%;销售额和利润增长主要通过开拓新的市场实现,等等。

(2) 营销现状分析。这个部分主要描述产品或品牌的目标市场和企业的地位,如市场、产品偏好、竞争和分销以及宏观环境特征等。例如,该类产品的市场规模、增长情况、顾客需求及购买行为趋势;该品牌的销量、价格和毛利;竞争品牌以及其市场地位及营销战略;该品牌的经销商情况等。

(3) 机会和威胁分析。它主要评估本企业产品或品牌可能面临的主要机会和威胁,帮助管理层预期对企业或战略可能产生影响的重要的正面或负面的发展动态。除此之外,还要对本企业的优劣势作出分析。具体分析方法将在第3章中介绍。

(4) 营销目标。在这一部分,产品经理界定了使命、营销目标和财务目标,并说明实现这个目标的行动方案。营销目标必须用量化的形式来表达。

(5) 营销战略。营销战略由目标市场、定位、营销组合和营销投入水平的具体策略组成。它表明企业将如何为目标顾客创造价值以获取价值回报。在这个部分,计划制定者必须提出每个战略应对威胁、机会的具体方案及计划提及的关键问题。

(6) 行动方案。这里需要清楚地说明营销战略如何转化为特定的行动计划,如做什么,何时做,何时完成,谁来做,花费多少,等等。

(7) 预算。根据行动方案编制预算方案,本质上就是陈述计划的损益状况。预算中需要列出预计的销售量和平均单价、生产成本、分销及促销的预期成本。

(8) 控制。最后阶段就是规定监控进展的控制措施。基本做法是将计划规定的目标和预算按季度、月度甚至更小的时间单位进行分解,以便主管部门能够评估实施结果并发现问题。

二、营销执行

很多时候,做出好的营销计划对营销执行要容易得多。营销执行就是为实现战略性营销目标而将营销战略和计划转变为营销活动的过程。营销计划表明了营销活动的内容和原因,营销执行规定了执行者、地点、时间和方式。

在现代企业里,营销系统各个层次的人都必须通力合作执行营销战略和计划。营销经理对目标市场、品牌、包装、定价、促销和分销进行决策。为此,营销人员需要与研发人员讨论产品设计,与生产车间讨论生产和存货水平,与财务部门讨论融资和现金流。营销部门的人员还要与公司外部的人员联系,如与广告公司联系计划广告活动,与新闻媒体联系以获得舆论支持,与渠道终端人员联系商品的货架空间和展示,等等。

营销执行要获得成功,企业必须把它的人员、组织结构、决策、报酬体系以及企业文化整合进一个和谐的、支持其战略的行动方案中。企业必须在各个层次上配备与之匹配的技能、动力和性格特质适合的员工。企业的组织结构和报酬体系的设计则要适应执行营销战略的要求。企业还必须建设以市场导向的使命为核心的文化。

三、营销组织形式

企业必须设计一个能够执行营销战略和计划的营销组织。企业规模不同,营销职能的分工也不同。小企业的调研、销售、广告、客服以及其他营销工作可能由一个人来承担,随着企业的扩大,专门的营销部门得以建立。大企业的营销部门通常有很多专家,如产品经理、市场经理和销售经理、销售员、市场研究员、广告专家等。现今还出现了首席营销官(CMO)这一职位来统领企业的营销活动。

现代营销部门可以选择多种组织形式。不同的组织形式适合于不同的市场营销环境和企业经营状况。

(1) 职能型营销组织。职能型营销组织是最常见的形式(见图2-6)。在这样的组织形式下,不同的营销活动由不同的职能专家来领导,如销售经理、广告经理、营销调研经理、顾客服务经理或者新产品经理。但随着产品增多和市场扩大,组织效率可能会下降。

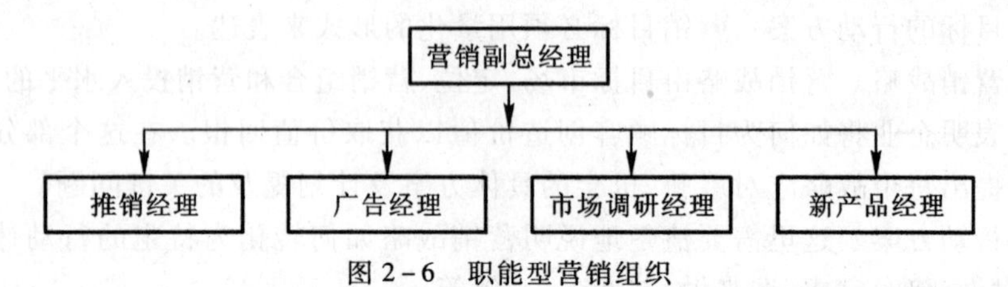

图2-6 职能型营销组织

(2) 地区型营销组织。地区型营销组织比较适合于企业在全国销售或者国际化的情况。从全国市场经理依次到地区市场经理,管理宽度逐级增加。这种形式可以保证销售人员深入特定市场,逐渐了解当地的顾客,并降低运营成本,如图2-7所示。

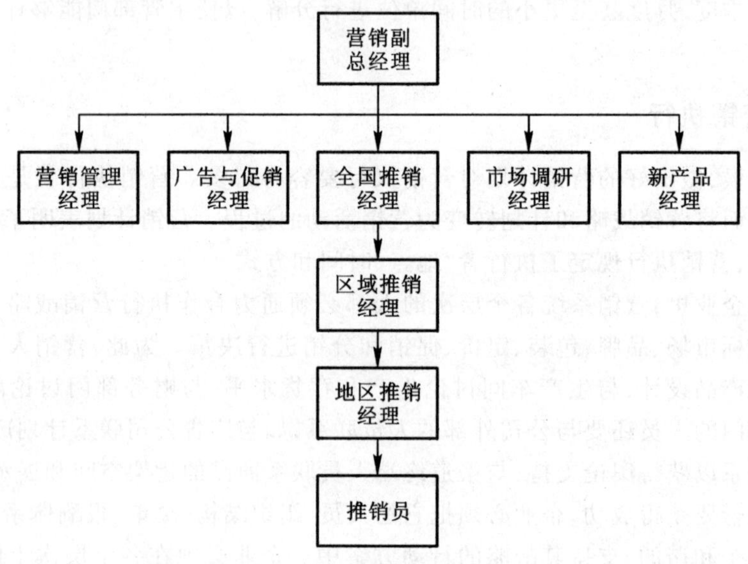

图2-7 地区型营销组织

(3) 产品管理型营销组织。产品管理型营销组织比较适合企业经营多种产品或品牌,且产品之间差异较大的情况。这样的组织形式下,产品经理为具体某一产品或品牌制定并执行完整的战略和营销方案。这种形式便于协调管理;能对市场上出现的问题作出迅速反应;小品牌也不会受到歧视。这种组织形式最早被宝洁公司采用(见图2-8)。

(4) 市场管理型营销组织。市场管理型营销组织往往在企业服务不同需求类型的顾客群时最适合。这种形式与产品型组织相似,市场经理也要像产品经理那样为自己负责的市场制定年度、长期的销售计划和利润计划(见图2-9)。

(5) 混合型营销组织。生产很多不同的产品,并向多个地理市场和顾客市场销售产品的大企业通常会采用混合型营销组织形式,如职能型/地理型、产品/市场型等组织形式。这保证了每个职能、产品和市场受到应有的关注。但它的实施费用较高,也会有职责不清的情况。

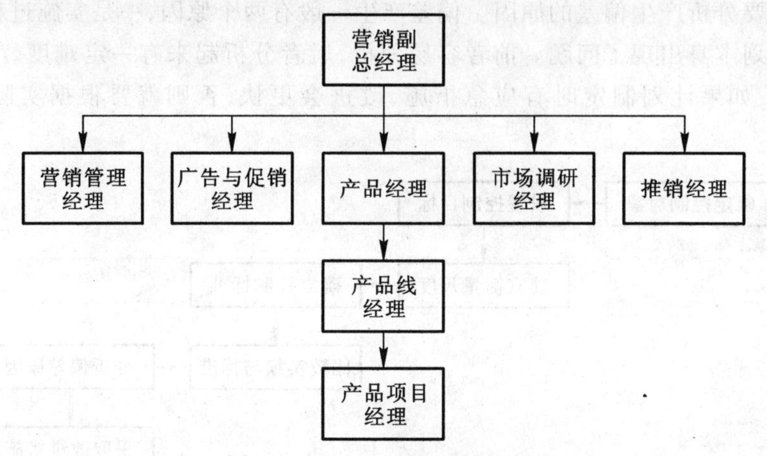

图 2-8 产品管理型营销组织

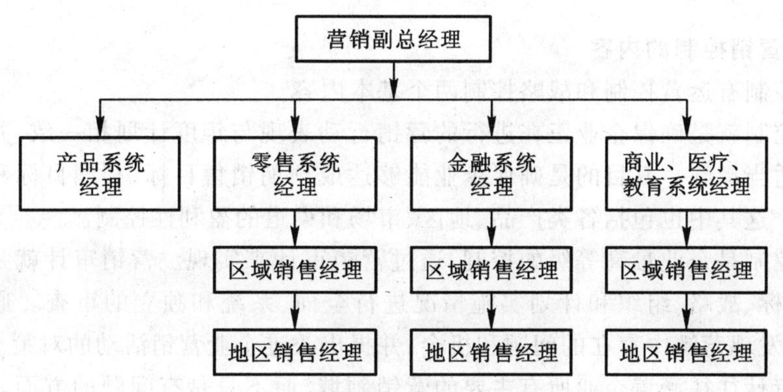

图 2-9 市场管理型营销组织

无论企业选择哪种营销组织形式,都需要遵循共同的原则。首先是协调性原则。企业采用的组织结构形式一定要与外部环境保持协调,同时还要与企业内部的其他机构相互协调,组织内部的人员、机构也要与组织设置相协调。其次是精简适度原则。市场营销组织要确保因事设职、因职设人,内部层级不可过多。最后是有效性原则。市场营销组织的形式要确保工作效率,按时、高效地完成工作任务,并能够不断完善。

四、营销控制

在执行营销计划的过程中往往会出现意外,因此,营销部门必须进行持续地营销控制。营销控制就是跟踪企业营销过程每一环节的一套工作程序或工作制度。

(一) 营销控制的工作程序

有效的营销控制包含一系列严格的工作程序或步骤(见图 2-10)。首先是设置控制对象的控制目标。控制目标会具体体现在销售收入、销售成本、利润,以及人员推销工作、客户服务、新产品开发、广告等各个方面。其次，建立衡量尺度和控制标准。企业的营销目标往往是衡量尺度，此外还有其他一些管理目标。控制标准是量化的，但允许有一个浮动范围。再次，对比并分析偏差。如果实际绩效与标准一致，则控制过程结束，否则就要分析产生偏差的原因。偏差产生一般有两个原因，一是实施过程中出现问题，二是计划本身出现了问题。前者容易分析，后者分析起来有一定难度。最后，采取改进措施。如果计划制定时有应急措施，改进会更快，否则就要根据实际情况及时补救。

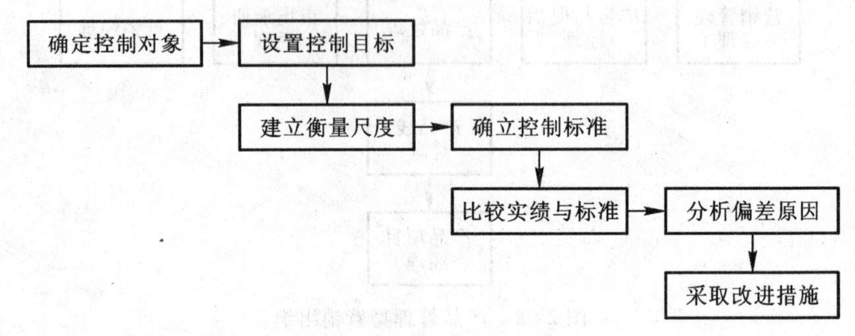

图 2－10 营销控制步骤

（二）营销控制的内容

营销控制有运营控制和战略控制两个基本内容。

运营控制就是确保企业正在进行的营销行动表现与年度计划相一致，并在需要的时候采取适当措施。其目的是确保企业能够达成预期销售目标、利润目标和其他年度计划目标。这其中也包括各类产品、地区、市场和渠道的盈利性控制。

战略控制是企业最高等级的控制，通过营销审计来实现。营销审计就是对企业营销环境、目标、战略、组织和计划实施情况进行全面、系统和独立的审查。通过营销审计，也可以发现营销中存在的问题和机会，并提出改进企业营销活动的对策。

营销审计往往涵盖企业所有主要的营销领域，而不只是有问题的方面。它通常由一个客观且经验丰富的第三方来实施。审计结果有时会出乎企业管理层的预料。

本章小结

1. 战略规划是企业中其他计划工作的基础。战略规划为企业提供带有全局性和长远性的行动纲领或方案。它由3个步骤组成：确定市场导向的使命和公司目标、评估业务投资组合、规划增长战略。企业使命回答的是何为本企业的业务；企业目标是未来一定时期内企业所要达到的一系列分类目标的总和。评估业务投资组合关键在于评价各个“战略业务单位”，波士顿矩阵法和多因素投资组合矩阵法是两种有效的评估方法。在规划增长业务时企业可以选择市场渗透、市场开发、产品开发、多元化四种具体路径。

2. 在战略规划制定以后，主要的职能部门如营销、财务、会计、采购、运营、信息系统、人力资源等，必须密切合作完成战略目标。每个业务单位在制定战略计划时都需要遵循一定流程。企业在制定战略时,可以考虑在总成本领先战略、差异化战略和聚焦战略之间进行选择。

3. 为将营销策略落实在行动上,企业需要对营销进行计划、组织和控制。企业首先制定整体战略计划,并将它转化为各个部门、产品或者品牌的营销计划或其他计划。通过执行,企业把计划转化为行动。营销部门的组织结构方式可以采用以下一种或者几种的组合:职能型营销组织、地区型营销组织、产品管理型营销组织或者市场管理型营销组织。营销组织执行市场控制,既有运营控制又有战略控制。他们使用营销审计来对营销机会和问题进行决策,并提出整体提高绩效的建议。最后,对营销活动进行测量和评价,必要时采取纠偏措施。

思考题

1. 简要叙述公司总部实施战略规划的主要步骤。营销在战略规划中扮演着什么角色?
2. 访问熟悉企业的网站,寻找一个具有优秀的使命陈述的企业,并做点评。
3. 描述波士顿矩阵法并指出其存在问题。
4. 分析多因素投资组合矩阵法与波士顿矩阵法的异同。
5. 对比产品/市场矩阵中四种方式的异同并对每种战略进行举例。
6. 任选一个行业(如日用化工、家用电器、旅游等),列举出采用总成本领先战略、差异化战略和聚焦战略的著名企业,并进行分析。
7. 描述一份营销计划的主要内容。

案例

海尔:从制造到营销的战略转型

作为中国家电行业的领军型和标杆型企业的海尔集团,2009年悄然开始谋求由制造型向营销服务型企业的转变,即在研发设计、生产制造、营销服务这个完整的家电制造产业链中,逐渐淡出生产制造业务,将其外包出去,交给台商的专业代工企业去做,而自己专做营销和服务——这就是海尔集团目前正在推进的战略转型。

海尔集团乃至中国家电业是否已经成熟到可以甩脱制造环节,向更高端的营销和服务环节转型?对于多年来凭借生产成本优势迅速发展壮大的海尔来说,放弃自己的规模优势和制造环节利润,进入到未知的营销和服务领域,到底是中国企业在面对低成本竞争时的无奈选择,还是在国际化进程中主动求变的战略选择?

家电制造环节的低端和低利润率迫使海尔转型。自20世纪90年代以来,以攫取价值链高端利益、依靠品牌和管理输出的跨国公司站在市场的最前沿,获取着最丰厚的利润。中国的制造业,沦为为世界品牌打工的“打工仔”。作为中国市场化程度最高的消费电子行业,家电产品价格战盛行,“伤敌八百、自损一千”的价格战使得行业利润率长期保持在3%这样一个极低的水平。与此相比,跨国巨头博世—西门子、三星、大金的利润率则保持在7%的水平。海尔在面对价格战时,并没有很好的应对措施,往往被动应战，疲态尽显，并明显呈现后劲不足的态势。因此，寻求转型成为海尔继续引领中国家电行业发展的必然选择。

在寻求制造外包的道路上，海尔已经有过成功的经验和战略合作伙伴。作为世界500强企业和第一个跨出国门的国际化企业，海尔横跨了白色家电、手机、计算机、房地产等行业。前期部分海尔产品的制造外包，为海尔在制造外包上的转型打下了一定的基础。目前，海尔计算机已经由广达、富士康、合硕、宝成等台湾厂家代工生产。在家电方面，海尔在2003年也已经与声宝集团建立了长期合作关系。

海尔一直以来都在为实现转型探索新的管理方式和营销模式。2007年4月，海尔推出了一系列独立的子品牌。2007年11月，海尔组建"日日顺"电器连锁，开拓农村市场和三四线城市，在渠道建设上取得了先发优势。同时，海尔发起了一场为期1 000天的信息化改造，完成了2 000～2 500个流程再造的"信息化革命"。2008年1月1日开始，海尔集团层面ERP系统HGVS（海尔全球增值系统）上线，涉及35个事业部、42个工贸公司，涵盖了所有产品线，实现了订单流、物流、信息流和资金流的"四流合一"。2009年2月，海尔全面实行"自主经营体"机制。

对海尔的转型，CEO张瑞敏认为最大的特点是营销模式和运营机制的创新，营销模式即"零库存下的即需即供"，运营机制即"每一个员工都是考核单元，称之为自主经营体"。作为低利润的制造行业，家电行业的竞争已不再是由技术革命和产业规模的扩大来推动，只有找到适合的营销模式才能在竞争中立于不败之地。而新的营销模式，在海尔看来就是改变以制造业为主的业务模式，向高利润的营销和服务环节转变。弱化制造，强化品牌，集中精力进行研发和营销，成为海尔未来发展的必由之路。

2008年，海尔的品牌价值已经高达803亿元人民币，成为中国家喻户晓、在国际市场上也具有一定品牌知名度的家电品牌。消费者在选择家电时，强大的品牌感召力使海尔成为主要的选择对象之一，这种终端影响力的释放，能量相当巨大，这也是海尔强调转型的法宝之一。同时，海尔的渠道力量也成为公司的杀手锏，海尔的渠道与服务网点已经遍布中国五六级市场，甚至进入了一些村镇，尤其是在组建"日日顺"之后，到目前为止，海尔已经拥有超过5 000家门店的分销体系。这一体系在2008年创造了150多亿元的营业收入，比当年海尔通过国美和苏宁两家大型专业连锁渠道创造的营收总和还要多。

作为营销服务型企业，需要超强的供应链整合能力，以及对信息的即时掌控能力。海尔集团将部分生产业务外包之后，根据市场需求下订单生产，最直接的好处就是能够实现"零库存"，进行以用户为中心的业务流程再造，实现渠道的扁平化，提升物流效率，针对终端市场做出及时和快速的反应。2008年，中国家电企业库存周转天数平均是64天，海尔集团的库存周转天数是32天。而实施零库存管理后，库存周转天数已经降到了3天。降低的库存天数使得海尔的资金流速得到了快速的提升，同时也让经销商学会了寻找市场需求。

海尔作为中国最具影响力的家电品牌，在家电技术成熟、产品同质化严重、市场日趋饱和的今天，品牌的溢价能力也受到极大的削弱。同时，海尔在前期生产制造环节的规模化生产也在价格战的影响下无利可图。营销和服务成为海尔重塑核心竞争力的两大利器。企业之间的竞争已经进入到营销模式竞争的阶段，而所有营销模式和体系竞争的制高点，就是持续性地为顾客创造价值，提升顾客的产品体验。

海尔淡化其单纯生产型的企业形象，转而成为一个集生产、科研和技术服务、金融运营为一体的综合性跨国企业，具有了“解读并破译消费者需求”的能力。公司的“零库存商业模式”和“人单合一”的经营机制，需要通过推动运营模式乃至文化的变革来推动转型，通过深入洞悉客户的潜在需求，利用强大的服务能力为客户解决“一站式”、“一揽子”需求，为客户提供更多的增值服务和差异化服务。

（资料来源：赵琪．海尔：由制造向营销服务型企业“蝶变”．销售与市场，2010(2)）

请认真阅读案例，并回答以下问题：

1. 海尔战略转型的原因是什么？
2. 海尔进行战略转型有什么优势条件？
3. 你认为海尔的战略转型有可能成功吗？为什么？

第三章
分析营销环境

学完本章后，你将了解：

1. 营销环境对市场营销活动的重要影响和作用。
2. 微观环境和宏观环境的构成及主要内容。
3. 分析、评价市场机会与环境威胁的基本方法。

日本泳装企业变招应对市场变化

经历了1997与1998两年的辉煌之后，日本泳装生产企业的销售额持续走低，2008年的降幅更是超过10%。在这一困境中，部分泳装生产企业开始积极寻找对策，应对环境的变化。三爱公司于2009年推出了面向老年顾客的新品牌，新品牌命名为“SUMINE”，主要针对60岁以上年龄的爱美的老年顾客。随后，MIULAN公司推出了海外战略，具体内容为“5年内在亚洲建设零售基地，之后进入欧洲市场”。2009年秋天，该公司参加了在巴黎举办的内衣与沙滩装展示会和MODE CITY等活动，主要目的在提高品牌的知名度和影响力。旭化成公司认为，泳装市场上用于滑水运动的紧身型泳装受到欢迎，而接近时装的宽松型泳装的潜在需求也不容忽视。值得一提的是，旭化成推出的2009泳装面料中增加了抗紫外线功能。此外，尤尼吉可纺织公司也推出了环保型面料“Teramac”，该产品为以玉米为原料的聚乳酸纤维，自然分解性较好。随着人们环保意识的提高，该产品的表现值得期待。进入小松精炼集团旗下的YAMATOYA公司也计划推出具有抗菌、速干等功能的新型泳装面料，以获取消费者的青睐。

营销者需善于与顾客、企业内部人员和外部伙伴建立关系，为了有效地做到这一点，他们须理解与这些关系相关的主要环境因素。营销环境在企业营销活动之外，但又极大地影响着营销管理层与目标顾客建立和维持成功的关系。环境因素既可能形成营销的机会，也可能形成威胁，从而影响企业服务顾客，及与顾客建立持久关系的能力。显然，企业要理解营销并制定有效的营销战略，首先须理解企业所处的营销环境。成功企业普遍认识到，不断地观察和适应变化的环境非常重要。

营销环境由微观环境和宏观环境组成。微观环境由与企业紧密相关，并对其服务顾客(供应商、竞争者、中间商、顾客、公众、企业自身)的能力产生影响的因素构成。宏观因素由人口特征、经济、自然、科技、政治和文化等关乎整体的社会因素构成。本章首先考察企业的微观环境。

第一节 微观营销环境

微观环境指对企业营销活动直接产生影响的各种力量，如顾客、供应商、竞争者、营销中介、公众和企业自身。微观环境直接影响与制约企业的营销活动，它们多半与企业具有或多或少的经济联系，也称直接营销环境。

对企业营销活动产生影响和冲击的微观环境因素主要有：供应商、竞争者、中间商、顾客、公众和企业自身。

一、供应商

供应商是对企业营销的微观环境产生影响的重要因素之一。供应商一般指向企业或其竞争者供应生产和服务所需资源的企业或个人。供应商所提供的资源主要包括原材料、设备、能源、劳务等方面。供应商对企业营销活动的影响主要体现在三个方面:第一,资源供应的稳定性与及时性将直接对企业产品的销售量和交货期产生影响;第二,所供资源的价格变动趋势将直接引起企业产品的成本变动;第三,供应资源的质量将直接影响企业产品的质量。

针对以上所述,当企业在寻找和选择供应商时,应充分考虑供应商的资格及信用纪录,为了保证企业的生产资源能够得到稳定的供应,需要尽可能地与主要供应商建立长期稳定的合作关系;同时,为了避免因与供应商发生纠纷而使企业陷入困境,应避免过于依赖单一的供应商,提高企业的风险防备系数。

二、竞争者

首先,一个企业不可能奢望独占整个市场,每个企业在运营时,都将会面对形形色色的竞争者;其次,一个企业如果要成功,就必须在满足消费者的需要和欲望方面比竞争对手做得更出色。因此,竞争者成了影响企业营销活动的一个重要力量。企业想发展壮大就必须正视竞争者并对其进行必要的研究,了解对本企业构成威胁的主要竞争对手都有哪些,对方都采用了哪些策略,以便扬长避短,获取战略上的优势。

三、中间商

中间商在企业的产品从生产领域流向消费领域的过程中具有极其重要的作用。它能够协助公司利用现有的渠道寻找顾客,帮助企业向选定的市场输送产品或代替公司直接与顾客进行交易。

四、顾客

顾客是企业所生产产品或服务的最终消费者以及购买者的总称。企业的经营者通常把企业所生产的产品或服务的顾客群体称为市场。作为一个企业,应尽可能明确其所面对市场的类型与主要特征,以便针对目标顾客群的特点,制定适当的营销策略,这是推进销售、提高市场占有率的最基本路径。

五、公众

所谓公众,是指对本企业实现经营目标的能力具有实际的或潜在影响力的群体。因此,作为一个企业必须采取积极的措施与公众维持良好的互动关系。公众的内涵相当广泛,主要有:①媒介公众,指报纸、杂志、网络和电视台等有广泛影响的大众传播媒介。②政府公众,即负责管理企业营销业务的有关政府部门。③社团公众,包括保护消费者利益的组织、环境保护组织等民间团体。④社区公众,即企业附近的邻里居民和社团组织。⑤一般公众。一般公众虽不是有组织的公众,但他们对企业及其产品的认知却对消费者有广泛的影响。⑥内部公众，指企业内部的全体职工。

公众对企业的命运会产生巨大的影响，因此企业一般都设有公共关系部门来专门策划建立和维护与各类公众的良性关系。

六、企业自身

现代企业为了顺利开展营销业务，必然会设立某种形式的营销部门。为使企业的营销业务得以卓有成效地开展，不仅营销部门内各类专职人员需要通力合作，而且需要尽力协调企业内部其他部门与之统一，获得上下联动的支持与辅助，例如企业的高层管理者、财务、研究与开发、采购、生产等部门。所有这些企业的内部组织，就形成了企业内部的微观环境。

企业内部的微观环境可分为两个层面。第一层面是高层管理部门。营销部门必须在高层管理部门所规定的职权范围内作出决策，其制定的计划在实施前还需得到高层领导部门的通过。第二层面是企业的其他职能部门。企业营销部门的业务活动是和其他部门的业务活动相互配合的。营销部门在制定和执行营销计划的过程中，必须与企业的其他职能部门互相协调取得行动上的一致，这样才能取得预期的效果。

家乐福开店评估体系自束手脚

从进入中国市场以来，家乐福的成功一直得益于自身的开店评估体系，但近年来，这套评估体系却对家乐福在中国市场中的拓展套上了一个紧箍咒。该体系中有一个很重要的指标——销售额预估，它是家乐福选址时重要的谈判依据：一般租金不超过预测销售额的2.5%～3%。但随着家乐福这几年单店销售额的下滑，导致销售额预估降低，使家乐福在选址时必须在租金、运营、人力等方面削减成本以通过评估，但压缩租金必然使家乐福的谈判竞争力下降，不少优质商业点被竞争对手抢走，因此出现家乐福开店慢、选址质量不高等问题，而最终导致公司销售额再度下滑。这一恶性循环带来的直接后果就是家乐福在与对手的竞争中陷于被动。一位原家乐福华南区拓展经理告诉记者，家乐福早在2006年就开始与昆明的德盛广场项目接触，但由于租金高于家乐福的预期而被大润发以更高的租金抢走。而在很多不错的选址项目谈判上，特易购、易初莲花等都曾抢过家乐福的“地盘”。

第二节　宏观营销环境

宏观环境指间接影响企业营销活动的各种社会力量，如人口、经济、自然、技术、政治法律和社会文化等。宏观环境会通过微观环境对企业的营销活动发生制约和作用，因此也被称作间接营销环境。

对企业的营销活动产生影响和冲击的宏观环境因素主要有：人口、经济、技术、自然、社会、文化、政治、法律等。

一、人口环境

人口是构成市场的第一要素。人口的多少直接决定着市场的潜在容量,人口越多,潜在市场的规模就越大。而人口的年龄结构、地理分布、婚姻状况、出生率、死亡率、密度、流动性等特殊属性会对市场格局产生更细致和深刻的影响。因此,企业必须重视对人口环境的研究,密切注视人口的特性及发展动向,并及时调整营销策略以适应人口环境的变化。

(一) 人口数量与增长速度对企业营销的影响

人口多,增速快,是我国人口环境的两个重要特点。人口基数大以及人口的持续快速增长,给企业带来了各种市场机会,也带来了更严酷的竞争。一方面,人口数量是影响基本生活资料需求的一个决定性因素。人口越多,对食物、衣着、日用品的需要量也越多,市场也就越大。另一方面,人口的迅速增长,能源供需矛盾、住宅供需矛盾、交通运输压力等也将进一步扩大,这会给企业的营销水平提出越来越高的要求。比如人口增长可能导致人均资源占有量下降,限制企业的发展,从而使其市场竞争力降低。作为拥有世界上最多人口的国家,我国的市场发展潜力是巨大的,企业的营销有很多的机会可以取得成功,但与此同时,营销者也需要重视由庞大人口所带来的各方面压力。

(二) 人口结构对企业营销的影响

人口的结构可以分为自然构成和社会构成。自然构成一般指人口的性别比例、年龄结构等方面;社会构成则包括了民族构成、教育程度、职业构成等。如与现在世界上其他发达国家一样,我国的人口结构呈现了显著的老龄化趋势,而且人口的老龄化速度远远高于西方发达国家。随着老龄人口数量的增加,使市场的需求结构出现了相应的变化:老年人用品诸如保健用品、营养品的相关需求将不断增加。

(三) 人口的地理分布及区间流动对企业营销的影响

地理分布指人口在不同地区的密集程度。市场消费需求与人口的地理分布密切相关。一方面,不同地区的人口密度不同,相应地区的市场需求量之间存在差异;另一方面,不同地区居民的购买习惯和购买行为也存在差异。例如在天气炎热的南方,空调设备的需求量相对较大,而在寒冷的北方,则对暖气设备和御寒服装的需求比较集中;此外,城乡居民的消费偏好也存在着很大的差异。农民一直在我国总人口中占很大比重,农村市场是一个潜在的巨大市场,企业如果能够针对这一市场制定营销计划,也将拥有一个庞大的市场。

在我国,人口的区间流动主要表现在农村人口向城市或工矿地区流动;内地人口向沿海经济开放地区流动,另外,经商、观光旅游、学习等使人口流动加速。对于人口流入较多的地方,一方面由于劳动力增多,就业矛盾相对突出,从而加剧行业竞争;另一方面,人口的增多也使当地的基本生活必需品的需求量增加,消费结构也发生相应的变化,继而给当地企业带来较多的潜在市场份额和营销机会。

(四) 家庭规模对企业营销的影响

家庭是购买、消费的基本单位。家庭规模包括家庭的数量及家庭的平均人口数量。

首先,家庭的数量直接影响到某些商品的市场需求量,例如,家具、家用电器、厨卫设备等。其次,家庭人口数量将直接影响许多家庭用具的规格,例如家中冰箱的容积、电饭锅的容积等。我国家庭结构变化的主要特征是向小型化趋势发展。在过去很长一段时期内,尤其是在我国的农村,由于受传统文化习俗的影响和经济水平的制约,人们倾向于组成大家庭共同生活,但随着农村联产承包责任制的落实和生活水平的提高,现在的农村家庭也逐渐向小型化发展。在家庭结构小型化的同时,家庭的人员结构也有一些变化,即城市中独生子女家庭、丁克家庭、单亲家庭、单身户的增加,而这些变化都将对企业的营销活动产生影响。例如,无孩子的丁克家庭或单身户将有更多的时间和金钱去旅游和外出就餐。

二、经济环境

形成一个所谓市场的环境,人口不是衡量的唯一指标,还需要考虑整个消费群体的购买力。对企业而言,最主要的经济环境因素就是购买力水平,但这是一个综合性的衡量指标,它是消费者收入水平、消费者支出模式和消费结构、消费者储蓄和信贷情况、经济发展水平、经济体制、地区与行业发展状况、城市化程度等一系列经济变量的函数,这里我们着重讨论前三个因素。

(一)消费者收入水平的变化

消费者的购买力来自消费者的收入,但是,普遍来说,每个消费者并不会把全部收入都用于购买商品或劳务,购买力只是收入中的一部分。因此,在研究消费者的收入以衡量购买力时,要注意以下几点:

(1)国民生产总值是衡量一个国家经济实力与购买力的重要指标。从国民生产总值的增长幅度,可以了解一个国家经济发展的状况和速度。一般来说,产业用品的营销环境与这个指标的相关程度很大,而消费品的营销环境则与此关系不大。国民生产总值增长越快,对产业用品的需求和购买力就越大,反之,就越小。

(2)人均国民收入是将国民收入总量除以总人口的比值。这个指标能够反映一个国家人民生活水平的高低,也在一定程度上决定商品需求的构成。一般来说,人均国民收入的增长,意味着对消费品的需求和购买力的增长。

(3)个人可支配收入是在个人收入中扣除税款后所得余额,它是个人收入中可用于消费支出或储蓄的部分,它构成了居民的实际购买力。

(4)个人可任意支配收入是在个人可支配收入中减去用于维持个人与家庭生存不可缺少的费用(如房租、水电、食物、燃料、日常衣着等项开支)后剩余的部分。这部分收入是消费需求变化中最活跃的因素,也是企业开展营销活动时所要考虑的主要对象。因为这部分收入主要用于满足人们基本生活需要之外的开支,一般用于购买高档耐用消费品、旅游、储蓄等,它是影响非生活必需品和服务销售的主要因素。

(二)消费者支出模式和消费结构的变化

消费者的支出模式与消费者的收入有关,随着消费者收入的变化,消费者支出模式会发生相应变化,继而使一个国家或地区的消费结构也随之发生变化。在经济学中常用恩格尔系数来反映这种变化。食物的开支占总消费量的比重越大,则恩格尔系数越高,生活水平越低;反之,食物开支所占比重越小,恩格尔系数也就越小,表示生活水平越高。

除了受消费者收入的影响外,消费者支出模式还受到下面两个因素的影响:其一,家庭生命周期的阶段影响。据调查,没有孩子的年轻人家庭,往往会把更多的收入用于购买冰箱、电视机、家具、陈设品等耐用消费品上,而有孩子的家庭,则会把更多的家庭支出用在孩子的娱乐、教育等方面,相对减少用于购买家庭消费品的支出。当孩子长大独立生活后,家庭收支预算又会发生变化,用于保健、旅游、储蓄的部分就会相对增加。其二,家庭所在地点的影响。例如住在农村与住在城市的消费者相比,前者用于交通方面支出较少,用于住宅等方面的支出较多,而后者用于衣食、交通、娱乐方面的支出会占支出的绝大部分。

消费结构指消费过程中人们所消耗的各种消费资料(包括服务)的构成,即各种消费支出在总支出中所占的比例。优化的消费结构是优化的产业结构和产品结构的客观依据,也是企业开展营销活动的基本立足点。改革开放三十多年间,我国消费者的支出结构发生了很大变化,具体表现为:随着家庭收入的增加,用于食品的开支占收入的百分率显著下降,用于家庭日常开支的费用占收入的百分率保持不变,用于住房、教育等方面的开支占收入的百分率逐年上升。同时,与西方发达国家同期的收入水平相比,我国居民用于电视机、洗衣机等的支出远远高于发达国家。

(三)消费者储蓄和信贷情况的变化

消费者的购买力还受到储蓄和信贷的直接影响。当收入一定时,储蓄越多,现实消费量就越小,但潜在消费量愈大;反之,储蓄越少,现实消费量就越大,但潜在消费量愈小。近年来,我国居民储蓄额和储蓄增长率均较大。这些储蓄是购买贵重商品的主要资金来源。但是,城市和农村居民对储蓄金额的用途有较大差异,城市居民的储蓄主要用于购买高档耐用消费品、子女教育,而农村则主要用于住宅建设和购买农用生产资料和设备。

所谓消费者信贷,就是消费者凭信用先取得商品使用权,然后按期归还贷款,以购买商品。这实际上就是消费者提前支取未来的收入,提前消费。信贷消费允许人们购买超过自己现实购买力的商品,从而创造了更多的需求、更多的收入,以及更多的就业机会;同时,消费者信贷还是一种经济杠杆,它可以调节积累与消费、供给与需求的矛盾。西方国家盛行的消费者信贷主要有短期赊销、购买住宅分期付款、购买昂贵的消费品分期付款、信用卡信贷等。我国现阶段的信贷消费还主要是公共事业单位提供的服务信贷,如水、电、煤气的交纳,其他方面如教育、住宅建设以及一些商家的信用卡消费正在逐步兴起。

三、技术环境

技术的发展对企业营销活动的影响越来越大,一方面它可以给企业提供有利的成长机会,另一方面它也会给某些企业的生存带来威胁。一项新技术的出现,有时会形成一个新的产业部门或新的行业,但同时也会使某些技术陈旧的老产品更快地被市场所淘汰,甚至加快一个行业退出历史舞台的步伐。例如晶体管和集成电路的出现打击了真空管工业;数码技术的出现严重削弱了传统冲印行业的获利能力。新技术的出现,还会改变零售业业态结构和消费者购物习惯,进而引起企业市场营销策略的变化。因此,营销人员应密切注意技术环境的变化:其一,了解新技术如何更好地满足消费者的需求,以促进本企业的技术进步;其二,估量新技术的后果,从中敏感地发现市场机会,避开市场威胁;其三,与研发人员密切合作,进行更多的以市场为导向的研究,降低卖方成本,提高卖方利益。

当今世界的科学技术迅猛发展,其特点表现在以下几个方面:新技术和发明的范围不断拓宽,在信息技术、生物技术、新型材料、空间技术等领域的科技进步尤为迅速;大部分产品的生命周期有明显缩短的趋势;企业普遍增加了用于新产品和新工艺的研究开发费用;交易方式和流通方式也将变得更加现代化与便捷化。

四、自然环境

营销学上的自然环境主要是指自然物质环境,如气候矿产、水资源、石油等。任何企业的生产经营活动都与自然环境息息相关,因此,市场营销人员必须注意到自然环境的变化及其带来的影响。具体来说,我国自然环境主要面临的问题是:自然资源日益短缺,如耕地锐减、森林赤字、淡水资源紧缺、不可再生的有限资源短缺等;环境污染严重;能源成本不断提高;政府对自然资源管理的干预不断加强。所有这些都会直接或间接地给企业带来威胁或机会。一方面,各种资源的短缺将对企业的生产和经营活动形成很大的制约,有关环境保护的立法也对企业提出了更高的要求;另一方面,环境的恶化给节能技术的应用、绿色产品的推广带来了无限生机。

五、社会文化环境

与其他环境因素相比较,社会文化环境对企业营销活动的影响不是那么显而易见,事实上却又是无时不在和更为深刻。社会文化指人类在社会发展过程中所积累的物质财富和精神财富的总和。在这里主要指那些在一定物质文明的基础上,在一个社会、一个群体的不同成员中一再重复的情感模式、思维模式和行为模式,包括价值观念、宗教信仰、道德准则、审美观念、风俗习惯、教育水平、语言文字等。

社会文化是影响人们欲望和行为形成的基本因素之一。每个人都生长在一定的社会文化环境中,并在一定的社会文化环境中生活和工作,他的思想和行为必定要受到这种社会文化的影响和制约。每一种社会文化都可以按某种标识分为若干不同的亚文化群,如种族亚文化群、民族亚文化群、宗教亚文化群、地理亚文化群等。从营销角度讲,在研究社会文化环境时,更要重视亚文化群对消费需求的影响。比如,同一种款式的商品,甲民族认为是美的,乙民族也许认为是丑的;同一种色彩的商品,农村消费者十分喜爱,而城市消费者却可能很少问津;同一种消费行为,在某一地区是习以为常的,在另一地区则可能是不可思议的。因此,企业的市场营销人员应分析、研究和了解社会文化环境,以针对不同的亚文化群制定不同的营销策略。

六、政治法律环境

政治与法律是影响企业营销的重要的宏观环境因素。政治因素像一只有形之手，调节着企业营销活动的方向，法律则为企业经营活动规定行为准则。政治与法律相互关联，共同对企业的市场营销活动产生影响和作用。它首先表现为一个国家的政治体制、政府政策。例如，国家通过征收个人收入调节税，调节消费者收入，从而影响到消费者的购买力；国家还可以通过增加产品税来抑制某些商品的需求，如对香烟、酒等课以较重的税收来抑制消费者的消费需求。这些政策必然会对社会的购买力及市场需求产生相应的影响力，从而间接影响企业营销活动。其次表现为国家的各项与企业活动相关的立法，如《公司法》、《广告法》、《商标法》、《经济合同法》、《反不正当竞争法》、《消费者权益保护法》、《产品质量法》等。这些立法的目的有三：一是保护竞争；二是保护消费者权益不受侵害；三是保护社会公众的长远利益不受侵害。营销人员应密切关注与本企业有关的法律法规，使企业经营在合法的轨道上运行，同时能运用法律武器保护企业的正当合法权益。

海天集团的逆风飞扬

2010年第一季度，我国海天集团产值超20亿元，集团公司3月份单月实现产值超8亿，销售超7.8亿，创下公司创业45年来的历史新高。而在一年多以前，海天集团却险些破产。金融危机的到来带给海天集团沉重的打击，2008年10月，海天有3 000台的订单，11月变成600台，12月300台，2009年1月没订单。在没有订单的时候，海天集团根据市场环境的变化，果断决策，大力开发新产品——注塑机。该产品的国内市场以前一直被日本企业所占据，但海天集团逆风飞扬，用不懈的拼搏在短时间内掌握了该产品的核心技术，并利用节能优势把日本产品挤出国内市场，从而在恶劣的市场环境中成功实现了自救。据了解，海天集团现在销售的注塑机已经占到全球市场份额的第一位。

第三节 分析营销环境的方法

一般而言，环境形成了企业生存和发展的外部条件，对企业的经营具有重大的影响。分析营销环境的目的就是对构成外部环境的各种主要因素进行调查与研究，以明确其现状和变化发展的趋势，从中识别出对企业发展有利的机会和不利的威胁，并根据企业自身的条件制定相应的对策。下面介绍一种常用的分析营销环境的方法——矩阵分析法，包括机会矩阵、威胁矩阵、机会威胁综合矩阵。

一、机会矩阵

市场机会是指对公司营销行为富有吸引力的领域，在这一领域里，该公司将拥有竞争优势。市场机会对不同企业有不同的影响力，企业在每一特定的市场机会中成功的概率，取决于其业务实力是否与该行业所需的成功条件相符合，如企业是否具备实现营销目标所必需的资源，企业是否能比竞争者利用同一环境机会获得较大的"差别利益"。正是基于上述考虑，机会矩阵根据吸引力大小和成功概率将市场机会分为如图3-1所示的四类。

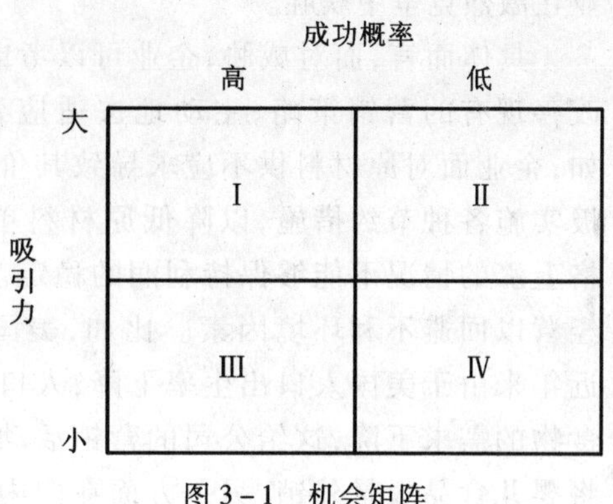

图3-1　机会矩阵

在图3-1中，处于Ⅰ位置的市场机会，其潜在的吸引力和成功概率都相对较大，这类机会极有可能为企业带来巨额的利润，此时的企业应制定多套方案，尽全力把握；而处于Ⅳ位置的市场机会，不仅潜在的吸引力较小，成功的概率也不大，企业在短期内可将其忽略；对于处于Ⅱ、Ⅲ位置的机会，企业应密切关注其发展的趋势，随着吸引力的上升和成功概率的提高，它们很有可能成为Ⅰ类机会，届时企业可将其进行进一步的开发和利用。

二、威胁矩阵

环境威胁是指环境中某种不利因素的发展趋势所形成的挑战，如果不采取果断的营销行动，这种不利趋势将会导致公司市场的地位被侵蚀。威胁矩阵如图3-2所示，一般着眼于两个方面：一是威胁的严重程度即影响程度；二是威胁的出现概率，即威胁出现的可能性。

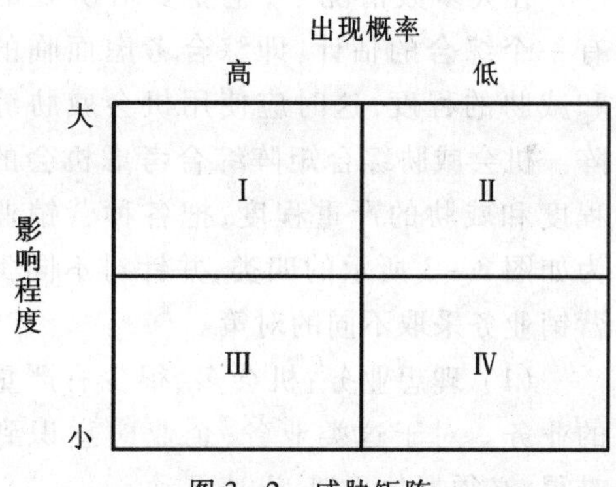

图3-2　威胁矩阵

在图3-2中，处于左上角的Ⅰ类威胁是毁灭性的，因为它们会严重危害到公司的利益，并且其出现的可能性也最大。公司需要为每一个这样的威胁准备至少一个应变计划，这些计划将预先阐明在威胁出现之前或者当威胁出现时，公司将进行哪些改变。处于右下角的Ⅳ类威胁出现的概率和严重程度均不大，企业不必过早倾注过多的担心，但应注意其发展变化的趋势。对于Ⅱ类威胁，虽然其出现的概率较低，但造成的破坏程度较大，企业应密切关注其发展变化。对于Ⅲ类威胁虽然不算严重，但出现的可能性比较大，企业也应充分重视。

三、机会威胁综合矩阵

市场营销环境的多变性和不可控制性要求企业在市场中进行营销时不断地根据营销环境的新变化调整自己的营销策略，但这不应该是被动地适应，而应该是主动地应变,并在尊重客观规律的同时,充分发挥应对环境的主观能动性,采取有效的对策使企业在激烈竞争中获胜。

具体而言,面对威胁,企业可以考虑以下几种对策:首先,企业可以通过各种手段改善现有的营销策略,主动地去适应营销环境的变化以减轻环境威胁的程度。比如,企业面对原材料供不应求导致其价格上涨的威胁,可以主动改进设备和工艺,积极实施各种节约措施,以降低原材料单位消耗和费用成本,进而使企业在原材料价格上涨的情况下能够保持利润的稳定。其次,将产品转移到其他市场或进行多角化经营以回避不利环境因素。比如,美国有家公司多年来的服务对象一直是婴儿,但近年来由于美国人口出生率下降,人口呈老龄化趋势,市场对儿童服装、玩具及婴儿食物的需求下降,这给公司的营销活动带来了巨大威胁,在这种情况下,公司一方面将婴儿食品大量外销,另一方面在国内大力发展老年人寿保险、旅馆、饭店等多种经营,从而保证了公司的稳步发展①。第三,企业通过各种手段去限制或扭转不利的环境因素,使之朝着有利于企业市场营销的方面发展。比如,有些企业通过联合起来的方式,促使政府推行贸易保护主义政策,以限制别国产品的进入,从而保护本国企业的目标市场。

企业在市场营销中努力回避市场威胁固然重要,但如何把握市场机会从某种意义上更为重要,因为机会稍纵即逝。比如,美国企业成功地试制晶体管以后,认为其价值不大而未予重视,而日本索尼公司花重金购买了此项专利,用于开发晶体管收音机,取得了极大的成功。因此,面对市场机会,企业应充分把握。

在大多数情况下,企业要对所处的环境有一个综合的估计,即综合考虑面临的机会和威胁的程度,这时应使用机会威胁综合矩阵。机会威胁综合矩阵综合考虑机会的强弱程度和威胁的严重程度,把各种营销业务分为如图 3-3 所示的四类,并针对不同类型的营销业务采取不同的对策。

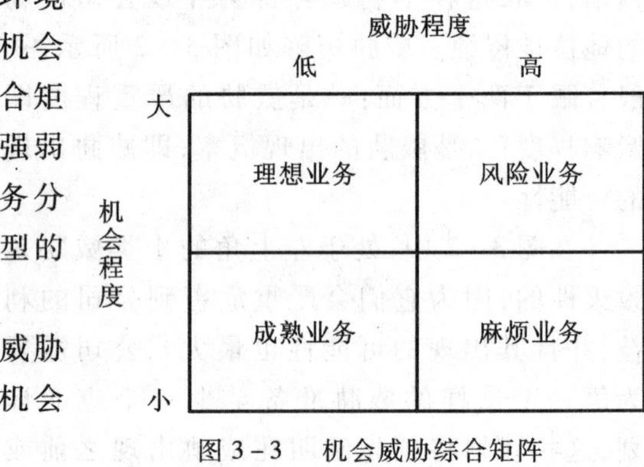

图 3-3 机会威胁综合矩阵

(1) 理想业务:机会多、很少有严重威胁的业务。对于这类业务,企业应意识到机会难得,必须抓住机遇,迅速行动。

(2) 风险业务:机会与威胁都多的业务。面对高利润和高风险,企业应全面分析自身的优势与劣势,扬长避短,创造条件,争取突破性的发展。

(3) 成熟业务:机会与威胁都少的业务。这类业务可作为企业的常规业务,用以维持企业的正常运转。

(4) 麻烦业务:机会少、威胁多的业务。对于这类业务,企业要么努力调整自身战略与策略,适应环境,减轻威胁;要么立即转移,摆脱无法扭转的困境。

① 王方华,黄沛. 市场营销管理. 上海:上海交通大学出版社,2003:89.

本章小结

1. 微观环境是指直接影响企业营销活动的各种力量，它直接影响与制约企业的营销活动，多半与企业具有或多或少的经济联系，也称直接营销环境。对企业营销活动产生影响和冲击的微观环境因素主要有：供应商、竞争者、中间商、顾客、公众和企业自身。

2. 宏观环境是指间接影响企业营销活动的各种社会力量，它会通过微观环境对企业的营销活动发生制约和作用，因此也被称作间接营销环境。对企业的营销活动产生影响和冲击的宏观环境因素主要有：人口、经济、技术、自然、社会文化、政治法律等。

3. 矩阵分析法是一种常用的分析营销环境的方法，包括机会矩阵、威胁矩阵、机会威胁综合矩阵。

1. 市场营销环境对企业营销活动会产生什么影响？
2. 如何分析营销环境给企业营销活动带来的机会与威胁？
3. 举例说明针对成熟业务和风险业务，企业应该采取的对策。
4. 总结技术环境的变化趋势，分析它对高技术企业的影响并举例说明。

华为如何应对海外市场营销环境的变化

未来世界谁都不可能独霸一方，只有加强合作，你中有我，我中有你，才能获得更大的共同利益。

2007 年，华为在全球销售额达到了 160 亿美元（约 1 200 亿人民币），成为目前国内为数不多真正迈出国门，实现国际化战略的中国本土企业。早在 2005 年，华为在海外的销售就超过了国内的。这年，华为将中国市场重组为中国地区部，成为它全球市场九个地区总部之一，实现了真正意义上的跨国公司。而国内同业中兴通讯 2007 年才在发达国家市场开始出现订单突破，国际市场销售首次超过国内。

如果说华为在 GSM 时代是国际通信巨头的追随者，那么在 3G 时代乃至再下一代无线通信技术领域，华为将在某些领域与国际巨头们同步。短短 20 年，华为逐渐适应了海外市场营销环境，国际销售额飞速增长，究其原因，在于华为的三大应对策略。

第一招：借船出海

在全球化时代，一个企业要发展，必须要进入国际市场。全球 IP 领域第一大市场是北美，第二是欧洲，第三是日本，然后是亚太和中国。

2003年，华为已大规模进入东南亚、非洲、南美、东欧等市场。由于北美等市场的门槛相当高，华为在这些地方缺乏品牌认知、渠道和示范用户，一直没有太大突破。如果在北美孤军奋战，不知要耗费多少人力财力，效果也不可预知。华为很快找到了一条捷径。

2002年6月，华为与3Com公司开始谈判成立合资公司事务。华为以其数据通信的中低端路由器、以太网交换机相关业务和资产出资，占51%的股份；而3Com公司以1.6亿美元外加技术产品专利授权和中国区的所有资产，占49%的股份。3Com的渠道体系、网络（代理商达5万家）也对华为完全开放。华为3Com总部设在中国香港，内地总部设立在杭州。任正非出任CEO，3Com的CEO任新公司董事长。在长达9个月的酝酿、谈判后，华为3Com于2003年11月正式成立。公司主要面向全球企业用户提供数据通信领域的相关产品和服务，并在中国大陆设立独资公司承担研发、生产以及中国市场的销售业务。

当时直接管理华为3Com的华为方总经理郑树生认为：与3Com的合作是华为数通在2002年后迅速走向国际化的一个战略举措。

华为将部分网络资产放在与3Com的合资公司中，3Com与华为交叉技术授权，这使得华为的数据通信产品可以通过3Com的通道获得与国际电信巨头合资、合作的经验，以绕开思科的产权官司，顺利进入梦寐以求的欧美主流高端市场。同时，3Com公司在欧洲和全球有近5万家渠道营销体系，如果华为借助它的渠道营销体系，就可以省了服务和培训，以及对不同国家沟通和熟悉的过程。3Com把研发中心转移到中国，也降低了成本。

2004年是华为3Com大步走向国际化关键的一年，其数据通信产品销售额增长了100%。

第二招：自主研发+拿来主义

由于国际电信巨头的技术封锁，华为刚刚起步时，不可能与国际巨头有平等对话进行技术合作的机会，因此，华为将所有资金都投入到了C&C08程控交换机的研制中。孤注一掷，终于成功，C&C08交换机奠定了华为在国内通信行业的领先地位，并靠此打入世界市场，就因为华为的核心知识产权几乎没有一点是外国的。

有了一定的资本积累后，华为在美国达拉斯、印度班加罗尔、瑞典斯德哥尔摩、俄罗斯莫斯科以及中国北京、上海等地建立了研究所。华为的3G等产品实现了全球同步开发。华为的传输芯片是自己开发的，2.5G以下的传输芯片华为做得比国外的好，而且2.5G以下级别的交叉能力是全世界最强的。华为在新一代传输体制SDH中展现了强大的活力。

尽管一直坚持自主研发，但华为不排斥通过其他途径获得技术进步。华为使用最多的一招是技术拿来主义——通过收购获取必要的技术积累。

在全球高科技产业的低迷期，华为在美国展开了一系列小规模、低成本收购。

2002年年初，华为完成了对光通信厂商OptiMight的收购，加强了自身在光传输领域的技术实力；2003年中又完成对网络处理器厂商Cognigine的收购，加强了自身在交换机和路由器核心处理器方面的能力。另外,华为还在硅谷投资了一家叫做LightPointe的自由空间光通信(FSO)厂商,取得了FSO设备的贴牌资格。上述收购活动使华为强化了传输与接入领域的技术优势。

除了直接收购和建立合作联盟外,华为还以投资的形式协助一些小公司发展,以获得技术支援。LightPointe Communications是一家总部在圣地亚哥的公司,拥有一项利用激光进行无线传输的光纤技术。电信市场调研公司Pacific Epoch创始人保罗·魏德透露:华为曾经以风险投资的形式向LightPointe Communications投资200万美元。

收购是国际大公司整合资源、迅速覆盖目标市场的常用手段。华为直接收购一些小的技术型公司,可以降低研发成本,集中精力攻克核心技术。不过对收购,华为明显非常谨慎,直至目前,收购规模都比较小。未来,华为还会以这种小规模收购的方式迅速获取某些技术上的突破。而在华为的实力足够强大的时候,才会采取更大规模的收购行动。

第三招:与竞争对手"手拉手"

2004年2月12日,总投资金额为1亿美元的西门子华为TD-SCDMA正式成立。华为希望通过双方的市场和产品应用层面上的商业联盟,把合作方向真正深入到技术标准的具体应用上,从而为华为国际化助力。

任正非认为:华为的国际化是一步一步完成的,是与一个跨国公司合作然后再与另一家跨国公司合作推动的。从某种意义上说,企业的技术能力代表着与合作企业交换许可的话语权。为了保证企业在核心领域的可持续发展,华为重视广泛的对等合作,包括OEM形式和建立战略伙伴关系,从而能使自己的优势得以提升。在合作中,华为坚持不卑不亢、平等友好的原则,这也得到了国外著名公司甚至一些竞争对手的信任。

1998年,华为最开始是与摩托罗拉洽谈在GSM产品方面合作,并在国际市场上以摩托罗拉的品牌进行销售。由于双方实力存在明显差距,谈判进展非常缓慢,直到2002年才达成合作协议,但成效不大;2000年,华为又与朗讯洽谈以OEM方式提供中低端光网络设备,由于朗讯内部原因和对逐渐壮大的华为心存戒备,双方最终没能合作。尽管如此,华为还是先后与西门子、英飞凌、德州仪器、摩托罗拉、微软、英特尔、升阳微电脑、3Com、NEC、松下、TI、英特尔、SUN、IBM等多家公司开展过多方面的研发和市场合作。其中,与NEC、松下合资成立了宇梦公司;IBM则为华为设计基础生产系统;而通过与移动巨头高通合作,华为进入了葡萄牙的CDMA450市场,如今CDMA450在全球遍地开花,华为则拿到了全球60%的市场。

华为经常去国际竞争对手那里参观、学习,双方高层更是时常交流。曾经有人问任正非:你们是竞争对手,别人怎么会让你去看呢?任正非说:和平与发展是国家之间的主旋律,开放与合作是企业之间的大趋势,大家都考虑到未来世界谁都不可能独霸一方,只有加强合作,你中有我,我中有你,才能获得更大的共同利益。所以他们愿意给我们提供一些机会,这种广泛对等的合作使我们的优势很快得到提升,可以迅速推出很多新产品,我们也就能在短时间里提供和外国公司一样的服务。

(资料来源:程东升. 华为三招奠基海外. 中外管理,2008(2).)

请认真阅读案例,并回答以下问题:

1. 结合其他相关资料,描述一下华为在国际化初期所面临的海外市场营销环境。
2. 华为的三大应对策略中,你认为哪一个是最为关键的,为什么?
3. 华为的成功经验是否可以复制?请详细阐述你的理由。

第四章
营销信息的收集与管理

学完本章后，你将了解：

1. 现代营销信息系统的构成。
2. 营销调研的过程。
3. 营销信息的来源及收集方法。
4. 问卷设计与抽样设计。
5. 信息的整理与形成营销调研报告。

帮宝适的诞生

1956年,宝洁公司开发部主任维克·米尔斯照看其出生不久的孙子时,深切感受到一篮脏尿布给家庭主妇带来的烦恼,而当时美国市场已经开始出现一次性尿布,维克·米尔斯随即组织市场调研,希望能够从中找到宝洁公司的市场机会。市场调研结果显示,虽然一次性尿布已经出现,但只占市场份额的1%。原因首先是价格太高,其次是父母们认为这种尿布不好用,只适合在旅行或不便于正常换尿布时使用。调研结果还表明,一次性尿布市场潜力巨大。宝洁公司马上投入到这方面的工作。1962年,宝洁公司实地调研这个后来被定名为“帮宝适”(Pampers)产品的受欢迎程度,调研发现,妈妈们喜欢用“帮宝适”,但不喜欢“帮宝适”10美分一片尿布的价格。因此,价格必须降下来,降多少呢?在6个地方进行的调研进一步表明,定价为6美分一片,就能使这类产品畅销,使其销量达到零售商的要求。宝洁公司的几位制造工程师找到了进一步降低成本的解决办法,并把生产能力提高到使公司能以该价格在全国销售帮宝适尿布的水平。

正如宝洁公司案例所强调的,在现代营销活动中,营销范围从区域市场辐射全国乃至国际市场的现实,使营销者与消费者之间的距离拉大了;人们的生活水平以及消费理性程度的日益提高,使市场需求更加多样化、复杂化。复杂的市场状况,必然形成日趋激烈的市场竞争。企业在这一环境中需要收集有关竞争者、经销商和其他市场参与者和市场因素的大量信息,并构建营销信息系统,从而更好地应对市场竞争。

第一节　营销信息系统

营销信息系统是由人、设备与程序所构成的持续和相互作用的结构,用于收集、整理、分析、评估和分配那些恰当的、及时的、准确的信息,以使营销决策者能改善对于其营销计划的设计与控制。营销信息系统为企业创造良好的营销环境服务,它既可为企业确定战略目标的方法和政策提供服务,同时也为企业执行和控制具体营销计划创造条件。

营销信息系统一般由内部报告系统、营销情报系统、营销调研系统和营销分析系统所构成(见图4-1),它们各司其职共同完成企业内外部环境的沟通,形成了完整的营销信息流循环过程。

一、内部报告系统

内部报告系统以企业内部会计系统为主,辅之以销售信息系统组成,是营销信息系统中最基本的子系统。其作用在于报告订货、库存、销售、费用、现金流量、应收款、应付款等方面的数据资料。

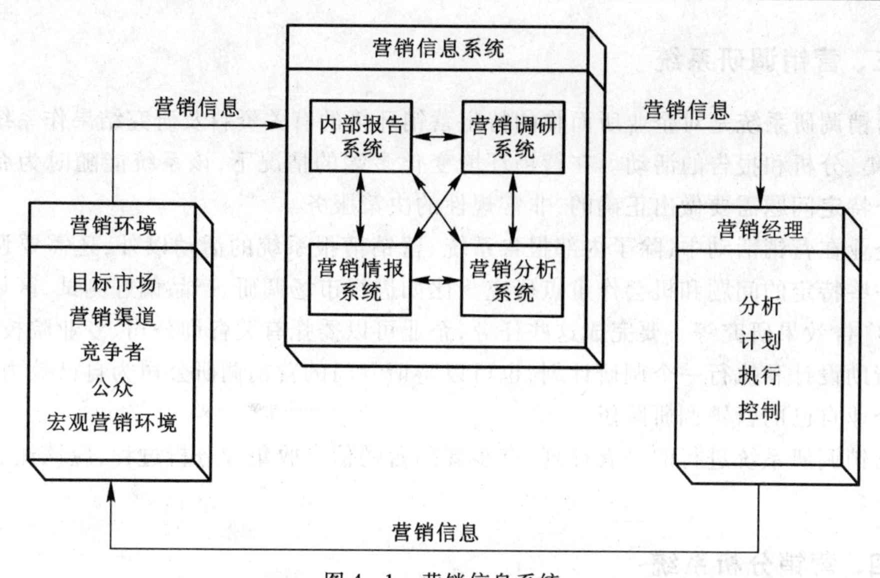

图 4-1　营销信息系统

内部报告系统的核心是订单—发货—账单的循环。销售人员把订单送至企业，负责管理订单的机构把有关订单的信息送至企业内的有关部门，然后企业把账单和货物送至购买者的手中。这是一般营销企业的常规操作程序，然而是否具有措施以保证这一循环中的各个步骤快速而准确地完成，则明显地反映着企业不同的营销能力和营销效率。

内部报告系统还包括及时、全面、准确的销售报告。这个功能应该主动地为决策者提供他们认为需要的，以及他们暂还不了解但实际需要的信息，以帮助决策者把握最佳的决策时机，提高企业的竞争优势。就现实情况而言，由于信息网络的普及，企业基本上都建立了比较健全的销售报告系统，完全有条件在瞬间就清晰地集中反映分散在各处的关联企业过去及现在的销售和库存数据。

通过分析内部报告系统所提供的信息，能发现重要的机会和问题。但应注意尽量避免该系统提供重复信息，那样会造成营销成本上升和相关人员陷入烦琐的销售资料堆中。

二、营销情报系统

营销情报系统是企业日常收集有关企业营销环境发展变化信息的一些来源或程序，往往通过企业的各级营销人员、中间商以及专职的营销信息收集人员完成。一般而言，内部报告系统向营销决策者提供的是实际数据信息，而营销情报系统提供的则是偶发事件的信息。

营销环境的变化与企业的营销活动密切相关，其中既可能潜伏着企业营销危机的早期警告信号，也可能孕育着企业发展的各种营销机会。企业可以通过广泛的途径获取相关信息，这是营销情报系统所特有的功能。企业要形成规范的情报循环网，提高营销情报系统收集的信息质量，帮助企业在营销活动中及时采取措施，或者能防患于未然，或者能领先一步抢占市场份额。

三、营销调研系统

营销调研系统是对企业所面临的特定营销环境的有关资料及研究结果作系统的设计、收集、分析和报告的活动。在营销环境变化多端的情况下，该系统能随时为企业由于某个特定问题需要做出正确的、非常规性的决策服务。

企业在营销活动中，除了内部报告系统、营销情报系统的活动以外，还需要调研系统对一些特定的问题和机会作重点研究。比如进行市场调研、产品偏好测试、区域销售预测、广告效果研究等。要完成这些任务，企业可以委托有关咨询公司、专业院校、科研机构帮助设计和执行一个调研计划，也可以聘请专门的营销调研公司为自己效力，或者建立企业自己的营销调研队伍。

营销调研系统进行的是有计划、有步骤的营销信息收集和分析过程，应该注意克服盲目性。

四、营销分析系统

营销分析系统由先进的统计步骤和统计模型构成。该系统的作用是利用科学的技术、技巧来分析营销信息，从中得出更为精确的研究结果，以帮助决策者更好地进行营销决策，故也称之为营销决策支持系统。

营销分析系统的建立和运用是运用科学方法对某些营销问题的理解、预测和控制，需要营销者对统计学、管理学及计算机应用等科学知识的综合掌握和研究。

第二节 营 销 调 研

营销调研是个人或组织，利用科学的手段与方法，对与企业市场营销活动相关的市场情报进行系统地设计、搜集、整理、分析，并提供各种市场调研数据资料和各种市场分析研究结果报告，为企业经营决策提供依据的活动。

一、营销调研的类型

（一）探索性调研

探索性调研的主要功能是“探测”，即帮助调研主体识别和了解：公司的市场机会可能在哪里？公司的市场问题可能在哪里？并寻找那些与之有关的影响变量，以便确定下一步营销调研或市场营销努力的方向。因此，探索性调研一般在新产品开发过程中或在一项大型营销调研活动开始阶段被经常采用。

但是，探索性调研只能将市场存在的机会与问题呈现出来，它既不能回答市场机会与问题产生的原因，也不能回答市场机会与问题将导致的结果，后两个问题常常依靠更加深入的市场研究才能解决。

（二）描述性调研

描述性调研的功能是对特定的市场情报和市场数据进行系统地搜集与汇总，以达到对市场情况准确、客观的反映与描述（探索性调研是基础）。

一般来说,描述性营销调研要求具有比较规范的营销调研方案、比较精确的抽样与问卷设计,以及对调研过程的有效控制。描述性营销调研的结果常常可以通过各种类型的统计表或统计图来表示。

同样,描述性调研也不能回答市场现象产生的原因,及其可能导致的后果。但是,由于描述性的调研结果有助于识别市场各要素之间的关联与关系,因此,它对于进行下一步的因果研究提供了重要的分析基础。

(三)因果性调研

因果性调研也称解释性营销调研,它的目的在于对市场现象发生的因果关系进行解释和说明。因果性调研的功能是在描述调研的基础上,经过对调研数据的加工计算,再结合市场环境要素的影响,对市场信息进行解释和说明,回答“为什么”或“如何做会产生什么结果”。

探索性调研和描述性调研侧重于市场调研,因果性调研则侧重于市场分析与研究,是更高一级的营销调研方式。通过因果分析,营销调研人员要能够解释一个市场变量的变化是如何导致或引起另一个市场变量的变化。

二、营销调研的工作流程

营销调研的工作流程包括以下几个阶段:

(一)确定调研目标

这一阶段明确此次调研为谁做及调研谁。

(二)制定调研计划

这一阶段的内容包括调研工具的确定及抽样计划的确定。

(三)收集营销信息

收集营销信息时容易出现的主要问题有:被调研者不在家;被调研者拒绝合作;被调研者的回答带有偏见或不够真实;调研人员进行调研时带有偏见或不够诚实。

(四)分析营销信息

在掌握了大量的营销信息之后,调研人员要采用统计分析的方法(如多元回归分析、相关分析、聚类分析)揭示各种因素之间的潜在关系。

(五)撰写调研报告

这一阶段要撰写调研报告,送交营销经理。调研报告一般应包括引言、正文、结尾和附件等。

第三节 营销信息的来源与收集方法

一、营销信息的来源

营销信息对于企业运营十分重要,营销调研中的营销信息主要由三种途径取得,分别是:内部来源,即企业自身所提供的信息;一手外部来源,企业从公众及外部获取的信息;二手外部来源,企业从各种现有材料中获取的信息,见图4-2。

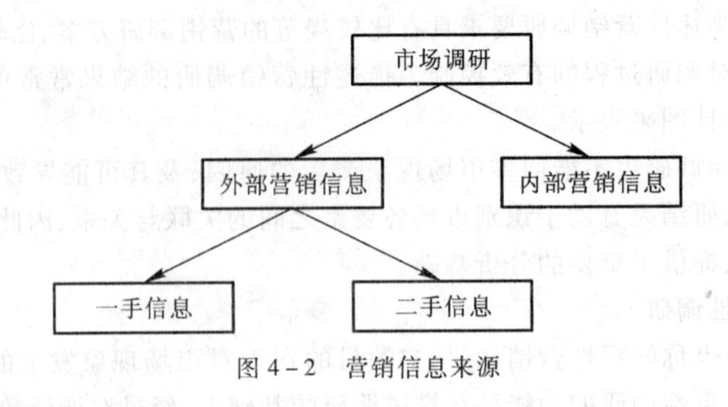

图 4－2 营销信息来源

（一）内部营销信息

一般来说，绝大多数企业的自身部门就掌握着大量的信息，主要有：

（1）企业客户的详细信息。如客户的名字、地址、年龄、账号、客户类型、新客户及老客户的数量、每个客户带来的利润、每个客户享受的折扣。

（2）由销售部门、市场营销部门提供的产品的营销及销售记录。如果企业有批发商及零售商，他们也会对企业的产品和服务做出评价。公众也可能与这些部门有各种各样的联系，告知其是否喜欢这些产品。

（3）关于竞争产品及制造企业的报告。

（4）关于经济和可能影响销售的报告。

一些企业可能不会掌握以上的全部数据，但这些数据的价值毋庸置疑。由于产品的性能、质量直接影响到销售商的销售，所以，应该重视来自他们的关于产品方面的建议。这些可以改良产品的建议会帮助企业的产品以及服务更好地被市场所接纳甚至追随。如果这些产品令客户们不甚满意，甚至有了抱怨，那么正视抱怨、加以改进同样对企业的自身发展有着非常远大的意义。同时，应该意识到，从企业内部获得的信息有其自身的局限性，那就是除了现存的产品、服务和顾客之外，很难获得关于未来的长远建议。

（二）二手外部营销信息

二手外部营销信息一般指的是社会上已出版的材料。二手外部营销信息不是经由使用这些信息的人进行收集的，而是通过其他第三方的组织或人员所收集整理（见图 4－3）。它的价值在于其更加宏观，可以供参考者制定更加长远的规划。

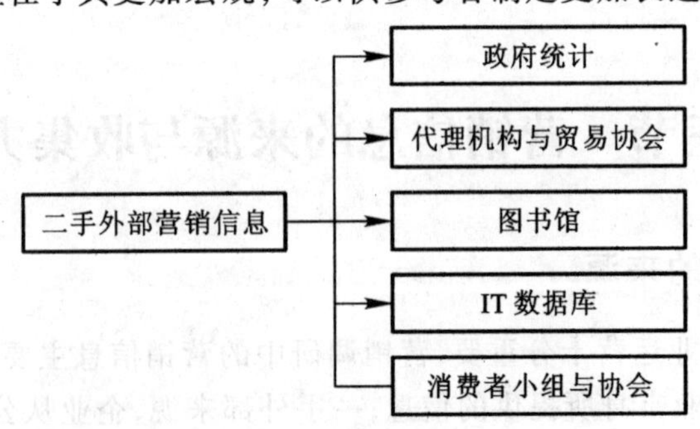

图 4－3 二手外部营销信息的提供者

如今,信息及技术的发达使得获得二手信息的方法与途径大大地增加。但是需要明白,如果使用二手信息的方式不当,那么很可能会对使用者产生很大的误导。为了获得准确的参考信息,应该扩宽搜索二手外部营销信息的渠道与手段,比如增大网络材料的收集与对比,通过多种平台收集行业趋势等有用的信息,这既包括国内信息,也包括世界性的信息。

使用二手外部营销信息的一个主要问题是经过漫长缜密的数据收集、处理和发布过程后,信息的时效性经常会大打折扣。由于信息的收集依靠现有的资料,很难有针对性地、全面地提供企业真正需要的详细信息。针对这个缺陷,许多企业开始自动收集最主要的数据。这也意味着,这些企业要识别出他们需要知道什么,然后去市场收集信息。

(三)一手外部营销信息

一手信息的获取通常需要通过调研,通过向某些人群询问一些问题并记录下他们的各种反应,这一般需要通过一定数量的问卷调研。调研的形式最常见的有两种:统计和抽样。

1. 统计

统计是在某个特定市场中,询问每个个体相同的问题。很显然,对单个的企业而言,这项工作的工作量太大,它的过程类似政府定期做的统计,如用来了解民众的规模与分布等。

2. 抽样

企业一般习惯采用抽样的方法,它是指询问某个特定市场中人群问题的方法,假定它代表了整个市场。这种方法也有自身的局限性,它很难通过一定数量的人群来真正地代表整个市场的情况。此外,必须保证由此得出的结论是可靠的、无偏见的,这样的结论才可靠,如果数据是错误的,结论也将无任何意义。

抽样有几种方法可以选择。企业在收集信息时必须要考虑使用哪种方法可以提供最佳的结论,并要考虑到企业实际的预算。这几种抽样的方法包括:

(1)随机抽样,即完全随机地选择访问对象,如选择路过的行人。

(2)系统抽样,即以固定的间隔在名单上选择被访者。例如,如果企业有一份某个城区中所有常住居民的名字和地址,它可以将名单上每隔若干个人作为被访者。

(3)集聚抽样,即在特定的区域内选择被访者。例如,一家企业可能关注中国某个省的客户,它可以将此区域划分为若干个小的地区,并选择其中一个地区作为这个省的代表。然后,企业可以利用采访这个地区的居民所获得的数据代表这个省的结果。

(4)配额抽样,即采访具有特定特点的对象。例如,企业可以选择100位男士和100位女士,其中,50名年龄在19岁以下;50名年龄在20—30岁;50名年龄在30—60岁;另外的50名年龄在60岁以上。当你希望以职业或不同收入作为标准来调研人群时,也可以用这些指标来划分群体。

毋庸置疑,各种抽样方法都有先天的优点和缺点。关键的限制因素是调研的成本以及用某种特定方式获得准确数据的可能性。

二、营销信息的收集方法

（一）案头收集

可以这样理解，案头收集即获得二手资料的调研。二手资料的来源包括内部来源和外部来源。内部来源包括顾客、销量、供应商以及其他公司希望获取的资料的数据库，具体包括年度报表和股东报告、销售记录、顾客名单、销售人员报告；代理商、经销商信函、消费者意见；以前的调研报告、审计报告。

外部来源是指从公司外部得到的资料，具体包括：大众传媒、图书馆、官方信息机构、民间信息机构、银行等金融机构以及数据库只读光盘和互联网等。

（二）实地收集

通过实地收集将使调研者获得一手资料，也就是原始资料，是指调研人员针对当前的问题通过到达实地进行的现场调研，通过直接向调研对象收集的信息资料。它具有更高的详细性、针对性和适用性等特点，但这种收集资料的方法也有一些需要考虑到的客观条件限制，因为这需要投入较多的人力、时间和费用。

实地收集的方法可分为三种，即询问法、观察法和实验法。

1. 询问法

询问法指营销调研人员通过向被调研者提问，由被调研者进行回答，由此获得所需资料的一种调研方法。它是企业获取市场第一手信息经常使用的调研方法，在了解消费者的行为及态度方面比较常见。

按照各种询问方法出现时间的早晚，可以将它们分为传统调研方法和新型调研方法两种。传统的调研方法包括面谈调研法、电话调研法、自我管理问卷调研法（调研人员不在现场的一种调研方法）、邮寄调研法；而新型的调研方法则主要有在线调研法、自动语音调研法和邮寄磁盘调研法等方式。

还可以按照调研人员向被调研人员采集数据的媒介不同，将询问法分为面谈调研、电话调研和邮寄调研三种，每种调研方法又可以进一步做更细的分类。

面谈调研法是调研者通过与被调研者面对面的访谈，获取信息资料的一种调研方法。面谈调研法又可以被更加细致地分为入户访谈法、街上拦截法和计算机辅助访谈法。入户访谈法是指在被访者家中单独对被访者进行访问；街上拦截法则是一种十分流行的询问调研方法，这种方法相对简单，在超市等公共场合，当面随机拦截经过的购物者或将被访者请入专门的访谈室中进行访谈；计算机辅助访谈法指在访问员对受访者进行访问的过程中由计算机作为辅助工具帮助选择问题并在计算机中输入答案，在访问后用计算机对问卷数据进行整理分析的一种访谈方式。

电话调研法是通过打电话向被调研者进行询问，以获取信息资料的一种调研方法，这种调研样本的选择以拥有电话的访问对象为主，随着我国手机普及率的不断提高，电话调研法已被广泛地应用在营销调研中。

邮寄调研法则是将设计好的调研问卷通过邮政网络系统寄给被调研者，由被调研者按照要求填好后再寄回的一种调研方法，邮寄名单及地址可以通过查找电话号码簿等来建立。

2. 观察法

观察法指由调研人员依靠观察仪器，对所调研的人或事物进行系统地观察记录，以获得信息资料的一种调研方法。

观察法可以按照不同的标准划分为不同的类型。根据进行观察要借助的工具可以将观察法分为人员观察法和仪器观察法。还可以根据是否有详细的观察计划和严格的观察程序将观察法分为结构性观察和非结构性观察。结构性观察要求事先对观察对象、内容、程序进行细致的计划，观察者按设计好的表格内容进行观察并做好记录，这样得到的资料便于整理和进行下一步的定量分析。非结构性观察是指对观察的内容以及程序事先不设定严格的规定，观察的范围也不予确定，由观察人员根据调研的需要与进程进行自主的观察，记录有关内容。根据是否与被观察者有实际的接触可以将观察法分为直接观察法和间接观察法。所谓直接观察是指通过直接观察正在发生的行为来研究行为对象或现象本身。间接观察则是通过观察行为发生的结果或后续影响来记录这一事物或行为，而这可通过建立的档案或实物痕迹来观察。

3. 实验法

实验法是指从对调研对象发生影响的若干个因素中选择一个或几个作为考察因素，在控制其他因素均未发生变化的条件下，观察实验因素的变化对调研对象的影响程度，为企业的营销决策提供参考依据。简要地说，就是改变 A，看 B 是否随之变化，如果发生了变化则说明 A 对 B 是有影响的。实验法在营销中的应用主要体现在两个方面，一是解释一定变量之间的关系，即 A 是否对 B 有影响；二是分析二者之间关系的性质，比如：看 A 变化后 B 是增加还是减少。

（三）定性收集

所谓定性收集是指设计非格式化的问题，收集程序也是非标准化的，这种调研一般只针对小样本进行，旨在更多地探索被调研者需求心理层次的一种调研方式。调研的结果往往没有经过定量分析。

1. 焦点小组访谈法

这种方法就是选择 8 到 12 人作为有代表性的消费者或者客户，在一个装有单面镜或录音录像设备的房间内（在隔壁房间里可以观察座谈会的进程），在主持人的组织下，就某个专题进行讨论，从而获得对有关问题的深入了解。

2. 深度访谈法

深度访谈法是一种无结构的、一对一的、直接的访问。在访问过程中由掌握高级访谈技巧的调研员对调研对象进行深入的访谈。用以揭示被调研者对某一问题的潜在认识、态度和情感。

3. 投射法

投射法通过某种方法来刺激受访者并观察他们对这种刺激的表面反应，来推测隐藏在这种表面反应下的真实心理，以获得被访者真实的情感、意图和动机。投射法的高明之处就在于能够越过被访者的心理防线，投射出被访者真正的情感和态度。调研中常用的投射技术有：词语联想法、漫画测试法、句子和故事完形法等。

第四节 问卷设计与抽样设计

问卷设计和抽样设计是营销调研中的两大技术,其运用的合理与否会直接影响最终调研结果的质量。

一、问卷设计

(一) 问卷的基本结构

问卷的基本结构有以下几个方面的内容:

1. 开头部分

开头部分包括问候语、填表说明、问卷编号等。问候语也可以称为问卷说明,内容一般包括自我介绍、调研者代表的组织或机构、调研目的和意义、致谢等;填表说明包括填写调研表应该注意的事项、填写方法、交回问卷的时间要求等;问卷编号用来识别问卷、调研者以及被调研者的姓名和地址等,以便于校对检查、更正错误。

2. 甄别部分

甄别部分也叫过滤,即通过对被调研者事先进行筛选,剔除掉非目标对象,只对选定的被调研者进行调研。

3. 主体部分

主体部分是调研所要收集的主要信息部分,是问卷的最有价值的部分,由一系列问题和答案组成。

4. 背景部分

有关被调研者的一些个人信息,通常设置于问卷的最后。作为对被调研者进行分类比较的依据。

(二) 问卷的设计程序

问卷设计是一项非常烦琐且重要的工作,要想得到真实理想的数据,就必须按照一个符合逻辑的程序来进行,一般调研问卷的设计必须按照下列程序来进行:

1. 事前准备

首先,要明确调研的主题和需要获取的资料——初步确定问卷调研的范围;其次,确定调研所采用的方式和方法;最后,确定对资料进行整理和分析的方法。

2. 设计问卷

第一,收集二手资料,可以通过学习之前针对类似问题的研究问卷来帮助自己设计出更好的问卷。第二,通过多方调查,了解被访者感兴趣的话题,并将其列入问卷的问题。第三,编写问卷题目。将调研目标分为若干个小部分,并详细列出问题,以免遗漏,同时考虑需要用什么样的方式来提问,并检查是否有前后衔接不自然、不恰当的问题。第四,编排问题顺序。按照逻辑性和难易程度对问卷中的问题进行顺序方面的编排,一般来说,过滤性问题放在最前面,在过滤性问题后通常是较为简单有趣的热身问题,接下来步入正题,最后提问的是较复杂或难以回答的隐私问题。

3. 事后检查

首先选定小范围的人选对设计好的问卷进行试调研，以便找出问卷的不足，以便及时进行修改。试调研应该采取与最终访问相同的方式进行，比如访问是入户调研则试调研也应采用入户调研的方法。一切都经过确认后，最后印制问卷，要注意选择质量合适的纸张。

问卷设计的流程如图4-4所示。

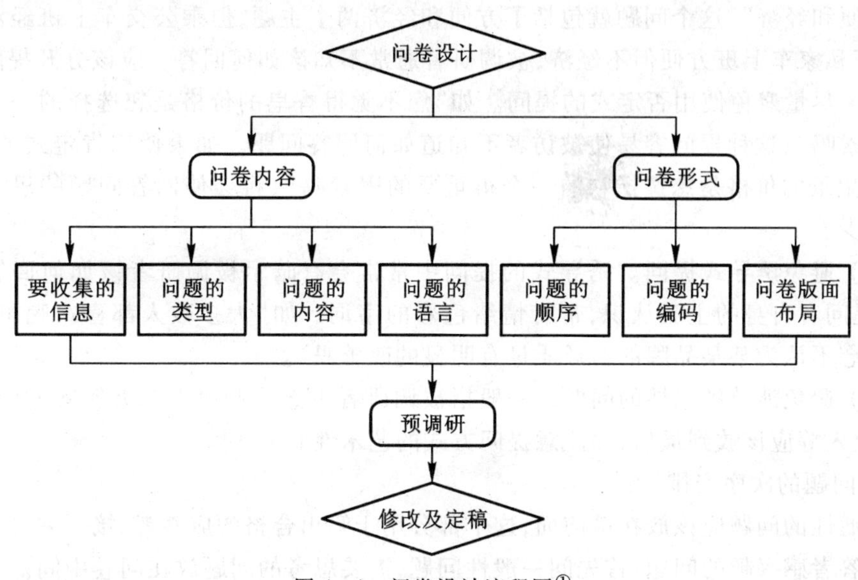

图4-4　问卷设计流程图①

（三）设计问卷的注意事项

设计问卷时，应该注意以下的几个问题：

1. 选择合适的问题回答形式

考虑提问是使用开放式还是封闭式的问题。开放式问题是指对所设计的问题没有设定固定的备选答案，被调研者可以完全自由地回答自己的想法。例如："您对网上购物有什么看法"、"为什么您要购买长虹牌彩电"。

封闭式问题是指在设计调研问题的同时还设计了几种可能的答案，让被调研者从中选择自己认为最接近的答案。提问方式有二项式问题、多项选择题和量表应答式问题（以量表形式体现的问题）。

2. 问题的用词

（1）问题要具体明确，使被调研者清楚需要加以回答的范围，如"您对某百货商店的印象如何"就过于宽泛，很难回答。可以具体地问"您认为某百货商店商品品种是否齐全，营业时间是否恰当，服务态度如何"等。

（2）用词要通俗易懂。简单通俗的字词便于具有不同文化背景，来自不同阶层的消费者理解和做出应答，也可以避免因理解错误而产生的回答偏差。在问题中应该尽

① 刘杰克．有效市场调研的三步曲．市场研究，2004(10)：12-13.

量少用专业词汇和字母缩写,如"您认为××店的POP广告如何",一般消费者不知道POP的意思,也就无从回答。

(3) 文句应该尽量简短。过长和过于复杂的句子不仅容易引起理解偏差,进而影响答案的准确性,而且引起的思考和作答时间也较长,容易勾起回答者的反感。应该在设计问题之初就尽量避免。

(4) 一个提问应该只包括一个主题。如"乘公共汽车上班和开私家车上班,哪一个更方便和经济",这个问题就包括了方便和经济两个主题,但乘公交车上班经济但不方便,开私家车上班方便但不经济,被调研者通常不知该如何回答。应该分开提问。

(5) 尽量避免使用否定式的提问。如"您不觉得香皂的价格是您选择的一个很重要的因素吗",这种提问容易使被访者不知道如何回答问题。如果使用肯定式的提问,如:"卫生纸的价格是您选择它的一个很重要的因素吗",将会使回答问题的思考时间减短不少。

(6) 避免诱导式提问。诱导式的提问中常常会有暗示被调研者该如何回答的线索,或提问者自身的主观认识,带有情绪色彩的字词。如"大多数人都喜欢喝可乐,您呢"、"您不认为某某品牌的粉丝质量有明显的改善吗"。

(7) 避免涉及敏感性的问题。一般指被调研者不愿让调研方掌握答案的问题,如年龄、收入等应该放到最后,并注意提问方式的艺术性。

3. 问题的次序安排

过滤性的问题应该放在最前面;这个部分用于筛出合格的应答者,接下来是一些能引起应答者感兴趣的问题;首先问一般性问题,需要思考的问题放在问卷中间。

4. 问卷的版面设计

为了避免版式看上去过于拥挤或杂乱,事先给开放式问题留出足够的答题空格,同时问卷中的说明应当尽量使用不同于问题部分的相对醒目的字体。

关于西安杨森采乐洗发水的市场调查问卷

您好!我是六人行市场调查公司的市场访问员,我们正在做的是关于西安杨森公司的市场调查,需要您的帮助。您的客观意见对我们的市场研究非常重要,希望您能回答以下的小问题(您在回答完问题之后,将会获得一份精美的小礼品),也希望我们能成为很好的朋友!最后祝您家庭幸福,生活美满!

请在您要选择的项目前打钩。

1. 您用过去头屑洗发水吗? A. 用过 B. 没有(跳至问题5)

2. 您现在所用的最常用的洗发水品牌是? ____________

3. 您对它的哪方面最满意? A. 去屑 B. 产品口碑好 C. 销售点多 D. 多种护发功能

4. 您在购买之前是怎样知道该产品的?(可多选) A. 电视 B. 报纸 C. 杂志 D. 广播 其他____________

5. 如果有人说头皮屑是一种病,您对于这个问题的态度是:

A. 同意 B. 无所谓 C. 不同意 D. 拒绝回答

6. 您听说过西安杨森出品的采乐洗发水吗? A. 听说过 B. 没有(跳至问题 10)

7. 您觉得用了采乐之后是否有以下感觉(可多选):

A. 去头屑效果十分明显 B. 无效 C. 效果一般 D. 有副作用

8. 您买过几次采乐? ____________________

9. 您希望采乐有什么香味? A. 花香 B. 水果香 C. 绿茶 D. 薄荷 E. 不需要香味

10. 如果以满分 10 分为标准的话,请您对下列产品的去屑功能打分(不知道的产品打零分)。海飞丝______夏士莲______采乐______舒蕾______亮庄______

11. 您的性别:□ 男 □ 女

12. 您的年龄:□ 20—24 岁 □ 25—29 岁 □ 40—45 岁

13. 您头发的类型:□ 油性 □ 中性 □ 干性 □ 不知道

14. 您的月收入:□ 1 000 元以下 □ 1 001 ~ 3 000 元 □ 3 001 ~ 5 000 元 □5 000 以上

15. 您的职业:________________________

二、抽样设计

想知道一车苹果的味道,没必要把每一个都咬一口,只要尝其中的几个就可以了,但是要保证这几个是在车内不同的位置随机拿的。营销调研与抽查苹果的原理一样。对于绝大多数的营销调研而言,没有必要也不可能进行普查,我们只能抽取样本进行调研。而有效的、有代表性的调研就要保证样本能够"均匀",也就是要足够的随机、足够的分散、足够的具有代表性,这是抽样调研是否准确可靠的重要衡量标准。

(一) 抽样设计的步骤

抽样设计的步骤如下:

(1) 界定调研总体。即清楚地界定调研对象的范围,如 2010 年 6 月 A 省 B 市C 区D 街道 16 到 40 岁青年对 3D 电影的喜爱程度。

(2) 选定收集资料的方法。资料的收集方式包括街上拦截、入户访谈、电话调研以及邮寄调研等方式,这些方式的抽样过程分别适合于不同的调研需求。

(3) 选择抽样框。即确定能代表总体的抽取样本的名单。在实际调研中得到完整准确的抽样框非常不容易。

(4) 选择抽样方法。可以分为非随机和随机抽样等共八种方法。

(5) 决定样本大小。也就是样本所含个体数量的多少。样本的大小不仅影响自身的代表性,而且还影响调研的费用和人力的花费。确定样本的大小一般要考虑精确度要求、预算等客观条件的制约等。

(6) 抽取样本收集资料。

(7) 评估样本正误。即考察样本的代表性。如果代表性不足则要重新抽取。

（二）抽样方法的分类

抽样方法分为两大类共八种方法。随机抽样法是从抽样框中随机抽取一部分子体作为样本进行调研，然后根据样本信息推算市场总体情况的方法；而非随机抽样法是随机抽样法以外的抽样方法。

1. 非随机抽样方法

非随机抽样方法具体包含：

（1）便利抽样。即选取偶然遇见的个案或利用自己身边和附近的人作为研究对象和样本，如"街头拦截法"就是一例。这种便利抽样好像有某种随机的味道，实际上不然，这种方式的弊端在于缺乏代表性。

（2）判断抽样。即研究者根据自己的主观喜好去选择符合自己调研需求的样本。这种抽样方法受访问者的主观影响比较大，研究人员如果经验不足、判断失误，误差可能会很大。

（3）滚雪球法。即要求回答者推荐其他回答者参与调研的抽样方法。当手头的样本十分有限，而回答者又能够提供对调研可能有用的别的回答者的名单时，这种方法可以在节省人力物力的基础上让回答者的名单像雪球一样越滚越大。

（4）配额抽样。总体中一定有各个不同层次的样本，为了能够抽取到足够有代表性的样本，人为地规定各个层次应该抽取的数量，这种抽样方法就是配额抽样法。一般的步骤是：第一步，选定控制特性，即分组的标准；第二步，决定总体中控制特性的比例；第三步，决定从各层次中抽取样本的数目；第四步，配额指派，即把各层次要求的样本数量选出来。这个过程可以用判断抽样或便利抽样的方法，直到抽满配额为止。

2. 随机抽样方法

随机抽样方法具体包含：

（1）简单随机抽样。指完全排除任何主观目的的选择方式，采用纯粹偶然的方法从总体中抽取样本。这种方法适用于总体单位数不太庞大以及总体分布比较均匀的情况。

（2）分层抽样法。即先按某种划分标准将调研母体划分为若干层，再从各层中随机抽取一部分个体作为样本的方法。这种抽样方法的主要目的在于保证各层会被均匀地抽出具有代表性的要素。

（3）等距抽样法。即根据构成总体中个案的出现顺序，排列起来，每隔 K 个单位抽一个单位作为样本，如逢十抽一、每隔七户抽一户等。这种抽样方法工作量小，样本分布均匀，在实际中是广泛应用的一种抽样方法。

（4）整群抽样法。在实际工作中，当总体特别大时，有时不能一个一个地筛选，而需要整群整批地抽选，这时就会用到整群抽样法。例如了解中学生的某种情况可以从几所中学任意抽取几个班级作为样本。

新可口可乐在营销调研上的失误

从 20 世纪 70 年代中期开始，百事可乐的步步紧逼让可口可乐公司感到了极大的威胁，它试图尽快摆脱这种尴尬的境地。1982 年，为找出可口可乐衰退的真正原因，可口可乐决定在美国 10 个主要城市进行一次深入的消费者调查。调查结果显示，大多数消费者愿意尝试新口味可乐。可口可乐的决策层以此为依据，开发出一款新口味可乐。为确保万无一失,在新可口可乐正式推向市场之前,可口可乐公司又花费数百万美元进行口味测试。结果六成的消费者回答说新可口可乐味道比老可口可乐要好,于是新可口可乐顺理成章地被推向了市场。然而,令可口可乐公司没有想到的是,越来越多的老可口可乐的忠实消费者开始抵制新可口可乐。对于这些消费者来说,传统配方的可口可乐意味着一种传统的美国精神,放弃传统配方就等于背叛美国精神,有的顾客甚至扬言将再也不买可口可乐。迫于巨大的压力,决策者们不得不做出让步,在保留新可乐生产线的同时,再次启用近100年历史的传统配方,生产让美国人视为骄傲的"老可口可乐"。

第五节 营销信息分析及提交调研报告

通过实施市场调研所获得的原始资料,是非常粗糙的,需要经过整理和加工,才能用于分析研究并最终得出科学的结论。因此,资料的整理和分析工作是营销调研过程中的一个非常重要的环节。

一、资料整理的目的

首先,将文字资料向机读数据文件转化。即将问卷中的文字信息转换成计算机能够识别的数字符号,以便于统计分析。

其次,对于大量开放式问题的答案进行分组处理,以便于信息的整理和分析汇总。

最后,以简明的方式将统计和汇总的结果表现出来,使得某一现象的发展得以清晰地呈现。

二、资料整理的程序

对资料的整理需要有大致包括以下几个步骤:

(1) 问卷登记和检查。可按地区、访问员的不同等标准将资料进行登记和分类,记录一个地区实发问卷数量和收回问卷数量的情况。对于收回的问卷则需要进行质量检查,剔除无效问卷,如甄别部分需要剔除的对象、答案模糊不清、答案前后不一致、不符合回答要求的问卷等,并对缺损数据的问卷进行处理。

(2) 编码。编码是把原始资料转化成符号或数字的资料简化过程。原始资料一般分为两类:数字信息和文字信息。编码主要是针对其中的文字信息而言的。例如:您从何渠道知道CDMA手机的?①电视广告;②公交车站路牌广告;③报纸;④杂志;⑤朋友;⑥同事。可以直接按答案顺序分别赋以1~6的数字。

在编码过程中,编码人员必须编写一本编码书,说明每一个数码的意思,因为在整个营销调研中,会有大量的变量和数据资料,如果不制作一本手册,含义容易忘记。

(3) 数据录入。接下来进行数据的录入工作,即将信息录入到计算机的存储设备中去的过程。

(4) 对数据质量进行审核。在将数据录入之后,还要对数据质量进行审核,即检查数据录入的准确性。同时对于缺损的数据进行处理。

三、资料分析

SPSS公司总裁杰克·努南曾说过:“绝大多数营销调研会告诉你,他们是在收集数据。但是只有成功的研究者知道如何利用那些数据去解决疑难的营销问题:明白分析什么、如何分析、如何解释结论,从而使你的研究有价值;懂得资料分析的基础知识对于一名营销调研领域的成功者来说是非常有必要的。”①

因此,在对调研资料进行系统整理的基础上,还必须对它们加以科学有效的分析。调研资料的分析包括统计分析和理论分析两部分。

统计分析的第一步,列出初步的统计清单,然后运用各种计算机统计程序处理这些数据,对输出的统计结果进行分析,再提出对某些项目重新统计的要求,然后再分析输出的结果,直到得到满意的结果为止。统计分析过程中要用到很多统计方法,比较简单的有一些描述性的统计方法,如计算平均值、中位数和众数等反映集中均势指标的方法,标准差、方差、全距等反映离散程度指标的方法;此外,较为复杂的调研活动,可能还会用到相关分析、回归分析、方差分析、聚类分析等更加复杂的统计方法。

理论分析是在统计分析的基础上进行思维加工,从感性认识上升到理性认识。

四、调研报告

提交调研报告是整个调研过程中的最后一个阶段,也是非常重要的一个阶段。

(一) 调研报告的结构

调研报告没有一种预先规定的结构,一般的结构是:标题、目录、摘要、调研概况、调研结果、结论建议、附录。

(1) 标题。标题页也可能是报告的封面,一般的内容包括:调研的题目或标题;调研机构的名称;项目负责人的姓名及所属机构;报告完稿的日期。一般封面设计的整体风格应该是严肃、精致。

(2) 目录。目录是报告中各项内容的完整一览表,篇幅以不超过一页为宜。

(3) 摘要。摘要是对调研活动所获得的主要结论做概括性的说明,是调研报告极其重要的一部分,它应该简明扼要地说明调研的主要结果,一般最多不要超过报告内容的十分之一。

(4) 调研概况。在调研概况中要交代调研背景、目标和方法。背景部分简单罗列调研委托所面临的问题;目标叙述调研目的;方法介绍资料来源和抽样程序。

(5) 调研结果。调研结果构成调研报告的主体,提供调研人员收集到的所有相关事实和观点。具体包括数据图表资料以及相关文字说明、推论以及对调研结果产生的原因分析。

---

① 范伟达. 市场调查教程. 上海:复旦大学出版社,2002:340.

(6) 结论建议。在这一部分研究人员要说明调研获得哪些重要结论,根据调研的结论应该采取什么措施。有时也可以与调研结果合并到一起。

(7) 附录。附录中包括与调研直接相关的资料如问卷、信息来源、统计方法等。

(二) 调研报告中需注意的问题

调研报告中常见的一个错误观点是"报告越长,质量越高",事实上调研报告的价值不是用篇幅来衡量的,而是以质量、简洁与有效来衡量的。除此以外,还有以下一些问题需要特别引起注意。

(1) 解释不充分。某些调研者在调研报告中只是简单地重复一些图表中的数字,而不进行任何解释性工作或解释得不够充分。

(2) 偏离目标或脱离现实。调研报告中常见的另一个毛病是调研结果没有达到调研目标,或者提出了不现实的调研结论。

(3) 过度使用定量分析技术。在调研报告中过多使用不易理解的统计技术会让人反而怀疑调研报告的合理性。使用定量技术的前提和基础必须是调研目标和方法的合理性。

(4) 准确性不实。例如,在一个相对小的样本中,把引用的统计数字保留到两位小数以上,常会造成对准确性的错觉。

(5) 资料解释不准确。有时尽管调研报告对结论进行了解释,但解释不够准确,也会对营销策略的正确性产生影响,因此要想准确解释问题,撰写者必须研究各种研究方法的局限性。

(6) 虚张声势的图表。过于眼花缭乱的图表不仅毫无用处,而且会产生误导。

本章小结

1. 营销信息系统是由人、设备与程序所构成的持续和相互作用的结构,用于收集、整理、分析、评估和分配那些恰当的、及时的、准确的信息,以使营销决策者能改善对于其营销计划的设计与控制。营销信息系统为企业创造良好的营销环境服务,它既可为企业确定战略目标的方法和政策提供服务,同时也为企业执行和控制具体营销计划创造条件。营销信息系统一般由内部报告系统、营销情报系统、营销调研系统和营销分析系统所构成。

2. 营销调研的工作流程包括五个阶段:确定调研目标、制定调研计划、收集营销信息、分析营销信息和撰写调研报告。

3. 营销调研中的营销信息主要由三种方式取得:内部来源,即企业自身所提供的信息;一手外部来源,企业从公众及外部获取的信息;二手外部来源,企业从各种现有材料中获取的信息。

4. 营销信息的收集方法包括案头收集、实地收集和定性收集。

5. 问卷设计与抽样设计应结合企业的实际情况选择最为合适的方式。

6. 营销信息的整理与分析应遵循科学的程序,运用合理的数据分析方法。

7. 营销报告应坚持问题解决导向,切忌冗余和不着边际。

1. 三种营销信息的来源中,企业首先应该考虑哪一种,为什么?
2. 什么情况下企业最好实地收集营销信息?
3. 标准的抽样调研是否可以实现?为什么?
4. 当我们需要调研两种因素之间的因果关系时,最好采用哪种信息收集方式?

巴克希尔公司对营销信息的收集与管理

巴克希尔食品公司的销售经理迈克·吉尔正在与公司的广告代理商讨论巴克希尔咖啡的广告战略前景。此刻讨论的焦点转向杂志广告和这些广告的设计样式。

吉尔先生刚刚参加了一个关于心理感应的会议。会上指出,尽管有"不能以貌取人"这个格言,但在实际的人际交往中,人们常常还是倾向于这样做——一个人对另一个人的第一感觉和反应很大程度上取决于其外表的吸引力。研究结果简单地说就是"美的就是好的"。会议上用于引证这个观点的例子,给人留下很深的印象。给吉尔先生印象特别深刻的是,一个人对另一个外表吸引人的人的好感并不取决于双方的实际交往。如果我们把外表吸引人和不吸引人的照片都拿给判断者看,这种现象就会发生。

吉尔认为对这个现象的认识有利于巴克希尔的广告设计。他建议在广告中应出现一个很有吸引力的女性的形象。而广告代理商则持相反的观点,认为利用外表并不出众的人做广告可使广告更为可信和有效。另外,代理商还建议用男性而不是用女性形象。经过充分讨论后,广告代理商建议通过开展以下的研究来回答这些问题:应该用外表吸引人还是一般的人做广告?应该用男性还是女性?

实验设计如下:准备四种不同的广告。四个广告其他内容都一样,只是手拿咖啡的人不同。四幅画面分别是:有魅力的男士、有魅力的女士、普通的男士、普通的女士。四种形象的吸引力是这样确定的:让一组样本看 20 张照片,男女各 10 张,然后评分,1 分最低,7 分最高。最高分和最低分被选作实验广告中采用。

然后,四种彩色的广告和设计好的杂志就产生了。接着,在纽约市的电话号薄上通过随机抽样产生参加实验的样本。联系上的被告知邀请参加一项市场研究的实验,并给予报酬,到广告代理商总部的车费可以报销。

96 名愿意参加者到广告商总部后,被随机地分派到某个广告的实验组中。首先,48 名男士和 48 名女士被随机地分为 12 组,每组四人,每组中有一人分派到四个广告中的一个。每个人看到且只看到一个实验的广告。然而,另外还有三个虚构的广告,用来掩盖那个我们感兴趣的广告的独特性。每个参加实验者所看到的虚构广告是一样的。在实验开始时,我们对每个参加实验者作以下介绍:我们希望得到你们关于实验广告的观点;每次将向你们出示四个广告,看过之后,将询问你们对广告及广告中的产品的反应。请注意这个实验并不是比较哪一个广告更好,你们在评价时无需把四个广告相互比较,仅就各个广告本身评价。

在回答完问题之后,实验者把第一个广告给受实验者。受实验者看完之后,广告被拿走;实验者再给受实验者一份样本调研表(表4-1)。填完表后,再给第二个广告,重复上述过程,在实验过程中,受实验者不能再回头看已经看到的广告。为了使受实验者适应这种工作,实验的广告通常放在第三个。

表4-1　巴克希尔咖啡的样本调研表

	1分	2分	3分	4分	5分	
在下面的空格上,选择最佳的程度描述你所读到的广告						
乏味的						有趣的
不吸引人						吸引人
不可信						可信
印象浅						印象深
信息性弱						信息性强
模糊的						清楚的
不惹眼的						惹眼的
你对以上广告的总体印象是什么?						
不喜欢						喜欢
你认为这个产品与其他厂家生产的类似产品相比如何?						
不突出						突出
你愿意尝试一下这种产品吗?						
绝不愿意						绝对愿意
如果你碰巧在商店看到这种产品,你愿意购买吗?						
绝不愿意						绝对愿意
你愿意在商店中寻找出这个产品然后买它吗?						
绝不愿意						绝对愿意

表4-1中选择那些内容的标准是为了观测被测者的认知度、情感与意向。一般说来,认知度可通过可信性、信息性和清晰性来检验;情感会受趣味性、感染力、吸引力和引人注目的程度;意向性则通过调研表最下面的三项行为倾向的内容来检验。

这些预先制定的标准并不是很严格地确定的。若分析中涉及的趣味性的基本内容与这三个都没有关系,就不予考虑。对每个标准的反应总和,就是每个标准的总分。对这些分数的分析表明:

1. 有魅力的男士形象产生的认知性分数最高。
2. 有魅力的形象在异性受实验者中产生的情感性分数最高。
3. 有魅力的男士形象在女性实验个体中的意向分数最高。

同时,普通的女性形象在男性实验个体中的意向分数最高。

在这些结论的基础上,广告代理商建议在广告中采用有魅力的男士形象。

(资料来源:陆娟. 市场营销研究——理论与实务. 南京:南京大学出版社,2008.)

请认真阅读案例,并回答以下问题:

1. 本案例中为什么要采用实验的方式收集营销信息?
2. 实验所得出的结论是否可信?请阐述你的理由。
3. 如果把该实验的结论直接用于广告制作,是否可行?为什么?请详述你的观点。

第五章
理解消费者和组织的购买行为

学完本章后，你将了解：

1. 消费者购买行为的思路。
2. 影响消费者购买行为的各种因素和消费者的购买行为类型。
3. 消费者的购买决策过程。
4. 怎样区别组织市场和消费者市场的差异。
5. 识别影响组织市场购买行为的因素及组织市场的购买决策过程。

中国的奢侈品消费特征

随着中国经济的快速增长和消费者个人可支配收入的不断提高,中国的奢侈品消费市场呈现迅猛发展的势头。早在2005年,安永会计事务所就发布报告称,中国已成为世界第三大奢侈品消费国,奢侈品年销售额已超过20亿美元。世界奢侈品协会的最新报告显示,2008年中国奢侈品年消费总额达86亿美元,已超过美国,仅次于日本。成为世界第二大奢侈品消费国。美国波士顿咨询公司则大胆预测,2015年,中国奢侈品消费总值将达到2 480亿元人民币。

但与西方发达国家不同的是,中国的奢侈品消费人群更年轻。调查显示,中国奢侈品消费者集中在25~40岁的高学历、高收入人群,他们占到总数的70%多;而西方发达国家40~70岁的中老年人才是奢侈品消费的主流人群。同时,中国奢侈品消费者的消费心态不够成熟,一部分人因超越自身承受能力的消费变成了“月光族”、“新贫族”。再有,中国奢侈品消费以产品为主。消费者不断追逐新潮、流行的产品,而非成熟市场的消费者偏爱体验消费,如奢华的旅行、高附加值的服务等。是什么因素导致中国的奢侈品消费呈现这样的特征呢?显然,原因是多方面的,包括经济的、文化的、心理的,等等。

购买行为从来就不简单,理解购买行为是营销者必须完成的任务。本章,我们首先探讨消费者市场和消费者购买行为,随后考察组织市场及购买过程。

第一节 个人消费者市场及顾客购买行为

消费者市场是为了生活消费而购买产品和服务的个人或家庭的集合。消费者购买行为指个人和家庭为个人消费而购买产品和服务的行为。中国消费者市场有13亿多消费者,每年的社会消费品零售总额超过10万亿元,在全球的消费者市场上极具吸引力。

全球的消费者在年龄、收入、受教育程度和喜好方面差别很大,他们购买各种不同的商品和服务。只有准确掌握购买者的购买行为,企业才能找到最适宜的顾客群,并有针对性地制定产品、价格、渠道和促销策略,提高市场营销效率。

一、消费者行为模型

尽管对消费者购买行为的分析是个复杂的问题,我们还是能够简化这个过程,从如下7个方面进行识别:

(1) 谁在购买?即购买者(Occupants)。

(2) 他们在购买什么?即购买对象(Objects)。

(3) 为何购买?即购买目的(Objectives)。

(4) 谁参与购买？即购买组织(Organizations)。

(5) 他们怎样买？即购买方式(Operations)。

(6) 他们何时购买？即购买时间(Occasions)。

(7) 他们在何地购买？即购买地点(Outlets)。

此即“市场7Os”问题,也是我们分析市场的基本思路。实质上,“市场7Os”就是购买者反应。

对营销者而言,他要解决的核心问题就是:消费者是如何对企业运用的各种营销手段做出反应的？在对消费者购买行为的分析理论中,“刺激—反应”模型是一种比较经典的分析模型,参见图5-1。市场营销因素和外部环境因素的刺激作用于消费者的意识,购买者根据自己的特性处理这些信息,经过一定的购买决策过程,最后产生购买者反应,即购买决策,包括产品选择、品牌选择、经销商选择、时间、数量选择等。刺激作用于消费者意识的部分被称为购买者黑箱,它由两个部分组成,一是购买者特性,主要影响购买者对刺激如何反应;另一个是购买者决策过程,影响购买者的最终决定。以下我们分别进行阐述。

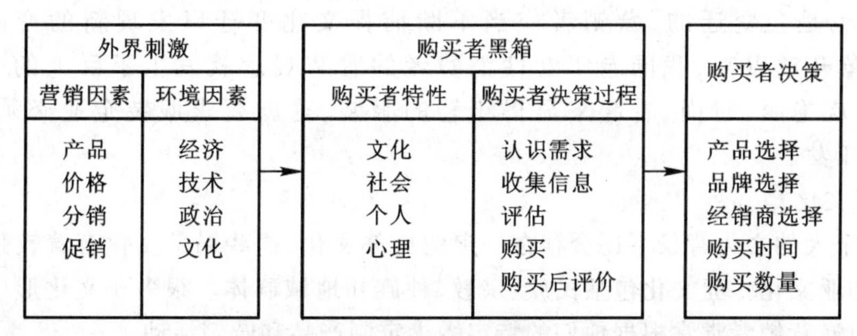

图5-1 消费者购买行为模式

二、影响消费者行为的因素

消费者购买行为受多种因素的影响,概括起来主要有文化因素、社会因素、个人因素和心理因素,其中社会、文化因素属于外在因素,个人和心理因素属于内在因素,见图5-2。营销者无法控制其中的大部分因素,但必须充分考虑这些因素。

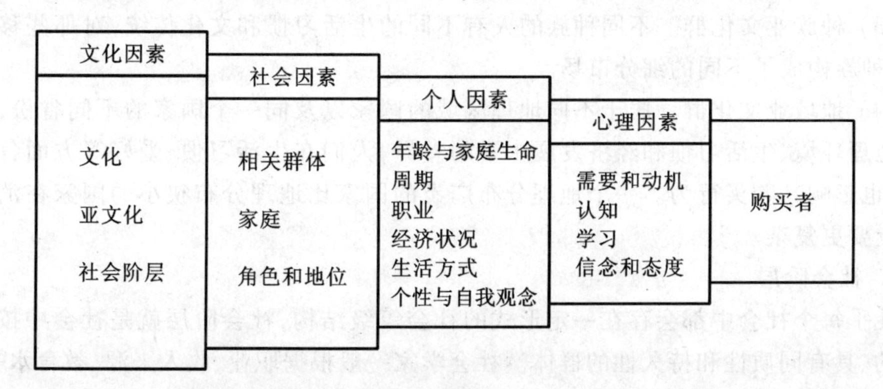

图5-2 影响消费者行为的因素

(一) 文化因素

文化因素对消费者行为产生广泛而深刻的影响。营销者必须了解购买者的文化、亚文化和社会阶层所发挥的作用。

1. 文化

文化是在一定的物质、社会、历史传统基础上形成的价值观念、道德、信仰、思维和行为方式的综合体。它是决定人类欲望和行为的基本因素,几乎存在于人类思想和行为的每一方面。每个人都在一定的文化环境中,通过潜移默化的方式形成了基本的文化观念。

大部分人尊重自身的文化,接受自身文化中共同的价值观,遵循自身文化中的道德规范和风俗习惯。因此,文化广泛而深刻地影响着消费者行为。文化的差异会引起消费者购买行为的差异,表现为饮食起居、婚丧嫁娶、社会交往、建筑风格、节日等物质和文化生活各方面的不同特点。每个团体或社会都有各自的文化,在不同国家影响购买行为的文化因素差别很大。如果企业难以适应这些差异,将导致营销活动的低效甚至失败。

文化也是会变迁的,营销者应当不断捕捉文化变迁以发现新的产品需求。比如,改革开放以来,我国老年女性消费者的着装观念就发生了巨大的变化,她们开始喜欢艳丽、时尚、看起来显得年轻的服装,这就要求服装企业必须转变观念,应需开发。

2. 亚文化

在一个大的文化背景下还会存在一定的局部文化,这些局部文化有着较强的文化同一性,即亚文化。亚文化包括民族、宗教、种族和地域群体。很多亚文化形成了重要的细分市场,营销者常常根据他们的特定需求定制产品和营销活动。

(1) 民族亚文化群。每个国家都可能存在多民族现象,各民族经过长期发展形成了各自的语言、风俗习惯和文化传统,这些会使各民族的消费者之间在欲望和购买行为上存在或多或少、或大或小的差别。

(2) 宗教亚文化群。宗教是一种深层文化,各国都可能存在不同的宗教群体,基督教、伊斯兰教和佛教都有数量众多的教民。每种宗教有自己的教规和戒律,这对信仰不同宗教的人群的购买行为和消费方式产生影响。

(3) 种族亚文化群。不同种族的人有不同的生活习惯和文化传统,对那些移民国家,多种族构成了不同的细分市场。

(4) 地域亚文化群。居于不同地理区域的国家以及同一个国家的不同省份,由于自然地理环境、生活习惯和经济发展水平的差异,人们在生活习惯、爱好等方面各显不同,这也影响其购买行为。一个地理分布广袤的国家比地理分布狭小的国家在消费者需求上要更复杂。

3. 社会阶层

几乎每个社会中都会存在一定形式的社会等级结构,社会阶层就是社会中按层次排列的、具有同质性和持久性的群体。社会学家一般根据职业、收入来源、教育水平、财产数量、居住区域等因素划分社会阶层。同一阶层的人在生活习惯、消费水准、消费内容,以及价值观念、兴趣和行为方面比较接近,甚至对某些商品、品牌、商店、传媒等有共同的偏好。美国社会学家曾将美国社会划分为9类:看不见的顶层、上层、中上层阶级、中产阶级、上层贫民、中层贫民、下层贫民、赤贫阶层和看不见的底层。① 根据中国社会科学院《当代中国社会阶层研究报告》,目前中国形成了十大社会阶层:国家与社会管理者阶层、经理人阶层、私营企业主阶层、专业技术人员阶层、办事人员阶层、个体工商户阶层、商业服务人员阶层、产业工人阶层、农业劳动者阶层和城乡无业失业半失业者阶层。②

在服装、家具、休闲活动和汽车等领域,同一阶层的消费者表现出明显的产品和品牌偏好趋同。

(二)社会因素

消费者行为还受到社会因素的影响,如消费者的相关群体、家庭、社会角色和地位。

1. 相关群体

很多相关群体对个人的行为造成影响。相关群体是指对个人的态度、意见和行为有直接或间接影响的人群。相关群体有两种类型:成员群体和参照群体。成员群体是个人具有成员资格并受到其直接影响的群体,它又有主要群体和次要群体两种。主要群体是对成员产生重要影响的群体,如家庭、朋友、亲戚、邻里、同事、同学等;次要群体是对成员产生次要影响的群体,如职业协会、学生会、商业俱乐部等。参照群体是个人不具有成员资格,但对人的态度或行为起直接或间接对比、参考作用的群体。

营销者要识别目标市场的参照群体,因为它展现给人们新的行为和生活方式,影响人们的态度和自我概念,对人们选择产品和品牌时产生行为趋于一致的压力。参照群体的影响程度因产品和品牌的不同而有所差异,如对购买具有价值符号的服饰、耐用消费品等商品的影响较大。

品牌营销者在利用强势群体影响力时必须要找到意见领袖,他们是那些在参照群体中因特殊技能、知识、人格或其他特征而对他人能够施加影响的人。意见领袖会引起群体内追随者、崇拜者的效仿。营销人员在识别出这些人员以后,要针对他们实施相应的营销策略,还可以通过招募或培养意见领袖实施对品牌的口碑营销。

随着互联网的发展,近年来出现了一种新的社交方式——网上社交网络(SNS)。社交网络包括博客和社交网站,如美国的MySpace.com和YouTube、中国的开心网、ChinaRen、搜狐社区等。这一新的网络口碑营销方式对营销者意义重大。它们带来新的趋势和人们对特定产品的强烈兴趣,服务的目标受众庞大,极其轻易地就能为营销者提供十分详细的数据,从而成为一种最可靠的传播渠道。营销者要学会利用这种新兴社交网络进行产品促销,甚至可以自己建立社交网络,以建立更密切的顾客关系。

---

① 保罗·福塞尔.格调:社会等级与生活品味.北京:中国社会科学出版社,1998.

② 陆学艺.当代中国社会阶层研究报告.北京:社会科学文献出版社,2002.

开心网:开心式口碑营销

开心网是国内一家于2008年迅速蹿红的新形态社区娱乐网站。“你加入开心网了吗?”成为校园、写字间、网络中出现频率极高的一句话。

加入开心网的用户多是通过电子邮件、MSN、链接等多种形式获得了一封邀请信,邀请人即为自己的亲朋好友。点开邀请链接即可进入注册页面,便捷注册后马上就会得到提醒,自己的哪些邮件地址本中的朋友已经注册了开心网,之后又会提示一键搜索MSN上看是否有好友参加了开心网。这样,刚加入的玩家就能马上拥有很多玩友,也就可以快速融入到游戏等各种互动当中,同时用户还可以迅速发展其他朋友加入。一旦加了几个好友后,你的圈子会在交叉作用下迅速扩大,甚至你会遇到不少失去联系多年的朋友、校友,甚至亲人。

为进一步鼓励用户拉好友进来,网站还给予拉朋友来注册的用户不同的分值奖励,于是,你的很多亲朋好友又会收到你发出的自己曾经收到过的那封邀请信,不过发信人的属名变成了你。网站的参与结构决定了受邀的用户会迅速邀请更多好友加入,形成倍增效应的病毒式口碑传播。

开心网除了拥有相册、日志、音乐、群组等一般博客具有的全部功能,还增加了如“抢车位”、“朋友买卖”、“记录生活”、“姓名缘分”、“礼物”、“婚外情测试”、“前世”等近30种可供互动参与的组件。它实质上就是一种把即时聊天工具、博客、休闲网络游戏、休闲网站内容整合到一起的一个大娱乐拼盘,而这个拼盘中的全部内容都以互动为基础并围绕着口碑营销来展开。在这些基本的功能上又进行了创新,比如“黑灯瞎火蒙面聊”,让大家在度过了“聊天大厅”、“私聊”、“群聊”,再到现在的假面舞会一样的聊天。因为参与者都是线上好友,甚至是现实生活中的好友,在这里,人们带上“面具”可以不设防地说真话,做真实的自己。那种感觉使人们愿意留在这个虚拟世界里。

2. 家庭

家庭是消费者购买商品的基本决策单位和使用单位,也是最重要的相关群体之一。家庭对一个人消费行为的影响会持续一生,或者受其出生家庭的影响,或者受其后来家庭的影响。

家庭有不同的类型,因而有不同的决策模式。社会学家曾经把家庭分为四种类型:各自为主型,即每个家庭成员对自己所需的商品独立做出购买决策,其他人不加干涉;丈夫支配型,即家庭购买决策权主要由丈夫掌控;妻子支配型,即家庭购买决策权主要由妻子掌控;共同支配型,即大部分购买决策由家庭成员共同协商决定。现在的现实是,随着妇女社会地位的提高,妻子在购买决策中的作用日益提升,以往“男主外女主内”的传统家庭类型日益向“妻子支配型”或“共同支配型”转化。

家庭主要成员的职业、文化也会影响购买决策模式。一份国外的研究报告显示,在受教育程度比较低的家庭里,妻子一般掌控日用消费品的购买决策权,丈夫则对耐用消费品的决策起主导作用。而在受教育程度较高的家庭里,妻子决定贵重商品的购买,一般日用品家庭成员自主、随意决策。

在耐用品的购买决策中,性别也起着一定作用。一般来说,丈夫主要在汽车、电视等商品的购买决策中更具影响力,而妻子则对洗衣机、厨卫用具及地毯等商品的决策更有影响。在住房、家具等商品的购买中双方的影响力相当。丈夫一般在是否购买、购买时间、购买地点等方面影响较大,妻子则一般对所购商品的款式、颜色等方面更有影响。

孩子对家庭购买决策的影响也很大。他们不仅有大量的可支配收入,而且还影响父母打算为他们购买食物、服装、娱乐和个人护理等的开支。美国的一项研究表明,孩子对休假地点、汽车和手机等家庭决策影响很大。

3. 角色和地位

个体在不同的环境中扮演着不同的角色身份,而在特定的时间内某一特定的角色将占主导地位。一位在职场担当领导职务的男性,在家庭中则是丈夫和父亲。每个角色都代表着一定的地位,同时也反映了社会的综合评价。人们通常选择代表自己地位的产品。领导职务的角色比父亲的角色有更高的社会地位,因此,该男性会购买适合自己社会地位与角色的汽车。

(三) 个人因素

消费者的购买决策也受到个人特征的影响,如人口统计特征、生活方式及个性和自我观念等。

1. 人口统计特征

消费者的人口统计特征表现在年龄和家庭生命周期阶段、性别、职业、受教育程度和经济状况等方面。

不同年龄、性别的消费者在购买欲望、兴趣和爱好方面有很大差异,他们在购买商品的种类上也有区别,购买决策过程也不尽相同。从年龄看,儿童是玩具的主要消费者,青少年是文体用品的主流市场,成年人是家具和住房的主要购买者,老年人则是保健用品的最大市场之一。青少年受广告影响较大,购买决策的随意性和模仿性强;老年人则较少受广告影响,购买决策比较理性。从性别看,大多数男性购买决策过程比较迅速,而女性则相对缓慢一些。

家庭生命周期指从消费者年轻时离开父母独立生活到年老的家庭生活的全过程。西方营销学家突破了把家庭简单分为单身和结婚有子女的两阶段模式,把家庭生命周期划分为7个阶段:

(1) 单身青年,大量购买时装和文体、娱乐活动。

(2) 已婚无子女家庭,是电器、家具、汽车、旅游产品的主力购买者。

(3) 满巢Ⅰ,即有6岁以下子女的年轻夫妇,是婴幼儿用品的主要需求者。

(4) 满巢Ⅱ,即有6岁以上子女的青年夫妇,对食品、清洁用品、教育和娱乐产品有巨大需求。

(5) 满巢Ⅲ,即子女长大了但尚未独立的中年夫妇,在孩子用品和教育方面支出较多,并开始更换耐用消费品。

(6) 空巢,即子女长大且离开了家庭的中年夫妇,对非生活必需品、礼品、保健品和旅游有一定的需求。

(7) 单身老人,多数已退休,失去配偶,主要购买特殊食品、保健用品和医疗服务。

营销者往往依据生命周期的不同阶段确定目标市场,为每一阶段开发合适的产品和营销计划。

职业和受教育程度也影响消费模式。例如,蓝领工人和白领职员对酒的偏好就有一定差异;受教育程度较高的消费者对书籍、报刊等文化用品的购买量往往大于受教育程度较低的消费者等。营销者要识别对他们的产品和服务更感兴趣的职业群体。企业甚至可以为特定的职业群体设计满足其需求的产品。

个人经济状况体现在消费者可支配收入、储蓄、资产和借贷能力等方面,它是决定购买行为的首要因素,对购买种类、数量、购买商品的档次和品牌都有直接影响。当经济指标出现衰退迹象时,营销者要及时对产品进行重新设计、定位和定价。

2. 生活方式和个性

即使是处于同一社会阶层或亚文化群中的消费者在生活方式上也会有所不同。生活方式是个人生活的形式,它表现为一个人在生活中表现出来的活动(Activity,工作、嗜好、购买行为、运动、社会活动)、兴趣(Interesting,食品、服装、家庭、休闲)和看法(Opinion,有关自我意识、社会问题、商务和产品等)。生活方式是影响个人行为的心理、社会、文化、经济等多种因素的综合反映,它表现的内容也比社会阶层或个性要多得多。消费者不仅购买商品,他们还购买这些商品体现的价值和生活方式。我们在现实生活中可能会接触到不同的生活方式群体,如节俭型、奢华型、守旧型、革新型、高成就型、自我主义型、有社会意识型。不同的生活方式群体对产品和品牌会有不同的需求,如节俭型消费者很少有对奢侈品的需求,守旧型的消费者不太会对创新产品感兴趣。营销者需要深入了解产品与不同生活方式群体的关系,从而有针对性地开发和推广产品。如果运用得当,生活方式概念能够帮助营销者了解变化的消费者价值以及它们对其购买行为的影响。

个性是个人独特的心理特质,使人们对环境做出比较一致和持续的反应。个性通常可用自信心、控制欲、自主、顺从、保守、适应、交际等特征来描述。消费者的个性直接或间接地影响其购买行为。例如,保守的人往往不容易接受新产品,自信的人购买决策过程较短,控制欲强的人喜欢在决策中居于支配地位。有6种购买风格是基于个性进行划分的:①几乎不变换产品的种类和品牌的习惯型;②经冷静分析、理性思考后购买的理智型;③重视价格胜过其他的经济型;④易受外界刺激而购买的冲动型;⑤将商品和情感联想在一起的想象型;⑥缺乏主见或无固定偏好的不定型。

自我形象是人们对自己的看法,其观念前提是“我有什么就是什么”。人们往往希望保持或增强自我形象,并把购买行为作为表现自我形象的重要方式。因此,消费者对那些符合或能改善其自我形象的产品或品牌更感兴趣。苹果公司在一则新近的广告中,以两个人代表两种产品:一个代表苹果的Mac,另一个代表苹果的PC。两个人具有截然不同的个性和自我概念。代表Mac的那位年轻、身着牛仔服,代表PC的那位戴着高度近视镜、穿夹克、打领带。两个人在讨论Mac和PC各自的优点,最后发现Mac更具优势。广告显现了Mac青春、激情的品牌个性和PC循规蹈矩的品牌个性。这暗示着,如果你认为自己是年轻的,你就需要一台Mac。

(四)心理因素

个人的购买决策还受到四种心理因素的影响:需要和动机、认知、学习、信念与态度。

1. 需要和动机

人类的行为是由动机支配的,动机则由需要引发。需要是人们由于缺少而导致的一种不平衡状态,当它达到一定程度时,便成为一种驱策力,当这种驱策力被引向一种可以减弱或消除它的刺激物时,便成为一种动机。因此,动机是一种推动人们为达到特定目的而采取行动的迫切需要,动机是行为的直接原因。

心理学家在解释人的行为时往往用动机而非需要这个概念,原因在于需要本身不一定引起个体的行为;需要是抽象的,它仅仅为行动指明总的目标,但不规定实现目标的方法;个体的行动既可以由内在需要驱使,也可以由外在刺激引发。

动机理论有多种模式,其中美国行为科学家马斯洛的需要层次论对分析消费者行为意义重大。马斯洛把人的需要分成五个层次,依次是生理需要、安全需要、社交需要、尊重需要和自我实现需要,见图5-3。

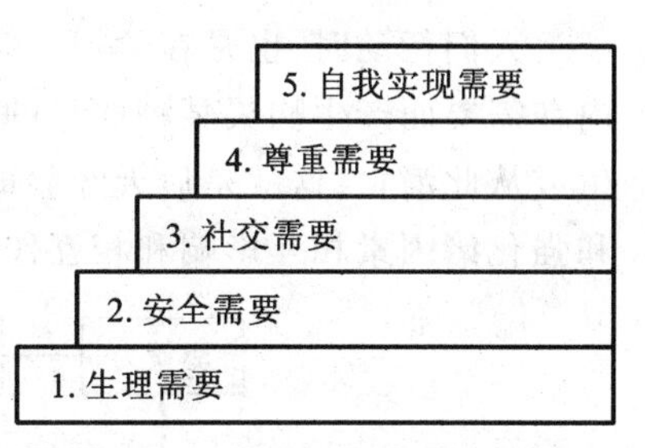

图5-3 马斯洛需要层次理论

生理需要是为了生存而对基本生活条件产生的需要,如吃、穿、住等。安全需要是为维护人身安全、健康和财产安全而产生的需要,如医药保健、个人和财产保险。社交需要是参与社会交往,取得社会承认和归属感的需要,如得体的服装、礼品等。尊重需要是在社交活动中受人尊重,取得一定的社会地位、荣誉和权力的需要,如显示自己社会地位的高档消费品等。自我实现需要是发挥个人的最大能力,实现理想和抱负的需要,如教育、知识等。人类的需要由低向高排列,越低层次的需要越重要,低层次的需要基本满足以后,才会产生高层次的需要。当然,不同的人、不同社会、不同时代,需要层次的顺序可能会有所不同。需要层次理论可用于指导企业的营销活动,据此有的放矢地开发产品和服务。

弗洛伊德认为,人类行为的真正心理力量大部分是无意识的。无意识由冲动、热情、被压抑的愿望和情感构成。因此,人们并不完全了解自己的动机。比如,某中年男性要购买一辆汽车,他可能把自己的动机表述为爱好或工作需要。但从深层次分析,他可能是希望显示自己的年轻心态。消费者购买商品时,不仅会关注产品的功能和质量,还会注意那些与产品有关的其他事项,如产品的大小、形态、重量、材料、颜色甚至购物环境。企业在产品开发时切勿忽视这点。

2. 认知

消费者产生购买动机后,就要采取行动,他的行动取决于他的认知过程。认知过程是人们认知客观事物特性与联系的过程,由感觉、知觉、记忆、思维和想象等过程组成。消费者的认知过程就是对商品和刺激物以及店容店貌等情境的反映过程。这个过程要经历感性认识和理性认识两个阶段。在感性认识阶段,消费者首先通过感官对刺激物的形状、大小、颜色、声响、气味以及情境的形象等有了个别特性方面的熟悉。随着感觉的深入,各种感觉到的信息在消费者的头脑中被联系起来并进行初步的分析综合,从而产生对刺激物和情境的整体反映,这便是知觉。

在现实生活中,消费者对同种刺激物和情境会产生不同的知觉,导致他们认知过程的差异。原因在于知觉具有三个特点:选择性注意、选择性理解和选择性记忆。

面对每天大量的消费信息,人们只会注意其中的一部分。比如,一个消费者一天可能要接触上千个广告,但他肯定不会全部注意它们。他们倾向于注意那些与其当时需求有关的、独特的或反复出现的刺激物,此即选择性注意。选择性注意意味着营销人员必须尽力吸引消费者的注意。

即便人们注意到了刺激物,也不一定产生预期的作用,因为人们会有选择地将某些信息加以扭曲,使之符合自己的意向,此即选择性理解。选择性理解意味着营销人员要了解消费者的想法,以及这些想法如何影响人们对广告和销售信息的解释。

在人们接触的大量信息中,能够保留下来的往往是符合自己态度和信念的信息,此即选择性记忆。选择性记忆意味着营销人员需要向目标市场投放重复性广告。

3. 学习

人们行动时,也是在学习。学习是由经验所引起的个人行为的改变。消费者由于内在需要而产生购买某种商品的动机,但这种动机可能在此次购买行为结束后继续产生或从此消亡,这就是后天经验即学习的结果。学习过程是驱策力、刺激物、诱因、反应和强化诸因素相互影响和相互作用的结果,见图5-4。

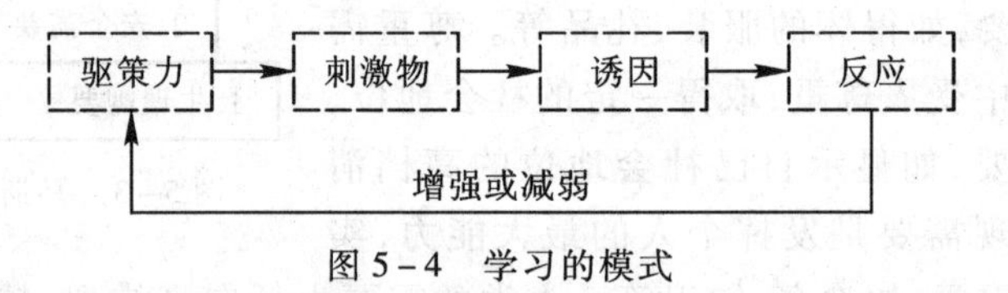

图5-4 学习的模式

例如,一位事业有成的老板想体现一种自我实现的内在需要,这就是驱策力,它是驱使人们产生行动的内在刺激力。当这种驱策力被指向某种具体的刺激物(即满足内在驱策力的物品),如名牌高校的MBA(工商管理硕士)项目时,就成为一种动机。在这种动机的支配下,他决定花钱去接受MBA教育。但他将何时、何处和怎样作出反应,常常取决于周围各种诱因的影响,如主流媒体上的广告宣传,以前同学的介绍等。诱因就是刺激物所具有的能驱使人们产生一定行动的外在刺激,所有的营销因素都可以成为诱因。当他接受了MBA教育以后,感觉收获很大,就会强化这种反应,以后可能继续接受该校的其他培训项目。如果他感到失望,恐怕以后就很难再对该校的教育项目感兴趣了。

对营销人员来说,学习理论的指导意义在于他们可以把本企业的产品与顾客强烈的驱策力联系起来,利用刺激性诱因提供正面强化手段,从而激发人们的需求。

4. 信念和态度

消费者通过学习形成了信念和态度,而这些反过来又影响人们的购买行为。

信念是人们对事物所持的看法,如相信某高校的MBA项目质量水准高,物有所值。这些信念有些是建立在科学的基础上的,真实客观;有些则可能带有偏见,包含情感成分。例如上面这个老板可能认为某学校的 MBA 教育比其他学校都好,虽然在大学排行中该校并未名列前茅。营销人员必须认真关注消费者的信念,因为它构成了产品和品牌的形象,而人们往往又依照自己的信念行动。如果发现消费者存在某些对企业产品和品牌形象不利的错误信念,并阻碍了购买行为,营销人员必须开展宣传运动,设法纠正他们的错误信念。

态度是人们对某些事物或观念所持有的相对稳定的评价、感受和倾向。消费者态度分为品牌信念、评估品牌和购买意向 3 个组成部分。品牌信念是态度的认知成分,评估品牌是态度的情绪或情感成分,购买意向是态度的意动成分或行动成分。一旦消费者形成了对某个产品或品牌的态度,日后他将倾向于根据态度做出重复的购买决定,而不再花更多的时间去比较、分析、判断。如上例中的老板,如果他对某高校的教学水平持肯定态度,日后他就可能继续选择该校的教育项目。因此,如果消费者对企业的产品和品牌持肯定态度,将会有利于产品和品牌的重复销售和交叉销售;否则,销路会受到严重影响。消费者的态度一旦形成就不会轻易改变,因此,企业最好使其产品迎合既有的态度,而不是试图改变人们的态度。当然,如果改变态度能够取得经济上的巨大收益,企业也可以尝试从认知成分、情感成分和行为成分三个方面对消费者态度进行改变。

可见,消费者行为受诸多方面因素的影响,其购买选择是文化、社会、个人和心理因素综合作用的结果。其中有些因素,如消费者的个人统计特征、社会、文化因素等,由于其外在性使企业难以控制或难以施加影响。企业只能了解它们、分析它们,从而识别出最佳的目标市场,并为制定营销组合提供依据。而其他一些因素,如消费者的购买动机、认知、学习、信念、生活方式等,容易受企业营销的影响。企业可以通过营销策略的设计,如产品开发、包装设计、价格制定、营业网点设计、广告宣传、商品陈列等,诱使消费者产生企业所期望的购买行为。

三、购买决策过程

消费者的购买决策过程是购买动机转化为购买行动的过程。在购买不同类型的消费品时,参与购买决策过程的人员构成有不同,购买行为有差异,购买决策过程也不尽相同。

(一) 消费者购买决策过程的参与者

在消费者购买活动中,一个消费者可能扮演下列角色中的任何一种或几种:发起者,即第一个提出购买建议的人;影响者,即对购买决策产生影响的人,如家庭成员、同事朋友等;决策者,即做出购买决策的人;购买者,即具体执行购买决策的人;使用者,即实际使用所购商品的人。

对营销人员而言,首先要关注购买决策者,因为它对购买活动的成败最为关键。许多消费品的购买决策者很容易识别,如女性一般是化妆品的购买决策者,男性在购买烟酒等产品时最有发言权,小零食的购买一般由儿童说了算,家具则往往由家庭成员,特别是夫妻双方共同决策。有些消费品的购买决策不那么容易被识别,这时就要分析家庭不同成员的影响力。正确地识别购买决策者,可以帮助企业有针对性地制定适合目标市场的促销策略。

其次,营销人员还要关注购买者,因为他们有可能在一定程度上更改购买决策,如改变购买的数量和品牌,改变购买的时间和地点。了解这一点,企业就可以有的放矢地开展商品陈列和销售现场的广告促销活动。

(二) 消费者购买行为类型

消费者在购买不同商品时,其购买行为的复杂程度差异很大。有些购买活动非常简单,有些购买行为则极其复杂,不仅参与购买决策的人员多,而且决策过程也长。阿萨尔根据购买者的参与程度和产品品牌差异程度把购买行为划分为四种类型,见表5-1。

表5-1 消费者购买行为类型

购买参与程度 / 品牌差异程度	高	低
大	复杂型	多变型
小	寻求和谐型	习惯型

1. 复杂型购买行为

当消费者初次购买价值大、品牌差异也大的耐用消费品时,往往会产生复杂型购买行为。由于对这类产品不熟悉,消费者在购买时往往会经历一个完整的决策过程。在对此类产品产生需求以后,他们往往会花大量时间收集有关信息,对可供选择的品牌的各种特性进行评价,先建立起对每种品牌各种特性水平的信念,然后形成对品牌的态度,最后再做出谨慎的购买决策。当然,这种复杂的购买行为会由于决策者的时间、驱策力、购买便利性以及商品供求的不同而有所简化。当消费者第二次购买此类产品时,其行为也会大大简化。对于此类购买行为,营销者应该整合各种沟通工具,宣传本品牌产品的优点,以期对消费者的购买行为产生预期的影响,促其简化决策过程。

2. 寻求和谐型购买行为

当消费者购买品牌差异不大,但参与程度较高的商品时,一般会产生寻求和谐型购买行为。由于品牌差异不明显,消费者一般不会花过多的时间收集信息并对品牌进行全面评价,他往往更关心价格、购买时间和便利性等因素。因此,这类商品的购买过程迅速而简单。但也正因为决策过于迅速,消费者在购买以后更容易出现因发现所购商品的缺点或其他商品的优点后的不协调感,从而对其购买决策的正确性产生怀疑。为追求心理平衡,消费者这时才注意寻找他所购买产品的相关信息,以期消除其心理的不和谐感,证明自己决策的正确性。像家具、地毯、装饰材料、服装、首饰,以及某些家用电器的购买大多属于这类购买行为。对此类购买行为,营销者一方面要通过价格、渠道、人员推销等手段引导消费者的品牌选择;另一方面,还要通过完善的售后服务与购买者取得联系,及时提供信息,使消费者相信自己的购买决策正确无误。

3. 多变型购买行为

当消费者购买价值量小、品牌差异大的商品时,则表现为多变型购买行为。购买这类商品时,由于价格低、花色品种繁多,即便购买失败所承担的风险很小,消费者往往在购买时经常更换品牌。他们一般不会主动寻找信息并评价品牌,而是在消费时才加以评价。但下次购买时他又可能转换其他品牌。转换品牌并不是因为对以前的品牌不满意,只是为了尝试一下新的品牌。消费者在购买饼干、饮料等产品时往往呈现出此类特征。对此类购买行为,市场领导者和市场挑战者的策略有所不同。市场领导者应当通过占领更多货架、避免脱销,以及提醒式广告来留住消费者;市场挑战者则需通过有吸引力的各种营业推广手段来鼓励消费者尝试新品牌。

4. 习惯型购买行为

当消费者购买价值量小、品牌差异小的商品时,会产生习惯型购买行为。购买这类商品时,消费者并不需要深入收集信息和评估品牌,而是根据经验或习惯购买。消费者在购买食盐、食糖等产品时这种特征非常明显。对此类购买行为,营销者可以通过各种营业推广手段吸引消费者试用,或开展连续性的广告宣传强化消费者的记忆,或通过增强产品的差异性来引起消费者的注意,从而引发其购买。

(三)消费者购买决策过程

消费者的购买决策过程有一定的规律性。这个过程早在实际购买发生之前就已经开始,而且一直延伸到购买结束之后。购买决策过程一般经历确认需要、信息收集、评价方案、决定购买和购后行为五个相继的阶段,见图5-5。

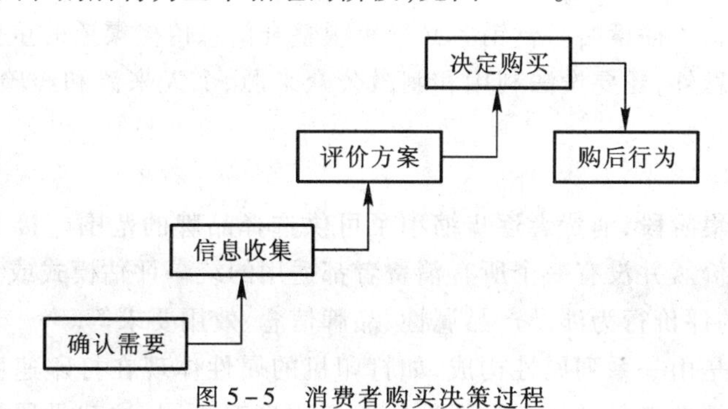

图5-5 消费者购买决策过程

当然,这个颇为复杂的购买决策过程模式更适合于分析复杂型购买行为,它完整地经历了这5个阶段,而其他类型的购买行为或者省略了其中的一些环节,或者可能颠倒了它们的顺序。

1. 确认需要

当消费者意识到自己的实际状态与期望之间出现差异时,就产生了需要。这种需要既可以由内部刺激产生,如饥饿、干渴;也可以由外部刺激产生,如看到广告。当这种需要强烈到一定程度时,就成为一种驱策力,驱使人们采取行动予以满足。

在这一阶段,营销人员的任务一是研究消费者的需要,了解消费者与本企业产品有关的现实和潜在需要——它们由什么引起,程度如何;二是了解消费者需要随时间推移以及外界刺激强弱而波动的规律性,并以此为基础设计诱因,引发需要,加快消费者需要转化为行为的过程。

2. 信息收集

消费者的需要被激发起来后,他会不会接着收集信息仍取决于多种因素。如果消费者的需要很强烈而且商品很容易获得，他就可能马上采取购买行为，而不去收集信息。否则，消费者就可能暂时保留这个愿望。随着这个愿望由弱转强，消费者还可能采取两种做法：一种是消费者适度注意，即对该类商品信息比较敏感，但只是被动接受信息，比平时更加关注该产品的广告，及别人对其的使用评价；另一种是积极地收集信息，如阅读介绍材料、浏览各种广告、向亲朋好友询问，甚至亲自去商场了解。消费者收集多少信息，取决于他的驱策力的强度、已获知信息的数量和质量，以及进一步收集信息的难度。

在这一阶段，营销人员的任务有两个。一是了解消费者获取信息的来源及其作用。消费者一般从4种途径获得信息：①个人来源，即从家庭成员、朋友、邻里、同事和其他熟人处得到信息；②商业来源，即从广告、销售人员的介绍、商品展览和陈列、商品包装、说明书等得到信息；③公众来源，即从大众传媒的客观报道，以及各级政府组织和民间团体的评比或评论中得到信息；④经验来源，即自己通过触摸、试验和使用商品得到信息。

这些信息来源对消费者的影响程度有所不同。一般来说，由企业控制的商业性来源信息起通知作用，消费者从该处获得最多的信息；其他非商业性信息来源起验证和评价作用，而消费者最信任的信息来源是经验来源和个人来源。

二是设计信息传播策略。营销者必须重视整合信息传播渠道的重要性。除了利用商业来源传播信息外，还要设法利用和刺激公众来源、个人来源和经验来源，特别要开展口碑营销。

3. 评价方案

经过信息收集阶段，消费者逐步缩小了可供选择品牌的范围。接下来就是对这些可选品牌进行评价。并没有一个所有消费者都适用的统一评估模式或评估过程。但一般而言，消费者的评价行为涉及产品属性、品牌信念、效用要求等。

产品实际上是由一系列属性构成，如打印机的属性体现在打印速度、清晰度、对纸张要求等方面。消费者对产品各种属性的关心程度有不同，这就是属性权重。在不同时期，不同细分市场的消费者对同一产品属性的属性权重有所不同，营销人员必须了解其目标顾客主要对哪些属性感兴趣，进而确定本企业产品应具备属性的主次。

消费者对某品牌产品属性和利益会形成一定的认知。这种信念可能与该品牌的实际性能相符合，也可能并不符合实际情况。品牌信念会影响消费者的选择。

消费者对某品牌每一属性的效用功能应当达到何种标准是有要求的。如果它们达不到一定标准，消费者则会不满意。

有时候，消费者通过精确的计算及逻辑思考进行品牌评价；有时候，消费者的购买只不过是凭直觉或冲动。如果是理性决策，营销者就必须了解消费者采用的评估方法。

4. 决定购买

消费者对购买方案进行评价以后，便会做出购买他偏好的产品的决策。但现实中，消费者并不一定全部实现购买行为，即便购买也不一定是他最初选定的品牌。原因有三：一是其他人的态度，如果消费者的亲朋好友强烈反对，消费者可能会放弃购买行为；二是意外情况发生，如果消费者遭遇意外，如经济状况发生变化、急需用钱或计划购买的品牌出现负面消息，消费者也可能暂缓购买；三是预期风险大小，在购买性能复杂、价格昂贵的商品时，消费者往往会承担较大风险，为减少风险，他们往往会采用避免或减少风险的办法，暂缓购买就是其中之一。

当消费者决定购买后，他还需要进行一系列相关决策，包括购买的品牌、购买地点、购买数量、购买时间，甚至支付方式。在这个阶段，营销者要设法降低消费者的购买风险，并在价格、服务、促销等方面采取措施，以引发消费者产生购买行为。

5. 购后行为

现代营销理论越来越关注消费者购后过程。消费者购后过程经历3个环节：购后使用和处置、购后评价及购后行为。

消费者在购买产品并使用以后会对所察觉的产品实体性能与以前对产品的期望进行比较。如果产品性能与期望基本吻合，消费者就会基本满意；如果产品性能超过预期，他就会非常满意；否则，产品性能低于预期，他就会不满意。消费者满意与否会导致截然不同的购后行为。如果消费者对产品满意，他会信赖产品，以后有可能发生重复购买，或继续购买该品牌的其他产品，或向其亲朋好友称赞并推荐该品牌，从而形成良好的口碑；如果消费者对产品不满意，下一次他就不会再购买，甚至连该品牌的其他产品也不再购买。此外，他还可能抱怨、投诉甚至向厂商索赔，或劝阻其他人也不去购买该产品，这种消极的口碑会对企业产生非常不好的影响。

在这个阶段，营销者应采取各种措施，尽可能使顾客购买后感到满意。一方面，他们可以通过实事求是地宣传管理顾客的预期；另一方面，企业要开展各种售后服务活动，指导顾客正确使用产品，征求顾客的意见和建议，迅速处理消费者的投诉，赔偿消费者遭受的损失。

第二节　组织市场及其购买行为

不仅个人消费者购买产品和服务，各种企业、团体和中间商也要采购。比如消费者需要买冰箱，冰箱生产厂家则需要采购压缩机、钢板、集成电路板等原材料以及机器设备等。这些用户构成了整个市场体系中一个庞大的子市场，即组织市场。他们购买大量的原材料、机器设备、办公用品，以及相应的服务，用于生产、出租、转卖。与消费者市场相比，组织市场的需求和购买行为另具特色。我们需要有针对性地深入探析，方能制定出适当的营销策略。

一、组织市场

组织市场通常又被称作中间市场，因为它们的购买属于中间消费。组织市场又可以进一步分为产业市场、中间商市场和非营利组织市场。前者由市场上的各种生产企业和服务企业构成，是组织市场中最常见的部分，也是20世纪80年代以来营销学研究得较多的领域。中间商市场由各种批发商和零售商组成。而非营利组织包括政府、公共机构（如学校）和各种私人非营利组织构成。组织市场的这三部分在需求和购买行为上有许多不同于消费者市场的部分，而其中最典型、也是最重要的部分显然是产业市场,这也是下面研究的重点。

在某种程度上,组织市场和消费者市场是相似的,即都包括承担购买任务、做出购买决策,但两者在市场的结构和需求,购买单位的性质,决策类型和决策过程方面又有较大差异。

(一) 市场结构和需求

1. 组织市场的购买者数量少,购买数量大

一方面,企业及各种组织的数量比个体消费者的数量要小得多,其营销人员比消费品营销人员接触的顾客要少得多;另一方面,组织市场单个用户的购买量却比消费者市场单个购买者的需要量大得多。以轮胎为例,轮胎制造企业在面向消费者市场时,它可能要接触上百万个使用轿车的车主,但它在产业市场的命运可能仅仅维系于为数不多的几个汽车厂家,因为一家汽车厂商的轮胎订单就可能数千万元。

2. 产业市场的购买者地理位置集中

产业购买者往往集中在一定的地理区域,从而导致这些区域的采购量占据整个市场的很大比重。以我国为例,京、沪、穗、津等城市是产业用品需求比较集中的城市,珠三角、长三角、环渤海经济圈则是产业用品需求比较集中的地区。

3. 产业市场需求缺乏弹性

产业市场对产品和服务的需求量受价格变动的影响较小,在短期内更是如此。例如在消费者皮鞋需求总量不变的情况下,尽管皮革市场的产品价格下降,皮鞋制造商也不会因此而购买更多的皮革,除非皮鞋价格的下降使消费者对皮鞋的需求极大地增加。在需求链条上距离消费者越远的产品,价格弹性越小;而且,原材料的价值越低,或原材料成本在制成品成本中所占的比重越小,其需求弹性就越小。

4. 产业市场的需求是派生和波动的

派生需求也称衍生需求。产业市场的需求是从消费者对最终产品和服务的需求中派生出来的。如果最终用户对某企业产品的需求下降,该企业就会削减生产计划,它在市场上的需求也会下降;反之,则会上升。比如,消费者的服装需求引起服装厂对纺织面料、各种辅料以及服装制造设备的需求,连锁引起有关部门和企业对纺织原料、塑料、钢材、仪表、电子元器件等产品的需求,由此形成一定长度的产业链条。因此,当消费者的收入发生变化后,不仅消费者的需求受到影响,为消费品提供原料、设备、辅料、动力、零配件的产业市场也受到影响,最终整个国民经济都受到影响。

(二) 购买单位的性质

1. 产业市场的采购单位由更多人组成

大多数企业有正式的采购组织,即“采购中心”,重要的购买决策一般要由技术专家和高级管理人员共同作出。为了应对受过良好训练的采购人员,供应商必须对其销售人员进行严格培训。

2. 产业市场的采购人员是专业采购人员

产业市场上的采购是理性的,采购人员大都经过专业训练,具有丰富的专业知识,对所要采购产品的性能、质量、规格和技术要求了如指掌,不像消费者市场有那么多的冲动购买。

（三）购买决策行为

1. 产业采购以直接采购为主

产业市场的购买者往往直接向供应商购买，不经过中间环节，特别是在采购价格昂贵或技术复杂的项目时。

2. 产业市场的购买过程复杂但更规范

产业购买常常涉及大量的资金、复杂的技术、准确的效益评估，以及“采购中心”中不同层次人士之间的人际关系。因此，产业采购往往要经历较长时间。调查显示，工业销售从报价到产品发送通常以年为单位。另外，产业购买过程比较程式化，大宗产业购买通常要求提供详尽的产品说明书、书面采购订单，经历对供应商筛选和正式批准的过程。

3. 产业采购有时是互惠购买

产业市场中的产业用品购买者之间往往相互依存，在采购过程中经常互换角色，即互惠采购，“你买我的产品，我就买你的服务”。有时这种互惠涉及三方甚至更多方。

近年来，顾客和供应商的关系开始变得密切和友好。很多采购企业开始系统地发展供应商—合作伙伴网络，以确保产品和原材料得以正确、可靠地供应，确保其产品制造或再销售。

戴尔怎样采购

戴尔采购工作最主要的任务是寻找合适的供应商，并保证产品的产量、品质及价格方面在满足订单时，有利于戴尔公司。采购经理的位置很重要。戴尔的采购部门有很多职位设计是做采购计划、预测采购需求、联络潜在的符合戴尔需要的供应商。

采购计划职位的作用是尽量把问题在前端就解决。戴尔一些采购人员的工作就是做预测，确保需求与供应平衡。当所有的问题在前端完成之后，工厂这一阶段就只需按照订单计划生产高质量的产品就可以了。换言之，戴尔通过完整的采购组织设置，实现了高效率的采购。

“戴尔公司可以给你提供精确的订货信息、正确的订货信息及稳定的订单，”一位戴尔客户经理说，“条件是，你必须改变观念，要按戴尔的需求送货；要按订货量决定你的库存量；要用批量小、但频率高的方式送货；要能够做到随要随送，这样你和戴尔才有合作的基础。”事实上，在部件供应方面，戴尔利用自己的强势地位，通过互联网与全球各地优秀供应商保持着紧密的联系。这种“虚拟整合”的关系使供应商们可以从网上获取戴尔对零部件的需求信息，戴尔也能实时了解合作伙伴的供货和报价信息，并对生产进行调整，从而最大限度地达到供需平衡。

二、产业用户的购买行为

(一) 产业用户市场购买行为模式

我们依然可以用“刺激—反应”模式来展示产业购买行为,见图5-6。在该模式中,营销活动和其他环境刺激对产业购买者产生影响,并引起购买者做出某些反应。产业购买者所受到的刺激与消费者一样,都来自两个方面:营销刺激和外界环境刺激。这种刺激进入组织后产生的反应表现为:产品或服务的选择、供应商的选择、订单的数量、配送和服务、付款条件等。刺激如何转化为反应,则要看购买组织是怎样活动的。在购买组织内部,购买活动由两部分组成:一是采购中心,一是购买决策过程。采购中心由涉及购买决策过程的所有人组成;购买决策过程则受到组织内部因素、人际关系和个人因素的综合影响。

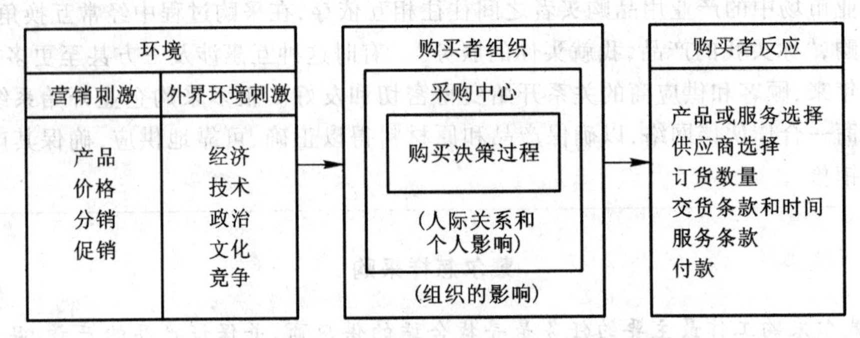

图5-6 产业用户市场购买行为模型

研究产业用户市场的购买行为,需要逐项回答以下问题:产业用户市场的购买对象中,谁参与产业购买过程?产业购买行为的主要类型有哪些?影响产业购买的主要因素是什么?产业购买者如何制定他们的购买决策?

(二) 产业用户购买的主要类型

企业购买决策的复杂性取决于其决策类型。企业主要有三种决策类型:直接重购、修正重购和新购。

1. 直接重购

直接重购即用户按过去的订货目录继续订购。需要重复购买产品时,采购方通常选择熟悉并满意的供应商,持续采购,而且不变更购买方式和订货条款,甚至建立自动订货系统。直接重购对原有供应商和新的供应商的影响有很大不同。对原有供应商来说,他们应当努力保证产品和服务的质量,并尽量简化买卖手续,争取稳定供应关系。对新的供应商来说,他们几乎没有什么机会。当然,他们可以通过提供一些新产品或消除顾客的不满意来争取下一次获取订单的机会,也可以通过接受小订单来打开业务。

2. 修正重购

当组织类用户的购买决策者认为选择替代品能带来很大的益处时,往往发生修正重购。修正重购即用户为了更好地完成采购任务,部分调整采购方案,如改变需采购产品的规格、型号、价格等,或重新选择新的供应商。修正重购通常比直接重购涉及更多的决策参与者。与直接重购相比，修正重购在对原供应商增加了压力的同时却给新供应商提供了机会。修正重购对原有供应商提出了更高的要求，供应商需要做好市场调查和预测，根据生产者需求的变化，努力提高产品的质量，降低成本，并不断开发新产品，从而迎合采购商变化的需求。对新的供应商而言，修正重购则意味着一个获得新业务的机会，需认真对待。

3. 新购

新购即第一次购买某种产品或服务，这是最复杂的购买行为。在决策过程中，采购的成本或风险越大，参与决策的人数就越多，他们收集信息的工作量也越大。这种购买行为为所有潜在供应商提供了平等竞争的机会，同时也意味着最大的挑战，他们在设法对采购方施加尽可能多的影响的同时，还需为他们提供尽可能多的帮助。

（三）产业用户购买决策的参与者

产业用户的采购决策组织称为采购中心，它包括那些参与组织决策制定过程的所有个人和单位。采购中心的成员一般包括：

（1）使用者，指未来使用产品或服务的组织成员。在许多情况下，是使用者首先提出采购建议，并协助确定产品规格。

（2）影响者，指直接或间接影响采购决策的人。他们参加采购计划的拟订，协助确定采购商品的技术要求、规格等因素。企业中的技术人员大多是重要的采购影响者。

（3）决策者，指有权决定采购项目和供应商的人。一般情况下，采购者就是就是决策者，但在大宗交易或复杂的采购中，企业的关键决策者可能是总经理、采购经理、生产主管等有权签订高额订单的人。

（4）采购者，指被授权从事具体采购任务的人。采购者一般需要熟悉采购业务程序、洽谈及合同条款等内容，他们的主要作用是选择供应商和谈判。在比较重要的采购任务中，会有企业的高层管理人员参与。

（5）信息控制者，指阻止供应方推销人员与组织采购中心成员接触，或控制外界信息与采购部门的信息交换的人，如采购代理人、接待人员、电话接线员、秘书等。

采购中心在采购组织通常并非一个固定、正式确定的单位，不同的采购活动会有不同的人员参与其中；采购中心的规模也随着企业规模和采购任务的不同而呈现出差异性；购买中心也会随着购买过程的发展而变化；整个购买活动是一个过程而不仅仅是单个行为，因此，在购买过程的不同阶段，各个单个成员所起的重要作用也是不同的。从规模来看，小企业的采购中心可能只有几个人，大企业则可能由一位高级主管领导一批人组成。采购中心平均参与购买决策的人数为 3 ~ 5 人。日常使用的产品和服务的购买，平均参与决策的人数为 3 人，大型项目的产品和服务购买，平均参与决策的人数约为 5 人。从人员组成来看，采购的产品不同，采购中心的人员组成也不同。如果购买大型生产设备，除了专业采购人员以外，还需要技术人员、甚至最高主管的参与；如果购买一般的工业品，采购员一人就可以担当了。采购中心的人员组成日益呈现这样一种趋势：由来自不同部门和执行不同职能的人组成小组做出决策。

总之，采购中心的成员构成呈现一定规律：一是随着购买阶段演变而变化，二是在各个组织中各不相同，三是因购买类型的不同而不同。

产业市场的营销人员必须准确了解采购中心。首先，必须确定这个采购中心此次购买的类型并弄清现在处在购买过程中的哪个阶段。其次，认真了解谁是采购决策的主要参与者，他们影响哪些决策，他们各自的影响程度如何，据此制定具有针对性的、有效的推销对策。

（四）影响产业用户购买的主要因素

产业用户市场的购买行为也受到多种因素的影响，这里既有与消费者市场相似的因素，也有因组织存在而形成的独特因素，综合起来体现在环境、组织、人际和个人因素四个方面，见图5-7。

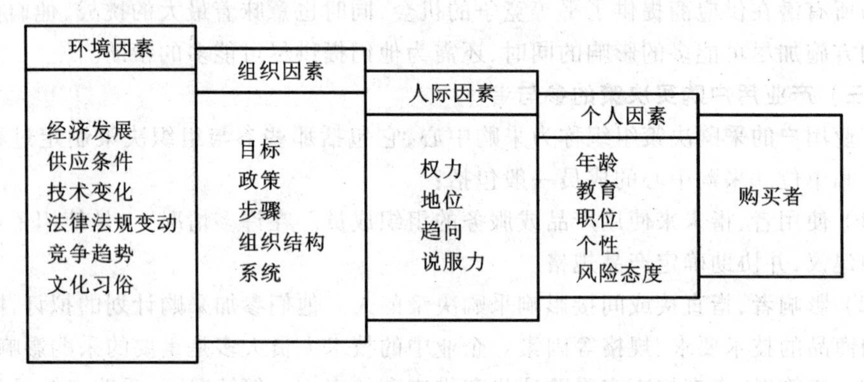

图5-7 影响生产者购买行为的主要因素

1. 环境因素

产业用户市场的购买行为受宏观环境影响很大，如国家的经济前景、市场需求水平、技术发展、竞争态势、自然环境动向、政治法律状况等。当经济不确定性增加时，产业购买者将会削减新的投资项目，尽力降低库存。技术的进步则会导致企业购买需求改变，使其修正重购和新购行为不断增加。技术变化的速度也影响着组织内采购中心成员的组成和作用。当技术变革的步伐加快时，采购部经理在购买过程中的作用会逐渐下降，而技术工程人员的作用会更重要和明显。自然资源的短缺有可能导致企业所需关键原材料的短缺，因此，许多企业倾向于购进和保有大量的稀缺材料，以确保充足的原料供应。国家法律法规也会规范企业行为，抑制或增强部分需求，如环境保护法规的出台加剧了企业对环保材料的需求；稳定的政治局势，扩大了国际经济贸易交往的深度和广度，大幅度提高了进出口业务量，也刺激了国内企业的采购需求。

2. 组织因素

组织因素是那些与产业用户的组织本身相关的因素，如组织目标、政策、流程、组织结构和制度等。产业营销人员必须了解以下问题：采购企业的目标和战略是什么？他们需要什么样的产品？他们的采购程序是什么？有哪些人参与采购活动，他们的评估标准各是什么？采购企业对其采购人员有哪些政策与限制？

3. 人际因素

人际因素体现在内部和外部两个方面。企业内部的人际因素主要指参与购买决策的各种角色(产品使用者、影响者、决策者、采购者和信息控制者)的职务、地位、态度、利益和他们之间的相互关系。企业外部的人际因素指上述企业内部的五种角色与企业外部各类人员之间的关系。无论内部还是外部人际因素,他们都会在不同程度上影响决策者对采购任务的最终决定。因此,供应商的营销人员应当了解每个人在购买决策过程中扮演的角色及相互之间的关系,利用这些因素促成交易。

了解采购中心各成员的影响力的一种方法是了解他们的权力类型。权力的类型一般有五种:奖励(提供金钱的、社会的、政治的、心理上奖励的能力)、惩罚(对于不服从给予金钱的或其他惩罚的能力)、人际吸引力(由于别人喜欢你而服从你的能力)、专长(由于技术上的专长,无论是真正的还是名义上的,而让别人服从的能力)、组织地位(由于在公司中的法定地位而具备的有关权力)。

通过评价采购中心组织内的权力文化,营销人员可以更清楚地了解采购中心成员的构成,预测他们各人所扮演的角色,并估计每个成员对最终决策的影响程度。

4. 个人因素

采购中心的每个成员都带有个人的动机、理解和偏好,这受有关人员的年龄、教育、收入、专业、个性和对风险的态度等影响。有些采购者行为理性,在选择供应商时考虑周全,理性决策;有些采购者个性强悍,在谈判中往往希望压倒对方。营销人员需要了解这些因素对采购中心成员的影响。

采购中心的每一位成员都会有独特的个人性格,都有个人特殊的经历和特定的组织职能。他们对采购对象的评价尺度是不同的。这些评价尺度有可能会相互冲突。一般来说,产品的使用者强调及时交货和高效的服务;工程师则注重产品质量、标准化;采购人员关心的则是价格优惠和有利的装运条件。

每个采购人员都希望降低采购过程中的风险。一般来说,购买者会采用如下四种方法来降低采购风险:①降低外部不确定性,如访问参观供应商的工厂;②降低内部不确定性,如与其他采购人员协商、讨论;③防止不良后果的外部处理,如通过多个供应商供货;④防止不良后果的内部处理,如向组织内部高层领导汇报。

采购人员为了降低采购风险会倾向于寻找熟悉的供应商,这一点显然对潜在的供应商十分不利。

(五)产业用户购买决策过程

1. 产业用户购买决策的阶段

最复杂的组织用户采购需要经历8个阶段,直接重购和修正重购可以省略其中的某些环节,见表5-2。

表5-2　生产者购买决策过程

购买阶段	购买类型		
	新　购	修正重购	直接重购
1. 确认需要	是	可能	否
2. 描述基本需要	是	可能	否
3. 确定产品规格	是	是	是

续表

购买阶段	购买类型		
	新　购	修正重购	直接重购
4. 寻找供应商	是	可能	否
5. 征求供应建议	是	可能	否
6. 选择供应商	是	可能	否
7. 签订合约	是	可能	否
8. 运行检查	是	是	是

(1) 确认需要。当企业中某些人认识到问题或需要并寻找到解决问题和实现需要的方法时,购买过程就开始了。需要的产生可能是内部刺激所致,如顾客对产品规格有了新的要求,发展新产品需要新设备和原料,设备发生故障需要更新等等。需要也可能由外部刺激引发,如采购人员参观展览会,浏览广告,或接受供应商推销人员的访问后发现了更好的产品。因此,尽早地接触产业用户的购买过程可以使营销人员对产业的需求有更好的了解,从而也更有把握获得订单。此外,加强推销和宣传也不失为一种激发潜在需求的好办法。

(2) 描述基本需要。描述基本需要就是确定所需产品的种类和数量。如果是简单的重复采购,这个过程很简单。如果是复杂项目,购买者需要和工程师、操作人员甚至高层管理者共同确定项目的条件。供应商此时应设法向采购者介绍产品特性,协助他们确定需要。

(3) 确定产品规格。说明所购产品的品种、性能、特征、数量和服务。这常常需要采购中心做价值分析。价值分析的目的是降低成本。通过价值分析,确定能否对它进行重新设计或实行标准化,从而将生产成本降到最低。随后,专业人员将确定最佳产品的特征并确定详细的说明书,作为采购人员的采购依据。对产业营销人员来说这是一个非常关键的阶段,认识这些购买影响者并认清他们之间的相对关系和重要程度是最好的竞争优势。此外,供应商也可以将价值分析作为工具,帮助寻找新客户。

(4) 寻找供应商。采购人员通常利用工商名录或其他资料查询供应商。如今,越来越多的公司通过国际互联网来寻找供应商。为此,供应商应充分重视"工商企业名录"和计算机信息系统,为自己入选采购商名单打下基础。

(5) 征求供应建议。产业用户向合格的供应商发函,请他们提交供应建议书。对于复杂、贵重产品的新购,采购方往往要求每一潜在供应商提出详细的书面建议,经选择淘汰后,请初选合格的供应商提出正式的供应建议书。为了提高自己的入选概率,产业市场的营销人员必须熟悉供应建议书的书写要点和提交程序。提交的文件不能只是包含技术内容,还要能使采购方产生购买信心。

(6) 选择供应商。采购中心人员对供应商提供的有关资料进行具体分析和评价,最后做出决策。他们主要考虑供应商的产品质量和规格、价格、信誉、服务、交货能力、地理位置等属性。采购人员在不同情况下,对上述条件的重视程度会有所不同。

过去,为了保证充分的供应和获得优惠的价格,很多公司喜好选择多一些的供应商,现在,由于供应链理论和技术的推广使这种情况发生了变化,许多公司都在大量缩减供应商的数量,并期望他们选中的供应商在产品开发阶段就能和自己密切配合,共同工作。作为供应商,必须了解这一变化,更充分地做好准备。

(7) 签订合约。产业用户根据所购产品的技术说明书、订购数量、交货时间、退货办法、产品保证条款等内容与供应商签订最后的订单。为了设备的维修、修理或操作,采购者常常签订一揽子合同。一揽子合同能建立一种长期关系,可以节约订货洽谈的时间和金钱,还可以减少采购者的订货成本和仓储成本。

(8) 运行检查。生产者用户对各个供应商的供货状况进行检查,通过询问使用者,按照一定的标准对供应商的履约情况进行评估,以决定维持、修正还是中止供货关系。供应商需要关注采购者的评估标准,以保证自己能让客户满意。有关研究表明,产业供应商对于顾客意见或投诉的处理速度至关重要。迅速处理、解决问题,纠正错误会提高获得新订单的概率;如果反应迟缓,则会降低顾客的满意度。

2. 重视采购领域的变化

近年,采购领域正发生着巨大的变化,应引起产业用品销售人员的重视:

(1) 采购部门升格。物流环节受到企业前所未有的重视,其中一个重要的表现就是许多企业将采购部门升格为副总裁级别,新的采购部门也将原先单纯追求低成本的导向转变为寻求能够提供最佳价值的供应商。不少企业把采购和存货控制、生产计划、运输等多个部门整合为物流部门。为此,供应商也须进行相应调整。

(2) 交叉职能角色。采购部门及其人员比以往更多地参与新产品的设计与开发过程,其任务更具有战略性、技术性,责任也更大。

(3) 集中采购。一些公司开始将以往分散在各事业部的采购工作集中起来,设立统一的采购部门进行集中采购,以保证产品质量、扩大采购批量和降低采购成本。集中采购日益盛行,主要因为需求的共同性、节约成本的目的、供应商的行业结构变化(如果供应商所在行业呈寡头垄断态势,集中采购可以加强组织的采购力量,寻求到更好的价格、服务等条件),以及采购技术的发展。集中采购意味着供应商将与素质更高、级别也更高的采购人员打交道。

(4) 网上采购。网络技术的发展为网上采购奠定了技术基础。这种采购一方面可以提高企业的采购满意度和效率;另一方面也可能破坏买卖双方的忠诚关系,并存在网络安全隐患。

(5) 长期合同。越来越多的企业采购者趋向于与供应商订立长期购买合同,形成战略同盟,甚至建立电子订货系统。

(6) 敏捷制造要求下的准点供货。制造商建立起的敏捷制造系统要求供货商准点供货,即原材料送达用户工厂的时间与该用户需要这种原材料的时间正好吻合。

(7) 多点供货。即供应商签下的一个定单需要将货物送抵多处接货地点。由于客户企业规模扩大,开展跨地区营销甚至全球营销,或者是连锁经营,例如零售业,再加上整个组织内集中采购的发展趋势,使得多点供货的情况越来越普遍。

本章小结

1. 消费者市场是为了生活消费而购买产品和服务的个人或家庭的集合。它是产业市场乃至整个经济活动为之服务的最终市场。

2. 从企业营销角度研究消费者市场,核心是研究消费者的购买行为。以此来说明购买者、购买对象、购买目的、购买组织、购买方式、购买时间和购买地点。刺激—反应模式是研究消费者购买行为非常经典的模型。

3. 消费者的购买行为,受外在因素和内在因素的共同影响,外在因素包括文化、亚文化、社会阶层、相关群体、家庭等社会和文化因素;内在因素包括年龄和家庭生命周期阶段、性别、职业和受教育程度和经济状况等个人统计特征以及动机、认知、学习、信念和态度等心理因素。在这些因素的共同作用下产生消费者独特的购买行为。

4. 根据消费者的参与程度和产品品牌的差异程度,可以把消费者的购买行为分为复杂型、寻求和谐型、多变型和习惯型四种类型。在复杂的购买行为中,消费者购买决策的典型过程由确认需要、信息收集、评价方案、决定购买和购后行为五个连续的阶段所组成。

5. 产业市场在市场需求、购买单位的性质和购买决策上与消费者市场有着明显的差异。

6. 产业用户的购买类型有直接重购、修正重购和新购三种。在影响产业用户购买行为的诸多因素中,组织因素具有特殊地位。

思考题

1. 影响消费者购买行为的内在因素和外在因素有哪些?

2. 在为一个咖啡产品设计广告时,有消费者人口统计和消费者生活方式两类资料,你认为哪种资料更有用?为什么?请举例说明。

3. 相关群体对消费者行为产生怎样的影响?

4. 考察下列消费者购买行为各属于哪种类型,并解释原因:购买一套商品房、去轮胎经销商那里买轮胎、走进一家超市买了一包新出品的饼干、工间操时从自动售货机上买一罐饮料。

5. 请说明某办公用品公司在向产业市场和消费者市场销售个人计算机、办公桌椅、打印纸时的异同。

6. 请描述产业用户市场与消费者市场的异同。

案例

麦肯锡:中国消费者行为的4种变化趋势

2008年,麦肯锡对中国消费者行为进行的第三次年度调查显示,以下四种趋势正在重塑着中国消费市场的格局。

1. 地区差异日趋重要

现在，中国许多企业依然按照城市级别来细分客户，他们假设全国各地富裕的一线城市居民，有相似的消费态度和行为，尽管这一趋势在分析以收入为基础的消费者行为，如购买高端产品的意愿时依然有效。但最新调查显示，消费者态度和行为的地区特点，正变得比城市级别差异重要得多。例如，中国西南地区的消费者在购买某一产品前，对其口碑的依赖度(42%)要远远高于国内平均水平(37%)；而漂亮的外观设计对西南地区的手机用户来说，是他们购买的最重要因素，占被访者的32%，国内平均水平却仅为18%。

过去，企业一直可以按照各城市的相对经济地位来划分市场，即依靠“城市分级”体系。但随着中国财富向各地区的扩散和城市化的持续进展，在确定最佳市场战略时，地区特点已变得比城市级别差异更为重要。但在考察花钱购买高端品牌意愿等收入驱动因素时，城市等级依然十分重要。

2. 高收入者对高端产品的偏好加强

随着高收入人群可支配收入水平的提高，这些消费者正表现出对高端商品的购买倾向。这些消费者中的15%表示，他们愿意花高出商品平均价格一倍以上的钱来购买很多产品，包括牙膏、剃须刀等，以及手机、电视等电子产品。

在某些极端案例中，高收入个人甚至愿意花平均价格3倍以上的钱，来购买个人护理品。这些高端消费者并不只在中国的一、二线城市，在三线城市，高收入者甚至愿意支付相当于平均价格4.5倍的价格购买某些个人护理品。

事实上，当被问及什么促使消费者购买一款新的面霜时，有近2/3的受访者表示，亲友的推荐起到决定作用，而这一比例在美国和英国仅为38%。相反，英国和美国的消费者会有2/3被免费发放的试用装所左右，而在中国这一比例仅为1/5。

年轻消费者尤其容易受高端商品的吸引，18~24岁的年轻人中有1/3称自己愿意花费相当于月收入1.4倍的价格购买最新潮的手机。麦肯锡称，如今，消费者中15%的人愿意为高端电子消费产品支付至少高出60%的价格，为某些个人护理品支付高达3倍以上的价格。

月收入在5 000元人民币以上的消费者更愿意为顶级产品支付溢价，到2015年，这类高收入者将占到所有城市消费者的1/3和消费总金额的一半。

3. 品牌忠诚度下降

由于生活水平的提高和新品牌的不断涌现，中国消费者购物范围在扩大，而对品牌的忠诚度正在下降。在受访者当中，表示会继续购买目前所购品牌的比例，消费电子类品牌比去年同期下降了25%，食品饮料类则下降了53%。

与西方消费者相比，中国的消费者在挑选产品时，对产品实用功能方面的重视程度远远高于感性方面的因素。在此次调查涉及的个人护理、食品饮料和消费电子产品所有14个产品类别中，消费者列举的前三位购买因素都是从功能方面考虑的，如“质量好”、“性价比高”等。

几年前，品牌在中国就显得非常重要，相对其他市场而言，中国毫无疑问是更受品牌影响的国度。2/3的消费者在商店购物时愿意只挑选一种或少量几种提前决定购买的品牌,而在英国或日本的消费者中这一比例则不到一半。

中国消费者根据产品性价比、而非品牌的购物倾向,正变得越来越明显。"受促销影响"类型的消费者人数提高了37%,而看重促销远胜于品牌的倾向,在低收入消费群体中更为明显。随着可供选择的品牌数量的增大,消费者在考虑各种产品类别时,最终会不可避免地考虑更多品牌。消费者对特定品牌的忠诚度正在减弱,食品饮料企业首当其冲,只有不足1/4的受访者表示,他们将继续购买原来的品牌——这一数字是2007年统计数字的一半。

大品牌是优质可靠产品的代名词。调查显示,品牌忠诚度的下降在大品牌中不那么明显。此外,如果某个大企业经营多种商品,那么该企业旗下某品牌产品的现有用户在考虑其他产品类别时,会更多地考虑该企业的其他品牌。例如,LG手机用户对LG冰箱的关注度几乎是非LG手机用户的三倍。

4. 与消费者建立联系的新途径

电视依然主导着中国的广告媒介市场,调查显示,超过一半的中国消费者表示,如果哪种品牌的食品或饮料没在电视上看见过,他们就不会购买。无论何种商品大类,中国消费者对电视广告的依赖度要远远高于美国或英国消费者。

但同时,包括病毒式营销和店内样品等新媒体和创新促销技术的普及,正在改变营销人员联系消费者的方式。中国购物者在最大程度上受到产品展示陈列以及销售人员的影响,56%的受访者称,店内促销活动对于他们的购物决定起着至关重要的作用,甚至超过电视广告的作用。

麦肯锡公司在其2008年中国消费者调查报告中还称,中国是一个充满活力的市场,它不断考验着我们的认识,并促使我们作出改变。在开展年度调查的三年间,见证了日渐敏锐和成熟的消费群体的崛起。

(资料来源:麦肯锡管理咨询公司:《四种趋势正改变中国消费格局》。)

请认真阅读案例,并回答以下问题:

1. 在分析影响国内消费者行为的地理因素时,我们需要关心哪些因素?
2. 在我国,经济因素对消费者购买行为产生怎样的影响?
3. 请分析中国消费者品牌忠诚度下降的原因。
4. 中国消费者在信息收集上有什么特点?

第六章

市场细分、目标市场选择与市场定位

学完本章后，你将了解：

1. 什么是STP营销，如何定义市场细分、目标市场选择和市场定位。
2. 如何识别产业用户市场和消费者市场的细分变量。
3. 有哪些基本的目标市场选择策略。
4. 如何正确地实施市场定位和产品差异化。

次贷危机中宝洁公司的产品细分

在次贷危机中宝洁公司遇到了新问题——越来越多的消费者由于钱包缩水开始谨慎地挑选商品，市场也随之出现了变化。对此，宝洁新任首席执行官麦睿博(Bob McDonald)在2009年7月启动了新的产品细分计划。为了与联合利华(Unilever)、高露洁棕榄(Colgate-Palmolive)等公司争夺印度与中国等新兴市场，宝洁推出了生产成本低于传统汰渍(Tide)产品的Tide Naturals。此外，宝洁推出的低端产品还包括欧洲市场的低价帮宝适(Pampers)纸尿裤、中国市场的朵朵(Naturella)卫生巾、拉美市场的口腔护理用品以及印度市场的吉列(Gillette)剃须用品。这些商品售价都相应较低。据此将产品线细分，使宝洁能够对那些低收入消费者更具吸引力，从而提高公司销售量和效益。

世界上任何一个企业，不论其资源如何雄厚，都无法满足整个市场的需求，更何况顾客对任何一种产品的需求都可能不同。因而有人称现代营销战略的核心是STP营销，即市场细分(Segment)、目标市场选择(Target)和市场定位(Position)。

其实，早期的企业营销，大都奉行大量营销(也称大众营销)，即大规模生产，大规模分销，采用同一种促销方案吸引所有的潜在消费者。典型的如可口可乐、福特汽车，后者的著名口号曾经是："不管你需要什么汽车，我们只提供一种T型车，而且颜色只有黑色。"道理很简单，大量营销可以最大限度地降低成本，使价格更具竞争力，利润则更高。

但环境的变化使大众营销越来越难以为继。首先，消费者的需求越来越多样化，他们日益明显地分化为不同的小众市场，如职业女性与家庭主妇对服装、服饰的需求，对外出就餐的需求，对许多服务的需求可能就非常不同。其次，技术的创新，提供了越来越多具有替代性的新产品和改型变异的产品，可以更好地满足消费者差异化的需求。事实上，企业间同质性竞争的激化，也迫使后来者必须别出心裁，寻求差异化。最后，分销渠道和广告媒体的多样化增加了消费者的选择自主权，也使企业不得不放弃单一的大众营销。例如著名的可口可乐公司也不得不放弃只提供一种可乐饮料的战略；曾以大量营销战略跃居全美零售业老大的沃尔玛公司现在也开出了折扣百货、超级中心、批发俱乐部和社区商店几种零售业态。

正如本章开头提到的，在现代市场营销活动中，任何企业如果都无法满足所有顾客的需要，那么，它首先面临的问题就是：本企业产品的市场在哪里？产品在哪里最畅销？愿意购买本企业产品的顾客是什么行业的，或是什么职业、性别、年龄？他们的需要、爱好和购买行为的特点是什么？然后根据企业的具体条件，选择那些最能发挥自己差别优势的顾客，作为企业经营和服务的对象，即目标市场。最后，还要为每个准备投入市场的产品进行市场定位，并为它们制定一套市场营销组合。图6－1表明了这一过程。

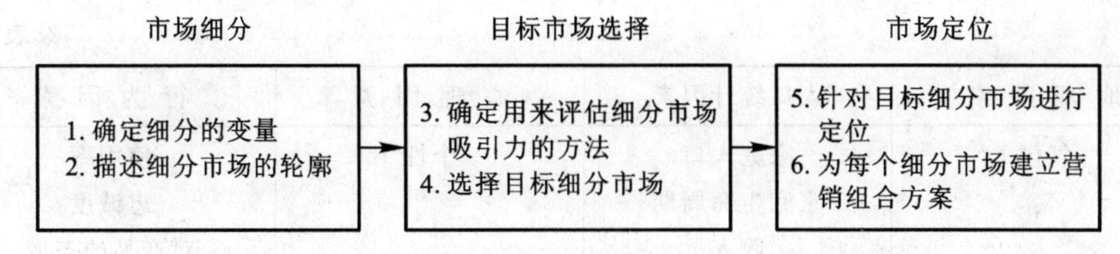

图 6-1　市场细分、目标市场选择和市场定位的步骤

第一节　市场细分

市场细分也称市场细分化，20 世纪 50 年代中期由美国的温德尔·斯密提出。所谓市场细分，是指根据整体市场上顾客需求的差异性，以影响顾客需求和欲望的某些因素为依据，将一个整体市场划分为两个或两个以上的消费者群体，每一个需求特点相类似的消费者群就构成一个细分市场（或子市场）。各个不同的细分市场，即消费者群之间存在明显的需求差别。例如服装市场，可按顾客的性别或年龄因素，细分为男士市场、妇女市场，或细分为老年市场、中年市场、青年市场、儿童市场；也可按地理因素细分为东南亚市场、美国市场，或城市市场和乡村市场，或南方市场和北方市场等。以上每个细分市场之间均存在明显的需求差异，而同一细分市场内的需求则基本相似。

市场细分不是按产品分类划分，如汽车市场、服装市场、机床市场等，而是按照顾客需求爱好的差别，求大同存小异，分为不同的市场。市场细分是将整体市场划分为若干不同顾客群体的子市场的分类过程，然后从中选择适合本企业的经营对象或目标顾客的一种方法。结果是企业要针对每个细分市场的差异，分别制定有差异的营销组合策略。

一个整体市场之所以可能细分为若干子市场，主要是由于顾客需求客观上存在差异性，人们可以运用影响顾客需求和欲望的某些因素作为细分依据（也称细分变量、细分标准）对市场进行细分。影响顾客需求的因素很多，且影响消费者市场和产业市场顾客需求的因素不同，所以需要将两类市场的细分变量分别讨论。此外，本节还将讨论有效细分的要求。

一、消费者市场细分

消费者市场的细分依据有很多，可以将它们单独使用或同时利用多种变量对市场进行细分。表 6-1 给出了适合消费者市场细分的主要变量，它们可以归纳为地理因素、人口统计因素、心理因素和行为因素。

表 6-1　消费者市场细分的主要变量

地理因素	人口统计因素	心理因素	行为因素
地区或国家	年龄	社会等级	使用时机
城市或乡村	性别	生活方式	利益偏好

续表

地理因素	人口统计因素	心理因素	行为因素
气候	家庭人口 家庭生命周期 收入 职业 教育 民族	个性	使用率 忠诚度 对产品的态度

(一)地理因素

即按消费者居住的地区和地理条件细分市场。消费者居住的地区和地理条件不同,其需求和欲望也不同。例如,肯德基目前在中国除了卖传统的炸鸡以外,还推出了适合中国人口味的春卷、油条、鲜蔬汤,甚至还有老北京鸡肉卷。麦当劳在印度,也将它著名的牛肉汉堡改成了鸡肉汉堡。

地理因素包括国家(国际、国内)、气候、地形、行政区域、城市、乡村、自然环境、城市规模、交通运输、人口密度等。地理因素是一个静态因素,比较容易辨别,对分析研究不同地区消费者的需求特点、需求总量及变化趋势有一定意义,有助于企业开拓不同的区域市场。

但是,即使居住在同一国家、地区、城市的消费者,其需求与爱好也不一定相同,差别仍可能很大,因此还需要进一步根据其他变量细分市场。

(二)人口统计因素

运用人口统计变量细分市场,就是根据人口统计变量如国籍、民族、年龄、性别、职业、教育、宗教、收入、家庭人数、家庭生命周期等因素对市场进行细分。市场细分主要是分析顾客的需求,不同国籍或民族、不同年龄和性别、不同职业和收入的消费者,需求和爱好大不相同,故人口统计变量与消费者对商品的需求爱好和消费行为有密切关系,而且人口统计变量资料比其他各种变量都更容易获得和计量。

人口统计变量中最常用到的又属年龄、性别和收入几项。

许多企业将年龄和生命周期阶段作为市场细分的主要依据。例如,珍珠奶茶请周杰伦做广告,因为它的目标顾客是时尚的年轻人。旅行社在节假日为上班族设计快速往返的海边游、浪漫游,在非节假日的淡季为退休了的老年人提供怀旧游。但在利用年龄和生命周期阶段细分市场时也不能简单地生搬硬套。例如,一般来说,中国的老年人倾向于喜欢传统式样的、木质清漆涂料的家具,同样也有一些年轻人喜欢。而且,一些老年人也乐于像年轻人一样追求设计时尚、简约、色彩鲜艳的板式家具。

性别细分显然非常适合于服装、服饰、手表、化妆品、杂志、手包等。但现在,甚至手机、信用卡、汽车、网站、电视节目也都有了性别之分。

还有一些企业显然将收入细分放在了首位。例如高级酒店、高尔夫俱乐部的会员卡、银行的专户理财产品,都是为高收入者预备的。近年,众多世界著名的奢侈品公司因为看好富裕起来的中国人的消费热情,将各种高端品牌专卖店开进中国。但同样并非只有高收入者才是有利可图的目标顾客,相反,由于中国的人口众多,大众市场才是最庞大的。因此,经营并不那么高档家具的宜家在中国获得了成功。

(三)心理因素

心理因素包括生活方式、个性、购买动机等。同样性别、年龄、收入的消费者,由于所处的社会阶层、生活方式或性格不同,往往表现出不同的心理特性,对同一种产品会有不同的需求和购买动机。心理因素对消费者的爱好、购买动机、购买行为有很大影响。例如,一些消费者购买昂贵的名牌手包,不一定是追求其质量,而是显示自己的经济实力和社会地位。根据心理因素细分市场,企业可为不同的细分市场设计专门的产品,并采用有针对性的营销组合策略。

(四)行为因素

即根据消费者的不同购买行为进行市场细分,包括消费者追求的利益、对产品的知识和品牌忠诚度(品牌偏好)、态度、使用频率和购买的时机等。例如人们对化妆品的需求,有的消费者追求化妆品的润肤、护肤功能,有的则希望增白、祛斑;有的消费者对某品牌化妆品是从未使用者或首次使用者,有的则是经常使用者且已形成品牌偏好。

在购买时机方面,中国的春节,西方的圣诞节,现在还有父亲节、母亲节、情人节等,都是商家促销和销售各种礼品的好时机。在追求利益方面,例如零食,一些消费者追求口味;另一些追求健康,如女士吃一些坚果类零食;还有一些追求新颖,同时还要方便,于是有人开了专门出售零食的网站,使那些"宅男"、"宅女"们不用出门就能得到想吃的零食。

使用频率也是很值得采用的细分变量。例如,几乎所有航空公司都提供里程积分奖励,除此之外,那些频繁地乘飞机旅行的顾客还被允许免费携带重量更大的行李,可以优先登机,可以使用机场贵宾休息室和赠送旅行保险,等等。同样,企业的忠诚顾客计划也设计了各种奖励方案,鼓励那些高度忠诚的顾客继续忠诚。

消费者市场的细分显然通常要将几种变量结合起来考虑,以便将市场划分得更精准。例如鞋,除了性别、年龄、收入之外,消费者的购买时机、购买用途、使用条件、使用频率、个性、是否存在对特定品牌或特定风格的偏好等都是需要考虑的因素。又如银行理财产品,可以根据顾客年龄、生命周期阶段、收入、资产数量、储蓄、对风险的偏好和生活方式等对市场进行细分。

二、产业用户市场细分

产业用户市场的购买者是工商服务企业,其购买目的是为了再生产、再销售,或为顾客提供服务,同时企业也谋取一份利润,它与消费者市场中的个人消费者购买目的不同,需求和购买行为也不同。当然,消费者市场的一些细分变量同样可以用于产业用户市场,如地理因素、追求的利益、使用频率和品牌忠诚度等,但产业用户市场又毕竟有自己的特殊性,因此,在产业用户的市场细分中,采用最多的细分变量可以归纳为用户所处行业、用户规模、用户的地理位置和追求的利益。中国移动的市场细分如表6-2所示。

表 6-2 中国移动的市场细分

用户类别	用户群	目标品牌和产品	渠道和服务要求
个人用户	高价值用户（钻卡、金卡）	全球通 所有新业务	个人客户经理一对一地上门服务和业务推广
	高价值用户（银卡、贵宾卡）		以实体厅的 VIP 专席为辐射的服务和新业务推广
	联通高价值用户	全球通	以个人直销人员实现“回归”
	中低端用户	豫通卡、神州行等大众语音品牌 相关新业务	以各类渠道为辐射的普通服务
	15—25 岁年轻人	动感地带 相关新业务	以动感地带专卖店或核心渠道中的动感地带专柜为辐射的服务
集团用户	A、B 类	以全球通为主 虚拟网 通过短信和 GPRS 标准产品、行业模板和精品工程推广移动信息化解决方案	客户经理一对一地上门服务和业务推广
	C 类		以实体厅为辐射的服务和新业务推广

资料来源：中国移动官网. http://10086.cn/.

（一）用户的行业类别

行业类别包括农业、食品、纺织、机械、电子、冶金、汽车、建筑、金融服务等。用户的行业不同，其需求有很大差异。即使同为钢铁，造船和建筑行业，对产品性能、规格、质量的要求仍不同。有时，企业提供的产品或服务可以适用于若干不同的行业，那么，企业就需要回答：它们之中，哪些行业是我们的重点？如一家汽车企业，可以选择为个人消费者提供家庭用车，但也可以选择为公交公司提供产品，或为特殊行业提供特殊用车，如医院救护车，为食品行业提供冷藏车。

（二）用户规模

公司规模可以是大型、中型和小型，不同规模的用户，其购买力、购买批量、频率、购买行为和方式都有可能不同，要求供应商提供的服务水平也可能不同。另外，用户公司规模大并不等于它就是大客户，因为该用户也许是你公司产品的少量使用者。当然，用户规模大，意味着销量大，但也不是所有公司都应将大用户作为自己的目标顾客。

（三）用户的地理位置

除国界、地区、气候、地形、交通运输等条件外，产业布局、自然环境、资源等也是很重要的细分变量。按用户地理位置细分市场，有助于企业将目标市场选择在用户集中的地区，以节省推销费用，节约运输成本。

（四）购买行为因素

购买行为有时包括用户追求的利益、使用频率、品牌忠诚度、使用者地位（如重点户、一般户、常用户、临时户等)和购买方式等。例如,公司需要了解用户企业的采购政策是什么,然后决定自己的重点是满足那些注重产品质量的客户,还是重视服务的用户,抑或是对价格敏感的客户。使用频率低的公司可能希望采用租赁或将服务外包;另一些企业可能希望一揽子采购;政府和公共事业机构通常采用招投标的方式。

三、有效市场细分的要求

以上这些细分变量和具体因素选用是否得当,对市场细分效果影响很大。显然,不同的企业在市场细分时,应采用不同的标准,根据企业的实力和产品的特性来确定自己的细分标准。企业为有效地细分市场,须遵循以下原则:

(1) 细分标准需具有可衡量性。例如,性别、年龄、收入等都具有可衡量性,按这些变量细分的市场规模、购买力和分布也就易于确定。反之,对那些难以度量或测定的细分因素应尽量少用或不用。

(2) 要有一定规模。市场细分虽然好,但也不是分得越细越好,市场分得太细,规模过小,影响规模的经济性。也就是细分市场要有一定的量和发展的前景,足以使企业获得利润,才有必要为之制定一套特别的营销方案。

(3) 可接近性,即企业能够有效地接触到的市场。例如,中国人中身高 1.90 米以上、体重 100 千克以上的人在整个人群中占比重不大,除非他们在某个固定的地方生活或购物,否则就很难接近他们。

(4) 客观上具有差异性。有效的细分市场需要确实在需求、购买行为和对不同的营销组合方案的反应上具有差异性。例如,如果不同年龄段的人都同样喜欢看电视,那么,有关广告的媒体选择就不必按年龄细分。

除以上原则外,企业在运用细分标准时,还须注意以下几个问题:

(1) 市场调查是市场细分的基础,在市场细分前,必须经过市场调查,掌握顾客需求和欲望、市场需求量等有关信息,营销人员才能据此正确选择市场细分标准,进行市场细分,并具体确定企业为之服务的经营对象——目标市场,制定有效的市场营销组合策略。

(2) 顾客的需求、爱好和购买行为都是由很多因素决定的。市场营销人员可运用单个标准,也可结合运用双指标标准、三维指标标准或多种标准来细分市场。但是选用标准不能过多,要适可而止,确定少数主要标准和若干次要标准,否则既不实用,也不经济。

(3) 市场特性是动态的、经常变化的,细分标准不能一成不变,应经常根据市场变化,研究分析与调整。

(4) 预期市场细分所得收益将大于因细分市场而增加的生产成本和销售费用时,可进行市场细分,否则不可细分。

四、市场细分的作用

市场细分对企业营销的影响和作用很大,它表现在以下几个方面。

（一）有利于企业发掘新的市场机会，将整体市场做得更大

企业经过市场调查和市场细分后，对各细分市场的需求特征、需求的满足程度和竞争情况将了如指掌，并能从中发现那些需求尚未得到满足或需求尚未充分满足的细分市场，这些市场为企业提供了新的、极好的市场开拓机会。例如某企业在化妆品市场竞争十分激烈的情况下，通过市场调查，发现在化妆品市场中，还有许多尚未开拓的细分市场，中年及以上妇女的需求没有得到满足。从调查中还了解到，中年妇女希望防止容颜早衰的欲望非常迫切，需求很大。该公司从中发现了新的市场机会，决定开拓以中年及以上妇女为主要服务对象的新市场，研制抗衰老、延缓皱纹增生的抗皱美容霜，满足该目标市场的需要。

（二）有利于小企业开拓市场，在大企业的夹缝中求生存

顾客的需求是多变的，各不相同。即使是大企业的资源也有限，不可能满足整个市场的所有需求，更何况小企业。为求得生存，小企业应善于运用市场细分原理对整体市场进行细分，拾遗补缺，从中找到适合自己优势的、需求尚未得到满足的细分市场，采取与目标市场相对应的产品、价格、渠道、促销策略，从而获得良好的发展机会，取得较大的经济效益。例如某小型毛巾厂，在整体毛巾市场上缺乏竞争力，但通过市场细分，发现日本旅馆市场需每日更换盥洗室毛巾，且对质量要求不高，而一般大型毛巾厂对之不屑一顾。于是该厂瞄准此细分市场，作为本企业的目标市场，生产和提供该市场所需的毛巾，获得了很好的经济效益。

（三）有助于企业确定目标市场，制定有效的市场营销组合策略

通过市场细分，有助于企业深入了解顾客需要，结合企业的优势和市场竞争情况，进行分析比较，从细分市场中选择确定企业的目标市场。企业的经营服务对象已定，就能有的放矢，有针对性地制定有效的市场营销组合策略，提高企业经营管理水平，增强市场竞争力。

（四）有利于企业合理配置和运用资源

企业根据市场细分确定目标市场的特点，扬长避短，集中使用有限的人力、物力、财力等资源于少数几个或一个细分市场上，可避免分散使用力量，取得事半功倍的经济效果，发挥最大的经济效益。

就整体市场而言，一般信息反馈比较迟钝，不易敏感地察觉市场变化。而在细分市场中，企业为不同的细分市场提供不同的产品，制定相应的市场营销策略，较易得到市场信息，察觉顾客的反应，这有利于企业发掘潜在需求，适时调整营销策略。

第二节　目标市场选择及选择策略

市场细分是选择目标市场的基础。市场细分后，企业由于内外部条件的制约，并非要把所有的细分市场都作为企业的目标市场，企业可根据产品的特性，自身的生产、技术、资金等实力大小和竞争能力的分析，在众多的细分市场中，选择一个或几个有利于发挥企业优势、最具吸引力、又能达到最佳或满意的经济效益的细分市场作为目标市场。

目标市场是企业为满足现实或潜在需求而开拓和进入的特定市场。企业的一切活动都是围绕目标市场进行的。企业要正确和有效地选择和确定目标市场，首先需要对细分市场进行评估，然后是选择。

一、评估细分市场

在评估细分市场时，企业主要考虑四方面的因素：

(1) 该市场应有充分的现实需求量，其需求水平达到了企业期望的销售目标。

(2) 该市场有较好的潜在发展前途，为企业预留了发展空间和获取更大利润的可能，有利于企业持续地开拓该市场。

(3) 市场的竞争不十分激烈，竞争对手少，或竞争者不易进入，或本企业在该市场的竞争中有绝对或相对的优势。

(4) 通过适当的分销渠道，可以接触和进入这一市场，否则也不能作为目标市场。

作为一个企业的目标市场，除应具备以上条件外，更重要的是它必须与企业的战略目标相一致，与企业的资源相适应。

二、目标市场选择策略

每个市场都可以细分，但并不等于每个细分市场都值得企业进入。目标市场选择就是在评价各细分市场吸引力的基础上，决定有选择地进入一个或多个细分市场的过程。企业的目标市场应该是能提供最大顾客价值，长期保持并赢利的细分市场。例如中国移动集团公司锁定了无线通信市场的多个细分市场，针对高端用户、低端用户以及年轻用户分别推出了全球通、神州行和动感地带等品牌，占领了无线通信市场的最大份额。

实力雄厚的企业可以选择多个细分市场，甚至全部市场；资源有限的企业则更适合进入一个或少数几个特别的细分市场，甚至是“补缺市场”。

企业可以采用的目标市场选择策略有三种，它们分别适用于不同的环境和条件，各有其优点和缺陷，企业要做的是根据自己的战略目标、资源条件，从中做出选择。

(一) 无差异营销策略

无差异营销(或大众营销)策略指企业不考虑细分市场的区别，而把整体市场作为目标市场。这种策略的要点是强调市场需求的共性，忽略其差异性，即求同存异。企业为整个市场设计生产一种产品，实行单一的市场营销方案和策略，尽力迎合市场上绝大多数顾客的需要，如图 6-2 所示。早期的美国可口可乐公司就是采用这种无差异策略成功的典范，即不管你还喜欢什么其他类型的饮料，我就供应一种为大多数人接受的可口可乐。可口可乐不仅在美国做到了这一点，而且将这种无差异策略成功地推行到了全世界。

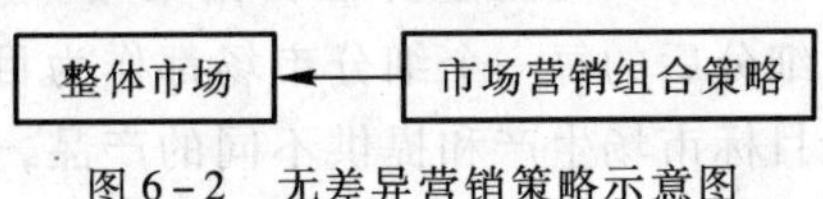

图 6-2　无差异营销策略示意图

无差异营销策略的优点是品种单一，适合大批量生产和销售，发挥规模经济的优势；可以降低生产、存货和运输的成本；缩减广告、推销、市场调研和市场细分的费用，进而以低成本在市场上赢得竞争优势。无差异营销的缺点是应变能力差，一旦市场需求发生变化，难以及时调整企业的生产和市场营销策略，特别是在产品生命周期进入成熟阶段后，显得竞争手段过于单一，因而风险较大。

无差异营销策略适宜于企业资源雄厚，产品通用性、适应性强，需求同质化，市场类似性较高、且具有广泛需求的产品，如通用设备、标准件以及不受季节、生活习惯影响的某些日用消费品。许多新产品刚刚进入市场时，领先的企业往往也都采用无差异营销，以取得规模效益。

（二）差异性营销策略

差异性营销策略指企业将整体市场细分后，选择两个或两个以上，直至所有的细分市场作为目标市场，并根据不同细分市场的需求特点，分别设计生产不同的产品，采取不同的营销组合手段，制定不同的营销组合策略，有针对性地满足不同细分市场顾客的需求（见图6-3）。例如宝洁公司就是长期采取差异性营销策略的典范，它的洗发水、洗衣粉、护肤品都有许多品种，针对不同顾客的需要。

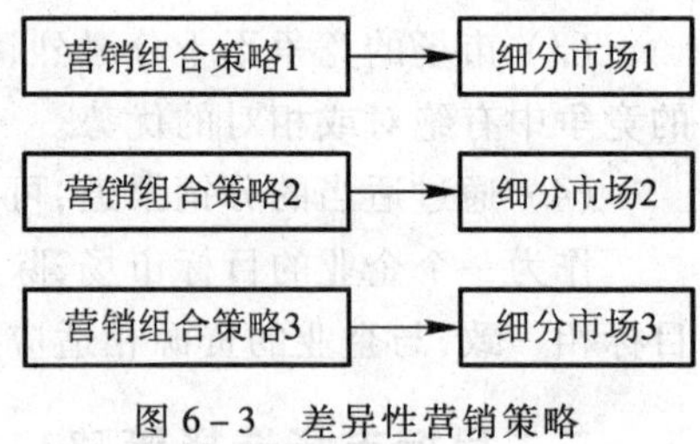

图6-3　差异性营销策略

1. 差异性营销策略的优缺点

差异性营销策略的优点是：面向广阔的市场，满足不同顾客的需要，从而有助于扩大销售量，增强竞争力；企业适应性强，富有周旋余地，不依赖一个市场一种产品，可以做到“东方不亮西方亮”。缺点是由于小批量多品种生产，要求企业具有较高的经营管理水平；由于品种、价格、销售渠道、广告、推销的多样化，使生产成本、研发成本、存货成本、销售费用、市场调研费用相应增加，有可能降低经济效益。所以，在选择差异性营销策略时要慎重，确定运用此策略所能获得的经济效益是否能够抵消或超过成本的提高。

2. 差异性营销策略的类型

企业选择差异性营销策略时，不一定要面向整体市场中的每一个细分市场，可以根据具体情况选择几个细分市场作为企业的目标市场。现将几种不同类型的差异性营销策略分述于后。如图6-4所示，图中横坐标表示市场，C_1、C_2、C_3分别表示具有不同消费者群的细分市场；纵坐标表示产品，P_1、P_2、P_3分别表示不同的产品。

(1) 完全差异性营销策略。企业将整体市场细分后的每一个细分市场都作为目标市场，并为各目标市场生产和提供不同的产品，分别满足不同目标顾客的需求。例如，某一服装厂分别为中老年、青年、少年三个目标市场提供不同面料、款式、尺寸的外衣、内衣、衬衫。

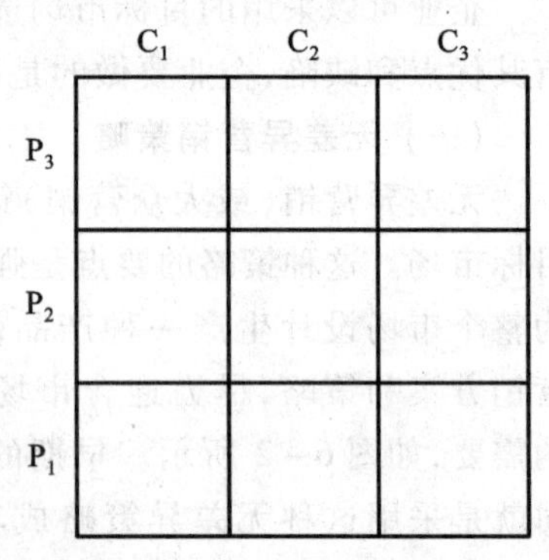

图6-4　差异化营销选择策略示意图

(2) 市场专业化策略。企业为一个目标市场即同一类顾客群提供多种产品，满足这一类顾客对产品的不同需要。例如为青少年市场提供外套、长裤、T恤；为农村市场提供化肥、农药、农用薄膜。这种策略的优点是适当缩小市场面，有利于发挥企业生产技术优势，生产多种产品以满足目标市场顾客的不同需要，扩大销售量，增加销售收入，避免生产单一产品可能造成的弊端。

(3) 产品专业化策略。企业以对同类产品有需求的若干不同细分市场作为目标市场，为不同的目标市场提供同类产品。例如为军队、武警部队提供防弹衣，为各行业提供不同规格的电动机。这种策略的优点是产品高度专业化，有利于发挥技术和规模优势，避免多角化经营的一些弊端，同时，企业又保持了较宽的市场面，扩大了周旋的余地。

(4) 选择性专业化策略。企业在市场细分的基础上，结合企业实际情况，有选择地放弃部分细分市场，而选取若干有利的细分市场作为目标市场，并为各目标市场提供不同的产品，实行不同的营销组合策略。例如为消费者市场提供家用缝纫机，为成衣制造业提供锁眼机，为包装业提供包装缝纫机。这种策略的优点是避免四面出击、分散力量，使企业集中精力开拓有利的细分市场，简化营销工作，节省费用，降低成本。

（三）集中性营销策略

集中性营销策略又称产品—市场专业化策略，即企业在对整体市场进行细分后，由于受到资源等条件的限制，决定只选取一个细分市场作为企业的目标市场，以某种市场营销组合集中实施于该目标市场。例如某小型医疗器械厂只选择一次性针管市场作为目标市场。

采用集中性营销策略的企业，追求的不是在较大市场上取得较小的市场占有率，而是在一个有限的市场上拥有较高的市场占有率。这种策略特别适合于资源有限的小企业，或刚刚进入某个新领域的企业，使企业得以集中运用有限的资源，实行专业化的生产和销售，提供良好的服务，节省营销费用，提高产品和企业知名度，虽资源有限，但仍能在局部市场的竞争中处于有利地位。条件成熟时，企业还可伺机扩大市场，进一步向纵深发展。因此，集中性营销往往会成为新企业战胜老企业，或小企业战胜大企业的有效策略，并获得很大成功。

集中营销策略的缺点是对单一和窄小的目标市场依赖性太大，一旦目标市场情况发生突然变化，企业周旋余地小，风险大，可能陷入严重困境，甚至倒闭。

以上策略各有优缺点，企业选择时除了目标市场应具备的一些条件外，尚需考虑以下几方面的因素：

(1) 市场相似性。若顾客的需求、爱好、购买行为大致相近，对产品供应和销售要求的差别不大，也即市场需求类似程度很高时，宜采用无差异性营销策略；反之则采取差异性营销策略或集中性营销策略。

(2) 产品的同质性。同质性产品如火柴、核桃、普通水泥、标准件等，比较适合采用无差异性营销策略；而一些差异性较大的产品如家具、服装、食品、家用电器、汽车、专用设备等宜采用差异性营销策略或集中性营销策略。

(3) 企业实力。如果企业在生产、技术、资源、销售等方面的实力很强，有能力覆盖所有的市场面，则可采用无差异性营销策略，或差异性营销策略；若实力有限，宜采用集中性营销策略较为有效。

(4) 产品生命周期阶段。通常，产品在引入期时，采取无差异营销策略便能取得很好的效果;而当产品进入成长期和成熟期后,则宜采用差异性营销策略,以建立有别于竞争对手的特色,或开拓新的市场,刺激新需求,延长产品生命周期。

(5) 竞争者的策略。假如竞争者实行无差异营销策略,则应采取差异性营销策略与之抗衡;如果竞争者已采取差异性营销策略,企业可以考虑在进一步细分的基础上,采取差异性营销策略或集中性营销策略。

最后,还需要补充一点的是,在21世纪的互联网时代,企业仅仅满足于集中营销已经不够了。"一对一营销"和"定制营销"的推出,将目标顾客锁定到了单独的顾客,即企业乐于根据每个顾客的需求和偏好定制产品和方案。

"动感地带"的目标市场选择

中国移动的"动感地带"业务将自己的目标客户锁定为年轻群体,根据年轻群体使用手机的特点,而为其量身定做服务和收费。这是国内的电信运营商首次针对某个特定群体(小众)而推出的产品,经过几年的苦心经营,"动感地带"已经成为中国移动非常成功的产品品牌,既强化了自己的优势,也给竞争对手设置了进入的壁垒。

第三节 市场定位

目标市场确定后,因为同一市场上的竞争性产品仍然过多,而消费者的注意力是有限的,企业为了与竞争产品有所区别,取得产品在目标市场上的差异化优势,还需要在目标市场上为本企业产品制定具体的市场定位。

一、市场定位的定义

所谓市场定位,就是使本企业产品具有一定的特色,适应目标市场一定的需求和偏好,塑造产品在目标顾客心目中的独特形象和合适的位置。市场定位的实质是企业力图在目标市场中为产品取得竞争优势,在目标顾客心目中留下值得购买的印象,以吸引更多的顾客。例如,运用市场定位最突出的汽车行业,同样是高端品牌,梅赛德斯-奔驰定位于豪华,沃尔沃定位于安全,宝马定位于驾驶的愉悦。由此可见,市场定位是谋求使消费者相对于竞争产品,对本企业产品形成一套特别的感知、印象和感觉。

二、市场定位策略

确定产品的市场定位,首先需要确切了解目标顾客的需求和爱好,研究目标顾客对于产品的实物属性和心理方面的要求和重视程度;其次,研究竞争者产品的属性和特色,以及市场满足程度。在此分析研究的基础上,企业可根据产品的属性、用途、质量、顾客心理满足程度、产品在市场上的满足程度等因素,辨认出所有可能的竞争优势作为定位的选项。如前例所述,通过市场调查得到的大量市场信息表明,在化妆品市场中,竞争虽然很激烈,但顾客的需求并未充分满足,现有化妆品对顾客希望保持皮肤嫩润、防晒、防裂、治雀斑粉刺的需求，市场满足度较好，而有关增白、延长青春期的产品市场满足度较低，有的甚至是空白。尤其是中年以上妇女对能抗衰老、延缓皱纹增生的护肤用品，在市场上还没有，妇女们这方面的物质需求和心理需求都尚未满足。于是该化妆品企业决定开拓以中年以上妇女为主要服务对象的新市场，并制定了产品市场定位决策——研制开发抗衰老、延缓皱纹增生的雪花护肤品。在确定了产品的市场定位后，企业又研究制定了产品品牌、包装、价格、人员推销、广告宣传、公共关系等策略，使产品在市场上扩大了影响，提高了知名度，树立了产品形象，增加了销售量，占领和巩固了企业在市场上的竞争地位，取得了显著的经济效益。

企业在选择定位的竞争优势时，要注意避免三种错误：第一种是定位模糊，或谈不上什么独特之处；第二种是定位过窄；第三种是定位混乱。

企业确定目标市场后，对产品进行市场定位，是产品的第一次定位，也称初次定位。一般新产品投入市场均属初次定位。企业产品的市场定位，不是一成不变、一劳永逸的，随着市场情况的变化，产品尚需重新定位，即对产品进行二次或再次定位。一般是：①当本企业产品定位附近出现了强大的竞争者，导致本企业的产品销售量及市场占有率下降时；②顾客的消费观念、消费偏好发生变化，由喜爱本企业产品转向竞争者产品时；③当本企业产品在目标市场已逐步走向产品生命周期的衰退期，企业要转移新的市场时，企业需对产品进行重新定位。在重新定位前，企业应慎重考虑和评价企业改进产品特色和转移到另一种定位时，所付出的代价是否小于在此新市场上的销售收入，以保证产品重新定位后仍有利可图。

不论是产品的初次定位或重新定位，一般有以下三种产品市场定位策略可供选择。

（一）抢占或填补市场空位策略

这种策略是将企业产品定位在目标市场的空白处，可避开市场竞争，不与目标市场上的竞争者直接对抗。在目标市场的空隙或空白领域开拓新的市场，生产销售目标市场上尚没有的某种特色产品，以更好地发挥企业的竞争优势，获取较好的经济效益。北京日化三厂的抗皱美容霜就是抢占和填补市场空位的很好实例。

（二）与竞争者并存和对峙的市场定位策略

这种策略是将本企业的产品位置确定在目标市场上现有竞争者的产品旁，相互并存和对峙着。一些实力不太雄厚的中小企业大都采用此策略。采用这种策略的好处是：①企业可仿制竞争者的产品，向市场销售自己品牌的产品；②由于竞争者已开发这种产品，本企业可节省大量研究开发费用，降低成本；③由于竞争者已为产品进行了推广宣传，市场开拓，本企业既可节省推广费用，又可减少不适销的风险。

企业决定采用对峙和并存的市场定位策略的前提是：首先该市场还有很大的未被满足的需求，足以吸纳新进入的产品；其次是企业推出的产品要有自己的特色，能与竞争产品媲美，才能立足于该市场。

（三）取代竞争者的市场定位策略

这种策略就是将竞争者赶出原有位置，并取而代之。一些实力雄厚的大企业，为扩大自己的市场范围，通常会采取这种取而代之的策略。企业要实施这种定位策略，必须比竞争对手有明显的优势，提供比竞争者更加优越和有特色的产品，并做好大量的推广宣传工作，提高本企业产品的形象和知名度，冲淡顾客对竞争者产品的印象和好感。

在完成了市场定位后，企业还需将其以定位陈述的方式表达出来。定位陈述可以遵循以下模式：对（特点的目标市场和满足的需要）而言，（产品品牌）意味着（概念），它的特点是（差异点）。例如黑莓手机这样陈述它的市场定位："对那些整日在社交圈忙碌奔走的专业人士而言，黑莓手机就是一种无线连接的解决方案，使你更便捷、更可靠地与数据、人和资源保持联系。"

三、向目标顾客沟通和传递市场定位

企业对产品的市场定位必须传播出去才有意义。一方面是制定与之相符的产品策略、价格策略、渠道策略和沟通策略，以及具体的实施方案。例如，定位于"高品质高价格"的产品，企业必须配合以真正高质量的产品、高端的价格，通过高品质的经销商分销，在高质量的媒体上做广告，请高雅的名人做代言，等等。另一方面，定位于"每日低价"的沃尔玛，当然不可能经营同一大类中高端品牌的商品，而是在装饰简单的货场销售大众化品牌的商品，同时几乎不在媒体上做广告，也不请什么代言人。

市场定位一旦建立，企业需要持之以恒地表现和宣传这一定位，才可能给目标顾客留下深刻印象，获得他们的认可。虽然不排除在必要的时候对定位做适当的调整，但应避免突然的变化，以免造成定位的混乱。

本章小结

1. 市场细分，是指根据整体市场上顾客需求的差异性，以影响顾客需求和欲望的某些因素为依据，将一个整体市场划分为两个或两个以上的消费者群体，每一个需求特点相类似的消费者群就构成一个细分市场（或子市场）。企业在进行市场细分时，应遵循一定的原则。

2. 目标市场是企业为满足现实或潜在需求而开拓和进入的特定市场。企业的一切活动都是围绕目标市场进行的。目标市场选择策略包括无差异化营销策略、差异化营销策略与集中性营销策略。

3. 市场定位，就是使本企业产品具有一定的特色，适应目标市场一定的需求和偏好，塑造产品在目标顾客心目中的独特形象和合适的位置。市场定位的实质是企业力图在目标市场中为产品取得竞争优势，在目标顾客心目中留下值得购买的印象，以吸引更多的顾客。

思考题

1. 什么是市场细分？为什么今天的企业十分重视市场细分？
2. 有哪些主要的市场细分变量？
3. 有效的市场细分需遵循哪些原则？
4. 描述主要的目标市场选择策略，并举例说明各自的适用范围。

5. 怎样进行市场定位？需要避免哪些错误？

6. 试以一个实例对某一整体市场进行细分，并选择目标市场和进行市场定位。

奇瑞 QQ——“年轻人的第一辆车”

“奇瑞 QQ 卖疯了！”在北京亚运村汽车交易市场 2003 年 9 月 8 日至 14 日的单一品牌每周销售量排行榜上，奇瑞 QQ 以 227 辆的绝对优势荣登榜首！奇瑞 QQ 能在这么短的时间内拔得头筹，归结为一句话：这车太酷了，讨人喜欢。

在北京街头已经能时不时遭遇奇瑞 QQ 的靓丽身影了，虽然只是 5 万元的小车，但奇瑞 QQ 那艳丽的颜色、玲珑的身段、俏皮的大眼睛、邻家小女儿般可人的笑脸，在滚滚车流中是那么显眼，仿佛街道就是她一个人表演的 T 型台！

公司背景

奇瑞汽车公司成立于 1997 年，全称上汽集团奇瑞汽车有限公司。公司拥有整车外形等十多项专利技术，先后推出了 SQR 系列发动机和“奇瑞 · 风云”系列轿车，2003 年 4 月推出“奇瑞 · QQ”系列和“奇瑞 · 东方之子”系列轿车。

微型车行业概述

微型客车曾在 20 世纪 90 年代初持续高速增长，但自 90 年代中期以来，各大城市纷纷取消“面的”，限制“微客”，微型客车至今仍然被大城市列在“另册”，受到歧视。同时，由于各大城市在安全环保方面的要求不断提高，成本的抬升使微型车的价格优势越来越小，因此主要微客厂家已经把主要精力转向轿车生产，微客产量的增幅迅速下降。

在这种情况下，奇瑞汽车公司经过认真的市场调查，精心选择微型轿车打入市场；它的新产品不同于一般的微型客车，是微型客车的尺寸，轿车的配置。QQ 微型轿车在 2003 年 5 月推出，6 月就获得良好的市场反应，到 2003 年 12 月，已经售出 28 000 多辆，同时获得多个奖项。

QQ 上市之路

2003 年 4 月初，奇瑞公司开始对 QQ 的上市做预热。在这个阶段，通过软性宣传，传播奇瑞公司的新产品信息，引发媒体对 QQ 的关注。由于这款车的强烈个性特征和最优的性价比，媒体自发掀起第一轮的炒作，吸引了消费者的广泛关注。

2003 年 4 月中下旬，蜚声海内外的上海国际车展开幕，也是通过媒体，告知奇瑞 QQ 将亮相于上海国际车展，与消费者见面，引起消费者更进一步关注。就在消费者争相去上海车展关注奇瑞 QQ 的时候，奇瑞 QQ 以未做好生产准备为由没有在车展上亮相，只是以宣传资料的形式与媒体和消费者见面，极大地激发了媒体与公众的好奇心，引发媒体第二轮颇有想象力的炒作。在这个阶段，厂家提供大量精美的图片资料给媒体以供炒作，引导消费者对奇瑞 QQ 的关注度走向高潮。2003 年 5 月，上市预热阶段，就在消费者和媒体对奇瑞 QQ 充满了好奇时，公司适时推出奇瑞 QQ 的网络价格竞猜，在更进一步引发消费者对产品关注的同时，让消费者给出自己心目中理想的奇瑞QQ的价格预期。网上的竞猜活动，有20多万人参与。当时普遍认为QQ的价格应该在6万～9万元之间。

2003年5月底，上市预热阶段结束，奇瑞QQ的价格揭晓了——4.98万元，比消费者期望的价格更吸引人。这个价格与同等规格的微型客车差不多，但是从外观到内饰都是与国际同步的轿车配置。此时媒体和消费者沸腾了，媒体开始了第三轮自发的奇瑞QQ现象讨论，消费者中也产生了奇瑞QQ热，此时人们的心情就是尽快购买。

2003年6月初，消费者对奇瑞QQ的购买欲望已经具备，媒体对奇瑞QQ的关注已经形成，奇瑞QQ自身的产能也已具备，开始在全国同时供货，消费者势如潮涌。此阶段，一边是大批量供货，一边是借助平面媒体，大面积刊出定位诉求广告，将奇瑞QQ年轻时尚的产品诉求植根于消费者的脑海。除了平面广告，同时邀请了专业的汽车杂志进行实车试驾，对奇瑞QQ的品质进行更深入的真实报道，在具备了强知名度后进一步加深消费者的认知度，促进消费者理性购买。

2003年6月中下旬，奇瑞QQ在全国近20个城市同时开展上市期的宣传活动，邀请各地媒体，对奇瑞QQ进行全面深入的报道，保持对奇瑞QQ现象持续不断的传播。

2003年7、8、9月，奇瑞QQ进入了热卖阶段，这阶段的重点是持续不断刊登全方位的产品诉求广告，同时针对奇瑞QQ的目标用户年轻时尚的个性特点，结合互联网的特性，联合新浪网，推出"奇瑞QQ"网络Flash设计大赛，吸引目标消费者参与。

2003年10月，奇瑞QQ已经热卖了3个多月，在全国各地都有相对的市场保有量。这时，厂家针对已经购车的消费者开展了"奇瑞QQ冬季暖心服务大行动"，为已经购车的用户提供全方位服务，以不断提高消费者对奇瑞QQ产品的认知度及对奇瑞品牌的忠诚度。

2003年11月下旬，厂家更进一步针对奇瑞QQ消费者时尚个性的心理特征，组织开展了"QQ秀个性装饰大赛"。由于奇瑞QQ始终倡导"具有亲和力的个性"的生活理念，因此在当今社会的年轻一代中深获共鸣。从这次个性装饰大赛中不难看出，奇瑞QQ已逐渐成为年轻一代时尚生活理念新的代言者。

令人惊喜的外观、内饰、配置和价格是奇瑞公司占领微型轿车这个细分市场成功的关键。

市场细分

奇瑞QQ的目标客户是收入并不高但有知识有品位的年轻人，同时也兼顾有一定事业基础、心态年轻、追求时尚的中年人。一般大学毕业两三年的白领都是奇瑞QQ潜在的客户，人均月收入2 000元即可轻松拥有这款轿车。许多时尚男女都因为QQ的靓丽、高配置和优越的性价比就把这个可爱的小精灵领回家了，从此与QQ成了快乐的伙伴。

奇瑞公司有关负责人介绍说，为了吸引年轻人，奇瑞QQ除了轿车应有的配置以外，还装载了独有的"I-say"数码听系统，成为了"会说话的QQ"，堪称目前小型车时尚配置之最。据介绍，"I-say"数码听是奇瑞公司为用户专门开发的一款车载数码装备，集文本朗读、MP3播放、U盘存储多种时尚数码功能于一身，让QQ与计算机和互联网紧密相连，完全迎合了离开网络就像鱼儿离开水的年轻一代的需求。

品牌策略

QQ的目标客户群体对新生事物感兴趣，富于想象力，崇尚个性，思维活跃，追求时尚。虽然由于资金的原因他们崇尚实际，对品牌的忠诚度较低，但是对汽车的性价比、外观和配置十分关注，是容易互相影响的消费群体；从整体的需求来看，他们对微型轿车的使用范围要求较多。奇瑞把QQ定位于"年轻人的第一辆车"，从使用性能和价格比上满足他们通过驾驶QQ所实现的工作、娱乐、休闲、社交的需求。

奇瑞公司根据对QQ的营销理念推出符合目标消费群体特征的品牌策略。

在产品名称方面：QQ在网络语言中有"我找到你"之意，QQ突破了传统品牌名称非洋即古的窠臼，充满时代感的张力与亲和力，同时简洁明快，朗朗上口，富有冲击力。

在品牌个性方面：QQ被赋予了"时尚、价值、自我"的品牌个性，将消费群体的心理情感注入品牌内涵。

引人注目的品牌语言：富有判断性的广告标语"年轻人的第一辆车"，及"秀我本色"等流行时尚语言配合创意的广告形象，将追求自我、张扬个性的目标消费群体的心理感受描绘得淋漓尽致，与目标消费群体产生情感共鸣。

整合营销传播

QQ作为一个崭新的品牌，在进行完市场细分与品牌定位后，投入了立体化的整合传播，以大型互动活动为主线，具体的活动包括QQ价格网络竞猜、QQ秀个性装饰大赛、QQ网络Flash大赛等，为QQ2003年的营销传播大造声势。

相关信息的立体传播：通过目标群体关注的报刊、电视、网络、户外、杂志、活动等媒介，将QQ的品牌形象、品牌诉求等信息迅速传达给目标消费群体和广大受众。

各种活动"点""面"结合：从新闻发布会和传媒的评选活动，形成全国市场的互动，并为市场形成了良好的营销氛围。在所有的营销传播活动中，特别是网络大赛、动画和个性装饰大赛，都让目标消费群体参与进来，在体验之中将品牌潜移默化地融入消费群体的内心，与消费者产生情感共鸣，起到了良好的营销效果。

QQ作为奇瑞诸多品牌战略中的一环，抓住了微型轿车这个细分市场的目标用户。但关键在于要用更好的产品质量去支撑品牌，在营销推广中注意客户的真实反应，及时反馈并主动解决会更加突出品牌的公信力。

QQ的成功，引起了其他微型车厂商的关注，竞争必将日益激烈。2004年3月奇瑞推出0.8L的QQ车，该车具有全自锁式安全保障系统、遥控中控门锁、四门电动车窗等功能，排量更小，燃油更经济，价格更低。新的QQ车取了"炫酷派"、"先锋派"等前卫名称，希望能够再掀市场热潮。

（资料来源：沈小雨. 定位鲜明，奇瑞QQ诠释"年轻人的第一辆车". 成功营销，2004（2）.）

请认真阅读案例，并回答以下问题：

1. 奇瑞QQ是如何细分轿车市场的？它为什么会取得经营成功？
2. 你认为现在的家庭轿车市场是否还需要细分？该如何细分？
3. 试比较奇瑞QQ和吉利轿车的市场细分。

第七章

产品策略：创造顾客价值

学完本章后，你将了解：

1. 什么是整体产品。
2. 企业如何调整产品线。
3. 产品生命周期各阶段分别对应哪些营销决策。
4. 服务的本质是什么。

劳斯莱斯

劳斯莱斯以一个"贵族化"的汽车公司形象享誉全球。劳斯莱斯的成功得益于它秉承了英国传统的造车艺术:精练、恒久、巨细无遗。令人难以置信的是,自1904年至现在,超过60%现存的劳斯莱斯仍然性能良好。

据统计,劳斯莱斯制作一个方向盘要15个小时,装配一辆车身需要31个小时,安装一台发动机要6天。正因如此,它在装配线上每分钟只能移动6英寸。制作一辆四门车要两个半月,每一辆车都要经过5 000英里的测试,一般订购劳斯莱斯的客户均需耐心等候半年以上。

车标"飞天女神"像采用传统的蜡模工艺,完全用手工倒模压制成型,然后再经过至少8遍的手工打磨,工人再将打磨好的神像置于一个装有混合打磨物质的机器里研磨64分钟。事实上经过最后手工修正后的每一尊女神像都是不完全一样的,均是独一无二的艺术品。

劳斯莱斯公司的很多思想领先于时代。公司的商业负责人克劳德·约翰逊很早就意识到,为保证本公司产品在市场上的领先地位,仅靠产品自身的优良品质还远远不够,必须向客户提供连续不断的售后服务才能进一步培养他们对品牌的忠实度。例如,早在1908年,公司就决定由本公司的机械师定期上门为客户进行车况检查,同时还建立了一个培训专业司机的学校。

劳斯莱斯是伟大的品牌,其成功的核心在于其伟大的产品。产品是市场营销组合战略的基石。没有适合市场需要和具有竞争力的产品,其他营销策略就无从谈起。本章就产品相关的概念、核心决策、产品生命周期理论、与产品相关的服务进行初步探讨。

第一节 产 品

传统上,人们理解的产品指具有某种特定物质形状和用途的物品,是看得见、摸得着的东西。基于竞争现状和未来发展的视角,西奥多·莱维特认为,新的竞争不是发生在各个公司的工厂生产什么产品,而是发生在其产品能提供何种附加利益(如包装、服务、广告、顾客咨询、融资、送货、仓储及具有其他价值的形式)。产品是能够提供给市场以满足顾客欲望和需要的任何东西。可进入市场的产品包括实体商品、服务、体验、事件、人物、地点、资产、组织、信息和想法。

一、整体产品

整体产品概念由核心产品、有形产品、附加产品和心理产品四个层次组成,如

图 7-1所示。

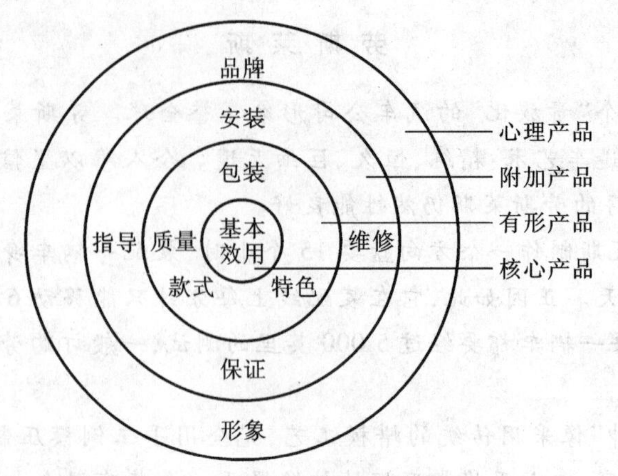

图 7-1 产品整体概念示意图

(一) 核心产品

核心产品指产品给消费者提供的基本效用和利益,是消费者需求的中心内容。消费者购买某种产品,并不是为了占有或获得产品本身,而是为了获得能满足某种需要的效用或利益。例如,消费者买自行车是为了代步,买汉堡是为了充饥,买化妆品是希望美丽、体现气质、增加魅力等。因此,企业在开发产品、宣传产品时应明确地确定产品能提供的利益,将自己视作是利益的提供者,产品才具有吸引力。

四季沐歌太阳能热水器

太阳能热水器是热水器市场的后起之秀,因其不消耗能源、不存在安全隐患、寿命长而市场广阔,发展潜力巨大。四季沐歌开创了一个全新的营销概念和消费理念,避开了激烈的竞争,赢得了较高的知名度、美誉度、市场占有率。

当其他企业在产品本身、在太阳能概念上做文章时,四季沐歌认为消费者买的是热水,是更多、更健康的热水。其基本战略就是:从"卖太阳能"转向"卖水",打造四季沐歌品牌。

为此,公司提出了"活水芯"这个概念,它直观地传达了两个利益:第一,让消费者告别"死水",使用"活水";第二,"活水"还有水流量大的联想。另外,"芯"这个字词,带来的高科技的感受,直接提升了产品的价值感。

其传播策略为宣传如下内容:"活水芯"瞬时热能转换技术解决了太阳能热水器"死水"到"活水"的课题,让肌肤喝到 100% 的新鲜"活水",有效避免"死水"水质不清洁带来的细菌、水垢、有害化学物质等危害,由此给消费者带来健康的热水。

(二) 有形产品

有形产品指核心产品所展示的外部特征,主要包括产品的款式、质量、包装等。具有相同效用的产品,其表现形态可能有较大差别。例如,美容露、美容霜和美容油都是美容化妆品的形式。

顾客购买某种产品,除要求该产品具有某些基本功能,能提供某些核心利益外,还要考虑产品的品质、造型、款式、颜色等多种因素。例如,顾客购买自行车不仅仅是为了做交通工具,他还要考虑到它的坚固程度、耐用程度、车型、颜色等。因此,不同的产品形式可满足同类产品消费者的不同要求,企业进行产品设计时,除要重视用户所追求的核心利益外,也要重视如何以独特形式将这种利益呈现给消费者。

(三)附加产品

附加产品指顾客因购买产品所得到的全部附加服务与利益,包括保证、咨询、送货、安装、维修等。这些是产品的延伸或附加,可给顾客带来更多利益和更大满足。随着生产、技术、管理等水平逐渐趋同,不同企业提供的同类产品在实质和形式上也逐渐趋同,加之产品消费是一个连续的过程,既需要售前宣传产品,又需要售后持久、稳定地发挥效用,附加产品在企业市场营销中的地位日益凸显。

(四)心理产品

心理产品指产品的品牌和形象提供给顾客心理上的满足。产品消费往往是生理消费和心理消费相结合。人们现在对产品的品牌和形象看得越来越重。在发达国家,品牌定位和竞争大多发生在该层次。

有的学者将产品整体概念归纳为 2 个层次、3 个层次、甚至 4 个层次。归纳起来,提出产品整体概念在于突破传统的“产品即实体产品”这一思维框架,企业要竭尽全力地通过有形产品和附加产品去满足核心产品所包含的一切功能和非功能的要求,充分满足消费者的需求。

二、产品分类

企业往往生产多种产品。对产品分类有助于企业针对相似的产品采用可借鉴的或相似的策略。按照使用者类型和产品有形性程度分类是两种主要方法。

(一)使用者类型

按照使用者类型,产品可分为消费品和产业用品,这是分类的第一步。消费品指最终消费者购买的产品,产业用品指直接或间接地用于提供再销售产品的产品。多数情况下,二者的区别较为明显,麦当劳汉堡和吉野家快餐是消费品,而钢材和塑料是用于生产汽车的必需品,显然是产业用品。显然,产业用品与消费品的销售模式存在较大差别。例如,如果戴尔计算机被视为消费品,计算机将直接从网站上被销售出去,如果作为产业用品,计算机将可能由销售人员出售,并对大量购买的企业提供折扣。

(二)产品有形性

按照产品的有形性程度,产品可分为耐用品、非耐用品和服务。其中,耐用品通常可多次使用并持续存在,例如,家用电器、汽车和立体声音响器材。耐用品通常需要更多的人员推销和服务,边际收益更高,要求销售人员更多的承诺。非耐用品通常一次或几次即可消费完,如食品和燃料。这些物品消费快速,购买频繁,相应的战略是产品应置于顾客便于购买的地点。服务指用来销售的、无形的活动、利益或满意,如营销调研、理发和教育等。从全球发展趋势看,未来服务业将成为许多发达国家的重要支柱产业。

产品还可依据一定的标准继续进行细分。例如,根据购买习惯分类,消费品可分为便利品、选购品、特殊品和非渴求品。其中,便利品指如香烟、香皂和报纸等消费者通常频繁、迅速和不费力地购买的产品;选购品指如家具、服装、旧车和大件器具等消费者需对其适合性、质量、价格和式样等进行比较的产品;特殊品指如轿车、立体声组合音响、摄影设备和男士套装等具有独特性和品牌识别,大量的购买者愿意为此付出特殊的购买努力的产品;非渴求品指如人寿保险、葬礼服务和百科全书等消费者不知道或平时不会考虑购买的商品。产业用品也可依据产品加入生产过程的方式和相对价值的大小,分为材料和零部件、资本项目、供应品和商务服务。其中,资本项目指设施和装备等服务于最终产品生产和管理的持久性产品;供应品和商务服务指有利于发展或管理最终产品的短期产品和服务,如维护和生产用耗材。

第二节　产品组合决策

欧莱雅公司是目前世界上最大的化妆品集团,旗下拥有兰蔻、欧莱雅、美宝莲、薇姿、碧欧泉、赫莲娜、羽西、卡尼尔、巴黎欧莱雅、小护士、植村秀、理肤泉、阿玛尼、拉尔夫劳伦等500多个品牌。像欧莱雅这样拥有众多产品和品牌的企业还有很多,它们如何管理和调整这些产品和品牌?本节就此进行初步探讨。

一、产品组合

产品组合指企业提供给市场的所有产品线和产品项目的组合。产品组合包括各种产品线。欧莱雅公司的所有产品便可看作是一个规模庞大的产品组合。再比如,中国人民大学由商学院、法学院、财政金融学院、新闻学院、公共管理学院等学院组成,从学生、家长的角度看,这也是一个规模庞大的产品组合。

产品线(Product Line)指产品种类中联系密切的一组产品,此类产品功能相似,面向相同的顾客群销售,销售渠道相同,定价也在统一的范围内。例如,依据销售渠道分类,欧莱雅主要有大众化妆品、专业美发产品、高档化妆品和活性健康化妆品等产品线。

产品项(Item)指因性能、规格、商标、款式等不同而区别于其他产品的任何产品。例如,欧莱雅的大众化妆品产品线中有巴黎欧莱雅、卡尼尔、美宝莲纽约、小护士等产品项。

表7-1以欧莱雅公司在中国大陆的部分产品为例说明产品组合的宽度、长度、深度和关联度等概念。

表 7-1　欧莱雅公司产品的宽度和长度

	产品组合的宽度			
	大众化妆品	专业美发产品	高档护肤品	活性健康护肤品
产品组合的长度	巴黎欧莱雅	欧莱雅专业美发	兰蔻	薇姿
	卡尼尔	卡诗	碧欧泉	理肤泉
	美宝莲	美奇丝	赫莲娜	修丽可
	小护士		植村秀	
			羽西	
			阿玛尼	
			科颜氏	

（一）产品组合的宽度

产品组合的宽度(或广度)指一企业所拥有的产品线数量。在表 7-1 中,欧莱雅公司的产品线有 4 条,则其宽度为 4。

（二）产品组合的长度

产品组合的长度指企业产品组合中全部的产品项数。欧莱雅在中国的产品项总数为 17,这即为产品线总长度。每条产品线的平均长度为总长度 17 除以产品线数 4,其平均长度为 4.25。

（三）产品组合的深度

产品组合的深度指产品线中每种产品品牌有多少花色品种和规格。例如,卡尼尔有真采净白、水润凝护、深层纯净、阳光防护、岁月修护等 5 个配方,假设每个配方又有 5 个规格,则其深度为 $5 \times 5 = 25$。通过计算公司的每一品牌的种类数目,便可得到欧莱雅公司产品组合的平均深度。

（四）产品组合的关联度

产品组合的关联度指各种产品线在最终用途、需求、分销渠道或其他方面密切联系的程度。欧莱雅的大众化妆品通过大众渠道销售,拥有高科技的配方和有竞争力的价格;专业美发产品只在发廊使用和销售,满足发廊用户的特殊需求;高档化妆品通过百货商店、高档化妆品店和旅游零售渠道销售,向消费者奉献的是尖端产品和高档服务;活性健康化妆品只在药房销售,由专业的药剂师和皮肤专家提供专业的咨询服务。从分销渠道和满足消费者需求角度看,欧莱雅这些产品线的关联程度较低,但从都是美容美发用品、均是化工产品角度看,其产品组合的关联度就非常高。

二、单一产品决策

产品组合决策包括三个步骤:单一产品决策、产品线决策和产品组合决策。单一产品决策主要涉及产品或服务的差异化和如何选择差异化。

（一）产品或服务的差异化

几乎无差异和极端差异化是产品定位的两个极端。在实体产品方面,企业须在形式、特征、耐用性、可靠性、可修理性和风格等指标上,与竞争对手展开较量。当实体产品不容易被差异化时,取得竞争成功的关键可能就在增值服务和提升质量。企业须在订货难易度、配送、安装、客户培训、客户咨询、维修和保养做到差异化。

只要销售者的产品或服务满足或超出顾客期望,销售者就向顾客传递了质量。因此,营销者须首先选择一个支撑产品定位的质量水平。此时,产品质量为性能质量,指产品的主要特性发挥作用的水平。企业不必设计最高的性能水平,而是寻求同目标顾客的需要和竞争者的性能相适应的水平。宝马汽车的性能质量要高于桑塔纳汽车,因为其驾驶更平稳、更舒适,且经久耐用。很少企业会努力提供尽可能高的性能质量水平,因为顾客基本不需要或者买不起宝马汽车。性能水平包括:低水平、平均水平、高水平和更高水平 4 种,任何产品都可归入其中一种。

购买者期望产品具有较高的质量一致性,即所有的产品同质且与承诺的规格相符。假定宝马汽车设计 10 秒内加速到 150 公里/小时。如果下线的每一辆宝马汽车都能达到此要求,那么,该型号汽车就可称为有很高的质量一致性,而质量一致性低的产品显然会令购买者感到失望。任何企业都要努力实现高的一致性质量。从这个意义上说,宝马汽车的质量和桑塔纳汽车是一样的。尽管桑塔纳汽车的性能不如宝马汽车,但它能持续一致地交付顾客购买和期望的质量。

(二)如何选择差异化

如何选择差异化本质是产品的市场定位问题,产品项目负责人须针对竞争者的产品项目,分析二者的共同点和差异点,全面衡量各产品项目的市场定位。下文以一家家具公司的产品为例加以说明。

A 家具公司的一个产品项目是沙发,根据市场调查,公司了解到消费者对沙发最重视的两个属性是沙发的款式和功能。款式分为漂亮、较漂亮、一般三个层次;功能分为单功能(只能坐)、双功能(即可坐也可卧)、多功能(坐、卧和同时做箱子)。A 公司有 B、C 两家竞争者,B 公司生产两种沙发:漂亮和较为漂亮的单功能沙发;C 公司也生产两种沙发:一般的双功能沙发和一般的三功能沙发。A 公司根据市场竞争情况,权衡利弊,决定生产三种沙发:漂亮的双功能沙发、较漂亮的双功能沙发、较漂亮的三功能沙发,因为这三种沙发没有竞争者。从图 7-2 可以看出,市场仍有两个空白点:一是一般的单功能沙发,各公司都不生产这种沙发,原因是消费者基本上放弃了这种产品形式;另一个是漂亮的三功能沙发,各公司也没有生产,很可能是目前生产这种沙发的费用太高,或者是尚无适用的技术工艺,经济上暂无可行性。

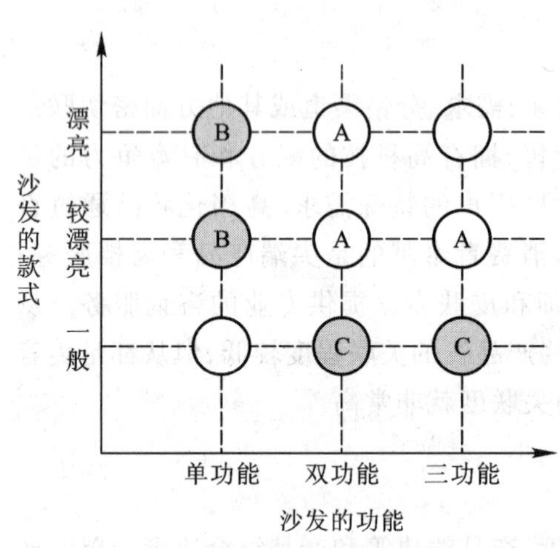

图 7-2 产品项目的定位分析

可见,进行产品项目市场定位分析,对企业了解整个产品项目不同产品的竞争情况以及发展产品项目具有重要意义。

三、产品线决策

产品线决策包括两步:对产品线进行分析和采取相应措施。

(一) 产品线分析

评估产品线分析的方法有很多种。前文所述的波士顿矩阵和通用电气矩阵均可用于产品线分析。这些方法基本的逻辑便是考察产品的未来发展前景、目前对企业的利润贡献以及企业的现状等指标因素,然后基于此,对产品组合进行综合权衡和做出取舍,使产品组合处于最佳状态。

一种分析产品线是否健全、平衡的方法称为三维分析图。在三维空间坐标上,以X、Y、Z三个坐标轴分别表示市场占有率、销售成长率以及利润率,每一个坐标轴又为高、低两段,这样就能得到八种可能的位置。

如图7-3所示,如果企业的大多数产品项目处于1、2、3、4号位置上,就可认为产品线已达到最佳状态。因为任何一个产品项目的利润率、销售成长率和市场占有率都有一个由低到高又转为低的变化过程,不能要求所有的产品项目同时达到最好的状态,即使同时达到也是不能持久的。

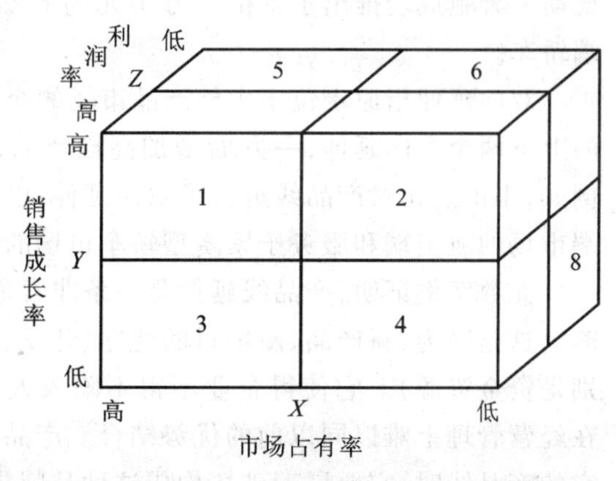

图7-3　三维分析图

因此,企业所能要求的最佳产品线组合必然包括:目前虽不能获利但有良好发展前途、预期成为未来主要产品的新产品;目前已达到高利润率、高成长率和高占有率的主要产品;目前虽仍有较高利润率而销售成长率已趋降低的维持性产品;以及已决定淘汰、逐步收缩其投资以减少企业损失的衰退产品。

奎尔奇和肯尼认为企业将产品线扩张作为其市场营销战略的重要组成部分的主要动机为:①日渐细分的消费群体。产品线扩张正是试图通过一个品牌名称下提供更多的不同产品,来满足消费者想要一些“不一样的东西”的愿望。②价格跨度。企业以不同的产品价位进入不同价格的细分市场,从而尽可能扩大产品的不同细分市场的影响力,获取更多利润。③过剩的生产能力。充分利用过剩的企业资源,提高资源的利用效率,通常也是企业实施产品线延伸的动机之一。④短期获利的诱使。产品线扩张的开发时间和成本要比创造新品牌所需的时间和成本更容易预测,不同职能部门间需要协调合作,工作较少。⑤竞争激烈程度。一些主要的品牌经常频繁使用产品线扩张战略,来抬高新品牌或自营商标竞争者进入这一大类商品市场的成本,并耗尽位于市场第三和第四的品牌的有限资源。⑥销售的压力。大量不同的消费品零售渠道涌现,从会员商店到超级市场,它们自己要么让制造商提供特定尺寸的包装,来适应它们特定的营销战略,要么让制造商提供定制的、衍生的型号,以阻止消费者进行比较购物,这些都在迫使生产商提供更广泛的、富于变化的产品线。

企业可通过两种方式实现产品线扩张:产品线延伸和产品线填充。

(二) 产品线延伸

产品线延伸指企业超越现有产品范围增加产品线长度。产品线可向下、向上、或双向延伸。

向上延伸指企业以中低档产品的品牌向高档产品延伸,进入高档产品市场。向上延伸可有效地提升品牌资产价值,改善品牌形象。一些国际著名品牌,特别是一些原来定位于中档的大众名牌,为达到上述目的,不惜花费巨资,以向上延伸策略拓展市场。例如,日本丰田汽车一开始以中低档汽车打开美国市场,随后推出了雷克萨斯豪华车。

向下延伸指企业以高档品牌推出中低档产品,通过品牌向下延伸策略扩大市场占有率。采用向下延伸策略的企业可能是因为中低档产品市场存在空隙,销售和利润空间较为可观,也可能是在高档产品市场受到打击,企图通过拓展低档产品市场来反击竞争对手,或者是为了填补自身产品线的空当,防止竞争对手的攻击性行为。例如,梅赛德斯 - 奔驰成功推出了价格 3 万美元的 C 级轿车,宝马也针对奔驰的行动,推出了低端轿车。

双向延伸指原定位于中档产品市场的企业掌握了市场优势以后,决定向产品大类的上下两个方向延伸,一方面增加高档产品,另一方面增加低档产品,扩大市场阵地。例如,丰田公司对产品线进行了双向延伸:以中档车型卡罗拉为基础,增加了服务于高端市场的凯美瑞和服务于紧凑型轿车市场的威驰。

无数案例证明,产品线延伸是一条非常危险而值得企业深思应谨慎采用的营销策略。这是因为,新产品、新项目的建立、开发、推广占用了企业的宝贵而有限的资源(特别是资金资源)。它使得企业不得不陷入人力、物力、财力上的双线或多线作战,企业在经营管理上难以同以前的优势结合。产品的品牌忠诚度也降低了。当一个企业延伸它的产品线时,它要冒着破坏构成这种品牌忠诚度基础的消费模式和习惯及令消费者重新做出整个购买决定的风险。

(三) 产品线填充

产品线填充指产品线可通过在现有范围内增加更多的产品项来延伸。企业在应用这一策略时,应防止企业新旧产品间的过度竞争,合理调配企业的各种资源。同时,企业应使顾客能明显感觉到其产品线内各个产品品目间的差异。

(四) 产品线缩减

韦尔奇认为,在全球竞争激烈的市场中,只有领先对手才能立于不败之地,任何事业部门存在的条件就是在市场上"数一数二",否则就要被砍掉、整顿、关闭或出售。企业需根据市场需求的变化及内部条件,主动合并、减少一些销售困难的、不能为企业创造利润的产品线和产品项目,集中优势兵力生产经营市场需求较大的产品。

企业遇到下述两种情况时,往往考虑削减产品线:一是产品线上存在着蚕食企业利润的滞销产品,或是无力让所有产品项目达到预期利润,不得不对产品线上的每个产品项目进行利润率分析,削减那些利润率低或亏损的项目。二是当企业缺乏足够的生产能力时,应该分析审查所有品种的获利情况,集中生产利润率较高的品种,削减那些微利或亏损的品种。

产品线削减决策能保证企业在那些销售量大、对利润贡献大且有长期发展潜力的产品上生产经营。

通用汽车的削减计划

在2009年4月27日出台的新重振计划中,通用做出了进一步裁员、减产及削减品牌的计划。

在新计划中,通用将保留4个核心品牌:雪佛兰、凯迪拉克、别克及gmc。同时,公司表示加快出售或关闭悍马、土星及萨博品牌,计划在年内完成,而此前的日期是2011年。通用表示,未来四个品牌将使用3个销售渠道,即雪佛兰、凯迪拉克拥有独立的渠道,而别克和gmc共用一个渠道,拟或在某些市场与雪佛兰、凯迪拉克共用一个渠道。

其中,萨博的命运稍显明朗,从2010年1月1日起萨博将独立运营。2008年,萨博亏损高达3.4亿美元,2009年估计亏损还会达到这个数。通用自1990年购买萨博50%股权,到2000年全部控股,期间只有一年赢利。

(五)产品线的现代化

产品线需要进行现代化的改造。产品大类现代化策略首先面临这样的问题:是逐步实现技术改造,还是以更快的速度用全新设备更换原有产品大类。逐步现代化可以节省资金耗费,但缺点是竞争者很快就会察觉,并有充足时间重新设计它们的产品大类;而快速现代化策略虽然在短时期内耗费资金较多,却可以出其不意,击败竞争者。

企业需不断创新以鼓励消费者向价值更高、价格也更高的产品转移。例如,苹果等公司不断推出更先进的电子产品,主要的问题是新品推出的时间要适当,不要太早(以至对现有的产品线造成毁灭性的打击),也不要太晚(在竞争者推出新品并建立起强势的声望之后)。例如,苹果最近发布了第四代I Phone,这时必须掌握好与第3代I Phone之间的间隔,因为新一代产品发布后必然使得老产品的销量锐减和价格大幅下滑。但苹果公司也不能太迟发布,因为Google、黑莓等智能手机在不断地推出新产品。

四、产品组合决策

由于市场需求和竞争形势的变化,产品项会不断发生分化,一部分快速成长,一部分继续取得较高利润,另有一部分则趋于衰落。企业如果不重视新产品开发和衰退产品的剔除,则必将逐渐出现不健全的、不平衡的产品组合。

为此,企业需要经常分析产品组合中各个产品项目或产品线的销售成长率、利润率和市场占有率,判断各产品项目或产品线销售成长上的潜力或发展趋势,以确定企业资金的运用方向,做出开发新产品和剔除衰退产品的决策,以调整其产品组合。评价产品线所用的方法可用于评价产品组合。

产品组合策略指企业根据市场需求和自身条件,对产品组合的宽度、长度、深度和关联度等进行分别或综合地选择和调整的过程。增加新的产品线,即扩大产品组合的宽度,有利于拓展企业的经营领域,实行多角化经营,更好地发挥企业潜在的技术、资源优势,分散企业的运营风险。例如,雅戈尔西服公司进入了房地产、金融等领域,并取得的巨大成功。延长各条产品线,即增加产品组合的长度,可使产品组合更加丰富。例如,宝洁公司逐步在中国市场上推出了海飞丝、潘婷、飘柔、沙宣等品牌洗发水,近些年又推出了伊卡璐洗发水。延伸产品组合的深度,可使产品占领更多的细分市场。例如,夏士莲洗发水最初有核桃仁、橄榄油和皂角 3 个品种。经过几年产品增加和升级,现在夏士莲洗发系列有 6 个洗发产品系列和 4 个护发系列。此外,企业还可提高产品的关联度。例如,为降低成本,许多汽车生产厂商在中档和低档品牌上使用近似的发动机等零部件。当然,企业也可沿着以上四个维度缩减公司的产品业务。例如,在洗发水方面,宝洁公司的润妍品牌便因市场反应不佳而被公司放弃。

第三节 产品生命周期与营销策略

企业家们渴望自己的产品能永久畅销,但任何一种产品都会经历由盛至衰的过程。经研究发现,此过程呈现不同的阶段,在各个阶段,许多产品的营销策略又呈现类似特征,企业家所能做的就是洞悉各阶段的特征,并基于此采用相应策略。本节主要探讨产品生命周期以及各阶段相应的策略。

一、产品生命周期

费农认为,产品和人的生命一样,要经历形成、成长、成熟、衰退这样的周期,他将产品生命周期分为三个阶段,即新产品阶段、成熟产品阶段和标准化产品阶段。随后,菲利普·科特勒等人对其加以完善,明晰了产品生命周期中的各个阶段,采用销售和利润作为纵坐标的衡量指标,系统地归纳了各个阶段的特征以及相应的营销策略。

产品生命周期(Product Life Cycle)指产品从进入市场开始,直到最终退出市场为止所经历的市场生命循环过程。产品只有经过研究开发、试销,然后进入市场,它的市场生命周期才算开始。产品退出市场,则标志着生命周期的结束。

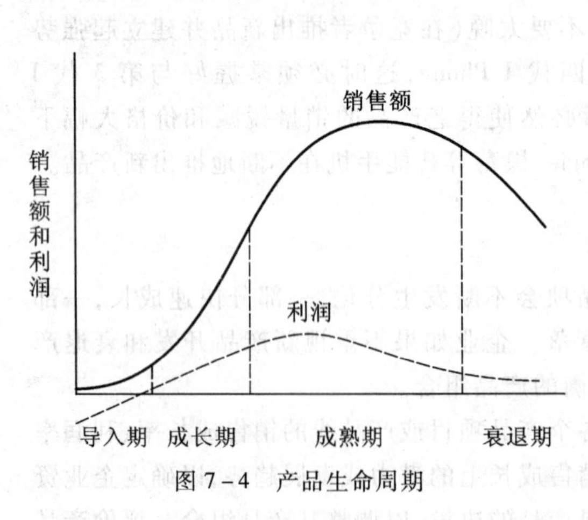

图 7-4 产品生命周期

典型的产品生命周期一般可分为四个阶段,即导入期、成长期、成熟期和衰退期,如图 7-4 所示。

产品生命周期理论揭示了任何产品都和生物有机体一样,有一个"出生—成长—成熟—衰亡"的过程。提出和研究产品生命周期的价值在于:它提供了一套适用的营销规划观点,它将产品分成不同的策略时期,营销人员可针对各个阶段不同的特点而采取不同的营销组合策略。此外,产品生命周期只考虑销售和时间等变量,简单易懂。

二、导入阶段的营销策略

(一) 阶段特征

从图7-4可看出,在导入阶段销售额通常增长较为缓慢。由于研究开发、生产制造以及营销推广等投资成本等较高,该阶段的利润往往为负值。

这一阶段的产品在产品功能、款式方面与以往产品有显著区别,能给消费者带来新的价值和满足。由于在设计和生产上还处于初始阶段,技术还未被众多具有同样能力的竞争者掌握,市场竞争不激烈。但此时产品的功能和质量还未达到完善程度,生产商须在吸收消费者意见的基础上对产品做进一步完善和改进。由于产品刚刚投放市场,其特点和用途尚未被广大消费者所认识,在产品产供销等方面也存在经验不足等问题。

作为有别于"旧"产品的新产品,"新"使得一部分消费者在特定心理驱使之下形成购买,起到带头消费新产品的作用。以年轻人为主的冲动购买型消费者和情绪反应型消费者,对新产品的接受能力很强。而对于大多数消费者,他们对产品不了解,或者还只是很被动地接受了有关新产品的信息;他们不也愿(他们的一般水平的收入也不允许他们承担购买风险)或是受原有同类产品消费习惯的影响而无法购买,因而,他们总是对新产品抱有怀疑、不信任的态度,从而不愿意购买新产品。

导入阶段的营销成本通常很高,是由多方面原因造成的。为确保足够的分销渠道,企业需要留给经销商很高的利润,还需要足够的刺激以激发消费者去试用新产品。由于需要对消费者进行有关新产品好处的宣传,因此广告开销也非常大。

(二) 营销策略

在产品导入阶段,企业在产品生命周期中的导入阶段经营的要点,就是根据新产品的特点和不同消费者的心理因素,以及消费者接受新产品的一般规律,有效地运用市场营销组合变量,如产品、价格、渠道、促销等,加速新产品的市场扩散。一般有四种可供选择的策略(见图7-5)。

	高促销费用	低促销费用
价格高	快速掠取策略	缓慢掠取策略
价格低	快速渗透策略	缓慢渗透策略

图7-5　导入期可供选择的策略

1. 快速掠取策略

快速掠取策略指产品以较高的价格进入市场,同时采取大规模的促销手段进行促销。企业不但可迅速补偿产品的开发费用和回收产品的生产成本,且可获得较高利润。同时,产品投入期高价促销,也可以为产品塑造一种质优价优的品牌形象,为企业实施名牌战略奠定基础。为使自己的产品在中国市场能打开销路,西安杨森公司创业初期打出了"让每一个中国医生都了解西安杨森的产品"这一口号,它针对医药界名流、普通医务人员、普通消费者大做广告。这在树立西安杨森公司良好形象、提高新产品知名度方面,发挥了积极有效的作用。其缺点在于,产品促销费用大,易使低收入消费者望而却步,因而具有高风险性;产品的高价位必然会带来蜂拥而至的竞争者,后期竞争激烈。

2. 缓慢掠取策略

缓慢掠取策略指产品以高价位进入特定目标市场,却又不采取大规模的促销手段进行促销。产品价位较高,促销费用又少,这无疑可给企业带来可观的投资利润。例如,"国窖·1573"的定价比茅台、五粮液这类高端白酒还要高20%~30%,它一开始就打文化牌,利用百年窖池的独特资源,定位于商务及高档宴会用酒,走高端路线,这一产品策略丰富了泸州老窖的产品线,同时也提升了泸州老窖的品牌形象。但在实际市场运作中,如果一种产品价格较高,同时又没有促销手段使广大消费者认识和接受该产品,则很难达到期望的市场销售目标。

3. 快速渗透策略

快速渗透策略指产品以较低价位进入特定的目标市场,同时又采取大规模促销手段进行促销。采取快速渗透策略的目的或是为了迅速而有效地占领和控制市场,筑起竞争者难以进入的高墙,或是为了在强手如林的市场竞争者中脱颖而出。这是市场主导者和挑战者之间最常用的策略。例如,丰田早期的价格政策是"多少钱能卖出去就卖多少钱"。康师傅将"红烧牛肉面"作为主打产品,售价定为1.98元。产品推出的同时,康师傅的广告宣传也全面铺开,康师傅大笔的广告费用投入,使"好吃看得见"的广告语传遍大江南北。

4. 缓慢渗透策略

缓慢渗透策略指企业以低价格和低促销费用推出新产品。该策略可使产品能比较容易地渗入市场,打开销路,在取得规模经济效益的同时树立起"物美价廉"的良好印象。例如,安徽的洽洽瓜子通过一段时间的孕育,产品在快结束导入期时才加大促销力度。其缺点在于难于迅速收回投资成本,获利期较长,通常投资利润率较低。

三、成长阶段的营销策略

经验表明,当新产品投入市场,销售局面逐渐打开,产品赢得越来越多的消费者时,标志着该产品已从市场导入期进入了成长期。

此时,产品的显著特征有三个:一是产品市场知名度高,消费者购买欲望强烈,销售量增长迅速,企业具有获得丰厚利润的机会;二是产品定型,生产工艺成熟,能大批量生产,产品的单位成本下降;三是越来越多的企业开始参与市场角逐,市场竞争日趋扩大化和激烈化。

营销的基本指导思想是:在竞争中开拓市场,扩大产品的市场占有率,即在快速扩张的市场中保持相对的竞争地位。在此阶段,企业可用到的策略有以下四种。

(一) 产品策略

企业要不断改进产品质量,为产品添加新的功能,变换或提供新的产品款式等,以提高产品的竞争力,满足消费者更为广泛的需求,吸引更多的消费者购买企业产品。例如,Windows XP操作系统在发布后,在随后的几年里,不断对产品加以改进,推出了sp1、sp2和sp3版本。但有些企业的一个倾向是产品逐渐地粗制滥造而失信于顾客。

(二) 价格策略

通过扩大生产规模产生的规模效应降低了成本,企业可在适当时机采取降价措施,刺激需求,使那些对价格反应敏感的消费者产生购买欲望。例如,手机和计算机行业在新品被市场逐步接受后,企业为拓展市场份额,采用的主要策略便是降价。

(三) 促销策略

这一阶段的重点之一是企业要将广告宣传的重心,从纯粹介绍产品转到树立产品的品牌形象,使自己的产品产生名牌差异化优势,增加顾客的购买信心,使企业的产品不仅能维持老顾客,更能吸引新顾客,提高公司在社会上的美誉度。下面以雕牌广告为例加以说明。

雕牌的形象重塑

雕牌形象重塑始于1999年。此前由于雕牌透明皂在市场已经畅销多年,加上早期的大量广告投入,雕牌的品牌知名度很高,可谓家喻户晓。不过之前的雕牌广告多为叫卖式广告,虽可增强品牌的知名度,但对品牌形象的建立却没有太多帮助。1999年,雕牌准备大举进攻洗衣粉市场,以此为契机,拉开了形象广告重塑的序幕,通过一连串漂亮的三部曲,不仅为雕牌建立起独特的品牌形象,也使雕牌洗衣粉在中国洗衣粉市场后来居上。

特别是2001年播出的《奋斗篇》形象广告,不仅是一条成功的品牌形象广告,也是一条充满人文关怀的社会公益广告。在广告中,消费者见证了一个关注中国民生的品牌的成长,更看到了一个民族企业在国家和社会的变革中体现出来的高度社会责任感。

(四) 渠道策略

面对较高的产品销售增长率,企业不仅应保持销售渠道的通畅,还应积极开发新的销售渠道,加强各渠道间的联系,使产品的销售面更加广泛。例如,手机在北京市场早期是以专卖店形式销售,现在手机的销售渠道已扩展至互联网、电子批发市场等渠道。

以上这些对策本质上都属于扩张性策略。从短期看,采用这些策略会相应地加大产品的营销成本,降低盈利水平。但从远期看,由于企业加强了市场地位,提高了竞争能力,巩固和提高了市场占有率,企业将会获得更多利润。因此,在成长阶段,企业营销策略特别需要权衡长期和短期、市场占有率和利润率之间的关系。

四、成熟阶段的营销策略

成熟期指产品在市场上销售已达到饱和状态的阶段,如碳酸饮料、汽车和电视等。其主要特征是:产业总销售额增长放缓,较弱的竞争者开始被淘汰,大多数潜在购买者或者属于重复购买者,或者属于已经试用并放弃的。在成熟期,因为新进入市场的购买者减少,销售额增长率开始下降,激烈的价格竞争也导致利润下降。

在成熟期,营销重点放在通过进一步的产品差异化和寻找新买者来维持现有的市场份额。主要的营销策略有以下三种。

(一) 市场改进策略

影响销售额的两个因素为产品使用者数和每个使用者购买数。企业可尝试通过增加产品使用者数和每个使用者的使用频次来提高销售额。增加产品的使用者数量可通过吸引未使用者、进入新的细分市场、吸引竞争对手的顾客等途径实现。例如，随着我国飞机票打折价逐渐与动车组、卧铺票的价格逐渐拉近，已经有很多顾客选择了乘坐飞机。欧莱雅、资生堂等公司旗下众多知名品牌的护肤等用品以前主要针对女士设计，现在随着男士对护肤品需求的增加，它们也推出了男士用护肤品。肯德基和麦当劳一直在争夺对方的顾客而乐此不疲。增加使用者的使用频次可通过使消费者在更多场合使用产品，使消费者每次使用更多的产品，让消费者以新方式使用产品等途径来实现。例如，双汇鼓励顾客在早、中、晚三餐吃火腿肠。麦当劳给套餐业务设定了多花 2 元钱即可将中杯可乐加大的功能。安利公司的纽崔莱倍立健片提供了新吃法，土黄色药片主要含维生素，灰绿色药片主要含钙等微量元素。它建议每次 2 片，每次各一片，于是补钙人士也往往会吃维生素片。

（二）产品改进策略

产品改进策略包括改进产品的质量、特征、式样和服务等。通过产品自身的改变，更好地满足顾客的不同需要，从而扩大产品的销量。质量改进策略主要侧重增加产品的功能特性，提高产品的耐用性、可靠性。例如小鸭·圣吉奥宣传其洗衣机的滚动次数比一般洗衣机多得多，且机体对衣服的磨损降到最低程度。特征改进策略主要侧重于增加产品的新特征，尤其是扩大产品的高效性、安全性或方便性。例如，在手机中增加上网和听音乐等功能。式样改进策略主要是基于人们美学欣赏观念而进行款式、外观的改变。例如，联想集团试图推出外壳颜色为红色、白色的 ThinkPad 笔记本，而该笔记本的传统色一直为黑色。服务改进策略主要注意在提供良好的售前、售中、售后服务。良好的服务能吸引更多的消费者。例如，许多茶叶零售商提供一次性矮脚杯茶水请顾客品饮。

（三）营销组合改进策略

改变营销因素组合策略是根据产品在成熟期的特点来重新调整定价、分销渠道及促销的组合方式，以延长产品市场成熟期。一般是通过改变一个因素或几个因素的组合方式来刺激或扩大消费者的购买。例如，产品品质不变，但降低价格、扩大销售渠道，便可从竞争者那里吸引一部分购买者。改变营销因素组合策略简便易行，但代价可能会很高，可能引发竞争对手的模仿，营销者事前要进行充分调查、分析市场，执行决策时须迅速果断。

五、衰退阶段的营销策略

当销售额开始下降时，产品便进入了衰退期。通常，产品进入衰退期并非因为企业战略有误，而是由于环境的变化。例如，MP3 的出现替代了传统的录音机，VCD 替代了传统的录像带。衰退期的主要特征是：产品样式陈旧，功能老化，不能适应市场需求；消费兴趣发生转移，忠诚度下降；需求逐渐减退；竞争者已推出新产品，企业处于微利、保本甚至亏损状态；竞争者纷纷退出市场，竞争趋于缓和。

当产品被判定进入衰退期后，营销者须果断明确地做出决策，不能在进退之间摇摆不定。处理衰退产品，企业须树立系统的观点，根据企业的产品组合情况、资源和能力来实现产品的更新换代,或采用其他策略做出对企业利益最大化的决策。主要的策略有以下三种。

(一)拯救策略

拯救策略其实与成熟期的营销策略大体一致,主要包括产品改进、市场改进和营销组合改进策略。只是在此阶段,如何才能寻找并把握产品获得新生的契机、条件和方法就显得非常关键。这里的契机、条件和方法指那些通过创造某种适当环境、对产品进行适当改进或改变营销策略使其重新进入循环、延长寿命周期的策略。

(二)收获策略

对一些即使加大投资也回天乏力,暂时找不到合适的买主或无法达成满意的交易条件的产品,企业应尽量降低经营成本、减少进一步的投入,在可接受的利润水平下继续经营。在缺乏投入的情况下,产品衰退与灭亡的速度会加快,企业须给予产品适当支持,避免销售量暴跌导致现金流严重下滑,反而弄巧成拙。

(三)放弃策略

放弃产品或将产品从产品线上下马是力度最激烈的策略。这是因为,有一些消费者仍然在使用处于衰退期的产品。企业做出放弃产品的决策并不轻松,须在事先做好准备或者为随后的维修等做好储备。

青岛的下水道网

最近有一则新闻印证了青岛下水道网的经久和专业。原德国租借区的下水道在高效率地使用了百余年后,一些零件需要更换,但当年的公司早已不复存在。城建公司的员工四处寻觅配件公司。后来一家德国的相关企业给他们发来一封电子邮件,说根据德国企业的施工标准,在老化零件周边3米范围内,应该可以找到存放备件的小仓库。城建公司根据这个提示,在下水道里找到了小仓库,里面全是用油布包好的备用件,这些备用件依旧光亮如新。

第四节 服务营销

有数据显示,服务业占GDP的比重,世界平均水平为69%,发达国家为70%,我国为40%左右。中国经济要转型、产业结构要优化升级、外贸发展方式要转变,服务业才是主导,中国必须加快实现向服务经济转型的跨越式发展。①

医院、法院、借贷机构、军队、公安和消防部门、学校等行政事业单位属于服务企业。航空公司、银行、宾馆、保险公司、法律公司、管理咨询公司、医疗机构、电影公司、管道工程修理公司和房地产公司等企业也属于服务企业。制造业中的会计师、法律顾问等人员也属于服务业从业人员。服务(Service)指一方向另一方提供的所有无形的活动或

① 转引自:《外经贸部原副部长:2015年服务业增加值占GDP比重将达45%~50%》,http://finance.sina.com.cn/china/bwdt/20100826/11378552442.shtml。

行为，不会导致任何所有权的产生。

本节借用4P营销组合的分析框架来讨论服务的特性和相应战略。

一、服务的特征

一般认为，服务具有无形性、不可分割性、差异性和易逝性。每个特性之间相互联系。所有的服务都具有这些特性，但在有些服务中，有些特性表现得比其他特性更为明显，或者是比其他特性更加重要，这取决于服务的种类。

（一）无形性

无形性指服务与有形用品相比，服务的特征及构成元素往往无形无质，人们不能触摸或凭肉眼看见其存在。此外，它还指使用服务的利益甚至也很难被察觉，或要等一段时间后享用服务的人才能感觉到利益的存在。例如，中医按摩的调理功能相对时间较长，需要患者在长期使用过程中才能体会到对身心带来的效果。人们不可能在购买服务前，去视、听、嗅、尝、触到服务，而是必须参考许多意见、态度以及各方面的信息。当再次购买时，顾客在很大程度上依赖先前的或他人的经验。例如，中医偏方有很多，疗效也千差万别，评价老中医医生的疗效往往依赖于他人推荐。

有些有形物是作为服务的有机组成部分一并提供给顾客的，没有这些有形物，服务就不会存在。例如，在没有飞机、轿车、船只或火车的情况下，人们如何能提供运输服务？尽管如此，我们仍然认为是无形性决定了服务的其他特性。事实是，有形商品和无形服务之间并不存在明显界限，特别在科学技术飞速发展的今天更是如此。

针对服务的这一特点，企业的策略思路显然是将“无形性有形化”。顾客体验是一种重要方式，企业首先设定好想要顾客感知的体验，然后设计一组与之一致的行为和背景支持该体验。例如，大益普洱茶认识到顾客没有充分的认知到普洱茶的品饮价值，决定开设专营店，由店员帮助顾客加速认知普洱茶的品饮过程和体验饮茶的乐趣。

星巴克的优雅与微笑

星巴克的店堂设计与众不同，它创造了遍及全美的统一外观，但每间店堂的设计又不失自己的风格。星巴克利用风格来体现美感，当顾客看到的、感觉到的、体验到的东西和谐地糅合在一起时，他们就会被这种美感吸引，无论顾客是否欣赏艺术。因为它一方面创造了和谐，另一面也创造了对比。

当顾客走进星巴克时，所有的服务员都只有一个表情，那就是那似乎永远的禅宗似的微笑。不管有多少顾客在排队等候，甚至面对顾客的怒容，星巴克的服务员也永远带着禅宗似的微笑，并且轻声细语地对顾客说话。

星巴克的工作人员总是带着真诚的微笑为顾客冲泡每一杯咖啡和红茶，微笑是有感染力的，有的顾客甚至在意见簿上写道，如果一天中见到的都是笑脸该有多好！

(二) 不可分割性

生产实体产品与消费的过程具有一定的时间间隔,即二者往往是分割的,生产在先,消费在后。服务则不同,它具有不可分割性。服务的不可分割性指服务的生产与消费同时进行,服务人员提供服务时,也正是顾客消费和享用服务时。

消费者与生产者须直接发生联系。消费者不参与服务生产过程,就不能享受服务。这就要求服务消费者须积极、合作地参与服务生产。例如,在按摩服务中,顾客需要针对服务人员的按摩力度做出评价,按摩师才可适当调整以使治疗更有效果。这就要求服务营销管理须将顾客参与生产过程纳入管理,而不只局限于对员工的管理。服务的这一特征表明,服务员工与顾客的互动行为既是服务质量高低的影响因素,也是服务企业与顾客之间关系的影响因素。此外,企业还可采用一些战略规避该限制,例如尝试加速服务的速度,培训更多的服务工作者,用集体服务替代个体服务等。

(三) 差异性

消费者有着不同的个性,这使得服务质量检验很难有统一的标准。服务人员自身因素(如心理状态)将影响其提供的服务的水准。即使同一服务人员在不同时间段、不同心情状态下也可能会提供不同质量的服务。例如,饭店的服务员在刚上班时和下班时由于身体体力状态的不同,可能会影响对顾客的态度。此外,顾客直接参与服务的生产和消费过程、顾客本身的因素(如知识水平、兴趣和爱好等)也直接影响服务的质量。例如,由于我国南北方之间的服务业服务质量存在较大差异,来自北方顾客可能觉得某位服务员的服务质量已经很好,但可能来自南方的顾客就认为该名服务员的服务质量还需改进。即使对于同一企业的两家不同分店所提供的服务,也可能出现一家分店的服务水平显著优于另一家分店的情形。这种“企业形象”或企业“服务形象”缺乏一致性,将对服务的推广产生严重的负面影响。

基于此,企业可能需要建立有效的聘用和培训程序,在组织中推行标准化的服务质量,采用严格的顾客满意度标准。例如,丽兹·卡尔顿连锁酒店,在每家分店的各个位置设定了每日服务质量指数,这样酒店员工就能监控主要的顾客服务进程和迅速处理有潜在问题的区域。其在马里兰的总部的中央控制室里能显示每个酒店的服务质量指数,以便对各个地方的服务质量进行实时监控。

(四) 易逝性

服务越趋向无形化,储存服务的可能性就越低。这种易逝性造成了供需匹配的复杂化。管理人员不得不面对顾客需求或供给能力的波动问题。这些波动可能会对服务传递产生影响。有效地对这些波动进行管理,以便提高服务效率、降低成本或提高销售额,对服务组织来说至关重要。满足顾客需求是企业的恰当目标,但按最高需求水平配置组织能力的做法是低效的,因为组织很难持续地满足这种高水平的需求,并会导致组织资源匮乏。因此,电力部门如果按照最高峰期供应电力,就显得有些浪费能源了。

应对服务易逝性的出发点显然是努力使需求和供给能更好地匹配。在需求匹配方面，可能采取的策略为，对产品进行差异化定价，有意识地培养顾客的非高峰需求，为等待顾客提供一些备选项目，以及采用一些预订系统等。例如，海底捞在顾客等餐期间，会提供一些小吃和小游戏物品，为缩短顾客等待时间，它也向顾客提供订餐电话，向顾客提供代金券鼓励顾客在早上或中午非高峰时间段就餐。在供给方面，企业可能采取的策略为，雇佣一些兼职人员，在高峰时段适当减少一些可以减少的服务环节，让顾客适当参与服务的某些过程等。

二、定价策略

服务的价格以许多种形式存在。例如，会计师、法律顾问、咨询师等收取咨询费，航空公司收取机票费，宾馆收取房租等。服务的价格有影响消费者认知和指示服务质量的作用，因为消费者在无所适从时往往遵循“价格—质量”推理。

无形性等特征使得服务定价变得十分复杂。这也解释了为什么服务业总是“快刀斩乱麻”，往往采用简单的定价方法。影响服务定价的因素有很多，主要包括：竞争者的价格、顾客的偏好、服务企业战略和目标、顾客感知价值等。

贝里和雅达夫提出了3种明确的定价策略：

（1）满意定价。满意定价的重点在于减少由于服务的无形性导致消费者对不确定性的感知。服务企业可向顾客做出服务保证，例如，如果顾客不满意，立即退款。

（2）关系定价。关系定价的重点在于建立、维系和加强与顾客的关系，向老顾客提供低价或增加新服务，关键在为顾客增加价值，使其成为服务企业的“忠诚”顾客。其核心是和顾客建立长期合同或捆绑定价。客户关系从长期来看对服务企业很有利，能弥补获得新顾客带来的成本。

（3）效率定价。效率定价的重点是了解、管理和减少成本。效率定价形成的成本节约须增强顾客的价值感知，但不能以牺牲服务质量为代价。

三、渠道策略

服务的不可分割性和易逝性使得服务天然地适合采用直销的分销模式。采用直销模式的好处为：①直销可使得企业对服务的提供数量和质量保持较好的控制；②直销能提供真正意义上的个性化服务，在标准化市场的基础上开发新的差异化市场；③直销可使得企业与顾客直接接触，从市场上直接反馈需求信息、环境变化和竞争情况等。但采用直销模式往往意味着地域的局限性。当服务供需双方间没有有效的联系时，服务提供者的不可分割性便转化为服务市场的地域性。例如，有许多病人不远千里到某老中医处寻医问药。

企业也在采用间接渠道分销服务产品。观光、旅游、旅馆、运输、保险、信用等企业往往采用代理商的方式分销产品。例如，保险代理人接受保险人的委托，代表保险公司依据保险合同的规定招揽业务，代收保险费，接受投保人的投保单，从保险公司获得保险代理手续费。在股票市场等行业市场，服务由于传统惯例的原因必须经由中介机构才可交易。

四、促销策略

服务促销目标与有形产品促销的目标大致相同,主要是:建立对服务品牌的认识和兴趣;使服务品牌本身与竞争者产生区别;沟通并描述服务带来的各种利益;建立和维持服务品牌的整体形象和信誉;说服顾客购买或使用该项服务。

基于服务本身的特性,服务促销的目标又有一些自身特点。在购买前,消费者对服务和提供服务的企业了解不多,企业须建立产品认知度。企业在质量方面的形象有助于减少顾客在第一次购买时的感知风险。服务本身的形象、企业形象和整个服务行业给顾客的印象都会对服务的"有形"质量产生影响。正面口碑对顾客态度的影响最大。在消费期间,前台员工通常会与顾客进行交流,告诉他们提供的是什么服务以及顾客要如何配合。这时,每个人要扮演的角色都非常明确。员工的沟通活动会影响服务的功能质量和关系质量,最终影响顾客的满意度。在购买后,企业有必要继续与顾客保持沟通,这样能减少顾客的认知冲突或不满意,如帮助顾客确认他们的购买行为是正确的。

服务促销的工具与产品促销的工具也大致相同。可用的工具有人员销售、广告、公共关系、赞助、直销、网上销售、销售促进、忠诚计划等。这些工具的效用存在差别,企业需要依据工具特点做出取舍。一般情况下,人员销售是最重要的服务促销工具,广告宣传和人员推销这两种工具最为常用,消费者间的"口碑"传播效果最佳。

本章小结

1. 产品是能够提供给市场以满足顾客欲望和需要的任何东西。可进入市场的产品包括实体商品、服务、体验、事件、人物、地点、资产、组织、信息和想法。整体产品概念由核心产品、有形产品、附加产品和心理产品四个层次组成。

2. 产品组合指企业提供给市场的所有产品线和产品项目的组合。产品组合包括各种产品线。产品组合决策包括三个步骤:单一产品决策、产品线决策和产品组合决策。其中,单一产品决策主要涉及产品或服务的差异化和如何选择差异化。产品线决策包括对产品线进行分析和采取相应措施两步。产品组合策略指企业根据市场需求和自身条件,对产品组合的宽度、长度、深度和关联度等进行分别或综合地选择和调整的过程。

3. 产品生命周期指产品从进入市场开始,直到最终退出市场为止所经历的市场生命循环过程。典型的产品生命周期一般可分为四个阶段,即导入期、成长期、成熟期和衰退期。产品生命周期的价值在于:它提供了一套适用的营销规划观点,它将产品分成不同的策略时期,营销人员可针对各个阶段不同的特点而采取不同的营销组合策略。

4. 服务指一方向另一方提供的所有无形的活动或行为,不会导致任何所有权的产生。服务具有无形性、不可分割性、差异性和易逝性。每个特性之间都相互联系。

1. 你还可依照其他什么标准对消费品进行分类？
2. 你能找到其他企业的例子来解释产品组合的诸多概念吗？
3. 产品生命周期理论还有哪些批评？
4. 服务是否也可采用整体产品的概念？

新加坡航空公司的产品营销策略

新加坡航空公司（以下简称新航）成立于1947年（前身是马来亚航空）。新航以新加坡樟宜机场为基地，主要经营国际航线。该公司为星空联盟的成员之一。新航在航空界中已广为人知，尤其是在安全、服务素质和革新风格方面。新航被世界同行们誉为世界上盈利最高的航空公司之一，被评为“最优秀的航空公司”、“最优秀的公务舱”、“最优秀的机舱服务”、“最优秀的机上便餐”、“最守时和最安全的航空公司”、“商业旅行的最佳选择”、“最优秀的航空货运公司”、“亚洲最受尊重的企业”。

1. 新航的硬件

新航的管理机构有充分的自主权，可自行做出大胆的决定，向外国购买最先进的飞机，更换过时的飞机。新航公司一成立，便从美国购买了两架当时最先进的波音客机。它初试啼声就雄心勃勃。新航购入最先进的客机，同时把旧客机卖给别的航空公司。以旧机换新机的做法，对新航实际上是有利可图的。新航被称为最安全的航空公司的主要原因是公司拥有最年轻的飞机群，飞机的平均机龄为6年。日本航空公司的平均机龄为8.2年，英国航空公司为8.4年，荷兰航空公司为11年，泛美航空公司为11.2年。新航到现在还保持无空难事故的纪录，这并非是偶然的。

新航行业领先的创新举措包括于1970年代在经济舱内首次提供免费耳机、用餐选择和免费饮料，以及在1990年代首次提供基于人造卫星的客舱内电话。2001年首先向所有乘客开通全球舱内电子邮件系统。2006年年底，新航展现了下一代座舱产品，包括业内最宽的头等舱和商务舱座位（具有十分平坦的床位）、增强的KrisWorld机上娱乐系统（具有1 000多种娱乐选择和全面的办公应用套件）。

新航是全球众航空公司中唯一设有专为解决航机餐点设计及质量问题的顾问团的航空公司。新航国际烹饪顾问团（International Culinary Panel, ICP）于1998年成立，其成员均为全球各地知名的主厨，为新航乘客设计国际级的航空餐点。新航的头等及商务客舱旅客，可在出发前24小时享用“Book the Cook”服务，从指定餐单内的菜式（由新航国际烹饪顾问团主厨主理）中挑选美食、菜式与航机内的正常餐单，以满足顾客不同的品味。

2. “新加坡女孩”计划

卓越的客户服务是新航成功的要素之一。新航非常强调创造出独特的顾客体验。优秀的机舱服务奠定了其在业内客户服务方面的良好声誉。新航的乘务员形象几乎就是新航的品牌形象。

其空中服务员全部为女性,被称为“新加坡女孩”(Singapore Girl)。新航在招聘时就注意尽量选择那些和善亲切、有发自内心服务意识的人。新航认为优秀的服务人员还应该具备冷静的心态、清晰的思路、灵活的方式。新航在招聘中就是通过情景模拟等方式考察应聘者的综合素质的。经过严格选聘程序进入新航后的“新加坡女孩”,都要经过比其他航空公司长半年的培训才能正式上岗。培训的着眼点是首先要给客户以美感和舒适感,其次是以高标准的服务水准和沟通能力使客户满意。

新航一直在普及一种认知:“我要用最好的服务来代替现有的服务。”新航内部有着非常成熟的比较体制,在企业内部寻找榜样,评选服务模范。在行业内部寻找借鉴,学习他人所长。新航有一张很长的列表,上面是乘客对优质服务所有的期望,包括功能、技术、态度等多方面的标准。新航不因为客户的不同而改变服务质量,不因为员工的不同而影响服务效果。

新航通过“新加坡女孩”计划提供给客户无微不至的关怀和服务,赢得了许多航空行业和旅游业的大奖,包括2007年被评为五星级航空公司(全世界只有六家航空公司获此殊荣)及年度最佳航空公司等。

3. KrisFlyer 飞行奖励计划

KrisFlyer 飞行奖励计划能使旅客赢取免费里程去旅客向往的目的地,或为旅客的家人朋友兑换同行者免费机票。旅客最少只需两次搭乘新航大部分航线的经济舱往返航班,在下一次搭乘新航航班时即可获得免费升舱礼遇!

新航实施积极的促销策略,这包括:新加坡过境随意行、新航登机牌优惠、协助客户举办会展等活动、为一些主要航线提供特价机票等。其中,新航登机牌优惠很是独树一帜。它规定旅客在到达的7日内,在指定消费场所出示其新航或胜安公司登机牌,可在酒店住宿、购物、休闲、用餐、观光和乘坐交通工具时享受折扣。此外,旅客还可在乘机的当日,在新加坡樟宜机场的一些店铺内,享受到富有吸引力的产品服务。

4. 新航在中国

为方便乘客及早制定出行计划、顺利参与2010年上海世博会,首架改装的B777-200客机从2010年2月23日起执飞新加坡往返上海的航班,为旅客带来更加舒适的飞行体验。

新航为中国乘客提供的服务体现了中国特色:在往返中国的航班上均配备中国籍新航空姐,外国籍空服人员也能用中文与乘客交流;往返中国的航班上均向乘客提供中餐选择;客舱娱乐系统“银刃世界”,每月提供最新的中文影片及中文字幕的最新外语院线片供乘客欣赏,并提供中文的系统操作指南;新加坡樟宜机场的客户服务柜台有专门的华语工作人员为旅客提供各种咨询与帮助。

请认真阅读案例,并回答以下问题:

1. 新航如何做到了将服务有形化?
2. 如果其他航空公司也实行了飞行奖励计划,你还会选择新航吗?为什么?
3. 在中国市场,新航是如何捕捉商机的?

第八章 品牌营销与管理

学完本章后，你将了解：

1. 什么是品牌。
2. 品牌化的范围是什么。
3. 什么是品牌资产。
4. 如何建立和管理品牌资产各要素。
5. 塑造强势品牌时，企业需做出那些关键决策。

阿玛尼和真维斯

阿玛尼和真维斯的黑色女式T恤衫看上去都相当普通。实际上,阿玛尼时装店和真维斯服装连锁店销售的黑色T恤衫没有什么不同。但黑色阿玛尼T恤衫标价2 200元,而真维斯的为75元。阿玛尼T恤衫由70%的尼龙、25%的聚酯纤维和5%的弹性蛋白纤维制成,而真维斯的主要由棉制成。现实情况是阿玛尼T恤衫比真维斯更有一点格调,并贴上了"意大利制造"的标签,但它怎能定出每件2 200元的价格呢?阿玛尼作为一个奢侈品牌,主要以销售售价几千美元的套装、手提包和晚礼服知名。因此,它很难将T恤衫定为75元或100元这样的低价格。由于没有多少消费者能接受价格2 200元的T恤衫,阿玛尼也未大量生产,于是更增强了对那些地位搜寻者的吸引力,他们非常渴望拥有一件"限量版"的T恤衫。

阿玛尼和真维斯的价格虽然不同,但它们均是知名品牌。企业塑造知名品牌需要缜密计划和长期大量的投资,需要在战略品牌管理过程中表现出色。战略品牌管理的基本逻辑是管理品牌资产和塑造强势品牌。

第一节 品　　牌

一、品牌的概念

"品牌"的英文单词"Brand"源自古挪威文"Brandr",大意为"烧灼"。古人采用此方式标记猪、牛、羊等需要与他人相区分的私有财产,甚至现在,牲畜所有者往往也采用该方式识别其家畜。随着商业竞争格局和零售业形态的不断变化,"品牌"所承载的含义日益丰富和获得大众的认同。基于此,营销学衍生出了新的、专门的研究分支——品牌学。①

美国营销学会将品牌(Brand)定义为"由名称、术语、标记、符号、设计或它们的组合构成,用于识别某个或某群销售者的产品或服务,使之与竞争者的产品和服务区别开来"②。理论上,只要营销者创造出一个新的名称、标记或产品符号,也就创造出了一个品牌。虽然企业可通过营销活动和其他活动刺激品牌创新,但品牌本质上根植于消费者心中,品牌是根植于现实而又映射出消费者的感知甚至某种癖好的感知实体。

其中,品牌名称指品牌中可用语言表达的部分,如"可口可乐"、"奔驰"、"海尔"、"TCL"等。品牌标记指品牌可被识别、认识,但不能用语言称谓表述的部分,如独特的符号(耐克的动感标志)、图案(苹果公司的被人咬了一口的苹果图案)、色彩(IBM公司

① 牛盾:做品牌的基本方法. 中国营销传播网. 2010-05-06. http://www.emkt.com.cn/article/465/46527.html.

② 菲利普·科特勒,等. 营销管理(亚洲版·第5版). 北京:中国人民大学出版社. 2010.

的蓝色）或字体造型（谷歌公司的“Google”字样）等。

二、品牌与产品

与“品牌”一词联系最为相关的便是“产品”，甚至许多营销者亦将“品牌”和“产品”等同，但实际上二者既有联系又有区别。

（一）品牌基于产品

成功品牌的核心是优质的产品或服务，并辅之以创造性的设计和营销实践。消费者对品牌的信任首先是基于对该品牌产品质量的信任。产品质量的好坏直接关系到消费者在消费该产品时获得的效用。小天鹅洗衣机在中国国内洗衣机行业内名列前茅，即使在欧美、东南亚市场上也有不俗表现。质量过硬、经久耐用是其一大优势。其核心部件控制器可在100℃的水中连续煮3小时，能保证完好无损和质量不受影响。沃尔沃汽车的突出特点在于其驾驶的安全性，其防爆死装置和急刹车的缓冲气囊装置，均能在最大限度上为车主的安全着想。①

（二）产品是“躯体”，品牌是“灵魂”

斯蒂芬·金认为“产品是工厂里所生产的东西，品牌是消费者所购买的东西。产品可被竞争者模仿，但品牌是独一无二的。产品易过时落伍，但成功的品牌却能经久不衰”。每一品牌中必有一产品，但不是每一产品均会成为品牌。同样功能的产品被冠以不同品牌后，在消费者心中会产生截然不同的看法，最终导致企业大相径庭的市场占有率。

（三）品牌重在传播

产品由生产部门负责生产，而品牌形成于整个营销组合中。营销组合的每一环节均需传播相同的品牌信息，才能使消费者认同品牌。定位于高档的品牌产品，其价位一般要高，包装一般也要精美，并在高档商店或专卖店销售。中国名酒茅台在参展1915年巴拿马博览会时，一开始不为人所知，直至酒坛被摔碎，酒香飘逸整个会场后，其才赢得金奖。茅台酒装在深褐色的陶罐中，包装简陋土气，又被陈列在农业馆，处在棉、麻、大豆、食油等农产品中，这些显然与其名牌“身份”不匹配，这或许就是其一开始不为观众所知的原因。在营销组合中，传播与品牌的关系最为密切，强势品牌的产品广告投入一般要远高于普通品牌。品牌的传播包括所有的品牌与消费者沟通的环节和活动，如产品的设计、包装、促销、广告等。

三、品牌的价值

近年来，特别是伴随世界体育大赛等活动的推广，某些品牌的品牌知晓度和认知度均达到前所未有的高度。这使得对于高科技产品、日用品，甚至农副产品，人们普遍认为强力的营销工具便是品牌。赖瑞·赖特认为：“在未来市场营销发展中，拥有市场比拥有工厂要重要，拥有市场唯一的途径是先拥有具有市场优势的品牌。”一个显而易见

---

① 郭汉尧：品牌生存之基——品牌产品质量设计．品牌中国网．http://www.cnadtop.com/brand/salesPractice/2009/6/19/9e573837-d112-4a7c-b626-fc2132d132e5.htm.

的问题是，品牌为什么如此重要？下文将讨论品牌对消费者和企业的价值。

（一）品牌对消费者的价值

1. 品牌便于消费者识别产品

在设计品牌时，企业往往强调品牌要有独特性，有鲜明的个性特征、图案、文字等，以区别于竞争者。不同的品牌于是代表着不同的形式、质量和服务的产品。消费者可通过品牌认知产品。例如，奔驰、沃尔沃、桑塔纳代表了不同的汽车产品特性、文化背景、设计理念、心理目标。

2. 品牌是质量和信誉的保证

企业设计、创立、培养品牌的目的在于期盼品牌成为名牌。要做到这一点，企业须在产品质量上下工夫，在售后服务上做努力。于是，品牌，特别是知名品牌，本身就代表了产品的质量档次，代表了企业的信誉。例如，许多消费者提到"海尔"，便会联想到海尔家电的高质量、海尔的优质售后服务，海尔人为消费者用户着想的动人画面。

3. 品牌便于消费者选择产品，缩短购买决策过程

消费者选择知名品牌无疑是一种省事、可靠又减少风险的方法。在大众消费品领域，同类产品或服务的品牌一般有十几个，甚至几十个，消费者一般无法通过比较产品和服务本身做出准确判断。在购买决策过程中，消费者便面临对产品的"感觉风险"，即认为此次购买可能产生不良后果的心理风险。这种风险的大小取决于产品价值的高低、产品性能的不确定性以及消费者的自信心等。品牌在消费者心目中是产品的象征，是企业的代号，代表着产品的质量和特色，意味着企业的经营特长和管理水准。于是，为回避风险，特别是当生活变得日益复杂、紧张时，消费者往往偏爱知名品牌的产品和缩短购买决策过程。

4. 品牌具有象征作用

不同品牌往往被赋予特定的社会意义，代表消费者不同的品位和风格。皮尔·卡丹西装代表着优雅和浪漫，劳斯莱斯汽车代表着尊贵和典雅。消费这些产品是消费者与他人交流信息的一种手段，即他们是什么类型的人或想成为哪种类型的人。

（二）品牌对企业的价值

1. 品牌能体现产品或企业的核心价值

通过使用品牌产品，消费者如果感到满意，便会形成消费经验并存贮在记忆中，为将来的消费决策提供参考。因此，企业不仅要将产品销售给消费者，还要使消费者对产品产生好感，使消费者重复购买和形成品牌忠诚。许多企业于是为品牌塑造了良好的形象，赋予了美好的情感，使其代表了一定的文化，使品牌在消费者心目中形成美好的记忆。例如，看到麦当劳餐厅，许多消费者便会联想到美国的快餐文化，联想到严格的质量、标准和卫生。

2. 强势品牌能使企业享有较高利润

消费者形成鲜明的品牌概念后，价格差异便会变得次要。当给不同品牌赋予特殊的个性时，此类情况就更为明显。有调查表明，市场领袖品牌的平均利润率为第二品牌的4倍，在英国则高达6倍。强势品牌的高利润空间，尤其在市场不景气或削价竞争条件下，对企业的生存发展的意义不言而喻。

3. 强势品牌能有效抵御竞争者的攻击,使企业保持竞争优势

新产品一旦被推向市场,如果畅销,很容易被竞争者模仿。但品牌是企业的特有资产,品牌忠诚度是竞争者无法通过模仿获得的。特别是当市场趋于成熟,市场份额相对稳定时,品牌忠诚是抵御同行业竞争者攻击的强力武器,更为其他企业的进入构建了障碍。

四、品牌化的范围

那么,企业如何打造品牌?品牌化(Branding)指赋予产品或服务以品牌的力量。为成功地实施品牌化战略、创造品牌价值,企业须使消费者相信不同品牌的产品和服务存在很大差异。品牌差异往往与产品本身的特性或利益密切相关。品牌化的对象可以是实物商品、服务、在线交易、人物、组织、商店、地域、理念等。品牌化可谓无所不在,有顾客选择的地方就有品牌化。下文主要讨论实物商品、服务、人物与组织、商店的品牌化。

(一)实物商品的品牌化

实物商品品牌与某种特定产品紧密联系。消费者在购买该产品时,不仅将该产品的特性,如口味、感觉、触觉和使用经验等与品牌本身联系起来,还借助品牌所体现出的生活方式和价值观念等品牌个性,彰显其自我形象或期望的形象。例如,消费者由洗发水品牌"沙宣"联想到去头屑、飞扬的头发和神采奕奕的形象。实物商品品牌给消费者以个性化选择,消费者可根据偏好选择自己喜爱的品牌产品。

实物商品品牌在一定期限内可能会非常成功,如 I phone 手机、Windows 操作系统。但由于激烈的市场竞争,消费者需求的不断变化,实物商品的不断更新成为必然。近百年来,科技的迅猛发展亦为实物商品的更新提供了技术可能。当然也有少数一些经久不衰的实物商品品牌,如景德镇瓷器等。企业要不断地开发新产品,甚至要为发展放弃原有的品牌经营理念。

(二)服务的品牌化

服务品牌指那些以服务而非以产品为主要特征的品牌。无形的服务总是以有形的产品为基础,并与有形产品共同构成品牌资产。过去很少提供服务的许多制造业企业,现在也提供有形产品和服务产品,并依赖服务来树立品牌形象。例如,这些企业提供可靠的售前咨询、售后服务、实时送货等。

实物商品的品牌建设强调结果,而服务品牌即强调结果又强调过程。服务消费在很大程度上是过程消费,消费者的价值判断在服务过程中形成,服务品牌的价值主要取决于顾客对服务过程的体验,企业应与消费者建立情感纽带。在向消费者提供强大的搜索服务同时,谷歌公司还基于顾客需要出发,从小处着眼,向消费者提供日历、地图、咨询、游戏等周到服务。现在,很多消费者将使用谷歌的产品作为标榜自我个性的手段。

(三)人物与组织的品牌化

艺术家、音乐家、首席执行官、运动员、著名律师、金融家和其他职业人士均需要营销者的帮助。例如著名的电影明星均有一个与公关机构联系密切的代理人或者经纪人。有些人在营销自己方面做得很出色,比如球星姚明、影星成龙和范冰冰等。但并不

一定只有名人才能被视为品牌。事业成功的关键在于某些人知道你是谁,知道你在技术、天赋、态度等方面如何。一个人在生意往来中建立起来的声誉,实际上就是在创立自己的品牌。

组织也热衷于在目标公众群体心目中树立深刻、友好和独特的形象。很多企业花巨资宣传企业形象。例如,通过发起核心思想为"精于心,简于形"的广告活动,飞利浦要实现"我们的品牌在向人们传递着这样的信念——简单可以成为技术发展的目标"。组织品牌的塑造是一个大的系统工程,但组织对自身品牌塑造的需求在加深,比如高校朝着知名大学奋斗,医院也要塑造强势品牌。

(四) 商店的品牌化

将商品置于名牌产品附近,用相似的容器包装,这实际上是零售商在力求用名牌产品的威望增加自有品牌的价值。这是一种普遍现象,几乎所有的大型超市和药品连锁店都有自己的畅销品牌。

事实上,为了能在市场中赢得优势,商店品牌在迅速地改进质量、扩展花色,甚至经营高价产品。经营这些品牌的零售商们通过促销、广告或在零售货架上反复陈列等手段,使自己对消费者拥有了越来越大的影响力。

第二节 管理品牌资产

一、品牌资产

营销者已意识到成功品牌往往将品牌名称与一些人性化特征相关联。这是因为,消费者常常给产品指定个性化特征,如传统的、浪漫的、粗糙的、老练的、叛逆的,并选择与其自身或预期的自我形象相吻合的品牌。营销者需通过描述某一特定使用情景的广告,向消费者传递情感或与品牌相联系的感觉,以创造一个个性化品牌。例如,可口可乐与美国化、纯正、冰爽等个性化特征相联系,百事可乐与年轻、兴奋和嬉皮相联系。

品牌名称、品牌个性等如此重要,以至许多人将其视作与有形资产等同的资产。品牌资产(Brand Equity)指与品牌、品牌名称和标志相联系的,能增加或减少企业所销售产品或提供服务的价值和顾客价值的一系列品牌资产与负债。这些价值可通过消费者对品牌的想法、感觉和行动得以体现,也可从品牌为企业带来的价格、市场份额和利润中体现。品牌资产是企业一项重要的、具有心理和财务双重价值的无形资产。

品牌资产有两个突出优点。首先,品牌资产为企业提供竞争优势,如都乐品牌代表着高质量水果,海飞丝代表着去头屑洗发水,迪斯尼意味着儿童娱乐。其次,消费者往往愿为一个具有品牌资产的产品支付更高价格。当不同产品提供的功能利益相同时,品牌资产意味着消费者愿意为一个中意品牌支付更高溢价。路易威登的箱包、Dior 的香水、阿玛尼的衣服、蒂凡尼的珠宝等均享有存在于品牌资产中的溢价。

戴维·阿克提出将品牌资产分为品牌忠诚度、品牌知晓度、品牌感知质量、品牌联想和品牌专有权 5 个部分(如图 8-1 所示)。其中后四部分是品牌资产的主要组成部分,品牌忠诚度是品牌资产的核心。

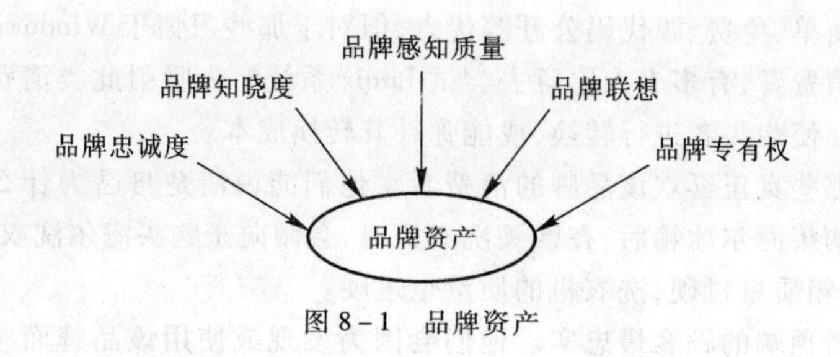

图 8－1　品牌资产

二、品牌忠诚度

品牌忠诚度(Brand Loyalty)指消费者对品牌的满意度和坚持使用该品牌的程度。如果消费者对品牌漠不关心,很少考虑品牌名称,主要根据产品性能、价格以及便利程度进行购买,那么品牌资产的价值就很低。如果竞争者提供了性能更为优越、价格更低、更为便利的产品,但消费者依然坚持购买该品牌,则其品牌资产的价值就很高。

品牌忠诚度的价值在于:品牌忠诚度是衡量品牌价值的最有力尺度。这是因为:品牌忠诚度越高,竞争相对就较低;如果品牌资产的某个指标与利润紧密相关,品牌忠诚度就可转化为未来的销售额。

(一) 品牌忠诚度的层次

品牌忠诚度大致包括 5 个层次,如图 8－2 所示。层次不同,企业面临的营销挑战和需要管理和利用的资产类型也不同。当然,并不是每类产品或市场均完全与这些层次匹配,有些购买者可能具有多个层次的特征。

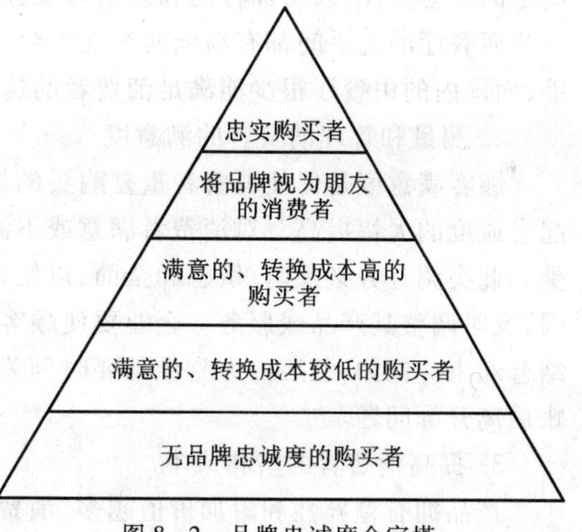

图 8－2　品牌忠诚度金字塔

金字塔底端是那些没有任何忠诚度的消费者。他们对品牌漠不关心,认为被感知的品牌基本上没有差别,更倾向于那些打折的、降价的、便利的产品。食盐、小米等日用品的情形大体如此。消费者一般不会认为某种食盐比另外一种食盐更适合自己的口味,生产此类产品的企业在品牌方面加大投入并不会起多大效果。

另外一类消费者,他们对现在使用的产品没什么不满意,认为自己没有足够理由改用其他同类产品,尤其在改变成本较高时。此类消费者容易被竞争者争取,因为转换成本并不很高。例如,方便面食品的种类和花色均很繁多,顾客有时会偏好某一种口味的食品,但如果竞争者推出了相似口味的、价格更合理的食品,消费者心中对原有品牌的忠诚瞬间便会土崩瓦解,转而购买新品牌。通过诱使消费者转换品牌,竞争者能获得一定的利润。

第三类指那些不仅对产品感到满意、且认为转换成本高的消费者。转换成本包括与转换相关的时间、资金以及性能风险方面的成本。许多业内人士认为 Lunix 计算机操作系统具有简单、免费、源代码公开等优点，但对于那些习惯于 Windows 操作系统、还需重新学习的消费者，有多少人愿意去尝试 Lunix 系统？为吸引此类消费者，竞争者需提供足够诱因促使购买者进行转换，或能弥补其转换成本。

第四类指那些真正喜欢该品牌的消费者。他们能说清楚自己为什么喜欢该产品。一些消费者在购买海尔冰箱后，在购买洗衣机时，会倾向于购买海尔洗衣机。他们的逻辑是，海尔的冰箱质量过硬，洗衣机的质量也过硬。

处在金字塔顶端的顾客最忠实。他们会因为发现或使用该品牌而感到自豪，对品牌信心十足，会向亲朋好友推荐该品牌。对于企业，忠实顾客单个的购买力并不大，但其对他人的影响却很大。他们不仅对品牌产生情感，甚至引以为骄傲。欧米茄表、宝马车、劳斯莱斯车、梦特娇服装、鳄鱼服饰、耐克鞋的购买者等均持有此种心态。

（二）如何提高品牌忠诚度

开发新市场、发掘新的消费者群体固然重要，但维持现有顾客品牌忠诚度的意义或许更重大，因为通常培养一个新消费者的成本是维持一个老顾客成本的 5 倍。企业维持品牌忠诚度的通常做法有以下几点。

1. 用心满足消费者需求

要提高品牌忠诚度，赢得消费者好感和信赖，企业就要围绕消费者开展系列活动，为满足消费者需求努力，使顾客在购买使用产品与享受服务过程中，形成难以忘怀、愉悦、舒心的感受。企业须摆正短期利益与长远利益的关系，须忠实地履行自己的义务和应尽的社会责任，以实际行动和诚信形象赢得消费者的信任和支持。麦当劳、肯德基等一些西餐厅的洗手间都有高低两个洗手台，小朋友们无需家长陪同或抱起，便可自己洗手，而国内的中餐厅很少能满足消费者的这种细腻需求。

2. 测量和管理消费者的满意度

顾客满意度是促使消费者重复购买的最重要因素。满意度达到某一高度，便会引起忠诚度的大幅提高。对消费者满意或不满意的调查非常有助于企业了解消费者的感受。此类调查务必及时、敏感和全面，以便企业能认识到顾客综合满意度发生变化的原因，及时调整其产品或服务。企业要使顾客满意度测量发挥作用就需将其与日常管理结合起来。例如，酒店的大堂经理要时刻关注和定期调查消费者的等候时间、入住、结账后离开等问题。

3. 提高消费者的转移成本

产品拥有差异性和附加价值越多，消费者的转移成本就越高。利用顾客转移成本提高顾客忠诚有两层含义：一是企业通过增加转移成本，提高已有顾客的忠诚度。例如，在药品批发业中，药商向大客户提供详细的报告服务、自动化配货系统和各种咨询服务，以强化与大客户的关系。二是企业通过降低转移成本，开发新顾客，特别是争取竞争者的顾客。不过，企业从竞争者那里“挖”客户时需注意：①客户有很强的动机夸大其目前的转移成本，以获得更好的优惠条件，企业需准确评估客户“跳槽”的损失；②这些新客户的需求和转移成本会随着时间的延续而增加。

4. 向消费者提供物超所值的附加产品

真正做到以消费者为中心，企业不仅要向消费者提供有形产品，还要提供更多的附加产品。海尔的维修人员不仅要准时修好冰箱、空调,还需向消费者致以温馨的问候,自带饮料不喝客户一口水,套塑料鞋套避免客户家里地板污损等。由于给消费者提供了意想不到的好处,海尔的售后服务大大提高了消费者对该品牌的评价和认同度。

5. 与消费者保持有效沟通

企业可通过与消费者的有效沟通来维持和提高品牌忠诚度,如建立顾客资料库、定期访问、公关、做广告等。企业利用顾客资料库将顾客分类,选择有保留价值的顾客,制定忠诚客户计划,与顾客建立长期而稳定的互助关系。TCL电子集团采用了电子销售管理系统,该系统确保遍布全国各地的销售队伍能直接通过网页浏览器访问、录入和管理销售数据,这大大节省了销售人员花在报告销售数据上的时间。公司管理层则能通过分析销售数据实时了解市场走势和竞争状况。

三、品牌知晓度

品牌知晓度(Brand Awareness)指消费者在不同情况下识别某品牌的能力。该指标反映了消费者在其大脑记忆里追溯特定品牌属性的能力,该能力主要体现在辨认品牌的正确性和回忆品牌的容易度与清晰度上。

品牌知晓度的价值在于:品牌知晓度越高,消费者在众多品牌中能优先联想起该品牌的概率就越高,该品牌商品获得消费者青睐的可能性也越高。有研究发现,在低卷入度的消费情境中,许多消费者很大幅度上依据品牌知晓度挑选商品。

(一) 品牌知晓度的层次

品牌知晓度是消费者对商品、公司、商标等信息学习和记忆的结果。它的形成和消退依赖于强化的程度。此种强化的根源在于消费者对商品的各种物理特性(价格、款式、包装、质量等)的体验和感受是一个由浅入深的过程,如图8-3所示。

"品牌无意识"处在金字塔的最底端,表示消费者对该品牌没有更详细的认识和了解,仅知道有这个品牌,或好像在什么地方见过。在此阶段,品牌不会对消费者的行为产生明显影响,但这是消费者对该品牌深入了解和知晓的基础。消费者在电视上看到"红塔集团"时,可能对其所要传递的信息并没有深切感受。但能使目标群体记住"红塔集团"时,该告知型广告便达到了预期效果。

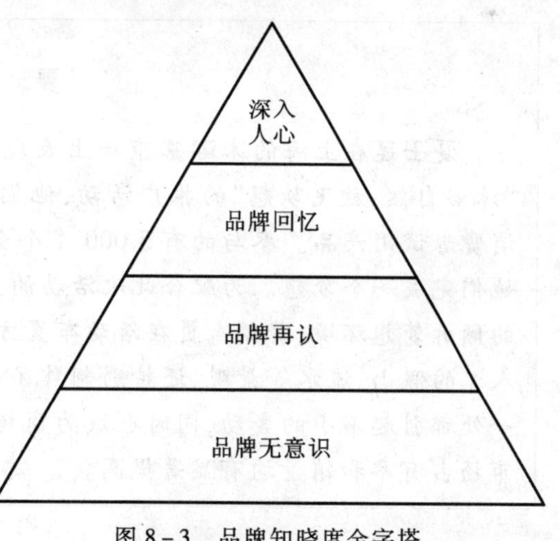

图8-3 品牌知晓度金字塔

消费者能将产品与品牌联系起来,但联系并不强烈,此时,该品牌在消费者心中处于品牌再认阶段。品牌再认(Brand Recognition)指消费者通过品牌暗示来确认之前见过该品牌的能力。例如,当进入施华洛世奇水晶专卖店,看到天鹅等品牌标识时,消费者能意识到自己走进了施华洛世奇水晶专卖店。

比“品牌再认”高一个层次的是“品牌回忆”。品牌回忆(Brand Recall)指在给定品类、购买或使用情景作为暗示下,消费者在记忆中找到该品牌的能力。在此阶段,品牌明晰地存在于消费者记忆中,并在其知识网络中处在优势位置。当消费者意识到对该产品类别有需求时,该品牌便能顺利成为备选项。例如,当消费者看到他人佩戴水晶项链时,能根据项链的形状等判断出这是否是施华洛世奇水晶,或者琉璃工房的制品。

“深入人心”处在金字塔的顶端,指此阶段的消费者在无任何提示的情形下,脱口说出的第一品牌。消费者在购买商品或服务时,面对众多品牌,往往倾向于选择自己熟悉、最喜欢的品牌。因此,一个品牌能被消费者认识、记忆、深入人心,这在消费者购买决策中的分量可想而知。例如,许多白领阶层在选择挂饰时,会脱口而出说要购买施华洛世奇水晶。

(二)如何提高品牌知晓度?

理论上,要获得品牌知晓度,达到品牌再认和品牌回忆状态,企业需使消费者体验到品牌名称、符号、商标、特点、包装或者标语的任何要素。也就是说,消费者通过看、听、想对品牌的了解越多,品牌在记忆中就会更牢固。那么如何提高品牌知晓度?

1. 创造令人难忘的创意

大卫·奥格威认为:“要吸引消费者的注意力,同时让他们来买你的产品,非要有很好的特点不可,除非你的广告有非常好的点子,不然它就像很快被黑夜吞噬的船只。”所谓“点子”即创意。创意是品牌设计者对品牌的创作对象进行想象、加工、组合和创造,使商品潜在的现实美(如良好的性能、精美的包装、合理的价格、周到的服务等)升华为消费者能感受到的具体现象。它能抓住消费者的注意力,使之发生兴趣,从而达到品牌知晓,直至深入人心。夏士莲在上海市场的独特营销推广创意便牢牢抓住了消费者的眼球。

夏 士 莲

夏士莲在上海的沐浴露市场上表现一直不尽人意。为此,营销人员做了一次“沐浴自然,放飞梦想”的推广活动,他们在商场里设立了沙漠绿洲的巨型模型,请消费者试用产品。参与的有5 000多个女性消费者,营销人员选中其中43人,帮助她们完成一个梦想。为配合此次活动的主题并给活动的参与者营造一个轻松自然的倾诉梦想环境,营销人员在活动布置方面独具匠心,不仅在整个活动区域制作了人工的假山、流水等景观,还特别制作了一间直径为4米的仿真大树屋。活动每到一处都引起不小的轰动,同时也成为商场的一大亮点。这个创意奏效了,夏士莲的市场占有率和销量均有显著提高。

2. 有新意的口号或押韵的诗句

一个有新意的口号或押韵的诗句在品牌知晓上可能会有很大的不同。例如,飞利浦的“精于心,简于形”、耐克的“Just do it”、海尔的“真诚到永远”让广大的消费者回味无穷,很容易形成品牌知晓。押韵是创建品牌知晓度的强有力工具。有研究表明,某些产品的回想次数高于其他产品,非常重要的一点便是这些产品押韵,易于记忆。

3. 标志要突出品牌特点,形象要统一

如果品牌与产品紧密相连,并被消费者认可,那么在创建品牌知晓度时,标志就能发挥主要作用。例如,施乐的英文"Xerox"在美国被消费者视作"复印"的代名词;现在人们说"到网络上搜索一下"变成了"去 Google 一下"。此外,品牌的统一形象有利于消费者对品牌的记忆,较快获得认知,有利于消费者的正确理解和避免产生无益的理解。例如,消费者提到麦当劳时,马上会联想到一致的麦当劳大叔、金色拱门、巨无霸等形象。

4. 适当的广告宣传和公关

人们如今的生活无时不受到广告的影响。广告宣传作为沟通的一种手段,已成为营销者开拓市场的重要武器。广告规模应有度,并非越大越好,过犹不及。广告的效用在初期会随着投入的增大而增大,但投入过了最佳选择点后效用便随着广告投入的增加而减少。中央电视台的许多广告标王的迅速败落的主要原因便是广告投入过多引发企业现金流匮乏和资金链断裂。企业往往会赞助某些活动,并使品牌具有该项活动的意义色彩。如果该项活动被消费者所关注、赞美和肯定,品牌知晓度便能得到很大提升。

5. 适当采用品牌延伸等手段

提高品牌回忆次数的方法之一便是在其他产品上使用该名称。许多日本知名企业在其所有产品上均使用相同品牌,如索尼、本田、马自达等。企业还可采用与其他企业共享品牌的方式来提高品牌知晓度。施华洛世奇水晶会与其他同等档次的服饰、餐具等知名品牌合作,在这些知名品牌的产品上显著标明内含"施华洛世奇水晶元素"。

四、品牌感知质量

品牌感知质量(Brand Perceived Quality)指根据特定目的、与备选方案相比,顾客对产品和服务的全面质量或优越程度的感知状况。品牌感知质量对于品牌知晓度和品牌忠诚度有重要支撑作用,好的品牌产品一定具有高质量。如今,产品的同质化倾向越来越强,技术因素固然重要,但服务以及品牌文化含量等方面因素的作用日益凸显。

品牌感知质量的价值在于:①它给消费者一个购买的理由。当消费者面对众多同类产品需做出选择时,感知质量往往能发挥关键作用。②它是差异化定价和定高价的基础。消费者越来越喜欢差异化、个性化的产品。差异化定价或定高价后,企业便要说服消费者相信高价产品"好货不便宜"、"一分价钱一分货",即让消费者对此品牌的感知质量与价格保持一致。③它与品牌延伸性密切相关。具有高感知质量印象的品牌在品牌延伸上有更大余地,因为消费者会将原有的感知质量印象转嫁到新的产品线上,这对新的产品线有很大助益。④它易受到销售商的欢迎。高感知质量印象不仅能有效提升品牌的形象,还能提升销售商的形象。例如,许多投资者愿花费巨资购买麦当劳和肯德基的特许经营权,并以与这些品牌合作为荣。

(一) 影响品牌感知质量的因素

1. 产品质量

产品的质量特性有些可直接定量描述,如钢材的强度、化学成分、硬度、寿命等。但多数情况下,质量特性难以定量描述,如容易操作、轻便、舒适、美观大方等。这需要对产品进行综合的和个别的试验研究,确定某些技术参数以间接反映产品的质量特性。不论是直接定量的还是间接定量的质量特性,均应准确地反映消费者对产品质量特性的需求。将那些能反映产品质量特性的技术和经济参数明确下来,形成技术文件,这便是产品质量标准。质量特性一般包括:①物理性,如物理性能、化学成分等;②操作性,如操作是否方便,运转是否可靠、安全等;③结构性,如结构是否轻便,是否便于加工、维护保养和修理等;④时间性,如耐用性(使用寿命)、精度保持性、可靠性等;⑤经济性,如效率、制造成本、使用费用(油耗、电耗、煤耗)等;⑥外观性,如外形是否美观大方、包装质量等;⑦心理和生理的,如汽车座位的舒适程度、机器开动后的噪声大小等。

2. 服务质量

服务质量的评估较为复杂,可从可靠性、响应性、保证性、移情性和有形性等指标来界定,这些指标具体为:

(1) 可靠性,指可靠、准确地履行服务承诺的能力。可靠性实际上是要求企业避免在服务过程中出现差错,因为差错给企业带来的不仅是直接损失,还意味着可能失去很多潜在顾客。

(2) 响应性,指店员帮助顾客并迅速提供有效服务的愿望。顾客等候服务时间关系到顾客对品牌的感觉和印象,尽量缩短它和提高服务传递效率将会大幅提高企业的服务质量。

(3) 保证性,指员工具有的知识、礼节,以及表达出自信和可信的能力。它能增强顾客对企业服务质量的信心和安全感。保证性包括:完成服务的能力、对顾客礼貌尊敬、与顾客有效沟通、关注顾客所关心的。

(4) 移情性,指设身处地为顾客着想和对顾客给予特别的关注。移情性包括接近顾客的能力和有效地理解顾客需求。

(5) 有形性,指有形的设施、设备、人员和沟通材料的外观。这些是服务人员对顾客更细致的照顾和关心的有形表现。

(二) 如何提高品牌感知质量

1. 提高产品质量或服务水平

产品或服务本身的质量不高,消费者终将不会相信产品或服务的质量高,甚至会引发品牌危机。例如,三鹿奶粉由于内含三聚氰胺严重超标给消费者的身心造成损害,最终导致该企业破产。因此,要提高品牌的感知质量,企业务必要狠练内功,不断提高产品的质量或服务水平。例如,海尔公司在创业初期,为提高员工的质量意识,将经销商退回的多台不合格冰箱当众砸毁,而非折价卖给员工。

2. 采用溢价策略

"不买最好,就买最贵",原意是嘲笑有钱人的摆阔,但这种心理确实在很多消费者心中存在。基于消费者这种对质量的习惯性判断心理,企业可采用溢价策略,使消费者相信产品或服务质量更高。例如,水井坊为凸显其"中国白酒第一坊"的感知质量定位,将其定位为国内最贵的白酒。

3. 使质量易被消费者知晓和感受

产品种类如此繁多,以至于消费者一般不能只靠肉眼便判定产品质量。但消费者一旦感觉到产品具有某些特征时,便会认为其与众不同,而不论此种感觉是否正确。例如,有些消费者认为含大颗果粒的果汁比看不到果粒的果汁富含的水果成分要多、更天然,“果粒橙”饮品便因此热卖。农夫果园的广告语为“喝前摇一摇”,通过暗示“果汁会沉淀”这一生活常识强化其产品的感知质量。有些消费者认为泡沫越多,洗衣粉的洁净效果越好,显然事实并非如此。根据消费者习惯性、常识性的认知,企业有意识地在包装上强化对产品质量的描述等,会提高品牌的感知质量。

五、品牌联想

品牌联想(Brand Association)指与品牌及品牌节点相关的想法、感受、感知、形象、体验、信念及态度等。它们可能源自消费者日常生活中的各个层面,如消费者本身的使用经验、朋友的口耳相传、广告信息以及市面上的各种营销方式等。这些来源均可在消费者心中竖立起根深蒂固的品牌形象,进而影响消费者对该品牌的购买决策。

品牌联想的价值在于:①它是差异化的基础。广告的最主要功能之一便是教育消费者,使其对品牌的差异化产生联想、认知和好感。②它能提供购买的理由。大部分品牌联想直接与消费者利益相连,而这正是消费者购买的理由。③它能创造正面的态度及情感。例如,百事可乐经常利用欢乐的场合、气氛教育消费者喝汽水的时机,这往往能形成正面情绪联想。④它是品牌延伸的依据。例如,麦斯威尔咖啡成功地建立“好东西与好朋友分享”的品牌印象,公司随后推出了罐装咖啡,在营销成本和效果上均是事半功倍。

(一) 品牌联想的形态

凯文·凯勒将品牌联想的内涵概括为如下三种类型:

1. 属性联想

属性联想指那些关于产品或服务的描述性特征,是消费者头脑中关于品牌最直观、具体的部分。例如,消费者认为品牌是什么,有什么内容,在购买或消费过程中品牌包含了什么。属性联想又分为“与产品有关的”和“与产品无关的”两部分。与产品有关的属性是执行该产品或服务功能的必备要素,主要包括:价格信息、包装、产品外观、使用者形态和使用情境。其中,价格信息是最重要的属性联想,因为消费者往往非常关心价格与品牌价值的关系,并会根据不同品牌的价格层次来构建心中的产品类别知识。包装或产品外观会给消费者带来最直观的感受。使用者形态指何种形态的消费者会使用该产品或服务。使用情境是要说明在何处、何种情境形态下,该产品或服务会被使用。与产品无关的属性指关于产品或服务的购买或消费的外在方面。作为识别产品的工具,品牌能供给消费者产品实体功能以外的、心理和精神方面的价值。品牌不仅降低了消费者购买风险,消费者通过消费品牌产品还可表达自我,体现身份和地位。因此,与产品特性无关的联想在塑造品牌形象方面发挥了重要作用,也决定了品牌延伸的范围。

2. 利益联想

利益联想指消费者认为此品牌能为其做些什么或给其带来什么利益。品牌利益联想比品牌属性联想高一层次，它使消费者与品牌相联系，使品牌形象在消费者头脑中变得鲜明和充满生机，拉近了品牌与消费者的距离。

3. 态度联想

态度联想以品牌利益联想为依据，是消费者对品牌的整体评价，是形成消费者行为的基础。品牌态度是最高级、最抽象的品牌联想。积极的品牌态度源自消费者对品牌利益产生的正面联想。消费者的品牌态度是消费者对品牌属性和利益的特定考虑。

（二）如何提高品牌联想

1. 精心调研，正确定位

对品牌联想定位前，企业应采用调研等手段，确认品牌不仅具有承诺的功能，还应与企业预期的品牌形象相一致。如果不一致，结果不但有损战略，也会破坏品牌资产。例如，沃尔沃公司以生产更安全的汽车著称，为提高市场份额，公司试图将其品牌定位为“速度+安全”，但消费者并不认可，公司最终因销售额下滑不得不重新回归其原有的“安全”定位。在品牌定位时，企业首先应认真审视自身的品牌特征和消费者对其品牌的认知。例如，王老吉将其定位为“预防上火的饮料”，消费者一想到防上火的饮料，就能迅速想到王老吉。其次，应做到品牌联想与竞争者有差异。例如，奔驰显示“声望”，宝马适合“驾驶”，沃尔沃是“安全”的汽车，法拉利代表“速度”。最后，应瞄准目标市场，能给消费者带来价值，促成购买。例如，购买路易威登的提包可使佩戴者感觉更有魅力、更自信等。

2. 依据消费者心理，适当创造联想

首先，企业应正确地识别和管理品牌符号信息。消费者一般不重视或有些不相信符合事实的信息，也缺乏足够处理信息的兴趣和能力，往往接受那些能暗示质量和联想的信息。例如，有很多消费者将青岛啤酒的麦芽糖含量和酒精含量标注混淆，只是认为10%的“酒精含量”是能接受的，但这其实是“麦芽糖含量”，但很少有啤酒企业打算改变消费者的此种误解以扩大市场份额。其次，企业应从消费者角度理解并回避那些可能产生负面联想的信息。例如，中国人对“4”这个数字比较敏感，但沃尔沃曾在中国市场上推出了“164”和“264”系列汽车。再次，企业采用促销等手段刺激消费者做出购买决策。促销能巩固并强化那些关键的品牌联想和提升品牌知名度。例如，消费者往往会贪小便宜，许多企业便常赠送一些带有企业“LOGO”的T恤衫等纪念品或促销品，以拉近品牌与消费者的距离。最后，企业可择机改变现有联想。改变消费者固有联想往往很难，但不是不可改变。例如，美国牛奶协会的“牛奶有助健康”理念推广了几十年，有效地改变了美国人的原有认知，大大提高了牛奶销量。

3. 定期审视和维持品牌联想

维持联想一般要比创造联想难。但消费者需求、认知、知识等均在变，其他环境因素也在变，这意味着原有品牌联想也需要改变，企业需跟上变革的步伐。企业此时应注意，品牌形象虽可调整，但不应大幅调整至与原有形象不一致，否则企业很难处理这种不一致性。常见的错误是企业认为消费者厌倦了现有的品牌定位，为此彻底改变产品和广告内容。例如，可口可乐认为消费者可能厌倦了原有的口味，推出了不受大众欢迎的新口味可乐。同属于上海家化集团的知名沐浴露品牌六神与美加净的例子，更是说明企业在调整品牌联想时务必谨慎。

> **六神与美加净**
>
> 六神沐浴露十多年来的营销传播策略始终没有发生变化,如包装的色彩总是折射出清爽、清凉的意境,影视广告以夏夜的场景为主,将使用含有中草药精华的六神清爽感觉淋漓尽致地演绎出来。久而久之,一提到六神,大家都能想到"清凉、草本精华、夏天使用最好"。而美加净的品牌经理8年内换了6任,品牌经历了"青春无皱"、"保养皮肤"、"CQ凝水活肤"等多次品牌重新定位。最终六神的销售额远超美加净。

六、品牌专有权

与品牌资产相关的专有权主要指专利权、商标和渠道等能够抑制或防止竞争者侵蚀企业的顾客群和品牌忠诚度的资产。这些资产须与品牌相关才属于品牌资产。如果专有权的价值能轻易地被转移到其他品牌上,则其对品牌资产的贡献就非常低。

(一)商标

品牌经过政府有关部门审核,获准登记注册则成为商标。商标实行法律管理,企业拥有该品牌的专有权,该名称标记均受到法律保护,其他任何企业不得仿效使用。因此,商标是一种法律术语,也就是享有法律保护的某个品牌。企业的商标可在多个国家注册并受到各国法律的保护。商标是企业产权的组成部分,驰名商标更是企业的巨大财富。①

> **I phone**
>
> 京华时报2010年1月6日报道:此前与苹果公司就"I phone"在中国商标注册一事而闹得沸沸扬扬的汉王科技,5日已与苹果公司达成和解。中国商标局网站上披露,原来由汉王科技率先注册的"I phone"商标,现已转让给苹果公司。汉王科技相关人士对此表示默认,但表示并无更多细节透露。
>
> 据悉,汉王科技此前招股意向书显示,其与苹果公司在2009年7月18日签订了《商标和解及转让协议》,苹果公司向汉王科技合计支付365万美元,约合人民币2 500万元,相当于汉王上市募资的1/10。

(二)专利

专利指一项发明创造向国家审批机关提出专利申请,经依法审查合格后向专利申请人授予的在规定的时间内对该项发明创造享有的专有权。专利权具有独占的排他性。非专利权人要想使用他人的专利技术,须依法征得专利权人的同意或许可。

申请专利的主要目的在于:①通过法定程序确定发明创造的权利归属关系,有效保

① 纪宝成,等. 市场营销教程. 3版. 北京:中国人民大学出版社,2002.

护发明者的成果,使其独占市场,以此换取最大的经济利益。及时申请专利就是要防止其发明创造成果被他人随意使用,丧失应有价值。②及时申请专利可使企业在市场竞争中赢得主动,防止竞争者将相同的发明创造申请专利,确保自身产品生产与销售的安全可靠性。

第三节 塑造强势品牌

决定品牌化和管理品牌资产时,营销者将面临许多颇具挑战性的决策,主要的品牌战略决策包括:品牌定位、选择品牌名称、确定品牌归属和品牌开发。

一、品牌定位

在界定和传播时,品牌定位要求品牌彼此具有相似性和差异性。通过识别目标市场和竞争者,确定理想的、既有相同点又有差异点的品牌联想,企业便可取得一个品牌定位参照系。

(一)明确相同点与差异点

1. 相同点

相同点(Points of Parity)指并非为某一品牌所独有而与其他品牌共有的品牌联想。相同点联想包括:

(1)产品大类联想,指在某一特定产品大类中,消费者认为值得信任的产品所必须具有的合理联想。它是品牌选择的必要但非充分条件。例如,消费者通常认为洗衣粉应清洁、清香、价格低廉等,这是一般洗衣粉品牌均应建立的联想,尽管每个品牌的着重点可能不同。

(2)竞争性联想,指用来抵消竞争对手差异点的联想。如果消费者认为某品牌针对竞争者的差异点而设计的品牌联想与竞争品牌同样深入人心,该品牌又能够建立另外的同样强有力、受欢迎和独特的联想,则该品牌便更有竞争优势。例如,宝洁公司的海飞丝洗发水,除具备一般洗发水的去油、清洁、清香等特点外,它强调本产品内含有效抑制导致头屑产生的因子,成功整合了“最优化 ZPT”、“活力锌”、“微网输送”三项巅峰技术,在根本上解决头屑烦恼,可实现头部皮肤结构的重建,提升对头皮的修复力,最终去除头屑。

2. 差异点

差异点(Points of difference)指那些受到消费者独特赞誉并能使品牌与竞争者区别的独特品牌联想。例如,劳斯莱斯轿车以“尊贵”为特征,象征着乘车者的身份和地位。立白洗衣粉则以“洗衣服干净、不伤手的”为主要诉求,此差异点构成顾客对该品牌的基本印象。

陈佩斯与立白洗衣粉

由陈佩斯主演的立白洗衣粉广告如下:在美国机场,陈佩斯挎着一个鼓鼓囊囊的黑色旅行包,行色匆匆,神情紧张,被美国警察误认为是贩毒者。警察经过激烈追击,抓获了陈佩斯,拉开旅行包,却发现里边是一袋袋洗衣粉。“这是立白洗衣粉,是我老婆非要我带到美国来的,"陈佩斯扯着美国警察的领子说:"洗衣服干净,不伤手的。"这则广告刻意模仿国外警匪片的风格,气氛营造的有些诡异,尤其是广告突出运用悬念手法,情节跌宕起伏,扣人心弦。独树一帜的形象代言人和突出立白"洗衣服干净,不伤手的"的诉求,使立白在同质化日趋严重的洗衣粉领域里异军突起。

有效的差异点需获得消费者认可才有意义。赢得认可的一种方式便是突出产品的某项独特且可证实的属性。例如,大益牌普洱茶认为该茶具有减肥降脂功效,那么方便的措施就是强调普洱茶里含有丰富的茶多酚,比别的类别高,能明显抑制人体内的胆固醇、甘油三酯(均为血脂主要成分)含量的上升,并能迅速促进脂肪类化合物从粪便中排出,还能改善毛细血管壁的弹性,对防治动脉粥样硬化、高血压及肥胖均具有重要作用。

(二) 选择品牌要素

基于对品牌相同点和差异点的认知和梳理,企业需系统归纳可差异化的品牌要素。品牌要素(Brand Elements)指那些有助于识别和区分品牌的、可注册的标志性工具。IBM 公司在消费者心中的蓝色巨人形象,Intel 公司的"内有 Intel"以及由 5 个音节组成的广告结尾声音等。

品牌要素主要由具体因素和抽象因素组成。具体因素有:产品的重量、色彩、运输车的外貌、价格、字体、质地、员工制服、销售文件、音乐、招牌、品牌、旁白、广告等。抽象因素包括:使用者如何接近品牌,使用者具备何种日常经验,使用者和品牌的关系,使用者对品牌的感受,使用者的需求和欲望等。

企业可精心从具体因素和抽象因素中挑选品牌要素以建立尽可能多的品牌资产。在实践中,某一品牌的品牌要素往往不单一,大多数强势品牌均有多种品牌要素,是多种具体因素或抽象因素的综合。例如,宝洁公司的潘婷洗发水强调 Pro-V 维他命原作为潘婷产品的核心成分,同时,潘婷与东方卫视合作共同打造了"潘婷闪亮之旅"大型电视节目,提出了新主张"发现你的独特光彩"。

二、选择品牌名称

品牌定位好后,企业的首要任务是给品牌起一个清晰、朗朗上口、易记的名称。品牌名称通常是企业最大的资产,它能为企业带来丰厚利润。成功名称的命名原则是与产品利益、产品定位、产品市场、产品消费有机地吻合在一起。特别是国际品牌,应注意中英文两种语言的妙用与巧合。

(一) 命名时应遵循的原则

品牌命名是将科学和艺术结合的结果,是对品牌本质的表达。一般说,理想的品牌名称通常应遵循以下原则。

1. 名称可标明产品的利益诉求

例如,微软公司的英文名称 Microsoft,字面含义就是小型软件;其旗下的 Windows 和 Office 系统,字面含义分别为视窗和办公系统。所有这些品牌名称均清晰地描述出消费者购买产品所能获得的利益。

2. 名称应具有积极意义和产生积极联想

品牌名称往往在吉利、优美、高雅等多方面赋予提示和联想，给消费者以美好印象。“娃哈哈”使人自然想起天真活泼的孩子，反映了企业的儿童市场的定位。中国国际航空公司采用“凤凰”图案，迎合了民众对飞行的贵气、吉祥的定位。汽车厂商奇瑞、吉利在命名时亦采用了同样命名方式。

3. 名称应简明

企业名称越短，越有利于传播。有研究显示，4个字的企业名称在被调查者中的平均认知度为11.3%，8个字的则只有2.88%。例如，海尔、联想、长虹等名称容易被记忆，在公众中易于获取较高知晓度。欧美公司往往采用缩写法达到简洁目的。3M公司全称为Minnesota Mining and Manufacturing Company，IBM公司的全称International Business Machines，显然，缩略后的名称更易于记忆。脍炙人口的企业名称有利于展示企业个性和扩大影响力。索尼公司最初英文名是Tokyo Telecommunications Engineering Corporation，缩写为Totsuko并被作为品牌。后来公司决心创造一个国际化的、独特的名称，综合拉丁词Sonus（声音）、sonny（年轻的），创造出了新词Sony。

4. 品牌名称应具有延展性

企业在创立品牌时应考虑到品牌未来可扩展到其他相关产品上，以最大化企业利润。例如，谷歌最初只是一家网上搜索引擎提供商，但该名称现已被延伸至手机、咨询等领域。大益普洱茶集团的“大益”品牌就具有很强的延展性，可轻易地扩展至相关产品上。

5. 名称不应违反法律和规章制度

企业如果试图使用未经授权的商标等其他专有权，将有可能面临司法诉讼。例如，中国上海的某些咖啡店未经许可便使用了星巴克的商标，并发展到一定规模，它们最终被起诉，这些咖啡店前期所付出的辛苦基本上付诸东流。此外，各国法律和法规会限制使用某些不适当词汇被应用于品牌名称。美国食品药品监督局不鼓励食品品牌使用“Heart（心）”一词，这就迫使许多知名企业的品牌名称变更。我国的某些地方规定企业在做广告宣传时，禁止使用“最好”、“最大”、“第一”等形容词。

（二）品牌名称决策

企业还需针对其拥有的不同种类、规格、质量的产品，确定如何使用品牌。品牌名称决策主要包括以下几点。

1. 不同产品使用不同品牌

该方法可使多种不同品牌在零售商货架上占用更大陈列面积。例如，资生堂公司的护肤品牌包括欧珀莱、红色蜜露、百优、超时空等，彩妆品牌包括优白、珊妃、泊美、无瑕修颜等。虽然多个品牌可能会影响原有单一品牌的销售量，但一般多个品牌销量之和往往超过单一品牌的销量。该方法不会因个别产品的失败而影响企业整体声誉和其他产品的销售。例如，宝洁公司的SK－Ⅱ因成分问题曾一度被迫退出中国市场，但中国消费者很少知道SK－Ⅱ属于宝洁公司。企业亦可对各产品品牌分别定位，可获得不同的细分市场份额。例如，汽车制造公司往往针对高低中市场采用不同品牌和价格，但实际上这些品牌的核心部件发动机的性能所差无几。

2. 所有产品使用统一品牌

我国的海尔、长虹等家电企业往往采用此种策略。海尔品牌覆盖了该公司冰箱、电视机、洗衣机、家庭厨房等全线产品。该策略的好处在于:推出新品时,企业可节省品牌的设计费、广告费;当已有品牌在市场有良好的形象和口碑时,该策略有利于新产品迅速进入;在统一品牌下,各种产品能相互影响和扩大销售。但弊端也较为明显,即任何一种产品的失败都会使企业的整体声誉受到影响。

3. 企业名称加上个别品牌名称

在每一产品品牌名称前冠以企业名称,企业名称可使产品正统化,而产品品牌可体现新产品的个性化。本田公司便使用该策略,例如,汽车方面有本田雅阁、本田思域、本田锋范等。该策略在汽车和药品等企业应用较多。

三、确定品牌归属

在涉及品牌所有权决策时,企业面临如下几种选择。

(一) 制造商品牌与中间商品牌

制造商品牌(Manufacturer's Brand),即制造商为产品冠上自己的名称,制造商是该品牌的所有者。可口可乐、柯达、IBM 等均是制造商品牌。很多企业现将产品的零部件生产甚至所有的制造活动外包,但仍是该品牌的所有者和负责管理该品牌。我国台资企业富士康公司就是主要承担 IT 企业的委托加工业务的知名企业,该公司不拥有代工产品的品牌,品牌归联想、惠普、苹果等委托方。制造商品牌长期在零售业中占主导地位,但零售商和批发商近年来开始打造自有品牌(即中间商品牌)。自有品牌(Private Brand)指产品由制造商生产并销售给经销商,但品牌归经销商所有的品牌。此类品牌产品主要在经销商的店铺中销售,也称为商店品牌(Store Brand)。例如,百安居在其零售店内销售自有品牌的涂料、床上用品、毛巾等。

与中间商自有品牌相比,制造商品牌具有如下优势:①制造商生产单个产品往往具有规模优势,能用产量摊薄各种成本费用;②制造商经过多年积淀,在产品研发、管理能力方面显然要强于自有品牌;③我国零售业发展时间短暂,尚未形成较高的信任感,而如今制造商在产品的品牌、品质、服务、公共关系、社会责任等方面均有显著改善,更容易被消费者接受。当然,劣势也很明显:①制造商的产品想要摆上零售商的货架须缴纳各种各样的费用,如进场费、上架费、配货费、条码费等,还有各种节庆费、店庆费、促销费,甚至老店翻新费。这使得制造商品牌的售价较高。②在商品陈列和现场销售环境的控制上,制造商品牌商品远不如零售商自有品牌商品,因为制造商品牌产品在货架上的位置一般由零售商控制,零售商通常会优先考虑自有品牌商品的需要。③制造商品牌的信息传递所需时间较长,信息失真可能性较高,这将直接影响制造商产品研发进度和把握市场动态。④制造商并不直接与消费者接触,消费者对制造商品牌商品的了解有限。特别是市场上一些二、三流制造商品牌,它们实力有限,没有足够的资金进行广告宣传,品牌的知晓度和认可度均较低,消费者对这些产品的性能、质量以及售后服务承诺等没有十足信心,往往不愿意冒险试用。

从零售商角度看,开发自有品牌显然有独特价值,具体为:①零售商完全可凭借自身接近市场的营销优势,将市场主动权牢牢地控制在自己手中,在与制造商的博弈中占据有利位置,获取更多的利润。②凭借自身良好的商誉和自有品牌的特色经营,零售商能培养出一批自有品牌的忠诚顾客群。

沃尔玛的自有品牌

至2005年年底,沃尔玛在全球有40个自有品牌,其中23个是全球性品牌,在全球范围内已开发出了19万种商品。沃尔玛主打的3个品牌分别是"Great Value",主要覆盖食品和非食品;"Mainstays",主要覆盖家居用品;"Simply Basic",主要覆盖服装产品。由于省去了许多中间环节和费用,特别是广告推广和超市入场费,沃尔玛的自有品牌产品通常具有明显的低价格、高质量的竞争优势。沃尔玛的自有品牌不做特别的广告宣传,但每一个沃尔玛的消费者均能从收银单背面看到其自有品牌广告,这已使得其他制造商品牌倍感压力。

(二)特许品牌

特许品牌(Licensed Brand)指特许者将自己所拥有的品牌以特许经营合同的形式授予被特许者使用,被特许者按合同规定从事经营活动,并向特许者支付相应费用。通常被特许者为一些不知名的企业,而被使用的品牌通常具有较高的声望和知名度。例如,麦当劳和肯德基以其优质的服务、整洁明快的用餐环境、可口的快餐口味享有盛誉。它们均是特许品牌所有者,可以说正是特许品牌经营模式使麦当劳和肯德基快餐店在全球繁衍,成为全球性品牌。

对于特许方,特许品牌经营是一种低风险、低成本的市场拓展模式。特许人可借助他人的财务资源实现品牌扩展和市场拓展。新开设的每一家特许经营店均不需要特许人投资而是由受许人出资。这使特许人能以更快速度扩展业务且不受资金限制。加盟店的员工招聘、培训、激励和管理等均由受许人完成,这为特许者节约了经营管理成本,将更多的资源用于新产品开发和品牌声誉提升等。

对于受许人,特许品牌意味着其放弃自有品牌。受许人愿冒此风险,是因为:借助特许人的品牌优势,受许人可迅速获得良好的市场效益;受许人可借助特许人的品牌增强抗风险能力,易获得条件优惠的贷款;通过引进特许人成功的经营管理模式,受许人能提高自身的经营管理水平等。

特许品牌在服装、饰品、餐饮等领域发展迅猛。销售者支付了大量的特许品牌权使用费,以使其产品能采用著名的时尚品牌,如卡尔·克莱、古奇或阿玛尼。儿童产品的销售者将数不清的人物名字附在服装、玩具、学习用品、毛巾、玩偶、饭盒、麦片等产品上。例如,日本三丽鸥公司的Hello Kitty品牌形象已被印在每一种消费者可想象的产品上,其采用的主要运营方式便是特许品牌经营模式。

(三)合作品牌

合作品牌(Co-branding)指两家企业将其现有品牌名称应用在同一产品上。每个合作品牌均期望另一个品牌能强化整体的形象或购买意愿，它体现了企业间的相互合作。例如，由于86系列芯片没有得到商标保护，Intel公司的竞争对手大量生产冠名为86系列的计算机芯片。Intel决心逐步放弃86系列芯片的生产并推出奔腾系列芯片，并制定了耗资巨大的促销计划，每年花1亿美元，鼓励计算机制造商在其产品上使用"Intel Inside"标志。

合作品牌的形式有多种，主要包括：①不同企业合作，如沃尔沃汽车公司的广告声称其使用了米其林轮胎；②同一企业内合作，如摩托罗拉公司的一款手机使用的是"摩托罗拉掌中宝"，掌中宝是该公司注册的另一商标；③合资合作，如日立的一种灯泡使用"日立"和"GE"联合品牌。

合作品牌的好处在于提升销售和各自名牌知名度。例如，国航知音卡本身品牌知名度比较高，专注于高端客户，它经常与中银（香港）信用卡公司、香格里拉酒店集团、万豪国际酒店集团、携程旅行网等知名企业品牌联合，共同推广产品。此类合作品牌往往在品牌价值、个性等保持协同。例如，Nike与苹果公司合作生产产品，这两个品牌在对目标客户价值取向（追求运动、科技、创新和自我表现的生活）方面，一致性较高。

合作品牌也有不足之处。合作关系通常涉及复杂的法律合同和授权问题。合作品牌的伙伴须仔细协调其广告、促销和其他营销努力，避免双方公司可能受益不均，甚至产生危及一方的长期利益的现象。那些消费者感知质量不完全一致的合作可能导致顾客忠诚度下降，合作风险较高。例如，联想收购IBM计算机业务，二者有相似的品牌特征，但消费者对二者的感知不一致，其品牌合作过程也必然伴随着部分消费者流失。

四、品牌开发

在着手品牌开发时，企业可能面临有无品牌、品牌延伸、多品牌或新品牌等决策。这里主要讨论有无品牌决策和品牌延伸决策。

（一）有无品牌决策

一种趋势是，并不是所有产品都需要品牌。一般认为，下列产品可考虑不要品牌：①大多数未经加工的原料产品，如棉花、矿砂、大豆等；②不会因企业不同而形成不同特色的产品，如钢材、大米等；③临时性及选择性不大、一次性生产的产品。

无品牌的目的在于节省广告和包装费用，降低成本和售价，加强企业竞争力和扩大销售额。近年来，美国的一些日用消费品和药品出现了无品牌倾向，据估计，美国超市中无品牌商品的售价大约低于同类品牌产品的30%～50%。

另一种趋势是品牌化迅猛异常。例如，食盐、柑橘、鸡肉、火腿等也冠以品牌名称。许多生产中间产品的制造商，如电机、计算机芯片、纤维等，也加入到品牌塑造行列。杜邦加大"莱卡"品牌的宣传，这使得众多服装制造商使用"莱卡"面料，因为由该面料制造的服装能卖更高价钱。但显然，创建一个品牌对企业来讲极具挑战性，企业不仅要付出高昂的成本和艰辛努力，还要承担该品牌不被市场认可等风险。

（二）品牌延伸决策

品牌延伸（Brand Extensions）指将现有品牌应用至新产品类别中全新或修改过的产品上。例如，雀巢公司将"雀巢"品牌应用在了奶粉、巧克力、饼干等产品上，松下将其品牌扩展至其大多数电子产品上。

品牌延伸的显著优点为:①使延伸产品迅速被消费者认知。延伸品牌可借助原有主品牌影响力,将消费者对主品牌的印象和好感转移至延伸品牌,跨越消费者对新产品或新品牌的防卫和不信任心理,使延伸品牌在短期内获得认可。例如,娃哈哈品牌由奶饮料延伸至水饮料,消费者就不会因为陌生而拒绝购买。②能丰富主品牌的内涵。适当的品牌延伸能给消费者带来新鲜感,向消费者传达主品牌创新精神。例如,海尔从洗衣机延展到冰箱冰柜、空调、彩电等,让消费者感受到海尔在不断创新。③能减少企业的营销推广成本。通过借助主品牌现有的渠道、消费者感知等,延伸品牌和消费者能迅速接近,这无疑减少了企业营销成本。

品牌延伸也有风险。首先,如果主品牌和延伸品牌的形象、特征差异较大,则可能损坏主品牌形象。活力28品牌从洗衣粉延伸到纯净水,消费者在喝它的纯净水时总感觉别扭。其次,如果主品牌和延伸品牌在资源、技术等方面不存在关联或者互补,延伸品牌很可能难以被消费者接受。例如,我国现在很多服装企业将品牌延伸至房地产开发上。最后,如果将高品质形象的品牌扩展至某些价值不大、制造较容易的品牌上,可能会使消费者反感。派克笔曾经转向低价位的产品开发,争夺低档笔市场,但最终低档笔没有市场,高档笔市场又被其他品牌占领,险些丧失其高端品牌形象。

品牌名称滥用会使主品牌失去其在消费者心中的特殊定位,当消费者不再将品牌名称与某一特定产品或类似产品联系起来时,品牌便被稀释了。

本章小结

1. 品牌是由名称、术语、标记、符号、设计或它们的组合构成,用于识别某个或某群销售者的产品或服务,使之与竞争者的产品和服务区别开来。品牌能为消费者和企业带来巨大好处,企业须将其作为无形资产加以管理。为成功地实施品牌化战略、创造品牌价值,企业须使消费者相信不同品牌的产品和服务存在很大差异。

2. 品牌资产指与品牌、品牌名称和标志相联系的,能够增加或减少企业所销售产品或提供服务的价值和顾客价值的一系列品牌资产与负债。戴维·阿克提出将品牌资产分为品牌忠诚度、品牌知晓度、品牌感知质量、品牌联想和品牌专有权5个部分,其中前四部分是品牌资产的主要组成部分,品牌忠诚度是品牌资产的核心。

3. 品牌忠诚度是衡量品牌价值的最有力尺度。品牌忠诚度越高,竞争相对就较低。品牌知晓度反映了消费者在其大脑记忆里追溯特定品牌属性的能力,该能力表现在辨认品牌的正确性以及回忆品牌的容易度与清晰度上。品牌感知质量对于品牌知晓度和品牌忠诚度具有极其重要的作用,好的品牌产品一定具有高质量。品牌联想可能源自于消费者日常生活中的各个层面,这些来源均可在消费者心中竖立起根深蒂固的品牌形象,进而影响消费者对该品牌产品的购买决策。

4. 在塑造强势品牌时,营销者将面临很多许多颇具挑战性的决策,主要的品牌战略决策包括:品牌定位、选择品牌名称、确定品牌归属和品牌开发。

5. 在界定和传播时,品牌定位要求品牌彼此具有相似性和差异性。通过识别目标市场和竞争对手，确定理想的、既有相同点又有差异点的品牌联想，企业便可取得一个品牌定位参照系。品牌名称通常是企业最大的资产，它能给企业带来丰厚利润。成功名称的命名原则是与产品利益、产品定位、产品市场、产品消费有机地吻合在一起。在涉及品牌所有权决策时，制造商通常面临采用制造商品牌、中间商品牌、特许品牌、合作品牌等决策。在着手品牌开发时，企业可能面临有无品牌、品牌延伸、多品牌或新品牌等决策。

思考题

1. 品牌的价值体现在哪些方面？
2. 品牌资产和财务意义上的资产有何异同？
3. 为什么品牌忠诚度是品牌资产的核心？
4. 企业如何权衡品牌延伸和品牌稀释？

案例

Hello Kitty 的品牌之路

Hello Kitty 是日本三丽鸥公司于1974 年创造的卡通人物品牌。它的形象通常为明亮的、粉红色的、一只左耳上有红色蝴蝶结的白色卡通小猫。30 多年来，这只没有嘴巴的小猫成为孩子们尤其是小女孩们最令人放心的伙伴和榜样。即使女孩长大成为母亲后，她依旧会和她的女儿一样，喜欢着这只猫。就是这只 Hello Kitty，每年为三丽鸥公司创造 5 亿美元的利润，同时也为获得授权使用其形象的公司赚取了几十亿美元的收益。据说，美国微软公司曾想开价 56 亿美元收买 Hello Kitty 的版权。

那么这只没有嘴的小猫靠什么来赢得女孩们的芳心呢？原来，支持者们就靠这副没有表情的猫脸孔，随意解读它的想法。这也是三丽欧的构思，让没有嘴巴的 Hello Kitty 赋予消费者想象空间，允许消费者将自己的情绪投射到 Hello Kitty 身上。换句话说，你今天认为 Hello Kitty 是快乐的，它就是快乐的；若是你今天心情不好，Hello Kitty 就是忧郁的。这种角色替代，容易使人感觉它是亲密的伙伴。

20 世纪 90 年代末，三丽鸥公司在日本销量下降，于是积极开拓海外市场，中国香港、中国台湾和韩国是最大的三个海外市场。在中国台湾市场，三丽鸥和麦当劳联手推出活动，顾客买一份麦当劳套餐就送一个 Hello Kitty。活动期间，套餐的销量激增，5 个星期内，450 万个玩偶统统送完。在活动的第一天，台湾消费者为得到这个著名的猫咪，冒着炎炎烈日排起了长队。当天，麦当劳在 4 个小时里就卖完了 50 万个玩偶。

2005 年，三丽鸥与长荣航空公司合作，推出首架以 Hello Kitty 家族为主题的彩绘客机，并命名为 Kitty Jet，将 Hello Kitty 的品牌结盟到航空业界。Kitty Jet 首航“台北—福冈”的航班。Kitty Jet 内的航班专属产品，如登机牌、行李辨识条、主题餐点等均为三丽鸥公司独家授权制造。这些用品通通印上了 Hello Kitty 图像，甚至连空中小姐也穿起梦幻的粉红 Kitty 围裙。飞机上还有专卖的典藏限量免税精品等。到 2007 年年底，

Kitty Jet往来于台北与多个日本城市，如福冈、名古屋、东京、大阪及仙台。长荣航空公司亦瞄准香港人对Hello Kitty的热爱，安排第二架Hello Kitty彩绘飞机往来于台北与香港。

三丽鸥与“大嘴猴”(Julius the Monkey)的制造商Paul Frank Industries一起推出一系列限量精装小礼品。肩包、钱包、T恤衫和其他一些小礼品在美国Paul Frank专卖店、Bloomingdale、Nordstrom等百货公司出售。带Hello Kitty标志的T恤衫可卖到25美元一件。合作非常成功，所有的货物都卖光了。

接下来，三丽鸥和拥有大眼睛“翠儿鸟”(Tweety Bird)的华纳兄弟展开合作。两家公司宣布Hello Kitty和翠儿鸟将出现在200个产品上，包括文具、时尚小东西和玩具。“两个形象所吸引的都是相似的受众——现代年轻女性。”华纳兄弟消费品公司负责国际许可的执行副总裁马克·马西尼(Mark Matheny)说，“这种合作关系使我们能以跨文化的主题提供给顾客富有创造性、时尚的产品。”

Hello Kitty如今被印在消费者可想象到的产品上，小至贴纸、笔、笔记本、衣服、玩具、手表、杯子、盘子、筷子、手机、烤面包机、垃圾桶，大至计算机、跑步机、汽车，甚至是可让人们置身其中的冒险主题乐园！Hello Kitty的数码产品有：MP3、手机、数码相机、DV机、笔记本电脑、电视机、录音机等。

为使消费者购买更多的产品，三丽鸥给Hello Kitty描述了一个亲情故事。Hello Kitty住在英国伦敦近郊小镇的红屋顶小白屋，这是一座两层高的平房，离伦敦市中心(泰晤士河)20公里。小镇上约有2万多人口，Hello Kitty的祖父母居住在附近的一个森林里，只要一天的时间就能步行到达。放假时，Hello Kitty的爸爸会开车一起去探望爷爷奶奶。Hello Kitty的学校位于伦敦市，离家约4公里。Hello Kitty每天都乘坐巴士上学，只需经过三个站即可到达学校。

Hello Kitty还有很多好朋友，这些朋友是：小老鼠裘依，它身手敏捷，最爱玩花绳，好奇心很强烈；白兔姐姐凯西，它很懂事，会时常关心别人；小熊提比，它偷偷暗恋Hello Kitty很久，很想当她的男朋友并照顾她；泰迪小熊，它因为爸爸到纽约工作而住在Hello Kitty家中，与Hello Kitty有情同手足的感情；小狗裘弟，它很喜欢看书，是一只聪明绝顶的小狗；小浣熊罗立，它有一条毛茸茸的大尾巴，常把森林的秘密告诉大家；狸猫小子，它常常惹出一堆麻烦；等等。

许多消费者一开始会买一点Hello Kitty的小礼品，比如记事簿、笔记本、铅笔盒；随后会购买家用的东西，如毛绒公仔、台灯、睡衣等；最后她(他)会尽力收藏与Hello Kitty有关的一切东西，包括Hello Kitty的“亲戚”和“好友”。

请认真阅读案例，并回答以下问题：

1. Hello Kitty属于什么类型的品牌？
2. Hello Kitty采用了什么品牌发展策略？
3. Hello Kitty会与什么类型的企业开展品牌合作？
4. Hello Kitty是否品牌延伸过度？

第九章

定价策略：理解和获取顾客价值

学完本章后，你将了解：

1. 影响定价的主要因素及基本的定价方法。
2. 企业定价的步骤及主要的定价策略。
3. 企业如何为新产品定价。
4. 企业在什么时候，以及怎样调整价格。

柯达如何走进日本

柯达公司生产的彩色胶片在20世纪70年代初突然宣布降价，立刻吸引了众多的消费者，挤垮了其他国家的同行企业，柯达公司甚至垄断了彩色胶片市场的90%。80年代中期，日本胶片市场被“富士”所垄断，“富士”胶片压倒了“柯达”胶片。对此，柯达公司进行了细心的研究，发现日本消费者对商品普遍存在重质而不重价的倾向，于是制定高价政策打响牌子，保护名誉，进而实施与“富士”竞争的策略。他们在日本发展了贸易合资企业，专门以高出“富士”1/2的价格推销“柯达”胶片。经过5年的努力和竞争，“柯达”终于被日本人接受，走进了日本市场，并成为与“富士”平起平坐的企业，销售额也直线上升。

从经济学理论的角度讲，价格是商品价值的货币表现。从市场营销的角度讲，价格是顾客为了获得拥有或使用某种产品和服务所带来的利益付出的价值总和。而定价又是营销组合诸要素中唯一能直接产生收益，真正为企业获取顾客价值的因素，因此也是企业最为关注的营销组合策略之一。

一方面，定价是否适当，会影响企业产品或服务的市场需求，影响消费者的购买，影响该产品在市场上的竞争地位和市场占有率，从而直接影响企业的销售收入和利润。另一方面，恰当的定价又是企业营销组合其他要素的函数，对其他营销组合，如产品策略、渠道策略和广告策略等起到补充或强化作用。

第一节　影响价格决策的主要因素及价格制定过程

影响企业定价决策的因素很多，其中企业最关注的是生产和经营成本，还有企业目标和客观经济环境、国家政策、法律等其他因素，以及消费者对产品价值的理解或认知。商品的价值决定是经济学讨论的范畴，这里不再赘述。本节则从企业定价决策的角度将所有影响因素大致分为内部和外部两类，如图9－1所示。

一、内部因素

（一）成本

成本是影响定价的基本因素，通常也是企业在给产品定价时最为关注的第一要素。传统上和现实中，许多企业采用在成本之上加一定的利润率即为成品价格。人们认为，通过定价收回产品的成本是天经地义的，也是合理的，因此，成本通常被看做是产品价格的下限。

一般来说，成本确实也是相对稳定、可以预测且便于掌握的，按照成本加一定利润定价可以使定价过程相对简单。但现实中，有若干不同的成本计算方法，如总成本、平均成本、边际成本、变动成本、固定成本等，用不同的成本定价，确定的价格也不同。根

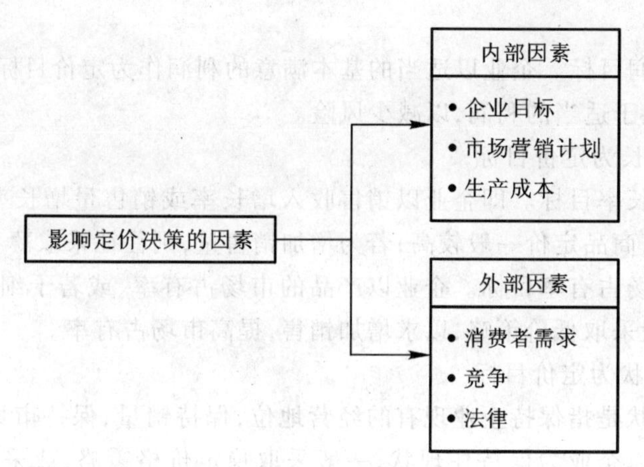

图 9-1　影响定价决策的因素

据经济学关于商品价值的理论,单个企业的生产成本不等于社会平均成本,如果定价的基础只是本企业的成本而不考虑社会平均成本,就可能产生产品定价过高或过低的偏离,结果都会对企业经营造成不利影响。

(二) 企业目标

企业目标是影响产品定价的第二个主要内部因素。通常人们以为,企业定价目标似乎都是获取尽可能高的销售额和利润,但这只能说是企业长远的整体目标,具体到某一时期为某一产品定价时,企业的目标实际是有差异的。设想一下某家电器公司的目标是使产品以"合理的价格"获取更大的市场份额,与目标为"本年度获取最大利润",显然需采用的定价策略将有很大不同。

归纳起来,企业可以有以下定价目标供选择:

1. 以利润为中心的定价目标

(1) 利润最大化目标。即企业以获取最大限度的利润为定价目标。为了达到这个目标,企业将采取高价政策。最大利润目标还有单个产品和全部产品之分,有短期和长期之分。如果是追求单个产品的短期利润最大化,企业势必采取高价政策,以获取超额利润。如果是单个产品长期利润最大化,则不同时期的价格可能有高有低。如果是追求全部产品长期总利润最大化,则并不是每种产品都实行高价,都力图获取最大利润,而是每种产品的价格可能有高有低,最终实现长期总利润最大化的目标。采取利润最大化目标,适合企业产品在市场上处于绝对有利地位的情况,可实行高价、高利政策。但是这种目标不可能长期维持,必然遭到多方抵制、竞争、对抗,甚至政府的干预。

(2) 投资收益率目标。即企业以投入资金的预期收益作为定价目标,它反映了企业的投资收益水平。计算投资收益率的公式为:

投资收益率 = 总投资额 ÷ 投资回收年限 / 总投资额

为达到这一目标,定价时需在产品成本的基础上加上预期收益。预期的投资收益率一般应高于银行存款利率。投资收益目标也有长期、短期之分。要求短期内回收投资,则投资收益率高,定价也高;如果是在长期内回收投资,则投资收益和定价相对降低。一般在行业中,实力雄厚,处于主导地位,或拥有独家产品的企业,通常采用投资收益率定价目标。

（3）满意利润目标。企业以适当的基本满意的利润作为定价目标。也就是企业不求最大利润，满足于适当的利润，以减少风险。

2. 以销售增长为定价目标

（1）销售增长率目标。即企业以销售收入增长率或销售量增长率为定价目标，以销售收入为目标，商品定价一般较高；若为增加销售量，则往往采取薄利多销的策略。

（2）提高市场占有率目标。企业以产品的市场占有率、或若干细分市场的渗透作为定价目标，一般采取低价策略，以求增加销售，提高市场占有率。

3. 以保持现状为定价目标

所谓保持现状是指保持企业现有的经营地位，保持销量，保持市场占有率，保持现有的利润水平等。企业为保持住现状，一般采取稳定价格策略，或采用非价格竞争手段。此定价目标一般适合有实力的大企业，已有了相当的市场占有率和利润保障。为保持现状，阻止带有风险的价格竞争，而采用稳定价格的方针。

4. 以适应竞争为定价目标

企业为避免在激烈的市场竞争中发生价格竞争，两败俱伤，互伤元气，以适应竞争作为定价目标，即以略低于、略高于或等于竞争者的价格销售商品。此目标主要适于中小企业，或在竞争中处于追随者地位的企业。

企业和非营利性的组织还可能有其他一些定价目标，如在艰难时期，只要价格能补偿可变成本和少量固定成本就可以了；一些公共产品的定价目标是只要收回成本，或根据顾客收入水平制定产品和服务的价格，如公租房。

（三）营销组合中的其他要素

这是影响定价策略的第三大内部因素。例如，某计算机公司向大型机购买者提供一揽子的系统服务，包括现场技术指导、为公司高级管理人员举办数据处理发展趋势讲座、为公司提供系统解决方案。通过向用户提供高附加值的服务，企业可以为所售设备定较高价格。另外，家用计算机提供商只为用户提供有限的维修、担保服务，商品售价也必然低。又如，企业推出的时尚名牌服装，定价一般较高；而推出的日常便装，定价就低。

二、外部因素

一旦企业确定了自己的定价目标，并制定了市场营销战略与营销组合，即完成了对企业内部因素的分析，下一步就要转向企业外部因素的分析。在影响企业价格决策的外部因素中，最重要的因素是消费者需求，或顾客对商品价值认可的水平，图 9－2 表示了这种影响与其他因素间的关系。

如图 9－2 所示，商品的认知效用是商品的实际效用借助于广告、人员推销等其他企业营销组合的作用转化而来。而消费者对商品的认知价值，又是在需求既定的情况下，参照替代品的认知效用与价格确定的。在这一基础上，最终形成了消费者愿意为该产品支付的最高价格。因此，消费需求决定了商品价格的上限。当然，这里说的消费需求，不仅是对商品使用价值的需求，也不仅是建立在对商品实际效用的认知上，而且包

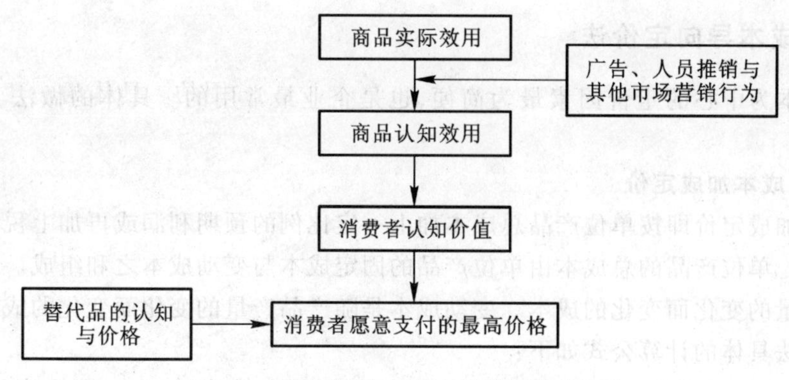

图 9-2　消费者认知价值与其他因素的关系

含了心理因素,包含了通过企业整体营销策略对商品价值的提升。由此可见,消费者对商品的认知价值具有以下几个特点:

(1) 消费者对商品的认知价值在某种程度上受控于企业的营销努力。

(2) 既定的消费者,他对某商品价值的认知随着对竞争产品的认知及其价格的变化而变化。

(3) 不同消费者对同一商品可能有不同的认知价值。

上述分析已涉及了竞争对定价的影响,这也可称为一种生活常识:即相同或具有替代关系的产品的价格互为参考。例如同为远程交通工具的火车、飞机票价变动对客流的影响;众多领域相关企业大打价格战等都是例证。行业内这种近乎"残酷"的价格竞争压力迫使企业不得不走产品差别化的经营之路。是什么因素造成某些行业价格竞争强度较其他行业更大呢? 产品的差别化程度是重要原因之一。另外,在一些行业,消费者对产品或服务之间的差别不太在意,或认为这些差异意义不大。对那些固定成本很高,变动成本很低,从而销售数量对利润影响极大的行业,价格的竞争也更为惨烈,航空、宾馆业即是典型。

最后一个重要的外部影响因素是法律。在市场经济条件下,各国同样制定了针对企业定价行为的各种相关法律。例如美国的反垄断法禁止企业间联手操纵价格,或一企业旨在排挤竞争对手采取的低价竞争。

既然有这样一些影响价格制定的因素,企业在实际制定价格的过程中就需要遵循一定的步骤,即六步流程:①选择定价目标;②确定需求;③估计成本;④分析竞争者的成本和定价;⑤选择基本的定价方法;⑥确定最终价格。

第二节　基本的定价方法

上节分析的影响企业定价的内外部影响因素中,对实际定价影响最大的是三方面的因素,即成本、市场或消费者需求、竞争。其中,成本是价格的下限,顾客对产品价值的感知是上限,而竞争企业的产品和替代品的价格提供了参照。因此,基本的定价方法也不外乎 3 种,即成本导向定价、需求导向定价和竞争导向定价。

一、成本导向定价法

以成本为中心的定价因素最为简便,也是企业最常用的。具体的做法又可分为4种。

(一) 成本加成定价

成本加成定价即按单位产品总成本加上一定比例的预期利润或再加上税金的一种定价方法。单位产品的总成本由单位产品的固定成本与变动成本之和组成。固定成本是不随产量的变化而变化的成本。变动成本是随产品产量的变化而变化的成本。成本加成定价法具体的计算公式如下:

单位产品价格 = 单位产品总成本 ×(1 + 成本加成率)÷(1 - 税金率)

例如,某产品的产量为10万件,所耗固定成本100万元,变动成本50万元,总成本即150万元,预期利润率为总成本的20%,产品的税率为5%,则该产品的售价应是:

(1) 只考虑预期利润:

单位产品总成本 = (100 + 50) ÷ 10 = 15(元)

单位产品售价 = 15 × (1 + 20%) = 18(元)

(2) 加上对税金的考虑:

单位产品售价 = 15 × (1 + 20%) ÷ (1 - 5%) = 18.95(元)

成本加成定价法简单易行,只要产品能销售出去,就能实现预期利润。缺点是只考虑了产品成本,忽视了市场供求、竞争因素、季节和不同产品生命周期阶段等的影响。

另外,加成率的确定必须认真分析产品性质、竞争程度、市场需求等情况,否则,定得过高或过低对企业都不利。

(二) 收支平衡定价法

收支平衡定价法又称盈亏平衡定价法,即以总成本和总销售收入保持平衡为定价原则。总销售收入等于总成本,此时利润为0,企业不盈不亏,收支平衡。其计算公式为:

$$P = FC/Q + VC$$

式中,P ——单位产品售价,Q——预计销售量,FC——产品的固定成本,VC——产品的单位变动成本。

例如,某产品的固定成本为100万元,单位变动成本5元,预计销售10万件,该产品的销售价格应是:

$$P = 100/10 + 5 = 15(\text{元/件})$$

也就是说,该产品在达到收支平衡时的价格为15元。这种方法的优点是计算简便,可使企业明确在不盈不亏时的产品价格及最低销售量。缺点是要先预测产品销售量,若销售预测不准,成本算不准,价格就定不准。而且,它是根据销售量倒过来推算的价格,但现实中,价格高低本身对销售量就有很大影响。

(三) 目标利润定价法

这种方法以总成本和目标利润作为定价的基础。首先估计未来可能达到的销售量和总成本,在保本分析(收支平衡)的基础上,加上预期的目标利润额,或是加上预期的投资报酬额,然后再计算出具体的价格。其计算公式如下:

单位产品价格 =(总成本 + 目标利润额)÷ 预计销售量

投资报酬额 = 总投资额 ÷ 投资回收期

例如,某产品预计销售量为10万件,总成本125万元,该产品的总投资约140万元,要求五年回收投资,投资回收率目标为20%,该产品的售价应为:

年投资报酬额 = 140 × 20% = 28(万元)

单位产品价格 =(125 + 28)÷ 10 = 15.3(元)

这种方法简便易行,可提供获得预期利润时最低可能接受的价格和最低的销售量,通常为一些大型企业和公用事业单位采用。西方许多大型公用事业公司亦按此法定价。美国通用汽车公司就以总投资额的15%~20%作为每年的目标利润,计入汽车售价中。

这种方法的缺点与收支平衡法相同,都是以销售量倒过来推算出价格,而价格却是销售量的重要影响因素。

(四)变动成本定价法

变动成本定价法又称边际贡献定价法。此法是在定价时,不考虑价格对总成本的补偿,只考虑价格对变动成本的补偿,并争取更多的边际贡献来补偿固定成本。所谓边际贡献,就是只计算变动成本而不计算固定成本时的收益,其计算公式为:

边际贡献 = 销售收入 − 变动成本

边际贡献大于变动成本时,其超过部分的收益可用以补偿固定成本。若边际贡献能全部补偿固定成本,则企业不盈不亏,若边际贡献大于总成本,企业就盈利。反之,边际贡献小于总成本时,只能补偿变动成本,不能全部补偿固定成本,企业就亏损。

例如,某产品固定成本为40万元,变动成本为5元/件,产品年产量可达8万件,每件售价12元。目前订货量为6万件,生产能力有富余,现有用户出价9元,订购1.5万件。企业经再三考虑决定接受订货比不接受为好,因为每件仍能获得9元 − 5元 = 4元的边际贡献,短期内仍能使企业增加收入,减少损失。

这种方法在市场供过于求、企业生产任务不足、承接临时生产任务时,暂时不考虑以总成本定价,而采用变动成本定价,以期维持生产、保住市场。因此,它是可供短期内采用的一种灵活定价方法。

二、需求导向定价法

需求导向定价法即按市场需求的强弱情况制定不同的价格。市场需求量大,定价就高,需求量小,定价就低。

采取高定价,一般适用于竞争者产品未上市前;愿付高价购买的人数相当多时;或即使高价格诱使竞争者进入市场的风险也不大时。

采取低定价,一般适于以下情况:①市场对价格呈现高度敏感,降低价格,需求量将大幅提高;②当低价可拒退已有或潜在竞争者时;③单位生产成本与销售成本能因大量生产和销售而降低时。

需求导向定价的做法主要有两种：理解价值定价和需求差异定价。

（一）理解价值定价

该方法以消费者对商品价值的认知和理解程度作为定价的依据。消费者对商品价值的认知和理解程度不同，形成不同的价格上限，如果恰好将价格定在这一限度内，消费者既能满意地购买，企业也更为有利可图。

实施这一方法的要点在提高消费者对商品的效用认知和价值理解度。企业可以通过实施产品差异化和适当的市场定位，突出企业产品特色，再辅之以整体营销组合策略，塑造企业和产品形象，使消费者感到购买这些产品能获取更多的相对利益，从而提高他们可接受的产品价格上限。

（二）需求差异定价

这种方法根据销售对象、销售地点、销售时间不同而产生的需求差异对商品进行差别定价。例如对饮料的需求，在旅游景点或舞厅中比在超市中的需求强度要高，因此在前种情况下可定较高价格。又如，旅游旺季对车票、机票和旅馆的需求强度大大高于旅游淡季，因此，旅游旺季时景点、宾馆和机票价格通常都会高些。

但采用差别定价是有条件的：第一，市场必须能细分，且不同的细分顾客对产品显示出不同的需求强度；第二，要确知并防止高价细分市场的竞争者不可能以较低的价格进行竞销；第三，要确保低价细分市场的买主不会向高价细分市场转售；第四，划分细分市场所增加的开支不能超过高价销售的所得；第五，差别定价不会引起顾客的反感；第六，差别定价是合法的。

“无积压商品”的蒙玛公司

蒙玛公司在意大利以“无积压商品”而闻名，其秘诀之一就是对时装采用多段定价。它规定新装上市，以3天为一轮，凡一套时装以定价卖出，每隔一轮按原价降低10%，以此类推，于是到10轮（一个月）之后，蒙玛公司的时装价格就削到了只剩35%左右的成本价了。这时的时装，蒙玛公司就以成本价售出。因为时装上市还仅一个月，价格已跌到1/3，谁还不来买？所以一卖即空。蒙玛公司最后结算，赚钱比其他时装公司多，又没有积货的损失。

三、竞争导向定价法

竞争导向定价以市场上相互竞争的同类产品为价格的基本尺度，并随竞争变化调整价格水平。主要做法也有两种：通行价格定价和密封投标定价。

（一）通行价格定价

通行价格定价即将竞争产品的价格作为本企业产品定价的基本依据。实施这种定价方法主要为避免挑起竞争。而且，通行价格在人们的观念中常被认为是“合理价格”，一方面易为消费者接受；另一方面，也能保证企业获得合理、适度的利润。这种随行就市的定价方法也很普遍，有时是因为成本难以估算，有时是因为难以估计采取进攻性定价会引起对手什么反应。对小公司来说,追随大企业定价更是一条常规。

(二)密封投标定价

密封投标定价即企业在投标时用的价格。企业的目的是中标,占领市场,因此,根据企业投标任务的成本、预期利润、中标的概率,以及预计竞争者投标的报价水平,确定自己的投标价格。为了中标,企业往往以低于预计竞争者报价的水平来确定自己的报价,而不是严格按照本公司的成本或顾客的需求。

对经常参与投标的公司,制定一个预期利润标准,然后以此为基础确定投标价格是最为合理的。但如果公司只是偶尔投一次,且志在必得,预期利润指标用处就不大了。

长安福特蒙迪欧的定价

2004年2月13日,在风景如画、秀甲天下的桂林山水之间,在曾经承载众多国际顶级盛会的桂林国际会展中心,在耀眼夺目的光晕霓虹辉映中,长安福特举行了名为“耀世而出、风光绝伦”的盛大庆典。来自德国的福特“世界车”之旗舰2004款全新蒙迪欧(Mondeo)与全球同步亮相中国。其中,蒙迪欧2.0升尊贵级售价22.98万元,2.0升经典型售价20.98万元。2004款全新福特蒙迪欧2003年年底刚刚在欧洲推出,此次在中国同步推出的产品拥有欧洲版本的所有先进技术亮点,并进行数十项的升级设计和豪华配备,是一款令中国用户无比自豪的中高档轿车。因此,2004全新蒙迪欧的推出,首次让中国站在了“世界车”市场的最前沿,让中国用户首次拥有了真正的“世界车”旗舰,令世界眼光聚焦中国,同时令用户体验到“世界,就看我的”之尊崇感受。两款产品的厂方建议零售价分别为人民币20.98万元和22.98万元。这两个价格重新定义了中高档轿车价格标杆,再度刷新了中高档轿车性价比纪录,直接对广州本田雅阁形成了挑战和威胁。

第三节　定价策略

在确定了基本的定价方法之后,企业还有许多价格调整策略可以选择,用于形成最终的价格。主要的定价策略可以分为以下几类。

一、心理定价策略

心理定价是为适应消费者的购买心理所采用的定价策略,主要做法有以下四种。

(一)尾数定价

尾数定价即依据消费者以为零数价格比整数价格便宜的消费心理而采取的一种定价策略,又称奇数或非整数价格策略。例如一件商品定价49.5元,给顾客的感觉是还不到50元钱,比较便宜,从而乐意购买,达到促进顾客购买、企业增加销售的目的。很多超市的日用品都倾向于采取这种定价策略。

(二)整数定价

整数定价即将商品价格定为一个整数,不带尾数。对高档商品,奢侈品商家常采用整数价格策略。例如一辆高级小轿车,定价50万元,而不是49.9万元,以给人一种"豪华"的感觉,从而满足一些消费者通过私家车显示自己能力、地位的心理。

(三) 声望定价

声望定价是一种利用企业和产品的声誉,对产品给予高定价的策略。这种策略有利于提高企业和产品的形象,吸引注重名牌的顾客购买。

(四) 招徕定价

招徕定价是一种利用消费者求廉的心理,将少数几种商品价格暂时降至极低,借此吸引和招揽顾客购买的一种策略,通常为超市、大卖场和杂货店采用。这种策略有助于招揽顾客购买特价品,形成大量客流,同时又促进他们选购其他非特价商品。

二、产品组合定价策略

(一) 系列产品定价

系列产品定价即将系列商品根据规格、外观等的不同给予不同的价格。例如,将各种西装分为1 000元一件、800元一件、500元一件的三组。再如,存储量不同的移动硬盘分别给予800元、600元、400元的定价。这样,同类商品的品种、规格、花色虽多,但只有几种价格,便于卖方结算货款,也有助于消费者节省选购时间,迅速做出购买决定。缺点是每组的价差不易确定,且产品生产成本升高时,必须全面调整价格,使消费者有涨价的感觉而影响购买。

系列产品的差价幅度应考虑不同产品的成本差异,但更常见的是反映顾客对产品特征的价值感知的差异,或者是寻求简化买卖过程。

(二) 副产品定价

副产品是在生产主要产品的过程中同时产出的产品。这些产品的定价一般低于主产品。例如肉制品行业对动物内脏和骨头的处理,造纸行业对化工废料的定价,以及矿石冶炼行业对废矿渣的处置。

在服务行业,这种附属产品的定价有时被称为两段定价,如电话公司收取基本的固定费用,然后超出部分按时间计费。固定费用吸引消费者使用服务,变动费用带来利润。

(三) 关联产品定价

关联产品有时也称为互补产品,是指必须和主要产品一起使用的产品,如手电筒和电池、打印机和墨盒。一些既生产主要产品又生产关联产品的企业,有时将主要产品的价格定得偏低,而将关联产品定高价,靠关联产品赚钱。例如打印机公司通常将打印机价格压得很低,墨盒价格较高,甚至买几个墨盒就送一台打印机。

(四) 捆绑定价

捆绑定价即将几种相关产品组合起来,以低于整体价格的低价整体销售,如餐饮业中的"套餐",护肤品的礼盒,洗发、护发品的捆绑,还有将机票、住宿、旅游景点、餐饮和娱乐打包的旅行套餐,等等。捆绑定价有助于促进消费者购买那些他们本来可能不会购买的产品,但捆绑定价显然需要将价格定到足够低才能吸引顾客购买。

三、折扣与折让策略

这包括各种减价策略,即在原定价格的基础上减收一定比例的货款。

(一) 现金折扣

现金折扣是对按约定付款日期付款的顾客给予一定的折扣,对提前付款的顾客则给予更大的折扣。采用这种策略的目的是鼓励顾客提前付款,不拖欠货款,以加速资金周转。

(二) 数量折扣

数量折扣是根据顾客购买货物数量或金额的多少,按其达到的标准,给予一定的折扣,购买数量愈多,金额愈大,给予的折扣愈高。数量折扣可分为累计与非累计数量折扣。

1. 累计数量折扣

规定在一定时期内顾客购买商品达到或超过一定数量或金额时,按其总量的多少,给予不同的折扣。这种策略鼓励顾客长期向本企业采购,与顾客建立长期稳定的关系,因而有助于企业掌握销售规律,预测销售量。它还适于推销过时的和生鲜易腐产品。

2. 非累计数量折扣

顾客一次购买的数量或金额达到一定标准时,即给予一定的折扣优待。采用这种策略不仅对顾客有利,企业也可以节省销售费用,因企业每销售一次商品,不论数量多少,其支付的费用都差不多。

(三) 交易折扣

交易折扣也称功能折扣,是由企业向中间商提供的一种折扣。不同的中间商,企业可根据其提供的各种不同服务和担负的不同功能,给予不同的折扣优待。但对同一层次的渠道成员一般应提供同样的交易折扣,如对所有一级批发商均给予同样的折扣点。当然,同时还可以结合数量折扣等。

(四) 季节性折扣

季节性折扣是生产季节性商品的企业向在季节前后购买非时令性商品或提前定购季节性商品的中间商给予一定的价格折扣。这对中间商有好处,也有利于企业安排生产。例如一些季节性明显的服务行业,在淡季时给予顾客一定的价格折扣;再如,圣诞节礼品季节性很强,中间商订购时间越早,给予的折扣将越大。这种做法,第一可以调节供求,第二对顾客有利,第三总体上企业仍有利可图。

(五) 推广折扣

推广折扣是企业向为其产品进行广告宣传、橱窗布置、展销、促销活动的中间商提供的一定的价格折扣或让价,作为给中间商开展促销工作的补偿,以鼓励中间商积极为企业产品扩大宣传。

四、地理差价策略

这是根据买卖双方地理位置的差异,考虑买卖双方分担运输、装卸、仓储、保险等费用的一种价格策略。

（一）产地价

产地价又称离岸价格，是卖方在产地将货物送到买方指定的车船上，卖方只负担货物装到车船上之前的一切费用和风险。交货后，商品所有权即归买方所有，商品的运杂费、保险费等亦全部由买方自行负担。这种价格策略实行单一价格，适合于各个地区的顾客，对卖方最便利省事，也节省费用，但有时对扩大销售和市场占有率不利。

（二）目的地交货价

目的地交货价即按照合同规定，卖方产地价格加上到达买方指定目的地的一切运输、保险等费用所形成的价格。目的地交货价格，在国际贸易中又分为目的地船上交货价格、目的地码头交货价格、买方指定地点交货价格。

（三）统一交货价

统一交货价又称到岸价格或送货制价格，即不分买方路途远近，一律由卖方将商品送到买方所在地，收取同样的价格，也就是运杂费、保险费等均由卖方承担。这种策略适用于重量轻、运杂费低廉、其占变动成本的比重较小的商品。它能使买方认为运送商品是一项免费的附加服务，从而乐意购买，以扩大产品辐射力和市场占有率。

（四）分区运送价

分区运送价也称地域价格，是卖主将市场划分为几个大的区域，根据每个区域与卖方所在地距离远近分别定价，在各个区域内则实行统一价格。

（五）津贴运费定价

这种方法主要为弥补产地价格策略的不足，减轻买方的运杂费、保险费等负担，由卖方补贴其一部分或全部运费。这种策略对扩大销售有利。

第四节　新产品定价与价格调整

一、新产品定价

企业定价通常还会随着产品生命周期的变化而改变，这其中，新产品引入阶段的定价最具挑战性。此时对消费者的认知价值难以确定，又无竞争者价格作参考，尤其是全新产品和革新型产品。这时主要有三种定价策略可供选择。

（一）取脂定价策略

取脂定价又称“撇奶油”定价，即在新产品刚进入市场的阶段（产品生命周期的引入期），采取高价政策，尽可能在短期内赚取最大利润。就好像在牛奶中撇取奶油一样，尽快获取产品利益。采取这种策略的理由，首先是认为新产品刚投放市场，需求弹性小，竞争力弱，以高价刺激用户，再配合产品本身的特点，有助于提高产品地位，刺激需求，开拓市场。其次，采取这种定价策略的好处是，一旦发现高价使产品难以推销，或竞争对手推出了类似的产品，很容易改变策略，大幅降低价格，刺激购买，而如果一开始就实行低价，以后若想提价，很可能会影响销售量。第三，利润高，资金回收快。这些理由也是这种策略的优点。

取脂定价的缺点是:首先,新产品刚投放市场,产品声誉尚未建立,即以高价投入,不利于市场开拓,有可能影响新产品的市场推广。甚至可能由于价格太高,不被顾客接受,而使新产品夭折。其次,价格高,销售量可能达不到预期值,反而使利润更少。第三,高价带来的高额利润,可能吸引众多竞争者迅速跟进,竞争的结果是价格迅速下跌。所以,取脂定价策略主要是一种短期价格策略。一般来说,取脂定价适用于产品有明显创新或独特性,消费者对价格相对不敏感,但对产品的认知价值要求高的市场。

(二) 渗透定价策略

这是以低价将新产品投放市场的策略。这种策略的优点是产品能很快被市场所接受,有利于迅速打开新产品的销路;由于是低价薄利,能有效地排斥竞争者进入市场,使企业较长期占据市场优势地位,市场竞争相对较弱。

缺点是利润低,投资回收期长;当新产品大量上市时,不易再降价与竞争者竞争;若成本上升,需调高价格时,也会引起顾客不满,影响销售量;由于低价出售新产品,会使顾客误认为产品质量不高,影响购买,还有可能影响企业和产品的形象。

渗透定价是一种长远的价格策略。适用于需求弹性较大,竞争对手较多,竞争者易进入市场(市场进入壁垒低)和企业在成本方面有一定优势的产品。显然,当生产的规模经济性明显,或明显存在竞争者进入的威胁时,采用以牺牲短期利润换取销售规模的渗透定价更为合适。

(三) 满意定价策略

介于以上两种策略之间的适中定价即满意定价策略。在既不适合采取取脂定价策略,也不适合采取渗透定价策略时,可采用满意定价策略,达到产品价格能被顾客接受,企业又有一定利润的目的。

二、价格调整

调整价格指的是当公司经营环境或企业经营战略发生变化时面临的提价或降价问题。在以下几种情况发生时,企业可能主动降价:

(1) 生产能力过剩。例如企业增加了新的生产线,生产能力大大提高,但市场却是有限的,为挤占竞争对手的市场份额,必然降价。近年我国家电业中一些大企业频繁挑起价格战即因这一点。

(2) 市场占有率下降。这通常发生在新进入的或已有的竞争对手采取了更具进攻性的营销策略以挤占市场时。企业为防止市场份额继续丧失,不得不采取削价竞争。但此种策略可能风险很大,导致恶性循环,对中小企业来说难以持久。

(3) 经济不景气,消费者购买意愿下降时。这在一些选择性商品上更为突出。经济不景气,消费者实际收入和预期收入均下降,对一些可买可不买的商品会推迟购买,或选择价格较低的商品,这就迫使企业不得不降价。

另外,当成本上升、市场供不应求或通货膨胀发生时,企业可能不得不提价。当然,企业也可以不采取直接提价的办法,而通过减少分量,用较便宜的配料或零件代替,换用较便宜的包装材料,或加大包装规格,减少某些不太重要的服务等办法来降低成本。但其前提是不能降低产品质量,否则将影响企业及产品的声誉,甚至失去市场。

最后，不管企业打算提价还是降价，预先都应对顾客、竞争对手、供应商和分销商会有何反应做出估计，并准备好相应的对策。

本章小结

1. 影响企业定价决策的因素大致分为内部和外部两类。内部因素包括成本、企业目标以及营销组合中的其他要素，外部因素包括供求状况、竞争态势和法律。

2. 企业在实际制定价格的过程中需要遵循一定的步骤：①选择定价目标；②确定需求；③估计成本；④分析竞争者的成本和定价；⑤选择基本的定价方法；⑥确定最终价格。

3. 企业可以运用的基本定价方法有成本导向定价法、需求导向定价法与竞争导向定价法三种。

4. 定价策略包括心理定价策略、产品组合定价策略、折扣与折让策略、地理差价策略等。

5. 新产品定价策略包含取脂定价策略、渗透定价策略和满意定价策略。

思考题

1. 简单分析影响价格决策的主要因素。
2. 成本导向、需求导向和竞争导向定价的基本原理和方法有哪些？
3. 简述主要的定价策略。
4. 新产品定价有何策略？
5. 你怎么看国内市场频繁发生的价格战，你认为有办法减少价格战吗？

案例

帕萨特 2.8V6 的定价策略

上海大众是德国大众在我国与上海汽车工业集团总公司成立的合资企业，在品牌营销方向上基本继承发扬了德国大众的策略。德国大众是世界知名的跨国公司，其定价策略是保证公司目标实现的重要条件。

20 世纪初，上海大众正式向媒体展示刚刚推出的帕萨特 2.8V6。其打出的品牌定义为“一个真正有内涵的人”。营销目标是“成为中高档轿车的领导品牌”、“成为高档轿车的选择之一”。无疑上海大众希望传播这样一个目标：帕萨特是中高档轿车的首选品牌；在品牌形象方面是典范；要凌驾于竞争对手别克、雅阁和风神蓝鸟之上；缩小与高档品牌（如奥迪、宝马、奔驰）之间的差距。

上海大众为了达到以上目标，在分析了自己的优劣势后进行了定价决策，并围绕着营销目标和所制定的价格进行了一系列行之有效的广告宣传。

1. 定价

为了制定出有竞争优势的市场价格,上海大众首先从以下几个方面分析了自己的优势和劣势。

(1) 就生产成本而言,由于该车系上海大众已在2000年就开始生产了,而且产销量每年递增,所以生产成本自然会随着规模的增加而降低。

(2) 竞争品牌技术差异。

① 与市场同档次产品(如奥迪A6、本田雅阁、通用别克等)相比,虽然帕萨特的长度排名最后一位,但是帕萨特轿车身材最高,达1.47米;整车轴距为2.803米,远远高于雅阁、别克。帕萨特的乘坐空间和乘坐舒适性在同类轿车中处于最好水平,尤其对后排乘员来说,腿部和头部空间尤显宽敞。

② 帕萨特和奥迪A6所用的2.8V6发动机技术水平均处于领先地位。

③ 空气阻力影响汽车的最高车速和燃油油耗。帕萨特的风阻系数仅为0.28,在同类轿车中处于最好水平。

④ 与帕萨特及奥迪A6的周密防盗系统相比,雅阁没有发动机电子防盗系统和防盗报警系统,别克轿车没有防盗报警系统。

⑤ 帕萨特轿车的长度在四种车型中名列之末,但由于其卓越的设计,帕萨特的行李箱容积却超过了广州本田雅阁和上海通用别克的水准。

(3) 售后服务是汽车厂商们重点宣传的部分,而维修站的数量则是个硬指标。上海大众建厂最早,售后服务维修站的数量自然也会居于首位。在市场营销方案中,上海大众依然用图表的方式充分展示了自己在这方面的优势。

在对经销商的培训及消费者的宣传中,上海大众用了这样的语言:上海大众便捷的售后服务、价平质优的纯正配件,使帕萨特的维护费用在国产中高档轿车中最低,用户耽搁时间最短,真正实现"高兴而来,满意而归"。很明显,上海大众抓住了消费者的需求心理:高质量、低价位、短时间。

在对全员培训中,上海大众非常明确地描绘出了帕萨特的品牌定位:感性表述——帕萨特宣告了你人生的成就;理性描述——帕萨特是轿车工业的典范。最后一句"帕萨特2.8V6是上述品牌定位的最好例证",推出了新产品的卖点与竞争力。

整个营销方案的最后,打出了帕萨特2.8V6的定价:35.9万元人民币。

2. 广告宣传

为了给消费者一个清晰、独特的品牌性格,上海大众策划了以下一系列广告宣传活动。

2000年6月,上海大众引进了在国际车坛屡获殊荣、与世界同步的帕萨特。这一年,帕萨特的广告宣传语"惊世之美,天地共造化"一度脍炙人口,也将帕萨特的优雅外观、完美工艺形象烙进了人们心中。

然而,随着市场的发展,奥迪、别克、雅阁等国际品牌竞争对手的成长,使得中高档轿车的品牌宣传越来越需要一个清晰的市场定位与独特的品牌性格。在分析研究了竞争对手的情况下,上海大众对帕萨特进行了重新描述——"一部有内涵的车",博大精深,从容不迫,优秀却不张扬。

2001 年 7 月,帕萨特的主题电视广告“里程篇”投播,以对人生成功道路的回顾和思索,把品牌与“成功”联结在了一起,同时为该品牌积淀了丰富的人文内涵。

2001 年 12 月,上海大众推出了帕萨特 2.8V6,配备了 2.8V6 发动机和诸多全新装备,是大众中高档产品在我国市场的最高配置。该车将帕萨特的尊贵与卓尔不凡乃至整个上海大众的形象推向了一个新的层面,在电视广告宣传中,上海大众利用了“里程篇”所奠定的“成功”基础,将“成功”提升到了更高境界。在这部广告片中,我们可以看到山、水、湖泊、森林、平原、沙漠变幻中蕴藏着的无限生命力,无疑创意者在表现帕萨特 2.8V6 的动力。在平面媒体中,上海大众加强了对帕萨特 2.8V6“内在力量”的宣传,与电视宣传形成内外呼应、整体配合的效果。

所有的广告宣传背景都贯穿了一条线索——“修身、齐家、治业、行天下”,这个深入人心的儒家思想,概括了中国人的人生态度和抱负,使得“成功”的境界登峰造极。经过了修、齐、治、行四个递进阶段后,帕萨特智慧、尊贵、大气、进取的品牌个性也就毫不张扬地得到了印证。

(资料来源:豆丁网. 上海大众帕萨特的定价策略.(2008-05-08)[2010-08-28]. http://www.docin.com/p-65233261.html.)

请认真阅读案例,并回答以下问题:

1. 本案例中,帕萨特轿车主要采取了什么定价策略?
2. 本案例中,该轿车的定价策略与广告宣传是如何配合的?
3. 帕萨特轿车在当前汽车市场中是否具有价格上的竞争力,为什么?

第十章 渠道策略：传递顾客价值

学完本章后，你将了解：

1. 什么是渠道。
2. 营销者需做出哪些关键渠道决策。
3. 营销者如何解决渠道冲突。
4. 渠道物流的主要目标和职能是什么。

张瑞敏的渠道烦恼

一直是中国家电企业标杆的海尔集团，对渠道商抑制家电生产商的行为的不满终于从总裁张瑞敏口中说了出来。张瑞敏认为，国内家电大连锁企业近年来表现出强大的吞吐能力，由于其销量巨大，国内家电制造企业往往要满足连锁企业的要求，这与企业最本质的东西——消费者需求，越来越远。海尔等国内家电企业现在的利润像刀片一样薄，它们再被国内大连锁收取入场费等不合理费用，很难与国际对手竞争。副总裁周云杰说："在国美、苏宁等四个连锁渠道里边，海尔都是第一大供应商，但是话语权却依然有限。"

为抗衡渠道商的抑制，海尔开始有意识地投巨资重建产品直接面对消费者的营销渠道结构。海尔加强了原有经销商队伍的建设，开始有意识地在全国范围内布局建立专卖店。此外，海尔与家电大连锁企业采取现款现货的方式购货，尽量减少渠道商押款扣款。

成功的价值创造需要成功的价值传递。渠道对企业如此重要，以至张瑞敏等知名企业家"尽折腰"。成功的渠道管理需要营销者从供应链和价值网络视角来看待渠道，关注消费者需求，审视目标约束，通盘考虑与出售、分销等有关的各种方案，妥善解决渠道中的冲突、合作和物流等问题。

第一节 渠　道

消费者从华联超市购买水果，从小区附近的早市上购买蔬菜，从淘宝网上购买数码产品，从图书大厦购买图书，这些产品如何到达消费者手中？从营销角度看，这些产品是通过渠道到达消费者手中的。营销渠道(Marketing Channel)指在实现产品或服务的使用和消费过程中，涉及的所有相互依赖的组织。它是产品或服务从生产完成后至最终用户的购买和使用之间所经历的一组路径。

一、基于供应链和需求链视角的渠道

日本丰田公司感到企业生产规模日益扩大，而满足消费者需求的效率却越来越低。为此，它将零部件供应商的活动视为生产活动的有机组成部分而加以控制和协调，并将生产活动延伸至汽车的销售和服务阶段。最终，通过对信息流、物流、资金流的控制，它形成了以自己为核心，将供应商、自己、分销商、零售商、直到最终用户连成一个整体的供应链。供应链管理的目的在于：营销者和生产商共同追求整个供应链的整体效率和整个系统费用的有效性，使系统总成本降至最低。

有人认为，供应链管理更多地关注有形产品的原材料买进、生产和销售，这种基于生产的视角局限了企业的经营思路和范围。戴尔认为："供应链的指挥者是消费者。”企业应以目标消费者的需求为起点,组建一条需求链来响应消费者需求。

需求链上每个成员,无论是从事设计、制造、分销、运输,还是某种特定产品的零售的成员,均可监控消费市场。这是传统模式所无法想象的。需求链上每个成员不可能都直接地去调查消费者,但他们都有可能获得有关消费趋势和产品需求的信息。那些源自销售点的数据、定量分析结果、新方法、通过内部研究获得的各种数据信息必须被共享,以便渠道成员更容易对产品质量改进、营销机会大小、品牌延伸策略等做出判断。

上述活动的成功实施将促使有利可图的、长期的需求链伙伴关系的形成。这种伙伴关系又促使那些源自消费者(如消费者偏好、生活方式、需求等)、产品或服务的信息更自由地、快速地流向渠道各成员;促使市场调研、供应链管理、营销战略和市场执行等活动务必同步完成;促使渠道成员掌握共同的长期战略,比竞争链提供给消费者更多价值,进而提高消费者信赖度,增加所有伙伴的潜在利益。

营销者通常关注供应链的下游,即通向消费者的营销渠道。未来,他将逐渐参与和影响企业的上游活动,并成为需求链的管理者。基于供应链和需求链视角的渠道管理就是要求渠道成员以满足消费者的需求为前提,共同追求整个供应链的整体效益和整个系统费用最低。

二、渠道的价值

营销渠道系统决策是企业管理者面临的最重要的决策之一。渠道对企业的价值主要体现在如下方面。

(一)渠道为企业分担了大量产品流通费用和提高了流通效率

大多数生产商缺乏将产品直接销售给最终消费者所必需的资源与能力,也缺乏直销所需的资金,而这些正是中间商所擅长和拥有的。例如,上海通用汽车公司在我国拥有近千家专卖店,但它也难以筹集买断这些专卖店所需的资金。此外,中间商由从事市场营销的专业人员组成,他们更了解市场,更熟悉消费者,对各种营销技巧掌握得更熟练,更富有营销实践经验,并握有更多的营销信息和交易关系。因此,由他们来承担营销职能,工作将更有成效,营销费用相对较低。

(二)渠道选择直接影响和制约着其他基本策略

例如,对经销商需要多少培训和激励制约着企业的销售队伍建设和广告投入等相关决策。企业决定利用大商场还是高档精品店分销产品必然会对企业的定价决策产生影响。渠道模式一旦确定,即使市场情况有所变化,改变和调整原有渠道成员的经销关系会有很大难度。因为,渠道决策还涉及与其他企业签订的相对长期的契约及一整套政策和程序。例如,当与独立经销商签署了汽车销售协议后,上海通用汽车公司不能第二天就买断其经销权而代之以自己的专卖店。

(三)渠道决策可使企业保持长期竞争优势

市场竞争的白热化使得企业想通过产品、价格、促销等策略获取较长时期的竞争优势已越来越困难。例如,当家电市场的某一生产商为增加销售而降低某类产品价格时,竞争者会很快采取相应措施。渠道建设的长期性特征会使渠道的关系、体系等沉淀为企业文化,而这在经过企业的长期努力建设后,一旦成为一种竞争优势,竞争对手便很难模仿。例如,戴尔直销渠道模式的打造耗时几十年,IBM 和康柏公司曾耗巨资去模仿,但终未成功。

(四)分销商力量日益增强迫使企业加大自身对渠道的控制力度

分销商的力量越来越大,特别是那些特大型零售商,凭借其强大的资金实力、渠道硬件设施、广阔的经营范围,赢得较大的市场份额,对渠道有着强大的控制权。面对如此严峻形势,生产商如希望零售商能配合其经营活动,就要建立起更有效的营销渠道,以及通过完善的渠道管理来增强对渠道的控制力度。

(五)电子渠道的兴起使企业通过渠道降低成本成为可能

在美国,渠道成员总计获得的利润占产品最终售价的 30% 至 50%,而广告通常只占最终售价的不到 5% 至 7%。在网络经济下,企业凭借高效的电子营销渠道,跨过中间商,为产品或服务连接了数以千万计的全球消费者,消费者使用计算机便可完成购物。这带给企业的,显然是中间商费用的节省。

三、渠道的职能

渠道使得产品从生产商向消费者转移。当产品在分销渠道中流动时,我们可看到其中存在几种动态的“流”(如图 10-1 所示)。银行、保险公司、物流公司、仓储公司、广告商等机构虽不在渠道中,但与渠道中产品的顺利流动有着密切联系。

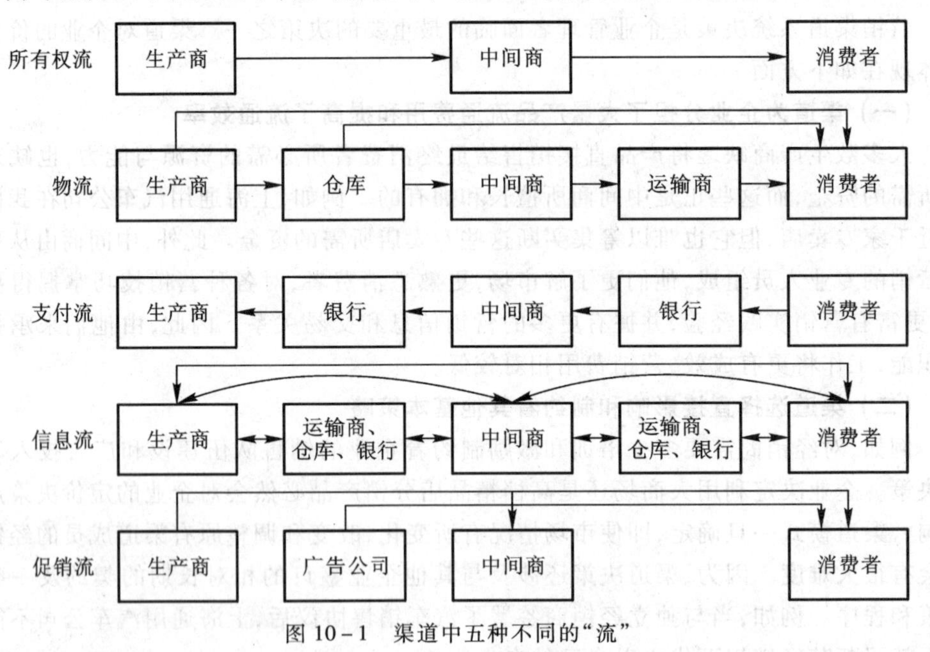

图 10-1 渠道中五种不同的“流”

(一)所有权流

所有权流,指产品的所有权从渠道的一个成员转移到另一个成员手中,表明流通时所有权关系的变更。一般地,所有权流会在不同的渠道成员间发生转移,但也有些渠道成员虽参与流通活动,产品的所有权并未转移至其手中。例如,代理商的活动能促进产品流通,但它不是所有者。

(二) 物流

物流,指产品实体从生产商手中到达最终消费者手中的运输和储存活动。为保证渠道的运行效率和质量,渠道成员需强化物流管理,降低物流成本,提高分销渠道的效率和效益。其中,渠道成员可能会履行收集、分类和分散包装等职能。

(三) 支付流

支付流,指渠道成员向供应商支付货款购买产品。有些大型超市,如西尔斯百货为方便消费者发行了信用卡,消费者可使用该卡先买东西后付账。

(四) 信息流

信息流,指渠道各个成员间为实现促进产品流通互相传递市场信息的活动。例如,华联超市会统计康师傅方便面的销售数据,并将此数据反馈给厂家。

(五) 促销流

促销流,指渠道成员促进销售的行为。渠道成员在产品流通中会尽可能应用各种有效的促销手段,尽快将产品推向最终消费者,以加快产品的流通速度。这些促销手段包括广告、公关推广、人员促销等。

在以上流程中,所有权流、物流、促销流属于前向流程,即在渠道中依次从生产商流向批发商、零售商、消费者;支付流属于后向流程;而信息流则属于双向流程,即信息在交易的成员间双向流动。当渠道结构改变或调整时,这些功能的结合方式也会发生变化,但所需承担的工作总量不变。

四、渠道的层级

从生产商到达消费者手中,产品可能会通过多种不同途径。营销者的任务是根据实际情况,选择对产品最有利、成本效益最佳的途径。需要说明的是,一般消费品与工业用品的营销渠道往往有较大不同。

图 10-2A 显示了四种最为普遍的消费型产品的营销渠道。渠道的长度可使用中间商的级数来表示。中间商的数量增多,营销渠道长度一般就会增加。

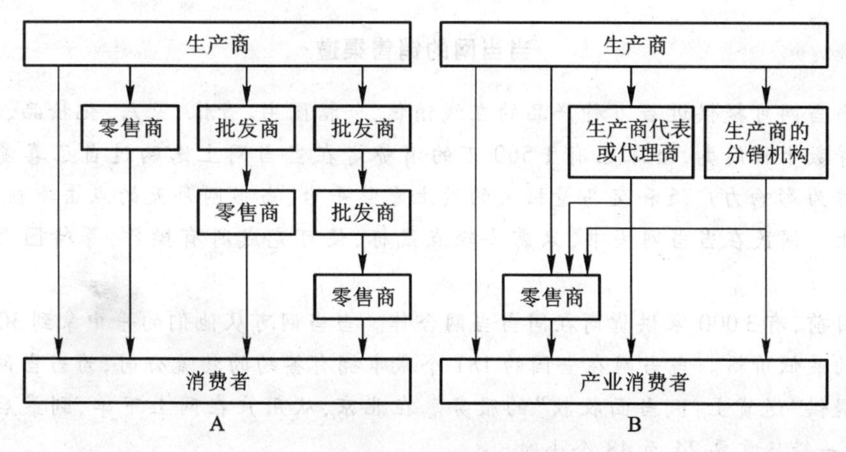

图 10-2 消费者与产业市场的营销渠道

图10-2A中最左端代表直销渠道,指生产商与最终消费者直接交易。直销形式主要有上门推销、邮购、电话销售、网上销售、生产商自有门店等。许多保险公司便使用直销方式销售其金融产品。玫琳凯采用上门推销和聚会推销的方式推销其化妆品。由于没有中间商,生产商将承担所有的渠道职能。

最右端的为三级渠道,指产品从生产商到达最终消费者的流通中要经过3个层级。此渠道相对较长,环节较多,适合日常消费品的分销。例如,居民区附近的很多小副食店、小百货店、小五金店等小型零售店,它们通常不是大型批发商的直接服务对象。有些专业性的经销商就存在于批发商和小零售商间,专门为这些小零售商提供产品服务。

图10-2B显示了另外4种普遍适用的产业产品的营销渠道。由于产业产品的使用者相对较少,地理位置相对集中,售后服务要求较高,购买量大,与消费型产品相比,产业产品的营销渠道相对较短,依靠一个中间商或者没有任何中间商。需要指出的是,许多小型生产商采用代理商销售模式,这是因为它们往往没有能力也不愿直接销售产品。此类代理商在面对相同的产业产品购买者时,通常代表着许多公司销售许多不同的产品。例如,德国的中小产业生产商们在面对国际客户时往往采用此类模式。

五、互联网渠道

互联网和电子商务的迅猛发展使得人们不能无视其存在,它已经为产品的分销开辟了新途径。中国作为仅次于美国的第二大互联网市场,拥有巨大的网络消费群体和网络营销空间。

网络营销渠道具备传统营销渠道的功能。在互联网上,消费者可买到其想要的产品或服务。例如,在当当网上购买书籍,在淘宝网上购买小物件,使用携程网预订机票和酒店。互联网的渠道结构与传统渠道并无二致,但它能以低于传统中间商的成本有效履行渠道职能。但互联网渠道一般不能履行物流职能,而是将其外包给第三方物流公司。例如,当当网销售图书,但将其物流配送服务外包给了物流公司。

当当网的销售渠道

当当网可提供近百万种产品的在线销售,包括图书、音像、家居、化妆品、数码、饰品等数十种门类,全球已有1 560万的消费者在当当网上选购过自己喜爱的产品。作为影响力广泛和交易量极大的网上零售平台,当当网每天的点击率在7 000万以上。网民在当当网买书,只需要轻点鼠标,便可完成所有操作,等待图书上门即可。

目前,有3 000家供货商在同当当网合作。当当网可从他们的手中拿到30万种产品的最低价格。当当网在全国的181个城市拥有签约的物流公司,为当当网的消费者提供“送货上门、当面收款”的服务。在北京,从用户在网上下单,到最后货到付款,一般只需要24至48个小时。

网络营销渠道大致有两类。一是从生产商到消费者的网络直接营销渠道。例如，戴尔公司采用了电子直销渠道销售计算机。这类直销渠道需要一些提供服务的中介机构做支撑，如提供货物运输配送服务的专业配送公司、提供货款网上结算服务的网上银行，以及提供产品信息发布和网站建设的服务商。二是由融入互联网技术后的中间商机构提供的网络间接营销渠道。传统中间商由于融合了互联网技术，大大提高了中间商的交易效率、专门化程度和规模经济效益。沃尔玛为抵抗互联网对其零售市场的侵蚀，开始在互联网上开设网上商店。传统间接分销渠道可能有多个中间环节如一级批发商、二级批发商、零售商，而网络间接营销渠道只需一个中间环节。

第二节　渠道决策

营销渠道将生产商与购买者相连，并为企业执行多种营销要素策略提供了平台。渠道决策是营销战略决策中的一个关键。设计营销渠道系统的步骤包括：分析消费者期望，确定目标和约束，识别可选择的主要渠道，选择、激励和评价渠道成员。

一、分析消费者期望

渠道设计始于消费者。渠道是一个消费者价值的传递系统，每一渠道成员均要为消费者增加价值。梳理清楚目标市场上消费者购买什么、在哪里购买和怎样购买、需要什么样的服务水平等是设计分销渠道的第一步。消费者需求一般具有如下特征：

（一）沟通性

当买方知识有限，或对产品和服务有特定要求时，沟通就显得非常重要。中间商通过店内展示、产品演示和人员推销等方式与消费者展开交流。例如，我国饮茶人数很多，但却对茶叶的健康价值、文化价值、历史价值、品饮方法等往往一知半解。茶叶经销商需通过店铺展示、邀客试饮、现场讲解等方式，告知消费者该产品能更好地满足其需求。

（二）便利性

便利包括等待时间、出行方便等。便利性能左右消费者的取舍。例如，普通邮件比航空邮件慢，航空邮件比特快专递慢，消费者往往喜欢反应迅速的渠道。消费者更愿意在附近完成购买行为。例如，我国的社区小店价格往往比社区外的超市价格贵一些，容忍这些的消费者看重的就是便利。消费者购物出行距离长短与渠道网点的密度相关。密度越大，消费者购物的出行距离就越短，反之则越长。

（三）多样性

消费者希望在有大量可供选择的竞争产品中获益。消费者更喜欢购买产品时有较大的选择余地。除非是单一的品牌崇拜者，消费者往往不愿意去专卖店购买服装，而愿意到聚集众多品牌的服装店或商场购买。分销渠道提供的产品花色品种越多，表明其服务水平越高。

(四) 售前或售后服务

服务不单纯指现场展示等,还包括信贷、送货、安装、维修等。消费者对不同产品有不同的售后服务要求。分销渠道的不同会产生不同的售后服务水平。提供更多更好的服务意味着渠道开支的增大和消费者所支付价格的上升。例如,日本的分销商会在零售技巧、产品陈列等方面花大力气,于是,产品的出厂价和零售价差距也很大。有趣的是,折扣商店的流行表明,许多消费者更愿意接受较低水平的服务带来的低价格。

二、确定目标和约束

在渠道设计决策时,企业并不能随心所欲,而是受到各种因素的影响和制约。渠道设计的目的在于,妥善分配各自的职能任务以使渠道总成本最小化,同时又能达到消费者期望的服务产出水平。

(一) 确定目标

渠道目标要体现渠道设计者的战略意图。渠道是所有参加者有机结合的利益体,渠道目标可从销售、市场份额、盈利性、投资收益等方面进行衡量。从渠道运作的角度看,以上目标又可衍生出三个具体目标:市场覆盖率、渠道控制力度和可变性。

1. 市场覆盖率

市场覆盖率衡量企业的产品在一定市场范围内占有区域的多少。影响市场覆盖率的主要因素是渠道的宽度。渠道越宽,意味着产品能接触到的消费者越多,市场覆盖率也就越高;反之,就越低。市场覆盖率的确定应根据产品的特征及企业的经营战略来确定。

2. 渠道控制力度

若要影响或安排渠道的活动,企业首先要建立渠道控制力度目标。因为,渠道的延长意味着企业的成本被分担,但也意味着控制力度的减弱。企业需在控制力和成本间寻找最佳平衡点。

阿迪达斯面临的问题

在耐克取消多家省级经销商的代理权后,阿迪达斯正在酝酿着一系列的“削权运动”,但它直接面对的是百丽等全国性经销商。尤其是百丽和宝元,他们对渠道的控制能力一再强化。“前几年是阿迪、耐克强势,现在是百丽等渠道商的议价能力在谈判中占主导——如果渠道因共同的利益诉求而联合起来的话。”

阿迪达斯不愿意看到渠道最终被两家或者几家渠道商所控制的局面,而是希望经销商之间也能有充分的竞争。因此,如何削弱对几家大型渠道商的依赖,发展更多的中小销售渠道,或将是阿迪达斯在渠道上思考最多的问题。

3. 可变性

发展分销渠道必然要在渠道各成员之间形成某种程度的协议或许诺,以确保渠道的稳定性,增进彼此间的信任。但渠道要顺应环境变化做出调整,以往的协议或专有资本的投入便成为改革的主要障碍。所以,在分销渠道设计开始时,企业需考虑为将来的渠道调整留有余地。

(二)明确约束条件

制约渠道决策的主要因素有:

1. 产品特性

产品的价值、数量、体积、重量、技术含量、时尚性、对售后服务的要求,以及产品所处的生命周期阶段等因素均是渠道管理者在设计渠道结构时必须考虑的。例如,鲜活易腐的海产品应采取最直接的渠道;体积大、分量重、技术性强的专用产品应尽可能采取短渠道;单价高、需要较多附加服务的产品应由生产商直接销售。产品在市场生命周期的不同阶段,对营销渠道的选择也是不同的,如在衰退期的产品就要压缩营销渠道。为较快将新产品投入市场、占领市场,生产商应组织推销力量,直接向消费者推销或利用原有营销渠道展销。随着市场接受程度的提高,渠道也可能随之改变。例如,耐克鞋一开始只为美国运动员设计和使用,随着耐克鞋逐渐为世人所知,耐克鞋开始在专卖店销售,最后又在全球推广。

2. 市场需求特性

它包括潜在消费者状况、市场的地区性、销量大小、消费者购买习惯等。如果潜在消费者分布面广,市场范围大,企业就要利用长渠道;如果单次销量大,可直接供货,营销渠道就可短些;单次销量少,要多次批售,渠道则长些。消费者对各类消费品购买习惯,如最易接受的价格、购买场所的偏好、对服务的要求等均直接影响分销路径。

3. 企业特性

如果生产商的产品质量好、信誉高、资金雄厚,又有经营管理销售业务的经验和能力,它便可拥有足够的主动权挑选最合用的分销渠道和中间商,甚至建立自己的销售力量,自己推销产品,而不通过任何中间商,这种分销渠道"短而窄"。生产商的产品组合情况会影响渠道结构。如果产品组合广,与消费者直接打交道的能力强,渠道可以"短而宽";如果产品组合深,则适合"窄渠道"。此外,企业的营销战略也会影响渠道设计。例如,奇瑞汽车公司打算为消费者提供及时的维修服务,它就要建立众多的4S店、广泛分布的备件储存点,或拥有速度更快的运输工具。

4. 环境特性

环境特性包括微观和宏观两个层面。在微观层面,企业应尽量避免使用与竞争者相同的分销渠道。例如,日本手表开始进入美国市场时,不是采用欧美手表借助百货商店、珠宝商店销售的传统渠道,而是采用由众多杂货店、折扣商店这种面向广大低收入阶层的销售渠道。当然,也有企业希望将自己的产品与竞争者的摆在一起卖。例如,消费者购买食品往往要比较厂家、品牌、价格等,食品生产商往往会将其产品摆在那些经营竞争者产品的零售商店里出售。因此,了解渠道承载的各项职能就很重要。在宏观层面,影响渠道设计的因素主要包括社会文化环境、经济环境、竞争环境等。例如,在经济萧条时,生产企业的策略重点只能是控制和降低产品的最终价格,企业须尽量减少流通环节,取消不必要的加价。

三、识别可选择的渠道

在明确消费者需求、渠道目标和约束后,企业接下来需要选择中间商的类型、确定渠道的长短、确定中间商的数量和明确渠道成员的责权利。

(一)选择中间商类型

中间商按照不同标准可分为许多类型。按中间商是否持有实际货物以及是否持有产品所有权,将中间商分为经销商、代理商和经纪商。一些中间商通过购买获得产品,在取得所有权之后将其重新出售,被称为经销商。例如,娃哈哈公司将纯净水卖给食品批发商,随后批发商将纯净水卖给超市、杂货店,他们再将纯净水出售给消费者。另一些中间商寻找消费者,代表生产商的利益与消费者进行谈判,但不取得产品所有权,被称为代理商。房地产代理商、生产商代表、销售代理商就属于这一类型。

此外,按中间商的业务性质,中间商还可将经销商分为批发商和零售商;按中间商与生产商和消费者的关系密切程度,可将代理商分为厂家代理商、销售代理商、进货代理商、佣金商等。

不同类别的中间商有各自独到的优缺点。例如销售人员可以处理复杂的产品和交易,但成本很高;互联网成本低,但无法销售复杂产品;分销商能创造销售额,但企业会失去与消费者的直接联系。如今,企业基本上都在利用不同的中间商分销产品,但也使得问题变得更复杂。因为,每类中间商都有可能抵达不同的购买者细分市场,并以最低的成本传递消费者所需的产品。如果不能实现该目标,中间商组合将导致渠道冲突和增加额外成本。

(二)确定渠道的长度

在选择中间商类型时,企业还要决定采用长渠道还是短渠道,而这往往需要先审视二者的优劣。长渠道的优势在于市场覆盖面广,适合不易变质的、容易流转的日用消费品的销售,生产商可利用中间商的丰富资源广布网点。不足之处也很明显,渠道过长使得消费者与生产商距离遥远,生产商对渠道的控制程度较低,产品的流通成本较高,价格也不具竞争力。比如,汽车销售一般不适用长渠道,因为汽车的单位成本很高,单个批发商一般难以承受巨额库存费用。

短渠道的优势在于生产商对渠道的控制力度高,流通成本低,适合那些时尚用品、鲜活产品。不足之处在于生产商需承担大部分或全部渠道职能,资金实力也要求较为充足。例如,易初莲花超市以销售鲜活产品出名,该超市往往需要对上游的供应商的供货时间等做出严格控制和介入。

(三)确定中间商数量

企业还须决定每一层级使用的渠道成员数量。有三种可供选择的策略:独家分销、选择性分销和密集分销。独家分销(Exclusive Distribution),指生产企业在某一地区仅通过一家中间商推销其产品。例如,宾利的经销商很少,且彼此相距很远,甚至大城市可能也只有一个经销商。通过授权独家分销,宾利获得了分销商更强有力的销售支持和对经销商价格、促销、信用和服务的更多控制。选择性分销(Selective Distribution),即生产企业在某一地区仅通过几个精心挑选的、最适合的中间商推销产品。例如,惠而浦和通用电气通过经销商网络和选定的大型零售商销售其主要设备。通过选择分销,它们能够与所选渠道成员发展良好的工作关系,有望获得超出平均水平的销售结果。密集分销(Intensive Distribution)指生产商以尽可能多的中间商销售企业的产品或服务。例如,牙刷、糖果和其他类似产品通过数百万计的商店出售,以提供最大程度的品牌展示和消费者便利。卡夫、可口可乐和其他消费品企业即采用此种分销策略。三者的优劣势、适用范围如表10-1所示。

表10-1　三种分销策略比较

	优　势	劣　势	适用范围
独家分销	对中间商的服务水平和提供的产品保持控制。中间商能获得企业给定的产品的优惠价格	需企业和经销商之间更紧密的合作。因缺乏竞争,消费者的满意度可能会受到影响;经销商对生产商的反控制力度较强	适用于技术含量较高,需要售后服务的专用产品的分销,如机械产品、耐用消费品、特殊产品等
选择性分销	比密集分销能取得经销商更大的支持,同时又比独家分销能给消费者购物带来更大的方便	分销商的竞争较独家分销时激烈	适宜消费品中的选购品和特殊品
密集分销	市场覆盖率高、便利消费者	价格竞争激烈,导致市场混乱,有时会破坏厂家的营销意图;渠道的管理成本很高	比较适宜日用消费品的分销。多数电视、家具和家用电器品牌采用此种分销策略

(四)明确渠道成员的责权利

生产商和中间商须在渠道成员的条件和责任上,如价格政策、销售条件、区域权利和每个团体执行的特殊服务等,达成一致。例如,生产商给予中间商的供货保证、产品质量保证、退换货保证、价格折扣、广告促销协助等;经销商向生产商提供市场信息和各种业务统计资料,保证实施价格政策,达到服务标准及提供部分售后服务等。

企业在制定成员的权利和责任时务必谨慎,并要得到有关中间商的配合响应。中间商与生产商之间的关系本质上是利益之间的切割和实力的博弈。有些生产商为确保其政策被贯彻,往往会要求中间商缴纳一定保证金和签订非常详细的权责合约。肯德基等国际知名快餐店除要求被特许人缴纳足够多的保证金外,还要求它们必须遵守公司对设施和食品质量标准的要求,配合新的促销计划,提供所需信息,并购买特定的食品。

四、选择渠道成员

渠道成员选择得是否得当,直接关系到营销的效果如何。要选择到合适的渠道成员就要从各方面广泛搜集有关渠道成员的业务经营水平、资信、服务、市场范围等方面的信息，同时制定审核和比较的标准。一般地，企业选择具体的中间商时有以下参照标准。

（一）成员的业务活动范围

企业要考虑中间商的经营范围所在区域与产品的预计销售区域是否一致，如产品在东北地区，中间商的经营范围就必须包括该地区。选择零售中间商最理想的区位应该是目标消费者流量较大的地点。

（二）中间商的产品知识

选择对产品销售有专门经验的中间商往往能很快打开销路。例如，诺基亚等外资企业到中国市场寻找代理商，这些代理商往往是业务与其相似的本土企业。

（三）中间商的合作意愿

有些产品比较适合广告促销，而有些产品则适合通过销售人员推销。有的产品需有效地储存，有的则应快速运输。企业要考虑到中间商是否愿意承担一定的促销费用以及有没有必要物质、技术基础和相应的人才。中间商如果认为产品有较大市场需求，并相信这样会获得更高的利润，它们的合作意愿往往较高，会积极主动地推销企业的产品。

（四）中间商的财务状况、管理和服务水准

中间商能否按时结算？必要时能否预付货款？整个企业销售管理是否规范、高效？这些与生产企业的发展息息相关。此外，中间商的综合服务能力如何？有些产品需要中间商向消费者提供售后服务，有些需要在销售中提供技术指导或财务帮助（如赊购或分期付款），有些产品还需要专门的运输存储设备。合适的中间商所能提供的综合服务项目与服务能力应与企业产品销售所需要的服务要求相一致。

五、激励渠道成员

渠道成员一经选定，企业须持续管理和激励，以促使各成员全力以赴。激励渠道成员有如下一般指导方针。

（一）实施有效的伙伴关系管理

要做到这一点，首先要从理解渠道成员需要和欲望开始。企业应提供培训计划、营销调研计划和其他能力培养计划，以提升中间商的业绩。例如，微软用一系列年度大奖来表彰各亚洲市场的分销商，并在当地报纸上刊登整页的彩色广告公布和感谢获奖者。企业须不断传播中间商是合作伙伴和共同努力使产品最终用户满意的观点，以提高目标指引力。

（二）充分利用渠道权力

渠道权力指改变渠道成员行为及令他们做本不会做事情的能力。多数生产商采取正面的激励手段，如高利润、优惠、奖金、合作广告补助、展示补助和销售竞赛。但有时也要使用负面的惩罚措施，例如如果中间商不合作，生产商将以收回资源或中止关系相威胁。生产商还可充分利用中间商所看重的专有知识吸引中间商。然而，一旦将专业知识传授给了中间商，该权力就会减弱。生产商须持续发展新的专业技能，中间商才会希望继续与之合作。生产商也可利用自己在中间商中的声望，掌握主动权。例如，多数

中间商以与星巴克、索尼等公司合作感到自豪,它们显然在遵守公司的政策方面会更积极主动。

六、评价渠道成员

为确保渠道成员能按照生产商制定的相关政策高效运转,生产商应定期评估渠道成员的绩效,常用方法有如下两种。

(一) 历史比较

历史比较,即将渠道成员的当期销量与上期销量相比,得出上升或下降的比值,然后与整体市场的升降百分比比较,对高于整体市场平均水平的渠道成员予以奖励,对低于整体市场平均水平的渠道成员则应具体问题具体分析,找到准确原因并帮助其改进。该法的难点在于需要准确把握整体市场平均水平。

(二) 区域比较

区域比较,即将各渠道成员的绩效与该区域销售潜量分析所得出的数值比较。具体为,将某区域各渠道成员在某一时段的实际销售量与通过分析得出的该区域销售潜量比较并排序,然后通过测算相关指标,以确定这些渠道成员在这一时段是否达到某一标准。该法的难点在于需要客观把握该区域内的销售潜量。

在比较时,生产商主要依据的指标有销售配额完成情况、平均库存水平、销售能力、消费者配送时间、损坏和丢失产品的处理、促销和培训计划中的合作等。其中,检查渠道成员的配额完成情况时,渠道经理应区分生产商销售给渠道成员的销售量和渠道成员销售给消费者的销售量,二者往往不一致。因为,生产商要求渠道成员保持一定库存。一份具有鲜明特色的存货要求计划通常是,生产商和渠道成员之间根据对该地区市场销售潜量估计的基础上制定出来。评估渠道成员库存绩效的主要问题有:库存的总体容量是多少?有多少货架或面积空间可供存货用?与竞争者相比,成员为本公司提供了多少货架和面积空间?库存量和库存设施怎样?原有库存还有多少,需要花多少力气能将其卖掉?渠道成员的库存管理和库存簿记制度是否恰当?此外,生产商评估渠道成员的销售能力时应特别注意以下因素:渠道成员为生产商产品线分配的销售人员数量、渠道成员的销售人员销售技巧知识和能力、销售人员对生产商产品的兴趣。

第三节　渠道冲突及管理

营销渠道结构日趋复杂,多渠道、多种经营方式、多种主体已成常态。成员的关系必然也日趋复杂,企业之间的利益诉求不一致就会增多,冲突也就在所难免。渠道冲突指某一渠道成员的行为造成了渠道目标无法实现。本节主要考察冲突的类型、原因和管理冲突,以及探讨窜货现象。

一、冲突的类型

渠道冲突可能存在于不同层级、同一层级的不同成员间,或者不同层级的不同成员间。依据渠道成员的关系类型可将渠道冲突分为垂直渠道冲突、水平渠道冲突和多渠道冲突。

(一) 垂直渠道冲突

垂直渠道冲突,指发生在同一渠道不同层级之间的冲突。当执行服务、广告和定价方面的政策时,企业有可能与销售商发生冲突。例如,某些批发商可能会抱怨生产商在价格方面抑制太紧,留给自己的利润空间太小,而提供的服务(如广告、推销等)太少;零售商对批发商或生产商也存在类似不满。

雅芳被"逼宫"

当雅芳全球CEO钟彬娴宣布雅芳获得中国唯一的直销试点资格后,几十名雅芳内部经销商聚集于广州天河时代广场的雅芳总部。但这次,他们不是如往常一样来提货的,而是要向雅芳高层讨"说法"。雅芳有"6 000专卖店+1 700专柜",这意味着巨额店铺固定资产投资和大量经销商存货。由于对原有渠道成员的利益构成现实和预期的威胁,雅芳的直销试点资格也就成为渠道冲突的导火线。

(二) 水平渠道冲突

水平渠道冲突,指发生在渠道内同一层级的成员之间的冲突。例如,某一地区经营A企业产品的中间商,可能认为同一地区经营A企业产品的另一家中间商在定价、促销和售后服务等方面过于激进,抢了他们的生意。麦当劳的某些特许经营店可能指控其他专售店的用料不实、分量不足、服务低劣,损害了公众对麦当劳的总体印象。

(三) 多渠道冲突

多渠道冲突,指生产商针对同一市场建立了两个或多个渠道而产生的冲突。例如,某原料药生产企业同时利用互联网销售平台、销售队伍、中间商三条渠道进行药品销售,那么互联网销售平台、销售队伍、中间商三条渠道之间的冲突就是多渠道冲突。这种冲突主要表现在销售网络紊乱、价格差异等方面。

二、冲突的原因

斯特恩认为,营销渠道成员的目标和态度会趋于分化,表现为目标不相容、领域冲突和对现实的不同理解等。本质上,形成渠道冲突的原因均可归结为渠道成员间的差异性。这些差异性可能主要体现在如下方面。

(一) 利益目标不一致

每位渠道成员的目标体系都可能与其他成员大不相同。例如,一家小型食品店同时出售康师傅、统一、娃哈哈等品牌的纯净水,其目标是赚取利润,哪个好卖卖哪个,但这些品牌生产商的目标是自身产品的销售量和市场占有率,都希望零售商优先考虑本品牌。

(二) 期望有差异

渠道成员会对其他成员的行为有所预期,并根据预期采取相应的行动。渠道成员由于对现实的理解和对未来的预测不同,也会导致冲突。例如,生产商也许对短期经济前景很乐观,希望销售商维持较高的库存水平;而销售商可能持悲观态度。

(三)角色不明确

角色是对各个渠道成员应该发挥的功能和活动范围的界定,涉及"应该做什么"和"应该怎样做"的问题。如果角色界定不清,一方面,渠道成员之间功能不能互补,或者重叠,会造成渠道资源的浪费;另一方面,一些成员会采用投机行为,有利可图和容易做的事情抢着做,无利可图又难做的事情推给别人。

(四)信息不对称

做决策需要经过信息收集、可行性方案的设计和方案的选择等阶段。然而,信息在渠道成员间传递过程中往往会经过比较多的层次,每个层次的成员都会对信息作自己的处理、筛选、解释,在这些过程中难免发生信息偏差和遗漏现象。渠道内有正式渠道的信息,也有非正式渠道的信息。不同来源渠道的信息会有很大差异,如果渠道成员间不进行沟通交流,信息差异就永远存在。

三、管理冲突

渠道冲突大多有破坏性,企业不仅要消除冲突,还要更好地管理冲突。管理冲突的最终目标是不让有害的或者危害大的冲突发生,因此在管理冲突时,应强调预防为主。管理冲突的措施主要包括以下几点。

(一)目标管理

渠道成员就共同追求的基本目标达成协议,如是否能够生存、市场份额多少、质量高低或消费者是否满意。但这样做的前提是双方有维持良好关系的意愿。

(二)移情作用

移情作用是指渠道成员从对方角度设身处地地考虑问题。例如,两个或多个渠道层级之间的人员轮换。丰田公司的主管人员会在经销商的店中短期任职,经销商则可能到丰田的经销商政策部门工作。参与者将学会逐渐理解对方的观点。

(三)充分沟通

通过讨论或商谈找到使双方都能接受的解决冲突的方案,一般的程序是,冲突双方或一方提供一些新信息,支持或说明自己的主张与行为,然后双方围绕着这些新信息进行思考、回顾、讨论和协商,最后设计出使双方都能够接受的方案或条款。在使用充分沟通法调解渠道冲突时,双方本着互惠互利的原则需要做出一些让步。

(四)外力介入

这适用于冲突发展到较高水平,且冲突双方感觉到难以达成妥协时。例如,可由独立第三方将冲突双方召集起来让他们面对面、心平气和地交换意见,或由独立第三方帮助冲突双方确定问题所在,并找到双方都可接受的解决方案。

四、窜货

窜货指某渠道成员为获得非正常利润,未经生产企业允许,以低于正常价格向授权区域外倾销产品。窜货常发生于那些对于行业集中度低、渠道管理不规范、社会法律法规不严密的地区。

(一) 窜货的危害

恶性窜货给企业造成的危害是巨大的。它扰乱企业整个经销网络的价格体系,易引发价格战,降低通路利润;使得经销商对产品失去信心,丧失积极性并最终放弃经销该企业的产品;混乱的价格将导致企业的产品、品牌失去消费者的信任与支持。例如,金利来通过大量广告宣传和优质的产品成功塑造了“男人的世界”的良好形象,但它早期对假货和窜货现象管理不严,地区差价达到一倍甚至几倍,消费者由于惧怕买到假货,不敢购买真假难辨的金利来。

(二) 窜货的类型

按照发生地点的不同,窜货行为可分为:

(1) 同一市场上的窜货。分销商常常通过降价销售、加大促销力度、送货上门、搭售紧俏产品等方式实现该区域内产品的单向窜货。

(2) 不同市场之间的窜货。不同市场往往存在价格差异和足够的利润空间,就有可能发生窜货。窜货行为可能发生在不同区域市场上分销商之间,或同一公司不同分公司之间。例如,我国香港的数码产品一般比内地便宜,许多知名品牌产品便由香港“窜”至内地,且价格便宜、功能多样。

(3) 生产商销售总部的窜货。某些生产商总部人员为获取额外利益,利用自己的职务便利,违反渠道和销售政策,主动向销售情况较好的区域窜货。

(三) 企业对窜货行为应引起重视

并不是所有的窜货行为均为恶性,强调企业重视窜货行为是因为其不易控制,很容易滑向恶性窜货。例如,惠普、诺基亚等公司宣布对来自海外的“水货”进行整治,以免窜货行为损害这些公司中国大陆代理商的利益。在市场开发初期,良性窜货对企业具有一定的正面意义。例如,某韩国知名手机品牌开拓中国市场时,其色彩靓丽、功能繁多等优点吸引了广大白领的眼球,该品牌充分利用消费者“想得到但又感觉太贵”心理,有意无意采用跨国窜货形式让这些人士以较低价格购得这些手机,该品牌不仅赢得了中国市场,也省掉了大量的售后服务费用。柯达、富士胶卷试图进入印度市场但该市场行政贸易壁垒森严,最终它们通过窜货打败了该国本土企业。但也应注意,由于由此形成的空白市场上的通路价格体系处于自然形态,企业在以后重点经营该市场区域时应再次对其进行整合。

(四) 对窜货问题的防治

企业需要从根源上防治窜货问题,这可能包括:

(1) 制定完善、可行的销售政策。企业政策本身不周详,会形成很多导致窜货的隐患。例如,在制定价格时,企业应全面考虑批发价、零售价等的价差。过高容易引发降价竞争,造成窜货;过低调动不了经销商的积极性。

(2) 选择好经销商。企业在一开始选择经销商时,应合理制定并详细考察经销商的资信和职业操守,除了从经销的规模、销售体系、发展历史考察外,还要考察经销商的品德和财务状况,防止有冲货记录的经销商混入销售渠道。

(3) 合理划分销售区域。合理划分销售区域,保持每一个经销区域经销商密度合理,防止整体竞争激烈,产品供过于求。例如,大益普洱茶专营店规定在方圆500米内只能有一家专营店,以确保专营店的利益。

(4)健全渠道监管体系,严格执行窜货处罚制度。企业应将渠道监管作为企业的制度固定下来,并在合作协议中申明渠道窜货的危害,明确渠道窜货的处罚政策,比如大额罚单、取消经销商资格等,并在窜货发生时,一定要严格执法。

第四节　渠道物流

为提高消费者服务质量,7-11便利店从一开始采用的就是在特定区域高密度集中开店的策略,在物流管理上也采用集中的物流配送方案,这一方案每年大概能为7-11节约相当于产品原价10%的费用。许多公司意识到,以合适的成本在合适的时间、地点以及在合适的情况下让消费者获得的合适产品超出了自己的能力和控制范围。生产商、供应商和分销商之间的合作、协调、信息共享对于为消费者创造一个高效的产品流、服务流是必要的。本节主要探讨渠道物流管理的目标和主要决策。

一、渠道物流的目标

市场物流(Market Logistics),也称渠道物流,指从市场需求开始,后向安排企业的基础设施,以执行和控制从起点到消费点之间的材料和制成品的实体流动。市场物流管理的目标在于以最低的总物流成本提供适当水平的消费者服务。

美国权威成本核算机构认为,物流总成本包括存货持有成本、运输成本和物流行政管理成本。存货持有成本包括利息、税、折旧、贬值、保险、仓储成本;运输成本包括公路运输、铁路运输、水路运输、油料管道运输、航空运输、货运代理相关费用;物流行政管理成本包括订单处理及IT成本、市场预测、计划制定及相关财务人员发生的管理费用。这些成本许多是相互关联的,甚至负相关,改变一个会对其他产生影响。例如,公司打算通过大批量运送产品以降低运输成本,但这会增加存货成本。运输部门通过利用廉价的容器降低运输成本。然而,廉价的容器很容易导致高的货物破损率,并使消费者对此感到厌恶。

鉴于市场物流活动涉及重要的取舍决策,因此决策须在整个系统的基础上制定。首先,企业要明确消费者想要什么,竞争对手能够提供什么。通常,消费者会对以下内容感兴趣:满足消费者的时间、可靠性、沟通和便利性。企业渠道管理者的关键任务就是平衡这些因素与总物流成本的关系。

1. 时间

消费者关注的时间实际上是产品的订单循环时间,即订购一款产品与收到该产品之间的时间。在目前的市场物流中强调两点。一是缩短订单时间使存货水平最小化,二是通过快速反应存货系统和有效的消费者反应运输系统尽量简化再次下订单的时间。例如,Zara服装店每年会以极快的速度推出1.1万种新款服装,许多产品线仅使用了几个星期便被替换。竞争者们从开始规划产品线到产品摆上货架平均要花九个月时间,而Zara只需两到三周。在时间上拥有领先优势使得Zara能在较低存货水平下运转,可频繁地变更产品类别。

2. 可靠性

这主要指补货的连续性。这对于供应链中所有公司和消费者都很重要。连贯的服务可使消费者和上下游公司有所预期,并取好提前量。例如,超市会定期为货源稳定的产品在货物销售完毕前预留好接货位置等。如果中国邮政的特快专递未能按照其规定时间准时或提前送达邮件,对时间敏感的消费者在下次邮递时可能就会选择顺丰速递等。

3. 沟通

有效的沟通可使物流中可能的冲突降低,也可提高消费者的满意度。例如,UPS一直以快速准时投递而自豪,认为这是消费者所看重的。但经问卷调查后,UPS发现投递员在投递时与消费者很短的家常式聊天有效地提高了消费者满意度,特别在面对那些对投递时间不是很敏感的消费者时。

4. 便利

便利指买方能以最小的努力与卖方进行交易。消费者下订单是否容易?产品是否能在许多零售场所获得?日本电话电报公司的手机用户订购了跑鞋后,鞋就会被送到距离他家或办公室最近的7-11便利店。订购者到便利店验取鞋,或付费给便利店,让其把鞋送上门来。订购者会按月收到日本电报电话公司列出的订购费、使用费和所有交易花费的账单,然后到就近的7-11付账。

假设市场物流目标已经确定,企业就须设计一个能以最低成本实现这些目标的市场物流系统。

二、主要的渠道物流决策

物流管理决策涉及对产品流动数量、时间、方式和途径的计划、组织与控制。具体活动包括以下内容。

(一)预测销售量

预测销售量是基于消费者服务视角的物流管理的前提。预测销售量要根据历史的销售数据、企业营销目标、市场需求变化等因素,分析和预测目标期内可达到的销售数量。随后,企业根据企业的渠道目标和渠道策略制定行动方案,内容涉及什么时间、在哪里(市场区域)、销售什么、销售多少,以及由谁去做和需要多少费用等。基于此,物流决策部门确定存货水平,实现了与企业的渠道计划的衔接。

(二)处理订单

订单处理包括订单准备、订单传递、订单登录、按订单供货、订单处理状态跟踪等活动。订单处理是实现企业消费者服务目标最重要的影响因素。改善订单处理过程,缩短订单处理周期,提高订单满足率和供货的准确率,提供订单处理全程跟踪信息,可大大提高消费者服务水平与消费者满意度,同时也能降低库存水平和物流总成本。

行业的领导者,如零售业的西尔斯、快餐业的麦当劳等,如今采用了订单处理系统。该系统基于计算机网络系统,能迅速有效地处理大量数据,能进行严格的数据编辑处理,确保正确性、时效性,可进行数据的存储和积累。企业越来越多地运用信息技术,并将其作为竞争优势的来源。例如,为提高物流处理能力,沃尔玛率先发射了一颗用于处理公司物流信息的卫星。

(三)管理存货

对于多数渠道成员,存货是最大的单项资产投资。存货投资往往占生产商总资产的20%以上,批发商和零售商则超过了50%。近年来,由于竞争激烈,消费者日趋期望所有产品能随手可得,各公司均试图满足不同细分市场的需求,产品因此激增,库存也逐渐抬高。

由于库存要与组织其他可能的投资机会争夺资金,加之持有库存相关的成本往往需要付现款,库存管理就显得非常重要。管理者需对物流系统设计、配送中心的数量和位置、库存水平、在哪里和以何种形式保持库存、最小产品周转等做出正确决策。近年来,特别是计算机行业,产品更新速度很快,库存管理此时就应考虑时间和效益的平衡。

宏图三胞的"XP系统"

"IT产品永远在跌价。如果货物3个月没卖掉,那就是损失;如果7天卖掉,就能卖到最好的价格、最好的利润。"为实现这个目标,IT企业就要及时掌握库存。多次失败之后,宏图三胞最后成功地实施了一套完整地整合业务流、资金流和物流的信息管理"XP系统"。总部十几名操盘手专职监控以分公司为单位的实时数据,可在一瞬间查看到各地卖场的实际库存、销售价格,对其动态变化进行实时统计、分析与管理,从而可远程控制所有卖场产品的实际库存量和最低销售价格。

有必要将库存持有成本的节约和订货及运输成本的升高相比较,以确定小批量订货会如何影响盈利性,即确定最佳订货水平(如图10-3所示)。其中,单位维持成本与订货量成反比,这是因为订货量越大,单位维持成本就能分摊到更多的产品上,从而使单位维持成本下降;而单位订货成本与订货量成正比,因为订货量越大意味着单位产品的库存时间越长。这两条成本曲线相叠加之后即可得出总成本曲线。从总成本曲线的最低点投射到横轴,交点即为最佳订货批量。

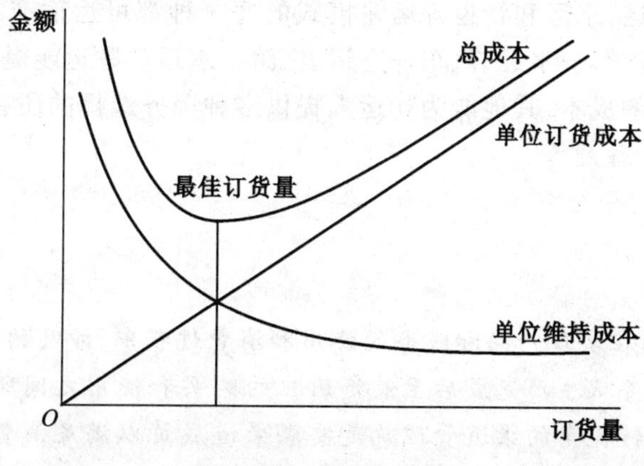

图10-3 经济订货量

对存货的日常管理,企业可根据存货的重要程度,将其分为ABC三种类型。A类存货品种占全部存货的10%~15%,资金占存货总额的80%左右,企业对其实行重点管理,如大型备品备件等。B类存货为一般存货,品种占全部存货的20%~30%,资金占全部存货总额的15%左右,企业对其适当控制,实行日常管理,如日常生产消耗用材料等。C类存货品种占全部存货的60%~65%,资金占存货总额的5%左右,企业对其进行一般管理,如办公用品、劳保用品等随时都可采购。通过ABC分类后,企业抓住重点存货,控制一般存货,制定出较为合理的存货采购计划,从而可有效地控制存货库存,减少储备资金占用,加速资金周转。

(四)运输管理

高效的运输系统是工业社会的特征。运输部门广泛存在,以至人们忽略了它对人们生活方式的重要影响。运输将产品运送到地理位置相互分离的市场。如果产品按时并能保质保量地到达,便可给消费者创造附加价值。

但运输是最大的物流成本之一,可能占一些产品销售价格的很大部分,如单位重量价值较低的产品,如砂石、煤炭等基本原材料。而计算机、电子元器件的运输成本可能只占其售价的小部分。由于输入和输出的运输成本在增加,高效的运输管理对公司变得日益重要。

影响运输成本和定价因素的主要是产品相关因素和市场相关因素。产品相关因素大致包括产品的密度、可装载性、搬运的难易程度和可靠性等。其中,产品的密度指产品重量与体积的比率。例如,钢铁、罐装食品、建材、大宗纸制品具有较高的密度,而电子产品、服装、行李袋、玩具等的密度就小。可装载性指产品能在多大程度上填充运输工具的可用空间。例如,大宗的谷物、矿砂和石油制品具有很好的可装载性,因为它们可完全填满容器;而其他物品如汽车、机械、牲畜等则不具有好的装载性。与可装载性有关的是产品的搬运难易程度,难以搬运的物品运输成本会很高。可靠性也不能忽视,具有高的价值/重量比的产品比较容易受损,被盗的可能性较大,运输成本也较高。例如珠宝的运输往往需要特殊运输方式。最主要的市场相关因素包括:运输模式的竞争程度、决定运输距离的市场位置、政府对承运人管制的性质和程度、货物运输量是否均衡、产品运送的季节性、产品是在国内运输还是在国外运输。

汽车、铁路、空运、水运和管道等运输模式的每一种都可运输产品,它们也可联运,例如,铁路—汽车、汽车—水运、汽车—空运、铁路—水运。联运能提供单一模式所不能提供的特殊或更低的成本,其他能为托运人提供多种服务选择的还有第三方物流公司、邮政包裹、托运人代理商等。

本章小结

1. 营销渠道指在实现产品和服务的使用和消费过程中,涉及的所有相互依赖的组织。它是产品或服务从生产完成后至最终用户的购买和使用之间所经历的一组路径。基于供应链和需求链视角的渠道管理就是要求渠道成员以满足消费者的需求为前提,共同追求整个供应链的整体效益和整个系统费用最低。

2. 当产品在分销渠道中流动时,我们可看到其中存在几种动态的"流":所有权流、物流、支付流、信息流和促销流。其中,所有权流、物流、促销流属于前向流程,即在渠道中依次从生产商流向批发商、零售商、消费者;支付流属于后向流程;信息流则属于双向流程。

3. 营销渠道将生产商与购买者相连,并为企业执行多种营销策略要素提供了平台。设计营销渠道系统的步骤包括:分析消费者期望,确定目标和约束,识别可选择的主要渠道,选择、激励和评价渠道成员。

4. 渠道冲突指某一渠道成员的行为造成了渠道目标无法实现。管理冲突的最终目标是不让有害的或者危害大的冲突发生,因此在管理冲突时,应强调预防为主。

5. 市场物流,也称渠道物流,指从市场需求开始,后向安排企业的基础设施,以执行和控制从起点到消费点之间的材料和制成品的实体流动。市场物流管理的目标在于以最低的总物流成本提供适当水平的消费者服务。

思考题

1. 渠道的价值主要体现在哪些方面?
2. 有哪些可供选择的渠道?如何选择?
3. 渠道冲突主要可能在哪些环境中发生?
4. 渠道物流为什么不能单以总物流成本最大化为目标?

案例

格力与国美的"分分合合"

国美电器是一家以经营各类家用电器为主的全国性家电零售连锁企业。目前,国美电器已在北京、天津、上海、成都、重庆等省市拥有130余家大型连锁商城,年销售额达200多亿元,跨入中国商业连锁三甲,并成为长虹、TCL、索尼、飞利浦等众多厂家在中国的最大经销商。

格力集团公司具有年产空调器系列产品450万台(套)、小型家电650万台、空调压缩机200万台等产品的能力。其中,"格力"牌空调器已连续六年产量、销量、出口量排名全国同行业第一。

2004年的"分"

2004年3月,正是空调行业为备战销售旺季而全面启动的季节。一场来自空调业与流通行业两大巨头的纷争被引爆。

3月中旬,国美总部向各地分公司下发了一份"关于清理格力空调库存的紧急通知",要求其各地分公司将格力空调的库存和业务清理完毕后,暂停销售格力产品,理由是格力的代理销售模式和价格均不能满足国美的市场经营要求。国美对此举的解释是:目前国美销售的家电产品主要以生产商直接供货方式为主,这样做的目的是为了节省中间成本,降低产品价格。但格力空调一直通过各地的销售公司向国美供货,在价格上不能满足国美的要求,国美因此无法实现其提倡的“薄利多销”原则。

显然,国美希望利用自己的渠道优势迫使格力做出价格让步。但格力空调的新闻发言人黄芳华在接受《财经时报》采访时表示,格力空调对待所有经销商都是一视同仁的,不会给国美搞特殊化,因为那样做会对其他经销商不公平。格力并不在乎国美的渠道优势,因为格力在全国有1万多个经销商,而国美不过是其中的一个,而且格力空调的销售量、消费者对格力空调的认同度都很高,因此,靠市场说话的格力空调并不畏惧国美的威胁。黄芳华还表示,事情既然是由国美挑起来的,格力就不会主动与国美讲和,格力的原则是:如果国美可以接受格力的销售模式与价格,双方就继续合作,否则就没有合作余地。

对于撤出国美这一轰动性的事件,格力电器总裁董明珠甚至用了“拍手称快”来形容。在她看来,国美想利用其连锁网点众多的优势“左右所有的企业,不顾及任何人的利益,只顾及自己的利益”,严重扭曲了正常的工商关系,损害了家电制造企业的正常的生存空间。在此基础上,董明珠还多次向媒体对家电连锁霸权进行了猛烈的抨击:“大渠道正在成为制约中国家电产业进一步发展的因素!”

正是在董明珠的这一思想下,格力坚定了走与其他家电企业不同的发展道路——自建渠道,格力空调与经销商采用共同出资、各占股份、年底分红的方式组建了销售公司,形成以利益为纽带、以格力品牌为旗帜的利益共同体。对这种以股份制为基础的销售公司,渠道的合作方注资形成了专用性抵押投资,渠道价值链的上下游不仅因为所有权相互依赖,而且由于专用性投资“专用此处,别无他用”的胶结作用,使得渠道结构相对稳定,并最终成为格力空调参与激烈市场竞争的“杀手锏”。

“格力专卖店、专营店忠诚度高,目前整个格力专卖店的销售占格力总体销售的70%~80%,大商场只占很少一部分”,“到目前为止,可以说国美、苏宁两家占了格力整体销售也就不到3%,即使能进去卖,我们也不指望他们能卖多少。”格力电器董事长朱江洪就连锁卖场对于格力的作用曾做如此表态。

2007年的“合”

2007年的3月14日,在持续三年争斗后的又一个3月,国美与格力选择了广州作为修好亮相的首发地。在当日启动的“国美2007空调革命”仪式现场,久违的格力广州总经理王韦权的出席被业界看作是一个标志。

国美广州公司总经理高集群向记者透露,双方14日中午举行了“国美—格力战略合作升级、签约采购”仪式及座谈,在广州市场确定了一份价值2亿元的“空调采购大单”,国美时隔三年再次正式获得格力大量包销机型,将成为国美旺季突袭空调市场的“重磅炸弹”。据称,国美已准备给格力颁发今年的第一块2007年国美电器“金牌空调”的牌匾。

“但其实本质上,格力还是想借助国美的销售网络”,业内人士评价格力和国美的此次合作,“客观现实是现有连锁企业的网络越来越大,对市场人气的吸引力越来越大,这对完全倚重自建渠道而自己又没有出现在大型连锁商场里的企业来说是个力度不小的损伤”,“大型连锁商场没有厂家生活仍然可以过得很好,厂家没有大型连锁商场生活却会非常艰难,尤其是随着时间的推移,这种艰难会更为明显,其实在连锁网络短缺的时代不存在渠道对厂家的妥协。”

请认真阅读案例,并回答以下问题:

1. 格力和国美为什么要“分”?
2. 格力自建渠道和与国美合作各有什么优缺点?
3. 是什么力量在推动着格力态度的转变?

第十一章

渠道中间商：零售与批发

学完本章后，你将了解：

1. 有哪些主要的渠道中间商，他们承担着哪些职能。
2. 零售商的基本构成与分类。
3. 零售商需要做哪些营销决策。
4. 批发商的职能和构成。
5. 渠道中间商的未来发展趋势是什么。

联华超市股份有限公司(联华股份)的发展

2010年5月,联华超市股份有限公司在举世瞩目的上海世博会开幕之际,也迎来了十九周年庆典。目前,联华股份已成为中国最大的本土连锁零售企业。据中国连锁经营协会最近公布的统计资料显示,2009年联华股份以5 599家门店和671亿元的销售规模,连续13年排名中国快速消费品连锁企业百强第一。如今,拥有联华超市、华联超市、世纪联华、快客便利和联华电商等品牌企业的联华股份,正深化转型持续发展。联华股份计划斥资6亿元人民币,以直营、合资、并购、加盟并举的扩张策略开店500家,包括15家大卖场、200家便利店及285家标准超市,保证大型综合超市、超级市场和便利店三大业态协同发展。十九年间,从创业到成为领军企业,联华股份的成功很重要的一条就是将战略创新、经营创新、管理创新和技术创新贯穿始终,从而保持持续的核心竞争力,使联华股份初步实现了做大做强的战略目标。

如前所述,分销渠道由生产企业、最终用户和参与将商品从生产者转移到最终用户的各类中间商组成。而诸如联华超市股份有限公司这样的渠道中间商则由专门从事商品流通经营活动的企业和个人组成,它们的基本职能是作为生产和消费之间的媒介,促成商品交换。随着社会分工的发展,渠道中间商的职能分工也在划细,形成批发和零售两大类。简单说,批发的功能是大批量购进商品后再批量转售给各类组织购买者,如生产企业、服务企业、零售商、其他批发商和各种社会团体机构;而零售的功能则是将商品分散组合后卖给最终市场上的个人消费者。

第一节　零售的职能与类型

零售是分销渠道中最重要的成员,关系到亿万普通个人消费者的日常生活,更关系到无数消费品制造商的生存。在个人消费者市场上,无论制造商采取何种渠道战略,零售商都是不可缺少的合作伙伴,道理很简单:是零售商在直接与消费者打交道,离消费者最近。可不要小看这个“最近”:怎样才能让消费者对企业产品产生与众不同的强烈印象呢?生产者需要把产品打入知名度高的商场、争取更大的场地、更好的陈列。市场研究表明,一般来说,任何品牌只有不断在第一线给消费者施加强烈的感官刺激,方能从众多品牌中脱颖而出。零售终端还是企业最直接的市场信息来源,而这些信息对于生产企业来说绝对至关重要。从竞争的角度看,控制住了零售终端,也就是控制了本企业产品与消费者见面的机会。

一、零售的性质与特点

我们将所有面向个人消费者的销售活动都称之为零售,以经营零售业务为主的企业和个人就是零售商。零售是最古老的商业形式。当生产力的发展促成了批发贸易和零售贸易的分离之后，零售业就变成了最能代表商品运行终极目标的商业形式，因为商品只有通过零售才能最终完成其从生产领域经过流通进入消费领域的全过程，从而达成消费。零售商是直接为最终消费者服务的商业单位，其主要业务就是把商品直接卖给最终消费者。

零售面对的顾客非常分散，经营形式也十分多样化。而且，在所有商品经济发达的国家，零售都是一个十分庞大而分散的行业，企业数量通常超过生产企业和批发企业之和。零售业的商品销售额，是一国宏观经济运行状况的脉搏。因为消费者的个人收入，很大一部分花在了购买个人消费品和服务上。因此，如果一国的社会商品零售总额大幅度下降，表明该国在这一时期的经济不景气，具体表现为商品库存积压增大，经济萧条、失业人数增加，公众收入减少；反之，如果零售销售增长，生意兴隆，社会商品零售总额增幅较大，则表明经济运行状况良好，人民生活水平提高。

综观各国零售业的运行，我们可以看到以下一些特点：

(1) 零售业是国民经济中的一个大行业，从业人数众多，零售销售额占国民生产总值的很大比重，社会商品零售额亦是国家制定宏观经济政策的重要参考指标和依据。

(2) 零售商的服务对象是最终消费者，因而其分布受一国的人口数量、收入、生活习惯、地理分布和市场分布状况的影响较大。

(3) 由于最终消费者的购买时间、购买习惯又受传统风俗习惯的影响，零售商的经营活动具有明显的时间性和季节性。例如，在中国，一年一度的春节是最重要的传统节日，节日前后的零售总额在全年中是最大的。而在西方国家，圣诞节是最主要的节日和销售旺季。

(4) 需求者（这里指最终消费者）对零售商的职业道德、商业信誉、文明经商等预期较高。因为现在的消费市场呈“买方市场”，供大于求，零售企业之间竞争激烈，在这种形势下，为求生存和发展，零售商必须接受“顾客永远正确”、“顾客第一”的经营原则，不断提高服务质量。

二、零售商的分类

零售商的分类方式多种多样。我国过去多按所有制关系、企业规模、所经营商品品种范围划分零售，西方国家也有按照所有权关系和商品经营范围划分零售企业的。

按所有权关系划分，零售商有独立零售商和连锁零售商，前者即所有者仅拥有一家商店，而后者则是同一所有者拥有两家或两家以上的联号商店，这些商店通常实行一定程度的集中采购和管理。以美国为例，尽管连锁公司的数量仅占零售公司数量的4%，却经营着全美1/5以上的零售商店，销售额占到所有商店销售额的60%。而且，全美最大的零售公司无一例外的都是连锁公司。其中约50家零售连锁公司拥有1 000家以上的分店，占了全美商店零售额的1/3强。不过，即便如此，美国90%以上的零售商店仍为独立零售商所有，其中约半数的独立零售商完全由所有者自已及其家庭成员经营，即不雇佣他人。当然，独立零售商的规模大多很小（除个别家族所有的大型百货公司），总销售额只占全美商店零售额的3%。独立零售商对经济的贡献主要在吸纳了大量的就业人口，满足了消费者对便利的需求。

按零售经营范围划分,可以将零售商分为食品店、药店、书店、家居用品店、服装店和鞋店等,当然,也有经营多类商品的百货店和杂品店。

但从市场营销的角度看,我们更倾向于按企业的经营战略组合为零售商分类,这也是通常所说的零售经营业态或经营形式。

第二节　主要的零售业态

零售商的战略组合,包括以下几方面的选择:

首先是提供服务的量和水平。例如,在高档的专业店和百货商店里,售货人员在顾客购买的整个过程中都提供非常到位的服务,而且购物环境优雅,照明柔和,商店选址也通常在商业中心,十分便利。反之,如果是仓储商店,几乎完全是顾客 DIY(自助完成一切),购物环境十分简单,几乎没有什么装修和装饰,店址也通常选择在郊区较偏远的地价便宜之处。

其次是经营产品组合的宽窄和长短。例如,传统的专业店通常经营的商品组合窄而深,而百货公司经营的商品组合很宽且长。但今天,传统百货公司正面临来自大型专业店(如苏宁、国美等大型家电卖场——它们经营的商品组合窄而深)和折扣百货店(如沃尔玛、塔吉特——它们的商品组合更宽但较浅)的两面夹击,日子颇为难过。

再次是经营商品的档次和价位。一些零售商以中等价格提供中等质量的商品,如超级市场;少数零售商选择以高价提供高品质的商品和服务,如精品专业店和传统百货店;还有一些零售商则以低价提供低档品,如一美元商店。

根据上述的零售战略选择,零售商店的经营形式(或称业态)首先可以分为有店铺和无店铺的零售商;有店铺的零售商通常又先分为食品和非食品两大类。其中非食品类零售商再进一步分为百货公司和专业商店。

一、非食品类零售商

(一)百货公司

通常在每个城市的中心商业区或购物中心都会有 1～3 家大型百货公司。百货公司由多个专业商品部组成,经营商品品种多、范围广,所以称为百货商店。百货商店起源于 19 世纪中期的欧洲,是城市发展、人口增加、商品品种增多的结果。在那个时代,与传统专业商店相比,百货公司更具大众性,即对所有人开放,满足所有人各方面的需要,不管你买不买东西,都欢迎进来逛一逛,因此在早期的美国,百货公司曾被称作“消费者的宫殿”。

传统百货公司以经营软性高级商品为主,如男、女、儿童服装、服饰,家用纺织品、鞋及美容化妆品、珠宝项链、箱包、礼品等。后来,一些百货公司逐渐增加了“硬商品”,如家具用具、小五金、炊具、照相器材、灯具等。百货商店的规模一般都较大,经营的每大类商品都有相当多的花色品种和品牌供消费者选择,且内部装饰华丽,讲究商品陈列和橱窗布置。

百货商店经营的另一特色是向顾客提供广泛的服务，有较多售货人员，提供从商品咨询、送货、安装、礼品包装、赊销、邮购，到餐厅、娱乐、儿童照顾等各项服务。

与其他零售业态相比，百货公司提供齐全的商品品种与全方位的服务，选址在繁华的商业中心，因此经营成本较高，商品加价率也高。但从单位营业面积获利能力上看，百货商店在各种零售形式中并不具竞争优势，它的优势在商品品类齐全，购物环境好，服务项目多。百货商店因采购量大，希望越过批发商直接向生产商进货，以得到优惠的采购价格和制造商较好的售后服务，但由于其经营品种繁多，做到这一点却并不容易。

现代的百货公司正在产生分化：一种情况是经营的商品向中低档发展，加价率也大幅度降低，这在美国以20世纪60年代后大量出现的折扣价百货商店为代表，如名列世界第一的沃尔玛和著名的塔吉特都是从折扣百货店起家的；另一种趋势是向小型化、专业化发展，回到以经营软性商品为主，以对抗大型专业店和综合超市的低价竞争。

折扣百货店则是第二次世界大战以后发展起来的零售业态，20世纪60年代后获得较大的发展。其突出的特点是以比一般百货商店便宜得多的价格大量销售品类齐全的商品。为达到低价，折扣商店的主要经营措施包括：①一般设在位于郊区或小城镇且租费较低的建筑物内；②简单的内外装修及店内设施，仅雇佣少数员工实施开架自助购物，很少提供服务，如一般不负责送货；③经营商品以易耗日用品为主，多为销路较好的全国性品牌商品，以减少推销费用，加快周转，同时，顾客也容易比较价格便宜多少；④大规模发展连锁经营，以扩大销售规模，降低费用率。

与传统百货公司相比，折扣百货店的最大优势是商品加价率低，虽然经营的商品大类同样广泛，不过，为降低经营成本，折扣百货店的购物环境相对较差，提供的商品档次较低，服务也较少。

（二）专业商店

专业商店的特色是经营单一大类花色、品种、规格齐全的商品，例如妇女服装商店、鞋店、体育用品商店、电子产品商店、音像制品商店等。传统的专业商店通常以经营该类商品中各具特色的高中档品种为主，价格亦偏高，但能给消费者广泛、充分选择的余地，满足各种特殊需求，且服务项目齐备。

专业商店的规模可大可小、经营品种可宽可窄。随着商品品种的丰富和人们需求的多样化，专业商店获得了迅速的发展，现在各商业中心和购物中心均扮演着主要角色。

一般说，专业商店的商品加价率偏高，高档专业商店的加价率甚至高过百货公司，因为专业商店为顾客提供了具有专业知识的售货人员服务和优越的购物环境。不过，近些年出现了一种大型专业商店，规模类似大型超市和仓储店，同样采取自助购物，从而降低了经营成本，商品加价率也低得多。例如美国的家居品供应商家得宝、电器产品供应商百思买和玩具反斗城等，我国的苏宁、国美、东方家园等都是循着这一路径发展起来的企业。由于它们的商品定价低、品种全、营业空间大，因此极具竞争力，早期甚至被称作“价格杀手”。

二、食品类零售商

以经营食品商品为主的零售业态主要有便利店、超级市场、批发俱乐部等。

(一) 便利店

便利店的规模一般较小,主要特点是为广大消费者提供购物地点和时间上的便利。便利店选址通常深入到居民住宅区或加油站,使顾客可以就近或方便地购买到商品。此外,便利店营业时间很长,通常到深夜甚至通宵营业,而且节假日都不休息,使顾客随时都能买到所需的商品。便利店一般以经营日用品、食品,如饮料、面包、卫生清洁用品、小食品、报纸杂志,应急用品等为主,品种数量有限,并设有多种方便顾客的服务项目,如微波炉加热食品、电话订货、公交卡充值、送货上门等。

便利店深入居民区内,多数顾客是常客,店主与顾客相互熟悉、信任,具有群众基础,还可以根据顾客的需求特点有针对性地提供一些服务。

当然,便利店由于小而分散,缺点必然是经营品种有限,进货成本高,因而商品价格较高。如果是连锁便利店,还存在因分散而产生的管理和控制上的困难。因此,无论中外,大多数便利店都是个体独立店,但也不乏成功的连锁便利店,尤其是特许加盟连锁,如世界著名的7-11便利店连锁、北京的好邻居等。

目前我国的便利店大多为个体所有,不十分规范,但由于进入门槛低,对营业场地要求不高,方便居民,并能吸纳大量就业人口,因此也构成了地方经济的重要基础。由于其在解决就业和为居民提供方便上具有不可替代的作用,世界各国政府大多对扶持个体小零售便利店抱积极态度。

(二) 超级市场

超级市场是一种大型综合型食品零售店,起源于20世纪30年代的美国,第二次世界大战后首先在美国获得迅速发展。现在的超级市场销售广泛系列的食品和日用杂品,包括鲜果、干果、蔬菜、罐头食品、新鲜面包、牛奶、冷冻食品、肉类、洗涤用品、化妆品、小五金、厨房用品、文具、报纸书刊、音像制品、冲洗胶卷,甚至处方药。

超级市场开创了开架售货、自助服务的经营方式。由于采用自助服务,可以雇佣较少的营业人员,并以大规模、快周转、低加价、低成本为其经营特色,商品加价率一般在20%左右,大大低于专业食品店。现代超级市场的发展趋势是营业面积更大,经营的非食品类商品越来越多,鼓励消费者一次性购齐日常生活必需品。

在传统超级市场的基础上,随着营业面积增至1万平方米以上和经营更多品种、更大范围的非食品类商品的加入(如家用电器、服装、家具),出现了特级市场或超级商店,它们已更像是一个传统超市加一个折扣百货店了。例如沃尔玛公司的超级中心(大卖场)和法国的家乐福就分别属于超级商店和特级市场。

超级市场自20世纪90年代中期以来,在我国的大中城市也获得了迅猛的发展,如上海联华超市、北京的物美和美廉美,由于实现了连锁化发展,它们的规模已经远远超过了历史更悠久的传统百货公司。

(三) 批发俱乐部

批发俱乐部也称仓储俱乐部,源于欧洲,起初主要面对小型公司、个体企业的批量购买，后来逐渐扩大到一般消费者，但采取会员制，即顾客需定期交纳会费，凭会员卡进店采购。店的面积巨大（上万平方米），单店销售额在数亿元以上；店址一般位置较偏僻，但开车可以方便地抵达；经营产品线宽，但每类商品品种不多，并以周转快的全国性品牌商品为主。店内商品均直接码放在货架上，很少店内装修，最低购买包装较大，与一般零售店比，可称得上是批量购买。

由于购买批量大，周转快和自助式购物，以及商店大多位于偏僻的郊区，因此，批发俱乐部的商品加价率最低，一般只有百分之十几，而商品品质却很有保障，因为大多经营的是名牌商品或自有品牌的商品。

美国的好市多、沃尔玛公司的山姆俱乐部和荷兰的万客隆是典型的批发俱乐部式商店，它们也都已经进入了我国，带动了国内各种仓储俱乐部式商店的发展。

无店铺零售最早起源于邮购、目录营销，后来发展到自动售货机售货、上门推销、电视直销和网上直销等。近年来，随着互联网的发展，网上直销呈爆炸式发展之势，甚至有人预言，在下个十年，1/3 的商品将通过网络零售渠道销售。由于网络营销，或在线零售涉及了许多新问题、新机会，我们将在第十五章专门讨论。

最后，通过对近百年零售发展的观察可以看到，零售经营形式（或业态）也存在明显的生命周期现象。一个多世纪以来，特别是第二次世界大战以后，新型零售组织不断涌现，整体规模越来越大。例如，100 多年前，美国的零售商主要由当地的独立杂货店和小型专业商店构成；19 世纪 60 年代，出现百货商店；七八十年代出现邮购商店。到 20 世纪 20 年代，连锁店获得迅速发展；30 年代初出现超级市场；40 年代末出现郊区购物中心；50 年代出现廉价的折扣商店；六七十年代，折扣百货、超级商店、特级市场、仓储俱乐部、方便店、“价格杀手”等名目繁多的新型零售机构先后涌现。零售业态从产生到成熟所需时间，百货商店花了 100 年（从 19 世纪 60 年代中到 20 世纪 60 年代中）；超级市场为 35 年（从 20 世纪 30 年代到 60 年代）；折扣商店为 20 年（从 20 世纪 50 年代中到 70 年代中）；快餐服务店 15 年（从 20 世纪 60 年代初到 70 年代中）；超级中心和批发俱乐部为 10 年（从 20 世纪 90 年代到 21 世纪初）。

第三节 连锁经营

连锁经营是国际上普遍采用的一种现代化商业经营组织方式。在我国，连锁经营自 20 世纪 80 年代后期悄然起步，90 年代初逐渐兴起，并在近年迅猛发展。可以说，遍及大江南北的连锁商店已经以一种强大的力量进入我们的生活，并影响和改变着人们的消费习惯和生活方式。

一、连锁经营的定义及类型

连锁经营是一种世界性的潮流，是当代流通渠道发展的客观产物，是商业对社会化大生产及消费方式变化的积极适应。连锁以其规模经营、衔接产销、扩大流通、方便消费、统一管理等诸多优势成为目前世界上发达国家商品零售业和服务业的重要组织形式。目前美国排名前 200 位的连锁公司都是世界性的跨国连锁集团。可以说，连锁经营是当代国际商业发展的一种潮流,已经成为占主导地位的组织模式。

连锁商店(Chain Store)一词,产生于19世纪末期,美国对连锁商店的定义是:由同一公司所有,统一经营管理,包括两个或两个以上的商店。这些商店经营类似的商品大类,实行集中采购和销售,通常还有相似的建筑风格和标志。这一定义主要从规模、产权关系方面考虑,不涉及经营内容,因此,除了零售商店的连锁,常见的还有旅店连锁、餐馆连锁、健身房连锁,等等。从本质上看,连锁经营意味着通过标准化的技术和多店铺的扩张方式发展企业。

二、连锁商店的分类

连锁经营按照不同的标准可以划分为不同的类型。

(一)按照所有权构成不同,可以划分为正规连锁、自愿连锁和特许连锁

1. 正规连锁(Regular Chair,RC)

美国在工商业普查和统计中所认定的连锁商店均为正规连锁,即单一资本经营,两家或两家以上分店,统一经营管理。而国际连锁商店协会对正规连锁的定义为:以单一资本经营的11个以上分店组成的零售业或饮食业组织。

正规连锁是最典型的连锁,最容易形成权力集中的大资本,而且在事实上对企业经营管理的各个方面实行高度集中、统一管理,包括统一制定战略、政策和规划,对采购、人事、财务、广告、销售、定价的统一管理;分店的一切经营管理策略,几乎都听从于总部,分店经理只是总部委派的雇员,负责组织分店的销售及向顾客提供服务。本节讨论的连锁主要指正规连锁。

2. 自愿连锁(Voluntary Chair,VC)

美国商务部对自愿连锁的定义是:由批发企业牵头,成员在保持资本独立前提下自愿组成的集团。日本则认为:自愿连锁是由许多零售企业自己组织起来的,在保持各自经营独立的前提下,联合一个或几个批发企业,建立起总部组织,使进货及其他业务统一化,以达到共享规模效益的目的。

自愿连锁的成员店在资产上独立,人事安排自理,经营上亦有很大的自主权,但经营的商品必须全部或大部分从总部或同盟内的批发企业进货,而批发企业则需向零售企业提供规定的服务。

3. 特许连锁(Franchise Chair,FC)

连锁店的分店通过同总部签订合同,取得使用总部商标、商号、经营技术及销售总部开发的商品的特许权,经营权同样集中于总部。典型的例子便是麦当劳、“7-11”等。在餐饮、便利店、旅馆等行业,连锁企业通常会在开设了一定数量的直营连锁店后,便考虑用特许连锁的方式发展加盟店。自20世纪80年代以来,特许连锁的发展速度已超过了其他两种连锁形式。

(二)按照业务形式的不同,可以分为零售业的连锁经营、饮食业的连锁经营和服务业的连锁经营

1. 零售业的连锁经营

连锁作为一种组织形式可用于各种零售经营形式,如超级市场、折扣商店、专业店、方便店和百货商店,因而产生了超市连锁、百货商店连锁、专业商店连锁、方便店连锁等。

2. 饮食业的连锁经营

该类型提供标准化、系列化、大众化的饮食服务,典型的例子是麦当劳和肯德基等遍及世界的快餐连锁店。

3. 服务业的连锁经营

该类型主要是同一服务项目间的连锁,从服务业连锁经营的历史看,采用正规连锁、自愿加盟和特许连锁进行扩展的方式普遍存在。例如美国的洗衣店大多数采取正规连锁经营的形式,我国台湾的美容美发店也较多采用正规连锁经营形式。

(三) 按照分布区域划分,可以分为全国性连锁和区域性连锁

1. 全国性连锁

大多数全国性连锁都是从区域性连锁发展而来,全国性连锁由于分布地区太广,还可设地区总部一级,协调地区内分店的经营活动,但整个经营决策仍在总部同一控制之下。

2. 区域性连锁

区域性连锁虽然规模比不上全国性连锁,但在其所在的区域内分店密度更大,更接近于居民的生活区,也许还有更好的位置,并在集中化、市场细分化方面做得更好。

三、连锁经营的产生与发展

从世界上建立第一家连锁公司至今,已有140多年的历史。1859年创办于美国纽约的"大西洋及太平洋茶叶公司"(简称A&P)是世界上首家连锁经营的公司。该公司首开了"由同一资本所有者在全国各地开办多家分店,实行统一管理、统一经营"的经营模式。这种独树一帜的商业经营与组织模式就是今天直营连锁的雏形。

连锁经营形式的产生和发展并不是偶然现象,究其原因,可以概括为其在流通领域代表了一种大工业的标准化的经营方式,即4S主义。

1. 差别化(Speciality)

差别化即按照企业的业态和定位,明确企业经营的商品和服务的目标,在满足顾客需求过程中,确定在哪些环节形成与竞争对手的差别,形成竞争优势。品种、价格、设计、质量、形象、服务、促销手段等都能成为差别化的手段。顾客要求的满足是一个漫长的过程,在这个过程中进行正确的选择,可以吸引顾客选择本企业有别于其他企业的商品和服务。

2. 简单化(Simplification)

简单化即单纯化。在科学分析、高度分工基础上使经营管理过程中的每一环节、每一项工作都调整到简单明了、简便易行,即使是非熟练劳动者也能轻松胜任的程度。连锁经营作为一种高速扩张的组织形式,唯有简单化,才能拥有高效率,并得到快速推广。

3. 标准化(Standardization)

针对经营管理过程中每一项工作不断探索和发现最佳方式方法,予以规范化,并按照规范实施各项工作。

4. 专业化(Specialization)

专业化强调的是分工细致、责任明确,由各行专业人士分别从事商品经营、采购、物流配送、信息管理、商品摆放、店内布置、顾客服务、商店选址、市场调查、促销宣传、人员招聘和培训等工作。因此,有人说,现代的零售连锁企业雇员呈两极分化:一端是基层非熟练工人从事的最简单的劳动;另一端是由高层专业人士从事的一点不比其他制造业、服务业差的复杂管理。

连锁经营的经济学实质就在于它把现代工业化大生产的组织原则及集中化管理模式应用在了流通领域,通过"联合化、统一化、专业化和规范化"等手段,实行规模化经营、标准化服务和科学化管理,达到了提高整体零售经营体系协调运作的能力和提升规模经济效益的目的,从而形成了其特有的经济优势。

四、特许连锁

如前所述,特许连锁是连锁经营的一种,但它又与真正的连锁商店在所有权方面有本质的区别,即特许连锁的加盟企业所有权并不属于母公司而是独立的,因此在统计上,加盟店的营业额不属于母公司,麦当劳一类以加盟店为主的快餐连锁公司也就未能进入世界500强。

(一)特许经营的含义

特许经营指特许权授予人与被授予人之间通过协议授予受许人使用特许人已经开发出的品牌、商号、经营技术、经营模式的权利。为此,受许人通常须先付一笔特许加盟费,此后每年按销售收入的一定比例支付特许权使用费,换得在一定区域内出售该商品或服务的权利,同时须遵守合同中关于经营活动的其他规定。

(二)特许经营的特点

特许经营被誉为当今零售和服务行业最有潜力和效率的经营组织形式,特别适合那些规模小而分散的零售和服务企业。与其他经营方式相比,它有以下特点:

(1)一个特许经营系统通常由一个特许人和若干受许人组成,二者之间关系的核心是特许权的转让,通过特许人和受许人一对一地签订合同,而各受许人(或分店)之间没有横向联系。

(2)特许经营中,各受许人对自己的店铺拥有自主权,即自己仍是老板,人事和财务均是独立的,特许权授予人无权干涉。这不同于直营(正规)连锁店。

(3)特许人根据契约规定,在特许期间提供受许人开展经营活动所必要的信息、技术、知识和训练,同时授予受许人在一定区域内独家使用其商号、商标或服务项目等的权利。

(4)受许人在特定期间、特定区域享有使用特许人商号、商标、产品或经营技术的权利,同时又须按契约的规定从事经营活动。例如麦当劳要求受许人定期到公司的汉堡包大学接受如何制作汉堡包及管理方面的培训;对所出售的食品有严格的质量标准和操作程序的要求,以及严格的卫生标准和服务要求,如工作人员不准留长发、女士必须带发罩等。

(5)特许关系中明确规定了一点,即受许人不是特许人的代理人或商业伙伴,没有权利代表特许人行事,受许人要明确自己的身份,以便在同消费者打交道时不致发生混淆。这点上特许经营关系与代理有本质不同。

(6) 在特许经营中,契约规定特许人有权按照受许人营业额的一定百分比收取特许权使用费,分享了受许人的部分利润,同时也要分担部分费用。例如麦当劳收取的特许费用约为受许人营业额的12%,同时承担员工培训、管理咨询、广告宣传、公共关系和财务咨询等责任。

(三) 特许经营的类型

特许经营有两种主要类型:产品、商标特许经营和经营模式特许。前一种类型中,特许人通常是制造商,同意授权受许人对特许产品或商标进行商业开发。特许人可能提供广告、培训、管理咨询方面的帮助。在美国,这种特许大约占所有零售特许商店的70%,最典型的有汽车制造商、大石油公司授权的加油站,以及可口可乐等饮料公司。

后一种类型中,特许人与受许人之间的关系更为密切,受许人不仅被授权使用特许人的商号,还有全套的经营方式、指导和帮助,包括商店选址、产品或服务的质量控制、人员培训、广告、财务系统及商品供应等。这种经营方式常见于餐馆、旅馆、洗衣房及照片冲印等。麦当劳就是这一特许经营形式中最成功的例子。

(四) 特许连锁的优缺点

特许连锁有直营连锁缺少的某些优点,其中最重要的是加盟者自己仍然是企业的所有者,因此保留了作为企业家的积极性和主动性。但由于在今天竞争激烈的零售市场上,自己开一家店是很难成功的,因此,创业阶段加盟一家特许经营系统有时是一种明智的选择。根据国际经营协会统计,在发达国家创办一家普通企业,第一年的破产率达35%,5年后的破产率达92%;而加盟系统的企业第一年是4%~6%的破产率,5年后的破产率也只有12%。

投资者选择一家业绩较好且有实力的特许经营企业,有整个加盟系统作为强大的后盾,可以从总部获得专业方面的帮助,从而不论从工作量还是心理压力等方面看,投资者都会感到轻松得多。

那么,加盟是否就十全十美呢? 当然不是,寻求捷径是要付出代价或做出某种牺牲的。首先,作为特许联营商必须遵循特许权授予者的要求,很少留下创新的余地。由于总部对全体加盟店的一致性有严格要求,各加盟店想完全自主经营是不可能的,因为总部必须拥有控制加盟店的权力,以稳定由加盟店提供给顾客的服务或产品的质量。其次,投资者在加入特许经营组织的同时,无形中已将自己的投资得失与整个特许系统连在一起,形成了命运共同体。过于依赖总部的结果是加盟店失去独立性,有可能放松经营和销售努力。更严重的是,一旦总部方面有变化,加盟店会大受牵连,而且难以应变。如果其他加盟店失败,也会使本企业形象受到不良的连带影响。

特许连锁由于其独特的优势,近年甚至被视为独立企业的新贵。在美国,现在特许经营商的销售已经占了零售总额的40%。中国也不例外,特许加盟在汽车经销商、各种小型专业和专卖店,以及餐饮业中发展很快。

真功夫餐饮管理有限公司

真功夫餐饮管理有限公司于1994年创立,现直营店数300多家,是中国直营店数最多、规模最大的中式快餐连锁企业。真功夫在1997年自主研发计算机程控蒸汽柜,全球率先攻克中餐“标准化”难题,探索出中式快餐发展的新路,实现了整个中餐业“工业化生产”、“无需厨师”、“千份快餐一个品质”的夙愿。15年来,真功夫创建了中式快餐三大标准运营体系——后勤生产标准化、烹制设备标准化、餐厅操作标准化,在品质、服务、清洁三个方面,全面与国际标准接轨。2006年,真功夫通过了HACCP食品安全管理体系及ISO 9001质量管理体系的国际认证,2年后,真功夫通过了ISO 22000标准认证。真功夫的飞速发展为社会提供了大量的就业机会,截至目前,在全国共有员工10 000余名。多年来,真功夫投入了大量资金、人力在员工培训上。公司的普通员工每年接受培训时间不少于360小时,初级管理员工每年不少于200小时,中高级管理员工每年不少于144小时。

第四节　零售商的营销决策与发展趋势

自20世纪30年代至今,西方发达国家的零售行业呈现不断创新、蓬勃发展、形式繁多的局面。究其原因,主要有以下几点。

第一,多样化、差异化的消费需求起着拉动的作用,技术革命带来的新产品大量涌入市场,起着推动的作用,零售商业在来自两端的压力下,不得不更新观念,加速发展。

第二,在零售行业,相对来说难以集中和垄断,竞争比较普遍、激烈。世界各国的经验表明,在大生产条件下,即使在发达的商品经济中,大量中小零售企业在适应消费需求、发挥经营特长和保持销售活力等方面也具有自身的优势,是大型企业不可能代替的。所以,在当今世界上,一方面大型企业更多采用连锁经营和特许权经营的方式,把众多的零售企业结成一个集团化网络;另一方面,许多发达国家都十分注意利用法律手段、经济手段和行政手段,保护和支持独立中小零售企业的发展,期望保持一种大中小零售商各尽所长、平等竞争和多层次多样化经营的态势。因而,零售商业的多样化发展始终有一个比较好的外部环境。

第三,零售业向来以投资少、见效快、利润丰厚著称,这也是其能够见缝插针,如雨后春笋般大量涌现的原因之一。

零售业激烈的竞争使许多企业竞相采取不同的零售战略组合以加强企业形象,避免陷入与竞争者雷同的境地,从而使零售营销策略呈多样化发展。零售营销决策与其他企业一样,也由市场调查、目标市场选择和定位为起点,然后是与之相匹配的4P策略组合,包括价格决策,商品品种、服务项目组合决策,促销决策和渠道决策。由于选择余地大,组合变化多,使现代零售商的经营精彩纷呈,即使是同一零售业态在经营特色方面也各有特色。所以,零售企业的成功并不取决于具体从事哪一行业和采取何种经营形式,而在于企业战略组合的适当与不断创新。

一、STP 营销

许多零售商总是希望将所有的顾客拉进自己的商店,他们试图经营适合所有人需要的商品,最终,实际上是没有明确的目标市场和定位。而通过考察以往的企业实践可以发现,成功的企业必是首先解决了市场细分(Segmentation)、目标市场(Targeting)和定位(Positioning),从而实现了与其他企业差异化经营的公司。例如同样诞生于1962年的三家著名的折扣百货公司沃尔玛、凯马特和塔吉特,沃尔玛定位于低端的蓝领,尽人皆知的经营口号是“每日低价”;塔吉特定位于较高端的白领,自称“高档折扣店”,突出商品的风格、设计和购物环境;而位于中端的目标顾客群不明确的凯马特,虽然最初20多年在该行业一直处于领先地位,最后的结局却是破产被收购。

二、商品品种组合与服务决策

商品品种组合有经营产品线的宽窄、长短、深浅之分,还有是经营制造商品牌的、与其他商店无差异的产品,还是经营差异化的自有品牌商品,或获得独家经营权的独特产品的不同。例如沃尔玛曾一直以经营制造商的全国性品牌商品著称;而好市多现在开发了众多自有品牌的产品;JC 彭尼公司自有品牌商品的销售额已占到了总销售额的40%。

服务决策包括了提供服务的数量、品种和水平。例如,北京的赛特公司十余年前就为顾客提供停车、取车服务和专任导购小姐服务;而宜家公司直到今天也不为顾客提供免费的提货、送货和安装服务。在高端百货商店,有专职的服务人员为男女顾客提供试鞋服务(如诺德斯特罗姆百货公司);而在折扣鞋店,所有鞋不分品种地摆放在架子上,需要顾客自己寻找、试穿,然后放回(如 Payless Shoes 店)。

零售商的服务决策还包括了店内购物环境或购物氛围的确定。我们知道,传统百货公司的购物环境以华美的建筑、宽畅的购物和休息空间、几近奢华的装修和装饰著称;但在折扣百货店,你只能想到简单、平庸的货架,方盒子一样的商店外观(当然更谈不上橱窗)和节能灯照明的、毫无装饰的货场。

三、零售商的定价决策和渠道策略

零售商的定价决策显然要与其目标顾客的需要、企业的市场定位,以及提供的服务水平相匹配。一些零售商希望同时获得高利润和高销量,而这二者是不可能兼得的。除了价格水平外,零售商通常还要决策自己奉行的价格策略。例如,沃尔玛、好市多和家得宝等采用“每日低价”策略,很少打折或降价促销;而百货公司和品牌专卖店通常采用“高低价”,即新货刚上市时采用高价,然后随着时间的推移频繁推出各种打折优惠,吸引顾客经常光顾和购物。两种策略,很难说得上孰优孰劣,关键要适合企业。

零售商的渠道策略意味着选址。我们常说,对零售商的成功来说,最重要的除了选址,还是选址。一方面,适当的选址是为了集客,为了给目标顾客以购物的便利。例如,传统的百货公司要将商店开在城市中心的商业区,因为那里有最大的客流。但随着人们居住的郊区化、市中心的交通拥挤、晚间的治安恶化,人们更愿意去郊区的新型购物中心购物,百货公司也开始选址在巨大的郊区购物中心。各种各样的专业商店现在也都聚集在这些购物中心。现在,全美大约有大大小小的各式购物中心近5万个,它们的销售额占了全美零售销售额的约75%(除汽车和汽油之外)。另一方面,超级市场和便利店不会选择购物中心的店址,它们需要更接近居民住宅区,因此很分散。

四、零售业的发展

零售业的发展正如前面提到的,新的业态不断涌现,每种业态的生命周期在缩短,经营环境的变化和竞争的激烈,以及各种新技术的广泛应用,使我们需要更多地关注这个行业的未来发展趋势。

首先是新的零售形式仍将不断涌现,特别是非门店的零售,电子与网络时代的到来为此提供了极大的可能性,网上购物很可能将成为未来引领潮流的零售经营方式。十年前,大多数成功的实体零售公司对开设网上商店还不屑一顾,现在,就连巨无霸的沃尔玛也不敢不正视网上销售的威胁。中国家电业的巨头苏宁,面对几年前还名不见经传的京东商城的竞争,也开始尝试推出自己的网上商城。今天,几乎所有著名的零售商都在同时采用门店销售和网络渠道,成为虚拟和实体结合的复合零售商。这方面的更多内容请参考第十五章。

其次是零售业的两极分化,一方面是巨型零售企业发展,无论在单店规模还是总规模上。前者如那些巨型百货公司和大型联合商店,后者如沃尔玛多年雄踞世界500强公司之首。另一方面,个体小店、方便店仍极具活力,而连锁成为零售业解决规模、效率与分散的市场需要之间平衡的组织模式。

再次,新技术在零售中的应用变得越来越重要。过去,零售业被认为是最没有技术含量的、进入门槛非常低的行业。今天,对那些巨型连锁零售公司来说,没有最先进的电子信息和网络、系统软件和数据库,就没有办法完成海量的销售数据分析、需求预测,也无法实现库存控制、商品跟踪、结账扫描、在商店之间发送信息、与供应商实现信息共享、完成电子交易和及时配送商品,等等。总之,在今天的大型零售商店里,你可以发现各种新鲜玩意:触摸屏查询终端、电子货架标签、自助扫描结账系统和智能卡。零售业,已经绝不是一个只需低投入的行业了。

最后,零售公司的全球化扩张也是一个明显的发展趋势。看看中国这十几年的情况吧:位居世界第一和第二的沃尔玛和家乐福,在中国零售企业中的规模也是位居前列;我们还有世界著名的瑞典的宜家家居、英国的百安居、日本的7-11和德国的麦德龙,至于那些大大小小的服装、服饰品牌专卖店,如西班牙的飒拉和餐饮业品牌店,如美国的麦当劳、赛百味等,就更是数不胜数了。

第五节 批 发 商

批发商在若干方面完全不同于零售商,主要表现在:

(1) 销售对象不同。批发商从事的是企业之间的商品买卖，一般不直接同消费者发生交易，批发交易结束后，商品还没有成为最终消费品，因此个人消费者通常接触不到批发商。

(2) 销售批量不同。零售商的销售对象是最终消费者，而最终消费者购买商品是为了个人或家庭的生活消费，因此每次的购买量较小。而批发商的销售对象是企业、团体用户，这些用户的购买批量都较大。现实中，人们往往有一种误解，以为零售商的销售额大于批发商，理由是零售商从批发进货以后，加上一定的毛利再转卖给消费者。其实，批发商的销售额要大于零售商的销售额，因为零售商只将商品转卖一次，而商品在各级批发商之间有时要经过多次转卖。

(3) 地区分布不同。零售商特别是为数众多的小零售商分散在全国各地的消费者聚居处，而批发商是为生产企业、各种公司用户、批发和零售商服务的，所以一般集中在经济中心的城市或交通枢纽地。

现代批发由三种主要的批发商组成，即商人批发商、代理商，以及制造商的分销机构或销售办事处。三者都承担着分销的功能，只是后两者在发展过程中又进一步形成了自身的特点。

一、批发商的职能

制造商的分销渠道为什么需要批发商？首先，批发商与当地的客户有长期的合作，联系紧密，尤其在企业推出新产品或进入新市场时，这种现成的市场或客户资源就显得更为重要；其次，批发商可以为供应商提供销售人员与客户保持密切联系，这些业务人员一般比制造商的销售代表更了解市场，更了解顾客需求；批发商还可以较低的成本为供应商处理当地的小额订单和保持库存；最后，批发商还可能为供应商提供融资服务。因此，从制造商的角度看，批发商为其承担了以下营销职能。

（一）市场销售与沟通职能

批发商通过其销售人员的业务活动，可以使制造商有效地接触众多的小客户，从而促进销售。当制造商的市场是由众多地域分布广泛的较小客户组成时，这一职能的效果尤为突出。

（二）市场覆盖职能

随着全国统一市场和全球统一市场的形成，越来越多的制造商的产品市场地域分布广泛，市场覆盖率已成为市场占有率的先行指标，产品有一个广泛的市场分布，意味着顾客能随时随地地、方便地接触并得到产品，而这一点，显然是批发商的长项，至少在短期内如此。

（三）仓储运输职能

批发商通常负责货物的储存和运送，由于批发商一般距零售商较近，可以很快将货物送到顾客手中，并降低供应商和顾客的存货成本和风险。

（四）订单处理职能

这一职能尤其是满足那些当地的小额订单客户。由于批发商往往经营同一大类不同厂商多品种、多规格的产品，因此更适合那些小批量多品种采购的顾客。例如对汽车修理店的零部件采购,就更适合通过当地的汽车零部件批发商。

(五)传递市场信息的职能

批发商可以向供应商提供有关买主的市场信息,诸如竞争者的活动、新产品的出现、价格的剧烈变动等。

(六)客户服务职能

客户除了购买还需要提供各种形式的服务,如产品调换、退货、组装、送货、维修和技术支持。制造商自己直接从事这些活动显然开支太大又收效甚微,所以,实际上是制造商雇佣批发商为自己完成这些职能。

批发商为零售商提供的服务包括:

(1)帮助零售商培训推销人员、布置商店、建立信息系统、管理程序、会计系统和存货控制系统,从而提高零售商的经营效益。

(2)配货职能。批发商替顾客选购产品,并根据零售商需要,将各种货色进行有效的搭配,从而为顾客节约时间。

(3)提供合作广告和促销支持。

二、批发商的分类

按照不同的划分方式,批发商可以分为不同的类型。

(一)按经营商品的范围分类

按经营商品的范围分类,批发商可以分为以下类型。

1. 普通商品批发商

这是指经营普通商品、品种繁多的商人批发商,销售对象主要是杂货店、五金商店、药店、电器商店和小百货商店等。产业用户市场上的普通商品批发商一般是工厂供应商,他们直接面对产业用户销售品种规格繁多的设备和工业用品。

2. 大类商品批发商

这类批发商专门经营花色、品种、规格、品牌齐全的某一类商品,有时还经营一些与这类商品密切相关的商品。例如,大类食品杂货批发商通常不仅经营罐头、蔬菜和水果、粮食、茶叶、咖啡等食品,而且经营肥皂、牙膏等食品杂货商店通常也出售的商品。

3. 专业批发商

这是指专业化程度较高,专门经营某一大类商品的批发商,如谷物批发商、成品油批发商。专业批发商的顾客主要是专业加工企业或专业商店。

(二)按照职能和提供的服务是否完全分类

按照职能和提供的服务是否完全分类,批发商又可分为两种类型。

1. 完全职能或完全服务批发商

这类批发商的特点是持有存货,有固定的销售人员,提供信贷、送货、协助管理等全套服务。

2. 有限职能或有限服务批发商

这是指为了减少成本费用,降低批发价格,只执行传统批发商的一部分职能或提供一部分服务的批发商。这种批发商又可以分为：

(1) 现购自运商。他们通常经营有限的、周转快的产品线，向小零售商销售并收取现金，不赊销，一般也不负责送货。

(2) 承销批发商。他们通常经营煤、木材、大型设备等大宗、高成交额的商品，因资金投入大，他们不是先买后售，而是先收到客户订单，再与生产商联系订货，并由生产商根据交货条件和时间直接向顾客发货。

(3) 货车批发商。他们往往开着车送货上门，通常是在固定时间、按固定线路访问固定客户。货车批发商销售的产品极为有限，主要销售生鲜易腐食品，如牛奶、面包、冷饮等，客户则大多是小食品店、餐馆、超市、医院等。

(4) 货架批发商，他们直接在零售店内设置货架，专营非食品的家用器皿、化妆品、简装书、小五金商品等。我国现在一些百货公司或商场内的货架出租实际就是这种性质。

(三) 其他分类

批发商还可以根据经营的地域范围分为全国性批发商、区域批发商和当地批发商。当然，还可以分出专门从事国际贸易的进出口批发商。

三、代理商与生产企业的自营销售组织

(一) 代理商

代理商与批发商的本质区别在于他们对商品没有所有权，他们不是经营商品，而只是代表买方寻找卖方，或代表卖方寻找买方，或将买方和卖方撮合到一起搭车交易(这类代理商又称经纪人)。代理商是独立自主经营的企业，不是代理企业的雇员，所以他们的报酬是佣金而非薪金，他们赚取的佣金大约占销售额的2% ~6%；又由于没有独立的商品投资，他们在商品分销过程中不承担经营风险，赚取的也不是经营利润。

代理商的经营范围一般较狭窄，专业性较强，所承担的职能基本限于协助完成商品所有权的转移，而不涉及批发商通常承担的实体分销、融资、风险承担等职能。很多代理商只需一间办公室、一台计算机、一架打印机及一个传真机。但在现代社会，代理商以其专业的市场和商品知识、行业内广泛的客户联系、迅速获取信息、强力推销及谈判的能力，确实为社会所需，为生产企业开拓市场、寻找客户所需，为提高营销网络系统的效率所需。

代理商的渠道优势主要表现在以下三个方面：①代理商对其代理区域的市场比较熟悉，掌握现成的客户关系网络，生产商可利用这一优势，“借鸡生蛋”，快速抢占市场；②代理商更熟悉当地的市场环境，可以帮助新进入的制造商规避风险；③运营成本较低，由于代理商的主要收入是佣金，只有达成销售才付费用，因此相对自建分销网络来说可以节省投入。

由此可见，与其他中间商相比，代理商更适合于运作市场范围大，要求铺货快、占领市场快、回款快、风险高、相对成本低的商品，不过，代理商也有许多种，制造商与之合作前应注意他们各自的特点。

(二)生产企业的自营销售组织

生产企业的自营销售组织与企业生产部门相对独立,它实际承担着企业产品的分销职能。当生产企业由于这种或那种原因决定不采用或仅部分利用中间商(包括批发商和零售商)时,公司的销售分支机构就要负责完成应由中间商完成的职能。

生产企业自营销售渠道相对于利用经销商销售,最大的优点是企业能够完全控制,政策更具灵活性,人员更具忠诚度。它的缺点则是需要额外的人、财、物力的投入,在一个陌生的市场上需要承担更大的风险。近年来,一方面由于市场竞争的日趋激化,使企业更倾向于加强对整个分销过程的控制,另一方面由于各种新技术的应用,使管理可以更趋于扁平化,从而为自营批发职能提供了可行性,在这双重力量的影响下,生产企业自营销售组织的情况大量出现。

伊藤洋华堂介入批发领域

20世纪60年代,日本商业运营中的物流功能被部分批发企业所吸收,此后,批发企业与物流一直存在着密切的关系。进入21世纪以来,随着物流功能地位的提高,一些生产企业和零售企业对部分批发功能产生了兴趣,在物流上与批发商争夺的趋势日益明显,批发商传统的物流市场逐渐被争夺。伊藤洋华堂在此方面是一个典型的代表,该企业在配送等方面率先实施了物流改革,其中“窗口批发制度”是最具代表性的物流系统。这一制度的目的是提高店铺商品补充的效率性,根据地区的不同建立数家按照商品划分的窗口批发商,将店铺商品供应业务委托给窗口批发商。通过这种办法使本企业介入了原来批发商具有的批发功能,掌握了流通主导权。窗口批发商制度最早出现在伊藤洋华堂下属的“7-11”中,成功以后在企业全面推广。

四、批发商的发展趋势

19世纪时,西方国家的批发商在分销渠道中占有主导地位,一方面因为那时众多的小制造商要依靠批发商推销和储存产品;另一方面,许多小零售商也要依靠独立批发商储存、供应货物和借贷资金。到20世纪二三十年代,由于集中和垄断的发展,市场竞争激烈,制造商纷纷设置自己的销售机构,跨过批发商将产品直接销售给零售商,甚至直接卖给产业用户;同时,随着零售连锁商店的发展,它们巨大的进货批量使之完全可以不通过批发商进货,而是直接向制造商大量采购货物。在大制造商和大零售商的两面夹击下,批发商的地位开始下降。

当时就曾有人预言,随着制造商和零售商的发展壮大,随着连锁店的兴起和发展,批发商的日子将屈指可数。批发商到底还有没有存在的必要呢?其实简单分析一下,只要存在着以社会分工为基础的社会化大生产,只要商品流通中的种种矛盾仍然存在,批发商就有其存在的必要性和积极作用。

今天批发商遇到的最大挑战确实是大型零售商与批发商的界限不断模糊。如前述零售业态中的批发俱乐部,它的顾客中就包括了大量的小型企业和办公室,而大型零售连锁公司本身所具有的超级采购批量和配送能力,也使它们完全可以直接与制造商打交道,如沃尔玛与宝洁公司之间的直接交易。当然,一些传统的批发商也在向零售领域渗透,如食品批发公司通过收购零售商店发展自己的直营连锁店或加盟店,最终成为以经营零售业务为主的公司。

本章小结

1. 所有面向个人消费者的销售活动都称之为零售,以经营零售业务为主的企业和个人就是零售商。

2. 零售商店的经营形式(或称业态)首先可以分为有店铺和无店铺的零售商;有店铺的零售商通常又先分为食品和非食品两大类。其中非食品类零售商再进一步分为百货公司和专业商店。

3. 连锁商店是由同一公司所有,统一经营管理,包括两个或两个以上的商店。这些商店经营类似的商品大类,实行集中采购和销售,通常还有相似的建筑风格和标志。

4. 特许经营指特许权授予人与被授予人之间通过协议授予受许人使用特许人已经开发出的品牌、商号、经营技术、经营模式的权利。为此,受许人通常须先付一笔特许加盟费,此后每年按销售收入的一定比例支付特许权使用费,换得在一定区域内出售该商品或服务的权利,同时须遵守合同中关于经营活动的其他规定。

5. 批发商是传统销售渠道中的一个重要机构,它在销售对象、销售批量及地区分布上均不同于零售商。按照经营商品的范围分类,批发商可以分为普通商品批发商、大类商品批发商和专业批发商三种类型;按照职能和提供的服务是否完全分类,批发商又可分为完全职能或完全服务批发商、有限职能或有限服务批发商两种类型。

6. 代理商与批发商的本质区别在于他们不拥有商品的所有权。它们是独立自主经营的企业,以获取佣金作为报酬,具有一定的渠道优势。生产企业的自营销售组织实际承担着分销职能。在某些行业和某些方面,生产企业自营销售组织比利用经销商销售具有较明显的优势。

思考题

1. 叙述零售商与批发商的定义。
2. 阐述连锁经营和特许经营的区别以及它们各自的优势。
3. 目前有哪些主要的零售业态?分类的依据是什么?
4. 试分析零售业态变化的规律,你同意说它们的生命周期有越来越短的趋势吗?
5. 零售商有关市场营销的决策主要包括哪些内容?
6. 说明批发商的三种基本类型及他们的区别。
7. 今后5~10年,零售商和批发商将面临哪些重大的挑战,它们要怎样做才能保持竞争力?

日本便利店的成功经验

与欧美相比,日本便利店的历史并不长,直到20世纪70年代初期,日本才出现连锁便利店的身影。然而,日本今天已成为亚洲甚至世界上便利店最多的国家之一。日本出名的便利店如7-11、罗森、全家等已经进入中国的大城市,而且发展态势良好,它们在日本也是排在前列,借鉴它们的成功经验对我国本土便利店的发展是有益的。

1. 商品更新速度快

日本便利店为了提高销售业绩,会在商品选择方面下很大力气,这其中少不了物美价廉又独具特色的商品。便利店经营者为了满足消费者喜新厌旧的心理,集思广益不断开发新产品,形成独有的商品特色。在日本,商品研发的竞争激烈,只要某一个便利商店研发出畅销新品,其他的便利商店便争相模仿。以日本著名的Family Mart(全家)为例,商品部门通常以周为单位淘汰前一周或前几周销售不好的商品,一年内大概有70%的商品被换下来。新的产品一上架,经营者会把它们摆放在店铺内最显眼的位置,并结合相应的促销活动。店内也经常为新食品举行"试吃会",以吸引客户的眼球。

2. 创新的人性化服务

在日本,便利店在销售各种商品的同时还提供范围广泛的各种服务,包括复印、传真、冲洗照片、干洗衣服、代销报纸杂志、搬家、速递服务、车船旅馆预约、票务服务等,还代收各种公共收费,包括水费、电费、煤气费、电话费等,为顾客提供方便,并与银行、邮局以及电子商务公司合作提供金融、邮政及网上购物等方面的服务,真正成为一个综合式的居家生活便利中心,可以满足不同层次的消费需求。例如,虽然便利店占地面积都很小,但许多便利店都设置了免费洗手间。便利店内打扫得一尘不染,服务生也始终面带微笑,让客户倍感温暖亲切。日本加油站型便利店还会为客户免费提供当地地图及茶水。

3. 针对特殊群体服务

人口老龄化是日本面临的一大挑战,根据日本2005年人口调查,每5名日本人中就有1人年龄在65岁或以上。而且,众多的老人中有多达386万人选择独居。许多便利店经营商便另辟蹊径,将创新服务瞄准老年人。在老年人服务便利店中,商品以老年人喜爱的为主,价格标签也特意放大字号,方便老年人辨认;店里还提供休息的座椅,购物之余可以自由地边吃东西边聊天。据日本《每日新闻》报道,日本第三大便利店集团Family Mart脑筋转得快,最近推出一个利人利己的促销计划——客户只需通过互联网,向它属下任何一家商店订购便利餐给老年顾客,便利店店员送货时就会顺便查看老人是否无恙,然后通过互联网向客户报告老人的近况。

4. 宣传、促销、社区活动一个都不能少

新商品与新服务的推出,还需要适当地加以宣传。虽然便利店的资金有限,广告投入不能和大型超市及购物中心相比，但日本的便利店也尽可能选择一些适合的媒体做宣传。他们一般喜欢选择当地的报纸刊登促销广告，或者直接在店门口派发优惠券。经营者也会选择电台、网络等作为载体对店面进行宣传。日本便利店的海报制作得相当精简实用，促销项目一般会及时放在店内的主页上，方便社区客户尽快得知消息。另外，组织社区活动，颁发奖品；经营者每隔一段时间就会组织一些便民活动，提高亲和力。

（资料来源：王健，王晓．中国本土便利店经营策略的探索——以日本便利店的成功经验为例．科技创业月刊，2010(7)：41－42.）

请认真阅读案例，并回答以下问题：

1. 你最熟悉的便利店是哪家？它是否给你的学习和生活带来过方便？
2. 你认为我国的便利店与日本的便利店最大的区别在哪里？
3. 你理想中的便利店应该能够为你提供哪些方便呢？请简要描述一下。

第十二章

沟通策略：广告与公共关系

学完本章后，你将了解：

1. 主要的营销沟通工具、沟通组合及整合营销沟通理念。
2. 如何有效地开展广告沟通，有哪些重要的决策。
3. 公共关系在企业的营销沟通中扮演怎样的角色。
4. 常见的公共关系工具有哪些。

宝洁的广告策略

宝洁的广告遵循了典型的概念营销。在宝洁所有的广告中，这一理念被应用到了极致，即每个品牌都被赋予了一个独特的概念：海飞丝的去屑、潘婷的健康、飘柔的柔顺。看看海飞丝的广告：海蓝色的包装，首先让人联想到蔚蓝色的大海，带来清新凉爽的视觉效果；一贯由名人代言的“头屑去无踪，秀发更干净”的广告语，更进一步在消费者心目中树立起“海飞丝”去头屑的信念。再看潘婷：顶尖的女明星策略，加上“瑞士维他命研究院认可，含丰富的维他命原B5，能由发根渗透至发梢，补充养分，使头发健康、亮泽”，突出了“潘婷”的营养型个性。飘柔“含丝质润发，洗发护发一次完成，令头发飘逸柔顺”的广告语配以少女甩动如丝般头发的画面，深化了消费者对“飘柔”飘逸柔顺效果的印象。宝洁的成功品牌几乎都是概念的化身，推出一种完美，由此概念所产生的生活方式便深深地引导着消费者的消费趋向。

第一节 营销沟通

建立良好的顾客关系不仅需要好的产品、诱人的价格、便利的购买渠道，还需向消费者传播其价值定位。企业在传递信息的过程中不能随心所欲，所有的传播活动均需精心准备，形成完善的整合营销沟通计划。如同良好的沟通对于建立和维护顾客关系必不可少一样，沟通也是企业建立有利可图的客户关系的关键。

一、营销沟通组合

营销沟通组合是广告、销售促进、人员推销、公共关系等手段的有机组合，是企业用来有说服力地传递顾客价值、建立顾客关系的营销工具。这几种沟通工具的具体定义如下：

（1）广告：由明确的发起者以付费的方式，对创意、商品或服务进行的任何非人际传播的演示和促销活动。

（2）销售促进：鼓励消费者购买产品或服务的短期刺激方式。

（3）人员推销：企业销售队伍出于达成交易和建立顾客关系的目的而依靠人员进行的对企业及产品的展示。

（4）公共关系：企业通过获得有利的宣传，建立良好的“公司形象”，处理或防止不利的谣言、故事和事件，与公众建立良好关系。

每类沟通方式都包含具体的工具以实现企业与消费者的沟通。例如，广告分为广播广告、平面广告、互联网广告、户外广告等形式；销售促进包括折扣、优惠券、销售推介、现场展示等；人员推销包括销售展示会、展销及激励计划等；公共关系包括新闻、赞助活动、特殊事件及网页。

与此同时，市场沟通的外延远远超越了特定的促销活动。产品设计、价格、外形和包装以及销售产品的商店——企业的一切活动都在向消费者传递信息。因此,虽然沟通组合是企业规划市场沟通时的首要考虑因素,但整个营销组合——沟通、产品、定价和渠道——都必须统一协调,以实现最强的沟通效果。

二、整合营销沟通

今天的市场营销沟通环境已经发生了深刻的变化,从大众营销时代发展到定制化营销阶段,新型媒体不断涌现,企业开始从“广播”转向“窄播”。

首先,消费者在变化。在当前这个数字化无线连接的时代,消费者能够容易地接受到更全面的信息,拥有更广泛的信息选择权。除了依赖营销者提供的信息外,消费者还可以通过互联网或其他传媒获得自己想要的信息。此外,他们还可以和其他消费者联系,交换有关品牌及产品的信息,甚至自己发布营销信息。

其次,营销战略也在改变。当大众消费市场逐渐细分化时,营销者也逐渐放弃了密集营销战略。他们越来越倾向于在更加狭小的细分市场上,采用精心设计的细分营销,与消费者建立更加亲密的关系。信息技术的巨大进步加快了细分营销的发展步伐,当今的营销者已积累了大量详细的个人消费信息,实现了对消费者需求的近距离观察,并据此向特定人群提供定制化的产品。

最后,沟通技术的革命性变革改变了传统的企业与消费者沟通的方式。数字通信时代催生出了一大批新的信息和沟通工具——从移动电话、音乐播放器(iPod),到互联网、卫星通信和有线电视网。新沟通技术为企业与目标消费者间的互动提供了令人振奋的崭新媒体。与此同时,新媒体赋予了消费者在信息接收上更大的选择权和决定权。

对营销者而言,向一个有着丰富媒体组合和复杂沟通手段的时代过渡并不容易。消费者正经受着大量不同来源的商业广告的狂轰滥炸,但他们并不能像营销者一样区分不同的信息源。在消费者脑海中,不同媒体和促销手段传达的信息,都变成了有关企业的单一信息的一部分。不同信息源发出的矛盾信息会导致消费者对企业形象的模糊、对品牌定位的混淆,甚至顾客关系的误解。

企业常常难以整合好不同的沟通渠道,这导致消费者接收到的信息杂乱无章。大众媒体广告说的是一回事,而价格促销却暗示了另一层意思,同时,产品标签传递的又是别的信息,企业销售人员说的东西又完全不同,至于公司网站上说的,好像又和前面所有的都不一样。

问题的根源在于沟通活动往往由企业的不同部门执行:广告的设计和实施由企业广告部门或广告代理商负责,人员推销由销售经理负责,其他的专业人员分别负责公共关系、销售促进、互联网营销等其他市场沟通活动。虽然企业将营销沟通工具做了明确区分,但消费者不会。来自不同信息源的内容不同的信息混成一片,将混淆消费者对企业的品牌认知。

今天,更多的企业采用了整合营销沟通(Integrated Marketing Communications,IMC)的概念,即企业通过细致地整合其众多的沟通路径,向消费者传递清晰、一致、引人注目的企业和品牌形象。整合营销沟通要求企业识别出消费者与企业和品牌的所有可能接触点。任意一个品牌接触点都传送无论好、坏还是中性的一致信息。一名广告执行官说道:"世界已经发展到这样一个时代,试图影响消费者的品牌运营者会发现,他们所做的任何事情对消费者而言都是一种媒介。"企业需要在每个品牌接触点上都传递一致的正面信息。在整合营销传播观念的指导下,企业制定统一的营销沟通战略,通过向消费者展示企业及其产品解决消费者问题的能力,建立与顾客的稳固关系。

三、营销沟通战略

营销者可以选择两种基本的营销沟通战略——推式和拉式,还可将二者结合使用。推式和拉式战略侧重的沟通工具有所不同。

(一) 推式战略

推式战略将产品经过营销渠道"推"向最终消费者。制造商的市场活动(主要是人员推销和交易推广)大多面向渠道成员展开,激励他们购买产品并向最终消费者销售,如图 12-1 所示。

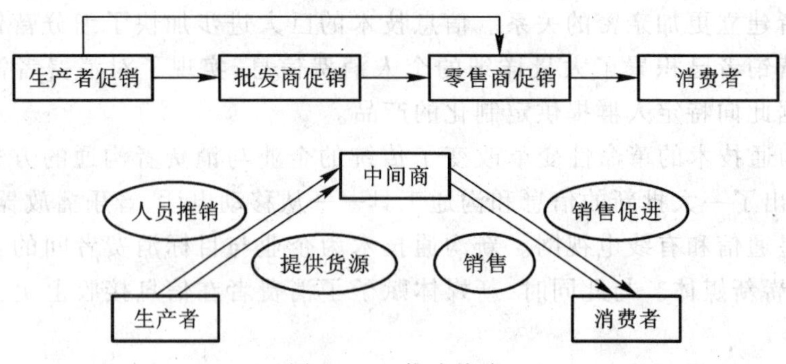

图 12-1 推式战略

(二) 拉式战略

拉式战略依靠制造商直接开展的市场活动(主要是广告和消费者推广)指向最终消费者,激励他们购买产品。如果拉式战略奏效,消费者将向渠道成员索取产品,渠道成员转而向制造商索取产品。因此,在拉式战略作用下,消费者通过渠道网络"拉"动产品,如图 12-2 所示。

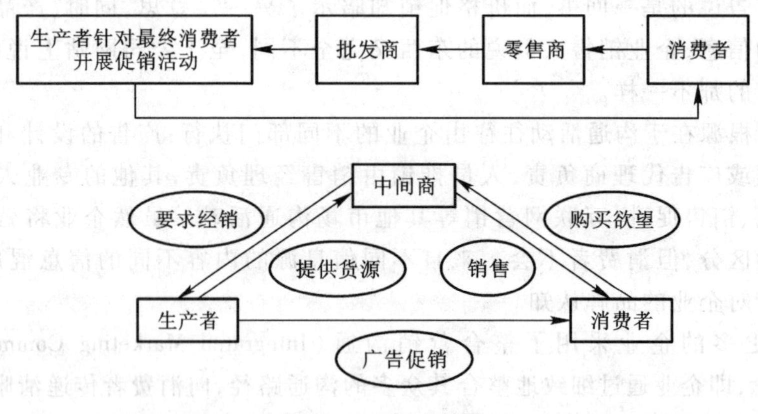

图 12-2 拉式战略

(三)推拉结合战略

推拉结合战略是企业将上述两种战略配合起来运用,在向中间商进行大力促销的同时,通过广告刺激市场需求。

第二节 广告决策

广告是广告主以付费的方式通过媒体向受众传递信息,以求达到一定经济目的的有责任的非人员信息传播活动。广告起源最直接最重要的动因就是人们在商品交易和其他商业活动中产生了需要广泛告知信息的需求。而现代广告起源于大众传媒诞生之后。美国在现代世界广告业中头把交椅的地位是公认的。时至今日,无论是人均广告费,还是广告营业总额,乃至广告费用总额占国民生产收入的比例,美国均居全球首位。随着全球广告业的迅速发展,新型媒体不断涌现,广告运作更趋科学规范,显性广告不断向隐性广告渗透转变,广告如水银泻地一般渗入了现代人的生活。

在开展广告活动的过程中,营销者必须制定四方面的决策:确定广告目标、编制广告预算、规划广告战略(信息决策和媒体选择)及评价广告效果。

一、确定广告目标

广告决策的第一步是确定广告目标。广告目标的确定应建立在前期目标市场选择、市场定位和营销组合的基础上,将明确广告在整体营销规划中的作用。总体广告目标是通过顾客价值沟通过程,帮助企业建立起良好的顾客关系。

广告目标是在特定期间内针对特定目标受众设定的特定沟通任务。广告目标可以根据主要意图加以分类。

(一)告知性广告

告知性广告在引入新产品大类时被企业广泛应用。此时,消费者和经销商对新产品不了解,企业多采用告知性广告促进消费者了解和认识产品的特点,广告的目标是建立基本的市场需求。例如,在2003年“非典”爆发之前,大部分中国居民都没有使用专用洗手液洗手的习惯,“非典”这个突发事件直接导致了洗手液市场的迅速形成,在此期间,滴露和威露士等专业消毒液生产商所做的广告主要是告知性广告,即告知消费者产品的主要功效。

(二)说服性广告

说服性广告在竞争激烈的市场里非常重要。这类广告的目标是建立选择性的市场需求。人们被劝服的路径有两条:中心路径和边缘路径。前者指接受信息、仔细思考并权衡分歧的过程;后者与中心路径相反,是一个较少进行理性思考和深思熟虑的过程。对于中心路径,由于人们有足够的能力和动力进行理性思考,因此诉诸逻辑更能产生劝服效果;对于边缘路径,由于时间和精力有限,人们通常采用简化的程序对目标进行判断。①

---

① Wiley J, Sons. Psychology: Brain, Behavior & Culture, Drew Westen(2003), Inc. p623 - 625.

（三）比较性广告

比较性广告即企业直接或间接地将自己的品牌和其他厂商的品牌进行比较。比较性广告使用广泛，从软饮料、啤酒、止痛片到计算机、电池、汽车租赁服务和信用卡。例如，在经典的比较性广告案例中，艾维斯汽车租赁公司（Avis）将自己直接与行业领先者赫兹汽车租赁公司（Hertz）进行比较，运用比附定位策略获得成功。

> **老二主义：艾维斯的宣言**
>
> 我们在租车业，面对业界巨人只能做个老二。最重要的，我们必须要学会如何生存。在挣扎中，我们也学会了在这个世界里做个老大和老二有什么基本不同。做老大的态度是："不要做错事，不要犯错，那就对了。"做老二的态度却是："做对事情，找寻新方法，比别人更努力。"老二主义是艾维斯的教条，它很管用。艾维斯的顾客租到的车子都是干净、崭新的，雨刷完好，烟盒干净，油箱加满，而且艾维斯各处的服务小姐都是笑容可掬。结果艾维斯扭亏为盈了。艾维斯并没有发明老二主义，任何人都可以采用它。全世界排名第二的企业们，奋起吧！

（四）提示性广告

提示性广告对于成熟期产品非常有效，它能促使消费者想起该产品，维持与消费者的关系。昂贵的可口可乐电视广告主要就是为了建立和维护可口可乐品牌与消费者的关系，而不是告知消费者或是说服他们在短期内购买。一旦广告主认为畅销产品再无需广告，从而忽视提示性广告，就会招致市场无情的报复。例如，全球著名食品企业马斯公司的烧豆、番茄汤罐头和宠物食品罐头一直深受消费者欢迎，而其中的Kit－E－Kat猫食罐头比其他罐头更畅销。马斯决定停止其一年300万的广告投入，于是猫食罐头的销售随之一落千丈，先是低于本公司其他罐头销售额，后又低于其他公司的名牌宠物食品罐头，不到一年它几乎被市场遗忘，濒于亏本。这时，公司决定恢复广告支出，但恢复市场地位比维护市场地位更难，付出的代价更高。其广告代理公司总裁说："你必须要花钱去保住钱。"

（五）促销性广告

促销性广告要求广告刊播后取得立竿见影的效果，因此，在广告表现上要突出画面、标题和内文，用生动的语言和引人注目的图画引起受众的兴趣，达到立即购买的目的。例如，夏普图像公司（Sharper Image）设计的Bionic Breeze空气净化器的直接回应式电视广告，目的就是促使消费者马上拿起电话直接购买产品；希尔斯商场的周末促销广告就是为了即时增加周末客流量。

二、编制广告预算

在确定广告目标后，企业下一步将为每个产品编制广告预算。无论采用哪种方法，编制广告预算都不是件轻松的工作。这里介绍四种常用的编制广告总预算的方法：量力而行法、销售百分比法、竞争对等法和目标任务法。

(一) 量力而行法

量力而行法即企业根据自己的经济实力或财务承受能力来确定广告费用总额。企业往往将所有不可避免的投资和开支除去之后,再根据剩余资金额来确定广告费用总额。但不幸的是,这种制定广告预算的方法完全忽略了广告对销售的促进作用。在安排支出时,广告常常被放到最后一位,甚至在广告对企业的成败至关重要的时候。此外,这种方法导致每年的促销预算不确定,使企业很难制定长期的市场计划。尽管量力而行法有时会产生较高的广告预算,但它更可能带来广告预算不足。

(二) 销售百分比法

销售百分比法即以当前或预测的销售额的一定百分比,或单位销售价格的一定百分比为基础设定促销预算。销售百分比法有很多优点:简单易用,能帮助管理层处理好促销支出、销售价格和单位利润之间的关系。

但销售百分比法仍有很大的不足。它错误地将销售看成了促销的原因而不是结果。尽管实证研究表明促销花费与品牌强度之间存在正相关关系,但这种相关关系更多的是促销导致销售,而不是销售产生促销。销售额更高、地位更强的品牌能负担更高的广告预算。因此,销售百分比法依据的是资金的可获得性而不是市场机会。有时采用这种方法,企业无法依靠增加促销费用来扭转持续下降的销售额。同样,由于每年的销售额都不断变化,一个长期而稳定的预算规划将难以实现。最后,该方法并没有指明这个销售百分比应该是多少,企业只能根据过去的经验,或者参照竞争对手的水平大概估计。

(三) 竞争对等法

许多企业一直采用竞争对等法,按竞争者的费用水平制定促销预算。他们或是监测竞争对手的促销花费以安排预算,或从公开出版物、贸易协会上获得行业促销水平的估计数据,然后按行业平均水平安排预算。

支持竞争对等法的理由有二:第一,竞争对手的预算水平是行业智慧的结晶;第二,与直接竞争对手的花费相当,可以避免促销大战。然而,它们都经不起推敲。竞争对手难道比自己更清楚应该对自己的产品安排多少促销预算吗?实际上企业之间差别很大,每家企业都有自己独特的促销需求,并没有证据表明,保持与竞争对手相等的促销预算能避免促销大战。广告费用总额可用如下公式计算:

$$\text{广告费用总额} = (\text{主要竞争对手的广告费用额} / \text{主要竞争对手的市场占有率}) \times \text{本企业的市场占有率}$$

(四) 目标任务法

目标任务法是最合理的预算制定法,企业根据试图实现的促销结果制定促销预算。这种预算制定法要求:①确定具体促销目标;②明确实现这些目标须完成的任务;③估计完成这些任务的费用,而这些费用的总和就是促销预算。

目标任务法迫使经理们关注促销费用和促销结果的关系。该方法也是企业最难掌握的预算制定方法。通常情况下,企业很难确定哪些具体任务能够达成明确的目标。例如,假设索尼公司打算在产品导入期的最初 6 个月里让摄录相机的认知度达到

95%。为实现该目标,索尼公司应传达什么样的信息,利用哪些媒介渠道呢?这些广告和媒介费用是多少?索尼公司的经理们必须考虑所有这些问题,尽管他们也不一定知道答案。

三、规划广告战略

广告战略包括两个要素,创作广告信息和选择广告媒体。过去,企业经常视媒体计划为信息设计过程的从属环节。首先,创意部门策划广告,随后,媒介部门选择并购买能向目标顾客传播广告的最佳媒介。但这两个阶段常造成创意部门和媒介计划部门的摩擦。现今,持续高涨的媒体费用、更聚焦于目标营销战略和新媒体的持续增长,使媒介计划的地位更加重要。利用什么媒体来开展广告活动——网站、互动点播视频、手机、杂志、广播还是有线电视网、电子邮件——当前已成为比广告制作更重要的工作。这种趋势促使广告人员更和谐地将广告信息与媒介协调一致。

无论广告预算有多充足,只有在广告吸引了受众注意力并完满传递信息后,广告活动才算成功。优秀的广告创意在当今昂贵、受众分散的广告环境中尤为重要。创意是广告的灵魂,优秀的创意是广告成功的基础。但同时,广告创意又是一段艰辛复杂的心路历程。广告创意是对广告作家能力的挑战,它要求广告作家要思考而不能乞求于灵感,要遵循一定的创意原则但不能摇摆于"媚俗"和"唯美"两端。

如果说杂乱的广告困扰着消费者,它同样也困扰着广告主。在付出高昂代价后,广告主的广告仍夹杂在其他商业广告、声明及现场促销之中。曾经电视观众一直是广告的俘虏,但最近,数字技术的进步赋予了消费者前所未有的对信息、娱乐的选择权。随着有线电视、卫星电视、互联网、交互式电视点播系统和 DVD 租赁业的发展,今天的观众拥有更大的选择权。数字技术也让观众拥有了是否观看节目的决定权。消费者逐渐不再收看广告。他们按下录制节目快进键跳过广告;或使用遥控器,在广告插入时静音,消费者关闭了接受广告的一切通道。消费者拒绝广告的趋势借助数字视频录像机(DVR)技术的快速发展而加剧。尽管 DVR 增加了人们收看电视的总时间,但研究表明,观众观看录制节目时跳过了约 60% 的广告。同样,交互式电视点播系统的观众将在未来 5 年内增长 4 倍。这些观众将按自己的作息表收看节目,看不看广告也自己做主。

因此,企业不能再像过去那样依靠传统媒体投放呆板的广告来捕获消费者。仅是为了获得和保持受众注意力,现代企业就要更好地设计广告创意,使之更具想象力,更有娱乐性,对消费者更有价值。一位广告执行官说道:"靠中断节目插入广告作为营销要诀,这个办法已经行不通了。公司必须制作有趣、有用、有足够娱乐性的广告来吸引消费者。"另一位专家说道:"广告应该把人们吸引过来,讲述一个故事,鼓励他们参与,当他们真的参与进来时奖励他们。如果你做对了,人们还会一遍又一遍地收看你的广告。"

(一) 信息战略

制作有效的广告信息的第一步是规划信息战略——决定向消费者传播什么样的信息。广告的最终目的是让消费者对企业或产品产生思考,有所回应。而人们只在相信自己会有所收益的情况下才会产生回应。因此,规划有效的信息战略的起点是识别那些可用作广告诉求点的顾客利益。理论上,广告信息战略直接来自企业的市场定位和顾客价值战略。经典的信息战略有以下几种。

1. USP 策略

USP 策略即指独特的销售主题(简称 USP),由特德·贝茨广告公司(Ted Bates Worldwide)的罗瑟·瑞夫斯(Rosser Reeves)于20世纪50年代提出。罗瑟·瑞夫斯认为,要想让广告活动获得成功,就必须依靠产品的独特销售建议 USP(Unique Selling Proposition),而独特销售建议包含三部分内容:①必须包含特定的商品效用,即每一广告都要对消费者提出一个说辞,给予消费者一个明确的利益承诺。②必须是独特的、唯一的,是其他同类竞争商品不具有或没有宣传过的说辞。③必须有利于促进销售,即这一说辞一定要强有力地招徕数以百万计的大众。罗瑟·瑞夫斯相信,一旦独特的销售建议确定下来,就应该不断地在各个广告中提到这个建议并贯穿于整个广告活动。其中罗瑟·瑞夫斯为 M&M 糖果所做的广告承诺"只溶在口,不溶在手",是他最著名的 USP 之一。

2. USP 理论的发展——ESP 理论

随着时代变化,传统 USP 广告适用的市场环境改变了。USP 广告就开始了其形态变化之旅,一种被称之为 ESP(Emotional Selling Proposition,情感销售主张)的广告创意思想应运而生。其思考的基点不再是罗瑟·瑞夫斯所强调的针对产品的事实,而是上升到消费者情感的高度,通过赋予产品新的价值和情感,转而诉诸购买产品带来的独特消费体验以及消费者形象。例如,可口可乐和百事可乐都在力争建立和不断强化一种运动的、时尚的饮料形象。

3. 品牌形象理论

20世纪60年代中期,大卫·奥格威(David Ogilvy,广告史上最令人尊敬的创意大师之一,奥美广告公司的创始人)所倡导的"品牌形象"(Brand Image)观念,经由其著作《一个广告人的自白》而风行。大卫·奥格威认为,任何产品的品牌形象都可以依靠广告建立起来。他信奉品牌形象并不是产品固有的,而是消费者联系产品的质量、价格、历史等,在外在因素的诱导、辅助下生成的。奥格威认为,每则广告都应该对品牌形象这个复合象征有所贡献。那些致力于使自己的广告为自己的品牌树立最出众的品质的生产厂家将会以最高利润获得市场的最大份额;基于同样的道理,那些目光短浅的投机型生产厂家只要有可能,就会抽出他们的广告资金用于他处,这样的企业,将有一天会发现他们正一步步走向困境。到了难以解脱的时候,再想树立品牌形象,往往需要花更大的气力,或者回天无力。

4. 广告定位理论

我们现在所处的社会是个信息爆炸的社会,过多传播的信息一方面使我们有可能更多地了解我们周围,但另一方面,却使我们的心智受到越来越大的压力。面对着蜂拥而至的信息,你所能做的是什么呢?方式多种多样,但有一点是肯定的,你绝不会有闲情去细细品味每一则信息。过多的广告产品、品牌信息与受众容量形成了尖锐的矛盾。在众多的产品和品牌中,受众购买决策所面临的问题不仅是买什么,更主要的是接受和选择哪一个品牌。如何解决这一矛盾呢？美国著名的市场营销和广告专家艾尔·里斯(Al Reis)和杰克·特劳特(Jack Trout)将定位法引入了信息战略。20世纪70年代初，他们在《工业市场营销》和《广告时代》中发表了一系列的文章，奠定了"定位"理论基础。他们主张在广告策略中运用定位这一新的沟通方法，创造更有效的传播效果，他们认为"在传播的丛林沼泽中唯一能取得高效果的希望是集中火力于狭窄的目标，实施市场区隔。一言以蔽之，就是'定位'"。定位观念强调通过突出符合消费心理需求的鲜明特点，确立特定品牌在商品竞争中的方位，以方便消费者处理大量的商品信息。

(二) 创意表达

再精准的广告信息也要通过优秀的表达方式，才能引发目标顾客的兴趣和注意力。创意团队必须找到最恰当的方法、风格、格调、音调、用词和格式来表述创意。所有广告信息都可以用不同的创作文体描述出来。

1. 生活片段

显示一个或数个典型人物在日常生活中使用产品的情景，如Silk Soymilk豆奶"成长的希望"广告，描述了一名年轻职员以一顿健康的早餐开启了充满希望的一天。

2. 生活方式

强调产品如何满足人们的生活方式。例如，Liquidlogic皮艇的广告中，一群皮艇手在挑战激流。结尾时广告说道："地球表面2/3的面积都是游乐场——拥抱湿润的生活！"

3. 幻境

针对产品及其用途，设想一种引人入胜的奇景。很多广告围绕幻想构建主题，如在阿迪达斯运动鞋广告中，一个男孩幻想自己穿上阿迪达斯运动鞋后跑起来遥遥领先，广告的结尾处呈现阿迪达斯的经典广告语"没有什么是不可能的(Impossible is nothing)"。

4. 气氛或想象

围绕产品或服务渲染一种感情或形象，如美丽、爱情或宁静。除了渲染氛围之外，这种文体一般很少对产品本身进行过多宣传。例如，新加坡航空公司的广告展现了在柔和的灯光下，彬彬有礼的空乘人员细心照料旅客，让他们感到轻松愉快的情景。

5. 音乐

一个或几个人物，或卡通角色演唱一首有关产品的歌曲。例如可口可乐的音乐广告"我想教世界唱歌(I'd Like to Teach the World to Sing)"成为史上最著名的广告之一。同样，奥斯卡梅尔肉品(Oscar Mayer)长期播放的广告中，一群孩子愉快地唱着现在著名的歌曲"我希望我是奥斯卡梅尔小香肠……"。

6. 个性象征

广告创造一个代表产品的角色。广告角色可以是动画人物(如清洁产品Mr. Clean、儿童食品汤尼虎Tony the Tiger、车险公司盖可壁虎)，也可以是真实角色(如万宝路香烟的牛仔、美国家庭寿险AFLAC的鸭子形象)。

7. 技术专长

展示产品制作过程中企业的专长和经验。麦斯维尔咖啡向观众展示其精选咖啡豆的过程;波士顿啤酒公司(Boston Beer Company)的吉姆·柯克(Jim Koch)向消费者讲述自己多年来酿造 Samuel Adams 牌啤酒的经验。

8. 科学证据(Scientific Evidence)

提出调查结果或科学证据,从而证明该品牌优于其他品牌。多年来,佳洁士牙膏一直采用科学证据使消费者相信佳洁士比其他品牌有更强的防龋齿能力。

9. 证词证言

通过有很高威信、受人欢迎的人或行家认可产品。证词证言广告可以通过普通人之口表达他们多么喜爱某一产品,如捷蓝航空(JetBlue)广告;或请明星代言产品,如佳得乐饮料(Gatorade)的广告展示了佳得乐饮料如何帮助几年前险些因脱水而死的运动员克里斯·雷获得铁人三项赛冠军。

传播者还必须为广告选择适当的语调,采用易记忆、易引起注意的语汇,另外,版式的大小、色彩和插图等要素对广告效果和费用也有很大的影响。

(三)媒体选择

在制作了广告信息后,下一项任务是选择承载信息的广告媒体。该项决策包括:了解媒体评价指标;选择媒体类型;选择具体的媒体工具;确定媒体的时间安排。

1. 了解媒体评价指标

广告主在选择媒体前必须先了解媒体的相关评价指标。

(1) 收视率通常是指在一定时间内,目标市场上收视(听)某一特定的电视节目或广播节目的人数(或家庭数)占拥有电视机(或广播)的总人数的比例。

(2) 开机率是在一天中的某一特定时间内,拥有电视机的家庭中开机收看节目的户数占总户数的比例。开机率的高低因季节、一天中的时段、地理区域以及目标市场的不同而不同。这些变化反映了目标市场上消费者的生活习惯和工作形态。

(3) 节目视听众占有率是指在一定时间内,收看某一特定电视节目的消费者家庭数目占总开机家庭数的百分比。以上三个指标间具有一定的关系,即收视率 = 开机率 × 节目视听众占有率。

(4) 毛评点(Gross Rating Points,简称 GRPs),是各次广告传播之后,接触该广告的人次与传播范围内总人数的比例之和,是一则广告在媒体推出数次后所能达到的总的效果。毛评点是可以重复计数的。

(5) 视听众暴露度(Impressions),指某一特定时间内收听、收看某一媒体或某一媒体特定节目的人次总和,实际上是毛评点的绝对值。

(6) 到达率(Reach)是指广告由某种媒体输出后,一段时间内接触到这则广告的人数占媒体传播范围内总人数的比例。

(7) 暴露频次(Frequency)也称频次或频率,是指在一定时期内,每个人(或家庭)接受到同一广告信息的平均次数。

(8) 每千人成本(简称 CPT)是指对指定人口或家庭送达 1 000 个视听众暴露度的成本。

(9) 有效到达率(Effective Reach),也称有效暴露频次,是指在一特定广告暴露频次范围内,有多少媒体受众知道该广告信息并了解其内容。是用来解决"到底要做多少次广告才有效"这一重要问题。

2. 选择媒体类型

媒体类型包括电视、报纸、直接邮件、杂志、广播、户外广告和互联网。此外,广告主还可选择一系列数字媒体,如手机等直接抵达消费者。由于每种媒体都有其优点和不足,媒体策划者在进行媒体选择时需要综合考虑。理想的媒体应正确、有效地将广告信息传达到目标消费者。媒体策划者要考虑不同媒体的影响、信息的有效性及费用。

媒体组合必须定期审查。长期以来,电视和杂志一直是全国性广告主的首选,其他媒体经常遭忽略。然而媒体组合正在改变。由于大众媒体费用上涨,受众减少及激动人心的新媒体的出现,许多广告主正尝试寻找新的影响消费者的传播方式,用成本更低、消费者参与程度更高、定向性更好的专业化媒体代替传统大众媒体。比如有线电视和卫星电视系统异军突起,这些电视传播系统可以采用单一节目策略,从而更专注于体育、新闻、养生、艺术、家居生活与园艺、烹饪、旅行、历史、财经等专业节目。时代华纳、康卡斯特电信(Comcast)等运营商甚至已经开始测试能够自动将广告播放给特定地区人群和特定类型消费者的电视播放系统。一份西班牙语报纸的广告只会在西语人群中刊出,而只有饲养宠物的人们才能看见有关宠物食品的广告。

3. 选择具体的媒体工具

媒体策划者下一步要在主要的媒体类型中选择最佳的媒体工具,他们不仅要计算媒体传播的千人成本,还必须考虑在不同媒体投放广告的制作费用,从而做出更合理的选择。在选择具体的媒体工具时,媒体策划者还需要根据其他几个衡量因素来修正每千人成本的计算结果:即媒体的性质与传播效果、广告商品的性能和使用范围、受众的习惯和文化程度、市场现状和消费趋势、广告的制作和成本费用。

4. 确定媒体的时间安排

广告主还须决定如何在一年内安排广告活动。假设某种产品销售旺季是12月至下一年3月,那么企业面临三种选择。企业可以顺着季节的变化调整广告支出,也可按与季节变化相反的方向安排广告支出,或全年平均使用广告费。大多数企业都采用顺应季节的广告政策。例如全美肖像制作连锁店 The Picture People,习惯在圣诞节、复活节及情人节等重要节日前投放更多的广告。另一些营销者只利用季节性广告,如贺卡公司 Hallmark 只在重要节日前投放广告宣传其贺卡。

最后,广告主必须决定广告播出的类型是连续性的还是节奏性的。连续性是指在一定时期内均匀地安排广告展露。节奏性则指不是平均安排广告展露。若一年计划安排52次广告,广告主可以每周一次的频率连续播放52周,或集中在几段时间内连续播出。节奏性广告的依据是通过短时期密集广告,让消费者建立起品牌认知并保持到下一次广告高峰。偏好节奏性广告的营销者认为,这种广告能以较低的成本获得和连续性广告一样的效果。而另一些广告营销者认为尽管节奏性广告能维持必要的认知度,但缺乏广告沟通的深度。

四、评价广告效果

对大多数企业来说,广告责任以及广告投资收益率已经是热门话题。两项近期独立调查都发现过去十年间广告效果下降了40%,37.3%的广告预算被浪费。这种现象促使最高管理层责问营销经理,“我们怎么能知道我们花在广告上的钱正合适”或“我们的广告投资到底有什么回报?”根据全美广告商协会(Association of National Advertiser, ANA)最近的调查,如何衡量广告的效果和效率已是当今广告主的第一号热点问题。

广告主应当定期衡量广告的两项效果:广告传播效果和广告销售效果。广告传播效果主要包括广告表现效果、媒体接触效果和心理变化效果。广告表现的最终形式是广告作品,测定广告表现效果就是对广告作品进行测评。对媒体接触效果的测定,是对广告受众接触媒体和广告作品的评判,实际上也是对广告媒体计划的检测。一般来说,广告费的80%都用来购买媒体,而传播媒体又是连接广告客户与目标消费者的桥梁。评估媒体计划是否周密,媒体选择是否恰当,是衡量广告效果的一个重要方面。媒体选择不当,或者媒体组合不合理,目标消费者不能接触到广告信息,就实现不了广告目标,造成广告费用的极大浪费。而广告受众心理效果主要是指消费者因广告而引起的一系列心理反应,包括感知、认知、态度和行动等内容。

广告销售效果就是通过广告传播促使消费者采取行动,从而扩大销售、增加利润的效果。广告销售效果测评,主要是通过广告活动实施前后销售额的比较,检验和测定商品销售的变化情况,商品销售额是增加还是维持,销售增长率是多少,广告增销率是多少,广告费占销率是多少,单位广告费效益是多少等。各衡量指标的计算公式如下:

销售增长率=[(广告实施后销售额-广告实施前销售额)÷广告实施前销售额]×100%

广告增销率=(销售增长率÷广告费增长率)×100%

广告费占销率=(广告费支出÷同期销售额)×100%

单位广告费效益=[(本期销售额-上期销售额)÷本期广告费支出]×100%

广告主要是通过大众传播媒体将有关信息传达给广大公众的,因此广告信息的传播与社会公众利益密切相连,广告具有重要的社会性效果。测定广告社会效果,要依据一定社会意识条件下的政治观点、法律规范、伦理道德和文化艺术标准。

广告职能的履行,不同企业有不同的组织方式。在小企业,广告可能由销售部的员工负责;大企业会成立广告部,其主要职责是制定广告预算,与广告代理商合作,完成代理商不做的工作。由于广告代理商与众多客户合作,因而他们具有丰富的经验,能够从独立的外部视角帮助客户解决问题。所以,即使当今企业拥有实力雄厚的广告部门,广告主通常还是会雇佣广告代理商帮助履行广告职能。

第三节　公共关系决策

美国石油大王洛克菲勒有一句话:“公共关系是无价之宝,我愿牺牲太阳底下所有的财富去获取它。”洛克菲勒原本以冷酷吝啬著称,当洛克菲勒财团劳资矛盾恶化且声名狼藉的时候,艾维·李受聘为其提供公共关系咨询。他建议邀请劳工领袖协商解决纠纷,并向社会执行慈善捐赠方案。艾维·李的公关咨询很成功,迅速改变了洛克菲勒财团在公众心目中的不良形象——由冷酷的吝啬鬼变成了慷慨的大圣人。洛克菲勒的这番话,以他的切肤之痛,道出了公共关系的宝贵价值。

一、公共关系的角色和影响

公共关系能以比广告低得多的费用在公众知晓方面产生强大影响。企业无需为媒体版面与时间付费,只需给编撰和报道信息的人员或主管某些活动的人员支付薪水。若企业提供了有价值的新闻素材,许多媒体会争相报道,其影响力可与花费数百万美元的广告持平,且可信度比广告还要高。

美国的哈洛博士在分析归纳了一系列公共关系定义后将其总结为:"公共关系是一种独特的管理职能,它帮助一个组织和它的公众之间建立交流、理解、认可和合作关系;它参与各种问题和事件的处理;它帮助管理部门了解公众舆论,并对之做出反应;它明确并强调管理部门为公众利益服务的责任;它帮助管理部门掌握情况的变化,并监视这些变化,预测变化的趋势,以使组织与社会变化同步发展;它以良好的、符合职业道德的传播技术和研究方法作为基本的工具。"公共关系对组织环境的把握是从收集信息开始,企业及组织的发展不仅需要本行业、本地区的产品、技术、企业及组织运行状况、发展趋势、公众需求等信息,更需要整个经济运行的信息、国际国内的信息、企业及组织内外部一切有关生存发展的信息。同时企业及组织的信誉、品牌、知名度需要通过组织宣传使更多的人了解认识。企业及组织所处的社会和经济环境复杂多变,要做出正确的决策就必须严密地监测环境,对环境变化做出科学的预测、分析、评价与研究,为决策提供合理的咨询建议。现代社会,企业及组织是一个开放系统,它必须和周围环境建立广泛的联系,协调沟通。但是,企业及组织在经营管理活动中面对的内外公众却是复杂多变的,有时可能会遇到危机,处理危机、优化环境成为公共关系的一项重要职能。在以知识为基础的经济时代,社会经济迅速发展,人们强烈地意识到文化的影响和作用。企业及组织需要从文化的角度来审视自己,创建文化,形成一种稳定的文化观念和历史传统,从而树立良好的组织形象。

长期以来,公共关系仅占企业营销预算的很小一部分,但公关在品牌建设方面的作用逐渐增大,它成为强大的品牌建设工具。两位著名的咨询顾问甚至认为广告对品牌建设没有实际作用,公共关系才真正有效。在《衰落的广告和崛起的公关》(the Fall of advertising & the Rise of PR)中,作者声称广告统治时代已逝,公关悄然成为最有影响的营销沟通工具。尽管这本书引起很多争议,但无可置疑的是公共关系的威力是巨大的。

"品牌的诞生往往借助于公关而不是广告。通用的准则是:公关第一,广告第二;公关是钉,广告是锤。公关活动为广告提供了信赖……安妮塔·罗迪克(Anita Roddick)将美体小铺(the Body Shop)发展为主要品牌时,根本没有使用广告。她用全世界周游的影响取而代之。……直到当前,星巴克咖啡也没有花费巨额广告费。过去10年间,该公司只花费了不到1 000万美元的广告费用,对一个每年收入数十亿美元的品牌来说,这简直微不足道。沃尔玛成为世界最大的零售商……只用了极少的广告支出……在互联网界,亚马逊购物网站没有花一分广告费,依然是领导品牌。”

二、主要的公关工具

(一) 新闻、演讲和特殊事件

公共关系使用多种工具,最主要的是新闻。公关专业人士寻找或创造关于公司、产品、个人的有价值的新闻消息。有时新闻故事会自发产生,有时需要公关人员策划公众事件或活动以创造新闻。演讲同样可以产生对产品和企业的宣传效果。企业管理者必须习惯回答媒体采访,习惯在贸易协会、销售推介会上发表演讲。这些活动可能强化、也可能损害企业的公共形象。另一种常用的公关工具是特殊事件,包括新闻发布会、观光旅游、揭幕仪式、激光音乐表演和焰火晚会、热气球升空、多媒体展示,或者是能引起目标大众兴趣的教育计划。

(二) 书面材料、影音资料、企业识别材料和公共服务活动

公关人员同样需准备多种书面材料,用以投放、影响目标市场。这些材料包括年报、宣传册、文章、公司新闻稿及杂志。此外,影音资料,如动画程序、DVD、在线视频等沟通工具也得到广泛采用。企业识别材料能帮助公众快速识别企业,如企业标志、办公文具、记事簿、签名、表格、名片、建筑物、制服、公司乘用车和商务车——当这些标志足够明显、有吸引力、易记忆时,它们都能成为有效的营销工具。最后,企业花费时间与资金参与公共服务活动也有助于建立良好的公众形象。

(三) 企业网站

企业网站同样是重要的公关工具。消费者或其他公众经常访问网站以获取信息,消遣时光。这类企业网站很受欢迎。如美国火鸡生产商 Butterball 的官方网站 www.Butterball.com 提供烹饪、刀法的小贴士,在感恩节那周浏览量一度达到一天 550 000 次。该网站还开通了“Butterball 火鸡热线”(1 – 800 – Butterball),被人们称为“最具权威的热线”。在每年的 11 月和 12 月,由 50 名家政学者和营养学家组成的团队将回答超过 10 万次提问。网站访问者还可下载一系列“火鸡物语”播客视频,教人们如何准备节日餐饮。

企业网站也是处理危机的理想公关工具。如果汁生产商 Odwalla 在美国西海岸销售的部分苹果汁被发现含有大肠杆菌,Odwalla 公司迅速召回产品。事件发生仅 3 小时内,Odwalla 网站上就发布了事件事实及公司的应对。公司员工还搜索网民对此事的讨论,向他们提供企业网站的链接。毕竟在这个时代“通过电子邮件、博客、聊天室传播信息容易多了”,一名分析师评论道,“在数码世界,公关正在成为做生意的无价之宝。”

像运用其他促销工具一样,在考虑何时与如何运用公共关系时,管理层必须建立公关目标,选择公关信息和公关媒体,执行公关计划,评估公关效果。企业宜在整合营销沟通战略下,将公共关系活动与其他促销活动有机地结合起来。

IBM公司的“金环庆典”活动

美国IBM公司每年都要举行一次规模隆重的庆功会,对那些在一年中作出过突出贡献的销售人员进行表彰。这种活动常常是在风光旖旎的地方,如百慕大或马霍卡岛等地进行。每年的庆功会都对3%的作出了突出贡献的人进行表彰,因此这一庆功会也被称作“金环庆典”。在庆典中,IBM公司的最高层管理人员始终在场,并主持盛大、庄重的颁奖酒宴,然后放映由公司自己制作的表现那些作出突出贡献的销售人员的工作情况、家庭生活,乃至业余爱好的影片。在被邀请参加庆典的人中,不仅有股东代表、工人代表、社会名流,还有那些作出了突出贡献的销售人员的家属和亲友。整个庆典活动,自始至终都被录制成电视(或电影)片,然后被拿到IBM公司的每一个单位去放映。

资料来源:豆丁网. 公共关系案例分析.(2009-06-15)[2010-08-29]. http://www.docin.com/p-24127208.html.

本章小结

1. 营销沟通的主要工具包括广告、销售促进、人员促销和公共关系。常见的营销沟通战略有推式战略和拉式战略。整合营销沟通指企业细致地整合其众多的沟通路径,向消费者传递清晰、一致、引人注目的企业和品牌形象。

2. 广告是广告主以付费的方式通过媒体向受众传递信息,以求达到一定经济目的的有责任的非人员信息传播活动。

3. 在开展广告活动时,营销者需要制定四方面的决策:确定广告目标、编制广告预算、规划广告战略(信息决策和媒体决策)和评价广告效果。

4. 经典的独特销售主题USP理论、ESP理论、品牌形象理论、广告定位理论都是广告创意中常见的信息战略理论。

5. 公共关系在企业的营销沟通中扮演着重要的角色,其过程包括收集信息、组织宣传、监测环境、咨询建议、协调沟通、处理危机、优化环境、创建文化、树立形象。

6. 企业通常运用新闻、演讲、特殊事件、书面材料、影音资料、企业识别材料、公共服务活动、企业网站等公关工具,而且往往交替使用多种手段。

思考题

1. 请阐述营销沟通与整合营销沟通的定义。
2. 请阐述广告、公共关系、促销的定义,以及它们各自有哪些优点和局限性。
3. 在新媒体环境下,广告的发展将呈现什么样的变化?
4. 为什么会有“公关第一,广告第二”的说法?你怎样看待?
5. 广告与公关如何更好地结合使用达到良好的沟通效果?

6. 你知道中国有哪些企业运用整合营销沟通获得良好的沟通效果?

美的空调"排行榜"事件

2004年7月末,国务院发展研究中心市场经济研究所公布的《2004—2006年中国城市消费者空调需求状况研究咨询报告》显示,2004年国内空调品牌销量排行中,海尔以17.9%的市场占有率位居冠军,而此前两年稳居一线品牌前三的美的却以比科龙市场占有率低0.1%的差距被挤出前三。时值空调行业04冷冻年度"收关"阶段,各媒体纷纷对过去一年的空调市场进行盘点,而这一排行榜的数据也被广泛引用,客观上向不明所以的消费者传达了不确切的信息,不单误导了消费者的消费行为,更使得美的空调的名誉受到了极大损害。

在这一大环境中,美的公司的处境比较尴尬,如果卷入排行榜的是非之中,便不符合美的作为家电行业领导者的身份和地位;如果默不作声,势必让媒体更加难辨真伪,弄假成真,将对美的空调的名誉造成极大损害。时间急迫,如果不及时做出反应,一旦其他地区的媒体进行大面积跟风,后果将不堪设想。同时,能否在第一时间扭转媒体导向,特别是抢占北京媒体的舆论制高点有相当的难度。

美的公司及时做出判断:不能在已有的各排行榜上做文章,由于都把海尔排在第一位,因此只要是谈论排行榜,最终的最大获益者都不会是美的,而且南方媒体已做过一轮2004年空调行业盘点的文章,再做这类文章空间非常小。在这一论断的基础上,公司对形势进行了如下分析:

(1) 媒体关于排行榜的相关报道主要集中在华南媒体,其他地区还没有进行大面积跟风,特别是影响力巨大的北京主流媒体还未出现大量报道。

(2) 虽然根据美的内部掌握的数据显示,真实的销量排名应该是格力第一、美的第二、海尔第三,但美的并没有一个权威的数据可以对国务院发展研究中心市场经济研究所公布的这一报告进行直接反击。

(3) 除国务院发展研究中心的排行榜外,还出现了另外几份排行榜,各大排行榜几乎都把海尔排在第一的位置上。

(4) 美的的优势在于,作为中国空调行业的领导品牌,其实力受到广大传媒的认可;而美的的劣势在于,对于排行榜的不准确信息,美的并没有权威数据进行直接反击。

(5) 美的的机会在于,除了华南地区外,其他地区尤其北京还未出现相关的报道,给予了美的回旋的空间和时间;同时,由于现时大量排行榜的充斥,媒体对其信息的准确性也存在怀疑。

(6) 美的的威胁在于,各大排行榜都将海尔排在了第一的位置,因此采取正面的反击将无法避免从客观上令海尔受益。

在深入分析的基础上,美的制定了自己的公关目标:

(1) 扰乱排行榜,通过媒体报道客观造成排行榜无公信力的事实。

(2) 对排行榜进行有力的驳斥,通过媒体向消费者传播美的空调负责任的态度和靠实力说话的决心。

美的决定采取以下基本策略:

(1) 及时发出来自美的方面的声音,对排行榜进行有力的驳斥,有利于引起媒体的关注,并使其更为客观地看待这一排行榜。同时,也通过媒体向消费者传播美的空调负责任的态度和靠实力说话的决心。

(2) 分散媒体注意力,将目光从排行榜上移开。不应该过多地在排行榜上进行纠缠,陷入无休无止的口水战中,这样做不符合美的作为空调行业巨头的身份。同时,客观上关注这一排行榜的人越多,海尔和科龙也越受益,因此应该抛出新的观点,将媒体的注意力从排行榜事件引向空调行业其他方面的话题,从而将排行榜事件由热变冷,直到最终控制下来。

(3) 针对南方主流媒体大多已经做过一轮盘点文章的现状,向其提供新的新闻素材。

(4) 扰乱排行榜,通过媒体报道客观造成排行榜无公信力的事实。因为拿任何一个排行榜做文章都是对海尔最为有力,在此背景下,采取非常规措施,人为地制造排行榜混乱,达到"让媒体质疑排行榜的公正性与权威性;让消费者越看越不明白,什么排行榜都不信"的效果,从而将先前排行榜对美的造成的负面影响化为无形。

(5) 把握核心主流媒体,特别是尚未出现大面积报道的北京媒体,引导舆论风向,促成跟风效应,目标受众确定为广州、北京等地的核心主流媒体及其读者群。

美的公司决定组织广州核心媒体前往美的集团总部与美的空调国内营销公司总经理王金亮座谈,既制造出新的媒体感兴趣话题,又表明了美的在排行榜事件的立场与气度。之后,将王总在媒体恳谈会上的讲话内容进行整理,结合其他材料提供给全国各地媒体。在对排行榜事件进行说明的同时,制造新的新闻话题,通过与媒体一对一的沟通(尤其主攻北京媒体),引导其报道方向,分散其对排行榜的注意力;同时,利用第三方向媒体抛出由赛诺提供的2004年空调销售量排名,以此达到进一步扰乱排行榜的目的。

2004年8月8日,美的公司邀请了《广州日报》、《南方都市报》、《羊城晚报》、《南方日报》、《新快报》、《民营经济报》等主要媒体,发布了如下主要信息:

(1) 美的家用空调2004年销量为650万台,2005年的目标是总销量1 000万台,提前实现"353"目标。

(2) 2004冷冻年度,美的、格力、海尔仍是不可动摇的行业三强。根据上游压缩机厂商提供的资料,2004年国内空调企业采购空调压缩机超过600万台的只有美的与格力两家企业,由此可以比较客观地反映出2004年度各空调厂家的表现。

(3) 空调行业面临着较为严峻的形势,今年行业库存高达800万台。原材料价格持续上涨、大项目带来的大批量工程机容量萎缩、宏观经济调控效果逐渐显现(如银根紧缩)等因素将使明年空调行业的竞争更为激烈。

(4) 美的已经由内而外地做出一系列调整迎接新一年的挑战,并将三、四级市场作为2005年的攻坚重点。

通过主要媒体的宣传,仅8月一个月间,美的公司共在主流媒体上发出与排行榜直接相关的新闻稿21篇,与王总恳谈会直接相关的文章8篇,计30 910字传播量。王总恳谈会核心传播信息全部成功“落地”,部分媒体甚至直接引用了“压缩机数量”这一由美的方面提供的数据作为文章的立论依据。该信息迅速抢占了北京舆论高点,抛出美的方面对于此事件的观点,各地媒体反应剧烈,争先跟风。美的完全引导了媒体的舆论导向,各媒体纷纷对名目繁多的排行榜提出质疑,其权威性和公正性被声讨。

本次危机处理不但取得了圆满成功,到2005年七八月的盘点季节,各类排行榜再也没有掀起什么波澜。

(资料来源:豆丁网. 美的排行榜事件危机公关.(2009-07-07)[2010-08-29]. http://www.docin.com/p-26084194.html.)

请认真阅读案例,并回答以下问题:

1. 如果美的公司对排行榜不做任何回应,会出现怎样的结果?请谈谈你的看法。
2. 美的公司向媒体传达的信息是否准确?是否存在改进的地方?请阐述你的观点。
3. 排行榜对于企业的经营活动是否影响很大?为什么?

第十三章

沟通策略：人员推销与促销

学完本章后，你将了解：

1. 人员推销工作为什么重要。
2. 营销者需做出哪些关键的人员推销决策。
3. 优秀的销售人员是如何从事推销工作的。
4. 有哪些主要的促销工具。

屈臣氏的促销主题运作

超越顾客期望,屈臣氏所有员工均乐此不疲。每进行一次促销活动,他们往往需要花很多时间策划和准备。策划部门、采购部门、行政部门、配送部门、营运部门都围绕着该促销主题运作。店铺员工要熟悉每次促销的规则,将所有促销商品陈列到位,更换所有的商品价签,按要求将宣传挂画摆放。每次更换促销活动主题,员工都需在停止营业后一直工作到凌晨,才可将卖场布置好。为使每次促销活动各分店均能按照总部思路执行,各分店的经理均要参观样板店。促销开始的第二天,区域经理还需马不停蹄地到各分店巡视促销活动执行情况和监督工作部署情况。

屈臣氏非常重视情人节、万圣节、圣诞节、春节等节日,促销主题也多式多样。例如:"说吧说你爱我吧"的情人节促销,"圣诞全攻略"、"真情圣诞真低价"的圣诞节促销,"劲爆礼闹新春"的春节促销,还有以"春之缤纷"、"秋之野性"、"冬日减价"、"10元促销"、"SALE周年庆"、"加1元多一件"、"全线八折"、"买一送一"、"自有品牌商品免费加量33%不加价"、"60秒疯狂抢购"、"买就送"等为主题的促销活动。

屈臣氏员工的勤勉和促销活动使顾客屡获惊喜。在白领丽人的一片"好优惠呦"、"好得意呦"、"好可爱啊"声中,屈臣氏单店平均年营业额高达2 000万。

在如今这样一个产品琳琅满目、互联网广泛应用的新沟通环境中,企业如何最大化沟通效果?类似"酒香不怕巷子深"的传统逻辑已经和企业渐行渐远了。企业需主动出击,与消费者充分沟通,洞察消费者心理,采用促销手段实现产品与消费者需求的充分匹配。本章将重点探讨人员推销和促销两种整合营销沟通手段。

第一节　人员推销

罗伯特·路易斯·斯蒂文森曾说:"每个人都靠出卖东西求得生存。"全世界的企业都在雇用销售人员向商业顾客,或最终消费者销售产品或服务。美国最大的1 000家公司中,20%的首席执行官在其职业生涯中曾有过重要的销售和营销经验。人员推销不仅是职业本身的必经之路,也是通向最高管理岗位的铺路石。本节初步探讨人员推销的概念和功能。

一、人员推销的概念

人员推销是销售人员与消费者进行面对面的交流,旨在影响消费者的购买决策。随着互联网、电信技术的迅速发展,销售人员可借助电话、网络视频电话、聊天软件来建立与消费者的联系。例如,IBM等公司的对工业客户的售后支持就是通过微软公司的MSN开展的。许多网络卖家看中了腾讯公司的QQ等聊天软件免费和用户众多等特点,利用这些软件与消费者进行沟通。

人们往往对销售人员有些偏见。一提到销售人员,其脑海中便会浮现出一个在自己的销售区域里奔波，努力将商品硬卖给那些不需要或不想要这些产品的人们的形象。销售员、销售代表、地区经理、业务员、销售顾问、销售工程师、代理人、客户开发专员等被用来称呼销售人员。而事实上，律师、会计、银行家和公司招聘人员都在进行着与销售有关的活动！如果从企业所有人员都要致力于满足顾客需求的角度看，企业里的财务专家、规划专家，以及工程师都在致力于为消费者创造价值，他们也是"销售人员"！

显然，昔日的推销人员不能与今日的推销人员同日而语。今天的推销人员是受过良好教育和培训的专业人士。他们充满商业智慧，比消费者本身还要了解消费者的需求，并将其作为制定企业营销战略的起点。

二、人员推销的功能

人员推销有其他促销手段所不可替代的功能，这主要体现在如下几个方面。

（一）销售人员为企业和顾客创造特殊价值

对于企业，销售人员可将产品的功能、特性、使用技巧等向消费者做充分展示，这些知识如果不经过销售人员传授和消费者实地体验，消费者往往容易产生误解。通过销售人员，这些产品最终被"完整地"传递到消费者手中。对于消费者，销售人员可创造性地为顾客解决问题。例如，在销售 ERP 软件时，销售人员需要根据消费者需求，创造性地定制某些功能。其售后服务是否完善，直接关系到消费者对该企业的评价程度。

（二）销售人员是联系企业与消费者的重要纽带

由于是直接接触，销售人员能便利地捕捉和把握消费者的态度、情感等，这有利于销售人员有针对性地做好沟通工作，解除各种疑虑。在企业营销战略和政策指导下，销售人员往往拥有一定的决策权，如交易条款的磋商、交货时间的确认等。良好的沟通有助于销售人员在交易过程中利用这些权力协调好公司利益与消费者需求间的关系，容易培育出忠诚顾客，稳定企业销售业务。

（三）销售人员是企业派往目标市场的形象代表

销售人员主动热情的工作、积极的态度乃至一言一行都代表了企业形象，是企业文化和经营理念的传播者。例如，某饭店的员工如果一不留神将汤水溢向消费者，而不向消费者致歉，消费者往往责怪的是饭店没有对员工进行必要的素质培训。

（四）人员推销可在企业营销计划中发挥主导作用

销售人员是企业信息情报的重要反馈渠道。销售人员不仅收集目标顾客的需求信息，还能收集竞争者信息、宏观经济方面信息和科技发展状况信息，使营销决策者能迅速把握外部环境的动态，及时做出反应。

第二节 设计与管理销售队伍

人员推销是一项劳动力密集型活动，企业必然要对销售人员加以管理。销售管理包括设计推销计划，执行和控制企业的人员推销活动。人员推销管理的任务为：设定销售队伍的目标，设计销售队伍的结构，制定顾客管理政策，确定销售队伍的规模，招募、筛选、培训和激励销售人员，评估销售人员的个人业绩，如图 13－1 所示。

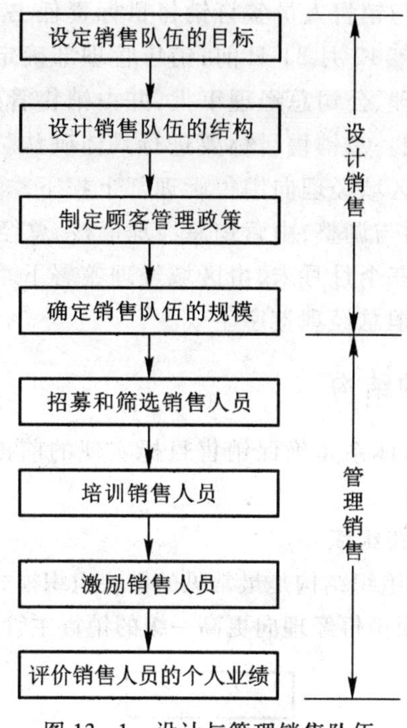

图 13-1　设计与管理销售队伍

一、设定销售队伍的目标

销售队伍的目标是企业对销售队伍未来的一种预期,是销售人员每日工作内容的指引。一个有效、可控的目标,可规范销售人员联系现有消费者和吸引新消费者的方式;还可帮助销售人员确定目标客户的类型、联系方法和跟踪方式。制定一个有效、切实可行的销售队伍目标,是营销者的核心职能。设置目标是销售人员通往成功之路上的第一次演习。目标管理的根本意义为:通过对市场竞争状况的分析研究,挖掘所有可能的机会点,并通过目标分解,将机会和潜在的机会转化为现实销量和效益。

销售队伍的目标可以用定性和定量两种方式表现。定性目标通常指企业的市场形象、店员的服务质量、市场竞争地位等。定量目标通常指企业所经营商品的市场占有率、销售额、销售费用率、投资回报率等。其中,销售额目标指公司向各个区域市场下达的销售额任务,以出货额或量计算;销售费用率目标指公司规定每个区域的产品或总体市场拓展费用占该区域同期销售额的比重,具体包括条码费、助销物、宣传品、赠品、促销品等及其他零散的小额市场拓展费用。

销售队伍目标的分解包括两步,即在规定的时间内分解和逐级分解。例如,某快速消费品企业规定每月 5 日下午 17:30 前,营销总经理、区域经理须将下月月度销售目标和费用目标分解到下属的区域经理、业务主管、业务人员及经销商。营销总经理及区域经理对所辖区域的费用率进行统筹分配。分解目标时,营销者要注意:子目标的总和要高于上级下达的目标;子目标要既有挑战性,又有可执行性;子目标要便于控制管理;子目标要具体到每一天。

目标被分解后，企业要与销售人员签订销售目标责任书，这包括：①在规定时间内完成任务。例如，某企业每年12月31日前，销售管理部确定各区域的年度、季度销售目标和费用率，由营销总经理、公司总经理审批，并由销售管理部以公司文件的形式直接下达给各省部和直属区域。②销售目标要进行具体确认。例如，某企业每季度第三个月5日前，由省部和直属区域经理向销售管理部上报下季度销售目标确认书和分解表，经销售管理部评审、沟通与调整，由营销总经理审核、总经理审批。③签署目标责任书。例如，某企业每季度第三个月月末，由区域经理签署下季度销售目标责任书，并经销售管理部经理确认，由营销总经理签字生效。

二、设计销售队伍的结构

建立高效率的销售组织体系是确保销售目标实现的前提。企业往往基于区域、产品、顾客角度组建其销售队伍。

（一）按区域划分的销售组织

按区域划分来设计销售组织结构是最常见的销售组织模式。相邻销售区域的销售人员由同一名销售经理领导，而销售经理向更高一级的销售主管负责，如图13－2所示。

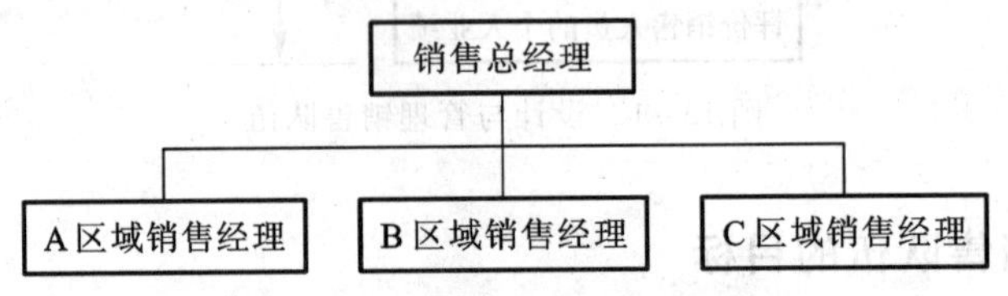

图13－2 按区域划分的销售组织

该模式的优点在于：地区经理权力相对集中，决策速度快；地域集中，费用低；人员集中，容易管理；能较为从容地应对竞争。但销售人员从事销售活动时技术上不够专业，该模式不适合种类繁多、技术含量高的产品。

（二）按产品划分的销售组织

按产品划分的销售组织模式，指企业将产品分成若干类，每位销售人员或每几位销售人员为一组，负责销售其中的一种或几种产品。该模式适用于拥有多种品牌或生产多种产品的企业，尤其适用于产品品种较多或产品品种差异较大的企业。例如，联合利华、宝洁公司等便是依据产品类别来划分其销售组织，如图13－3所示。

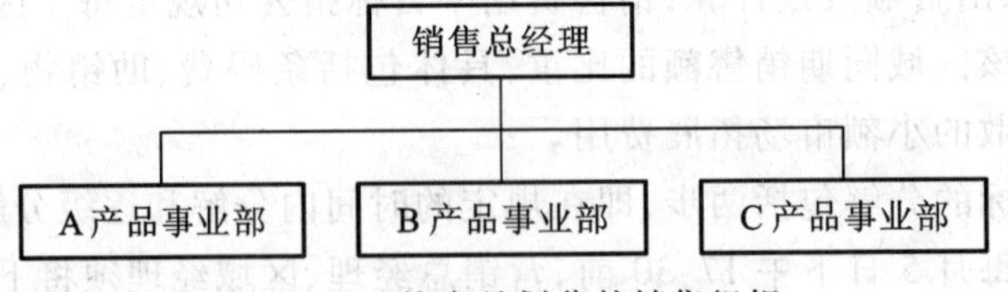

图13－3 按产品划分的销售组织

该模式的优点在于：各个产品，即使是那些较小的产品，也有专人负责；专人负责产品各种可能的营销协调工作，可使企业快速响应市场变化；销售人员容易集中精力完成销售任务。不足之处为：总体营销成本要比其他类型销售组织高；销售人员过多关注某一顾客易使顾客感到厌倦;销售人员往往只关注本类产品的销售,全局意识较为淡薄;产品经理容易经常被更换,营销活动往往缺乏连续性。例如,上海家化的美加净沐浴露事业部经理曾经更换频繁,广告思路基本上是一任经理一任策略。

(三)按顾客划分的销售组织

按顾客划分的销售组织模式(如图 13-4 所示),指企业将其目标市场按照消费者的属性分类,不同的推销人员负责向不同类型的消费者进行推销。我们可依据其产业类别、消费者规模、分销途径等对消费者进行分类。很多国外企业均按照消费者类型、消费者规模来安排销售组织结构和使用不同的推销人员。例如,柯达公司采用了按照顾客划分的销售组织模式,于是不同的销售人员向大型超市、胶卷专卖店、食品店和药店等特定销售渠道提供服务。

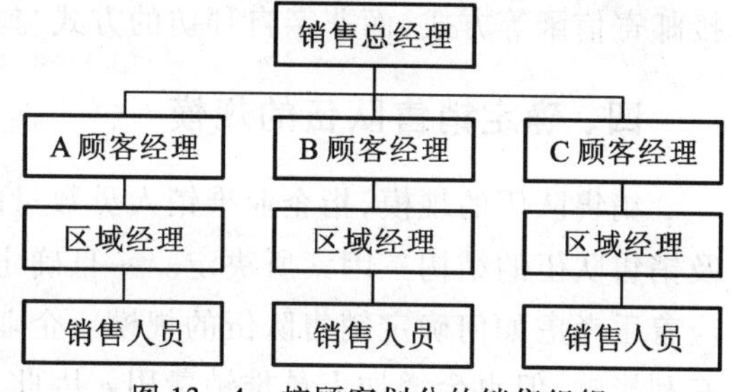

图 13-4 按顾客划分的销售组织

该模式的优点为:可向消费者提供更有效、特定的顾客支持和知识;可减少不同销售渠道间的摩擦;易于企业开展信息收集活动,为新产品开发提供思路。不足之处是:商品政策和市场政策由于受销售对象的牵制而缺乏连贯性;由于负责众多的商品,销售人员的负担会加重;销售人员须熟悉所有的产品知识,培训费用会较高。例如,惠普公司以前每位销售人员均要负责销售惠普的全部产品,这显然是一项不可能完成的任务,也会使销售人员经常陷入到日常的行政事务处理中。公司于是将销售队伍分散开来,依据惠普的三大业务将销售人员分成三部分:为大型企业提供信息技术的团队、打印机和印刷服务团队以及个人计算机(包括笔记本和掌上计算机)团队。

(四)复合式的销售组织

当企业产品类别众多、顾客类别众多且分散时,企业可综合考虑区域、产品和顾客因素,按照"区域—产品"、"区域—顾客"、"产品—顾客"、"区域—产品—顾客"来分派销售人员。此情形下,一位销售人员可能要向数位产品经理或部门负责。此外,企业的销售组织结构也不是一成不变,而应根据企业的发展和现实情况不断进行必要的调整。

海尔集团销售组织变迁

海尔集团一开始采用单一产品线结构。该结构结合海尔自创的"日事日毕、日清日高"为特征的"OEC 管理模式",使得海尔迅猛发展。随着海尔多元化战略进程的推进,直线职能制的弊端逐渐显现,海尔的组织架构于是转变为面向多元化经营要求的事业部制。事业部制明晰了海尔集团的产品责任和联系环节,各事业部均能专注于各自的产品、地区或顾客群的发展,更有效地实现顾客满意。2007 年,为"实现海尔全球化品牌战略目标,在全球化、信息化时代建立全球第一竞争力,实现可持续发展",海尔再次大规模调整集团架构,将旗下业务组成包括白电、数码及个人产品、客户解决方案、装备部品制造、金融、商业流通集团在内的六大集团。

三、制定顾客管理政策

顾客管理政策规定了:销售人员应接触何种类型的消费者;从事什么类型的推销和顾客服务活动;不同顾客应接受的销售活动和服务活动的数量;在销售访问过程中,销售人员应收集哪些信息。

企业可按照顾客对企业的吸引力水平和企业在竞争中的地位将顾客分类。当顾客的吸引力很高、企业竞争实力很强时,企业应采用高频率的个人销售访问,并增加每一次访问的时间。当顾客吸引力很弱、企业竞争实力也很弱时,企业应采用电话营销或直接邮寄信函等方式,而非亲自拜访的方式与其接触。

四、确定销售队伍的规模

销售队伍的规模,指企业推销人员数量的多少。销售队伍的规模由销售目标、策略及销售队伍的结构三因素所决定。一旦确定了销售队伍策略和销售队伍结构,企业就应着手考虑如何确定销售队伍的规模。企业推销人员数量的增加,会对产品销售产生有利影响,但也会增加人员推销费用。因此,企业有必要根据科学合理的方法确定销售人员的规模。

(一)工作量法

工作量法指企业根据不同消费者的需要确定出总体工作量,再根据一般销售人员的工作负荷,最终计算出推销人员的数量。例如,某小型化妆品公司共有各种客户1 000名,这些客户可分为四类。其中,第一类客户有50名,每年需进行10次访问;第二类客户有200名,每年需进行7次访问;第三类客户有300名,每年需进行5次访问;第四类客户有450名,每年需进行2次访问。如果每位推销人员每年的平均访问次数为300次,该企业共需推销人员多少名? 人数 $=(50\times10+200\times7+300\times5+450\times2)/300\approx15$(名),即该企业需要15名推销人员。实际中,与不同的消费者沟通可能需要不同技巧和关系,这就意味着某些人员具有不可替代性。

(二)销售额法

销售额法指根据预期销售额的大小来确定推销人员数量。该方法首先要求确定每位销售人员平均每年的销售额,并预测每年企业的销售额,然后计算所需的推销人员数量。该方法的关键在如何合理制定每人每年的平均销售额指标。这一指标可根据企业推销人员前几年的工作情况,以及考虑市场环境变化对销售工作的影响加以确定。不过,新增的推销员往往开始时并不像老推销人员那样工作卓有成效。

(三)边际利润法

边际利润法指由推销人员创造的边际利润确定推销人员数量,即只要增加推销人员后增加的利润小于等于零,就应停止增加推销人员的数量。该方法要求企业掌握推销人员的数量变化与销售额变化间的关系;掌握推销人员数量变化与成本变化间的关系;计算有不同数量推销人员时的边际利润额。当边际利润额由正转负时,所对应的推销人员数量即为最佳推销人员数量。

五、招募和筛选销售人员

一般和优秀的销售人员间的业绩差异非常大。占总销售人数30%的最优秀的销售人员可能会带来60%的销量。细致的销售人员甄选可明显提高企业的销售业绩。但大量研究表明,销售业绩与销售人员的背景、经验、社会地位、生活方式、人生态度、个性特征和技能水平等并无太多关联。不同销售岗位所需人员的要求也不尽一致。因此,招募和筛选销售人员首先要进行仔细的行业职位分析、职位描述和职位资格陈述。

(一)职位分析

职位分析(Job Analysis)指对某个特定销售岗位的目的、任务、责任、权力、隶属关系、工作条件、任职资格等相关信息进行收集和分析,以便对该工作岗位的任职做出明确的规定,并确定完成该工作所需的行为、条件和人员的过程。在进行销售人员岗位分析时,企业主要考虑如下因素:①市场。销售人员与谁打交道?有哪些类型的渠道成员?其他人对购买者的决策是否有影响?②产品线。产品线的技术含量如何?一名销售人员将负责多少种产品?产品是否满足每位顾客的特殊需求?③任务和责任。此项工作是否需要特殊技能才能完成?此项工作需要经常出差吗?销售人员如何与公司联系?与谁联系?④权力范围。销售人员的个人决策权有多大?

(二)职位描述

企业须将职位分析中获取的信息用于书写职位描述(Job Description)。职位描述指企业对每一份销售职位特征的职位关系与职位需求进行书面说明。它说明了销售人员向谁汇报,销售人员如何与公司其他人员互相配合,要拜访哪些顾客,要执行的具体活动,这一工作对体力和脑力的要求,出售的产品与服务类型。

(三)资格陈述

职位描述接着被转换为职位资格的陈述,资格陈述包括被认为是成功完成这项工作所必需的才能、知识、技能以及各种行为特征。例如,接单人员需具有想象力和解决问题的能力、诚实、熟悉产品等。

市场销售经理招聘启事

工作性质:全职

招聘人数:1人

工作地点:北京

职位描述:

1. 负责联系、维护企业类直接客户;开发和积累目标客户。
2. 分析消费需求变化,可根据需求变化和网站营销目标制定年度、季度网站营销的规划。
3. 根据目标与规划,策划具体营销活动方案。
4. 跟进活动方案的实施、数据收集、效果分析等工作。

职位要求：

1. 经济、营销相关专业专科以上学历；三年以上相关工作经验，有相关客户资源者优先。

2. 熟悉医疗卫生行业，有公关、广告、市场营销从业背景或有网络从业经历者优先。

3. 较强的市场营销和策划能力以及优秀的表达和沟通能力、良好的数据分析能力，能承受高压力工作。

4. 能熟练使用计算机等办公设备，熟练操作 office 等常用办公软件，具备网络基础理论知识。

5. 熟练运用市场营销原理和市场调研工具进行消费者行为分析，提出相应解决方案。

6. 有网络营销或电子商务推广经验者优先。

招聘销售人员的途径有很多种，可从企业内部人员中选拔具有销售人员特质的人员来充实销售队伍；也可通过报纸媒体、互联网、校园招聘、举行招聘会等方式，在企业外部招聘；或委托职业介绍所、人才交流中心、行业协会、猎头公司等专门机构推荐人才。互联网成了招聘销售人员的主要途径之一，许多企业在前程无忧网站、51job 网站等专业站点发布需求信息，应聘人员也主要从这些网站搜寻招聘信息。

接下来，企业需从众多应聘者中选拔合适的员工。选拔过程可以是一次非正式的面试，也可以是长时间的测试和面试。许多企业会对应聘者进行正式的测试。测验成绩可能只是一个参考因素，其他因素包括个性特征、介绍信、工作经历和面试反应等。值得企业注意的是，销售人员的工作绩效往往取决于其能力和积极性两方面，在能力同等情形下，企业应重点考虑其工作动机。但任用一名知识、经验、技能和素质水平都远高于工作要求的候选人，将来其流动的可能性也较大。

六、培训销售人员

培训销售人员时，企业的目标不仅限于提高销售额，可能还有其他。例如，提高销售人员的基本销售知识和销售技巧，为其有效开展销售业务创造条件；面对变化的环境和不断推陈出新的产品，企业也有必要让销售人员尽快了解产品知识，提高销售技术；培训也是改变员工工作态度和组织态度的重要手段；培训可有效地提高企业的凝聚力。

企业在培训时务必要注意培训的内容和形式。由于学历水平和身份背景不同，销售人员的业务水平和学识有高有低，参差不齐，培训内容需根据受训者的智力或接受能力的不同来安排学习内容和学习进程。培训的内容要与实践相符合，内容越与现实贴近，销售人员学习的动力就越高，也易于产生积极效果。针对一线销售人员的培训一般应集中在销售技能、产品知识、顾客知识、竞争和行业知识、企业知识等方面。

某调味品公司销售人员的年终培训

由于培训内容针对性不强等原因导致培训效果不佳,某调味品公司的学员参与意愿不强。相关主管希望借助专业培训公司提升培训效果。

专业培训公司通过电话对相关学员十余人进行访谈,传达公司明年进一步做强做大的决心,并与他们探讨本次培训的内容及重点,了解他们对其公司的建议和对培训方面的建议。经详细调研,专业培训公司发现学员提出的培训需求与公司相关负责人提出的需求完全不同,后者认为应在两天的时间内设置渠道管理与职业生涯规划方面的课程,但前者认为自己渠道管理的能力相对较强,职业生涯规划太空洞,领导安排的课程都没有必要,反而认为在管理技能方面希望有所加强。基于其公司新一年继续加强渠道建设和提升渠道价值的战略目标,专业培训公司将课程最终设置为渠道管理与管理技能两方面。

企业可依据培训目标和企业实际情况,采用授课、演示、讨论、角色扮演、播放视频、计算机辅助培训、在职培训等方式对销售人员开展培训。有报告显示,企业的销售培训费用40%都花在了差旅费和住宿费上。很多企业现在通过互联网络培训销售人员以降低成本。在线培训可提供多样化的丰富的展示,包括创造性的动画、流线型文本等,在共享准确信息的同时,形式上非常形象生动。借助于电话和视频会议技术,销售人员与讲师进行实时的视听沟通交流。销售人员不用离开办公室,且可选择合适的时间参加培训,这非常具有吸引力。

企业可能会对新招募的销售代表培训几周到几个月。在美国,工业用品企业的平均培训期为28周,服务企业为12周,消费品企业为4周。培训时间因销售任务的复杂程度和招聘对象的类型而异。由于企业的产品、技术、市场和顾客都在变化,单独一次培训往往不能满足变化的要求,只有制定持续不断的培训计划,才能保证销售人员的能力和学识不断提升。

七、激励销售人员

多数营销者认为,销售人员的积极性越高,他们就会付出更多努力,业绩也就越高,奖励就越多,满足感就越强,进而积极性更高。为提高销售人员的积极性,营销者需强化各类内在和外在的奖励。

但如何激励?这一话题从来就不简单。企业需要针对不同销售人员、不同的销售环境等采用不同的激励方式。主要的激励方式有环境激励、目标激励、精神激励和物质激励等。其中,环境激励指企业为销售人员创造一种良好的工作氛围,使销售人员心情愉快地开展工作。例如,给员工配备相应的通话设备和良好的办公设备等。目标激励指企业为销售人员设定一定时期内要达到的销售指标,这些指标包括销售定额、毛利额、访问户数、新客户数、访问费用和贷款回收等。研究表明,适度的目标可刺激销售员工的工作热情。精神激励主要指企业领导对做出优异成绩的销售人员给予表扬、颁发奖状、授予称号等。物质激励指对做出优异成绩的销售人员给予晋级、奖金、奖品和额外报酬等实际利益的激励。有研究发现,各项激励措施的重要性由高到低依次为工资、晋升、个人发展、成就感、好感与尊重、安全感、表扬。显然,物质激励和有晋升机会能极大地调动销售人员的积极性。

激励薪酬指销售人员在达到了某个具体目标或绩效水准或创造某种盈利后所增加的薪酬收入部分,它是以销售人员或销售团队的短期或长期绩效为依据而支付给销售人员个人或团体的薪酬。相对于基本薪酬,激励薪酬具有一定的可变性。销售人员薪酬实施的前提是业绩考核,而激励薪酬是与销售业绩密切联系在一起的。激励薪酬对销售人员的积极性有很大的影响,由于激励薪酬是额外的薪酬给付,且不具有普遍性,当激励薪酬增加时,销售人员的积极性通常会因受到激励而提高。激励薪酬形式包括奖金等短期激励薪酬,也包括股权、期权、利润分享等长期激励薪酬。采用长期还是短期形式,取决于企业实际。例如,星巴克在美国对普通员工实施了股权计划,给其购买了各种保险等,但在我国,养老保险等对于基层员工的激励远不如多发一些工资更有效。

采用薪酬激励时,企业可就销售团队的薪酬及激励机制的设计做进一步的探讨。例如,对于刚成立的企业,在市场拓展前期,企业可采用低工资高激励方式,采用低工资可降低企业前期投入资金过大的风险,高激励可提升销售人员个人和团队的积极性。但这样做的不足之处也很明显,能力强、适应性好的销售人员很容易上手,而那些表现一般的销售人员则缺乏对企业的归属感和忠诚度较低。对于市场相对稳定、客户也相对稳定的公司,企业可采用高工资低激励方式。该模式最大的特点在于通过高薪来稳定团队。不足之处是容易在团队中形成官僚、人浮于事、老销售人员混日子、有激情的员工会离开该团队的状况。这对于创业期以及正处在变革期的企业显然不适合。

八、评价销售人员的个人业绩

销售业绩评估是销售管理过程的最后一环。企业可依据销售业绩对销售人员进行薪金调整,决定是否晋升,采用何种激励或惩罚措施,是否需要培训。企业在做出分配地区任务、制定战略计划等决策时均要基于正确的业绩评估体系。

销售工作绝非单纯的销售量指标就可充分评价,企业还需从顾客关系、工作态度与能力、协作精神等方面加以考察。此外,企业还应注意销售区域的潜量以及区域形状的差异、地理分布状况、交通条件等对推销效果的影响。销售量指标也非单指销售额,而是一个指标体系,它包括:每位销售人员每天的平均销售访问次数;每次销售访问的平均时间;每次销售访问的平均收益;每次销售访问的平均开支;每次销售访问的平均招待费用;每百次销售访问的订单百分比;每一时期新增顾客数;每一时期的顾客流失数;销售队伍开支占总成本的百分比。

销售费用的控制现在也成为企业销售管理中的重要问题,为控制好费用,企业往往将销售人员的报酬与销售人员的销售费用挂钩。企业在控制费用时务必要谨慎,不能有所偏袒,不能随心所欲地变成主管个人的施舍,也不能让销售人员因为公务而自掏腰包,最终限制销售人员的正常活动。

第三节 人员推销流程

有效的销售是一个过程。该过程包括如下步骤:寻找潜在顾客,接洽前准备,接洽,产品展示,达成交易,跟踪与维护,如图 13-5 所示。

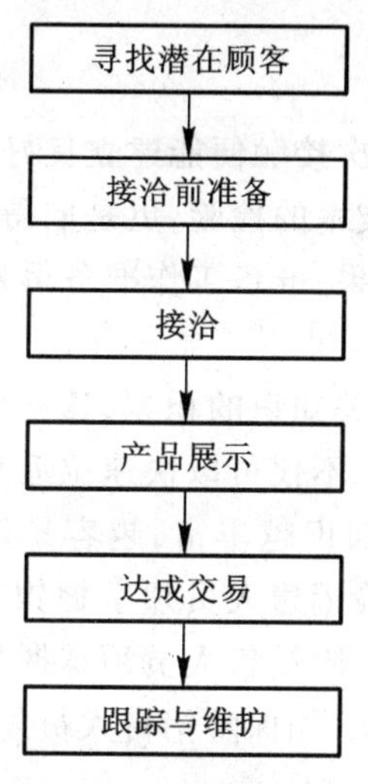

图 13-5 人员销售流程

一、寻找潜在顾客

有研究显示,企业每年将会失去 30%~40% 的顾客。销售人员须经常定期寻找新的潜在顾客以扩大销售额和取代那些失去的顾客。工业用品、高档用品等行业的一般规律是,在寻找潜在顾客方面所做的努力越大,销售成绩会越好。

不同行业寻找潜在顾客的方法会有所不同。寻找顾客的方法虽多,但未有一种方法能普遍适用,企业须根据实际情况因地制宜。其中,几种常用的方法包括:逐户走访、利用中心人物推广、委托助手、电话营销、资料查询、参加贸易展览、广告拓展等。以计算机推销人员寻找顾客为例,推销员认为非常有效的方法为(有效性由高到低):从企业内部销售其他产品的推销员处获得信息,通过老顾客介绍,从企业内部销售同类产品的推销处获得信息,从亲朋好友等个人渠道获得信息,与潜在顾客内生产部门的人员联系,查阅公司内部的潜在顾客档案等。而推销员认为效果很不明显的为(有效性由低到高):代理商提供的线索,由非竞争性企业推销员提供的线索,阅读报刊,在各种社交场合认识的潜在顾客,与潜在顾客采购部门的人员联系,看到广告后顾客主动求购,查阅企业名录等。

企业应根据产品特征等指标界定销售对象的范围。因为有些顾客根本不可能购买公司的产品,在这些顾客身上只会是徒劳无功。例如,销售开关、灯泡等电工产品的销售人员需要拜访的人员可能是各装饰公司的负责人、设计院的设计师、各电工电器商店或者某栋大楼的业主,而针对大众消费者显然效果就要差些。

为进一步挖掘顾客和管理顾客,企业须建立顾客档案。根据顾客的实际情况及变化,将顾客按照一定规律分类,列出重点的推销对象和访问线路。一个比较有效的方式是将潜在顾客信息置于销售漏斗中,依据一定的标准,如购买力、购买需要、购买决策权等,将这些顾客分为潜在顾客、准顾客和顾客等几类。漏斗越窄的地方,成为实际顾客的可能性越高。

二、接洽前准备

销售人员如何在与顾客第一次接触便能建立良好的第一印象,取得信任,并建立服务关系,这不仅是对销售知识与技术的检验,更是取得销售成功的关键。每一次成功的约访均是销售人员用心准备的结果,准备工作准备得越充分,销售中所遇到的问题就会越少。

销售人员在接洽前应注重相关知识的积累,这些知识包括:①产品知识,如保险销售人员掌握保险的相关专业知识,不仅可以快速拉近与客户的距离,更重要的是在面对代理人间的竞争时,销售人员的知识越丰富,越容易解决客户的疑问和获得客户的认同。②与产品相关的知识,如保险销售人员须掌握银行、股票、债券等金融投资工具的有关知识。③大众生活知识,如保险销售人员须掌握日常生活中人们常关心的饮食、健康、医学等知识。④相关行业知识,如保险销售人员须掌握针对目标客户或市场所在行业的背景、资讯等。

销售人员在售前的心态也要不断锤炼。积极正面、乐观坚持、秉持专业、追求成功的心态与信念,是支持销售人员成功的要素。例如,寿险销售人员会遇到各种各样的人和事,其中不乏消极负面的思想和言论,能积极正面思考来自客户或寿险伙伴的各种反馈,这不仅是对销售人员从业信心的考验,也是一名销售人员信念与思想成熟的标志。销售人员还要树立真正的成功不是别人眼中的成绩,而是对自己能力极限的挑战,是和自己的成功欲望做比较的思想。销售人员应认识到,从事销售工作本是一条既铺满鲜花和荣誉,又充满荆棘和坎坷的道路。

销售人员还需掌握一定的与顾客沟通的技能,这些技能包括寻找潜在消费者的技能、约访消费者的技能、面谈和促成交易的技能、异议处理的技能。销售人员须反复做角色演练,从合作伙伴的反馈中修正技巧。如果有可能,这些技能可在初期有经验的销售人员陪同销售时,通过观察、记录和模仿学到。

以上内容如果销售人员并未将其真正落实到自己的生活和工作的习惯中,销售成功依然会离销售人员很远。一位成功的销售人员须养成良好的工作习惯,这包括计划的习惯、准时的习惯、聆听的习惯、学习的习惯、记录的习惯。

三、接洽

接洽是销售人员和潜在顾客的第一次见面,在这一阶段,接触的目的在于引起潜在顾客的注意,激发他们的兴趣,为产品展示和建立关系打下良好基础。心理学家认为,销售人员可用90秒钟的时间建立第一印象。有的培训顾问甚至认为,客户是否向销售人员购买,在初次见面的30秒内就已决定。那么,如何建立最好的第一印象呢?仪容仪表、礼节礼仪、话语是否有共同点、如何展示意图等因素往往很关键。

与顾客面谈时保持良好的仪容和礼仪，可营造宽松的会谈氛围，也可使销售人员更加自信。有调查显示，42%的人对领带等服饰搭配不当不满意，62%的人对嚼口香糖不满意，65%的人对皮鞋不干净不满意，100%的人对没有礼貌不满意。因此，大方、得体、干净整洁就显得非常重要。例如，银行女销售人员发型应文雅庄重，梳理整齐；穿着肤色丝袜，无洞；鞋子光亮清洁。男销售人员头发应梳理整齐，指甲应保持清洁，衣服要干净笔挺。

销售人员如何递接物品

1. 销售人员尽量用双手递接物品，并点头示意或表示感谢。如果在特定场合下或东西太小不必用双手时，一般要求用右手递接物品。

2. 递送笔、刀、剪等尖锐物品时，销售人员需将尖端朝向自己握在手中，而不是指向顾客。

3. 递送名片、小票、发票、文件等时，销售人员应让其正面朝向顾客，双手递送。如果需要顾客签字，应给顾客指明签字位置，并将签字笔笔盖取掉，将笔尾递与对方。

4. 接受顾客名片时，销售人员应仔细将名片看过一遍，可就名片提一些简单问题，然后将名片认真收好，并点头示意或表示感谢。

与顾客面谈时，销售人员应充满自信、态度轻松、面露微笑。可适当地赞美顾客，以消除顾客的戒心。如果发现对方有某些与自己相同的东西，双方的紧张情绪就会得到舒解。当在顾客的家里或是办公室里时，销售人员应注意留心观察，寻找顾客与自己兴趣相同的地方。例如，校友、穿同样品牌的衣服、孩子。

销售人员应诚信为本，但也应采用一定的技巧清晰准确地展示意图。例如，保险销售人员可从准客户的年龄、职业、现在所加入的人寿保险等比较容易回答的问题开始，经由这些问题的引导，将话题转移到潜在客户的关键问题上。

四、产品展示

销售人员可直接利用产品来劝说顾客购买。产品的形象生动弥补了语言陈述的不足，刺激顾客的多种感官。销售人员可将产品主动递给顾客看，或将产品放入顾客的视线范围内或柜台上。例如，有些玩具的销售人员可一言不发，将玩具送入儿童手中或放在柜台上，好奇的孩子自然会询问，这就达到了接近的目的。

产品展示时，销售人员可适当择机与顾客进行沟通。大部分顾客主要了解产品品质、产品价格和产品售后服务。销售人员可站在顾客角度，从以上三方面轮换分析讲解，以打消顾客心中的顾虑与疑问。遗憾的是，销售人员通常花费了太多时间强调产品特性，而未充分强调供应品能给顾客带来的利益和价值。例如，在销售计算机时，销售人员往往强调计算机的处理速度有多快和容量有多么大，却忽视了这些强悍的功能给购买的顾客带来什么用处。

在产品展示时,销售人员可结合实际场景遵循AIDMA思维模式。以施华洛世奇水晶专营店为例。当顾客路过专营店时,销售人员为引起顾客的注意(Attention),采用冷色光和红蓝相间的主题色营造水晶梦幻般的感觉,并充分地利用橱窗将其各种主流产品加以展示;为引起顾客的兴趣(Interest),销售人员将卖场的入口设计得非常开阔,顾客很容易信步入店;为刺激起顾客的购买欲望(Desire),专营店不定期地推出只有会员才可购买的主题产品,推出由知名设计师设计的主题时尚挂饰,价格也被清晰地标明,并告知顾客该价格将会定期上调;在该店内,大型百货店优雅舒缓的音乐使顾客产生放松的感觉,销售人员不断地强调其奥地利元素,这使广大白领对该品牌和产品产生了记忆认同(Memory);销售人员为刺激顾客购买(Action),会耐心地从顾客角度分析购买该产品能带来哪些好处。

五、达成交易

与顾客接触的最终目的在于达成交易,销售人员可因地制宜地采用一些有助于达成交易的技巧。

顾客内心深处总是对销售人员保持一份警惕。他们会对销售人员的话语和产品提出各种异议。销售人员应采用明确直接的话语,请顾客阐明异议,并采用辅佐行动加以证实。例如,海尔公司为证明其吸尘器强劲的吸尘能力,专门设计了一个倒置的、细长的塑料水桶,吸尘器将水桶中的水吸了起来,这彻底打消了顾客的顾虑。

在接近成交时,消费者往往有占小便宜的心理。在汽车销售行业,销售人员在出售完汽车时,会赠送购买者一些价值相对极小的附件,如坐垫、防盗锁等,以缓释消费者的价格不适。如果企业没有相关政策,销售人员可直接告知顾客,“只有会员卡才享受折扣……”,“这是全国统一零售价,公司不允许打折”。如果政策允许,销售人员可告知顾客,“附加赠品,作为特殊优惠”或“购物金额较高,就给您申请九五折”来满足顾客的虚荣心。

销售人员应关注一些达成交易的合适时机,包括行动、陈述和提问题。例如,某位顾客可能会往前移动座位,表达赞同地点头,或询问价格和信贷条件。此时,销售人员可乘机要求顾客订货,强调货款条件,询问顾客是要产品A还是产品B,请顾客对供应品的颜色、尺寸等次要特征做出选择,并指出现在不订货将会有哪些损失。

六、跟踪和维护

交易达成后,销售人员应仔细核对配送时间、购买条款等顾客看重的事项。在接到订单时,销售人员就应安排后续的回访,以保证设备能正确安装,对顾客进行必要的指导和服务。

定期进行售后跟踪顾客很重要,这并不一定非要销售商品,而是要使顾客觉得销售人员关心他,也愿意对所销售商品负责。联系的方式包括拜访、书信、电话联络、赠送纪念品等。

即使顾客当时并未购买产品,销售人员也应按照成交顾客的标准礼貌送客,不能有丝毫的不满,因为,这些顾客可能是出于谨慎需要慎重考虑,或是其他因素而导致其暂时未买,他们往往会在将来成为企业的真正顾客。销售人员应及时将此类顾客的信息依据企业的相关政策录入数据库,并根据分析结果决定是否采取下一步行动。

第四节 促销策略

每逢节假日,国美等家电连锁企业便举行满1 000元直降300元至400元的优惠活动,华宇时尚购物中心等大型百货店举行满200送80的活动,麦当劳等快餐店经常派发麦当劳优惠券,家乐福等大型超市举行软饮料“买一赠一”的优惠活动,消费者买了联想 ThinkPad 笔记本计算机之后厂家赠送计算机擦屏布等小物件。促销可谓无处不在。本节就促销的作用、主要类型和决策内容进行初步探讨。

一、促销的作用

促销(Sales Promotion)指企业以获取短期效益为主的各种刺激工具,目的在于促进消费者或交易商更快、更多地购买某一产品或服务。促销的优点主要体现在如下几个方面:

(1) 诱导性和刺激性强,促销容易激发顾客的购买欲望。多数消费者需求是潜在的,是一种间接的、模糊的需要。促销通过一定方式将消费者内心的这种需要强化至一定程度,使其变成为购买欲望。例如,康师傅等茶饮料推出开盖即可查看是否中奖,且中奖率相对较高。这一促销措施使得许多原本对茶饮料不感兴趣的人在夏天选择了品饮茶饮料。

(2) 促销可帮助企业赢取市场份额和获得竞争优势。促销能加速新产品进入市场的速度。多数企业在推出新产品时,均会采用声势浩大的促销活动,以使产品尽快打开局面。例如,中国联通与苹果公司合作在中国大陆推出 iPhone 手机,为快速占领市场,有效抵御竞争对手,中国联通已经在全国20多个城市进行了 iPhone 巡回路演,部分省市的联通分公司也同步开展了 iPhone 分期付款营销活动,消费者可通过信用卡分期付款的方式办理,零首付、零手续费、零利息,分期付款最长期限可至24个月。

(3) 引导中间商的经营行为,实现双方长期合作。企业可运用多种促销方式来影响中间商,协调与中间商的关系。例如通过向中间商提供购买馈赠、陈列馈赠来鼓励订货,提供通道批量折扣、类别顾客折扣、经销商竞赛等方式来诱导中间商更多购买;通过向零售商提供交易补贴来弥补零售商制作产品广告、张贴商业通知或布置产品陈列时所支出的费用。这些措施能调节中间商的交易行为,使中间商做出有利于企业的经营决策,进而保持与中间商稳定的购销关系。

不足之处主要为:促销往往只能创造短期销售或目标顾客群临时性的品牌转换。本质上,促销是将企业的短期利益以低价的方式让渡给消费者和中间商,实现其促销目标后,再随着时间的推移和销售的增加予以补足。消费者和中间商出于便宜心理选择该品牌,这往往不能加强产品的地位和建立长期顾客关系。为克服这一点,营销者需精心设计,将每种促销措施建立长期顾客关系的潜能激发出来。

二、主要的促销种类

美国市场推广协会组织的调查显示，销售费用预算中广告费用约占53%，顾客促销费用占23%，交易促销费用占18%，6%用于公共关系和顾客服务。营销费用的分布反映出营销正朝着包含多种促销要素的整合促销计划发展，多种促销技巧的选择与整合要求企业很好地了解每一种促销方法的优劣。按照促销工具针对的对象不同，可将其划分为消费者促销工具、交易促销工具和业务与销售队伍促销工具。

（一）消费者促销工具

消费者促销工具直接面向最终顾客。消费者促销工具的范围很广，主要包括样品、赠品、奖品、优惠券、现金返还、积分计划、免费试用、产品保证、联合促销、销售点陈列等。

1. 样品

样品指代表商品质量的少量实物。它或是从整批商品中抽取出来作为对外展示模型和供产品质量检测时使用；或在大批量生产前根据商品设计先行由生产者制作、加工而成。通常情况下，企业往往提供免费的样品或以极低的价格销售样品。样品法用于新产品的推广，可使买方对商品的整体特征有非常清晰的概念和了解。

2. 赠品

厂商以较低价格或免费向消费者提供某一商品，以刺激其购买另一种特定商品。赠品可放在产品包装内，也可与产品捆绑在一起，还可分别放置。赠品的优势为：可在销售点营造产品的差异化，增加吸引力；能强化品牌概念；能吸引新顾客尝试购买；能吸引老顾客再次购买；可增加消费者的产品使用量，加速重复购买；可帮助对抗竞争者的市场行动。但差的赠品反而会给销售带来致命打击；促销成本较高，且易造成赠品积压；中间商不欢迎体积较大、影响运输与货架陈列的赠品。有一种改良方式是消费者在支付了购买产品的费用后，再支付一定的费用便可获得赠品。该方式有效地解决了赠品成本较高的问题，也使消费者对赠品的选择余地增大，使促销活动对消费者更具吸引力。

3. 奖品

奖品指消费者在购买某种物品后或者接受厂商邀请参与某项活动，有机会获得现金、旅游或物品的机会。奖品促销法可帮助消费者接受新产品或新品牌，有助于传达和提升品牌形象，提高消费者的注意力，能有效地针对特定消费群体。不足之处为：费用成本较高，消费者的参加热情并不是想象的那样高，参加者并不一定是目标消费群，效果也较难预估。常见的奖品促销包括游戏促销、有奖征集、问卷奖励、竞技比赛等。许多人对构思新颖、趣味无穷的游戏更是乐此不疲，游戏活动满足了他们追求快乐、体验新奇的心理需求。游戏促销比较适合于有一定知名度的品牌和产品。厂商往往采用有奖征集方式邀请消费者解决一些其在经营中遇到的实际问题，并根据参与者回馈的信息给予不同程度的奖励，如征集广告词、征集商标或徽标图案、征集包装设计、征集新产品名称等。有奖征集与有奖销售类促销的不同在于，参与者可不以购买产品为获奖的前提条件，而是靠参与者的才能和创意获得奖励。竞技比赛以某种特殊技能为比赛主题邀请消费者亲身参与,以展示其才华的技能,最后由厂商给比赛的优胜者进行奖励。竞技比赛能有效帮助厂商推广新产品,提升企业和品牌的形象。举办厂商需通过各种媒体进行广泛宣传,以增大影响力。

4. 优惠券

优惠券指企业通过一定形式向顾客免费赠送的、可享受一定价格减让的凭证。持券人凭此优惠券在指定地点购买特定产品时,可享受一定折扣的价格或者特惠价。麦当劳采取直接分送、报刊广告、报纸夹页,以及置于产品包装内等多种途径向顾客发放优惠券。优惠券可吸引新顾客购买试用产品,能使老顾客再次购买,培养购买习惯。但消费者对优惠券信任度不高,参与率也很低,兑换率较难预测。中间商如不合作会严重影响优惠券活动的开展,优惠券对于新品牌或未具知名度的品牌效果不佳,频繁的或劣质的优惠券会损害品牌形象。

5. 现金返还

现金返还指消费者在购物后而非在购买时,企业向消费者提供的降价。现金返还应用于网络、餐饮、银行等行业。例如,网站返还网的会员到淘宝、凡客诚品、京东商城等将近 200 家商城买东西可以返还 5%~25% 的现金,实现与 B2C 商城、会员之间达成"三方共赢"。该方法容易吸引新消费者试用和激励老顾客再次购买,企业的费用成本也较低,有利于收集客户资料,不易引发竞争对手激烈反击。缺点在于对消费者激发力度较低,对回应率难以评估,企业制定预算较为困难。

6. 积分计划

积分计划是企业通过记录消费者的每一次购买量并以购买累积的形式对重复购买进行奖励。目前,该计划在航空业、酒店、超市等行业应用较为普遍。例如,人们在中国移动消费一定金额后,会有积分累计,拿积分可换取礼品或者返还现金。大多数航空公司实行"常客计划",为航空旅行达到一定里程数的乘客提供免费航空旅游。

7. 免费试用

免费试用指邀请潜在顾客免费试用产品,以期他们购买此产品。宝马等汽车经销商经常鼓励人们免费乘坐,以刺激人们的购买兴趣。该方法的消费者接受度较高,试用远比阅读广告更为直观,能提高产品的入市速度,能有针对性地选择目标消费群,对提升品牌知名度与形象有帮助。不足之处在于,费用成本较高,对同质性强或个性色彩弱的产品效果较差,活动操作管理难度较大。

8. 产品保证

产品保证指在特定时期内,销售人员做出明确的或含蓄的承诺,保证产品如说明所示的那样正常运转,否则销售者将负责修理或退还消费者购买费用。例如,专卖店承诺本店产品性价比是目前市面上最高的,如发现有高于本店同样的产品,给予价差补偿。虽然这是一句难以执行的承诺,但有时敢于大胆说出来,对消费者是一种心理触动。有些大型超市为激励消费者购买,承诺在夏季的销售旺季(如六一前),如有降价,给以价差补偿。产品保证可坚定消费者对品牌的信心,进而产生消费。该方法适用于产品开拓新市场时,也被用于展现企业的品牌实力,但其成本会随保证程度的提高而提高,例如,企业保证 3 年免费维修就要比保证 1 年免费维修要准备更多的备品备件。此外,如果企业不愿兑现其承诺，反而会挫伤品牌形象。

9. 联合促销

联合促销指两个或两个以上的品牌或企业，共同使用优惠券、返利、竞赛等方式进行促销。例如，购买凯迪家居服或皮尔卡丹衣服即可获赠对方品牌优惠抵扣券50元一张（或等值礼品），用于购买对方产品使用。该方法通过不同品牌产品间的相互促销优惠活动来促进消费者购买行为的发生，进而带动销售并对联合促销的品牌产生相关联的好处。企业应选择品牌形象相当的品牌做联合促销，否则会有损本品牌，另外也要安排相应人员专门负责双方的协调和监督工作。

中国银行与红楼梦

五十集电视连续剧新版《红楼梦》于2010年9月2日在北京卫视进行全国首播，8月4日，北京电视台协同中国银行为该剧的播出举行了倒计时30天的纪念活动。北京电视台台长、中国银行北京市分行行长以及新版《红楼梦》导演李少红、制片人李小婉，主演于晓彤、蒋梦婕等出席了此次活动。仪式上，北京电视台不仅首次发布了"独家揭秘系列专题片《解梦红楼》"的宣传片，更联手中国银行推出了"中银红楼梦联名卡"。

这款名为"中银红楼梦联名卡"的卡面以红色作为主色调，卡面以"枉凝眉"诗句作衬，"通灵宝玉"图样与范曾先生所题"红楼梦"字样为主要元素，在设计上赋予古典文学作品更新鲜时尚的元素，与现代生活更加贴近，也与新版《红楼梦》电视剧年轻化、唯美化的形象更加契合。

10. 销售点陈列

在商店开展大型促销活动的过程中，以突出促销品和热销商品为目的的布局调整及商品摆布，会直接影响整个活动的成败。例如，某时装知名品牌在橱窗内进行真人模特家居生活静态展，有效地吸引了消费者的眼球。有些产品陈列于商场收银台附近客流量大的区域或者是在通道的尽头，以吸引那些冲动性购物人群。近来有资料显示，87%的零售商计划在将来使用销售点陈列方法对产品进行促销。

（二）交易促销工具

交易促销工具直接面向销售代理商、寄售商、经纪商、批发商和零售商等中间商。交易促销的目的为：中间商增加特定品牌产品的配销数量，或者增加它的货架空间。消费者促销工具的许多方法也可适用于交易促销，交易促销工具主要包括折让、免费赠送产品、销售会议、培训中间商销售队伍等。

1. 折让

为确保产品顺利销售，或激发中间商发挥在正常状况下无法提供的促销支持，生产商向中间商提供折让以示补偿。例如，冰淇淋制造商可能在销售淡季鼓励零售商多进货，提供从当年的12月1日到次年的4月1日，每箱10元的优惠，作为票外津贴对零售商折让。生产商经常会向中间商提供广告折让和陈列折让。广告折让指企业付给中间商一定数额的现金，作为其在当地媒体上进行广告宣传的费用。例如，某家电厂商提出,在国庆等节假日期间,中间商每购买一台彩电便可获得50元钱,作为在当地进行产品推广的津贴。陈列折让指生产商支付给中间商对其品牌产品进行店铺宣传的补偿。例如,华联超市为蒙牛产品专门设计了陈列橱窗,在冷藏货架上采用了新颖的摆放方式。折让的优势在于直接、简单,便于公司管理,且前期激励效果明显。但它也为代理商提供了乱价空间,增加了窜货的管理压力,压缩了生产商产品的利润空间。

2. 免费赠送产品

生产商向购买一定数量或重点宣传产品某一风格或规格的经销商提供额外数量的商品。从财务角度看,由于免费赠品的价格只是产品的生产成本,而津贴包括了生产企业的部分利润,企业往往倾向于向中间商提供免费赠品。

3. 销售会议

在一些旺季或节假日来临前,生产商召集中间商,就新式样、新产品、广告活动日程表、促销计划及用品等情报进行告知。或生产商定期举办会议,宣布销售竞争办法,展示新的销售点用品,讨论问题,让中间商充分认识业务的新发展。该方法有助于渠道成员间充分地沟通和构建良好的合作关系,但召集会议的时间和费用成本均比较高。

4. 培训中间商销售队伍

中间商的销售队伍往往缺乏生产商产品的专业知识,帮助中间商培训销售队伍可提高生产商的销售业绩。培训活动包括制作相应的操作手册或集中免费现场培训销售人员等。该方式的优势在于在提高销售业绩的同时节省大量的销售费用,因为如果这些销售人员绩效表现差,企业就须雇佣更多自己的销售人员。受训人员往往将接受培训视作自我提升的机会,有较高的参与热情。但由于中间商的企业管理机制千差万别,培训的后续效果难以控制。

(三)业务与销售队伍促销工具

业务与销售队伍促销工具用于产生商业机会、刺激购买、奖励客户和激励销售人员。大部分消费者促销工具和交易促销工具也适合生产商面向业务与销售队伍的促销。主要的业务与销售队伍促销工具包括展销会和销售竞赛等。

1. 展销会

行业协会一般会组织各种年度展销会。企业参加展览会的目的不仅在于展示产品和技术,还可寻找到新的销售线索,联系客户,引进新产品,会见新客户,向现有客户销售更多产品,利用出版物和多媒体资料教育顾客。贸易展还帮助公司可不通过销售队伍接触很多潜在顾客。例如,2010年北京汽车展览会吸引了来自全球各大汽车厂商,本届车展总观众人数达到80万人次,创往届车展之最,成为全球最大的车展。车展第一天,价值3 800万的布加迪威航车便被预订,其间还传出针对劳斯莱斯的大笔预订。

2. 销售竞赛

销售竞赛的目的在于培养销售人员的竞争意识,增加销售量及利润等。销售奖励可分为个人业绩或团体业绩,特定期间或单一月份内,单一产品销售业绩或总销售业绩。奖励的形态有津贴、奖金、奖品、旅行、休假等,其中以奖金最有效。在竞赛中,推销员为争取较高的销售业绩,必然会充实销售知识,改善销售方法,提高销售技艺,这有利于推销员素质的不断提高,促使优秀推销员不断涌现。但企业也要防止竞赛的短期效果和一些推销人员弄虚作假。

三、促销决策流程

营销经理面临如何有效开展促销工作等问题。促销决策遵循一定的步骤:设定促销目标,选择促销工具,制定促销方案和事后评估,如图 13-6 所示。

设定促销目标 → 选择促销工具 → 制定促销方案 → 事后评估

图 13-6 促销流程

(一)设定促销目标

促销的具体目标多种多样,如鼓励消费者大量购买和重复购买,诱导消费者试用或购买某类产品;吸引潜在消费者走进商场,对企业和商品发生兴趣,等等。营销经理应通过多种因素分析,确定一定时期内的具体目标,尽可能使之量化和切实可行。促销具有创造短期销售或目标顾客群临时性的品牌转换的特征。营销经理应在注重促销的短期化效果的同时,着眼于加强产品的地位和建立长期顾客关系。

(二)选择促销工具

消费者促销工具直接面向最终顾客,可用来促进短期消费者购买,或提高消费者对品牌的关注。交易促销工具直接面向销售代理商、寄售商、经纪商、批发商和零售商等中间商,可用来促使中间商增加特定品牌产品的配销数量,或者增加它的货架空间。业务与销售队伍促销工具用于产生商业机会、刺激购买、奖励客户和激励销售人员。营销经理应充分考虑市场类型、促销目标、竞争情况,及每种工具的性价比等。

(三)制定促销方案

营销经理须根据费用与预期目标确定促销投入,选择激励对象的范围、类型和数量,考虑如何将促销信息迅速传递给促销对象,并把握促销时限。显然,营销经理如果希望促销成功,一定规模的投入是必不可少的。促销投入越大,销售回应就越高。刺激的对象必须是清晰明确的,广撒网多捕鱼的策略效果值得商榷。理想的促销频率应是每季度采用三周左右,最佳持续期应与顾客的平均购买周期相等。如果促销时间太短,很多顾客可能会错过;如果持续时间过长,刺激效果会随之减弱。

基于营销环境的复杂化,营销经理倾向将几种不同的媒体融入至促销活动中。但每种方法的优缺点、适用范围皆有区别,这会使得决策变得更为艰难,他们需要在总体促销和个体促销间平衡,需要更为谨慎地在规模、对象、传播途径、时限等纬度上权衡。

(四)事后评估

营销经理在促销方案执行完成后,还要调查目标市场的消费者对这些活动的反应,他们对品牌或企业的态度的变化,他们的购买行为发生的变化等,以便评估产品促销的效果,为以后的促销决策提供客观依据。

本章小结

1. 人员推销是销售人员与消费者进行面对面的交流,旨在影响消费者的购买决策。人员销售有其他促销手段所不可替代的功能。

2. 销售管理包括设计推销计划,执行和控制公司的人员推销活动。人员推销管理的任务包括设定销售队伍的目标,设计销售队伍的结构,制定顾客管理政策,确定销售队伍的规模,招募、筛选、培训和激励销售人员,评估销售人员的个人业绩。

3. 建立高效率的销售组织体系是确保销售目标实现的前提。企业往往基于区域、产品、顾客角度组建其销售队伍。顾客管理政策规定了:销售人员应该接触什么类型的消费者;从事什么类型的推销和顾客服务活动等。

4. 有效的销售过程包括寻找潜在顾客,接洽前准备,接洽,产品展示,达成交易,跟踪和维护。

5. 促销指企业以短期性为主的刺激工具,用于促进消费者或贸易商更快或更多地购买某一产品或服务。按照促销工具针对的对象不同,我们可将其划分为消费者促销工具、交易促销工具和业务与销售队伍促销工具。

思考题

1. 人员推销的价值主要体现在哪些方面?
2. 企业如何有效地筛选销售人员?
3. 寻找潜在顾客时的思路与“顾客是上帝”的思路是否冲突?
4. 如何有效防止促销效应短期化?

案例

舒蕾的促销策略

丝宝集团中国总部位于湖北省武汉市。公司在广东、湖北等地建立了三个生产基地,并拥有覆盖全国的营销网络。公司现已进入洗涤用品、卫生用品、药业、房地产、酒店、美容服务业、影视文化等多个经营领域,拥有舒蕾、美涛、风影、顺爽、洁婷等品牌。

旗下舒蕾品牌自诞生之日起便诸强环伺。面对中国庞大的化妆品市场,联合利华、宝洁、雅芳、欧莱雅等跨国公司,纷纷通过合资或收购国内企业等方式进入中国,洗发水市场基本上被少数几家国际日化巨头携手垄断,其产品主导着国人对洗发产品的选择。而国内的洗发产品无论是质量还是包装大多停留在低层次上,缺乏与国际品牌较量的实力。

舒蕾之所以能从宝洁、联合利华以及众多国内品牌的夹击中脱颖而出,关键在其执著的终端推广。早在1997年舒蕾发轫之时,丝宝集团就确立了“从终端打造核心竞争力”的方略并持之以恒坚持至今,这直接造就了舒蕾在国内唯一可与宝洁在单一产品上对峙的品牌地位,在中国洗发水市场首次出现国产品牌与宝洁、联合利华三足鼎立的局面。

长春市场的特卖促销①

创业期初,舒蕾的品牌知名度和品牌形象无法与宝洁、联合利华等一线品牌相抗衡,只能选择品牌发展较为成熟的二线市场。但面对全国大型商超如火如荼的特卖活动,丝宝集团审时度势,认为在产品生命周期初期开展特卖活动不利于品牌成长,不应追求短期效益。过了两年,舒蕾品牌的认知度逐步提高和市场逐步打开后,为扩大市场份额,公司决定开展第一个特卖月活动,决定在长春市场开展“享受此刻·清凉一夏卡拉OK活动”,但未采用降价手段。公司认为降价的负面影响远大于正面效益,还不如在终端上想办法创新、以标新立异的促销手段刺激消费者对舒蕾品牌的认知。

在特卖活动中,长春市场展开了气势宏大的终端促销活动。公司认为各个专场的规格、宣传、价格、经营形式各有不同,各个区域市场消费群体的消费习惯也不一样,不能一做特卖就一成不变,无论“特价出击”、“文艺演出结合促销”都要找一个新的点,要根据时尚、节日等各种契机找出最佳的特卖主题。例如,在某龙头店四周,有40多面舒蕾旗帜,在广场上方悬挂有4条舒蕾条幅,卖场外墙体上挂有一条20 m×12 m的巨幅广告,顾客进入主卖场,第一视觉感受就是进入到了一片红色的海洋中(舒蕾外包装为红色),主通道中间立有一个4 m×1.2 m的立体展示物,50面舒蕾双面吊旗整条从二楼主卖场延伸到一楼出口。整个卖场的布置,错落有致,组合合理。

武汉市场的对抗促销

我国日化用品品牌的竞争激烈程度已近白热化。在品牌竞争中,丝宝集团明令禁止在促销活动中诋毁其他商家的行为。但这并不妨碍舒蕾品牌与竞争品牌进行对抗性促销活动。

丝宝集团的竞争策略为,“对抗促销”要充分体现“对抗性”,要针对对手的促销活动“有时出现,有时停止”、“有时短期,有时长期”等特点,及时、耐心地进行“对抗”,只要竞争对手露头,就要立即进行强力打击。

公司要求:除保证足够的导购、礼仪人员外,经理、品牌负责人要亲自到场,办公室非业务人员也要尽量参加促销,并统一着装;对抗反应务必迅速,时间上与对手一致,即“敌动我大动”,尤其在周末、节假日的“对抗促销”须全力以赴。

宣传上,公司要求酬宾信息内容要清楚明了;要有“由头”性标题,如“夏日送开心,舒蕾豪华赠”;要多点摆放,醒目突出;要有活动背景(如屏风)展示形象,烘托气氛;要求立牌广告、POP等都应配套齐全。

在卖场,公司安排专人在大门、入口、通道等人流处,多设卖点和宣传点,堵死对手的现场促销点。在促销展台外,公司安排若干促销人员,在卖场范围内派发宣传单、流动宣讲,以吸引消费者到促销台前详细了解活动内容,做到“游”、“守”结合,多重拦截。

① 长春市场和武汉市场部分内容借鉴了“丝宝集团(舒蕾)终端促销案例”,网址为 http://www.chinavalue.net/wiki/showcontent.aspx?titleid=27820。

销售点管理

为更有效地进行销售点管理,舒蕾在各地设立分公司,对主要的零售点直接供货和管理,建立由厂商直接控制的垂直营销体系,方便更多自由品牌的销售,并且充分保证“经营一处,成功一处,收获一处”。

在各大卖场,舒蕾积极争夺客源,争取比竞争对手更多的展位与陈列空间。通过人员促销开发市场,舒蕾最大限度发挥终端战略优势,促进消费者的品牌偏好转换。舒蕾大量利用相对便宜的人力推销,采用“人海大战”模式抢占洗发水市场,不失为“投入少、产出大、见效快”的营销利器。

请认真阅读案例,并回答以下问题:

1. 在长春市场,丝宝集团为何在产品投放初期不采用降价特卖活动促销?
2. 在武汉市场,丝宝集团采用了哪些对抗促销手段?
3. 丝宝集团如何有效地管理销售点?

第十四章
国际市场营销

学完本章后，你将了解：

1. 国际市场营销的概念。
2. 国际市场营销与国际贸易的区别。
3. 国际市场营销的三种进入方式。
4. 如何制定国际市场营销组合策略。

东风日产的国际市场营销

东风汽车公司的前身是第二汽车制造厂,1992 年正式更名,并与法国雪铁龙汽车公司建立了中法合资企业——神龙汽车有限公司,共同生产普通型轿车。为了更好地进行国际市场营销,东风公司在 2002 年 9 月与日本日产汽车公司成立一个双方股权各为 50% 的合资公司——东风日产,生产全系列的汽车产品。该公司于 2003 年 7 月 1 日正式运营。中日两方的共同目标是,将东风日产建设成为一个具有全球竞争力的汽车制造企业,在 10 年内,产能达到 90 万辆。2006 年,东风日产向安哥拉出口 1 000 辆骐达和颐达轿车,迈出国际市场营销的第一步;2008 年,东风日产又向埃及出口 400 辆骊威和 500 辆轩逸轿车,并正式涉足俄罗斯、日本、墨西哥等海外市场;目前,国际市场营销活动已成为东风日产公司日常经营决策考虑的重点之一。

与东风日产公司一样,现在大多数企业的经营活动都是在全球范围内开展的。技术、投资、生产、营销、分配和通信网络都具有全球性。每一个企业都必须准备在一个相互依存度越来越高的环境中竞争。即使是那些不从事国际业务的公司,在某种程度上也会受到国际环境变化的影响。而且,随着争夺世界市场竞争的加剧,仅在国内经营的公司数量会随之减少,对于越来越多的公司,国际化已不再是一种奢求,而是一个事关兴衰存亡的大问题。

第一节　国际市场营销概述

一、国际市场营销的概念

国际市场营销是在国际范围内对现有的及潜在的能够满足不同国家需要的产品和服务进行规划、定价和推销,以实现企业既定的经营目标。具体而言,国际市场营销是指在一个以上的国家所进行的,将企业的商品和服务提供给消费者的活动,或者简称跨国界的营销。它同样包含市场调研、市场分析、市场细分、市场营销组合等一系列营销战略规划和实施过程。

依据发展程度的不同,国际市场营销可以划分为如下三种类型:

(1) 对外营销,指企业在一个以上的国家进行经营销售活动。企业总部或决策中心设在国内,生产的产品销往国外市场,或是从国外进口产品在本国市场销售。

(2) 国外营销,指企业在一个以上的国家从事生产经营活动。决策中心设在本国,企业通过对外直接投资,由建在国外的生产基地从事生产,并在该国市场就近销售。

(3) 多国营销,指跨国公司在多国市场上进行生产经营活动。企业由设在本国(甲)的总部制定决策,在乙国生产基地从事生产,并将产品输往丙国(即第三国)市场。

由此可见,国际市场营销是伴随着企业生产和销售日益国际化而出现的,其范畴随着企业营销活动的实践不断丰富和完善,并由单纯的出口逐渐发展为国外营销,进而发展为多国营销。

二、国际市场营销与国内市场营销的区别

国际市场营销以国内市场营销为基础和前提,两者在经营指导思想、一般原理和策略等方面都具有相似性。但由于国际市场环境的复杂性和多变性,使国际市场营销所面临的困难大大超过了国内营销。国际市场营销与国内营销的区别主要表现在以下几方面。

(一) 营销环境不同

在国际市场营销中,企业所面临的营销环境和障碍比国内营销复杂得多。就社会文化因素来说,不同国家有着不同的消费偏好,用来满足消费的方式也各不相同,这起因于不同的国家有不同的风俗习惯、教育水平、语言文化、宗教信仰、价值观念和审美,使不同国家的消费者具有不同的产品接受态度。这些会直接对产品的设计、信息传递、分销和推广方式构成影响。

(二) 经营方式不同

在国际市场营销过程中,由于各种生产要素的配置和流动具有国际性,生产一种产品可以利用甲国的资源、乙国的技术、丙国的资本、丁国的劳动,因而需要进行统一的协调与控制,使企业本部与分散在世界各国的分支机构的营销活动形成一个有机整体,通过全球性的配置和管理,追求整体效益的最大化。

(三) 营销手段不同

国际市场营销面对的是比国内营销更为复杂多变的环境,这将对企业的营销策略的制定和实施产生重要影响。企业必须根据不同国家、不同民族、不同目标市场的营销环境,采用不同的营销策略。

(四) 管理难度不同

国际市场营销管理在决策、计划、组织、控制等方面都比国内营销管理难度大。首先,国际市场营销环境的不可控因素较多,预测难度较大,直接或间接影响决策、计划和调控的准确性。其次,由于跨国家和跨地区经营,各种不确定因素增加,使企业各种营销策略的协调困难加大,尤其是在母公司与子公司或分支机构为实现公司全球战略的组织协调工作方面的难度会更大。

总之,国际市场营销是国内营销跨越国界的延伸,这种跨国性大大增加了它的复杂性、多变性和不确定性。

三、企业开展国际市场营销的动因

既然国际营销的难度更大,企业为什么还要开展国际市场营销呢?原因可能有如下几项。

(一) 获取更多的利润

由于比较利益或产品生命周期阶段不同等原因,开展国际市场营销可能会有较大的边际利润空间,从而预示企业可能获得比国内更多的利益。

（二）追求规模经济效益

国际市场营销可以使企业通过扩大生产量来降低单位生产成本和营销费用，取得规模效益。因此，也只有在规模效益足以承担由此产生的费用的前提下，企业进入国际市场才是合理的。

（三）延长产品的生命周期

同一种产品在不同国家市场的生命周期可能有所差异，某种产品在本国已经进入衰退期，而在他国可能处于介绍期或成长期，当企业将产品由本国市场转移到他国市场，已进入饱和期或衰退期的产品就有可能重新获得成长，从而延长了生命周期，使企业可以获得更多利益。

（四）分散风险

当一国市场存在较大风险或不确定因素时，开展国际市场营销有可能帮助减弱或避免不利的影响。

（五）竞争的需要

有时，企业出于竞争的需要跨入国际市场：一是为了避开国内市场的激烈竞争；二是为积极参与国际竞争；三是为了追逐竞争对手。但企业在考虑开展国际市场营销时，也要充分估计到与之相关的风险。

（六）提高知名度和声誉

企业进入国际市场可以扩大其国际知名度和声誉。进入国际市场本身即体现了企业的竞争实力，因而对提高企业在国际市场中的地位会起到一定的作用。

尽管从事国际市场营销活动可能为企业带来诸多好处，但并不是所有企业都必须或适合从事国际市场营销。如果企业对国际市场缺乏深入的分析和研究，对本身的资源缺乏认真、仔细、周密和通盘的考虑，贸然做出进入国际市场开展营销的决策，结果也会是难以预料的。

四、国际市场营销与国际贸易的关系

国际贸易是指世界各国相互之间的产品和劳务交换，由世界各国的对外贸易构成，为一定时期各国对外贸易的总量，是一个关乎国家层面的宏观经济概念。国际市场营销是指企业超越国界的市场营销活动，主体是企业，属于微观层面。因为国际市场营销活动，主要指企业为向国际市场销售适销对路的产品和劳务而进行的产品规划与开发、产品定价、产品分销、产品沟通以及国际市场营销信息的收集与分析等活动。

国际市场营销与国际贸易都是以获得利润收入为目的而进行的超越国界的经济活动。尽管二者存在着某些共同点和相通性，但也有着许多重要区别，存在着差异性：

第一，既然国际贸易由世界各国的对外贸易构成，而每一国家的对外贸易又分为进口贸易和出口贸易，因此，国际贸易包括购进和售出两个主要方面。而国际市场营销则仅强调售出这一个方面（而且，这里的售出也不一定就是出口），即通过了解国际市场需求，向国际市场销售适销对路的产品或劳务，从而获得收入。

第二，就国际贸易而言，产品和劳务的交换必须是超越国界的交换，即参加交换的产品和劳务必须真正从一国转移到另一国。而国际市场营销作为超越国界的市场营销活动,是指这些活动超越国界,而不是指产品和劳务超越国界。企业在进行国际市场营销时,其产品和劳务可以超越国界,也可以不超越国界。例如,某企业在海外若干个国家分别设有生产厂,生产出的产品用于满足东道国市场需要,这样,尽管企业产品并未发生超越国界的交换(而是当地生产、当地销售),但企业所进行的市场营销活动却是超越国界的。国际贸易与国际市场营销的这一差异性,反映到统计数据上,就表现为国际市场营销额往往大于国际贸易额。

第三,国际市场营销要涉及整体市场营销过程与企业发展战略问题。从纵的方面看,市场分析与市场机会的寻求、市场营销目标的确定到市场营销计划的制定、执行与控制,都需要一套行之有效的战略、战术、措施、方法;从横的方面看,所有相关的市场营销手段(如产品战略、决策与管理,定价战略、决策与管理,渠道战略、决策与管理,沟通战略、决策与管理等),都要根据市场营销观念和市场营销目标加以协调配合,力求最佳地运用。而国际贸易不同。尽管国际贸易也要涉及某些市场营销活动,如产品购销、实体分配、产品定价等,但就国际贸易本身而言,不涉及企业层次的整体战略规划。

第四,国际贸易的原动力是比较利益,而国际市场营销的原动力是企业追求整体利益最优的决策。

第五,国际贸易影响的主要是国际收支,而国际市场营销影响的是企业销售和盈利。

第二节 国际市场营销进入方式

正如国际贸易存在壁垒一样,跨越国家的市场营销也存在各种各样的障碍,如一国的外贸易政策、关税壁垒和非关税壁垒,因此,国际市场的进入方式也分不同层次。从大的方面讲,进入方式可被分为三类:股权式进入、贸易式进入和契约式进入。

一、股权式进入

国际化经营企业通过对目标企业进行直接投资而拥有对方全部或部分股权,以取得该企业的所有权及经营管理权,从而借助该企业进入国际市场,即是一般指的股权式进入。这是国际化企业进行国际营销的高级形态,能帮助其获得比较大的利益,因此在发达国家和跨国公司中非常盛行。

股权即所有权,是支配一个企业的关键。因此股权式进入方式的关键是决定股权的参与度,即国际化经营企业在直接投资的企业中拥有的股权比重,比重越高,对所投资的公司就拥有越强的控制力。如果拥有全部股权,即为独资企业;如果拥有部分股权,即为合资企业;股权所占比例大于50%为多数股权,小于50%则为少数股权。

(一)合资

合资指与目标国家的企业共同投资,共同经营、分享管理权,共担风险。合资的方式指外国公司通过收购当地公司的部分股权,或当地公司购买外国公司在当地的部分股权,也可以由双方共同出资建立一个新的企业,资源共享,共同分配利润。

与独资进入相比,合资进入模式的优势在于:由于有当地人参与了公司的股权和经营管理,因此要比独资所遇到的心理障碍和政治障碍小得多,更容易融入东道国的市场;投资者可以利用合作企业的企业文化、现有口碑和当地的分销网络,更加顺利地进入国际市场;由于有了当地资产的辅佐,合资企业可以更好地规避东道国政府没收、征用外资的风险,而且还可以享受到东道国政府对当地合作企业的某些优惠政策。但也有相应的弊端:由于企业股权以及管理权的分散,合作双方在投资决策、营销策略和财务制度等方面的争端很难避免,这将对进行跨国经营的公司实行全球统一协调战略造成一定的困扰;同时,拥有先进技术或营销技巧的国际营销者的无形资产很有可能无偿地流失到合作伙伴手里,以致合资这种形式在一定程度上难以保护双方的技术秘密和商业秘密,可能培养了未来的竞争对手。

(二)独资

独资指企业独自到目标国家投资、建厂等。在这个过程中,作为投资者的企业独自享有经营利润并承担经营风险,拥有完全的管理权与控制权。组建的方式可以是通过收购本土的公司,也可以是直接在当地建新的工厂。

与合资进入相比,独资进入模式的好处是:企业可以完全控制整个企业的管理与销售,利益所得可以完全归投资企业支配,很少发生大的内部矛盾和冲突;同时,有利于保护投资企业的技术秘密和商业资料,保持其在进入国际市场上的竞争力。其主要缺陷是:投入的资金多,因为缺少类似合资企业那样的当地合作企业的资源;难以便利地获取及利用当地的原材料、人力资源和销售网络,市场的扩展容易受到限制;还有可能遇到一些政治与经济方面的风险,如货币贬值、外汇管制、政府没收等。

二、贸易式进入

贸易式进入即通过向目标国出口商品进入国际市场。这一直是企业进入国际市场的重要方式,也曾经在很长一段时间内是企业进入国际营销的起步路径。根据是否选择中间商和选择何种中间商的区别,贸易式进入又可以区分为间接出口和直接出口两种。从宏观角度看,由于出口有利于缓解国内就业压力、增加国家外汇收入、提高本国企业的国际竞争力,因此各国政府都对出口持鼓励态度。同时,对企业来说,为了平衡国内的市场竞争所面临的风险和发展自己,也纷纷将出口作为进入国际市场的重要方式。

(一)间接出口

企业通过本国的中介代理商出口商品即为间接出口。具体的方式有:通过出口经销商、出口代理商出口商品,联营出口等。

间接出口的优点是:企业可以不改变原有的生产和组织,实施起来简便易行;可以充分利用中间商对市场的了解、行业经验和国际营销渠道,迅速进入国际市场;投入的资金少,可以节省市场调研、渠道建立等若干营销费用;实施灵活,当国际或国内市场发生变化,或自身的实力有改变时,可迅速调整国际市场的经营策略;最后,在规避风险方面非常有吸引力。

间接出口的缺点是:商品出口严重依赖出口中间商,难以积累企业自身的国际营销经验和资源;需要经过海关才能进入国际市场,面临较多的障碍和贸易壁垒;企业获取国际市场信息的渠道过于单一，难以及时获悉国际市场的变化，及时调整自身策略。

（二）直接出口

企业通过国外中介(经销商或代理商)，或自己设立海外销售机构到目标国市场销售产品即为直接出口。具体的形式有：直接卖给最终用户或通过国外代理商、经销商、在国外设立的办事处或销售子公司卖给最终用户。这种方式本质上与间接出口相同，都属于在国内生产，到国外销售。

直接出口的优点同样是实施简便易行，同时，比间接出口获利大；便于获得更多的市场信息，以掌握国际市场需求变化；就近提供各种服务，有利于对品牌塑造及各种营销策略的控制，迅速提高企业的国际营销水平；根据企业的资源、经验以及国际市场的变化，对国际市场的进入方式有更多选择。

直接出口的缺点同样是难以规避对象国贸易壁垒的阻碍；适用面较窄，出口的产品必须具有明显的竞争优势，才能顺利打开市场；由于选择国外中介机构，企业的出口业务易为国外中介商所控制，如果自己设立国外销售机构，则还需要组织一批熟悉国际营销的专才。

三、契约式进入

企业与对象国法人签订非股权性质的契约，将自己的无形资产使用权授予目标国法人，允许其制造、销售本企业产品，或提供服务、设备、技术支持等，以获得报酬并进入国际市场，称为契约式进入。常用的契约式进入方式有：许可证贸易、特许经营、管理合同、合同生产。

（一）许可证贸易

企业(许可方)与目标国法人(被许可方)签订合同，允许其在合同规定的期限内使用许可方的无形资产，并获得被许可方支付的报酬。

许可证贸易的优点：确保企业自身的无形资产受到专利法等法规和合同的保护；绕开对象国对商品进口的贸易壁垒和投资限制；是开拓对象国市场的试探性阶段，有助于提高许可方在对象国市场的知名度，以利于进一步扩大经营；可以带动附属型交易，常被企业用以掩护产品出口；可在一定程度上规避投资风险和政治风险。

许可证贸易的缺点是无形资产的使用费用相对较低，企业获益不多；有可能反而培养了潜在的竞争对手；企业在目标国营销的计划、执行难以得到理想的控制效果。

（二）特许经营

特许经营指特许人将工业产权或经营方式授权给目标国的独立公司或个人使用，受许人则须按特许权授予方规定的政策和方法经营，并支付相应的费用。

特许经营的优点是快速实现向目标国的低成本扩张；统一化的营销；易于激发受许人的经营积极性，创造业绩；风险相对较小。

特许经营的缺点是特许所获得的利益有限；难以全面有效地管理和控制受许人；适用范围有限。

（三）管理合同

管理合同指企业与目标国法人签订合同，由该企业负责对方企业的全部业务管理，并由此介入目标国的市场。管理方仅参与企业的经营管理，而没有企业的所有权，获得报酬的方式通常是按利润额或销售额的一定比例提取佣金，或按具体服务支付费用等。

管理合同的优点是不需要投入资金，基本无风险；是了解目标国经营环境和市场需求情况的一种途径，为进一步扩展企业自身的业务奠定基础；作为提供管理技术的附加条件，管理方可以出口有关产品或设备，获得一定程度的补偿。

管理合同的缺点是将占用企业大量的优秀管理和技术人才，有可能培植今后的竞争对手，获利没有保证。

（四）合同生产

合同生产是企业与目标国企业签订订货合同，一方面向其提供技术援助或机器设备，另一方面要求对方按照合同约定的质量、数量、期限生产本企业所需要的产品或零部件。

合同生产的优点是可以充分利用当地的生产能力和优势资源，减少了大量的资金投入；能够迅速组织生产，通过订购产品快速进入目标国市场；风险较小；很大幅度上避免了进入国际市场的障碍。

合同生产的缺点是为了确保合同企业生产的产品符合要求，需要提供相应的技术援助和管理支持；有可能培养了未来的竞争对手。

第三节 国际市场营销组合策略

一、国际产品策略

国际企业经过市场调研和细分，确定了目标市场，选择了合适的进入方式后，必须回答这样一个问题：向目标市场提供怎样的产品？因此，国际产品决策是一个关键性决策，是构成国际市场营销组合的策略之一。

（一）国际产品生命周期

在一国市场中，产品生命周期理论形象地描述了产品在市场上被引入，随后成长、成熟直至衰退的过程。在国际市场上，国际产品生命周期理论主要描述一种新产品在一国出现后如何向其他国家转移的过程。它最先在20世纪60年代末由美国哈佛商学院的雷蒙德·弗农教授提出，如图14-1所示。

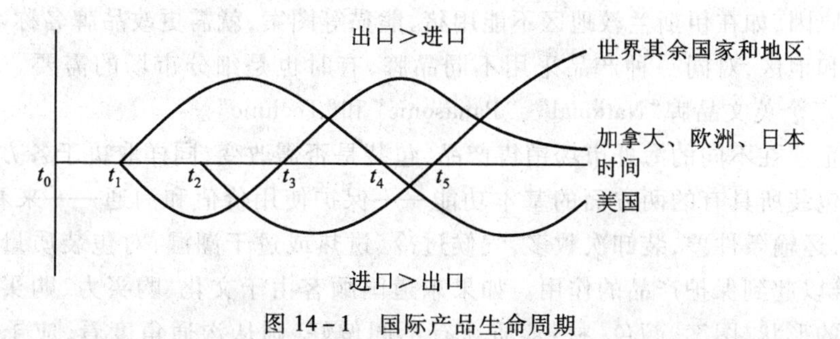

图14-1 国际产品生命周期

弗农认为,美国是一个高技术、高消费的国家,它首先发明并商业化生产一种新产品,这时的时间为 t_0;经过一段国内生产和销售后,在时间 t_1,它开始将此产品出口至加拿大、欧洲、日本等发达国家和地区;再隔一段时间至 t_2,世界上其余国家也开始进口这种产品。不过,美国在出口产品的同时,逐步把技术和生产转移至资源条件明显具有比较优势的加拿大、欧洲、日本等国家和地区,因此美国的出口逐步减少,至 t_4,它成了净进口国。同样,随着产品日益标准化和成熟,加拿大、日本、欧洲等国又将技术和生产向其他国家转移,它们的出口也同样减少,而且自身的消费也逐步靠从其他国家进口。至 t_5,其他国家成了净出口国,而美国等国又开始发明与生产技术含量更高、更新的产品,从而不断形成一个个新的循环。

弗农的这一理论为国际市场上诸如纺织品、自行车、黑白电视机、船舶等产品的发展过程所证实。

(二)国际产品标准化与差异化决策

国际产品标准化是指在世界各国市场上,都提供同一种产品;差异化则指对不同国家或地区的市场,根据其需求差异,提供经过修改的、略有不同的产品。例如在世界各地,我们可以喝到从包装、品牌、口味都相同的可口可乐,吃到相同的肯德基炸鸡;我们也可以在各国买到一模一样的尼康照相机、柯达胶卷,但对电视机来说,各个国家可能电视线路不同、电源电压不同,因此向不同国家供应的电视机就需略作修改而略有不同。

国际产品标准化可获得规模经济效益,节省研究开发费用和其他技术投入,也可以节省营销费用。它使消费者在世界各地都能享受到同样的产品,有助于树立企业及其母国的国际形象。然而,面对具有需求差异的市场,国际企业为了开拓市场,增加销量,可能不得不实施产品差异化策略,当然,由此也不得不承担额外的成本与费用。

影响产品标准化或差异化的因素很多,要做出一项正确的决策,至少必须考虑下面这些方面:成本与利润的比较,产品性质,市场需求特点,东道国的某些强制性规定,等等。

(三)产品品牌与包装

就品牌而言,大多数国际企业喜欢采用统一的国际牌号,因为这可达到沟通上的规模经济。一个国际名牌具有很强的号召力,本身就是一笔无形财富,而树立一个品牌却绝非易事,如日本的“索尼”、“东芝”、美国的“柯达”、“微软”等。然而,由于法律、文化等方面的原因,如在伊斯兰教地区不能用猪、熊猫等图案,就需更改品牌名称。当然,在不同国家和地区,对同一种产品采用不同品牌,有时也是细分市场的需要。例如日本“松下”有三个英文品牌“National”、“Panasonic”和“Technic”。

国际企业在不同的海外市场销售产品,包装是否需改变,同样取决于各方面的环境因素。从包装所具有的两方面的基本功能——保护使用价值和沟通——来看,如果运输距离长,运输条件差,装卸次数多,气候过冷、过热或过于潮湿,对包装质量的要求就高,否则难以起到保护产品的作用。如果东道国顾客由于文化、购买力、购买习惯不同而对包装的形状、图案、颜色、材料、质地有不同偏好,则从沟通角度看,应予重视并调整,以起到吸引与刺激顾客的作用。一些发达国家的消费者出于保护生态环境的强烈意识,重新倾向使用纸包装;而在一些发展中国家,顾客仍普遍使用塑料包装,因为它较牢固且可重复使用。

宜家公司产品在欧美市场与中国市场的定位差异

宜家(ikea)公司的经营理念是"提供种类繁多、美观实用、老百姓买得起的家居用品"。从创建初期,宜家就决定与家居用品消费者中的"大多数人"站在一起。这意味着宜家要满足具有很多不同需要、品位、梦想、追求以及财力,同时希望改善家居状况并创造更美好日常生活的人的需要。针对这种市场定位,宜家的产品定位于"低价格、精美、耐用"的家居用品。在欧美等发达国家,宜家把自己定位成面向大众的家居用品提供商。因为其物美价廉、款式新、服务好等特点,受到广大中低收入家庭的欢迎。但到了中国之后,宜家的市场定位做了一定的调整,因为:中国市场虽然广泛,但普遍消费水平低,原有的低价家具生产厂家竞争激烈接近饱和,市场上的国外高价家具也很少有人问津。于是宜家把目光投向了大城市中相对比较富裕的阶层。宜家在中国的市场定位是"想买高档货,而又付不起高价的白领"。这种定位是十分巧妙准确的,获得了比较好的效果。

二、国际定价策略

由于国际营销环境复杂多变,这给国际企业对在海外销售的产品定价增加了许多困难,其价格的构成更加复杂,影响其变动的因素也更多。

(一) 国际市场价格的形成

在国际市场上,我们会发现这样一个事实,许多产品由产地卖到另外的国家和地区,价格会上升很多,这就是所谓的国际价格的升降现象。这通常是由于该产品在分销过程中渠道延长,被征收关税,需承担运输成本和保险费用,以及汇率变动所致。

仔细分析,不难看到影响国际定价的因素远比国内定价要多,除需求因素、成本因素、生产因素以外,还要考虑东道国关税税率、消费税税率、外汇汇率浮动、国外中间商毛利、国外信贷资金成本即利率情况、运输与保险费用、国外通货膨胀率、母国与东道国政府的干预,以及国际协定的约束。

(二) 国际定价管理

国际企业的定价决策,也要先确定定价目标:是以获取最大利润为目标,还是以获取较高的投资回报率为目标?是为了维持或提高市场份额,还是为了应付或防止市场竞争,抑或为了支持价格的稳定?一个有实力的跨国企业在进入一个新兴的富有潜力的海外市场时,大多会以获得较高的市场占有率为目标,因此在短期内,其价格或收益可能无法覆盖成本。

那么,国际企业定价决策应由谁负责?选择只有三个:母公司总部定价;东道国子公司独立定价;总部与子公司共同定价。最常见的方法是第三个,如此母公司既可对子公司的定价保持一定的控制,子公司又可有一定的自主权以使价格适应当地市场环境。

（三）定价的基本方法与策略

国际企业在制定价格决策时，基本方法与国内定价是相同的，即有以成本为导向的定价法，包括成本加成法、边际成本法、目标利润法、损益平衡法；以需求为导向的定价法，包括理解价值法、区分需求法；以竞争为导向的定价法，包括随行就市、密封投标等。

企业可选用的国际价格策略也有：为新产品定价的撇脂法和渗透法；折让策略的数量折扣法、现金折扣法、职能折扣和季节折扣；地理定价的FOB法、CIF法、区域运送法、补贴运费法；心理定价策略的尾数定价法、整数定价法、声望定价法等。

企业对产品在国际市场上的销售，是其统一价格，还是针对不同国家市场制定差别价格，是一个非常值得研究的问题。统一价格显然有助于企业及其产品在世界市场上建立统一形象，便于企业总部控制企业全球的营销活动。然而，各国的产品制造成本、竞争价格、税率都不尽相同，消费水平更有差异，要在环境差别明显的各国市场以同一价格销售产品常常是不切实际的。波音飞机销往全世界各国的价格是统一的，这是因为它在各国市场上的竞争地位一致。我国香港是世界性消费城市，各国旅游者可在那里购到许多免税商品，烟、酒却不在其列，烟、酒制造商不得不将其产品价格定得很高以谋求盈利，因为我国香港政府对烟、酒课以重税。

无论如何，国际营销企业定价的最终目的还是为了寻求利润的最大化，长期的亏本买卖肯定是不做的。为使整个集团利润最大化，企业还经常采用转移价格策略，这是一种在母公司与各国子公司之间，以及子公司相互之间转移产品和劳务时所采用的价格。这种定价的出发点是为了避税，避免资金在高通胀率、严外汇管制国家滞留。不过，一些国家政府针对国际企业的这一策略，制定了相应的法律、法规，要求国际企业在制定内部转移价格时能遵守公平交易的原则，以挽回或保护其正当的国家利益。

联想笔记本计算机的“万元差价”

2008年3月，联想在中国市场推出了2个版本的ThinPad X300型笔记本计算机，低配版售价24 999元，高配版价格高达34 999元。而这两款产品在国外市场推出的价格分别为2 476美元和3 000美元（分别折合人民币17 548元和21 262元）。同样的产品，美国市场的售价竟然低于中国市场上万元。国内报价一经公布，立刻招致媒体和网友的质疑，纷纷指责联想“厚此薄彼”，对中国消费者进行赤裸裸的价格歧视，伤害了国人感情。分析人士认为，联想此次“定价策略”是将美国市场作为主战场，希望在人们质疑联想海外市场开拓不利时，利用ThinkPad X300的“高性价比”席卷海外市场的重中之重——美国。此前从权威市场调查公司DisplaySearch公布的数据来看，2007年第四季度联想全球笔记本市场份额仅为8.3%，不仅远远落后惠普、宏基和戴尔，而且被东芝以8.6%的份额超过，仅排名第五。

三、国际分销渠道策略

国际市场上的分销渠道决策，首先是选择进入某国市场的方式，其次是在该国市场上选择何种渠道模式。

（一）国外中间商

在国外市场销售产品，可采用最短的销售渠道，即由国际企业直接将产品卖给最终消费者，不经过任何中间商；也可借助中间商实施分销。通常情况下，由于海外市场环境与国际企业母国环境迥异，大多数产品的分销需要当地中间商的帮助，这就需要了解国外中间商的种类。

国外中间商也主要包括代理商、经销商、批发商、零售商四大类。代理商对产品无所有权，与所有者只是委托与被委托关系，它主要有三种形式：经纪人、独家代理商、一般代理商。经销商对产品拥有所有权，自行负责售后服务工作，对顾客索赔需承担责任，最常见的有独家经销商、进口商和工业品经销商三种。批发商是指靠大批量进货、小批量出货以赚取差价的中间商，它也有三种：综合批发商、专业批发商、单一种类商品批发商。零售商是向最终消费者提供产品的中间商，依据其经营品种不同，可分为专业商店、百货商店、超级市场、超超级市场等种类。依据其经营特色，有便利商店、折扣商店、连锁商店、样本售货商店、仓库商店、无店铺零售等形式。

（二）国际分销模式的标准化与多样化

所谓分销模式标准化是指国际企业在海外市场上采用与母国相同的分销模式；多样化则指根据各个国家或地区的不同情况，分别采用不同的分销模式。

采用标准化的分销模式可以使营销人员以经验为基础来提高营销效率，实现规模经济。然而事实上，即使产品采用了标准化策略，分销模式也不一定适合采用标准化策略。这主要是因为各国分销结构由于历史原因相差较大，各国消费者的特点不同，如购买数量、购买习惯、消费偏好、顾客地理分布等方面不可能完全相同；同时，国际企业还要考虑自身实力、竞争对手的渠道策略以及其他营销组合因素。所以，选择海外市场分销模式绝非国际企业一厢情愿。例如，外国企业在进入日本市场时，普遍对其高度集中与封闭的渠道结构感到无从入手，只有与综合商社、大制造商或批发商合作，才有可能将产品推入其渠道系统。

法国圣戈班集团与中国雅庭装饰集团的合作

法国圣戈班（Saint – Gobain）集团是一家世界500强公司，经营磨料磨具、陶瓷材料及玻璃纤维三大业务。为更好地开拓中国市场，2009年年初，法国圣戈班集团与我国的雅庭装饰集团成立了美颂雅庭公司，共同进军中国装修市场。后者在国内有24家店，2008年产值达到5亿元。这标志着全新家装模式的开启，也是圣戈班一贯坚持的“渠道为先”国际市场营销策略的延续。本次与雅庭的合作，圣戈班看中了雅庭15年来累积的渠道资源。因为在中国，70%的建材要直接或间接通过家装公司销售。二者合作的结晶——美颂雅庭公司决定在中国实施“N＋1战略布阵模式”，即以湖北为起点，依托武汉市内16间店的现有营运能力，在2009年全面开拓宜昌、襄樊等二级城市，到2009年年底完成全省38间店的布阵，彻底实现湖北“区域霸主”的战略目标。

四、国际沟通策略

沟通的主要任务是在企业与顾客之间进行信息沟通，国际营销中的沟通也不例外，同样通过广告、人员推销、销售促进和公共关系活动完成。

（一）广告

产品进入国际市场初期，通常广告是其先导和唯一代表，它可以帮助产品实现其预期定位，也有助于树立国际企业形象。

然而，国际广告要受多方面因素制约。第一，语言问题。一国制作的广告要在另一国宣传，语言障碍较难逾越，因为广告语言本身简洁明快，喻义较深，同样含义要在另一种语言环境下以同样的方式准确表达实在是一件困难的事。第二，广告媒介的限制。有些国家政府限制使用某种媒介，如限制电视台每天播放广告的时间；一些国家大众传媒的普及率太低，如许多非洲国家没有日报。第三是除限制媒介外，有的政府还会限制一些产品广告，如香烟广告；还有的对广告信息内容与广告开支进行限制。第四是社会文化方面的限制，由于价值观与风俗习惯方面的差异，一些广告内容或形式不易在东道国传播。第五是广告代理商的限制，即可能在当地缺乏有资格的广告商的帮助。

一般来讲，广告标准化可以降低成本，也有助于国际企业及其产品在各国市场上建立统一形象，有利于整体沟通目标的制定和实施、控制。然而，由于上述各种因素的限制，特别是当地顾客的需求同母国顾客会有显著差异，因此采用当地化的策略可以增强宣传说服的针对性，虽然广告成本相对较高，但若能有效促进销售增长，亦可望获得更多利润。

（二）人员推销

人员推销往往因其选择性强、灵活性高、能传递复杂信息、有效激发顾客购买欲望、及时获取市场反馈等优点而成为国际营销中不可或缺的沟通手段。然而，国际营销中使用人员推销往往面临费用高、培训难等问题，所以，若要有效利用这一沟通方式，还需能招募到富有潜力的优秀人才，并严格培训。

推销人员不仅可以从母国企业中选拔，也可从东道国和第三国招聘。作为海外推销人员，他们在东道国应表现出很强的文化适应能力、语言能力、市场调研能力和果断决策的能力。但若面对一个潜力可观、意欲长期占领的市场，国际企业显然应以招募、培养东道国人才作为优秀推销员的最主要来源。

（三）销售促进

销售促进手段非常丰富，在不同的国家运用有时会受到法律或文化习俗方面的限制。例如法国的法律规定禁止抽奖的做法，免费提供给顾客的商品价值不得高于其购买总价值的5%。中国最近也有了一项严格控制有奖销售的规定。另外，新产品准备上市时，向消费者免费赠送样品的做法在欧美各国非常流行。

在国际营销中，还有几种重要的销售促进形式对介绍一些企业产品进入海外市场颇多助益，如博览会、交易会、巡回展览、贸易代表团等。值得一提的是，这些活动往往因为有政府的参与而增加了沟通的说服力。事实上，许多国家政府或半官方机构往往以此作为推动本国产品出口、开拓国际市场的重要方式。

（四）公共关系

公共关系是一项长期性的沟通活动，其效果也只有在一个很长的时期内才能得到实际的印证，但不管怎样，在国际营销中，它仍是不可轻视的沟通方式。由于在国际营销中，企业面临的海外市场环境会让其感到非常陌生，它不仅要与当地的顾客、供应商、中间商、竞争者打交道，还要与当地政府协调关系，如果在当地设有子公司，则还需积累如何团结与文化背景截然不同的母国员工共创事业的经验。试想，一个国际企业如果不能让其自身为东道国的公众所接受，又怎么让他们接受你的产品呢？

在与东道国的所有公众关系活动中，与其政府的关系可能是最首要的。因为没有政府不同程度的支持，国际企业很难进入该国市场。政府对海外投资、进口产品的态度，特别是对某一特定企业、特定产品的态度，往往直接决定着国际企业在该国市场的前途。所以，国际企业要加强与东道国政府的联系与合作，利用各种媒介加强对企业有利的信息传播，扩大社会交往、不断调整企业行为，以获得当地政府和社会公众的信任与好感。

丰田汽车广告引发中国消费者的民族情感

2003年12月初，两则丰田公司的汽车广告在网络上引起不小的波澜。其一为刊登在《汽车之友》第12期杂志上的"丰田霸道"广告：一辆霸道汽车停在两只石狮子之前，一只石狮子抬起右爪做敬礼状，另一只石狮子向下俯首，背景为高楼大厦，配图广告语为"霸道，你不得不尊敬"。其二为"丰田陆地巡洋舰"广告：该汽车在雪山高原上以钢索拖拉一辆绿色国产大卡车，拍摄地址在可可西里。很多网友认为，石狮子有象征中国的意味，"丰田霸道"广告却让它们向一辆日本品牌的汽车"敬礼"、"鞠躬"。"考虑到卢沟桥、石狮子、抗日三者之间的关系，更加让人愤恨"。对于拖拽卡车的"丰田陆地巡洋舰"广告，很多人则认为，广告图中的卡车系"国产东风汽车，绿色的东风卡车与我国的军车非常相像。"

丰田公司随后正式通过新闻界向中国消费者表示道歉，并向我国工商部门递交了书面解释。之后，丰田公司正式将"丰田霸道"的中文名称更换为"丰田普拉多"，将"丰田陆地巡洋舰"的中文名称更换为"丰田兰德酷路泽"。

本章小结

1. 国际市场营销是在国际范围内对现有的及潜在的能够满足不同国家需要的产品和服务进行规划、定价和推销，以实现企业既定的经营目标。具体而言，国际市场营销是指在一个以上的国家所进行的，把企业商品和服务提供，引导到消费者中去的活动，或者简称跨国界的营销活动，它同样由市场调研、市场分析、市场细分、市场营销组合等一系列营销活动组成。依据程度的不同，国际市场营销可以划分为对外营销、国外营销及多国营销三种类型。

2. 国际市场营销与国际贸易的关系在于：第一，国际贸易包括购进和售出两个主要方面，而国际市场营销通常仅强调售出；第二，就国际贸易而言，产品和劳务的交换必须是超越国界的交换，而企业在进行国际市场营销时，其产品和劳务可以超越国界，也可以不超越国界；第三，国际市场营销要涉及整体市场营销过程与企业发展战略问题；第四，国际贸易的原动力是比较利益，而国际市场营销的原动力则是企业决策；第五，国际贸易所影响的是国际收支状况，而国际市场营销影响的则主要是企业销售和盈利。

3. 国际市场营销的进入方式可被分为三类：股权式进入、贸易式进入和契约式进入。三种进入方式各有其适合的运用条件。

4. 国际市场营销同样需要运用产品、价格、渠道及沟通四种营销组合要素，与国内市场营销的区别在于，国际市场营销在运用上述四者时更应注意标准化与差异化的协调统一。

1. 什么样的企业适合开展国际市场营销？请谈谈你的看法。

2. 股权式进入、贸易式进入和契约式进入的相同点在哪里？不同点在哪里？

3. 是否有这样一种产品，可以在全球市场都采用统一的产品策略、价格策略、渠道策略与沟通策略？如果有这种产品，原因何在？请谈谈你的看法。

雀巢公司在菲律宾市场的成功

雀巢集团总部位于瑞士，在世界各地开办了489家工厂，其中有8家生产工厂设在菲律宾境内。在过去的10年里，雀巢公司的销售十分兴旺。总体上，雀巢（菲律宾）公司的销售额在雀巢集团遍布全球各地的分公司中名列第10位，在亚洲名列第三。雀巢公司在当地市场的销售份额从52%上升到66%。这些令人羡慕的经营业绩都归功于雀巢公司对营销环境的变化做出的正确决策。

1. 菲律宾自然环境分析

在气候干燥的欧洲，大部分咖啡饮品都是用玻璃瓶子盛放包装的，而且，欧洲人喜好用咖啡机煮碎咖啡豆的方式来饮用咖啡。而在菲律宾，气温和湿度都很高，大部分的咖啡并不是通过瓶装来出售，而是用一个容量仅1.7克的锡箔纸小包装出售，顾客可以单独购买一包咖啡。

雀巢公司通过了解菲律宾的特殊自然环境，也改变了往常的包装出售模式，采用防潮的包装材料和工艺。确保产品的品质不变，这是雀巢公司在菲律宾市场站稳脚跟的第一步，也是后来在菲律宾扩大市场的基础。

2. 菲律宾消费者饮用习惯分析

许多菲律宾人习惯在每天早上到附近的商店里购买一袋小包装的咖啡。早年在菲律宾，咖啡饮用时常加入少许的糖，而不加任何牛奶或无奶咖啡调色剂，并且，与欧洲人不同的是，菲律宾人日常消费的咖啡产品几乎全部是速溶咖啡产品。

因此，雀巢公司在菲律宾生产得更多的是锡箔纸小包装的咖啡，并按照当地人的习惯配入了少许的糖。抓住当地的饮用习惯，是雀巢公司迈出的关键一步，这一步，使之在菲律宾得到消费者的接受，为其随后在菲律宾的发展开启了一扇门。

3. 菲律宾政治法律环境分析

在1996年以前，咖啡豆、大批量咖啡产品、成品咖啡均受到菲律宾政府有关进出口贸易法律限制不得进口。所有在菲律宾生产的咖啡产品必须使用菲律宾本地种植的咖啡豆为原料。

1996年1月，菲律宾市场的经营环境发生了很大的变化：菲律宾政府在关贸总协定组织和世界贸易组织的敦促下，下令废除产品进口限制法规中的大多数条款——特别是与农产品进口相关的许多法规条款。在新的进口法规规定中，政府对商品进口实行最低进口配额制。进口配额（50%）之内的咖啡原豆、烤制豆原料和经过加工的产品、包装成品咖啡的进口将被课以30%的进口关税，进口配额以外的咖啡课以100%的关税。面对这个政治法律背景的变化，雀巢集团（菲律宾）公司速溶饮料部收集并研究了与之相关的资料。由于菲律宾本土种植的咖啡大多数都属于豆质上乘的浓香型的拉巴塔咖啡豆，雀巢公司在菲律宾销售的咖啡产品均是100%的拉巴塔咖啡豆加工制作的（而在美国或欧洲各地市场销售的是拉巴塔豆和另一种咖啡豆搭配加工而成）。在新法规出台后，雀巢公司在菲律宾各大城市大中型综合商场开办了一批咖啡专卖店，在这些专卖店中，消费者可自己当场磨制自己喜爱的咖啡；而这些咖啡，就来自雀巢公司在菲律宾政府规定的进口配额内——进口的部分咖啡豆原材料。

雀巢公司小心翼翼地经营着这些客人可以参与的咖啡专卖店，既达到了最低进口配额的要求，也缓解了最低进口配额制度对其速溶咖啡生产与销售的冲击。同时，也巧妙地引进了新的咖啡文化（菲律宾人大多数是偏好速溶咖啡的），让消费者在店铺中劳动并享受咖啡带来的生活乐趣，既不唐突，也没有影响菲律宾速溶咖啡的销售及市场份额。这样，雀巢（菲律宾）公司仍旧在竞争日趋激烈的情况下，保持了兴旺的业绩。更值得一提的是，菲律宾政府会根据各咖啡生产商和各大进口商上年产品销售额，分配发放最低进口配额之内进口特许证。雀巢公司的良好业绩为之获得特许证提供了条件，并进入营销的良性循环。可见，有关进口最低配额的法定并没有冲击雀巢公司速溶咖啡的生产和销售，反而被雀巢公司合理利用，保持了原有的状态，引进了新的商机，获得了新的权力，进入一个新的国际市场营销的良性循环。

（资料来源：欧阳晴. 国际市场营销中的环境因素分析——以菲律宾市场雀巢公司为例. 现代商业，2008（9）：210－211.）

请认真阅读案例，并回答以下问题：

1. 你认为菲律宾的咖啡市场与欧洲的咖啡市场最大的差异在哪里？
2. 雀巢公司在菲律宾面临了怎样的政策风险？
3. 从长期来看，如果雀巢公司不去为了菲律宾市场发生改变，仍然坚持其在欧洲市场的营销策略，是否也能同样获得成功？请详细阐述你的看法。

第十五章
网络营销

学完本章后，你将了解：

1. 网络营销产生的背景及发展过程。
2. 网络营销的应用及特点。
3. 网络营销的管理。
4. 作为分销渠道的网络营销的发展。

网络的威力和魅力

2007年美国次贷危机爆发后,美国、欧洲经济受到严重影响,消费购买力大幅下降。随之,我国众多中小外向型企业寒意阵阵:出口订单急剧减少,原有订单客户不少放弃了订单,宁愿违约支付罚款。剩余的生产能力如何应对?特别是已经生产出来的产品如何处理?马上树品牌、建渠道,开辟国内市场,远水不解近渴。幸运的是,在线购物经过长期的发展积累了顾客。在网络上,借助强大的B2C平台,优质优价的产品可以最快地推向市场。在知名零售网站上,原价上千的出口箱包,仅仅标价二百多。这个案例表明,危机不但使消费者得益,让零售网站销售红火,还引导生产企业认识了网络的威力和魅力。

随着个人计算机日益普及,以及互联网的高速发展,网络成为企业活动的新平台。在顾客价值的设计、创造、传递、实现等环节,网络营销均有突出表现。

从广义上讲,凡是利用各类销售网络,诸如店面、电话、电视、媒体等进行营销活动,都可以称作网络营销。但结合这个词本身产生的背景,网络营销(Net Marketing)应特指基于互联网的营销。这也是本章所讨论网络营销的范畴。

第一节 网络营销产生的背景及发展过程

一、摩尔定律

1965年,Intel的创始人之一戈登·摩尔(Gordon Moore)根据对半导体行业技术进步速度的观察推算,10年之后,一块集成电路板里包含的电子元件会从当时的60个增加到6万多个,并预见,人们将制造出更复杂的电路从而降低电子元器件的成本。1975年,摩尔又对此做了修正,将每年翻一番的目标改为每两年翻一番。这就是后来广为人知的"摩尔定律"。

"摩尔定律"在过去数十年里证明了其惊人的准确性,被誉为"定义个人电脑和互联网科技发展轨迹的金律"。不只是微处理器,还包括内存、硬盘、图形加速卡——PC的主要功能元件几乎都是遵循着摩尔定律所"设计"的路线不断"进化"和演变。

"摩尔定律"揭示了半导体行业乃至PC行业、IT行业、信息行业迅猛发展的技术基础。在"摩尔定律"下,芯片、电子元器件、电子产品的性价比呈几何级数增长。1992年前,1M内存价格约为300元;2010年,1 000M高速内存价格已不到150元;15年前,最快的56K拨号上网6小时需要100元,今天,2M包月上网多数地方少于100元。

从经济及商业意义上,"摩尔定律"意味着从长期来看,单位计算能力、存储能力、通信能力的成本趋近于零。有一个形象的比喻,用20年前只能乘坐公共汽车的花销,今天可以享受乘飞机旅行。

这么一个经济而且强大的平台，营销当然要利用。

二、个人计算机、互联网的发展

20世纪80年代以前，计算机行业由集中计算的大中小型计算机统治。由于系统昂贵，操作复杂，当时的主要用户是科研机构、大学、大公司等。

比尔·盖茨小时候曾经一个假期花费几千美金，用在费用不菲的计算机上打游戏。当他和伙伴听说个人计算机出现的消息，意识到为个人计算机提供软件将前景广阔。

1970年英特尔公司开发出世界上最初的微处理器i4004；1975年比尔·盖茨组建了微软公司；1976年史蒂文·乔布斯与人合伙成立苹果公司；1977年苹果公司推出Apple II型个人计算机；1981年IBM推出IBM PC机；1985年微软开发视窗1.0；1994年Netscape公司推出首个面向市场的图形化浏览器；1995年微软推出视窗95。

个人计算机的销量，也从早期的每年几万、几十万台，到20世纪90年代迅速增加到每年上千万台，现在每年数亿台。而个人计算机的保有量更加庞大。

20世纪60年代末，为确保即使在受到诸如核打击等灾难性事件后，仍能有效地进行军事通信指挥，美国国防部委托斯坦福大学开发研究网络通信新技术。为此，试验网络被设计为分散的、无中心的，网络上的每一个节点都可以成为指挥控制中心，都具有产生、接收和传送信息的能力。网上的信息在一个节点被分解为“包”并进行编号，传送到另一个节点后，再进行组装、还原。而且，信息被分解为包以后，每一个信息包都可以通过不同的路径进行传输，这样，即使某些节点或通信线路被摧毁，信息包仍可以通过其他路径传输，最终传送到目的地。这就是如今互联网的雏形——阿帕网，当时它仅连接了数台计算机。1983年TCP/IP被阿帕网选定为通信协议标准。不过，初期硬件软件极其昂贵，仅限研究及军事领域人员使用，需要专业知识，而且没有技术支持。直到1989年，商业利用在网上依然被禁止，只有两家E-mail接入服务商。

接下来，互联网以比PC更快的速度发展。1995年网上全部内容不到100M，到2009年，仅中国就拥有约3亿网民，他们中一个人几小时看视频的网络流量就可能超过1 000M。中国目前最著名的网络公司之一阿里巴巴的用户已超过6 000万，支付宝用户近亿。

三、网络营销的典型案例

从1991年开始，在互联网获得广泛应用以前，思科公司(Cisco)便利用电话、传真建立起了技术文档呼叫应答系统。1994年，思科建立了“Cisco Connection Online”，将服务支持体系的重点放在了网上。据统计，到2001年，“Cisco Connection Online”在全球以多种语言运行，每月完成130万次服务应答，包括技术支持、检查订单或下载软件，“Cisco Connection Online”承担了全部服务应答的85%以上。到2003年，Cisco又将虚拟结算系统投入运行，这使公司将以前每3个月结算一次的财务账目变为每小时结算一次。

亚马逊公司成立于1995年，是全球电子商务的成功代表。该公司是最早的网上图书零售商，发展很快，影响极大。读者在亚马逊网站上可以买到上百万种英文图书、音乐和影视节目。自1999年开始，亚马逊网站开始扩大销售的产品门类。现在，除图书和音像影视产品外，亚马逊同时还在网上销售服装、礼品、儿童玩具、家用电器等20多个门类的商品。1997年，公司在纳斯达克上市，2006年开始摆脱亏损。

2003年年初，阿里巴巴的B2B业务日趋稳定，高层认为C2C市场机会逐渐成熟。5月10日，淘宝网正式上线；上线20天后，淘宝迎来第1万名注册用户；阿里巴巴正式宣布投资一亿元开办淘宝网。

对于C2C中介网站，保证交易安全是用户关心的焦点。淘宝为此设立了多重安全防线：最早实行卖家开店前通过公安部门验证身份证信息；通过手机、信用卡等联系每个卖家信用评价，记录在网供交易者随时参考，最大程度地避免欺诈行为发生；淘宝还化阻碍为机会，与国内主要银行及相关部门合作，创新性地推出了确保网络交易安全的"支付宝"，并承诺如果用户使用"支付宝"遭遇欺诈，可以全额赔付。

淘宝创立之初，曾面临强敌。获得美国eBay注资的易趣先于淘宝发展，占有当时70%以上的市场。淘宝早期推广宣传遭到易趣在所有重要网站的封杀。于是淘宝选择以较低的成本，在众多小网站上投放广告，并大力借助口口相传发展用户。

与易趣收取交易费用区别，淘宝认为真正大规模收费的时间还没有到，个人电子商务网站收取交易费等方式未必适合中国的国情，因此创办时承诺3年免费，吸引了大批用户。

竞争的结果是，2006年年底，eBay放弃了中国的C2C业务。

第二节　网络营销的应用及特点

一、网络营销的发展

实际上，几乎企业所有的经营活动都与营销有关。因此，广义上只要借助网络开展或者改进经营，都可以叫做网络营销。

不过，为与电子商务等其他概念相区别，基于营销的顾客中心概念，网络营销是在现代信息技术基础上，借助互联网这个沟通渠道开展营销活动：了解顾客需求、吸引顾客注意、方便顾客比较购买、提供快捷高效服务。

网络营销实际上最早是IT类、网络类企业自身的营销，随后传统行业开始逐渐开展网络营销。

（一）网络营销的主要阶段

1. 信息发布

信息发布，即利用网络在信息传播上的经济、高效，改进宣传、服务等方面信息发布活动。例如，前面讲到的思科公司及所有的品牌PC公司、IT公司，在互联网发展之后都将网站作为产品信息、驱动程序、常见问题的发布场所，不但提高了发布效率和技术支持满意度，还因此节约了大量的人工服务成本。

波音在线数据系统、波音 PART

波音公司的飞机销售遍及世界。关于飞机维护的资料查询对于波音的客户和波音自己都极为繁杂。1994 年 4 月,波音在线数据系统投入运行,工程图纸、手册、目录以及支持导引全部包括在内。

波音 PART 将有关飞机维护部件和运行部件的数据,包括机身、部件、引擎等,无论是波音自己生产的还是外购的,全部数据资料都通过在线系统向航空公司和维护商提供。

2. 开展互动

第一阶段的网站(网页)基本是静态的,页面事先都是准备好了的,只是按照浏览者的点击切换页面。到了互动阶段,网站(网页)增加了按照浏览者要求进行搜索、应答、比较等功能。互动阶段的网站(网页)多数需要拥有大量内容,以数据库为基础。例如,在新闻网站上就某个关键词的搜索、旅游路线查询等。

3. 达成交易

网站(网页)不但可与浏览者互动,而且能接受顾客网上的订单,达成交易,并根据顾客情况决定支付、物流等事宜。这一阶段的实现,不仅需要相应的网站技术,还有赖于发达的电子支付、物流等环节的保证。

(二) 网络营销的应用前景

1. 协同、整合营销

通过网络在各营销环节与其他企业或其他媒体协同整合,可达成很好的效果且花销不大。因此,在设计协同、整合营销方案时,利用网络或网络企业,可以是重要的甚至是关键的内容。

中国建设银行与卓越亚马逊的合作

2006 年,中国建设银行与卓越亚马逊合作,推出“刷建行卡、赠送卓越币”活动。内容是只要一个月刷中国建设银行信用卡 3 次,无论多少金额,都可以获得 50 元卓越币。

之前,两家企业都面临业务推广问题。当时,经过多年的信用卡发放推广,国内银行发现,历经千辛万苦发放出去的信用卡,由于居民生活消费习惯问题,多半被弃之不用,成为废卡。而卓越亚马逊则面临如何扩大自己用户基础,吸引更多消费者在线购物,靠广告宣传费钱费时费力还效果不好的问题。

刷建行卡、赠送卓越币活动,一举三得:建设银行培养了用户使用信用卡的习惯;卓越以很小的代价让众多消费者迈出了尝试网络购物的第一步;消费者获得了实惠。

2. 社会化网络营销

网络社区的兴起,BBS、博客、播客、FACEBOOK……网络已经不再是一盘散沙,不但现实世界的关系可以带到虚拟世界，虚拟世界还可以迅速建立起特有的社会化网络。育儿网、越野网、校友网、车友会、团购网，把人们连接起来的，可能是兴趣、关注、同情、爱心、年龄、性别、地理、个性、经济利益等。

3. 移动无线网络

继网络、无线网络之后兴起的移动无线网络，由于用户数量大、使用方便、设备易于携带，因而具有极大的应用前景。

二、网络营销的特点

作为一种新的营销方式，网络营销具有自身的特点。归纳起来主要包括以下几方面：

（1）创新。网络既是创造性的，又是颠覆性的。网页、浏览、点击，简单的过程具有无穷无尽的营销潜力。既有全新的商业模式、营销模式带来的巨大机会，又有传统商业的广阔应用。

（2）跨时空。只要网站的服务器一直运行、网络线路通畅，则无论浏览者在服务器隔壁还是地球的另一端都可以看到同样的内容，而且无论浏览者处在白天还是深夜，与服务器所在地有无时差，都不受影响。

（3）交互性。市场调查、产品开发（顾客需求、测试）、沟通、交易、客户关系，营销的各环节、各方面，网络都可以在企业与顾客的交互中大显身手。

（4）智能、高效、自动。我们可能难以想象，亚马逊网站上每天海量的浏览、搜索、比较、交易，都是由网页背后的程序自动处理的。反过来设想上述事务如果都由人工进行，会是什么情景。

（5）虚拟化。在网上，没有人知道网络那边坐着的是不是一只猩猩。对企业而言，网络可以突破传统世界企业规模、实力的局限，这特别有利于那些有好产品但规模较小的中小企业。例如美国某州政府就曾推出所有旅馆都可以利用的网站，但是后来遭到大旅馆抗议，因为在网上，现实世界差异的影响下降了。

（6）人性化。传统营销经常表现为强势（强行）营销，广告轰炸和人员上门推销尤其突出，侵略性明显。而网络营销本质上是消费者掌握着主动权，网址的输入保存、网页是浏览还是翻过、链接是视而不见还是点击进入，都主要由消费者自己决定。

（7）个性。工业化大规模生产使得以前只有权贵和有钱人才能享用的产品变得大众化，可以使偏远的山村获得同王室一样好的产品。而网络则更进一步，可以令企业以低成本了解到个人需求，并针对个人满足其产品设计、功能、外观、价格、服务等方面的特殊要求。网络使得大规模定制、差异化定价、差异化服务成为可能。例如，亚马逊认为，网站上的消费者有对价格敏感的，也有对服务品质更加重视的。因此，亚马逊曾经尝试根据用户资料差别报价，引起价格歧视的争论。

（8）精准。传统的营销在针对顾客的宣传阶段基本上是广种薄收，而且投入和收益之间难以衡量。而网络营销如果以用户信息数据库为基础，有的放矢，可以事半功倍。例如中国移动掌握有大量客户数据，每个人的移动通信消费情况可以分析出很多有价值的信息。如果基于这些数据分析选择性地投放宣传广告，无疑将是革命性的。

第三节 网络营销管理

将管理的一般过程与网络的特点相结合,可以发现网络营销管理主要有如下几个关键阶段。

一、收集情报、分析现状

除了传统的市场环境、竞争形势、企业内外部资源各方面的分析,网络营销还要求管理决策者对与网络有关的技术、经济、文化、人口、法律、金融、税收等有深入了解。例如,各国网络人口数量及发展潜力、网络人口平均购买力不同,对网络内容、网络娱乐、游戏的管制各不相同,对在线交易的税收等方面的差异,都会决定网络营销的效果。

与传统营销相比,网络营销的市场调查统计,可以借助各种智能手段,例如cookies、在线调查问卷、电子邮件等自动收集第一手资料。

二、网上购物的消费者分析

在B2B、B2C网络营销业务中,真正具有挑战性的是B2C。B2B中,由于双方都是基于业务的专业交易,只要网络能带来利益,企业会主动积极地实施。而B2C活动中,消费者个人的习惯、知识、交易环境等都会影响其对网络的注意、相信及采用程度。

1999年之后的几年,全球大量零售类电子商务公司(B2C)经营失败,陷入困境,纳斯达克指数同期大幅下跌。2008年后网络投资重新抬头,但是B2C零售在整个电子商务总成交额中所占比例仍然一直维持在较低比例。我国和全球的电子商务发展情况见表15-1。

表15-1 2001—2005年B2B、B2C交易情况

		2001	2002	2003	2004	2005
全球电子商务总成交额(十亿美元)		450	800	1 600	2 700	4 300
全球B2C电子商务	成交额(十亿美元)	10	40	100	200	300
	所占比例	2.22%	2.50%	6.25%	7.41%	6.98%
我国电子商务总成交额(亿元)		545	775	1 413	3 239	5 291
我国B2C电子商务	成交额(亿元)	5	15	28	69	84
	所占比例	0.92%	1.94%	1.98%	2.13%	1.59%

资料来源:根据iResearch inc. 资料整理而成。

从表15-1中可以清楚地看到,B2C成交额在电子商务总成交额中的比重从长期看有上升的趋势,我国B2C的发展落后于全球总体水平,这与我国电子商务发展的环境条件密切相关。

B2C业务举步维艰,原因众说纷纭。例如在线交易的模式的局限、电子支付的安全性、物流配送问题,以及技术水平、投入过大、估计不足等。实力雄厚、巨额投入并不能保证成功。纯粹的电子零售企业如Etoy、Egghead等前赴后继最终弹尽粮绝,没有成为

先驱，却成为先烈。

传统零售企业的电子化同样充满坎坷。前述沃尔玛开展网络营销的过程，就代表了传统企业进入 B2C 的难度。在线零售、网络营销各阶段消费者的心理和心态，是重要决定因素。

(一) 网络营销为消费者带来的益处

当零售电子商务、网络营销刚刚兴起时，人们关注到其可以给消费者带来种种益处：

(1) 网站向消费者提供信息，这在其他途径中很难得到，而且通常代价高昂。网站提供的信息涉及公司、产品和服务，其他方法均无法如此轻易地取得这样高质量且数量庞大的信息并经济地传播。采用互联网作为信息来源的消费者人数增长非常快，移动无线网络的发展将更具影响力。

(2) 消费者可以不受时间地点的限制，全年每天 24 小时在几乎任何地方进行购物及其他交易，只要他拥有一台在线的计算机，或者握可以上网的手持设备如手机等。

(3) 消费者可以方便快捷地在大范围内迅速比较商品和供应商，从而获得更加物美价廉的产品，而传统方式可能需要消费者长时间多处比较，费时费力。

(4) 对一些数字化产品，电子商务可以实现在线交货，如软件、书籍、音像产品等。

(5) 对行动不方便的消费者，或者没有时间到实体商场购物的消费者，B2C 的价值更加突出。

(6) 在很多情况下可以减少企业在生产、加工、分发、存储、沟通、宣传、组织等方面的成本，从而有更大的余地让利于消费者。

(7) 一些在传统商业模式下难以经济运行的高度专业化经营成为可能，如专卖儿童洗发香波的网上商店。

(8) 消费者可以更加快捷经济地与供应商联系，电子邮件、即时聊天(文字、语音甚至视频的)提供了强大的沟通手段。

(9) 减少实地购物即减少了出行，减轻了交通拥挤，减少能源消耗，有利于环境保护。

(10) 对于医疗、教育、培训等领域，电子商务可以实现更低的价格或更高的质量，跨越时空，使偏远落后地区的消费者获得学习先进技能、接受高水平教育培训的机会。

(二) 在线购物的消费者类型

基于 B2C 的上述优势，在线购物的消费者可以根据购买动机和消费行为分为以下几种类型：

(1) 时间饥饿型。经常可以在双职工家庭中发现，他们愿意在购买支付额外或更高的价格以节约时间，而不在意是否喜欢在线购物体验。

(2) 购物逃避型。他们不喜欢面对面购物的体验，因特网成为他们避免拥挤、排队、堵塞的手段。

(3) 新技术爱好型。通常是一些年轻人，上网购物的原因可能主要在他们看来“这很酷”。

(4) 对时间和价格敏感型。仅利用网络来收集材料，节省购物所需要的精力、开支,但由于种种原因,他们更愿意网上查询后去传统商店购买商品。

(5) 品牌忠诚者。他们信任特定品牌,无论网上还是离线,这很可能是能给商家带来最高人均收入和利润的消费者群。

(6) 单身购物者(在美国大约占在线购物者的16%)。上网不仅是为了购物,还为了获得银行服务、交流、游戏、新闻以及其他活动。

(三) 电子商务面临的障碍

在电子商务的早期阶段,新兴的在线商店追求完全彻底的电子交易,原有的百货商店等零售商实际上没有参与到真正的B2C市场。传统零售企业的网站只是被作为商品信息的橱窗或宣传手册,只能看,不能下订单完成购买,缺乏交互性。开设网站的主要目的是吸引顾客到其实体商店。逐渐地,人们发现,纯粹的在线B2C并不适合所有商品,将网站作为橱窗或宣传手册的做法,缺少了核心的下订单、支付、物流环节,如何将二者结合,成功地将网上网下结合,从"砖块+水泥"、"纯粹鼠标"改进为适当的"鼠标+水泥",可能代表了零售业的发展方向,从而在向客户传递价值的同时使销售额和利润最大化。

最初的狂热过后,电子商务,尤其是在线零售业务所受到的限制,日益被人们认识。分析B2C电子商务消费心理和心态可以看到,传统零售过程中的消费心理障碍在B2C电子商务中依然存在,如对商品品牌、厂家的不完全了解、对质量的担心、对价格的疑虑等,除此之外,B2C电子商务还面临某些更严重的消费心理障碍:

(1) 多数消费者不会主动关心特定领域B2C的发展,他们习惯于用原有的购物、消费模式来满足自己的需要。因此,推广B2C的企业必须主动出击,找到能够吸引消费者的方法,通过宣传推广、信息发布、交易、支付、售后等各环节吸引并使消费者感受到网上购物的益处,尽快获得"早期关键消费大众",实现规模化在线经营。这需要长期大量投入人力、物力以及财力,是一个艰苦的过程。而最难熬的还不是巨大的投入本身,经常出现的情形是企业有心、消费者无意,整个业务像无底洞,成功(盈利)遥遥无期。

(2) 在很多情况下,顾客难以信任未曾见面的陌生卖家,虚拟商店或者实体商店转变为在线商店必须首先彻底克服消费者疑虑。因此,发展电子商务的企业经常不得不提供货到付款的支付方式甚至额外优惠等条件来吸引消费者,从而大幅提高了交易成本,以至严重限制了电子商务的扩展。这种情形在我国尤其突出。

(3) 有相当一部分商品类别,如玩具、时装、生鲜食品、珠宝古董,消费者习惯当场购买,电子商务短期难以成功插足。

(4) 在现实生活中很常见的冲动性购买,在B2C因缺乏情景刺激几乎无法看到。

(5) 网上交易和支付的安全性、隐私等问题成为社会热点,即使各方采取了积极措施防止风险,其严重性仍然时常被过分夸大,一些消费者因此对网上购物望而却步。

(6) 对一些潜在的消费者,购买PC、上网、网上浏览、比较、支付、购物仍然不够简便,对某些消费者而言,网上购物所需要的经济实力和精力上的投入太大。

(四)企业发展网络营销的方式方法

针对上面对B2C消费心理的分析结果,企业发展B2C应扬长避短,不同行业、不同企业要根据自己所处市场环境的特点加以区别:

(1)在适合电子商务的领域,发展完全电子商务或直销,如图书和CD唱片、PC、在线传输软件、旅游服务、运输货物在线跟踪、投资或保险。亚马逊公司、DELL公司就是这方面成功的代表。

(2)在适合电子商务和传统商务需要综合运用的领域,发展"鼠标+水泥"型零售模式,如汽车、住宅等领域。例如美洲虎汽车的客户可以在线定制梦幻车。在网站上他们可以设定汽车的配置和组件,观看模拟结果,设定价格、下订单并选择到特定的代理商处取车。整个过程中,客户可以实时浏览一千多种外形组合,360度旋转图像,并看到价格随附件增减而自动更新。

(3)在电子商务难以成为主要形式的领域,如前面提及的冲动购买、生鲜易腐食品、低值商品、珠宝古董等,则重点将电子手段应用于客户关系管理、商品或企业宣传、客户支持、企业内部管理等方面。例如,1-800-Flowers公司的客户可以在3种购物方式中进行选择:电话、零售商店和在线方式。一方面,企业充分利用各种离线方式吸引人们对在线交易的注意。另一方面,1-800-Flowers利用电子邮件与用户进行订单确认、满意度调查等活动,成为出色客户服务的范例。

(五)企业开展网络营销需注意的问题

首先要充分发挥互联网在信息沟通交流方面的优势,努力发展个性化、定制化的供应商——消费者模式。专门为消费者定制的产品或服务肯定最适合消费者,而真正了解消费者需求的是消费者自己。生产和管理的手段不断更新,特别是信息沟通交流方式的发展,使将个人的需要与灵活的生产相结合成为可能。在PC、汽车、服装、眼镜、食品等各个行业,消费者正逐渐由产品的接受者变为产品的设计者——消费者通过企业网站准确地描述想要的产品或服务,而供应商则按照消费者的要求严格定制。

现在,发展电子商务最大的瓶颈是无法解决消费者希望亲自体验到货物而无法检验货物的问题,所以更多消费者选择在传统商店购物,虽然消费者成本会因此升高,因此电子商务并没有对传统商店构成撼动。如果努力在消费者获得的价值上下工夫,成功不只有降低价格一条路,如果价格高的同时给消费者提供了其关注的价值,那么消费者自然会选择能为其带来更多方便的B2C模式。例如,工作繁忙的公司靠网络订送快餐就能给公司员工带来极大的方便,虽然价格比较高,但他们仍然愿意选择这种方式,同时,卖方也得到了较高的利润。

另外,需要高度重视品牌忠诚。没有品牌忠诚,最好的电子商务设计都可能遭到失败。网络忠诚顾客的价值有两方面:其一,随着时间的延长,顾客的花费也成倍增加;其二,除了忠诚顾客本身的购买量提高外,忠诚顾客还会经常推荐新顾客进来,使之成为互联网公司盈利的又一源泉。

互联网的兴起、电子商务的出现足可与工业革命相提并论。一方面,电子商务受消费心理的影响,另一方面,电子商务又必将对人们的消费心理产生深远影响。因此,应该将电子商务与消费心理看作互相作用、互为因果的矛盾双方,而不能孤立、静止、一成不变地看待二者关系。例如,随着时间的推移,社会的发展、技术的进步、经济的发达,今天对网络抱有浓厚兴趣、愿意尝试在线购物的人群将逐渐成为社会主流,而原来不愿意或不会应用网络的消费者在大势所趋之下,多数将自觉或被迫学习以跟上潮流。B2C 电子商务近期看起来道路曲折,但前景依然光明。积极研究相关的消费心理,有的放矢,将有助于促进 B2C 健康、良性、快速地发展。

三、网络营销战略

网络化、数字化已经成为商业的环境基础,而且将长期影响企业的经营。因此企业必须审时度势、顺应变化、把握先机。网络营销战略首先需要分析网络带来的机会和威胁,明确企业网络营销发展方向,并进一步细分网络市场,选定网络目标市场。

网络带来的营销机会,可以分为两大类:其一是产生全新商业模式,如网络内容服务、搜索引擎、在线游戏等;其二是对于传统业务,网络可能降低营销成本,或者增强营销效果,则网络营销可以配合甚至替代传统营销。同时,机会的另一面,就是威胁,即听任对自己构成威胁的网络业务发展,或者在应用网络降低营销成本、提高营销效果方面落后于竞争对手。

企业网络营销面临的战略问题,随企业类型不同而不同。

(一)传统企业与新兴在线企业

新兴在线企业,是以网络作为自己产生发展的基础,网络营销是其生存方式,其问题在如何做好网络营销,以及是否同时还需借助传统营销模式。

传统企业在互联网时代的问题比较复杂,可以大致归纳为:是否必须开展?是否必须马上开展?开展到什么程度?是尝试用网络改造营销的关键环节,还是全面整体开展?是领先开展,还是跟随领先者?

无论新兴在线企业还是传统企业,开展网络营销都必须决定如何建立网络营销系统:是靠自己的技术力量开发,还是购买、外包或者借用第三方平台?

巴诺书店的应对政策

1995 年亚马逊成立后,获得了飞速发展,1997 年销售额较 1996 年增长 800%。大敌当前,传统渠道的"巨人"巴诺书店制定了以下对策:

(1)加强图书的集中采购。实现采购的规模经济,从出版商那里获得更大的折扣。

(2)从出版商处直接采购。巴诺公司大约与 1 200 多家出版商、50 家批发商有业务往来。1996 年它从最大的 5 家出版商采购的图书占公司采购总额的 48%,其中最大的一家占 19%。

(3)先进的库存管理。巴诺的物流中心仓储经验丰富、设备先进、管理规范。

(4)实体书店与虚拟书店相结合、线上服务与线下服务相结合。每个连锁店为读者提供上网设备,读者可以通过网络书店购买店面无法获取的图书,同时让这些实体连锁店成为其网络书店的供货配送终端。再一项是读者退货制度,即允许巴诺网上书店的顾客将不满意的货退到任何一家巴诺实体书店。

(5) 快捷物流。巴诺覆盖全美的近2 000家书店提供网络购书24小时送达服务。对于没有普通巴诺书店覆盖的地区,巴诺网络书店通过与其合作的快递公司进行配送,读者也可以自主选择巴诺提供的其他合作商进行配送。承诺所有美国读者网络上购买的物品都能够在三个工作日之内送达,海外读者可以在两周内收到。

(6) 文化与服务。每个巴诺超级书店都包含综合书目仓库、咖啡厅、游乐场、音乐商部等。游乐场及音乐商品部在为客户提供增值服务的同时,也为公司创造了利润,提高了公司的竞争力。

(7) 折扣。巴诺网上书店的通行优惠率超过其他实体书店,足以与亚马逊抗衡。

(8) 出版再版图书。巴诺书店认为最近几年新书市场的利润有限,因此将主要精力投入到低成本、高回报的再版图书领域,包括对经典图书、生活类图书及咖啡桌图书的再版。巴诺书店70%到80%左右的销量是由再版图书创造的。其出版的大部分图书版权尚未到期,再版书的版税很低甚至没有版税,成为巴诺新的利润增长点。

(二) 大型核心企业与中小型企业

随着竞争的加剧,单个企业之间的竞争逐渐演变为供应链、产业链之间的竞争。一般而言,数字网络技术在B2B的应用比B2C相对顺利。在供应链、产业链上下游企业之间的B2B应用中,一般是由居于支配核心地位的企业首先发起网络数字化应用,带动相关企业,特别是中小型企业跟进。

Pacific Coast Producers 公司引入 RFID 技术

2003年,当沃尔玛的CIO宣布将要求其所有的供货商必须在商品包装上粘贴RFID(无线射频识别技术)芯片时,整个零售业为之震动。而在当时,RFID技术既不成熟,也未经过实践的验证,更没有任何标准和可用的软件,且标签本身还很昂贵。扫描器的出错率很高,尤其是当商品为液体和金属制品时更容易出错。更糟糕的是,这项技术的投资回报率根本不清楚。当时,美国罐头厂商 Pacific Coast Producers 甚至还从未听说过 RFID。

但是当公司的CIO对此项技术做了一番深入考察之后立刻意识到,对于 Pacific Coast Producers 来说,RFID技术有可能带来4.5亿美元可观的回报,“很多企业将RFID技术的支出当成了一种负担,而我们认为,这是提升公司业务、改善公司整体形象和客户关系的有力武器”。该公司的分销中心经理补充说:“RFID技术已经有了,我们也听说了,但是在沃尔玛提出要求之前我们一直没有实施这项技术。沃尔玛提出要求之后,我们才决定真正开始部署这项技术,而且要超越简单满足沃尔玛要求的做法,让它为我们公司带来更多的附加值。”现在,Pacific Coast Producers 从沃尔玛的 RetailLink 供应链系统上下载数据到自己的 Oat 系统公司的 RFID 软件中。这样做的结果是 Pacific Coast Producers 不必再费劲地分析库存数据就能对商品的状态一目了然了,断货率因此降低了大约50%。

(三) 领先与跟随

与传统市场类似,在网络营销领域的领先者具有迅速获得网上巨大市场份额的机会,并可以通过网络营销在网络市场树立品牌。但由于创新必须面对未知问题,失败的可能性也较大,而且开拓新的营销模式成本很高。对互联网企业、软件企业、电信企业等与信息网络关系最为密切的企业,如何充分发挥现有网络的价值,并基于网络开发新的应用,为用户提供新的服务,是关键所在。对于巨大风险和成本投入,单个企业无法承担,需要风险投资的加入。

领先在互联网时代具有突出意义。纯数字化产品、信息服务的特点使初期宣传得天独厚,成本几乎为零;用户到一定数量后,增加单位用户边际成本几乎为零。观察软件、门户网站、在线游戏网站的营销,这一点很明显,所以,数字时代的重要规律是赢者通吃、快鱼吃慢鱼。另外,对于实力雄厚的大型统治型企业,如果跟随其他企业成功的创新得当,也可以达到以静制动、事半功倍的效果。

“企鹅”与深圳高新:模仿起步 创新超越

2010 年 7 月,《计算机世界》刊登了那篇有名的《狗日的腾讯》,句句剑指腾讯在互联网业务中的模仿和抄袭,而业界吼出这句“国骂”的原因在于,腾讯在模仿之后的积极超越。腾讯创始人马化腾对此并不回避:“模仿是最稳妥的创新。”

当我们把腾讯和深圳的高新产业放在一起打量的时候,可以得出一个结论:它们一直在模仿,同时一直在前进。

1998 年,这只叫“腾讯”的“企鹅”,诞生在后来被人称为“山寨天堂”的深圳华强北。从英文名称“Tencent”模仿世界著名资讯公司朗讯(Lucent)开始,有好事的网友列出了长长一串腾讯的“模仿”名单:腾讯 QQ 模仿 ICQ,腾讯 TM 模仿 MSN,QQ 游戏大厅模仿联众,QQ 对战平台模仿浩方对战平台,QQ 团队语音模仿 UCTalk,腾讯拍拍模仿淘宝,QQ 财付通模仿支付宝,QQ 拼音输入法模仿搜狗输入法……

但真正让业内一致吼出那句“国骂”的在于腾讯模仿之后的超越。2003 年 8 月,腾讯 QQ 游戏第一个公开测试版本正式发布,从平台到游戏设计,完全是联众游戏的翻版。短短一年后,QQ 游戏平台就将联众赶下了中国第一休闲游戏门户的宝座。

腾讯靠着这种“模仿—超越”的方式迅速取得成功。《2010 胡润品牌榜》上,腾讯以 460 亿元位列中国最有价值的民营品牌前两名,并进入美国《商业周刊》2010 年上半年公布的“2010 年度全球科技企业 100 强”前十。

但腾讯并非没有创新,其在客户体验方面的创新一直为用户所称道。以 QQ 邮箱为例,它可以一起接收其他邮箱邮件。“创新可以分为三个层次:技术创新、产品创新和应用创新,产品和应用层面的创新比较容易被人忽略。”一位资深互联网产品经理说。其实,几乎腾讯的每款产品都能找出市场上其他同类产品所没有的优点。

（四）纯数字及服务行业的网络营销

实体产品的网络营销，先必须展示产品，如果顾客订购了，还必须实际交付产品，无法彻底虚拟化。而纯数字、服务行业的网络营销可能实现完全虚拟化，因而这些产品的网络营销空间更大，自动化、网络化的程度可以更高。

网上银行、出版物、电子机票、门户网站、搜索引擎、在线游戏、数字音乐网站、软件等行业，可以实现营销、交易全部环节的虚拟化，其相对于传统营销模式的优势，不言而喻。例如网上银行业务，顾客可以不用排队、不受银行营业时间限制，而银行一套在线系统服务众多用户、节约大量门店及人员开支，皆大欢喜。

四、网络营销组合

网络在信息传递沟通方面的优势，是网络营销所有竞争优势的基础。这个事实简单，但是影响深远，怎么强调都不过分。而且，由于网络的内容丰富和功能强大，使用者数量仍在高速发展，因此网络营销前景广阔。

网络营销基于网络，网络上可以作为营销具体媒介的形式多种多样，而且还在不断涌现，如搜索引擎、浏览量大的网页、自建的网站、第三方交易网站、论坛、博客、社区等。仅仅基于网页的广告，又包括链接、横幅、分类广告、浮动窗口、快闪窗口等。

在传统营销模式下，无边无际、混沌模糊的用户需求经常让人感到无所适从。明确顾客需求作为产品设计构思的基础，是营销最具有挑战性的核心内容。而在网络营销环境下，借助网络这一强大经济的信息交流平台，供需双方可以方便高效地沟通。产品服务在设计构思阶段就可以与消费者紧密互动，集思广益；产品上市后，潜在的购买者可以反映自己的想法，参考先前购买者的反馈，已经购买了产品的消费者可以表达自己的满意程度并提出改进意见。例如一些婴幼儿产品企业为顾客建立育儿交流网站平台，既能提升企业品牌形象，同时又能获得顾客的需求信息。诸如软件、游戏开发企业，在产品设计到最终上市上网之前，要经过反复多次面向使用者或玩家的大规模实际测试，以保证正式上市后使用者有比较好的体验感受。

网络营销得到众多消费者青睐的一个关键因素，是网络营销可以越过传统营销模式下的中间环节，降低产品和服务的价格，让利于最终消费者。网络时代，低价甚至免费成为一种潮流。其中最为典型的，是众多的网页信息和电子邮件服务，几乎全都分文不取，而且是长期如此。

本章小结

1. “摩尔定律”揭示了半导体行业乃至PC行业、IT行业、信息行业迅猛发展的技术基础；PC、IT、网络的迅猛发展为网络营销奠定了技术和用户基础。成功的网络营销可以造就企业的辉煌。

2. 网络营销是现代信息技术基础上，借助互联网这个沟通渠道开展营销活动：了解顾客需求、吸引顾客注意、方便顾客比较购买、提供快捷高效服务。网络营销，应用有其阶段性。最早是IT类、网络类企业自身的营销，随后传统行业开始逐渐开展网络营销。网络营销应用的内容,大致经历了信息发布、开展互动、达成交易几个时期。

3. 网络营销具有创新、跨时空、交互性、智能自动、虚拟化、人性化、个性、精准等特点。

4. 网络营销管理主要有如下几个关键阶段:收集情报、分析现状;网上购物的消费者分析;网络营销战略;网络营销组合。

1. 为什么 DELL 的网络直销很少被传统行业成功借鉴?
2. 请分析从网络产生到现在 B2C 网络顾客构成的变化。
3. 试收集电子邮件营销的类型,分析其成功案例。

戴尔重新进入传统卖场

戴尔计算机公司的成功让无数业内业外人士折服、研究、学习,称得上是网上直销、电子商务、产品定制的典型代表。然而 2007—2008 年开始戴尔不再坚持完全直销,再次进入传统卖场。联系在 1994 年之前戴尔尝试直销与传统销售渠道并行的失败经历,人们不禁要问:戴尔再次进入传统卖场,前景如何?是暂时的权宜之计还是一种战略上的长期变化?其原因何在?戴尔是否能够延续其网上直销的辉煌?直销相比传统渠道,在 PC 行业是否还有优势?推而广之,其他行业如何从中获得借鉴?

戴尔的创始人迈克尔·戴尔早在 12 岁的时候就从集邮行业开始尝试经营并颇有所得,那时他就切身地体会到不要中间人的好处。1984 年戴尔计算机公司(Dell Computer Coporation)成立,直销成为其特色的销售模式。顾客通过电话或者网络可以下订单,戴尔公司按单装配计算机,并以戴尔的名义直接送达顾客手中。这一举动抛开传统商业销售链的中间商和零售商环节,节省了成本,降低了产品价格,但是在当时十分另类。1993 年前后,美国大大小小的品牌微机制造商有 200 多家,戴尔的发展势头虽然很猛,但市场份额还远小于 Compaq、IBM、HP 等传统 PC 厂商。

戴尔初期,直销是其区别于其他 PC 厂商的标志。当时绝大多数 PC 都是通过传统渠道销售出去的,戴尔"脚踩两只船",直销的同时还通过传统的渠道销售。

不过,到 1994 年前后,戴尔发现,虽然其销售增长很快,高达 20%,但是在零售卖场却完全没有赚到钱,而且反复想方设法都无济于事。这之后戴尔砍掉传统渠道的零售业务专注于直销,由此获得了 10 多年的连续高速增长。

在戴尔彻底放弃传统渠道、采取直销的同时,其他主要的 PC 制造商如 HP、IBM 也试图发展 PC 直销,不过,最后都归于失败。

之后关于这一现象的研究难以计数，最后大家比较统一的看法有：戴尔是成功的，代表了一种方向；戴尔的经营管理有其独到之处；直销和传统渠道存在冲突，无法并行。

1999年，戴尔公司取代康柏计算机成为美国第一大个人计算机商。在戴尔顺风顺水的同时，其他厂商的境况日益艰难，康柏公司并入惠普，二者合为一家的当年，其市场份额大于戴尔，但不久戴尔重新领先。在戴尔的步步紧逼下，现有PC架构的发明者IBM公司甚至放弃了PC业务。届时，直销似乎天下无敌。

请认真阅读案例，并回答以下问题：

1. 是什么让戴尔近年自我否定？请收集资料分析论证。
2. 戴尔主要的竞争对手近年动静如何？试对照分析。

第十六章
新产品开发

学完本章后，你将了解：

1. 什么是新产品，以及新产品开发的重要性。
2. 新产品开发的模式。
3. 新产品开发管理的主要内容。
4. 新产品的扩散模式。

金贝利和吉列的新产品

1992 年,金贝利向市场投放了性能优异的婴儿尿布新产品,其特点是吸湿性不变、厚度减半,一举超越了营销高手宝洁,成为该市场的领导者。宝洁通过产品、价格等手段发动反击,但是均未能逆转形势,这一基本格局延续至今。

1901 年,吉列开发出世界上第一把小巧安全的剃须刀,但第一年仅卖出 51 把刀架和 168 块刀片。第二年,通过改进、加强营销组合,吉列大量推出标牌广告和招贴广告,强调与旧刀片的区别,突出质量和安全,避开产品价格,宣传每个刀片至少可以刮脸 10-40次,等于给刮脸定了价。结果,当年销出剃须刀架 9 万把,刀片 14 万,受到消费者爱戴,在全美得到推广。

现代市场上,一成不变的产品难以长久立足。产品的新老交替是企业长期生存发展的基本要求。开发新产品,企业面对的难题是什么样的产品、如何营销才能让消费者放弃其驾轻就熟的消费习惯甚至是模式,转而尝试一种新的产品或消费模式,并最终让消费者喜新厌旧。

新产品开发的结果各式各样。成功的创新可以令顾客不请自来,企业收益上升,实现皆大欢喜;也有一些新产品市场反应不佳,造成企业亏损。更让人看不透的是有的新产品似乎轻而易举就获得了成功,而另一些新产品费了九牛二虎之力却难成正果,即高投入并不一定能保证有高的回报。新产品开发与其他营销活动一样,风险与魅力并存,结果无法完全确定。

第一节 新产品开发的战略意义及风险

社会发展、市场需求的变化,科技、竞争及企业自身成长等内外因素的作用,使得新产品开发的重要性日益突出。而产品生命周期的客观存在,更使企业要在竞争的市场上获取持续的发展不得不面对新产品的开发。

一、产品生命周期

正如第三章已经提及的,产品一般都有产生、发展、衰落和消亡的过程。产品从诞生到消亡的时间长度,就是产品的寿命。考察产品寿命主要有两种不同的角度:一是产品市场寿命;二是产品使用寿命。

(一) 产品市场寿命

产品市场寿命即通常所说的产品生命周期,指特定品种或特定品牌产品群体在市场上存在的时间,以及在这段时间内产品销售情况和获利能力盛衰演变的周期性。产品的市场寿命差异可能很大。有的长达几年以至几十上百年,有的产品的市场寿命很短,只有几个月、几周,甚至更短。

长期性、趋势性的周期常常影响企业的重大决策。例如,当平板电视已经明显成为潮流的时候,企业对原有普通 CRT 电视开发会格外慎重,而倾向于对新型液晶面板加大投入。

(二) 产品使用寿命

产品使用寿命又称使用期限,指产品个体从进入用户手中开始,到无法再继续使用的时间长度。一般来讲,消耗型产品的使用寿命很短,而耐用型产品的使用寿命较长。

产品的市场寿命和使用寿命对供应厂商和消费者通常具有不同的含义。例如一些老式自行车结实耐用,在生活中还在使用,但它作为商品早已在货架上消失了。另外,多数食品或生活必需品的使用期很短,而市场寿命却很长。一些流行产品,其短促的市场寿命会给使用者带来无形损耗。例如去年流行的时装今年再穿的话,带给穿着者的心理感受有可能截然不同。

微软产品版本号的演变

软件几乎不存在物理寿命限制,而且由于使用的惯性,用户大多不愿意放弃用顺手的老产品,这使微软的新版操作系统推广受阻。为此,微软将原来的版本序列 DOS1.0、1.1、…、2.0、2.1、2.2、…、6.0、6.1、……改为与发布时间相联系的 Windows95、Windows2000、Windows200X,其中不乏提醒消费者"老产品已经过时"之意,实际上就是希望缩短自己老产品的使用寿命,让用户采用新版操作系统。

不同产品市场生命周期全过程及每一阶段经历时间的长短、产品市场演变的速度可能差异很大。从生命周期产生的原因来看,主要有三个方面:一是消费者需求的变化;二是科技的发展,生产水平的提高;三是竞争的压力。随着市场这三个因素的加速变化,现代产品的更新速度倾向于越来越快,产品的生命周期长度日益缩减。

二、新产品的市场扩散

从对产品生命周期的分析可知,影响新产品市场情况的关键因素包括:创新产品自身相对以往产品的优点,新产品是否被消费者认识接受,以及新产品的市场扩散规律。其中,后者具有重要的营销意义。

消费者采用新产品一般要经历下面几个阶段:①知晓,消费者知道有了新产品,但有关的信息还不足支持购买决策;②兴趣,消费者对新产品产生兴趣,开始积极寻找有关的信息;③评价比较,消费者根据对新产品的了解作出评价,并综合考虑同类产品,决定是否试用新产品;④试用,消费者尝试新产品,以验证其对新产品价值的估计;⑤接受,消费者决定全面和经常地使用新产品。

对于新产品的营销者,应考虑如何帮助消费者尽快完成知晓、兴趣、评价比较、试用、接受,最后采用新产品的整个过程。例如,超市食品的免费品尝,化妆品经常采取免费发放小包装赠品的方法来打开市场,各种服装表演发布会通过精心设计的场景打动并引领消费者,而大型设备通过以租代购的方式降低用户的决策难度。

新产品上市以后,一开始往往仅为极少数消费者接受,然后逐步吸引更多的消费者。在时间坐标上,不同类型的消费者采用的时间顺序是:逐新者→早期采用者→早期消费群→晚期消费群→落伍消费群。

三、新产品开发的战略意义

新产品开发通常投资多、风险大、周期长,需要企业上上下下各部门人员通力协作,其影响面很广,尤其是一些重大项目,其成败直接关系着企业的发展。因此新产品开发是贯彻落实企业战略的重要方面。

从企业本身的角度来看,新产品开发是企业生存发展的重要支柱,有关新产品的决策在企业经营战略中具有日益重要的地位。这突出表现在以下几个方面。

(1) 通过开发新产品促进企业成长。根据统计结果发现,经营好的企业一般具有向市场推出更多新产品的能力。例如,20 世纪 80 年代,美国多数制造类公司销售额和利润的 30%~40% 来自 5 年以内的新产品,到 2000 年前后,这一比例上升到 50% 以上,而到了网络时代,诸如谷歌、诺基亚、英特尔、微软、戴尔的绝大部分业务都是围绕两、三年以内的新产品展开。

通常,企业想依靠原有产品提高市场份额很困难,要发展通常必须不断向市场投入更多的新产品。一项突破性的新产品成就一个企业的情景并不少见,经常为人们津津乐道。今天,生产能力过剩、产品同质化导致价格竞争,是多数行业面临的现实问题,为获得超出平均水平的利润,创新显然是重要的选择。

(2) 持续开发新产品有助于维护企业的竞争地位。面对竞争日趋激烈的市场,一旦某种新产品获得成功,竞争对手就会针对性地模仿改进,以图反超。最早投放新产品的企业要保持优势,必须对自己的产品不断创新。

(3) 开发新产品有利于企业适应环境变化的需要。为提高新产品开发的成功几率,企业必须研究消费需求、竞争、科技等不断变化的因素,使企业可以从总体上更好地把握市场。

四、新产品开发存在的风险

成功的新产品开发给企业带来效益,然而,新产品开发同时存在风险,在开发全新产品时风险就更为突出。

新产品开发的风险首先表现为开发过程中极高的淘汰率。新产品开发过程需要经历设想、概念构思、实体开发、商品化等环节,其间由于企业内外各种因素的影响,开发有可能半途而废。据统计,大约每 25 个新产品设想中只有一个能最后成为商品投入市场,其他24个新产品设想都半途而废。在西方发达国家制药行业,新产品开发成功率经常更是只有千分之一。

新产品开发风险还表现为市场风险,即新产品并不一定都能为所针对的目标市场接受。相当多的新产品在投入市场初期便夭折了。20世纪80年代美国的一项大规模研究发现,新产品上市后的失败率为:消费品40%,产业用品20%。时至今日,虽然科技、经营管理取得很大进步,但新产品开发的失败率却没有明显降低。

第二节　新产品的概念及开发模式

现代意义上的新产品开发不仅仅是技术部门、生产部门的任务,而是在市场营销观念指导下企业的整体行为。

一、新产品的概念

新产品,从字面理解,应该是新出现的、与以往不同的产品,而且这种不同应该是显而易见的。所以,比较传统的新产品定义一般从实体、科技、直观或外观角度给出,即新产品是由于科技和工程技术的变化而产生的,产品实体或外观有了显著变化,具有新功能或新性能的产品。

从市场营销的角度定义,新产品则是具有新意、能进入市场给消费者或(和)社会提供新的利益(效用),从而被消费者和社会认可的产品。所谓“能进入市场”,是指新产品得到社会承认,也意味着新产品在给消费者(用户)提供新的利益的同时,也给企业带来经济利益,还必须符合社会整体利益。因此,在现代社会中,成功新产品的重要标志是,一种具有新意的、兼顾消费者(用户)、企业、社会整体三方利益,并得到三方认可的产品。

所谓“兼顾消费者(用户)、企业、社会整体三方利益”,值得推敲。消费者的利益是根本,诸如环境保护、劳动者权益等社会要求是现代企业必须遵从的制约,而企业自身的利益很少被强调,但那是不言而喻的隐含前提,赔本的买卖没人做。当然,企业出于长远考虑,有时可能牺牲眼前经济利益,尤其在网络时代,这种现象经常发生。

在现实市场上,既有新产品“外观、技术、功能、实体等有所变化”,也有不少“市场型”新产品不发生内在本质变化。只要对产品的一个或多个层次(要素)加以创新,使消费者感觉到“新意”,都可能开发出新产品。

此外,现代市场上经营者、消费者两方,由于角度不同,对新产品的理解也有所不同。生产经营者经常会从自身角度,以产品是否为自己以前生产经营过的来区分新旧产品;消费者则以自己以往的购买消费经验、感觉来判断。例如,一家企业的产品过去全部出口国外,现在开始在国内销售,对于企业,该产品不新,而对于消费者,它是新产品。反之,某种以前完全靠进口供应市场的产品,国内企业开始生产相同产品,消费者在市场上习以为常,但对生产企业则是新产品。

苹果公司的新产品

1977 年,苹果公司推出 appleII,其后,IBM 微机、MS 操作系统才先后出现。appleII 是前所未有的面向个人的计算机产品,其设计、技术、结构、功能均是突破性的,毫无疑问是新产品。

而 2001 年至今,苹果先后推出大获成功的 Ipod、Iphone 和 Ipad,它们的功能与市场上原有产品并没有本质差异,但是造型更小巧,做工更精致,操作新颖简单,容量大,可以在线下载音乐等。如果说 30 年前苹果是技术产品先驱,用一种产品引导了需求,那么,今天的苹果则表现出了在把握需求基础上的新产品开发能力。

二、新产品的分类

对新产品进行分类,有几种不同的角度:独创(创新)程度、与原产品的关系、产品潜在市场范围等。

(一) 按照独创(创新)程度,新产品可区分为创新型、模仿型、改进型等

1. 创新型新产品

创新型新产品主要包括两种情况,一是应用新技术生产原有的类似产品或全新产品,二是应用已有技术开发新产品填补市场空缺。创新型新产品往往与专利联系在一起,企业可以自主创新或引进国内外研究成果。这类产品的开发特点是:不仅需要大量资金和技术,且市场风险较大。据调查,创新型新产品只占所有新产品的 10% 左右。

2. 模仿型新产品

模仿型新产品指仿制国内外已经研制生产出来的新产品。有时也根据企业的特点,按市场的需要进行必要的改进,去掉原产品的一些不合理部分,但这种改进没有什么技术上的突破。开发模仿型新产品,一般不怎么费时、费力、费钱,风险也相对小一些,但对本企业来说仍是一种突破。

3. 改进型新产品

改进型新产品指在原来老产品基础上进行改进,使得产品在结构上、功能上具有了新的特点、新的突破,产品的用途范围有所扩大,能更多地满足消费者(用户)的需要。这种新产品与老产品十分接近,有利于消费者(用户)迅速接受,开发也不需大量资金。改进型新产品在全部新产品中占 1/4 左右。成功的改进型产品会迅速替代原有产品,成为老产品的换代产品。

(二) 按照与原有产品的关系,新产品可区分为配套系列型、降低成本型和重新定位型等

1. 配套系列型新产品

配套系列型新产品指在原有的产品大类中,开发出新的品种、花色、规格等,从而形

成系列,扩大产品的目标市场。此种新产品与原有大类的产品差别不大,所需的开发投资和技术也比较少。

2. 降低成本型新产品

降低成本型新产品指利用新科技,改进生产工艺或提高生产效率,削减原产品的成本,降低销售价格,但保持原有功能不变的新产品。

3. 重新定位型新产品

重新定位型新产品指企业的老产品面向新选定的市场,在市场营销中被称为市场开发。一般重新定位型新产品在全部新产品中占7%左右。

(三)按照产品的潜在市场范围,新产品可区分为世界性、全国性、地区性、企业性四类新产品

1. 世界性新产品

世界性新产品指全世界都未曾出现过的产品。这类新产品在诞生时,技术、工艺、设计等往往还不完善,市场前景有时也不确定,但产品一经开发出来,就能获得国际专利,具有巨大的潜在市场。

2. 全国性新产品

全国性新产品指那些国外已有生产,甚至已很成熟,但在国内还是首次设计试制成功的产品。这种新产品可以是独立地进行研究开发出来的,也可以通过技术引进,进行消化吸收研制生产出来的。一般来说,这类产品有国际上成功的经验,可能具有巨大的国内市场,会带来较高的经济效益。

3. 地区性新产品

地区性新产品的特点是国内已有生产、但某地区以前未曾生产过。这类新产品的试制可充分利用国内的技术合作、技术转让来进行,不必从头做起。这类产品经常以本地区及周边为主要目标市场。例如啤酒建材等行业,厂商接近最终市场可以获得极大竞争优势,特别适合本地生产。

4. 企业性新产品

企业性新产品指那些已有多家企业生产仍然供不应求,同时本企业具有某种优势,可以试制生产的新产品。这类新产品的市场有限,决策时应谨慎从事。

三、新产品开发的现代模式

从科学研究和技术的角度看,与新产品开发有关的环节包括:基础研究→应用研究→开发研究→商品研究。基础研究和应用研究属于知识性研究,开发研究和商品研究属于实用性研究。

在新产品开发过程中,科技结合市场信息,以消费者的需求为导向,这样形成闭环的新产品研究开发的现代模式(见图16-1)。

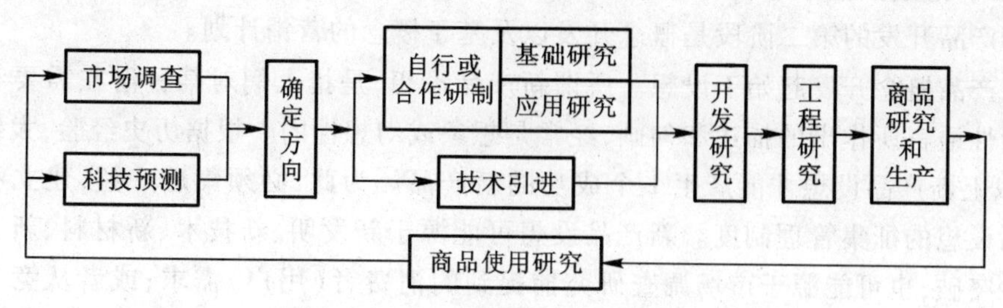

图 16-1　新产品研究开发的现代模式

第三节　新产品开发管理

新产品开发既需要不拘一格，同时又是一个复杂的系统工程，由于失败的风险很高，因此要获得较高的成功率，必须按照管理的规范和科学的程序，一环一环地循序渐进。

一、新产品开发的程序

新产品开发的整个过程可以分为制定新产品开发战略、形成产品概念并制定营销计划、新产品实体开发和新产品的商业化推出四大阶段。

（一）制定新产品开发战略

新产品开发的第一阶段是制定新产品开发战略。为此，必须进行必要的调查和情报收集以及有关环境的分析，然后，在找到开发的市场机会和有效地利用企业资源的条件下制定新产品开发战略，指出新产品开发要达到的近期目标和长期目标，并给予后续各阶段的开发以原则性的指导。

索尼、松下的新产品开发战略

从收音机、电视机时代开始，索尼与松下的新产品开发就体现出其战略差异：索尼因为 Walkman、单枪三束等众多创新性产品的成功，确立了技术领先的产品开发方向，而松下则选择了低成本生产大批量技术成熟产品的路线。

进入 21 世纪后，数码产品成为潮流。两家公司的产品战略仍旧泾渭分明：索尼在数码相机的存储方式上先后推出专用 Memory Stick 存储卡、写入式 CD、微型硬盘、多方式存储等，而松下则选择了主流的 SD 卡；在镜头上，索尼率先引入全球顶级的卡尔·蔡斯镜头，后来又发展单反数码相机，并逐渐将卡尔·蔡斯镜头只用于自己的消费类产品，单反相机使用自有品牌的镜头，而松下则全力采用德国名牌徕卡镜头推出中高端消费类相机。

(二) 形成产品概念和制定营销计划

新产品开发的第二阶段是概念开发以及基于概念的营销计划。

新产品概念开发起始于设想。所谓新产品设想,是指人们对某种潜在需要和欲望用功能性语言所作出的描述和勾画,经常是想象或幻想性的。根据历史经验,大约需要20个以上新产品设想才能产生1个成功的新产品。为此,必须集思广益,建立和完善新产品设想的征集管理制度。新产品设想可能源于新发明、新技术、新材料、新工艺等技术性突破;也可能源于市场调查研究捕捉到的消费者(用户)需求;或者从竞争对手的产品中得到启发;或者发现现有产品的新用途;还可能由于环境、政策法规、社会文化等因素引发。

对于收集来的多种设想必须进行筛选,排除那些不适于开发和实际开发不了的设想。一般来说,只有从多种新颖的设想中才能筛选出理想的新产品设想建议。

对于经过筛选的设想建议,要进一步构思若干新产品开发概念,即用消费者认为有意义的术语来描述产品,才能对消费者具有吸引力。

华硕笔记本产品概念的形成

PC产品从产生直到2006年前后,一直被看做高科技产品。由于其神奇的功能和不可思议的运算速度,以及初期高昂的价格,人们在购买微机前大都主动深入了解什么是CPU、硬盘、内存、主板等,以及各部件的厂商、品牌、规格、性能、质量特点。除了Intel“Intel inside”的广告以外,其余厂商几乎只埋头开发产品,以产品功能、性能、质量吸引顾客。

华硕早期以世界规模最大、质量最好的主板供应商而闻名。当PC市场的消费化趋势明显的时候,经过研判,华硕做出了新的选择。从产品生命周期看,当PC度过早期的导入期、成长期之后,不可避免进入以产品同质化为特征的成熟期,产品竞争的焦点由功能、性能、质量的较量变为成本个性的对抗。因此,一方面华硕推出面向低端的华擎品牌主板;另一方面,更具有战略意义的举措是推出华硕品牌笔记本,直接面对最终消费者。

自有品牌笔记本推出之后,华硕销售情况并不理想。原因客观而简单:PC市场竞争实在太过激烈。由于PC部件的模块化,整个产业专业化分工发达,整机生产进入门槛不高,比较形象的说法,PC整机公司就是“改锥公司”,意为只要有一把螺丝改刀,就可以进行整机组装。

虽然整机组装进入门槛低,但是业内不少原有厂商却举步维艰。曾经名满天下的AST黯然退场,长期占据PC全球第一的康柏无奈与惠普合并以抱团取暖,IBM放弃个人计算机业务,Gateway、伯德先后易主。

华硕面对的,既有激烈竞争中生存下来的品牌强手,还有众多低成本低价格的组装企业。路在何方?

笔记本产品状况如图16-2所示。

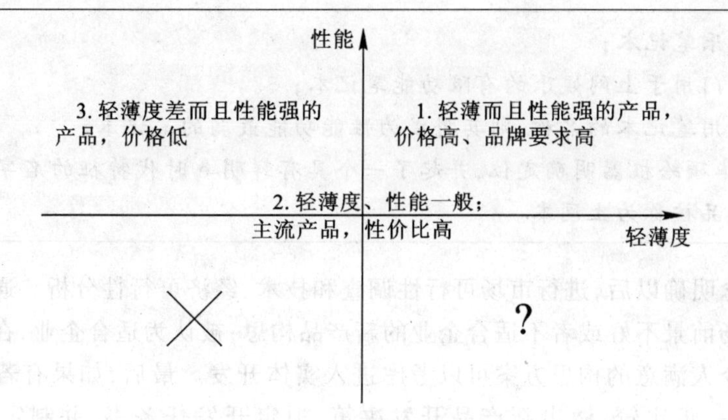

图 16-2 笔记本产品矩阵

如图 16-2 所示，当时市场上有 1、2、3 类笔记本产品。其中第 3 类由于第 2 类产品不断提高性价比，逐渐退出市场。1、2 类产品的市场竞争白热化，各厂商寸土必争，立足已属不易，要想后来居上，更难。图 16-2 中左下角是性能差、轻薄度差的产品，显然没有前途。要想差异化发展，图中问号所在区域值得注意。

不过，互联网兴起之初，曾经风行一时的网络电脑 NC 后来难以为继，前车之鉴不远。而且 PC 市场自产生一直是在更高更快更强方向发展，最多只有功能性能提高速度的差别，从没有下降的先例，如今情况有变还是依旧？这需要系统的市场环境以及消费者市场调查分析。

——思维定势：众多厂商都只是在原有 1、2、3 类中发展，是否其他区域根本就没有可能？

——市场环境：PC 保有量、每年全球销量长期继续上升？网络迅猛发展而且将继续？

——谁使用这一产品：中小学生、大学生？青年、成年？家庭、组织？

——用户如何使用这一产品：唯一？补充？

——该产品所能提供的主要利益：轻薄便携？价格？功能？

——该产品的功能：全面还是专用？上网、游戏、娱乐、工作？

——该产品主要使用场合：家居？外出？工作？

——降低机器的速度，减少功能，同时降低价格，是否有足够用户？

——如果有足够用户，机器速度可以降低到什么程度？屏幕小到 7 英寸、8 英寸、9 英寸还是 10 英寸？哪些功能必须保留？价格需要降低多少才能吸引用户？

——这类产品的独特优点：便宜？功能？还是价格功能的适当搭配？

基于营销分析，可供华硕选择的产品概念包括：

——低价轻薄笔记本；

——功能性笔记本；

——备用笔记本，或叫做第二台笔记本；

——娱乐笔记本；

——专门用于上网娱乐的有限功能笔记本；

如果沿用笔记本的名称，则其将成为性能功能最弱的笔记本。

最终，华硕给机器明确定位，并起了一个具有鲜明e时代特征的名字“EeePC”。后来这类产品被称为上网本。

产品概念明确以后，进行市场可行性调查和技术、经济可行性分析。通过可行性分析淘汰掉市场前景不好或者不适合企业的新产品构思；被认为适合企业，在技术、市场、利润方面都令人满意的构思方案可以考虑进入实体开发。最后，如果有若干个构思方案，还需要进一步比较，做出新产品开发决策，拟定开发任务书，并制定初步的营销计划。

华硕新产品开发——营销计划

2006年全球PC销量约2亿台，根据调查分析预计，上网本最终可望占有20%份额，2007年华硕独家推出该类产品，预计占有市场总份额5%，计1 000万台，第一年覆盖20%的市场，其预期销量为200万台。

初期型号：Intel赛扬CPU、屏幕7英寸、512 M内存、4 G闪存，重量不超过1.5公斤，甚至低于1公斤。绝对进入超级便携阵营，与以往笔记本明显区别。

价格：当时普通笔记本价格在人民币5 000～6 000元，超便携产品价格大多上万元，一些低端品牌的低档机器下探4 000元，EeePC初期定价3 000元左右。价格优势明显。

利润：每台上网本毛利30美元，则2007该产品总毛利可达6千万美元。

最先推出的市场：北美、欧洲，全球最有购买力的PC市场。

2007年，华硕“EeePC”在美国圣诞节礼品单排行榜上超过苹果，排名第一。华硕威名远扬。

（三）新产品实体开发

新产品开发的第三阶段是新产品本身的实体开发，指由设计试制部门根据新产品开发任务书进行新产品实体设计和试制。新产品实体设计是由新产品概念转变为实体的最重要环节，通常包括初步设计、技术设计和工作图设计。新产品实体设计完成后，再由工艺部门负责进行新产品工艺设计。新产品实体试制则由试制部门根据上述设计进行个样试制和小批量试制，在试制中考验设计质量和专用设备，为大批量生产作准备。对于试制品必须进行测试和写出测试报告，同时对试制品进行市场性评价和技术经济全面评价，最后要对试制品进行鉴定，作好转入正式生产的准备。

（四）新产品的商业化推出

新产品开发的第四阶段是新产品的商业化推出。它指为达到所制定的新产品开发战略目标和近期营销目标，采取一切必要的市场营销措施和手段，打开和进入某一市场，并逐步占领和扩大市场，使新产品开发获得成功。

新产品商业化推出又可具体区分为新产品的商品化准备和新产品商业化实施两个小阶段。

1. 新产品商品化准备

新产品商品化准备是指新产品本身实体试制、测试、鉴定完成后，为使新产品进入市场所需做的种种准备工作。这些工作包括新产品目标市场和产品组合的具体选择；新产品包装、品牌、伴随服务等附加物的选择；新产品广告、渠道、定价等营销要素的选择等。

(1) 新产品目标市场的具体选择，就是要根据新产品开发之初所作出的战略决策，通过该新产品市场分类和市场细分，最后作出新产品目标市场发展策略的抉择。新产品产品组合选择的本质就是企业根据自身的能力，对该新产品目标市场范围和新产品品种的正确决策。

这种选择具体包括产品组合方式的选择和产品组合如何扩大和延伸的选择。上述这两方面的决策是十分重要的，因为只有做好这两方面的选择，才有可能对其他商品化措施作出相应的决策。

(2) 新产品包装、品牌、伴随服务等附加物的选择是新产品商品化准备的一项重要任务。因为这些附加物对于新产品上市成功与否有着举足轻重的作用。因此对它们的选择必须根据新产品目标市场的需要，按照不同附加物所起作用的特点，作出正确的选择，然后进行必要的策划、设计、制作和测试等。

(3) 新产品广告、渠道、定价等营销要素的选择是新产品进入市场前必须作出的决策。这就是指广告、渠道、定价等要素要与新产品目标市场及其产品组合形成一个市场营销组合的有机整体，来保证实现新产品的营销目标。

2. 新产品商品化实施

新产品商品化实施是指将已为进入市场做好准备的新产品，按照一定的步骤推向目标市场，并逐步地占领和扩大市场。它的具体步骤包括新产品市场试销及新产品销售预测，以及新产品试生产和上市。

(1) 新产品市场试销就是市场试验，用以检验新产品是否能达到预期目标，所选择的包装、品牌、伴随服务是否恰当，也用来考察所制定的营销组合是否合适。如果新产品市场试验获得成功，那就要根据市场试验结果分析的意见，修订市场营销计划，调整生产能力，修改生产计划，准备正式投产。

(2) 新产品试生产和上市就是按制定好的市场营销计划，积极组织满负荷生产，大力推销，稳步和大胆地开拓市场和占领市场。

如果新产品上市成功，新产品就进入了成长期、成熟期和衰退期的周期循环。这时就要密切注视产品的不同市场发展阶段，适时调整市场营销策略，保持企业能在较长时期中获得可观的利润。

华硕新产品开发——再定位

2008—2009 年，上网本大受欢迎，模仿跟随者一拥而上。华硕的 EeePC 面临被淹没的威胁。由于上网本被看好的重要原因是价格，而简易作坊的山寨产品更加便宜，一时“上网本将只剩下山寨产品”之说不绝于耳，上网本的首创者华硕作何选择呢？

上网本的产品—市场矩阵如图 16－3 所示。

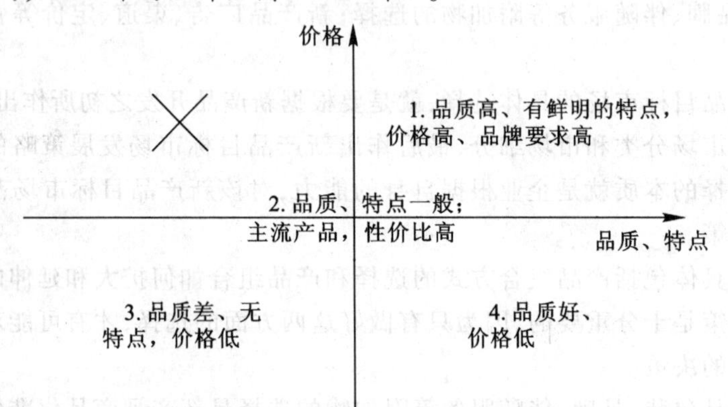

图 16－3　上网本产品矩阵

如图 16－3 所示，对于华硕这样一个以往产品声誉上佳、正全力打造消费品牌的企业，而且又身为上网本的首创者，高价低质无疑是杀鸡取卵，不能考虑；品质差价格低是山寨产品；一般化的产品竞争激烈，不能放弃但也很难成为拳头产品。可行的是 1、4 两个选择。

现在继续明确：上网本是刚进入成长期，还是已然早衰、必须采用成熟期价格竞争为主的手段抢市场份额？根据市场调查，上网本需求旺盛，参照功能更加专一简化、特征更加鲜明的苹果产品的成功，品质高、有鲜明特色、价格较高的产品对华硕更有吸引力。

华硕 2009—2010 年的产品战略自然得出：品质、特点。

华硕的 EeePC 屏幕从最早 7 英寸到 8 英寸、10 英寸到 12 英寸，内存从 512 M 到 1 G、2 G，从 4 G 闪存到 80 G、160 G、320 G、500 G 硬盘，待机时间从 1 小时、3 小时到 2010 年最长 14 小时、16 小时，CPU 从赛扬到凌动、凌动双线程、凌动双核……

上网本的成功，树立了品牌，大大带动了华硕普通笔记本等产品的销售。

二、新产品开发的评价和控制

新产品开发投入多、风险大，为提高成功率，需要按照项目管理、过程管理的要求，对项目反复进行评价。尤其在顾客需求与产品结合的关键环节，要从各个角度分析推敲，做到心中有数。

新产品开发过程要经过多次评价，即多次决定是否继续开发。新产品开发过程总体评价体系如图 16－4 所示。

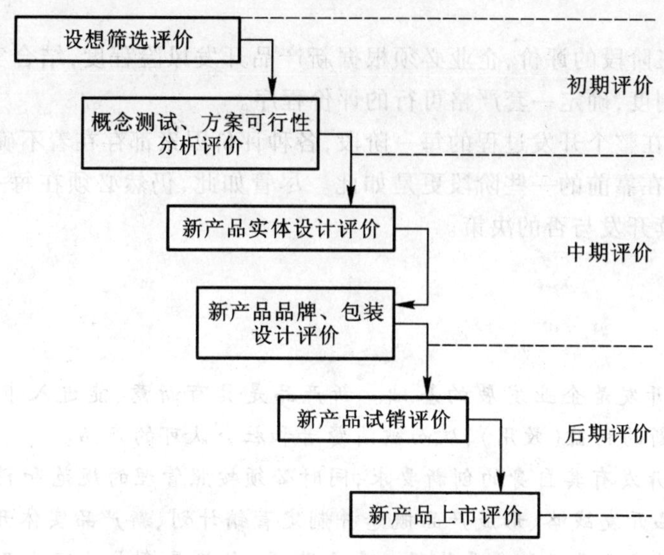

图 16－4 新产品开发过程总体评价体系

新产品开发过程可以划分为前期、中期、后期三个阶段，新产品开发的评价相应可区分为初期评价、中期评价和后期评价。新产品必须严格按进度逐段评价，只有通过上一阶段评价后，才能继续下一阶段的开发。

（一）初期评价

初期评价一般在提出新产品设想到进入新产品具体设计之前进行，具体可包括新产品设想的筛选评价和方案决策的概念测试以及可行性分析评价。

初期评价的目的是要把新产品开发决策和实现的各种基本条件或因素联系起来进行分析评定，以确定这一新产品开发决策是否符合未来市场的需求和变化，在技术上是否先进可靠，在经济上是否有利可图，设计和制造能力上是否切实可行等。搞好新产品初期评价，对于保证新产品开发方案获得成功具有很大的作用。因为通过定性、定量的分析，找出技术经济上存在的缺陷以及可能改进的措施，就能做到心中有数。反之，如果未经充分评估，贸然进入花销巨大的实际设计开发，可能造成巨大损失。

（二）中期评价

中期评价指新产品设计试制阶段的评价，具体可包括新产品设计的审定和新产品试样的评价。中期评价一般要进行多次，通过评价找出设计和试制中存在的问题，并进一步采取措施解决或完善新产品设计和试制。搞好中期评价对于保证新产品试制成功是非常重要的，而且也是必要的。

（三）后期评价

后期评价指新产品试制出来到新产品上市后进行的评价，具体可包括试制品的鉴定、新产品试销后评价和新产品上市后的最终评价。新产品后期评价属于对既成事实的评价，即事后评价。它一方面检查预先计划完成的情况，找出完不成计划的原因；另一方面要为进一步决策打下基础，提出改进的措施或途径。同时它还能为企业进行新一代产品的开发积累经验。因此,新产品后期评价是不可缺少的,它具有不可替代的作用。

根据上述三阶段的评价,企业必须根据新产品开发风险程度,结合实际条件,事先就建立必要的制度,确定一套严格可行的评价程序。

应当指出,在整个开发过程的每一阶段,各种评价因素都存在着不确定性和数据的不完整性,尤其在靠前的一些阶段更是如此。尽管如此,仍然必须在每一阶段评价后,做出此产品继续开发与否的决策。

本章小结

1. 新产品开发是企业发展的基础。新产品是具有新意、能进入市场给消费者或(和)社会提供新的利益(效用),从而被消费者和社会认可的产品。

2. 新产品开发有其自身的创新要求,同时必须按照管理的规范和科学的程序来进行。制定新产品开发战略、形成产品概念并制定营销计划、新产品实体开发和新产品的商品化推出是新产品开发的主要阶段。每个阶段,尤其是正式的实体开发之前对于开发项目的评价,对于提高企业新产品开发的成功率,避免重大失误,非常重要。

1. 请收集分析你最感兴趣的行业近几年典型的新产品开发情况。
2. 产品开发的起始点主要有技术、市场、产品三类,试分析比较其差别及联系。
3. 试例举分析企业新产品开发必须考虑的社会效益。
4. 收集不同行业的新产品开发方案并分析比较。
5. 企业应该在现有产品生命周期的哪一个阶段开始新产品开发?

IT产品创新的趋势——娱乐化和消费化

当今世界,以计算机、通信及网络为代表的IT行业引人注目:一方面,市场前景广阔深远,技术发展迅猛,二者互动,造就了大量机会;另一方面,竞争激烈残酷,创新变化让人目不暇接,而且快节奏的发展在相当长的时期内还看不到尽头。在这样的环境下,如何判断趋势,明确方向,确定产品特点,选定目标市场,为自己的产品恰当的定位,把握机会,是所有IT企业面临的根本性、战略性问题。

回顾IT代表性产品的发展历程,了解现状的来龙去脉,可以更好地预测、把握市场的走势。按照面市时间的先后,表16-1列出了四种代表性IT产品早期、中后期的产品情况。

表 16-1　四种代表性 IT 产品早期及中、后期的情况

	早期(导入期)	中、后期(成长、成熟期)
IT 产品	功能:神奇的高科技、令人赞叹、羡慕、注目;研究开发、生产、商用为主 价格:高高在上 渠道:专卖、专营 促销:每一次新产品发布就是最好的促销,革命性的产品本身自然成为焦点,人们以拥有为荣 厂家:少	功能:不断升级换代;应用由高、精、尖逐步扩展;娱乐、消费性增强 价格:中期价格逐步下降,到近几年加速下降 渠道:由初期专卖、专营到现在各种代理、专业卖场、百货商店、杂货店、直销等各种形式并存 促销:由初期的产品发布到后来专业媒体的品牌宣传,再到如今专业媒体、大众媒体、网络全面开花 厂家:总的看由少到多,近几年由于竞争激烈,一些原来的大品牌或合并、或退出,因此领导品牌有逐步减少的趋势
PC	功能:按照程序设计自动计算、解方程、推理判断、记忆存储 外形:严谨、规整 颜色:灰白 应用:科学技术;生产;打字、表格等 价格:IBM PC-XT 台式微机,初期在美国价格约为 3 000 美元/台;国内人民币价格 5 万元/台;高档笔记本微机更是高达 3 万 ~5 万 渠道:专卖店、代理、经销 促销:不用特别宣传广告即有足够关注 厂家:不多,几家美国名牌大厂	功能:PC-XT、286、386、486 奔腾、奔腾二代、三代、四代,更快的运行速度,更大的存储容量,更精彩的表现形式 外形:弧形面板—整体造型多样化 颜色:黑、银、钢琴白、红、蓝等 应用:更多的应用范围;除了科技、工商业、教育以外,多媒体技术为娱乐、艺术提供了强大的表现手段 价格:中期台式微机价格 0.8 ~1 万元,笔记本 1 万 ~3 万元;现在台式微机 0.2 ~1.5 万元,笔记本 0.2 ~2 万元 渠道:中前期以“高科技的代理经销”为主,中后期直销、百货店、杂货店、专业卖场各显神通 促销:中期以国内专业媒体的产品、品牌广告为主(《计算机世界》《中国计算机报》等);再到如今国内国外专业媒体、大众媒体、网络宣传无所不在 厂家:竞争异常激烈,利润下降,区域性品牌增加,欧美地区全球性品牌减少,风云一时的 IBM、Compaq、DEC、AT&T 已不见踪影;Dell 直销曾经独领风骚;近年 HP、Acer 有转机

续表

	早期(导入期)	中、后期(成长、成熟期)
手机	功能:随时随地打电话 体积:砖头 重量:1 kg 外形:直板、规整 外壳材质:塑料 制式:模拟、GSM 语言:英文 电池:镍—镉 价格:1~2万元 厂家:欧美几家大企业	功能:电话、掌上电脑;语音、短信、彩铃、彩信;数字、上网;收音机;MP3、数码摄影、摄像 体积:越来越小 重量:60~100 g成主流 外形:各种造型,如旋转、掌上游戏机形式、卡片等 外壳材质:塑料、金属、皮革等 制式:数字、GSM、CDMA 语言:英文、中文、可选 电池:镍—氢、锂 价格:200~10 000元,主流产品1 000元左右 厂家:日本、韩国先后加入,后期区域性品牌大量涌现
数码相机、摄像机	像素:30万、80万、100万 存储卡容量:小,32 M~64 M 体积:相对较大 价格:上万 厂家:韩国、日本、美国知名企业	像素:200万~千万以上 存储卡容量:逐渐增大,64 M~32 GM 体积:越来越小 价格:主流产品1~7 000元 厂家:知名企业、区域性中小企业
MP3	功能:音频、音乐 容量:32 M、64 M 价格:人民币2 000元以上 厂家:主要是知名厂商	功能:音频、音乐、视频(MP4)、存储功能、录音 容量:64 M~16 G 价格:人民币50元以上,名牌主流产品200~3 000元 厂家:知名厂商与中小厂商并存

从表16-1中可以清楚地看到,原来技术性、商业性很强PC和手机,娱乐的成分日益增多;中后期则出现一开始就以娱乐消费为主的MP3、数码相机、摄像机等。

IT产品娱乐化消费化的背后,逻辑何在?对于这个问题,可以列出很多相关因素,如大量资金、人力物力等资源的投入、市场的发展成熟、应用的扩展、技术的变革、行业内的分工协作与竞争、市场细分、目标市场需求等。

商业的逻辑是利润,利润的关键是把握供求。

初期的IT产品,以PC和手机为例,提供了前所未有的功能。PC有不可思议的计算能力,还有相当的智能,手机则让人们梦寐以求的随时沟通交流成为现实,功能切中过去只有在神话中才可以实现的需求,实现的方式又是那么神秘的高科技,让人赞叹、好奇,自然成为市场注目的焦点,昂贵的价格、封闭的渠道正好可以抬高其身份地位,供求一拍即合,利润滚滚而来,蓝色巨人IBM风光无限。这个时期,中低端的需求对于正大把大把赚钱的供应方来说无暇顾及。

前景广阔的产品,高额的利润,没有充分被满足的旺盛需求,哪还有比这更大的吸引力?于是,大大小小的企业奋力加入竞争,产量增加,产品的功能提高,价格让更多的人能够负担，行业良性循环，人类历史上从未有过的市场景象出现了：以 PC 为例，Compaq 以生产与 IBM 兼容而且质量可靠的 PC 为目标，其字号就是兼容（Compatible）与质量（Quality）的组合，成立三年即成为世界商业 500 强。PC 性价比的提高让人目瞪口呆：1991 年，20 M 硬盘价格 20 000 ~ 30 000 元，2005 年 120 000 M 的硬盘价格不到 500 元，存取速度等指标的提高姑且不论，容量增长了 6 000 倍，而价格不到原来的 1/40；全球每年生产 PC 的数量，则由初期几十万、几百万台到现在几千万甚至上亿台。

在 1993—1995 年期间，PC 出现一段暂时的平稳盘整。究其原因，是产品初期的神秘高贵光环逐渐褪去，而产品的应用仍局限于生产、科研、商用、办公，价格仍然较高，不足以吸引普通个人消费者。

打破平静的是 1995 年前后 PC 多媒体技术和 Windows 图形操作系统的出现。它以比以前单纯呆板屏幕显示更加自然的表现形式及丰富的应用，拉近了 PC 这个技术性、商业性很强的产品与普通消费之间的距离，让 PC 以图形、游戏、音乐、视频等方式与人们的轻松快乐密切联系在一起。

高科技 + 情感（娱乐、消费）= 倍增的魅力，供求珠联璧合，PC 市场一片繁荣。

近几年，由于技术、产品的成熟，技术的重要性相对下降，IT 企业经常依靠渠道、价格、广告促销等手段，配合适当的产品设计，创造差异，获得产品的独特市场定位。所谓创造差异的适当产品，对于后加入厂商而言，娱乐化、消费化是一个屡试不爽的法宝。

无论对于 PC 还是手机，其核心功能方面的优势，一般被有更多产品技术积累的厂家占据，而产品技术积累需要时间和经验，老牌企业多年摸爬滚打，新竞争者要想后来居上谈何容易，因此，避实就虚，以产品的娱乐化消费化实现产品的差异化，经常可以事半功倍。

SONY 生产笔记本计算机就是很好的例子。初期在技术上没有积累，处于下风，但是 SONY 有对普通消费者的独特理解。曾经有一款 SONY 笔记本计算机，由于过度追求轻薄，造成散热不良，使用时容易死机罢工，但是其优美的外形、苗条轻盈的身材、高贵现代的金属质感，让不少顾客在销售人员实话实说“容易死机”之后仍执迷不悟，非它不买。日本、韩国的手机，正是凭借造型、体积和质感上的优势攻城略地。松下娇小迷人的 GD 系列让多少女性一见倾心，三星适合亚洲人的折叠翻盖手机和独特的造型设计，曾经在中国卖出较其他相近功能产品 2 倍、3 倍的价格。有几年国产手机曾经的风光，除了价格因素，另一个显著特点就是对手机娱乐化、消费化趋势的迎合，一些产品甚至采用皮革、宝石等增强产品的观赏性、工艺性。

总之，娱乐化和消费化，不仅是 PC、手机的发展趋势，还代表着 IT 整个行业现在和未来的方向。

请认真阅读案例，并回答以下问题：

1. 科技产品娱乐化、消费化主要由老牌企业还是后进入的企业推动，为什么？
2. 案例中几类产品的未来发展方向如何？请站在不同企业角度予以分析。
3. 请选择你感兴趣的产品、企业或行业，分析其产品开发情况。

参考文献

[1] 菲利普·科特勒,等. 市场营销管理亚洲版. 5版. 北京:中国人民大学出版社,2010.

[2] Quelch JA, Dolan JR, kosnic JT. 市场营销管理——课文与案例. 北京:北京大学出版社,2000.

[3] 菲利普·科特勒,等. 市场营销原理(亚洲版). 北京:机械工业出版社,2006.

[4] 纪宝成. 市场营销学教程. 4版. 北京:中国人民大学出版社,2008.

[5] 吕一林,岳俊芳. 市场营销学. 3版. 北京:中国人民大学出版社,2009.

[6] 唐·舒尔茨. 整合营销传播. 北京:中国财政经济出版社,2005.

[7] 詹慕斯·H. 迈尔斯. 市场细分与定位. 北京:电子工业出版社,2005.

[8] 戴维·阿克. 创建强势品牌. 北京:中国劳动社会保障出版社,2004.

[9] 加里·阿姆斯特朗,菲利普·科特勒. 市场营销学. 9版. 北京:中国人民大学出版社,2010.

[10] 巴里·伯曼,乔尔·R. 埃文斯. 零售管理. 11版. 北京:中国人民大学出版社,2011.

郑重声明

网络学习平台使用说明

1. 欢迎各位同学登录本课程的网络学习平台，进行答疑、完成作业及师生交流等学习活动。

网址　http://4a.hep.com.cn或http://4a.hep.edu.cn

2. 登录方法：请使用本书封底标签上防伪明码作为登录账号，防伪密码作为登录密码。

3. 注意事项

(1) 本账号有效学习时间50小时，账号内时间用完后账号失效。

(2) 本账号过期作废，有效使用时间截至2011年12月31日。

电子邮箱　teacher_1@hep.edu.cn

咨询电话　(010) 58556541　58581392